外国文学学习指导

A Guide To Foreign Literature

葛桂录　编著

海峡出版发行集团 | 福建人民出版社
THE STRAITS PUBLISHING & DISTRIBUTING GROUP | FUJIAN PEOPLE'S PUBLISHING HOUSE

图书在版编目（CIP）数据

外国文学学习指导/葛桂录编著. --福州：福建人民出版社，2020.10

ISBN 978-7-211-08512-5

Ⅰ.①外… Ⅱ.①葛… Ⅲ.①外国文学—文学欣赏—高等学校—教学参考资料 Ⅳ.①I106

中国版本图书馆 CIP 数据核字（2020）第 171243 号

外国文学学习指导

WAIGUO WENXUE XUEXI ZHIDAO

编　　著：葛桂录
责任编辑：郑翠云
出版发行：福建人民出版社　　**电　　话**：0591-87533169(发行部)
网　　址：http://www.fjpph.com　　**电子邮箱**：fjpph7211@126.com
地　　址：福州市东水路 76 号　　**邮政编码**：350001
经　　销：福建新华发行（集团）有限责任公司
印　　刷：福州万达印刷有限公司
地　　址：福州市闽侯荆溪镇溪头工业区徐家村 166—1 号
开　　本：700 毫米×1000 毫米　1/16
印　　张：31.5
字　　数：464 千字
版　　次：2020 年 10 月第 1 版　　**印　　次**：2020 年 10 月第 1 次印刷
书　　号：ISBN 978-7-211-08512-5
定　　价：58.00 元

本书编著说明

外国文学课程是汉语言文学专业本科阶段的一门必修专业基础课，也是各高校开设的一门常规通识性课程，内容丰富多彩。上下几千年，横跨几大洲的外国文学现象，美不胜收，令人应接不暇。编著这本学习指导书，旨在帮助读者更快更好地理解与掌握外国文学各个历史时期的文学思潮、文学流派、文学社团、作家成就、作品精髓。特别是为本科生的外国文学课程平时学习与期末复习，以及比较文学与世界文学专业硕士生入学考试提供切实的帮助。同时，国内相关高校也尝试以中国语言文学一级学科招收硕士生，这就意味着中国语言文学框架下的所有二级学科专业，都要求有外国文学知识的考核，本书也可为更多专业的考生考研复习提供指导。

全书依照各高校通行的外国文学教材，如马克思主义理论研究和建设工程重点教材《外国文学史》（高等教育出版社），朱维之、赵澧、崔宝衡主编《外国文学史》（南开大学出版社），郑克鲁主编《外国文学史》（高等教育出版社）等，为重要参考依据，依照东、西方文学史的发展顺序，分为十五章，囊括了教育部颁布外国文学教学大纲涉及的全部内容。

全书每章基本包括三大部分，即提要、题解、作业设计及选题。提要部分简明扼要地归纳了各章内容知识点，教学和考核的重点、难点，以及需要阅读的作品文本。题解部分是全书的重点内容，分为填空题、单项选择题、多项选择题、名词解释题、简答题、论述题、综合阐述题、作品分析题等八种常见题型，内容基本上覆盖了每章全部教学内容，并有所延伸，可为读者提供充足的试题资源。作业设计及选题部分，有针对性地选择了值得进一步思考与写作的问题，有的题目提供了参考文献。读者可根据每个题目的思路提示，举一反三，在学习过程中逐步养成发现问题、分析问题与解决问题的良好习惯和能力，以便更有效地增进外国文学的学习兴趣。

为给读者提供更多的外国文学方面的学习信息，全书另有两个附录。包括（1）外国文学课外阅读论著，旨在拓宽文化视野、锻造思维能力、培养学习方法。（2）全国高校比较文学与世界文学专业硕士生入学考试《外国文学史》试题选，旨在为立志考研的读者提供相关高校《外国文学史》试题的出题范围及出题思路，以便复习考试能够有的放矢，提高考试效率。本书由于篇幅所限，同时为了以更多样的方式服务读者，采用了云端链接的方式。读者只需扫描书上的二维码，并绑定本书附赠的学习卡账号后，即可进行选择题、填空题自测，获得考研真题、论文写作指导和100多个外国文学方向学士论文题目等相关资料。

本书希望成为各类型本科生学习外国文学课程的重要参考读物。在内容编写上，讲求实用性，关注学术性，揭示前沿性，不光为读者提供考试题解性质的服务，还为读者真正学好外国文学提供一定的方法论指导与思维方式的启迪。

本书的编撰参阅了国内学界同仁的相关教学信息资源及相关成果，不一一列举，在此谨表谢忱。本次编撰过程中，比较文学与世界文学专业博士生陈夏临、祁婷全程参与，为本书的修订完善投入不少精力。

一个人的精神成长离不开文化经典的滋养。希望这本学习指导书能为读者学习外国文学课程提供一些切实帮助，为大家顺利进入精彩纷呈而又阔大深邃的外国文学殿堂，指明一条路径。同时也衷心希望读者批评赐教，以期在以后的修订中能吸收大家的意见，使之更有益于教学需求，更能提示外国文学课程导读路径。

目 录

学习使我快乐

第一章　古代希腊罗马文学

再学一遍

一、提要

（一）学习要求

1. 了解古希腊罗马文学的发生、发展、内容、特色及价值，把握其在整个西方文学史上的重要地位与影响。

2. 了解古希腊神话传说的内容、价值和影响，把握古希腊神话的特征。

3. 了解荷马史诗的成书、作者、主要内容、艺术特色和价值。

4. 了解古希腊戏剧的起源、演变、内容、特点及影响。

（二）课程内容

1. 古代希腊、罗马是欧洲文化的发源地。“没有希腊文化和罗马帝国所奠定的基础，也就没有现代的欧洲。”（恩格斯《反杜林论》）西方（欧洲）文化实际上是东、西方各民族文化交融的产物。希腊文化的人文与科学精神，罗马文化的法学传统等，共同构成了今日所谓的西方文化。

2. 古希腊文学的领先地位。古希腊文学的分期、特点及代表作家作品。古罗马文学发展三阶段。奥古斯都时期三大诗人评述。《埃涅阿斯纪》的思想内容与艺术特色。

3. 古希腊神话的起源、内容。神的故事和英雄传说。古希腊神话的特征、价值和影响。“希腊神话不只是希腊艺术的武库，而且是它的土壤。”

4. 史诗与荷马问题。《伊利亚特》、《奥德赛》的历史背景、内容、结构和艺术成就。《伊利亚特》写的是战争，突出“阿喀琉斯的愤怒”。《奥德赛》写主人公的漂泊、还乡和复仇，突出海上冒险。两部史诗的认识价值及对后世叙事文学的影响。马克思恩格斯论荷马史诗。

5. 古希腊戏剧：古希腊戏剧的起源、演变与特征。亚里士多德的悲剧定义。三大悲剧诗人埃斯库罗斯、索福克勒斯和欧里庇得斯及其代表作评析。古希腊喜剧的起源、发展及分期。“喜剧之父”阿里斯托芬的成就及影响。

（三）重点与难点

古希腊文学的特征及价值。古罗马文学在欧洲文学史上的桥梁作用。古希腊神话的鲜明特征（与世界其他神话传说比较）。理解荷马史诗是人类童年时代的杰作。《伊利亚特》与《奥德赛》作为“史”和“诗”的重要价值。古希腊悲剧的命运观念和人本思想。

（四）阅读书目

《希腊神话和传说》、《伊利亚特》、《奥德赛》、《伊索寓言》、《被缚的普罗米修斯》、《俄狄浦斯王》、《美狄亚》、《鸟》、《埃涅阿斯纪》、《诗学》、《柏拉图对话录》。

二、题解

（一）填空题

1. 希腊神话包括__________和__________两部分。

2. 希腊神话的主要特点是__________________。

3. 荷马史诗包括______________和__________两部史诗，它

们是欧洲文学史中最早的重要作品，分别描写的是________________的故事和____的故事。

4. 荷马史诗中《伊利亚特》的情节以____________的愤怒为中心展开，《奥德赛》的情节以___________的历险为主线。

5.《伊利亚特》和《奥德赛》中的比喻极为丰富，大量使用了从日常生活和自然现象中选取来的比喻，后人称之为________________。

6. 被誉为“悲剧之父”、“戏剧艺术的荷马”的古希腊悲剧家分别是________________和________________，代表作分别是______________________________和________________。

7. 古希腊“喜剧之父”是________________，他的表现反战思想的作品是________________。

8. 被称为“舞台上的哲学家”和“心理戏剧鼻祖”的是________________，他的代表作品是____________。

9. 亚里士多德的文艺理论论著是__________，其中提出的__________为西方现实主义文艺理论奠定了基础。

10. 古罗马文学除了自己独特的贡献外，还是________________与__________________之间的桥梁，起到了继往开来的作用。

11. 古罗马文学“黄金时代”最重要的代表作家是____________、__________和__________。

12.《变形记》是一部______总集，它是__________的代表作。

13. 贺拉斯的著名文艺理论著作__________是______体。

14. 古罗马喜剧作家普罗图斯的代表作有______________和______________，这两部作品分别对莫里哀的____________和莎士比亚的__________________创作有很大影响。

15. 阿普列尤斯的作品____________是欧洲最早的____________。

16. 史诗__________________是欧洲文人史诗的范本。

17. 在希腊神话中，两次“政变”均由女神______发动，说明前奥林匹斯神系是______社会的一种反映；奥林匹斯神系主要是______社会的反映。

18. 被柏拉图称为“______________________”的女诗人是_____。

19. 阿里斯托芬的________是流传至今唯一以神话幻想为题材的喜剧作品，也是欧洲文学中最早表现__________思想的作品。

20. 共和国末期罗马文学的主要成就是“欧洲散文之父”________的演说辞、书信和卢克莱修的____________。

附：填空题答案

1. 神的故事；英雄传说 2. 神、人同形同性 3.《伊利亚特》；《奥德赛》；特洛伊战争；战后奥德修斯历尽艰辛回家团聚 4. 阿喀琉斯；奥德修斯 5.“荷马式比喻” 6. 埃斯库罗斯；索福克勒斯；《被缚的普罗米修斯》；《俄狄浦斯王》 7. 阿里斯托芬；《阿卡奈人》 8. 欧里庇得斯；《美狄亚》 9.《诗学》；摹仿说 10. 古希腊文学；欧洲近代文学 11. 奥维德；贺拉斯；维吉尔 12. 诗歌；奥维德 13.《诗艺》；诗简 14.《一坛黄金》；《孪生兄弟》；《悭吝人》；《错误的喜剧》 15.《变形记》或《金驴记》；长篇小说 16.《埃涅阿斯纪》 17. 该亚；母系；父系 18. 第十位文艺缪斯；萨福 19.《鸟》；乌托邦 20. 西塞罗；《物性论》

（二）单项选择题

1. 欧洲古代文学中最早系统描述宇宙起源和神的谱系的作品是（　　）。

A.《荷马史诗》　　B.《神谱》

C.《变形记》　　D.《工作与时日》

2. 贯穿希腊神话的基本思想是（　　）。

A. 偶像崇拜　　B. 命运观念

C. 人本主义　　D. 现实主义

3. 古希腊最早的一部以现实生活为题材的诗作是（　　）。

A.《工作与时日》　　B.《神谱》

C.《牧歌》　　D.《胜利颂》

4. 古希腊文学中写独唱琴歌的代表诗人是（　　）。

A. 阿那克瑞翁　　B. 品达

C. 提月太俄斯　　D. 萨福

5. 在古希腊神话中，匠神的名字是（　　）。

A. 得墨忒耳　　B. 赫尔墨斯

C. 阿佛洛狄忒　　D. 赫淮斯托斯

6. 在古代希腊神话中，特洛伊王子帕里斯把写有“赠给最美的女神”的金苹果判给了（　　），其原因是她许诺使他得到人间最美的女人。

A. 狄安娜　　B. 雅典娜

C. 阿佛洛狄忒　　D. 赫拉

7. 在希腊神话中，战神与爱神私通，被爱神的丈夫用一张大网捉住，众神哄堂大笑。在古希腊人看来，这些都是（　　）。

A. 理性不能克制情欲的表现

B. 缺乏道德意识的表现

C. 婚姻状态尚不稳定的表现

D. 神和人一样有七情六欲的表现

8. 希腊神话中，取金羊毛的英雄是（　　）。

A. 赫拉克勒斯　　B. 伊阿宋

C. 狄奥尼索斯　　D. 忒修斯

9. 荷马史诗的内容与发生在古代历史上的一次战争有关。这次战争是（　　）。

A. 希波战争　　B. 特洛伊战争

C. 伯罗奔尼撒战争　　D. 十字军战争

10.《伊利亚特》是一部描写部落战争的英雄史诗，开篇写的是（　　）。

A. 希腊联军节节败退　　B. 阿喀琉斯的愤怒

C. 阿喀琉斯重上战场　　D. 阿喀琉斯杀死了赫克托耳

11.《奥德赛》突出的主题是（　　）。

A. 和平　　B. 冒险精神

C. 宗教　　D. 来世思想

12.《伊利亚特》中的两个主要英雄人物是（　　）。

A. 赫克托耳，普里阿摩斯　　B. 赫克托耳，阿喀琉斯

C. 俄狄浦斯，赫克托耳　　D. 阿喀琉斯，帕特洛克罗斯

13. 一般认为，古希腊戏剧起源于对某个神的祭祀，这个神是（　　）。

A. 得墨忒耳　　B. 狄奥尼索斯

C. 雅典娜　　D. 阿瑞斯

14. 古希腊“古典时期”文学的主要成就是（　　）。

A. 神话和史诗　　B. 抒情诗和寓言

C. 悲剧和喜剧　　D. 戏剧和散文

15. 欧里庇得斯被誉为（　　）。

A. “舞台上的哲学家”　　B. “古希腊悲剧之父”

C. “戏剧艺术的荷马”　　D. “喜剧之父”

16. 古希腊悲剧主要取材于（　　）。

A. 社会现实生活　　B. 神话和史诗

C. 历史著作　　D. 古希腊悲剧

17. 现存希腊悲剧中唯一取材于现实生活的作品是埃斯库罗斯的（　　）。

A. 《普罗米修斯》　　B. 《俄瑞斯忒亚》

C. 《波斯人》　　D. 《俄狄浦斯王》

18. 在欧洲文学史上，第一部为妇女鸣不平的作品是（　　）。

A. 荷马的《奥德赛》

B. 欧里庇得斯的《美狄亚》

C. 骑士叙事诗《特里斯丹和伊瑟》

D. 但丁的《新生》

19. 阿里斯托芬的创作题材广泛，其中最为关注的问题是（　　）。

A. 战争与和平　　B. 社会道德风尚

C. 妇女命运　　D. 人的命运

20. 维吉尔的《埃涅阿斯纪》被称为欧洲文学史上第一部（　　）。

A. 英雄史诗　　B. 文人史诗

C. 民族史诗　　D. 悲剧史诗

21. 在《埃涅阿斯纪》中，维吉尔把罗马人的祖先、特洛伊王子埃

涅阿斯写成是神的后裔，其最主要目的是（　　）。

A. 为了忠实于史实

B. 为了忠实于神话传说

C. 为了渲染史诗的浪漫气氛

D. 为屋大维的统治寻找依据，歌颂罗马统治者

22. “哲学日历中最高尚的圣者与殉道者”指的是（　　）。

A. 宙斯　　B. 赫拉克勒斯

C. 普罗米修斯　　D. 伊娥

23. 哲理长诗《物性论》的作者是（　　）。

A. 西塞罗　　B. 卢克莱修

C. 维吉尔　　D. 贺拉斯

24. 首先提出“寓教于乐”观点的文艺理论家是（　　）。

A. 柏拉图　　B. 贺拉斯

C. 亚里士多德　　D. 卢克莱修

25. 维吉尔的史诗《埃涅阿斯纪》的主人公埃涅阿斯原是（　　）。

A. 希腊人　　B. 罗马人

C. 特洛伊人　　D. 迦太基人

26.《伊索寓言》主要反映的是（　　）。

A. 个人感情

B. 奴隶制社会劳动人民的思想感情

C. 市民思想感情

D. 贵族与奴隶主感情

27. 提出“悲剧是对一个完整而又有一定长度的行动的摹仿”的是（　　）。

A. 柏拉图　　B. 贺拉斯

C. 维吉尔　　D. 亚里士多德

附：单项选择题答案

1. B　2. C　3. A　4. D　5. D　6. C　7. D　8. B　9. B　10. B
11. B　12. B　13. B　14. C　15. A　16. B　17. C　18. B　19. A
20. B　21. D　22. C　23. B　24. B　25. C　26. B　27. D

（三）多项选择题

1. 希腊神话散见于很多作品，保存希腊神话较多的作品有（　　）。
   A.《荷马史诗》　B.《神谱》　C. 古希腊戏剧
   D.《堂·吉诃德》　E.《五卷书》
2. 古罗马奥古斯都时期的三大诗人是（　　）。
   A. 维吉尔　B. 贺拉斯　C. 奥维德
   D. 西塞罗　E. 卢克莱修
3. 以下众神中属于新辈神谱的是（　　）。
   A. 阿尔忒弥斯　B. 乌拉诺斯　C. 克洛诺斯
   D. 阿瑞斯　E. 赫耳墨斯

附：多项选择题答案

1. ABC　2. ABC　3. ADE

（四）名词解释题

1. 奥林匹斯神系

在希腊神话中，有以宙斯为首的神的大家族，传说他们住在希腊北部的奥林匹斯山上，因而被称为“奥林匹斯神系”。其中有12位重要的神：主神宙斯、天后赫拉、海神波塞冬、太阳神阿波罗、月神阿尔忒弥斯、智慧女神雅典娜、爱与美之神阿佛洛狄忒、战神阿瑞斯、火神赫淮斯托斯、农神得墨忒耳、神使赫耳墨斯、家神赫斯提亚等。这组神话主要反映了父权制社会的生活。

2. 不和的金苹果

出自古希腊的神话故事。阿喀琉斯的父母结婚的时候，没有邀请不和女神厄里斯，她来到席间扔下一个金苹果，上面写着“赠给最美的女神”，赫拉、雅典娜和阿佛洛狄忒三位女神果然争夺起这个苹果来。宙斯要她们找特洛伊王子帕里斯评判，三人各许他以好处。赫拉许他成为最伟大的君主，雅典娜许他成为最勇敢的战士，阿佛洛狄忒许他娶一个最美丽的女子。帕里斯把苹果给了阿佛洛狄忒，阿佛洛狄忒帮他拐走了斯巴达王后海伦，从而爆发了特洛伊与希腊之间长达十年之久的战争。

“不和的金苹果”常被后人用来比喻因争夺某种巨大利益而造成不幸与争端的起源。

3. 特洛伊木马

来源于希腊神话。特洛伊战争相持十年之久，希腊联军中的奥德修斯献计制造一匹高二丈的大木马，让士兵藏匿于巨大的木马中，大部队假装撤退而将木马摒弃于特洛伊城下。城中得知解围的消息后，遂将木马作为战利品拖入城内，全城饮酒狂欢。到午夜时分，全城军民尽入梦乡，匿于木马中的将士开秘门游绳而下，开启城门、四处纵火，城外伏兵涌入，部队里应外合，焚屠特洛伊城，战争最后以希腊军获胜而结束。后世称这只大木马为“特洛伊木马”。

4. 潘多拉的盒子

来源于古希腊神话。普罗米修斯盗天火给人类，触怒了主神宙斯。宙斯为降灾难于人类，命赫淮斯托斯和泥掺水，捏出一美女肉身，赋之以生命，赐名潘多拉，赐给普罗米修斯之兄伊比米修斯。伊比米修斯兴致勃勃地娶潘多拉为妻。出嫁时，宙斯请众神赐普罗米修斯礼物，包括许多邪行、忧愁、烦恼、疾病等，普罗米修斯警告潘多拉不要打开礼品盒子。潘多拉好奇揭开，霎时间浓烟腾腾，虽然立时盖紧盒子，已迟，所有邪恶散布人间，幸好盒底还留住“希望”。后人常用“潘多拉的盒子”来比喻灾难的根源。

5. 奥吉亚斯牛圈

出自希腊神话传说。厄利斯国王奥吉亚斯有一牛圈，内养着3000头牛，30年未曾打扫过。大力士赫拉克勒斯受命在一天之内将牛圈打扫干净。赫拉克勒斯在牛圈的一边挖一条沟，引进附近两条河的水，又在另一边挖条沟，排出冲击粪便的污水。赫拉克勒斯在一天之内巧妙顺利地将牛圈清理干净，后人用“奥吉亚斯牛圈”比喻最肮脏的地方。

6. 斯芬克斯之谜

出自古希腊神话。传说斯芬克斯是希腊神话中带着翅膀的狮身人面女妖。赫拉派她到底比斯，给底比斯人出了一个谜，谜面是：什么动物早晨用四只脚，中午用两只脚，晚上用三只脚走路？脚最多的时候，正是他走路最慢、体力最弱的时候？底比斯人解不开这个谜语。谁猜错了，她就把谁吃掉。俄狄浦斯揭开她的谜底——人，她因羞愧投崖而死。“斯芬克斯”这个名字常用来比喻难以猜度、让人捉摸不透的人或事物。

7. 阿喀琉斯的愤怒

出自荷马史诗《伊利亚特》。《伊利亚特》以阿喀琉斯的愤怒开篇，奠定了全诗情节的基础。希腊联军统帅阿伽门农无理夺走阿喀琉斯的一名女俘，引起了阿喀琉斯的愤怒，并退出战场。结果特洛伊人乘机进攻，希腊联军损失惨重，直到阿喀琉斯的伙伴帕特洛克罗斯被特洛伊战将赫克托耳杀死，阿喀琉斯才重新上阵为战友复仇，并扭转了战局，杀死了赫克托耳。史诗最后在特洛伊人礼葬赫克托耳声中结束，阿喀琉斯的愤怒所导致的后果才算告一段落。

8. 麦凯那斯文学集团

麦凯那斯文学集团是古罗马奥古斯都时期的作家群体。屋大维掌权后，重视文学创作，并竭力把文学创作纳入政治轨道，为巩固新政权服务。他通过助手麦凯那斯把当时最有才华的作家团结在自己的周围，史称“麦凯那斯文学集团”。维吉尔、贺拉斯、奥维德等都是其中成员。

9. 命运悲剧

命运悲剧主要指古希腊悲剧，这类悲剧主要写主人公的个人意志和命运的冲突。古希腊人认为，在人与神之上还有命运主宰一切，它是不可抗拒、不可解释、难以捉摸的。所谓“命运”，其实质是客观规律的必然性，古希腊人限于思想及科学水平，无法认识。所谓人与命运的冲突，实际反映了人与外界环境、人与人之间的冲突。命运悲剧是古希腊人反映社会矛盾的一种特殊形式。最典范的命运悲剧是《俄狄浦斯王》。

10. 荷马式比喻

荷马史诗中的诗句流畅、自然、优美，比喻生动形象。其特点是从日常生活和自然现象中选取比喻，既贴切生动、新鲜奇特，又丰富多彩。例如，把阿喀琉斯的急驰比喻为灌水车向百花盛开的园中注下的急流；把两军投石作战的场面描绘为“石头像雪片般密密落下，仿佛严冬一日”。荷马史诗中大量使用了这样的比喻，被后人赞誉为“荷马式比喻”。

11. 荷马问题

论述荷马史诗作者的著作汗牛充栋，于是产生所谓“荷马问题”。公元前5世纪之前，希腊人毫不怀疑荷马其人的存在。18世纪始有人怀疑荷马是否确有其人。此后，学者们就荷马是否存在、生活年代、出生地及史诗如何形成等问题，展开热烈而持久的争论。一般认为，荷马是一位民间歌人，以演唱为业，双目失明，有一好嗓子，每逢节日和盛大宴会就来到贵族府上献艺，一边弹琴，一边吟唱歌谣和史诗。他对长期流传于民间的关于特洛伊战争的歌谣传说进行加工整理，于公元前5世纪编成了两部完整的长篇作品。

12. 史诗或英雄史诗

它是一个民族在他们初创时期关于与环境进行艰苦斗争的历史的文学记录，是长篇社会叙事诗的一种，主题是某一个民族的光荣的历史事件。其中主要人物则是在这一事件中所出现的为人民所热烈爱戴的英雄。其内容范围广阔，常常包括整个时代和主要的社会生活现象，除真实的历史事件之外，又夹杂着这个民族所特有的神话和传统。“传统史诗”（又称“原始史诗”、“民间史诗”）往往是由作者根据本民族扩张和战争时期内民间口头流传下来的历史资料与传说加工整理而成的。荷马史诗属于这类作品。

13. 羊人剧

羊人剧，又译为“萨提洛斯剧”，是古希腊戏剧中类似喜剧的一种轻松戏剧，因剧中歌队装扮成希腊神话中的小神“羊人”而得名。悲剧比赛时，参赛诗人要拿出三部悲剧和一部羊人剧。因观众连续看完三出悲剧，心情未免沉重，羊人剧就是悲剧演出之后添加的插科打诨戏，借以冲淡悲剧气氛，调节情绪。羊人剧不一定有什么完美的戏剧结构和独立的意义。

（五）简答题

1. 古希腊神话有哪些主要特点？

首先，古希腊神话最大特点是神、人同形同性。古希腊神话中的神在形体上和人一样，且具有人的思想感情、品质和行为，同人一样有喜怒哀乐、七情六欲，也有正直、勇敢、残忍、嫉妒等各种品质，只是具有超人的智慧和力量，能长生不死。

其次，古希腊神话想象丰富、形象生动、故事性强，既有现实主义的真实描绘，也有浪漫主义的想象夸张，具有很强的艺术表现力。

第三，古希腊神话表现了人类童年时期积极进取的乐观主义精神和战胜困难的坚定信念，受宗教迷信影响很少，不是神决定和主宰人，因而它能引导人们积极向上。

2. 简述阿喀琉斯的性格特征。

阿喀琉斯是希腊人理想的英雄典型、尚武的英雄主义精神的象征。其主要性格特征：(1) 勇——英勇善战，百战百胜，为部落忘我奋战，一出战，特洛伊人就吓得“目瞪口呆”。(2) 私——追求财富，极端重视个人尊严和荣誉，因个人荣誉和利益受损，不肯和解，造成希腊联军严重伤亡。(3) 怒——任性、暴怒，两次愤怒作为史诗的开合，突出其易怒的性格。(4) 残——残酷。“像恶魔一般”杀死赫克托耳后，又无情地每天将其尸体绕战友的坟墓拖三圈，并斩杀12个特洛伊贵族子弟为友报仇。当然他也有一定的同情心，将尸体归还给赫克托耳父亲——白发苍苍的特洛伊老国王。

3. 埃斯库罗斯为何被称为“悲剧之父”与“有强烈倾向的诗人”(恩格斯语)？

埃斯库罗斯为雅典奴隶主民主制形成期的悲剧诗人。所谓“悲剧之父”：(1) 在酒神颂基础上进行了再创造，从史诗引入对话，从抒情诗引入合唱，增加了第二个演员，完成了戏剧形式，使之具备六种要素：情节、性格、言词、思想、形象、歌曲。(2) 思想上使戏剧具有深刻内容，是严肃的悲剧，使戏剧成为陶冶人们思想感情的艺术工具。

称其为“有强烈倾向的诗人”，是因为：(1) 爱国倾向，亲身参加反侵略的希波战争；(2) 民主倾向：反对暴政，要求实行奴隶主民主政治；(3) 命运观念：将命运看成具象的神，认为命运支配人的一切，也强调人的意志。

4. 简述《被缚的普罗米修斯》中的民主思想。

《被缚的普罗米修斯》是古希腊著名戏剧家埃斯库罗斯的悲剧作品《普罗米修斯》三部曲之一。普罗米修斯是人类的恩神，他不顾宙斯的反对，盗取天火给人类，使人类走出黑暗和蒙昧。宙斯为惩罚普罗米修斯，将其锁在高加索山崖上，白天任凭鹫鹰啄食他的五脏，晚上五脏又自然弥合生长起来，如此反复。普罗米修斯宁愿忍受肉体的痛苦，也不向宙斯讨饶，最后在雷电轰鸣之中被打入深渊。

埃斯库罗斯通过《被缚的普罗米修斯》表达了他的民主思想。普罗米修斯与宙斯的斗争，实际上是希腊奴隶主民主派同奴隶主专制暴君激烈斗争的缩影。普罗米修斯就是希腊奴隶主民主派的化身，而宙斯则是一个专制独裁的僭主典型。马克思热情称赞“普罗米修斯是哲学日历中最高尚的圣者和殉道者”。

5. 简述索福克勒斯《安提戈涅》的悲剧性。

《安提戈涅》这个悲剧的主要冲突发生在安提戈涅与底比斯国王克瑞翁之间。俄狄浦斯的女儿安提戈涅反抗暴君克瑞翁的命令，埋葬她的哥哥波吕涅克斯，因而被处死。剧本的主题是描写宗教伦理和残暴的法律的冲突，代表正义的安提戈涅虽然遭到毁灭，但暴君克瑞翁也落得众叛亲离的下场，为自己造成悲剧。

安提戈涅是公认的悲剧英雄。她面对死亡的危险，坚持自己对于神圣义务的理解以及对兄弟的爱，在孤立无援的情况下（她的妹妹伊斯墨涅因为恐惧而不愿帮助她）行动，并因此遭遇死亡。安提戈涅本来是个弱女子，但她勇敢倔强，有牺牲精神，她的道义力量使她的形象更加高大。

克瑞翁这个人物同样具有深刻的悲剧性。克瑞翁颁布命令规定不得埋葬叛国者波吕涅克斯，按照他的理解，正义应当是帮助朋友以及损害敌人。叛国者是城邦的敌人，因而不应该得到埋葬。但埋葬死者却是死者的家属所具有的神圣的义务。安提戈涅因而就面对着服从神圣义务与服从国王的法律的义务之间的冲突。安提戈涅选择了服从神圣义务，而接受国王的惩罚。克瑞翁固执地坚持自己对于正义的理解，为此，他牺牲了爱——安提戈涅是他儿子海蒙的未婚妻，他的固执最后导致了海蒙的自杀，并引发了其妻子的自杀。

剧本的主旨仍在于提倡民主精神，反对独裁制度。剧中的矛盾冲突很复杂，但结构很严谨。

6.《俄狄浦斯王》的认识价值何在？

俄狄浦斯的传说产生于初民社会。那时宗教还是一种神谕的信仰。该传说包含两个主要事实："杀父"与"乱伦"，二者在初民社会不足为奇，为夺族长或巫王的权力，子杀父，弟杀兄，至亲相仇，血债累累，为初民社会常有之事。希腊神话中有许多杀父娶母故事。俄狄浦斯的传说可能可以追溯到迈锡尼时期。拉伊俄斯的悲剧，恰好反映出古代底比斯城一连串争夺王位的史实。族长衰老，不能从事生产，子杀父代之，获取一切遗产（包括妻子在内），这合乎初民社会要求。在希腊人由野蛮时代跨进"文明的门槛"的时候，道德观变化，俄狄浦斯成为罪人，故底比斯人——俄狄浦斯的后裔，就出来替他们祖先洗罪，说俄狄浦斯杀父娶母是"不知不觉"做出来的坏事，以此使传说合情合理，但"不知不觉"究竟不是一个强有力的辩解词，于是，为了替俄狄浦斯完全洗罪，作品进而把一切归咎于命运。这可以帮助理解古希腊社会及道德观念的发展情况。

7.如何理解《俄狄浦斯王》这部悲剧作品里的人物心理描写？

俄狄浦斯与王后的心理状态就是一个字："怕"。其心理状态又不断发展：怕——不怕——怕，由此产生人物的行为逻辑。王后怕生儿将来杀父，遂弃之；俄狄浦斯怕杀父娶母，故逃亡。这种"怕"，与戏剧冲突无关，弃婴，逃走，也就不怕了。因而，索福克勒斯将人物的心理重点放在从"不怕"到"怕"上。先前的"怕"以补叙代之。先是王后"不怕"，安慰俄狄浦斯，说出先王的死法，却引起俄狄浦斯之"怕"。报信人原本想安慰俄狄浦斯，反而使俄狄浦斯更"怕"。

俄狄浦斯与王后的"怕"又有区别：一明一暗，一藏一露，互相衬托。王后是暗的、藏的："啊，不幸的人，愿你不知道你的身世！"展现出一种听天由命的心理；俄狄浦斯是明的："要发生的就发生吧！"不肯善罢甘休，还要斗一斗，发觉真相以后，有担当感，自我惩罚。

8. 简析奥德修斯的人物形象。

奥德修斯是古希腊另一种理想的化身。阿喀琉斯是英雄武士的典型，奥德修斯则是政治家、商人、冒险家的典型，以智慧和刚毅为其个性特色。史诗集中描写他的机智勇敢、刚毅、随机应变：木马计为其杰作；海上十年漂泊，全凭其足智多谋而化险为夷。这些英雄行为的动力来自他对部落集体和故乡的眷恋之情，正是这种爱感动了那些企图阻挡他返回故里的神与人。辉煌而美貌的神女卡吕普索要把他留在自己身边，答应使他永生；埃亚依的女神刻尔吉想留他做丈夫；阿吉诺国王以公主许之，这些均遭奥德修斯拒绝，说明他把故土看得比永生更可贵。他亲吻故乡大地之情节，足以生动表现对故土之爱。他说："任何东西也不如故乡和自己的父母更可爱，即使一个人离开父母，远在异乡，住在富裕的人家里。"史诗颂扬这种恋土情绪，也构成后世西方文学的重要母题。同时，它在欧洲文学史上的意义，还在于是一部以个人冒险经历为主要情节的作品，为后来的《鲁滨逊漂流记》、《格列佛游记》以及18世纪流浪汉小说开辟了先河。

9. 简述亚里士多德的悲剧理论。

亚里士多德《诗学》不但深刻论述了艺术的本质和意义，还建立了一套完整的悲剧理论。

（1）悲剧的特性：对行动的摹仿。悲剧是行动的摹仿，这是《诗学》中最重要的一个观点。行动作为悲剧摹仿的对象，应当是一个严肃、完整、有一定长度的行动。"完整"指戏剧摹仿的行动有矛盾的开端、发展、结局，是一个有机的整体。"有一定长度"指情节的长度和厚度，所引涉内容的多少要适当，既要以易于记忆为限，又要容纳得下戏剧事件的出现和剧情的转折。"一个行动"指严肃、完整、有一定长度的行动具有单一性，即悲剧情节的进程和结局是单一的。完整、单一、适度，构成了戏剧的"整一化"原则，是亚里士多德对悲剧、戏剧理论的重要贡献。

（2）悲剧的主角：过失说。他从悲剧艺术效果出发，把社会道德观念引入艺术欣赏活动，深入分析了悲剧观众的心理，提出了著名的过失说。

（3）悲剧的作用：陶冶说。他强调悲剧应当“借引起怜悯与恐惧来使这种情感得到陶冶”。“陶冶”原文是“卡塔西斯”，是实现悲剧的道德教育作用的有力手段。

悲剧陶冶的实质，就是悲剧引起的怜悯与恐惧的快感，使观众理解悲剧人物遭受厄运的根源，认识到悲剧人物的“过失”所必然要带来的严重后果，帮助观众养成中允平和的“适度”的激情和行动，以利于希腊奴隶制国家“乱中求治”。

10. 古希腊悲剧有哪些主要特点？

古希腊悲剧的基本主题是写古代的民主斗争，反对独裁、侵略和压迫，歌颂为自由而斗争的英雄行为和爱国思想，它为当时的政治服务，具有鲜明的倾向性和深刻的思想性；在题材上，悲剧作家从希腊神话和英雄传说中汲取丰富的养料，借用这些题材曲折地反映现实生活；希腊悲剧表现了崇高精神、雄伟风格，它反映了人和命运的冲突，主人公虽然最后失败或毁灭，但精神上是不可战胜的；悲剧有固定结构，分四部分，即开场、进场歌、对白、退场。不少剧作家还采用三联剧形式，希腊悲剧是伴随着雅典奴隶主民主制的发展而发展、衰落而衰落的。

11. 古希腊旧喜剧的基本特点是什么？

旧喜剧多是政治讽刺剧和社会讽刺剧，具有强烈的民主倾向，可以直接攻击批评当时的政治权势人物和社会著名人物，于离奇怪诞的情节和人物中包含着非常严肃的内容，通过嘲笑达到反映现实的目的。形式分六部分：开场、进场、对驳场、评议场、插曲、退场。主题思想表现在对驳场中，为喜剧核心，斗争一方获胜后表演一些欢乐的场面，显示胜利的结果，最后以宴会或婚礼告结束。歌队长往往在插曲中代表诗人发表政治见解和个人牢骚，如抱怨自己的喜剧在上一次比赛中没有获奖。

12. 简述古希腊奥林匹克竞技运动会对文学与艺术的影响。

（1）为优胜者雕刻石像作为永久纪念。希腊人认为，人体的健美不是他的衣服，而是他的自身素质。所以参加运动会的运动员都是裸体的，这为艺术家提供了观察人体、研究人体结构的机会。运动场成为艺术家最好的学校。希腊雕刻艺术不仅是一种审美的艺术，而且是体现一种民族精神的实用艺术。(2) 促进文学、音乐的发展。在雕像落成典礼上，请诗人作赞美诗、朗诵。全希腊的文学家、音乐家、哲学家、历史学家，这一天都可在集会上发表自己的杰作。

13. 从神话传说角度谈谈罗马城的起源。

特洛伊战争期间，当特洛伊城被希腊人攻陷后，特洛伊王子埃涅阿斯一家漂洋过海逃到意大利台伯河畔成为罗马人的祖先。后来一位叫依多米尔的老国王被自己的弟弟阿木留斯推翻，他的儿子被杀死，但其女西尔维亚为战神阿瑞斯所爱，生一对孪生兄弟。阿木留斯叫人将他们放在篮子里丢进台伯河。篮子被树枝挂住了。当水退去时，一只母狼（据传说是马神派来的）听到孩子的哭声跑来，慈爱地舔干了他们并用自己的乳汁哺养他们。不久，两人被牧人收养，并起名罗慕洛斯和雷默斯。长大后兄弟俩杀死阿木留斯，并在台伯河岸边建立新的城市。那么用谁的名字来命名新城呢？兄弟俩发生争执。罗慕洛斯杀死了雷默斯，新城被命名为“罗马”。如今有一尊具有民族意义的纪念雕刻——母狼青铜像，陈列于罗马博物馆。

14. 简述古罗马文学的发展历程。

(1) 共和国时期的罗马文学（公元前 240—公元前 30 年），主要成就是戏剧。其中以普罗图斯和泰伦斯的喜剧成就最高。普罗图斯《一坛黄金》、《孪生兄弟》对莫里哀、莎士比亚的影响。喜剧在刻画人物形象方面有明显的类型化趋向。罗马喜剧已经抛弃了歌队，只用对话，完全脱离了宗教。

(2) 共和国晚期和奥古斯都时期（公元前 100—公元 17 年），为罗马文学的“黄金时代”。共和国晚期主要成就是散文和哲理诗。西塞罗被称为“欧洲散文之父”。其演说辞和书信对后世影响很大。卢克莱修为当时最著名诗人，唯一作品是哲理诗《物性论》。奥古斯都时期出现三位大作家：维吉尔、贺拉斯和奥维德，组成麦凯那斯文学集团。

(3) 帝国时期的罗马文学（17—130 年）。此时文学渐趋衰落，史称“白银时代”。文学成为宫廷和上层人物的玩物。较有成就的是悲剧家塞内加，他被称为罗马最重要的悲剧作家，作品取材于希腊神话，充满凶杀、复仇、鬼魂、巫术等场面，长于心理分析和紧张的对白，对文艺复兴时期和古典主义时期的欧洲悲剧影响甚大。

总之，古罗马文学是在模仿和继承古希腊文学的基础上发展起来的，是古希腊与后世欧洲文学的桥梁。文艺复兴和17世纪的欧洲人，主要是通过罗马文学认识了希腊文学。

15. 维吉尔《埃涅阿斯纪》的史诗主题、人物塑造及其重要特点。

维吉尔的史诗《埃涅阿斯纪》（《伊尼德》），取材于意大利民间传说，讲述特洛伊英雄埃涅阿斯漂流到意大利，其后代建立罗马城的神话故事，是罗马文学中最重要的作品。史诗12卷，前6卷模仿《奥德赛》，叙写特洛伊王子埃涅阿斯的流浪。后6卷模仿《伊利亚特》，写埃涅阿斯与国王图尔努斯的战争。

史诗主题是：歌颂罗马人的爱国精神和对人类的同情心；歌颂罗马人的光荣史迹，发扬罗马的民族精神，激励罗马人民爱国家、民族的热情。

在人物塑造方面：与奥德修斯相比，同是流浪者，奥德修斯不畏艰辛返回故里，是为和家人团聚；埃涅阿斯知难而进，是为了整个民族和国家，也是神的意志的执行者。与阿喀琉斯相比，均是大将，阿喀琉斯为个人怨恨而拒绝参战；埃涅阿斯克制感情，服从使命，离弃了苦苦挽留的恋人狄多，从此开启了欧洲文学史上所谓责任与爱情的冲突主题。

重要特点：维吉尔史诗没有民间口头文学那种纯朴自然的特点，语言华丽、精雕细刻，是欧洲“文人史诗”的开端，使得古代史诗在人物、结构、诗歌格律方面进一步获得定型。

（六）论述题

1. 为什么说古希腊文学是欧洲文学的一个重要源头？

古希腊文学是欧洲最古老的文学。当古希腊人以“具有永久魅力”的神话和伟大的荷马史诗拉开希腊文学的帷幕，并继以光彩夺目的抒情诗、寓言、戏剧和文艺理论时，欧洲其他民族还处于原始的野蛮时代。

古希腊文学取得了辉煌的艺术成就，在思想和艺术各方面都具有首创意义，给后代欧洲文学以丰富的思想和艺术营养。古希腊文学中贯穿着两个矛盾着的思想，一是命运观念，一是人本主义思想，其中人本主义思想和追求现世的精神，一直为文艺复兴以后的资产阶级进步文学所继承和发展，成为反封建、反教会的思想武器，成为追求进取、搏击人生的精神动力。

古希腊文学的许多题材一直为后代欧洲作家借用和发展。古希腊文学在史诗、抒情诗、悲剧、喜剧、寓言、散文、文艺理论等各种领域都有建树，为后代欧洲文学的各种主要体裁树立了典范。

古希腊文学在创作方法上的现实精神和浪漫精神，为欧洲现实主义和浪漫主义奠定了坚实基础。古希腊一大批伟大作家被后代推崇和学习。他们以思想精神和丰富的艺术表现手法为后代作家提供了有益的借鉴。

当我们考察近现代欧洲文学，能清楚地看到它和古希腊文学的密切关系，看到渗透并融化其间的古希腊文学的传统和精神。

恩格斯曾说：“没有希腊文化和罗马帝国所奠定的基础，也就没有现代的欧洲。”无论是古希腊文学历史的古老，还是成就和影响，都有力地说明了其是欧洲文学的源头。

2. 试述古希腊文学的主要特点。

其一，以神话为基础。

古希腊文学是发展得最完善的人类童年时期的文学。它以神话为基础，荷马史诗和希腊悲剧都以神话和英雄传说为题材。这正是人类童年时期的文学艺术区别于其他时代的文艺的重要特色。

其二，人本思想与现世精神。

古希腊文学热情赞美人的美丽和勇敢、力量和智慧，以及突破千难万险、一往无前的英雄气概，谴责不公平的命运，嘲笑神的邪恶，充满了昂扬乐观、生机勃勃的精神，洋溢着欢乐、健康的气氛。

其三，艺术上的首创性质。

欧洲文学里主要体裁，如诗歌中的史诗、教诲诗、抒情诗、田园诗，戏剧中的悲剧和喜剧，散文中的演说、哲理文、对话录、文学评论、传记、传奇以及寓言等均始创于希腊。而艺术形象的塑造，心理和细节的描写，比喻、倒叙手法的运用等都为后世提供了丰富的有益的借鉴。而作为艺术创作方法的现实主义和浪漫主义以及两者的相互融合，在欧洲文学中可追溯到古希腊文学。

总之，古希腊文学是西方文学史上第一束鲜艳夺目、芳香四溢的花朵，具有很高的美学价值。马克思在评论希腊文学艺术时指出，它在今天“仍然能够给我们以艺术享受，而且就某方面说还是一种规范和高不可及的范本。”它对后世欧洲文学的发展产生深远的影响。

3. 为什么说古罗马文学是古希腊文学与欧洲近代文学的桥梁？

通过古罗马文学，可以看到一些失传了的希腊作品的概貌。后世作家首先是通过古罗马文学来学习希腊文学的优良传统的。

文艺复兴时期，欧洲资产阶级作家和学者，提出复兴古代文化，他们接触的古代文学，主要是罗马文学。17 世纪欧洲古典主义思潮，受古罗马戏剧创作和戏剧理论的影响明显。直到 18 世纪末和 19 世纪初，对古代文学的重视才由罗马转向希腊。

4. 如何理解马克思的论断：“希腊神话不只是希腊艺术的武库，而且是它的土壤。”（《政治经济学批判导言》）

（1）作为“武库”：神话中生动鲜明的形象和曲折离奇的情节，为以后的希腊艺术提供了丰富的素材和题材。荷马史诗《伊利亚特》主要取材于特洛伊战争，《奥德赛》包含许多远古神话，如其中的奥德修斯智胜独眼巨人的故事和游历冥府的故事等，都直接利用神话传说材料。古希腊悲剧、造型艺术（瓶画、塑像）等无不取材于希望神话。

（2）作为“土壤”：a. 神话浸润着英雄主义和乐观主义精神。普罗米修斯不畏大神宙斯的淫威，盗火予人，虽遭酷刑而不悔；赫拉克勒斯有勇有谋，有胆有识，克服重重困难，立下十二大功……他们身上焕发出的英雄气息和乐观精神，渗透到一系列史诗英雄与悲剧英雄的形象里。b. 神话表现出瑰奇的想象力。俄耳甫斯救妻入地，赫尔墨斯日行万里，代达罗斯插翅上天，赫淮斯托斯造出机器人。这些丰富想象是和希腊神话中“神人同形同性”特点相联系的。正因为那些神和人类一样有七情六欲，才会在人神、神神之间生出无数的奇闻逸事来。c. 人本主义的思想萌芽。虽然许多神话传说中描写人不听神示而遭神谴，表现出初民敬畏神权威的思想，但仍有不少神话歌颂了人类自身的力量，肯定了人间生活。如俄耳甫斯用竖琴奏出妙乐破除了塞壬们的妖法；赫拉克勒斯战胜冥王哈得斯，救出英雄忒修斯；国王阿德墨托斯被神告知死期将至，唯有求人代死，国中无一人愿代，连他垂暮的父母都不愿为儿子放弃几天人间生活——可见古希腊人乐生不乐死。神话中的人本主义思想成为后世艺术的精神食粮，在创作中得以发扬光大。

5. 以《伊利亚特》为例，分析其作为“史”与“诗”的价值。

“史”的意义指作品的认识价值。作为一部历史书，可以看到这是原始社会的一部“诗史”，也是我们研究古希腊社会的仅有的一部历史文献。

（1）当时的社会结构——属于部落和部落联盟，军事酋长（国王）掌握权力，实行军事民主制。部落间保持相对独立性，但为了共同利益（对外掠夺），又常结盟。由于分配掠夺来的财富不均，引起内讧。阿伽门农在大军出发前，听从群众意见，牺牲自己的女儿当祭品平息神的愤怒。全军大会讨论商定进退问题。

（2）社会生产发展状况——已经开始有家奴出现，战争中的俘虏做家奴；另外青铜、铁并用，使用简单生产工具，学会榨油、酿酒、制造陶土器皿及金属加工技术，制造简单的船。赫淮斯托斯为阿喀琉斯煅制的盾牌精美绝伦，这些构成了古希腊社会生活五光十色的图景。

（3）社会风俗习惯，家庭生活状况，婚姻制度，社会生活中的道德观念。男子充当攻城略地的英雄角色，妇女只在家中纺织与料理家务。女人成为财产的一部分。男女不平等。男子多妻。妇女忠实于丈夫。

“诗”的价值是从艺术观方面来看：

（1）战争观：这是一部描写战争的巨著。既歌颂战争的伟大力量，同时又对战争表现出反感与怀疑。以歌颂为主导，表现了历史的真实性和人民感情的真实性。史诗歌颂战争，将之看成光荣而有利的事业，无所谓正义与否。这与私有制开始萌芽有关，认为可以通过战争攻城略地，可以夺取财富。另外战争可展示勇敢的尚武风气。因此，希腊人将战争看成一种职业。此即历史的真实性。另一方面，史诗一定程度上亦表现了对战争的反感和怀疑，表现了人民真实的感情。反对战争的是出于被打败的一方——特洛伊人。以赫克托耳之妻安德洛玛克来表现这一主题。另外希腊方面的平民也有厌战情绪，代表是忒耳西忒斯（作者把他写成军营中最丑的人）。

（2）英雄观：荷马史诗被称为“英雄史诗”，原因即作品在塑造英雄形象上有高度成就。对作战双方战斗英雄都采取同样歌颂的态度，对双方加以赞美。其英雄观念与勇猛、超人的体力结合在一起，也与私有观念联在一起。因此，在他们身上表现为与部落集体休戚与共的高度责任感。另因当时无国家体制，无所谓国家观，所以他们亦为所欲为，对自己的行为、后果不负责任。其中，阿喀琉斯、赫克托耳最为典型。

（3）人神观：史诗在展现现实的同时，又带有自己的特点：神话性。人神混合、人神不分。神干预人间的战争和历险。英雄为神的后代。现实、历史、神话结合，正是古代史诗的特点。战争被视为由神挑起的。胜负由神决定（神用天平预知胜负）。诸神各助一方。战场上，英雄们靠自己的奋战夺取胜利，人可以与神决战，还能战而胜之。

6. 分析《埃涅阿斯纪》中的埃涅阿斯的形象及其意义。

《埃涅阿斯纪》是古罗马奥古斯都时期的著名诗人维吉尔的代表作，它是欧洲文学史上第一部文人史诗。《埃》追述了罗马帝国的建立和历史，歌颂了罗马历史，配合了屋大维的旨意。作品塑造了具有典型的罗马精神的埃涅阿斯形象。维吉尔首先将埃涅阿斯确立为神子，埃涅阿斯是茹利安族的始祖，而奥古斯都乃茹利安的养子，这实际上确立了罗马统治者的出身。将埃涅阿斯的儿子尤鲁斯写成恺撒和屋大维的祖先，肯定了罗马统治者的神统。

埃涅阿斯具备英勇、刚强、爱国、仁爱、公正等品德，他最初作为一位战败的特洛伊王子出现，然而并不为沉重的失败所挫，他获得迦太基女王狄多的爱恋，却不为情感所迷惑，在神意的引领下，他始终不渝地朝着建国的伟大目标奋进，最后历经苦难成就了辉煌的业绩。这一形象明显具有屋大维的特征：在历史上，屋大维抵制了埃及艳后克利奥佩特拉的诱惑，并在三雄的斗争中最终胜出，此后他整顿政务和道德风尚，热衷于恢复古罗马宗教信仰，笼络文人，从而结束了内乱，形成了大一统局面。

埃涅阿斯具有与希腊英雄不同的特质。阿喀琉斯直率、任性，重视个人荣誉，奥德修斯展现的是个人才智，回家是为了维护个人价值的目的。埃涅阿斯始终抱有对家族和民族的责任感。从《埃涅阿斯纪》开始，欧洲文学中开始探讨责任与爱情的冲突的主题。

（七）综合阐述题

1. 人与命运的冲突是古希腊悲剧中的一个常见主题。试比较埃斯库罗斯、索福克勒斯、欧里庇得斯三位悲剧诗人在命运观上的差异。

人的意志与命运的冲突是古希腊悲剧中常见的主题。在远古希腊人的观念中，命运是不可抗拒的，是不可知的。其实，人的命运的冲突是人与外界环境的冲突，它是人类在低下生产力的情况下受自然摆布而产生的命运观念。古雅典的伟大悲剧家埃斯库罗斯、索福克勒斯和欧里庇得斯等人，他们认为命运是冷酷无情的，它驱使着悲剧性事件不可避免地发生，他们倾注精力于特殊的英雄事迹上，并把它当作命运的业绩的证明和个别实例。随着社会的发展，命运观也在发生变化。三位诗人在命运观上的变化就说明了这一点。

埃斯库罗斯把命运看作具体的神物，认为命运支配人的一切，包括支配神。他把苦难的根源看作是命运、神明，悲痛全都是出于宙斯的意志，凡人的经历没有一点离得开宙斯，神是人的赐生者，又是苦难的渊薮。神是人生命的源泉，又是人毁灭的根源，这种终极悖谬把人推向绝境。但他并不消极悲观，而是把人的幸福寄托在神明引导的公正上，对神意的信念，最终会把人们引向公正与和谐。

索福克勒斯的心目中，命运不是什么具体的神物，而是超乎人类之外的抽象观念。命运虽然不可抗拒，其正义性和理性却是可以怀疑的。虽然神意不可违，但人的自由意志则是更重要的，人对命运的抗争是英雄的表现。维护神的尊严的同时着重表现人的作用，表现人勇于把握自己命运的决心。

欧里庇得斯认为人的命运取决于自己的行为。他认为神的道德观念甚至比不上善良的凡人，人物的受难有时并非因为家族或祖传的罪孽，而是神的自私和随心所欲致使无辜的人们受害。神成为诅咒的对象，人的苦难得不到任何合理的解释，人的灵魂激荡奔突，无处归依，直至最终或憔悴而终，或壮烈毁灭。

2. 比较《埃涅阿斯纪》与荷马史诗的异同。

《埃涅阿斯纪》与荷马史诗有很多相似之处。在结构布局上，《埃》分前后两部分，前半部分模仿《奥德赛》写埃涅阿斯的流浪，后半部分模仿《伊利亚特》写埃涅阿斯与图尔努斯之战。在艺术手法上，《埃》也运用了大量的荷马式的比喻、重复、对比等手法。

但两者的区别也很大，《埃》更像是一首民族史诗，有着成熟的思想和更沉重的历史感，《埃》更充满悲天悯人的忧郁情调，是第一部文人史诗。《埃》具有鲜明的罗马文学特色。主人公除了勇敢、刚毅之外，还具有敬神、爱国、仁爱、公正等品德，且政治目的性强，为了国家，历经千辛万苦，能克制个人情感，表现出较强的理性意识、集体意识、责任观念和自我牺牲精神，这与个体意识很强的荷马史诗不同。艺术上，《埃》没有荷马史诗的自然质朴的特点，缺少口头文学的活力，它的风格哀婉严肃，格律严整，在心理描写上超越了荷马史诗。

（八）作品分析题

1. 为什么说《俄狄浦斯王》是终局式结构的杰作？

《俄狄浦斯王》取材于希腊神话中一个古老故事。亚里士多德将悲剧情节布局分为“简单”（以埃斯库罗斯《阿伽门农》为代表）与“曲折”（以索福克勒斯《俄狄浦斯王》为典型）两种。一般说来，讲故事的结构方式也有开放式（也叫直叙式：从头到尾原本写来）与锁闭式（终局式）两种。后者截取一个片段表现全体，这样就一下子将矛盾推向了高潮。如果按照开放式结构设计俄狄浦斯王的故事，我们可以分成五幕：

第一幕　弃婴：神示底比斯王将生一子，该子长大后弑父，底比斯王于是派牧人甲将婴儿抛于山中，牧人甲交给科任托斯国的牧人乙，后者带回。

第二幕　杀父：婴儿长大，神庙查询生父母，神告知其命运为杀父娶母，俄狄浦斯遂逃离科任托斯，与过客冲突，杀之，过客长者为生父。

第三幕　娶母：逃往底比斯，解斯芬克斯之谜，拯救底比斯城民，拥为王，娶先王寡妻，即娶母。

第四幕　追查凶手

第五幕　出走

索福克勒斯在剧本中采用的是终局式讲故事的方式，重点写上述所示的第四、五幕，集中写真相大白的情节，前三幕放在剧情之外，以补叙的方式交代。只写俄狄浦斯追查凶手一事（舞台实际演出部分），而将整个故事带出来（这是放到场外去发展的部分），然后通过先知的预言、王后说出前夫被杀的经过、报信人说俄狄浦斯与科任托斯国王无血缘关系、先王的牧羊人证明他曾把婴儿交给报信人这四个关键性的情节，由四个人陆续上场，抖开了全部包袱。

荷马是欧洲文学史上创造以点带面及倒叙手法的第一人，索福克勒斯则是终局式戏剧结构的开创者，这种叙事方式与荷马用四天的战斗描写来表现十年特洛伊战争的手法，有异曲同工之妙。

整个悲剧的地点——底比斯王宫前院；时间——不超过 24 小时；人物——减少到最低限度。

2. 结合作品文本，分析《俄狄浦斯王》巧妙的戏剧技法。

《俄狄浦斯王》采用了诸如“悬念”、“回顾”、“突转与发现”等高妙的戏剧技法来展示这一个传奇故事。

所谓“悬念”，指人们急切盼望知晓某种事物的一种心理状态。高明的剧作家总在不断的意外或偶然性变化中引发悬念。悬念手法也即提出戏剧矛盾——“凶手是谁”，所有戏剧矛盾都围绕其展开。

开场——神怒，灾难流行，为何？凶手是谁？俄狄浦斯能否抓到凶手？开场的剧情使观众知道神发怒及城里发生灾难的原因，但还有两个问题悬而未决：凶手是谁？能否抓到？

第一场——先知说俄狄浦斯为杀死老王的强盗，是不是呢？又生一悬念。并说这个凶手命中注定杀父娶母，最后将刺瞎双眼，到处流浪。会不会？又一新悬念。

第二场——王后安慰俄狄浦斯，叫他别信神示，因为她和先王的儿子早就扔进山里。而先王在路上被一伙强盗杀死，这是生还者告诉王后的。此话无非是要使俄狄浦斯相信自己不可能杀父，又引起更新、更严重的悬念：生还者是谁？在哪里？会不会与俄狄浦斯对证？

第三场——科任托斯城报信人：波吕玻斯（俄狄浦斯以为其父亲）病死。王后、俄狄浦斯高兴，事实证明俄狄浦斯不可能杀父。但又言“无血缘关系”。新的悬念又生：把我（俄狄浦斯）交给你的那个牧人是谁？为何父母扔掉我？

第四场——两牧人对质，一问一答，将冲突推向高潮。于是真相大白，悬案顿开：凶手、弃婴、杀父者、娶母者，就是俄狄浦斯王。

结局——一个上吊自杀（王后），一个刺瞎双眼（俄狄浦斯）。命运决定一切，先知预言完全应验。

所谓“回顾”，指用人物讲过去发生的事情。虽然只取生活片断，但要表现的却是完整的故事。“回顾”要与戏剧冲突（“现在”）紧密结合起来，以过去推动现在，推动戏剧冲突。比如，王后回顾过去，本是安慰俄狄浦斯，却促使冲突发展。报信人讲俄狄浦斯与死去国王没有血缘关系，更大地推动了戏剧冲突。两牧羊人大讲过去，均证实了现在：眼前国王即弃婴。

所谓“突转”指剧情意外的转变，使悲剧主人公由顺境转向逆境，或由逆境转向顺境；“发现”指人物的被“发现”，或一方被他方“发现”，或双方互相“发现”。

在《俄狄浦斯王》中，诗人擅长接二连三的“突转”引起逐步“发现”，然后一个大“突转”引起最后的大“发现”。先知预言（俄狄浦斯王是凶手）是一次“突转”，是“发现”自己是凶手，明白自己即将落入杀父娶母悲剧宿命的第一步；王后的说明作为第二次“突转”，是“发现”的第二步，尤为重要的是，观众“发现”主角处境越来越不妙。报信人的说明为第三次“突转”，这一“突转”最终使俄狄浦斯、王后双方“发现”了彼此的关系，走向悲剧的结局。

三、作业设计及选题

1. 试析西西弗斯的精神以及给我们的启示。

古希腊神话中的国王西西弗斯得罪了众神，众神罚他向山上推一块巨石，刚到山顶，巨石又滚回山下，他只得重新开始，如此反复不停。众神认为没有什么惩罚比这种没有希望地徒劳重复更可怕了。“西西弗斯的苦役”比喻沉重、无休止、无结果的工作。

西西弗斯是一个荒诞英雄。他的身上深刻体现着整个人类生存状态的荒诞。人类与自身荒诞相随，每个人都生活在自身的局限里。

荒诞处境的唯一出路是反抗，反抗是人对某种事物超出自身的理性限度采取的非理性反应，意味着人性的存在，建构着人的本质。

西西弗斯神话给我们的启示是：人要正视不可抗拒的命运，纠正与现实世界对立的人类世界，创造自己的理想世界。西西弗斯具有面对荒诞挺身反抗的英雄风采。

2. 为什么古希腊戏剧缺少“观众”?

亚里士多德《诗学》第六章称希腊悲剧的成分必然是六个：即情节、性格、言词、思想、扮相与歌曲。与现代戏剧三要素（演员、剧本、观众）相比，缺少了“观众”这一重要因素。是古希腊戏剧可以离开观众存在吗？当然不是。这里涉及古希腊戏剧的本质问题。

今天我们谈古希腊戏剧，易将之混同于我们今天能看到的舞台上演出的戏剧。2500年后的今天，我们或许会忘记古希腊戏剧并非如现代一样，三四友朋相约，买好门票后到固定位置上看着舞台上一群演员扮演一段与自己全不相干的事情，同情时抹一把眼泪，开心处哈哈大笑，义愤处握紧拳头，惊险处睁大或紧闭双眼，然后散场回家。古希腊戏剧，不论是悲剧还是喜剧都起源于酒神祭典仪式。

关于酒神狄奥尼索斯的神话有好几种，但都强调了酒神的第二次诞生。狄奥尼索斯是宙斯和波息丰的儿子，当他还是小孩子的时候就被巨人族撕得粉碎，他们吃光了他的肉，只剩下他的心。正是这颗心使得狄奥尼索斯获得了新生。由此酒神的信徒们便在这种祭典仪式的高潮处把一只作为牺牲的野兽撕开并生吃了它的肉，以此重演巨人族撕碎并吃掉狄奥尼索斯的故事。在此这只野兽某种意义上便是酒神的化身。巨人族是地母该亚所生，但吃了神之后，他们便获得一点神性。普罗米修斯知道天神的种子埋在地里，遂仿天神模样用泥土造人，故而人是部分属于地、部分属于神的。祭典仪式就是要人更完全地接近神性。

所以，古希腊戏剧根本上就是一种大规模的祭祀活动，希腊城邦中所有公民一同去重新体验神的某一段生活经历后，目睹神的悲欢离合而激动、震撼，自觉投入神的生活世界之中，以热烈、狂欢的激情参与这段故事。亚里士多德称悲剧有宣泄与净化功能，也正是据希腊悲剧的这种特征而言的。

因此，所有观众强烈的参与意识是希腊戏剧的本质所在。观众根本上就是剧本的一部分，剧本不过是他们的家族史而已。在那里没有演员与观众之间明确的分野，而现今观众用他们的存在与反应来完成剧本所达不到的一面。在希腊戏剧演出现场，所有人都不再是现实生活中的自己，都以一种全新的身份进入幻觉世界，成为其中一员。在戏剧高潮的共鸣与狂欢之中，人们尤其深切感受到自我与群体、人与神的完全同一。因为它源自人们对神的命运的共同体验，因而比起原始艺术的共鸣来有着更深刻的意义。

3. 试从多角度解读《俄狄浦斯王》。

从探讨作品里的命运问题来看，这是一部最典范的命运悲剧。命运悲剧主要指古希腊悲剧，它主要写主人公的个人意志和命运的冲突。古希腊人认为，在人与神之上还有命运主宰一切，它是不可抗拒、不可解释、难以捉摸的。所谓“命运”，其实质是客观规律的必然性，是古希腊人局限于思想及科学水平而无法认识的。所谓人与命运的冲突，实际反映了人与外界环境、人与人之间的冲突。命运悲剧是古希腊人反映社会矛盾的一种特殊形式。

即使有过人毅力的英雄也不免受命运的捉弄，这充分表现出古希腊人对超越自身能力的力量的恐惧。在索福克勒斯眼里，命运是一种不可知的力量，无论如何挣扎都摆脱不了。正是这种支配力量导致了无辜的俄狄浦斯的毁灭。但索福克勒斯对命运的合理性提出了怀疑，表现了个人反抗命运的思想。

从“俄狄浦斯情结”来分析，俄狄浦斯弑父娶母的行为源自他的恋母情结。男孩幼小的时候就亲近母亲，仇视父亲，甚至想取代父亲，但这只是一种潜意识，我们无法意识到。当他长大了一点，他发现自己的父亲比自己强大得多，就产生了一种认同感，恋母倾向淡化下来了。但有的家庭是父亲比较软弱，母亲相对强悍，男孩无法对父亲产生认同感，所以恋母倾向很明显。俄狄浦斯娶王后为妻，因为他喜欢这种母亲类型，不觉得不妥。

4. 认识你自己：从词源学角度解读《俄狄浦斯王》。

“俄狄浦斯”一词的原意是“我知道脚”。斯芬克司之谜，也是一个关于脚的隐喻，而它的谜底是“人”。对俄狄浦斯而言，他知道“人”（自己）了吗？表面上是（猜中了谜语），实质上又不是（他不知道“自己”是谁）。“认识你自己”，这是希腊悲剧给我们的最重要的启示。

据古希腊神话，赫拉为了报复情敌塞墨勒，派出一个人面狮身的女妖来危害底比斯。这妖兽坐在城外山上，不停地说着一个谜语：什么动物有时四只脚，有时两只脚，有时三只脚，脚最多的时候最软弱。

值得思考的是，为何妖兽偏偏出了个“人”的谜语给人猜？其他人都没有猜出，盲先知也未道破，唯独流浪的俄狄浦斯猜出呢？或许，斯芬克司连同这个谜语实质上就是人类自己。“人”猜不出谜底，即认识不了自己，连自身是什么都无法识别，只有走向毁灭：被“自己”吃掉，被自己的愚顽不化、自以为是“吃掉”。

因此，当底比斯人对谜语进行苦苦思考时，他们就感到人生可悲，人处于悲剧境地之中。俄狄浦斯正在这一点上自掘其墓。他一语道破了谜语，似乎是个“智者”，似乎认识自己了。然而，他比那些未猜出谜语的无知者，命运更为悲惨。

俄狄浦斯遭受的是精神上的痛苦、灵魂上的煎熬，在此，肉体的灭亡已退其次。对于无法释然的人生之惑，古希腊人解释为命运的捉弄、对智者的嘲笑。正是在此点上，触及了人内在的本质。

请看，俄狄浦斯与盲先知忒瑞西阿斯发生冲突时的一段对话：

俄狄浦斯：你老是说些谜语，意思含含糊糊。

忒瑞西阿斯：你不是最善于破解谜语吗？

俄狄浦斯：尽管拿这件事骂我吧，你总会从这里发现我的伟大。

忒瑞西阿斯：正是那些运气害了你。

这里有两点值得注意：

第一，俄狄浦斯“最善于破解谜语”，却破不了一般人能破的谜，所谓聪明一世，糊涂一时。人有时会被自己的“自负”蒙蔽双眼。

第二，俄狄浦斯沉醉于“运气”中，一切以自我为准绳，即“自负”的表现。他把顽固当作执着和勇敢，将糊涂、愚蠢当作聪明，盲目自大，自以为是。

维柯曾指出：“每逢落到无知里，人就把他自己变成衡量一切事物的尺度。”俄狄浦斯所有的一切都具有谜语的双重性质。真正的谜底——杀父的、娶母的，就是他自己——揭开后，才发现谜面（智者的不断追寻）与谜底形成极大的反讽，才真正认识到谜底就是不幸的自己。真可谓：自己（的自负）成为自己的地狱。

按照一般的游戏规则，谜底揭示后，猜中者获得奖赏，谜语就失去存在意义。与谜语一体的斯芬克司跳山崖自杀，消失了；俄狄浦斯受到奖赏，被拥戴为底比斯王。然而，这又是典型的“福兮祸所伏”。在此谜语的背后隐藏着更大的谜语，来迷惑俄狄浦斯。他猜出斯芬克司之谜，正是迈向悲剧之始。因此，所谓的谜语实际上是一个诱饵。

那么，斯芬克司的谜语，暗指谁呢？正是破谜者俄狄浦斯的一生遭遇。

俄狄浦斯出生不到三天，即被父王为了规避神的预言，钉住左右脚跟。这时，有时是三只脚（两手加上一“合脚”），有时是两只脚（两手），有时是“四只脚”（解救后）。长大、流浪直至当上国王，是两只脚。最后，用母亲/妻子的金别针刺瞎双眼，自我放逐，重新流浪，变成三只脚（一只是拐棍）。“有时”这个时间副词，很有深意。脚的数量变化和时间变化透露他的命运多舛。

前文已述，“俄狄浦斯”这个名字本身就蕴藏着谜语。前后两个音节，连起来即“我知道脚”。表面上看是他幼时的不幸（左右脚跟钉在一起）而得到的名字。斯芬克司的谜语恰恰就是一个“关于脚的谜语”。

剧本中多次提到他的“脚”：

> 他命中注定从出世到死亡都作为一个被驱逐的人。好比一头野兽迈着飞快的脚步逃跑。

他的脚驱使他离开人世，徒劳无益地企图躲避神示。

由于触犯了脚踏在高天之上的天条，被长着可怕的脚的诅咒所追赶。由于爬到了权力的顶峰，结果陷入痛苦的深渊，从此无力从中拔出脚来。

报信人（对俄狄浦斯）：你的脚跟可以证实你的痛苦。

后来俄狄浦斯也意识到了“脚”的悲剧性：

俄狄浦斯：那在牧场上把我脚上残忍的铁镣解下的人，那把我从凶杀里救活了的人——不论是谁——真是该死……

歌队：但愿如此！

俄狄浦斯：那么我不至于成为杀父的凶手，不至于被人称为我母亲的丈夫……

这里，“脚”是被着意选择出的一个形象，隐藏的意义即“俄狄浦斯”。让俄狄浦斯去猜“俄狄浦斯”，暗寓“认识你自己”。

俄狄浦斯就是一个谜一样的人物。他与先知、克瑞翁、伊俄卡斯忒和牧人的冲突中暴露出了人性的弱点。对盲先知，始而尊敬信服，继而态度恶劣，特别是当先知被逼指出他就是杀人凶手后，他咒骂、威胁先知。他认为克瑞翁处处嫉妒他的财富、权力，收买诡计多端的先知，想夺取王位，并要流放甚至杀死克瑞翁。他傲慢、刚愎自用、自以为是、顽固。对年老的牧人，要打要杀，十分凶暴，大耍淫威。这些人性中恶劣的污点集中在俄狄浦斯身上，使我们感到面对的已非半神的英雄，而是一个俗人。他认识不了自己是个俗人，一个谜语就把他蒙骗了，硬把自己当成“神”，结果只能挣扎在痛苦中，不断地走向不幸。因此，俄狄浦斯实质上就是斯芬克司。这些恶劣的人性的弱点就是他的“狮身”，是动物性的部分，是他悲剧的原因。他的悲剧是他自身造成的，是“自己害自己”。

从哲学层面上讲，俄狄浦斯的悲剧可以说是整个人类的悲剧——整个人类在认识自身问题上的无奈与悲哀。确实，人类不是一种可以描述或下定义的存在，是一个悬而未决的问题，一个一直未被揭开其多重含义的谜！

剧中一段台词颇具警醒意义：“这就是俄狄浦斯，他道破了那著名的谜语，成为最伟大的人；现在却落到可怕的灾难的波浪中。因此，一个人在他还没有跨过生命的界限，还没有得到痛苦的解脱之前，就不要说他是幸福的!”

5. 分析美狄亚的杀子与爱情要求。

古希腊人都明白爱情的威力：海伦引起了战争，爱情与女人正是这场可歌可泣战争的导火线。旧神谱系中，父妻女，兄妻妹，子妻母，反映当时两性关系上的混乱与血缘家庭关系。蒙昧时代只有性欲而没有现代意义上的爱情。两性关系的直接目的是繁殖后代，不具排他性，不存在嫉妒。新神谱系中，出现财产剩余，产生财产继承权问题，负责狩猎与作战的男人要求确切知道谁是自己的后代，就对女子提出忠贞的要求，珀涅罗珀成为忠贞的象征。

随着文明的进步，男女关系产生排他性，嫉妒几乎成为女神的情感特征（赫拉）。在两性关系上的嫉妒，实是争取男女平等的先声，包含着现代爱情伦理的萌芽。

黑格尔论及浪漫型艺术中的爱情概念时指出：各方各自愿为对方献身的忘我精神是爱情的最重要特征：双方以互爱为前提，妇女与男子处于平等地位。

美狄亚对伊阿宋的爱具有强烈的忘我的献身精神。对美狄亚而言，伊阿宋就是她的一切，她的生命。希腊神话中，女人为其所爱男人献身者无数，但美狄亚的独特之处在于她要求这种献身是相互的。伊阿宋为求权力而冒险，为金钱和权力与公主结婚，却虚伪地说这样做是为孩子们着想，口口声声地说他不愿对不住朋友，甚至在“退场”里还悲叹他不能享受新婚的快乐，可谓自私到了极点。因而，当伊阿宋背叛美狄亚时，她不像其他妇女一样逆来顺受，而是向当时流行的“一夫多妻”制度和风俗进行挑战。

由此，欧洲文学史上出现了“痴心女子负心汉”的人物类型。欧里庇得斯更明白感情对女子而言，几乎是生命里最重要的东西，爱情可以使人充满活力、乐趣，也可以置人于死地，力量不可谓不大。

6. 分析传统欧洲戏剧与中国古典戏曲的主要区别。

戏剧是两种文学样式——叙事文学与抒情文学的结合体。又有叙事戏剧与抒情戏剧之分，从总的倾向看，这是传统欧洲戏剧与中国古典戏曲的本质区别。欧洲戏剧的观众由于不知而期待——要求戏剧出人意料——强调冲突、突转；被观众期待的动作既符合观众的思考，又出乎观众的意料。中国观众由于已知而期待——要求戏剧合乎情理，充分调动观众的激情以满足观众的期待，以感情吸引观众。抒情化了的中国古典戏曲主要的文学功力不是用来写那推动事件进展的动作及其过程，而是写人物在特定境界中的心情。

第二章　欧洲中世纪文学

多学几遍

一、提要

（一）学习要求

1. 了解欧洲中世纪文学的分期、类型、特征、价值及宗教文化色彩。

2. 了解诗人但丁的生平、创作历程及思想倾向，把握《新生》与《神曲》的思想意蕴及艺术成就。

（二）课程内容

1. 欧洲中世纪文学是指欧洲封建社会初期和中期的文学。欧洲中世纪文学的文化历史背景与基本特点。欧洲中世纪文学类型：教会文学（占据统治地位）；骑士文学（一种封建世俗文学）；英雄史诗；市民文学（城市文学）的主要作品及文学成就。中世纪文学的主要艺术特征：象征、寓意、梦幻。基督教对欧洲中世纪文学的影响。

2. 但丁生活的时代、创作经历。在但丁一生中有两件事可以说是他从事创作的重要契机：一是他所爱着的一个叫贝阿特丽采的女孩于1290年去世，这构成了他25岁以前的精神生活的内容，使他创作了著名作品《新生》。另一原因是他被放逐，这使他开始了学术研究，写作了《飨宴》、《论俗语》、《帝制论》等学术著作，并创作了伟大诗篇《神曲》。恩格斯的经典评价：但丁是“中世纪的最后一位诗人，同时又是新时代的最初一位诗人”。《神曲》的创作意图：给意大利指出政治上和道德上复兴和统一的历史使命；“用从来对于一切女性都不曾用过的话”来歌颂贝阿特丽采，为她建立一座永久的纪念碑。《神曲》采用中世纪梦幻文学的形式，梦游地狱、炼狱和天堂。《神曲》所展现的中世纪梦幻文学的形式和神学体系框架。丰富的思想内容与严谨的艺术形式。诗集《新生》。但丁及其作品的当代价值。

（三）重点与难点

欧洲中世纪文学的特征与价值。但丁的神学世界观与人文主义思想因素的矛盾在作品中的反映。恩格斯对但丁评价的重要意义。

（四）阅读书目

《罗兰之歌》、《列那狐传奇》、《新生》、《神曲》。

二、题解

（一）填空题：

1. 中世纪世俗文学包括＿＿＿＿＿＿、＿＿＿＿＿＿和英雄史诗，其中后者的代表作是＿＿＿＿＿＿＿＿。

2. 中世纪后期英雄史诗最著名的有法国的＿＿＿＿＿＿＿＿、西班牙的＿＿＿＿＿＿＿＿、德国的＿＿＿＿＿＿＿＿＿＿＿和基辅罗斯的＿＿＿＿＿＿＿＿＿＿。

3. 恩格斯在评价但丁时指出：“他是＿＿＿＿＿的最后一位诗人，同时又是＿＿＿＿＿的最初一位诗人。”

4. 《新生》是＿＿＿在青年时期献给＿＿＿＿＿＿＿＿的爱情抒情诗集。

5. 《神曲》采用中世纪流行的＿＿＿文学的形式，大量运用＿＿＿、＿＿＿的艺术手法。

6. 欧洲文学史上第一部向读者披露作者最隐秘的思想感情的自传性作品是______的__________。

7. 中世纪市民文学中讽刺叙事诗的代表作是法国的________________，作品以__________和伊桑格兰狼之间的斗争为主要情节。

8. 法国的骑士抒情诗以法国南部的____________为中心，骑士叙事诗以____________为中心。

9. 中世纪初期最著名的英雄史诗是________________，中世纪英雄史诗的代表作是________________。

10. 但丁的《神曲》以恢宏的气势描写了基督教神话中的地狱、炼狱和天堂，其中带领史诗中的但丁下地狱的人是__________，带领他进天堂的人是________________。

11. 罗兰是一个____________的理想形象。

12. 中世纪城市文学是在____________的基础上发展起来的，它在艺术上主要采用______手法。

13. 韵文故事________________后来成为莫里哀的名剧《打出来的医生》的情节基础。

14. 中世纪的欧洲__________在精神文化领域中占有统治地位。

附：填空题答案

1. 骑士文学；城市文学；《罗兰之歌》 2. 《罗兰之歌》；《熙德之歌》；《尼伯龙根之歌》；《伊戈尔远征记》 3. 中世纪；新时代 4. 但丁；贝阿特丽采 5. 梦幻；象征；寓意 6. 但丁；《新生》 7. 《列那狐传奇》；列那狐 8. 普罗旺斯；法国北方 9. 《贝奥武甫》；《罗兰之歌》 10. 维吉尔；贝阿特丽采 11. 忠君爱国 12. 民间文学；讽刺 13. 《农民医生》 14. 基督教

（二）单项选择题

1. 欧洲文学史上的“中世纪文学”一般指的是（　　）。

A. 中世纪初期和中期的文学

B. 中世纪末期的文学

C. 中世纪中期和末期的文学

D. 中世纪初期、中期和末期的文学

2. 属于中世纪德国的英雄史诗是（　　）。

A.《罗兰之歌》　　B.《希尔德布兰特之歌》

C.《尼伯龙根之歌》　　D.《熙德之歌》

3. 后期英雄史诗的中心主题是（　　）。

A. 忠君　　B. 爱国

C. 爱情　　D. 战争

4. 骑士文学反映了（　　）的思想意识。

A. 教会　　B. 世俗封建主

C. 市民　　D. 劳动人民

5. 最有名的骑士抒情诗是（　　）。

A. 牧歌　　B. 夜歌

C. 破晓歌　　D. 怨歌

6.《列那狐传奇》中的列那狐是（　　）。

A. 新兴市民的典型　　B. 无产阶级的典型

C. 封建贵族的典型　　D. 神职人员的典型

7.《列那狐传奇》中狗熊勃伦、老狼伊桑格兰等代表（　　）。

A. 新兴市民的典型　　B. 无产阶级的典型

C. 封建贵族的典型　　D. 神职人员的典型

8. 列那狐同比自己强大的狮子、狼和熊进行周旋和斗争，目的是（　　）。

A. 保护比自己弱小的鸡、麻雀和小兔等

B. 代表弱小的鸡、麻雀和小兔同强权进行斗争

C. 展现其叛逆性格

D. 纯粹是为了自身的利益，但客观上也有利于小动物

9. 骑士抒情诗的中心主题是（　　）。

A. 行侠　　B. 护教

C. 爱情　　D. 忠君

10. 但丁将《新生》献给了他钟爱的少女，这个少女是（　　）。

A. 贝阿特丽采　　B. 圣母玛利亚

C. 劳拉　　D. 玛甘泪

11. 在《神曲》中维吉尔是（　　）的象征。

A. 信仰　　B. 理性

C. 神学　　D. 爱情

12. 但丁创作《神曲》时使用的语言是（　　）。

A. 拉丁语　　B. 希腊语

C. 意大利语　　D. 希伯来语

13. 在《神曲》中，引导但丁游历地狱的是（　　）。

A. 荷马　　B. 维吉尔

C. 柏拉图　　D. 亚里士多德

14. 不属于但丁《神曲》所表现的内容的是（　　）。

A. 表现了强烈的爱国主义热情

B. 谴责教皇对世俗政治的干预

C. 号召推翻皇帝

D. 总结中世纪文化

15.《神曲》的主要内容取材于（　　）。

A. 历史　　B.《圣经》

C. 意大利现实生活　　D. 神话

16.《罗兰之歌》通过对罗兰奋勇拼杀、战死疆场的描写所要表达的主题是（　　）。

A. 悲观主义　　B. 爱国主义

C. 自由主义　　D. 人文主义

17.《论俗语》文笔精炼，语言丰富，奠定了（　　）散文的基础。

A. 英国　　B. 法国

C. 意大利　　D. 德国

附：单项选择题答案

1. A　2. C　3. B　4. B　5. C　6. A　7. C　8. D　9. C　10. A

11. B　12. C　13. B　14. C　15. C　16. B　17. C

（三）多项选择题

1. 但丁的《神曲》在思想上相当复杂，包含有各种因素，其中有（　　）。

A. 基督教神学观念　　B. 人文主义思想

C. 爱国主义精神　　D. 浪漫主义思想

E. 自然神论思想

2. 中世纪欧洲文学的四种样式是（　　）。

A. 教会文学　　B. 文艺理论　　C. 骑士文学

D. 市民文学　　E. 英雄史诗

3. 中世纪文学的特征有（　　）。

A. 宗教色彩　　B. 象征色彩　　C. 梦幻色彩

D. 神秘色彩　　E. 浪漫色彩

4. 《神曲》的组成部分有（　　）。

A. 《地狱》　　B. 《炼狱》　　C. 《新生》

D. 《天堂》　　E. 《在人间》

5. 但丁被放逐期间创作的作品有（　　）。

A. 《神曲》　　B. 《飨宴》　　C. 《论俗语》

D. 《帝制论》　　E. 《新生》

6. 中世纪骑士叙事诗的题材来源可分为（　　）。

A. 神话传说　　B. 拜占庭系统

C. 古代系统　　D. 不列颠系统

E. 现实生活

7. 中世纪的“骑士精神”包括有（　　）。

A. 爱国　　B. 禁欲　　C. 护教

D. 行侠　　E. 忠君

8. 中世纪后期英雄史诗最著名的有（　　）。

A. 《罗兰之歌》　　B. 《尼伯龙根之歌》

C. 《贝奥武甫》　　D. 《熙德之歌》

E. 《伊戈尔远征记》

附：多项选择题答案

1. ABC　2. ACDE　3. ABCD　4. ABD　5. ABCD　6. BCD
7. CDE　8. ABDE

（四）名词解释题

1. 骑士文学

中世纪特有的一种世俗封建文学，是骑士制度的产物，它反映了骑士阶层的生活习俗和思想感情。骑士文学虽然也宣扬封建意识和基督精神，但因描写了骑士的世俗爱情而具有反教会禁欲主义的积极意义。骑士文学的主要体裁有骑士抒情诗和骑士叙事诗（亦称骑士传奇），在内容上主要描写骑士的冒险故事和他们与贵夫人之间的爱情。骑士抒情诗以法国南部的普罗旺斯最兴盛，其中又以“破晓歌”最为著名。骑士叙事诗盛行于法国北部，关于亚瑟王和圆桌骑士的故事流传甚广，《特里斯丹与伊瑟》是其中出色的作品。骑士文学对近代欧洲抒情诗和长篇小说的发展影响极大。

2. 普罗旺斯抒情诗

指12世纪初至13世纪初流行于法国南部普罗旺斯地区的骑士抒情诗。其内容主要是描写骑士和恋人的悲欢离合，讴歌骑士之爱，即所谓骑士的“典雅爱情”，具有反封建等级制度和禁欲主义的倾向。普罗旺斯骑士抒情诗的种类有：牧歌、情歌、怨歌、夜歌、破晓歌及感兴诗等。它从民间诗歌中汲取营养，形式多样、诗律严谨、语言精练，心理描写突出。普罗旺斯的骑士抒情诗不仅对当时法国乃至欧洲其他国家的诗歌产生了很大影响，而且对文艺复兴时期欧洲抒情诗的发展也同样影响深远。

3. “温柔的新体”诗派

它是中世纪和文艺复兴交替时期在意大利产生和发展起来的一种抒情诗流派。它把以爱情为主题的诗歌创作推向了一个新高度。它歌颂人们对世间女子发自心灵深处的爱情，并把所爱慕的女性理想化、圣母化。这是对中世纪轻视女性思想的反拨，较早地体现了人文主义的恋爱观。但丁《新生》代表了该诗派创作的最高成就。

4. 教会文学

中世纪的教会文学是适应封建主和基督教会需要而创作的文学，由教士们用拉丁文写成，因被僧侣垄断，亦称“僧侣文学”。内容主要是宣传基督教义，宣扬神的权威、禁欲主义和来世思想。目的是麻痹人民，以维护封建统治。题材主要是圣经故事、圣徒传、宗教叙事诗、赞美诗、祈祷文、宗教剧等。艺术表现上多采用象征、寓意、梦幻等手法。有公式化、概念化的毛病，缺乏艺术价值，不过其象征、寓意、梦幻手法对后世欧洲文学有较大影响。

5. 梦幻文学

由于占有统治地位的教会文学惯用梦幻故事形式和象征、寓意手法的影响，欧洲中世纪文学在表现作品内容时也常常采用这类形式和方法。这类作品被称为梦幻文学，其代表作品有城市文学中的长篇叙事诗《玫瑰传奇》。但丁的《神曲》也采用了梦幻文学的形式。

6. 城市文学

又称市民文学，是欧洲中世纪随城市的发展和市民的壮大而兴起的一种反映城市内部复杂斗争和市民生活、思想的世俗文学。在内容上主要是揭露封建主和僧侣的恶行败德，赞扬人民的智慧等。市民文学以其鲜明的反封建、反教会的思想倾向和强烈的现实性、讽刺性以及生动活泼的艺术风格著称于世。其主要体裁有韵文故事、讽刺叙事诗、市民抒情诗、市民戏剧等。代表作是讽刺叙事诗《列那狐传奇》。

7. 英雄史诗

中世纪英雄史诗是在民间传说基础上以描写民族的重大历史事件、歌颂英雄行为为内容的一种世俗文学，是对荷马、维吉尔传统的直接继承与发展。当基督教引导人们的精神世界向着天国提升的时候，流传于民间的英雄史诗却在寻找人间的上帝，即拯救本民族的英雄。分两类：一类是描写氏族社会末期蛮族部落的贵族英雄的，如《贝奥武甫》；另一类史诗是欧洲各民族高度封建化后的产物，其中心内容成了对封建王国的统一和强盛的赞扬，对理想君主和骑士精神的颂歌。主要有法国的

《罗兰之歌》、西班牙的《熙德之歌》、德国的《尼伯龙根之歌》、基辅罗斯的《伊戈尔远征记》。

（五）简答题

1. 简述《圣经》与基督教思想对欧洲文学的影响。

基督教是中世纪欧洲封建统治的精神支柱，在整个精神领域占统治地位。

第一，基督教垄断教育，排斥一切异教，使古希腊罗马文化遭受空前浩劫，古代文化与中世纪文学的继承关系被割断。

第二，神权统治使欧洲社会思想和一切文化艺术不同程度染上了宗教色彩。

第三，教会文学占统治地位，它的梦幻性、寓意性、象征性影响了其他各类文学表现手法的形成和发展。

2.《神曲》的创作意图何在？

但丁这部史诗性的巨著原名《喜剧》，后人为表示对诗人这部巨著的尊崇，冠以“神圣”二字，而名之《神圣的喜剧》，中文意译为《神曲》。诗人之所以取名《喜剧》，理由有三：(1) 他在致斯加拉大亲王书中说，因为这部诗是用意大利语（俗语）写的，不很严肃，故称喜剧。(2) 这篇长诗从地狱的极其恐怖的画面写起，而以天堂的快乐和幸福的场景结束。(3) 它的讽喻意义，即对人在其自由意志之驱使下所做出的罪行加以讽刺和公平的评判。而古希腊喜剧的特征之政治讽刺和社会批评，诗人为其崇拜者，名之喜剧，可能更暗示他诗篇里强烈的政治和社会批评。

《神曲》的意图有二：给意大利指出政治上和道德上复兴和统一的历史使命；“用从来对于一切女性都不曾用过的话”来歌颂贝阿特丽采，为她建立一座永久的纪念碑。

但丁以一种“衣带渐宽终不悔，为伊消得人憔悴”的心情写作《神曲》，经过 21 年的呕心沥血终于完成，如他自己说：“这一神圣的诗篇，天地都曾加于其间，使我消瘦了多年。”

3.《神曲》的思想意义何在？

首先，从但丁的创作目的来看，他是为了给人类和意大利探索一条道德上和政治上复兴的道路。

其次，《神曲》广泛地反映了意大利社会现实，具有百科全书性质。作品取材于意大利的现实生活，反映了当时的重大社会问题，既有认识社会的作用，又有传播知识的作用。

再次，《神曲》具有鲜明强烈的政治倾向性。但丁深刻揭露教会、教士的腐败、贪婪，猛烈抨击暴君、贪官污吏的恶德败行，表达了他反对封建专制和国家分裂、渴望祖国统一强盛的爱国激情。

最后，《神曲》还透露出人文主义的思想光芒，作品肯定了人的地位和现实生活，强调人的自由意志，反对蒙昧主义，赞美人的智慧，肯定世俗感情和对幸福的追求。

4.《神曲》的矛盾二重性是如何体现的？

宗教观上的矛盾：一方面，深刻揭露教会的黑暗，用《圣经》的教义来揭露教会、僧侣；另一方面又肯定神的存在，甚至把神学置于理性和哲学之上，肯定宗教信仰，把基督、圣母、圣徒们、十字军战士送上天堂，把不信上帝的“邪教徒”和否定死后有魂灵的哲学家打入地狱，还把生于基督之前的异教徒置于地狱候判所，认为只有神学和信仰才能使人认识最高真理，达到至善境地。

政治观上的矛盾：一方面反暴君、反叛徒、反党派纠纷，表现了对祖国的热爱，另一方面又无法看到祖国实现统一安定的现实道路，只把希望寄托在神圣罗马帝国皇帝身上，流露出对亨利七世的景仰，把天堂的一个最高位置预留给他，这是政治幻想的表现。

思想道德观上的矛盾：一方面主张理智要从愚昧中解放出来，爱情要从禁欲中解放出来，文化要从宗教神学中解放出来；另一方面又随处流露出禁欲主义的气息，仍把殉情的恋人作为贪色的罪人置于地狱，把苦行禁欲教派的始祖放在天堂，让代表禁欲主义和神秘主义的圣贝拉代表贝阿特丽采引导但丁见到“三位一体”的上帝，还把古代文化大师安排在候判所等待裁判。

5. 试讨论《炼狱》篇中的灵魂及人性改造思想。

炼狱中的灵魂已经悔悟前非，努力自新；地狱中的灵魂则怨天尤人，恶心不死，依然如故。但丁走出火焰后，额头上的七个“P”（代

表七大罪孽，拿着钥匙的天使刻在他额头上的字母），完全被揩去了。灯芯草象征谦卑，此意味着但丁的主要罪恶是骄傲。基督教视“骄傲”为人之最大缺陷，自杀也是骄傲的一种类型。在地狱中所遇的堕落灵魂，曾多次恳求但丁在现世使人们保持对他们的记忆，并保住他们的名誉。这反映了但丁本人对声誉的重视。他希望用自己的全部力量争取诗人的桂冠，渴望得到别人承认。但丁写《神曲》及其他学术著作的直接目标也是如此，而这种追求“个人荣誉”是“非宗教的”。

另外，《炼狱》篇提出了人的善恶两重性及人性改造思想。希腊人发泄原始情欲的“酒神精神”（导致悲剧），与高扬知识和美德的理性精神（哲学的起源）相结合构成“希腊文化精神”。基督教相反，人们的原欲全部被视为“罪恶”，美德只有上帝才能赐予。但丁认为，人性之“恶”应剔除（不同于希腊文化）。但这种剔除不靠上帝完成（与基督教文化有别）。因为人的本性并非都恶，还有“真正的爱”。人依靠自身的爱去克服自身的“恶”，从而走向至善至美。基督教将人的命运交给上帝，但丁将命运的支配权交给了人。所以，但丁是一位伟大的“窃贼”（犹如普罗米修斯盗天火给人间），将“灵魂”（自由意志）还给了人自身：人依靠自己对自己的忏悔与改造（不靠教会），可以使自己成为一个完善的人。

但丁将其全部崇仰和诗人的热情交付给上帝。他虔信上帝是因为上帝可以对人世间的一切给予严厉、公正的判决。他按照自己的善恶标准，却以上帝的名义去奖惩。出面的是上帝，上帝的背后是但丁自己。他以自己博大宏深的知识和对西方历史的深邃洞察，代上帝宣判：善恶有报，自由意志决定人的命运。

6. 简述《神曲》的艺术特色。

首先，具有独特的艺术结构。全诗精心构思、设计严密。全诗分为三部分，每部分33篇，加序曲，合成100篇。各部长短大致相等，采用连锁韵律法，并且三部均用“星辰”收尾。此外，还按照“三、九、十”数字概念组织成篇，如诗分三部，每段三行，三界各为九层，“天堂”另加一天府，合成“十”的整数。这种设计能唤起读者感受到对称、工整之美。

其次，运用梦幻、象征、寓意的手法，使幻想与真实相结合。《神曲》整个故事就是一个象征。森林象征中世纪的黑暗，狮子象征封建统治者的野心，斑豹象征逸乐好财的政治野心家，母狼象征贪婪的教会，维吉尔象征理智和科学，贝阿特丽采象征信仰和神学，地狱象征教会统治下痛苦的现实，炼狱象征从现实到理想必经的痛苦过程，天堂象征力争实现的理想社会，三界的旅程象征人类从悲惨的现世通过忏悔和道德改善，进入至善至美、光明幸福的境界，星辰象征光明必然照耀人世。《炼狱》第一歌中看守大海的卡图象征"意志"，因其生前宁可牺牲生命，也不愿失去自由。《炼狱》第二十九歌中半鹰半狮的怪物象征耶稣；车子象征教堂，车右起舞的三贵妇象征神学三美德，其中白色象征信仰、绿色象征希望、红色象征慈爱；在左起舞的四贵妇象征行为四美德：谨慎、正义、勇敢、节制；三眼女子代表过去、现在与未来。《神曲》大量采用寓意隐喻手法，使许多地方"如同紧紧关闭着的大门，上了锁，但钥匙却丢失了"。

第三，语言运用上的首创精神。诗人打破了中世纪文学只用拉丁文写作的框框，第一个用意大利俗语写作。但丁主张将各地俗语去芜存精，以形成合乎理想的"光辉的俗语"，即意大利全民族的共同语。《神曲》为其光辉实践，这对于解决意大利文学用语问题和促进意大利民族语言的统一起了很大的作用，使但丁成为意大利第一个民族诗人。

7. 分析《罗兰之歌》中的罗兰形象。

《罗兰之歌》是中世纪著名的长篇叙事诗，最初源于民间行吟诗人的传唱。故事梗概是：法兰西国王查理远征西班牙，马西里国王派大臣向查理求和，查理听从罗兰（查理的外甥）的建议，让甘尼仑（查理的妹夫）出使谈判，甘尼仑因此怨恨罗兰，决定和敌人同谋，使大将罗兰及其随从中计，在昂赛瓦遭敌袭击而亡。查理为罗兰等将士复仇，征服了西班牙，叛徒也被处死。

罗兰代表的是法兰西的民族精神，他身上折射着整个欧洲中世纪的时代精神。

首先，罗兰虔信上帝。他是虔诚的基督徒，和其他基督徒一样，进入天堂与天使同坐是他的最高追求。罗兰的灵魂得以升天的前提条件是对上帝的虔信。在生命的最后时刻，他把右手手套向天高扬，天使这时从天而降。

其次，罗兰忠君爱国。忠君和爱国紧密联系，战乱频仍，封建割据，人们渴求和平、安定、团结。当时人们把建立和平、统一的封建帝国的希望寄托在查理大帝身上，这位封建君主成了和平、统一的国家的象征了。罗兰对查理大帝的忠诚反映当时人民对上升中的封建集权势力的期待和建立一个能抵御外侵、平定内乱、使人们安居乐业的封建专制国家的要求。生命垂危的罗兰，心里想的是可爱的法兰西以及他的国王查理，为了国家荣誉他死而无憾。

最后，罗兰具有一般英雄的共同特质，同时又与古代英雄不同。他虽然也注重个人的尊严，但最终是统一到了服从国家尊严的高度。作品也不再强调考验英雄的外在的自然条件，而是更注重表现英雄的精神品质，罗兰不再是阿喀琉斯式的个人英雄主义者。

作品中也反映了罗兰身上的弱点，如固执、任性等。

8.《列那狐的故事》的讽刺意味何在？

讽刺故事诗《列那狐的故事》是法国中世纪城市文学的重要成就，它通过对动物生活的描绘，形象地再现了中世纪封建社会的关系，寓言式地反映了当时的现实生活，列那狐是市民的象征，在它身上体现出市民阶级的双重性：一方面它与象征豪门权贵的狮、狼、熊、驴等大动物斗争，表现了市民阶级对封建统治阶级的反抗；另一方面它又欺凌和残害象征贫苦下层人民的麻雀、乌鸦、鸡、兔等小动物，表现了市民上层与下层之间的矛盾冲突。诗作运用喜剧手法，通过动物的形象来讽喻现实，歌颂了市民阶级的机智，讽刺和嘲弄了贵族、僧侣等统治阶级，格调幽默诙谐。

（六）论述题

1. 如何理解恩格斯在《〈共产党宣言〉1893年意大利文版序言》中对但丁的评价？

恩格斯评价但丁时指出：“他是中世纪的最后一位诗人，同时又是新时代的最初一位诗人。”恩格斯的评价准确地表明但丁及其创作具有的跨时代意义。

首先，《神曲》在思想内容上具有两重性。一方面表现了鲜明的进步倾向，闪现着新时代人文主义思想的曙光；另一方面又表现出浓厚的宗教神学和禁欲主义的观念。这种矛盾性，既是但丁世界观矛盾的反映，也是新旧交替时代充满矛盾的时代精神的体现。具体讲，《神曲》的进步性表现在：（1）对封建社会的精神支柱——天主教会的罪行进行了无情地揭露与批判；（2）批判性地展现了封建社会的种种罪恶现实；（3）传播了新的思想——人文主义，表现了但丁上下求索的精神，作品探索了从现实社会到理想社会的途径，从政治上、道德上探索了意大利民族及人类的出路并做了寓言性的总结。《神曲》的局限性表现在：（1）未能摆脱封建宗教的束缚，具有浓厚的神学思想；（2）未能摆脱封建道德观念。

其次，《神曲》在艺术上亦有两重性，使它既具备中世纪文学的一般特色，同时又表现出近代文学的新的艺术方法与特点。一方面，作品的艺术构思和结构布局都是以神学世界观为基础的；另一方面，作者成功地运用了意大利民族语言来进行创作，使作品具有鲜明的民族真实感和主题思想的严肃性、深刻性。而这些特点首开了文艺复兴时期人文主义文学的先河。

总之，但丁所处的新旧交替时代的特点以及《神曲》思想艺术方面的两重性特点，都可以证实恩格斯对但丁的精辟评价。

2. 试述《神曲》丰富的思想意蕴。

长诗通过对三界的游历描写，展示出整个中世纪的社会生活和这一时期人们的思想意识，是一部“中世纪的真正的《伊利亚特》”（别林斯基语）。

首先，广泛深刻地反映了意大利的社会生活，如教会的贪婪腐化、封建统治者的残暴专横以及城市市民的贪财好利；对教会的罪恶予以无情揭露和愤怒谴责。在意大利，教会是阻挠民族统一的最大障碍。但丁首先将矛头对准了教会，认为当时社会的罪恶应归咎于政教合一。“今日罗马教堂，把两种权力抱在怀里，跌入泥塘里去了，它自己和她所抱着的都弄污秽了。”（《炼狱》第十六歌）还说它是“城市祸害的起源”

（《天堂》第十六歌），造成了意大利的内战和混乱。但丁在《神曲》中否定了教会至高无上的权威。他对僧侣阶层买卖圣职、敲诈勒索的罪恶行径愤怒鞭挞，说他们是“穿着牧羊人衣服的豺狼”。他一反正统的宗教观念，把为非作歹而又神圣不可侵犯的教皇打入阴曹地府。已死的尼古拉三世，仍在世上的罗马教皇逢尼斯八世、克里门德五世，统统被安排在地狱第八圈受酷刑。对教会罪恶的尖锐谴责，显示了《神曲》巨大的进步意义。雪莱说：“但丁是第一个宗教改革者”，这也是但丁作为新时代的第一位诗人的特征之一。

《神曲》猛烈抨击了暴君、叛徒、卖国贼、自私自利之徒及一切人类奸贼。古代马其顿的亚历山大、当时意大利北部的君主和代表封建贵族利益的吉伯林党的党魁等，其灵魂都被打发在血沟中浸泡、受煮（《地狱》第十二歌），而对叛徒、卖国贼，则将之打入地狱最底层，让他们永远冻结在冰湖里，还亲自用脚踢他们的头颅，拼命揪他们的头发，表现了对变节投敌之徒的切齿痛恨（《地狱》第三十二歌）。那些出于自私目的，在政治斗争中态度暧昧、左右摇摆的骑墙派，在地狱第一层外面专门安排了一圈走廊，收容他们的鬼魂。但丁还对早期资产阶级的贪婪自私、正在形成的资本主义关系的罪恶给予了尖刻的指责。

其二，对中世纪文化各领域予以艺术性总结。

诗人游历三界，通过对游历过程中遇到的形形色色人物的描写，对中世纪文化的各个领域做了艺术性总结，如《地狱》第四歌中维吉尔的话和但丁自己的叙述反映了中世纪对古希腊、罗马诗人、哲学家和科学家以及阿拉伯哲学家、医学家的认识和评价；《炼狱》第十一歌中手抄本彩饰画家阿台里西和但丁的谈话反映了意大利绘画发展的情况；《炼狱》第二十四歌中诗人巴那冈答和但丁的谈话反映了意大利抒情诗发展的情况。尤其是维吉尔和贝阿特丽采两位向导用答疑的方式，广泛阐述了当时哲学、科学和神学上的重要问题和理论。因此，《神曲》带有百科全书的性质，起了传播知识的作用。

其三，透露出人文主义思想的曙光，是但丁作为“新时代的最初一位诗人”的最主要标志。上述对教会黑暗与罪恶的愤怒鞭挞，已经有力显示了《神曲》是近代文学反封建、反教会斗争的前奏，此外，这种人文主义思想还表现在：

（1）歌颂现世生活，肯定人的现实活动，提倡学习知识。

诗人随处流露出对现世生活的浓厚兴趣。与宗教认为人是上帝的奴仆，“知识即罪恶”的蒙昧主义说教相反，但丁以人为本，一再强调人的自由意志，认为这是上帝“最伟大的杰作”。他以维吉尔对自己的教诲，说明人不应懒惰、贪图安逸，不要无声无息地度过一生，要战胜困难，做一番事业来。他赞美维吉尔为“智慧的海洋”，通过俄底修斯的口指出：“人不能像走兽一般活着，应当求正道、求知识”。而自己创作《神曲》，就是“为了对万恶的世界有所助益”。

（2）同情世俗爱情，某种程度上具有反禁欲主义的意义。

在地狱第二层看到那些为爱而死的灵魂（美女海伦等），在狂风中不停地飘荡，诗人“心头忽生怜惜，为之唏嘘不已”。听了佛兰采斯加讲述她和保罗因相爱而被杀的悲剧，更痛苦到极点，“竟昏晕倒地，好像断了气一般”。美少女佛兰采斯加由于政治原因被迫嫁给跛子祁安品托，她与保罗的恋情暴露，双双被杀。面对这对在地狱中仍互相缠绕在一起的灵魂，但丁激动得难以抑制。但丁何以激动到如此难以自制的地步？是否触动其内心深处的隐痛？他那被压抑在内心深处的对贝阿特丽采含有肉欲的爱，像突然从地下涌出来的喷泉，使他难以自制。可基督教“不许奸淫”四个字使他面对佛兰采斯加与保罗，面对自己赤裸裸的心默无一言。

（3）对古典文化的推崇。

诗人对候判所里古希腊、罗马的诗人、哲学家、政治家流露出深深的敬意，高度赞扬维吉尔：“你是众诗人的火把，一切的光荣归于你！……你是我的老师，是我的模范”（《地狱》第一歌）。这种对待古代文化的态度与教会的态度背道而驰，可以说是文艺复兴的先声了。

3. 但丁对游历三界（地狱、炼狱、天堂）及所用时间安排，有何寓意？

但丁让《神曲》开始于1300年的复活节，此为新世纪的起始年，代表着新生命的开始。整个地狱旅行共用一天时间，即从耶稣受难日（周五）的黄昏到周六的黄昏。爬出地狱，到了地球的另一端，此时已是周日。然后，他在维吉尔的引导下，走过炼狱的前界，攀登炼狱山，达到顶点尘世乐园，共用四天时间。最后又用一天时间，飞过各种宇宙天轮，到达最高天，在此终于来到了上帝身边。但丁为何选择1300年作为三界游历的时间？

此年但丁35岁，正处于人生的中途——十字路口，选择何种道路，至关重要。西方有句俗语：年近四十方知“罪”（sin）。四十岁之前，只知道“错误”（mistake），而不知“罪”——宗教上的原罪。“since”意为“从……以后”，即从人类始祖犯下罪过以后，也即一切人类的开始均源于“罪”。如果想“开始”，那必须先认识到“罪”。此即由只知“错误”的“小我”，达到获知“罪”的“大我”的过程，被视为人生最重要的转折阶段（中年）。

但丁《飨宴》把人生比作一座弯门，“这座弯门的顶点，是在30—40岁之间，而且我相信，身体组织最健全的人，达到这顶点总是在35岁。”1300年夏天，35岁的但丁被任命为政府最高行政机构的行政官，两个月后下台，两年后遭放逐。1302年3月，被黑党（穷人党）判处终生流放，只要佛罗伦萨的土地上出现了但丁的影子，就把他活活烧死。这样的判决让但丁漂泊异地，客死他乡。

地狱——为恶人所居，自怨自艾，已无什么希望，是将人类“过往”的罪恶展示给人看——是让我们来认识自己的罪过（弱点）：“认识你自己”。

地狱——出死入死（“祈求第二次的死”）。《地狱》第一歌第115—117行：

在那里你将听到绝望的呼叫，
将看到古代的鬼魂在痛苦之中，
他们每一个都祈求第二次的死。

炼狱——为有罪的世人赎罪的场所，是人由恶向善的通途。但攀登七级炼狱山，很艰难，费时颇多（四天时间），而且非平坦之途，环绕悬崖而上，形势十分险峻，持心不坚者会望而生畏。只有这样，才能洗刷七大罪恶（傲慢、嫉妒、易怒、懒惰、贪婪、贪食、贪色），完成灵魂自新的历程。

炼狱——出死入生。《地狱》第一歌第118—120行：

然后你将看到安于净火中的精魂：
因为他们希望会加入蒙庥之群，
不论那是在什么时候。

天堂是对未来期求的许诺。寻找天堂的幸福，必有坚定不移的毅力。

天堂——生生不息："哦，他所选去的人是有福了。"西方基督教文化语境中，人祈求复活（重生）被选中而进入天堂。

地狱、炼狱、天堂三界游历，展示的是死生之间茫茫路，是为神圣的喜剧（神曲）。

（七）综合阐述题

1. 试比较西方的骑士文学与中国的武侠小说。

相同点：主题都是主持正义，扶弱济贫，乐于助人，重言诺、讲信义、忠诚耿直等；思想内容上，都表现正义与邪恶的冲突，体现了正义战胜邪恶的规律；行为特征上，都是敢于冒险，勇猛顽强。

不同点：（1）"正义"与"邪恶"的判断不同。西方骑士以政治和宗教的利益为准则，封建君主和基督宗教是正义的化身，而背叛君主以及异教的行为都是邪恶的行为，应当予以铲除；中国的武侠以中国传统文化意识和伦理观念作为标准，人间的欺凌和压迫、强暴恶行都是"非正义"和"邪恶的"，因此他们要除暴安良，伸张正义。（2）行为的动机和目的不同。西方骑士行侠原动力来自阶级地位、骑士职责和宗教情绪以及对某个贵妇人的爱情，抱着建功立业、升官封爵的信念，具有很强的功利性；中国武侠行侠出于侠义精神、个人的良知，不具有个人功利性，是为"替天行道"。（3）在行侠环境上，西方骑士一般在神妙的环境中，中国侠士在现实环境中。

2. 《神曲》为何这么"神"？

《神曲》之"神"体现在给我们带来的四大启示上：

其一，生命之思：生命就是伟大的朝圣之旅。

《神曲》揭示出一条关于灵魂秘密成长和壮大的美好路径，这是一条伟大的精神朝圣的路途。西方文学的成长小说很多，给我们启发很大。文学是人学，每个人都要成长。成长文学展示出个体成长过程中的痛苦、辛酸、困惑、跋涉、幸福，这就是但丁通过三界（地狱、炼狱、天堂）游历，传达给我们的清晰印象。

作家之所以伟大，在于他们对生命的悲欣交集有着某种特别的悲悯情怀。这是因为，个体生命的诞生与毁灭只是瞬间的事情。光阴易逝，青春难再。原来是时间摆弄着人的生命，就像狂风摆弄着一片树叶和一粒微尘。似水年华，年华似水。

那么，在这种时空无限、个体生命有限的心灵冲突中，人的生命能够完成什么呢？从哪里、凭什么才能够建立起人的自信？生命中到底隐藏着多少迷误的道路呢？又有多少失踪的迷魂呢？在基督教那里，上帝抚慰着众多"迷途的羔羊"。我们看到炼狱里的灵魂一边自受惩罚，一边念叨着"迷途的羔羊"。

《地狱》第一歌前12行，称得上是整个三界游历的序曲：

就在我们人生旅程的中途，/我在一座昏暗的森林之中醒悟过来，/因为我在里面迷失了正确的道路。/哎！要说出那是一片如何荒凉、如何崎岖、/如何原始的森林，是多难的一件事啊；/我一想起它心中又会惊惧！/那是多么辛酸，死也不过如此：/可是为了要探讨我在那里发见的善，/我就得叙一叙我看见的其他事情。/我说不清我怎样走进了那座森林，/因为在我离弃真理的道路时，/我是那么睡意沉沉。

在"昏暗的森林"中迷失方向。但丁在《飨宴》亦说："我们因此一定要知道，正好像一个从没有到过城里的人不能走正确的路，除非由一个已经走过这条路的人指点给他看；所以踏进人生的迷误的森林去的青年不能走那正路，除非由他的长辈指点给他看。"

而处在这"昏暗的森林"之中倒容易让人"醒悟过来"。因"迷失"而后"得路"，因"困惑"而后"获解"，因"混沌"而后得以"澄澈"，这几乎是所有从黑暗中顺利突围的思想者的共同命运。在寻找"正确的道路"的过程中，诗人但丁历尽坎坷，遍尝艰辛，辛酸异常。《天堂》

第六歌第140—142行如是说："若是世人都能知道/他乞讨一口残羹剩饭时心中的滋味，/虽然已赞不绝口，还会加倍地赞美。"《天堂》第十七歌第58—60行亦写道："然后你必将体味到吃人家的面包/心里是如何辛酸，在人家的楼梯上/上去下来，走的时候是多么艰难。"

在生活和精神的每一个路口，在一个人成长的每一阶段，都会站着形形色色的引路人。他们有热情，但未必正确。我们要学会挑选与判断。尤其是在精神的路口。在精神的成长过程中，我们可能也会哭泣不止：路在何方？但丁在《地狱篇》里（通过俄底修斯之口）对生命正道的追慕是刻骨铭心的："人不能像走兽一般地活着，应当追求美德和知识。"生命就是一场伟大的、对至善至美的朝圣之旅。

其二，生活之虑：天堂之路＝人智＋爱。

在但丁的精神路口，有两位引路人：维吉尔代表知识、人智；贝阿特丽采代表神学、爱。根据但丁的观念，知识的作用有限，走到至善至美的境界还需要借助"爱"（信仰、神学）。

先看"知识"。知识理性会导致原初信仰的丧失，因而上帝不让人类始祖夏娃、亚当吃"智慧之果"。知识会导致怀疑精神的产生，会颠覆信仰，颠覆权威。何为原罪？奥古斯丁的说法很深刻：就是人反抗神的暴动，这表现为"求知欲"，为了知识而背叛了信仰：知识是可怕的。或者像培根的名言："知识就是力量。"

在但丁笔下，象征人智的维吉尔是"众诗人的火把，一切的光荣归于你！……你是我的老师，是我的模范"（《地狱》第一歌）。

但丁笔下的爱乃一种博大之爱，即上帝之爱、对全人类的大爱。这种爱（情）已升华为一种远比个人性爱更博大的爱。此博大之爱正是大诗人的本色："仁者如水，有一杯水，有一溪水，有一江水，圣人便是大海水。"（朱熹）但丁之爱正是领会人间地狱、炼狱、天堂之大爱。

由此可见，《神曲》之真理在于阐述"天堂之路＝人智＋爱"。20世纪英国伟大的思想家罗素受此感悟，得出这样的警示："高尚的生活是受爱的激励并且由知识引导的生活。"也即"高尚的生活＝知识＋爱"。

这里没有了宗教信仰的氛围，每个人都需要有一个"维吉尔"（知识导师）和“贝阿特丽采”（精神导师）作为人生的引路者。没有“知识”，人会愚昧，会失去理性，会过低级的生活。没有“爱”，人会冷酷无情，会为富不仁，也会失去生活的航向。

读书的目的在于将来能够体面（人智：知识创造财富）而正直（爱：爱生活、爱集体、爱社会、爱祖国、爱人类）地生活。即像但丁通过俄底修斯的口指出的那样：“人不能像走兽一般活着，应当求正道、求知识。”如何抵挡社会的负面影响，不让自己厌世、弃世，这是个现实的问题。

其三，人类命运之途：“二”抑或“三”。

“知识”与“爱”，或者“知识”与“信仰”，有时是一对矛盾的事物，是“二”，是不相交的平行线。

要使二者相交，二者相加，由平行线变成“十”字，变成“三”。“二”会引发战争（冲突）；“三”会走向和平（幸福）。

“二”——两个阶层（富人与穷人）；两个民族（自己的和敌对的）；两个原初（肉体与灵魂）；两个世界（西方与东方——英国诗人吉卜林就说过：“东就是东，西就是西，永远不相交。”）。战争的状态是敌我双方，是“二”。只有在“第三”里连接，世界才会太平。超越支配世界与自己的“二”，回归世界原初的“三”——“和平”。

在但丁看来，“三”是“神的喜剧”，“二”是人间的悲剧。因此，整部《神曲》不是别的，正是一个在通往地狱（战争）的“昏暗而又荒凉的森林”里迷路的人警告性的呐喊。这也就是但丁整个生活和创作的目的：让迷途的人类从以“二”为标志的毁灭的道路，回到以“三”为标志的拯救的道路上来。

9岁的男孩但丁，爱着同样9岁的小姑娘贝阿特丽采，这往往会令我们发笑：“太阳在我头上的天空/刚刚旋转了第九圈，/我已经产生了爱情。”（《新生》）其实，但丁把贝阿特丽采当作自己的妹妹、新娘、母亲（圣母），是“三”，三位一体。

还有那只阻挡但丁走向光明境界的母狼。母狼的肚子是个无底洞，它吃得越多，越发饥饿。母狼（由“嫉妒”放出来的）寓指：富人的贪婪与穷人的嫉妒一样，都是无法填满的欲沟。在佛罗伦萨，穷人（黑党：贱民之党）与富人（白党：富人之党）狼一般地互相撕咬，成了无休无尽的战争的起因。

但丁最喜欢的词是“和平”，最厌恶的词是“党”。“党”这个词来源于“部分”一词。在这个词中，“部分”的概念与“整体”、“共同”的概念相对立——穷人“部分”与富人“部分”相对立。佛罗伦萨的白党与黑党之争，使这座美丽的城市变成人间地狱。

知识与信仰，这是两条平行线，它们能够相交吗？东方与西方，能够沟通吗？民族与民族，国家与国家，能够共荣吗？这都是值得我们当代人思考的关乎人类未来命运的大问题。

在基督教那里，是十字（架）的相交。十字架的中心，两条线交叉在一起——横线是地上的，竖线是天上的——两条道路，人的和神的。

对国家民族乃至人类命运的关切是我们安身立命的基础。缺少了它们，我们就没有了根，失去了生存的目标与支柱。十字的交汇点应该在这里闪光。但丁就是一个伟大的爱国者，没有一个人像他那样为祖国而遭受苦难；同时他又能不局限于一个民族的生存而进入全世界生存的领域。他说：“世界就是我的祖国。”（《论俗语·口才》）

“流浪者，你在寻求什么？”——“和平！”——这个问题及其回答，就是但丁的全部生活与创作。这何尝不是我们的答案。人类命运之途是“三”，它带来的是和平，是生生不息。

其四，自由之（诱）惑：但丁之舟的终结点。

《天堂》第三十一歌：“走尽了一切道路，用尽了一切方法，/把我从奴役状态引到了自由的境界。”从奴役状态走进自由的境界，这是人类的共同理想。但丁之舟将载着我们驶入这样的自由境界。走近但丁，洗涤灵魂。洗涤阻碍我们进入至善至美境界的物质的和精神的状态，让灵魂进入自由意志。

《天堂》第四歌里，贝阿特丽采说：“上帝在当初创造万物的时候，/他那最大、最与他自己的美德相似，/而且最为他自己珍爱的恩赐，/乃是意志的自由，他过去和现在/都把意志的自由赋给一切有灵的造物，/也唯独他们才有自由的意志。”

但丁提出的“自由意志说”——上帝对人的最大恩赐在于赋予人以

自由意志。但丁如此阐明：人究其本性来讲，有各种各样的愿望，各种各样的追求，各种各样的爱。但丁认为这些都是自然的，是人的本性的表现，是无可非议的。但是上帝赋予了人自由意志，人有了这个自由意志，可用这个自由意志或者说理性来约束自己的行为，调节自己的愿望。那么那些在地狱、炼狱里接受惩罚的鬼魂，就是在生前没有运用上帝赐予的自由意志或者说理性来约束、调节自己的愿望与行为，所以犯下了种种罪孽。而人要主宰自己的命运，要以人为本，就是要能够掌握自由意志，用理性调节自己。

也就是说，人是可以主宰自己的，既不是听命于上帝（这是宿命论），或者是把希望寄托于未来，对自己的本能、本性无能为力，而是可以主宰自己。这是但丁提出来的一个很重要的思想。现实生活中，那些有钱有权的人，如果他们能运用这个自由意志，对自己约束一下，可以避免走向堕落。“自由意志”说，对于我们完善自己的个性、把握自己的命运，来确立以人为本的思想颇有价值，是一份珍贵的精神文化遗产。

第三章　文艺复兴时期欧洲文学

温故知新

一、提要

（一）学习要求

1. 了解文艺复兴这一思想文化运动以及本时期欧洲主要国家人文主义文学的产生、发展、特征及影响。

2. 了解塞万提斯的生平和创作。把握《堂·吉诃德》的人物形象和思想艺术上的成就。

3. 了解并掌握莎士比亚的生平及创作。把握莎士比亚历史剧、喜剧、悲剧主要作品的题材、情节、主题、人物和艺术成就。莎士比亚在中国。

（二）课程内容

1. 文艺复兴时期西欧文学艺术繁荣的原因。“文艺复兴”概念的提出、使用及其实质。人文主义和人文主义者。人文主义是欧洲文艺复兴运动时期出现的一种新的思潮。人文主义者指资本原始积累时期的资产阶级思想家，反对中世纪天主教神学统治与禁欲主义的世界观，要求世俗的、有生气的资产阶级人生观和世界观。文艺复兴对人类文化的巨大贡献。文艺复兴运动持续三个世纪，遍及西欧各国。

2. 文艺复兴时期欧洲存在三种文学：人文主义文学、民间文学、封建文学，占主流地位的是人文主义文学。意大利是文艺复兴和人文主义运动的发源地，14 世纪出现了新文化的代表人物。彼特拉克、薄伽丘的主要作品及其艺术成就。彼特拉克的十四行诗。《十日谈》的内容和艺术。法国文学的代表作家作品。《巨人传》的人物、主题和特色及与“狂欢化”关系。西班牙文学的代表作家作品。流浪汉小说的特征及影响。英国文学的代表作家作品。大学才子派的戏剧贡献。

3. 塞万提斯的生平与创作。《堂·吉诃德》创作、出版过程，创作目的。情节与主题。堂·吉诃德与桑丘·潘沙的形象分析。流浪汉小说形式。小说的现实主义艺术成就及其现代因素、在文学史上的地位和影响。

4. “说不尽的莎士比亚”（歌德）。产生莎士比亚的历史文化背景。莎士比亚的生平、创作和思想的发展变化、特点和根源。两首长诗。154 首十四行诗，友谊、爱情和美的主题。历史剧的主题内容。《亨利四世》。喜剧的主题及主要特征。《威尼斯商人》。悲剧的主题和主要特征。《罗密欧与朱丽叶》是乐观主义的悲剧。四大悲剧。“福斯塔夫式的背景”。莎士比亚化。哈姆莱特形象分析、悲剧根源、忧郁和延宕。《哈姆莱特》的思想价值和艺术成就。

（三）重点与难点

人文主义文学的思想艺术特征。《十日谈》的人文主义思想表现和作为欧洲短篇小说开创者的价值。《巨人传》的巨人形象和主题及与“狂欢化”关系。《堂·吉诃德》的人物形象塑造及小说艺术的杂糅风格。对莎士比亚不同时期作品风格不同的深刻把握。四大悲剧的基本情节与关于人的欲望的悲剧意义。《哈姆莱特》人物形象、思想价值。从《哈姆莱特》看“莎士比亚化”。

（四）阅读书目

《歌集》、《十日谈》、《巨人传》、《堂·吉诃德》、《坎特伯雷故事集》、《乌托邦》、《莎士比亚十四行诗集》、《罗密欧与朱丽叶》、《亨利四世》、《威尼斯商人》、莎翁四大悲剧、《暴风雨》。

二、题解

（一）填空题

1. 人文主义的最基本特征，是以____为中心，反对以____为中心。

2. 欧洲的文艺复兴运动不仅仅是古希腊、罗马文艺和学术的复兴，更是__________文化的崛起。

3. 被誉为文艺复兴时期“文学三杰”的作家是__________、__________和__________。

4. 彼特拉克的抒情名作__________主要表达以__________为中心的人文主义精神，形式以__________为主。

5. “我不想变成上帝……于人的那种光荣对我来说就够了。这是我所企求的一切，我自己是凡人，我只要求凡人的幸福。”这是__________曾说过的话，被法国史学家勒南称为“第一个近代人的呼声”。

6. 法国人文主义文学的两种倾向是以__________为代表的平民倾向，和以______为代表的贵族倾向。

7. 薄伽丘的代表作是__________，它开创了欧洲__________的样式。

8. 拉伯雷著名的长篇小说是__________，其中的父子巨人是__________和__________，小说里展现作者乌托邦式社会理想的地方是__________，其院规是“__________”。

9. 西班牙最著名的流浪汉小说是__________。

10. ______的剧作奠定了西班牙民族戏剧的基础，他在其最优秀的剧本__________中描写了西班牙农民的抗暴斗争。

11. 《堂·吉诃德》是塞万提斯最重要的作品，其矛头指向__________和__________。

12. 欧洲最早表现空想社会主义思想的作品是英国__________的__________。

13. 乔叟的代表作是__________，其中故事绝大部分用____体写成。

14. 英国“大学才子派”中最有才华、成就最大的剧作家是______，其代表作是____________________________。

15. 被称为莎士比亚的“诗的遗嘱”的是______剧____________。

16. 莎士比亚的四大悲剧是______________、________________、____________和____________。

17. 莎士比亚悲剧代表作《哈姆莱特》中，____________与____________的矛盾冲突是主要情节线索。

18. 福斯塔夫这个形象出现在莎士比亚的历史剧________________和喜剧__________________________中。

19. 莎士比亚戏剧中最复杂的三大人物典型是__________、____________和____________。

20. 莎士比亚历史剧、喜剧、传奇剧、悲剧的代表作分别是________________、_________________、____________和_______________。

附：填空题答案

1. 人；神 2. 资产阶级 3. 塞万提斯；莎士比亚；拉伯雷 4.《歌集》；个人爱情幸福；十四行诗 5. 彼特拉克 6. 拉伯雷；龙沙 7.《十日谈》；短篇小说 8.《巨人传》；卡冈都亚；庞大固埃；德廉美修道院；“做你所愿意做的事” 9.《小癞子》 10. 维加；《羊泉村》 11. 骑士制度；骑士小说 12. 托马斯·莫尔；《乌托邦》 13.《坎特伯雷故事集》；诗 14. 马洛；《浮士德博士的悲剧》 15. 传奇；《暴风雨》 16.《奥赛罗》；《哈姆莱特》；《李尔王》；《麦克白》 17. 哈姆莱特；克劳狄斯 18.《亨利四世》；《温莎的风流娘儿们》 19. 夏洛克；哈姆莱特；福斯塔夫 20.《亨利四世》；《威尼斯商人》；《暴风雨》；《哈姆莱特》

（二）单项选择题

1.（　　）是文艺复兴运动的发源地。

A. 英国　　B. 西班牙

C. 意大利　　D. 法国

2. 文艺复兴时期，欧洲文学的主潮是（　　）。

A. 英雄史诗　　B. 教会文学

C. 骑士文学　　D. 人文主义文学

3. 彼特拉克的《歌集》的主要形式是（　　）。

A. 温柔的新体　　B. 十四行诗

C. 无韵诗　　D. 韵诗

4. “英国诗歌之父”是（　　）。

A. 莎士比亚　　B. 乔叟

C. 斯宾塞　　D. 勃朗宁夫人

5. 龙沙属于（　　）。

A. 七星诗社　　B. 贡哥拉诗派

C. 大学才子派　　D. 玄学派

6.《十日谈》是一部（　　）。

A. 民间故事集　　B. 长篇传奇

C. 框形结构的短篇小说集　　D. 诗歌集

7. 文艺复兴时期的名著《十日谈》的核心思想是（　　）。

A. 反对个人主义　　B. 宣扬“幸福在人间”

C. 倡导英雄主义　　D. 宣扬封建迷信

8. 西班牙剧作家维加的戏剧《羊泉村》表现的是（　　）。

A. 人民反抗封建暴行斗争最后取得胜利的故事

B. 封建地主巧取豪夺，农民流离失所的故事

C. 教会神职人员伪善堕落被揭穿的故事

D. 仆人机智勇敢保护新娘贞洁的故事

9. 塞万提斯的代表作是（　　）。

A.《小癞子》　　B.《汤姆・琼斯》

C.《堂・吉诃德》　　D.《巨人传》

10. 构成堂・吉诃德性格喜剧性的主要因素是（　　）。

A. 他对社会的冷嘲热讽

B. 他立志铲除人间罪恶却屡遭失败

C. 他企图恢复过时的骑士精神

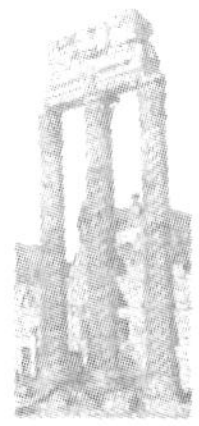

D. 他对封建神学思想的猛烈抨击

11. 莎士比亚剧作中，有一段关于“金子”的名言，马克思在《资本论》里曾引用它说明货币的本质。这段名言出自剧本（　　）。

A.《李尔王》　　B.《暴风雨》

C.《雅典的泰门》　　D.《威尼斯商人》

12. 莎士比亚在《亨利四世》和《亨利五世》中塑造的理想君主的形象是（　　）。

A. 哈利王子　　B. 亨利五世

C. 亨利四世　　D. 亚瑟王

13. 莎士比亚早期创作的《罗密欧与朱丽叶》是（　　）。

A. 一出阴沉的喜剧　　B. 一出乐观的喜剧

C. 一出乐观的悲剧　　D. 一出阴沉的悲剧

14. 莎士比亚悲剧中最富喜剧色彩的一部作品是（　　）。

A.《雅典的泰门》　　B.《罗密欧与朱丽叶》

C.《李尔王》　　D.《威尼斯商人》

15. 莎士比亚悲剧中的麦克白杀死国王，目的是（　　）。

A. 报杀父之仇　　B. 伸张正义

C. 满足权欲和野心　　D. 雪夺妻之恨

16. “脆弱啊，你的名字就叫女人”，这句话出自莎士比亚的（　　）。

A.《温莎的风流娘儿们》　　B.《威尼斯商人》

C.《哈姆莱特》　　D.《罗密欧与朱丽叶》

17. 信奉犹太教的高利贷者夏洛克凭借契约，坚持要在威尼斯商人安东尼奥心脏附近割“一磅肉”，虽有多人劝说，虽被许诺数倍偿还那3000块钱也动摇不了他的决心。其最根本的原因是（　　）。

A. 犹太人与基督徒之间的民族仇恨

B. 基督徒在商业买卖中对犹太商人的歧视和排斥

C. 夏洛克的女儿与一个基督徒私奔加剧了夏洛克的仇恨

D. 安东尼奥借钱给人不取利息妨碍了夏洛克放高利贷

18. 英国作家莎士比亚的悲剧《哈姆莱特》最根本的戏剧冲突

是（　　）。

A. 人与自然的矛盾

B. 人的独立意志与不可抗拒的命运之间的矛盾

C. 人文主义的美好理想与充满罪恶的现实之间的矛盾

D. 民族解放的要求与腐败的封建统治之间的矛盾

19. 福斯塔夫这个形象最早出现在莎士比亚的剧作（　　）中。

A.《亨利五世》　B.《温莎的风流娘儿们》

C.《亨利四世》　D.《第十二夜》

20. 最早提出“莎士比亚化”这个命题的是（　　）。

A. 马克思　B. 恩格斯

C. 列宁　D. 毛泽东

21. “知识就是力量”是（　　）的名言。

A. 拉伯雷　B. 培根

C. 马洛　D. 笛卡尔

22. 塞万提斯的“在监狱里诞生的孩子”指的是（　　）。

A.《伽拉苔亚》　B.《堂·吉诃德》

C.《惩恶扬善故事集》　D.《奴曼西亚》

23. 托马斯·莫尔的《乌托邦》是一部（　　）。

A. 写实小说　B. 田园小说

C. 幻想小说　D. 流浪汉小说

24. 莎士比亚的《雅典的泰门》是一出（　　）。

A. 具有强烈反封建意识的爱情悲剧

B. 理想与现实的矛盾的悲剧

C. 气氛最阴暗、可怖的悲剧

D. 揭露资本主义金钱作用的悲剧

25.《威尼斯商人》中的鲍西娅是一个（　　）。

A. 具有叛逆精神的艺术典型

B. 人文主义的新女性

C. 具有积极进取精神的代表

D. 酷爱自由、纯洁善良的女性

附：单项选择题答案

1.C 2.D 3.B 4.B 5.A 6.C 7.B 8.A 9.C 10.C
11.C 12.B 13.C 14.B 15.C 16.C 17.D 18.C 19.C
20.A 21.B 22.B 23.C 24.D 25.B

（三）多项选择题

1. 长篇小说《堂·吉诃德》的同名主人公是一个性格复杂而矛盾的人物，他的性格特征有（　　）。

A. 耽于幻想，脱离实际

B. 能及时从失败中接受教训

C. 善良而富有同情心

D. 行动鲁莽，不考虑后果

E. 为实践理想的原则而奋不顾身

2. 塞万提斯在《堂·吉诃德》中巧妙地运用讽刺艺术，其采用的主要手法有（　　）。

A. 夸张　　B. 对比　　C. 幽默

D. 嘲讽　　E. 象征

3. 为莎士比亚创作和演出活动奠定基础的“大学才子”主要有（　　）。

A. 李利　　B. 基德　　C. 龙沙

D. 格林　　E. 马洛

4. 拉伯雷《巨人传》中塑造的巨人形象是（　　）。

A. 格朗古杰　　B. 若望修士

C. 巴汝奇　　D. 庞大固埃　　E. 卡冈都亚

5. 《威尼斯商人》中的夏洛克的性格特点有（　　）。

A. 贪婪　　B. 吝啬　　C. 狡猾

D. 残酷　　E. 好色

6. 人文主义的主要内容有（　　）。

A. 用人权反对神权

B. 用个性解放反对禁欲主义

C. 用理性反对蒙昧主义

D. 用自由、平等、博爱、天赋人权来反对封建专制和特权

E. 拥护中央王权，反对封建割据

附：多项选择题答案

1. ACDE　2. ABCD　3. ABDE　4. ADE　5. ABCD　6. ABCE

（四）名词解释题

1. 七星诗社

16 世纪中叶出现在法国的以龙沙为首的贵族派人文主义诗人社团。由龙沙等六位人文主义作家和他们的老师、希腊语学者多拉七人组成，因号称“七星”而得名。《保卫与发扬法兰西语言》是七星诗社的宣言。其成员的创作具有明显的脱离实际、轻视民间文学、迎合宫廷趣味的贵族倾向，但在诗歌理论和诗歌语言改革方面，对法国文艺复兴时期的文学起过一定的积极作用。

2. 流浪汉小说

流浪汉小说是 16 世纪中叶产生在西班牙的一种新型小说。这种小说以流浪汉等下层人物为主人公，多采用自传体的形式写成。作品通过主人公不幸流浪谋生的经历广泛反映社会现实，在一定程度上表达了人文主义思想，具有反封建反教会的意义。《小癞子》是流浪汉小说的代表作品。西班牙的流浪汉小说在刻画人物、反映现实和艺术结构上，对欧洲小说的发展产生了深远的影响。

3. 大学才子派

大学才子派是英国文艺复兴时期的一批戏剧家。他们出身于中产阶级，受过大学教育，具有深厚的古典文化修养和进步的人文主义思想倾向。他们的戏剧创作不仅继承了前人的成果，而且在内容和艺术形式上颇有创新，促进了伊丽莎白时代戏剧的发展和繁荣，为莎士比亚的戏剧成就奠定了基础。这派戏剧作家的代表是马洛。

4. 福斯塔夫式的背景

“福斯塔夫式的背景”是恩格斯在给拉萨尔的信中提出的。福斯塔

夫是莎士比亚在《亨利四世》和《温莎的风流娘儿们》中塑造的形象。他是一个破落的骑士，在封建制度没落时期由贵族社会跌入平民社会，上与太子关系亲密，下与强盗、小偷、流氓、妓女为伍。通过他的活动，莎士比亚展示了上至宫廷，下到酒店、妓院等广阔的社会背景，再现了“五光十色的平民社会”，为塑造人物和展开戏剧冲突提供了广阔、生动、丰富的社会背景。这是莎士比亚现实主义艺术的重要成就。恩格斯称赞这种背景，是希望作家们以莎士比亚为榜样，在广阔复杂的社会背景中塑造典型、再现生活。

5. 莎士比亚化

“莎士比亚化”是马克思所提出的莎士比亚戏剧创作中的现实主义美学原则。即要求作家从现实生活出发，展示广阔的社会背景，给作品中的事件和人物提供真实而富有特点的典型环境；正确处理事件、人物和环境的关系，通过丰富、真实而具体的情节描写，塑造鲜明生动的人物形象，广泛而深刻地反映现实关系，注意反映演变和发展着的历史内容，同时强调把作者的倾向、见解，在情节和人物的描述中隐蔽而自然地流露出来，要求做到现实主义和浪漫主义、悲剧与喜剧的巧妙结合。

6. 文艺复兴

文艺复兴是14世纪至17世纪初期欧洲新兴资产阶级发动的反封建反教会的思想文化运动。它是封建制度开始解体、资本主义关系形成过程中的产物，首先出现在意大利。在文艺复兴运动中，资产阶级借用古希腊、罗马文化中的人文主义和现世思想，来反对封建统治和教会神学，以建立适应资本主义生产关系的意识形态。文艺复兴运动以人文主义作为思想武器，在意识形态和文化科学领域取得了空前伟大的成就，是人类思想文化史上的一次伟大变革，对欧洲和世界文学艺术以及自然科学的发展起了巨大的推动作用。

7. 乌托邦

指不存在的地方或虚构的国家。16世纪英国思想家托马斯·莫尔在名为《关于最完美的国家制度和乌托邦新岛的既有益又有趣的全书》（简称《乌托邦》）的著作中，虚构了一个乌托邦岛上的理想国，描写了依靠“人类的良心”而建立起来的理想的社会制度。后来，人们就用乌托邦来称呼那些没有现实基础的理想社会制度的空想学说。

8. 十四行诗

音译为“商籁体”，是欧洲的一种格律严谨的诗体。最初流行于民间，后为文人所采用。兴起于意大利，以后流行于英、法、德诸国。彼特拉克是最早的十四行诗的作者，并使这种诗体臻于完善，称为“意大利体”或“彼特拉克体”，由两个四行和两个三行构成。16世纪初，英国诗人魏阿特和萨利把这种诗体移植到了英国，改为三节四行一节二行对句，其韵脚排列又有多种变化。莎士比亚是英国十四行诗中成就最大者，被后人称为“莎士比亚体”或“伊丽莎白体”。19世纪初，俄国诗人普希金在诗体小说《叶甫盖尼·奥涅金》中创造了十四行诗四音步抑扬格的“奥涅金诗节”，使十四行诗由抒情变为叙事。

（五）简答题

1. 简析文艺复兴运动的实质。

文艺复兴运动并非为了复活古代的奴隶制旧文化，而是为了摆脱中世纪封建神学的束缚，借用古典文化遗产，加以批判继承，建立资产阶级新文化，以适应资产阶级登上历史舞台、导演历史新场面的需要。也就是说，古典文化仅仅是资产阶级新文化的借鉴，是流而非源。新文化的社会渊源只能是新兴资产阶级生产关系的产生和发展，是这一时期的阶级抗争和科学实践的反映。18世纪中期法国启蒙运动的精神领袖伏尔泰正式把“文艺复兴”作为一个新文化运动，第一次对文艺复兴进行深刻的说明：“文艺复兴的重大意义不在复古，而在于创造。”

2. 人文主义思想的基本内容是什么？

人文主义是文艺复兴时期形成的资产阶级思想体系，其基本内容是：

以人权反对神权，以人性反对神性，肯定人的价值和尊严，认为主宰宇宙的是人而不是神。

以个性解放反对禁欲主义，以现世幸福反对来世思想，认为人人可以追求财富和幸福，提倡爱情、婚姻自由。

以理性反对蒙昧主义，认为“知识就是力量”，提倡发展人的聪明才智。

以中央集权反对封建割据，希望强大的王权消除封建贵族割据势力和实现国家的统一。

3.《堂·吉诃德》的社会意义何在？

《堂·吉诃德》的社会意义，远远超出了作家对骑士文学的讽刺。小说全面、真实地反映了16世纪末、17世纪初西班牙的社会现实，生动描绘了各个行业和各个阶层的人物及生活遭遇，有力地揭示了西班牙王国必然衰落的趋势。它不仅是一部讽刺小说，还是一部现实主义巨著。小说中主仆二人的游侠活动是荒诞不经的，但活动环境是真实的。从贫穷的山村到杂乱的城镇，从偏僻的小客店到豪华的公爵城堡，从平原到深山，从大路到森林，通过对贵族、僧侣、地主、农民、演员、商人、理发师、牧羊人、苦役犯、妓女、强盗等近七百个不同阶层人物的描写，触及政治、经济、道德文化和风俗习尚等方面，构成一幅完整的社会画卷，反映了西班牙广阔的社会现实。另外，小说还在许多方面表达了作者主张“民主自由”，希望摆脱封建束缚、反对种族迫害、反对封建割据、反对殖民政策等人文主义思想。

4.堂·吉诃德的性格特征及其典型意义是什么？

堂·吉诃德是一个充满矛盾的形象，其性格特征是喜剧性格与悲剧性格的奇妙结合。作为喜剧性格的一面，他脱离实际，把幻想当作现实，企图凭借已被历史淘汰的骑士精神去弘扬社会正义和社会平等，结果只能被现实所嘲弄与抛弃。作为悲剧性格的一面，他具有为实现人类的正义理想而不怕牺牲、勇往直前的卓越精神，他对理想社会的执着向往和对社会罪恶的深刻批判，都体现了人文主义的思想光辉。

性格的矛盾性具有深刻的典型意义：它是处于新旧交替时代的西班牙现实社会矛盾的反映；也是西班牙人文主义者处于既有崇高的社会理想，又无实现这一理想的现实手段的矛盾状态的反映。因此，堂·吉诃德是西班牙人文主义者的典型。

5.简述桑丘·潘沙的形象。

桑丘的形象与堂·吉诃德的形象既对立又补充，是西班牙农民的典型形象：勤劳、善良、机智，又有小生产者狭隘自私的一面：目光短浅、贪图小利。他的游侠并非为了建立什么功勋，只为发一笔意外之财，以改变自己的处境。他本性善良，同情那些与他地位相仿而备受欺凌的人，与堂·吉诃德接近。在海岛当“总督”时，断案如神、执法无私，爱憎分明，光明磊落。公爵本想愚弄这个普通农民，不料却使他得以施展才智，证明了自己的高贵。堂·吉诃德为之奋斗一生没有做到的，桑丘做到了。后来桑丘由于受不了贵族们的捉弄离了职。他说：“我赤条条来，又赤条条去，既没有吃亏，也没有占便宜，这是我同其他总督不同的地方。”朱光潜先生对这一形象评价道：“一个是满脑子虚幻理想，持长矛来和风车搏斗，以显出骑士威风的堂·吉诃德本人；另一个是要从美酒佳肴和高官厚禄中享受人生滋味的桑丘·潘沙。他们一个是可笑的理想主义者，一个是可笑的实用主义者。但是堂·吉诃德属于过去，桑丘·潘沙却属于未来。随着资产阶级势力的日渐上升，理想的人就不是堂·吉诃德而是桑丘·潘沙了。”

桑丘非常实在。堂·吉诃德说的是“干什么事，成什么人”这样抽象的正义或真理，桑丘说的是“一个人有多少钱，值多少价”。他求的衣食、做官只为发财，发财是为老婆、儿女打算，也就是为一身和一家人的生活。他不错失时机：“如果谁给你一头小母牛，快拿了拴牛的绳子赶去。”他跟堂·吉诃德主仆一场，虽然挨揍挨饿，毕竟也发了几注小财；虽然只做得儿大官，也够他一辈子吹嘘的。他回家见了老婆第一句话是“老婆，我带钱回来了，这是大事!”堂·吉诃德是个失败者，桑丘是个成功者。桑丘的成功也许是侥幸，堂·吉诃德的失败却具有必然性。

6. 举例说明《十日谈》的基本主题。

《十日谈》中的主要人物是商人、手工业者、农民、诗人和艺术家，与但丁笔下的帝王、教皇、骑士、圣者有异。其基本主题：

其一，反教会，揭示教会僧侣的虚伪性与欺骗性。第一天故事二“扬诺劝教”有提纲挈领之效，突出了全书主题的基调。巴黎商人扬诺，其友亚伯拉罕，犹太人，同样忠实诚信，信奉犹太教。扬诺唯恐友之灵魂以后将堕地狱，故力劝其弃犹太教，改奉天主教。苦劝之下亚伯拉罕答应访罗马教廷。所见所闻无一是处。教皇、红衣主教、神职人员，均是贪财淫乱之徒。甚者反人道，耽溺男风，买卖圣位、圣体。至巴黎，亚答：教廷里均一班无恶不作之坏东西，罗马则为容纳罪恶之火炉。然基督教居然不但未被推翻，反而日渐强大。其中定有神灵保佑，故觉得其可能是真神圣，遂求仪式洗礼。

其二，肯定爱情自由。第四天故事一，美满可爱的姑娘莉莎贝达与由三兄弟经营的店铺里一个叫罗伦佐的小伙子暗中相爱。后被发现，三兄弟设计杀之，埋坑里。莉莎贝达日夜思念，罗伦佐托梦于她。翌日，郊外见尸体，割头，用布包好，埋在花盆中。花得泪水与香水浇灌，长得枝叶茂盛。兄弟们夺花盆，后莉莎贝达日夜哭泣，哀恸而死。

其三，提倡人欲的天然合理性。第四天开头，叙述一故事。一心信奉天主教的腓力，丧偶后带着不满两岁的幼儿上山修行，过着与世隔绝的生活。他的儿子除了父亲外，没见过第二个人。18岁时，腓力见他平时侍奉天主十分殷勤，料想带他去浮华世界走一遭，大致也不会迷失本性。父子俩遂下山来到佛罗伦萨，可巧遇到一位衣着华丽、年轻漂亮的姑娘。儿子颇为好奇，问是什么东西，腓力回答是绿鹅。儿子不留念那众多的新鲜事物：皇宫、宅邸、母牛、马匹，却希望带一只绿鹅回去。一个青年本能认为，他进城这天所接触的许多新鲜事物中，最美最迷人的就是“绿鹅”。腓力恍然大悟，原来自然的力量比他的教诲要强大得多，深悔自己不该带儿子进城。

7.《乌托邦》是一部什么样的作品？

托马斯·莫尔的《乌托邦》是世界文学史上第一部具有广泛影响的宣传空想社会主义思想的杰作，分为上下两部。用作者和航海家两人对话的形式写成。上部莫尔以自己的亲身见闻，揭露了当时英国君主统治下社会的黑暗，对资本主义原始积累时期英国农民的悲惨生活，尤其是圈地运动所造成的“羊吃人”的惨状进行了深刻的描绘，以激起读者的愤慨和同情。下部借航海家之口，畅谈一个为外人所不知的乌托邦海岛上的理想生活。作者所描写的乌托邦海岛，是个没有暴政、法律、战争和宗教狂热的社会，这在人类思想史上是第一部描绘空想社会主义理想的小说。作为文学名著，《乌托邦》语言优美，讽刺深刻，情节奇妙，想象丰富。

8. 简述莎士比亚喜剧的特点。

喜剧题材：虽然只有个别来源于英国现实，但是全部喜剧都蕴含着丰富的现实内容，“展现在我们面前的永远是……快乐的英国”。

喜剧主题：歌颂爱情与友谊，赞扬个性解放，支持婚姻自主和争取个人幸福的权利；表现了人文主义的理想；肯定人生，激发起人物对美好生活的向往和为之奋斗的决心，体现了新兴资产阶级对封建阶级的道德观念与偏见的胜利。

喜剧的主人公：多为男女青年，以女主人公的形象最为突出，最为鲜明。女性是莎士比亚喜剧中幸福与秩序的动因，因此她们的作用极其重要。女性不仅起决定作用，在数量上也比其他类型的戏剧多。那些绝妙的女性人物全都是天生丽质、光彩照人，她们感情崇高，才智非凡，心地善良，意志坚强。她们显然是作者理想的化身。与《十日谈》、《坎特伯雷故事集》中放荡纵欲的女性不同，莎翁笔下的女性贞洁、忠诚，甚至连温莎的风流娘儿们也不例外。

喜剧情节结构：往往形成“一见钟情——好事多磨——终成眷属”的模式，常常采用误会、巧合、圈套、女扮男装（或相反）等表现手段，增强了剧本的喜剧效果。

喜剧充满了浪漫主义色彩，洋溢着明朗、欢快的抒情气氛，是一种浪漫抒情喜剧。

9. 简述莎士比亚悲剧的特点。

第一，悲剧的基本主题是理想与现实的矛盾及理想的破灭。人文主义的理想与现实社会中邪恶势力之间的矛盾构成戏剧的主要冲突。

第二，剧本有深刻的思想内容和严峻的社会批评意义。描写了新旧交替时代的社会现实，提出了一系列重大的社会问题；批评的锋芒既指向封建势力，也指向资产阶级的罪恶。

第三，塑造了一批具有人文主义思想的正面人物，描写他们所代表的弱小的先进力量与强大的邪恶势力所进行的悲剧性斗争，以及他们的毁灭和他们在道义上的力量。

第四，矛盾冲突激烈，既有悲剧主人公与其对立面的冲突，也有悲剧主人公内心的冲突。

第五，情节集中，结构严谨，情调悲愤沉郁，语言优美、凝练、准确。

10. 莎士比亚戏剧创作的艺术特色有哪些？

莎士比亚戏剧创作艺术精湛，特色鲜明，主要表现为三个方面。

（1）情节的生动性与丰富性。莎士比亚的戏剧往往是多重情节线索。《哈姆莱特》有三条为父复仇的线索，哈姆莱特为主，雷欧提斯和小福丁布拉斯为副。场面丰富、五光十色的“福斯塔夫式的背景”，使情节更加丰富生动。

（2）塑造了个性鲜明的人物形象。莎士比亚笔下的人物性格多具有多面性和复杂性，如著名的三大复杂形象哈姆莱特、福斯塔夫和夏洛克。莎士比亚善于运用对比、独白等手段来展现人物性格特征和心理活动状态。

（3）莎士比亚的语言丰富而富于形象性。他的戏剧语词丰富，表达方式多样，人物语言个性化。他还善于运用比喻和隐喻，寓意深刻而又形象、生动。

11.《威尼斯商人》的基本主题是什么？

《威尼斯商人》是莎士比亚喜剧的代表作，其基本主题是通过安东尼奥同夏洛克的冲突以及巴萨尼奥同鲍西娅的爱情纠葛，揭露和谴责了高利贷者夏洛克的贪婪、吝啬、冷酷，歌颂了人文主义者的仁爱原则和青年人为争取爱情自由而斗争的行为及男女之间真诚的爱情、无私的友谊，展示了慷慨、无私、真诚、仁爱同吝啬、贪婪、嫉妒、仇恨、残酷之间的斗争。作品成功地塑造了夏洛克这个高利贷者的形象，因此带有更深刻的社会意义。作品还通过冲突双方都利用法律为自己服务的事，客观上暴露了资产阶级法律的本质。

12. 简述莎士比亚历史剧《亨利四世》中福斯塔夫的形象。

福斯塔夫虽然是历史剧中的人物，却很少有哪个喜剧人物能与之媲美。莎士比亚喜剧中的喜剧效果多半靠手段（巧合）和气氛获得，而福斯塔夫的喜剧效果却由性格本身的魅力所致。列夫·托尔斯泰说过：“福斯塔夫或许是莎士比亚唯一自然而典型的人物形象。”这是一个英国封建社会解体时期没落的骑士阶层的典型形象。吹牛说谎、招摇撞骗、欺诈抢劫、好吃好色，不受任何道德约束，集一切恶行于一身。生性幽默，爱开玩笑，并以能为人们提供笑料而自豪。构成他生活主要内容的是酒与女人。但福斯塔夫并非一个简单的小丑，在一定程度上表现了普通民众的情绪，尤其是对王权和财富集中的不满。作者以这一形象为中心，向我们展示了一个“五光十色的平民社会”，以史诗般的广阔规模深刻而全面地反映了英国当时的社会现实。

13. 简述莎士比亚悲剧作品的野心家形象。

与前期喜剧男女形象和小丑形象相比，悲剧中出现了形形色色的野心家形象。如克劳狄斯（《哈姆莱特》）、伊阿古（《奥赛罗》）、麦克白夫人（《麦克白》）、爱德蒙（《李尔王》）。他们均是极端的利己主义者，为了个人私欲，敢于使用任何狠毒、卑鄙的手段，践踏人性，他们是过渡时代的产物。伊阿古为了私利便离间奥赛罗与苔丝德蒙娜的关系；爱德蒙杀兄、夺父财产，爬入上流社会；麦克白夫人是恶的化身：“只要我想要，我就不说我不敢。”莎翁通过他们深刻揭露了新旧交替时代社会的罪恶。这些野心家是悲剧的重要根源，说明面对新的社会恶势力，靠人文主义者显然永远不能取得胜利。悲剧的结局是悲壮而非悲伤，他赞扬人性的胜利，谴责人性的沦丧，虽然找不到改造社会的方案，但不失改造社会的勇气。

14.《哈姆莱特》的思想意义是什么？

莎士比亚认为文艺创作的目的在于反映现实，反映时代。他借助哈姆莱特之口阐明这一点：“自有戏剧以来，它的目的始终是反映自然，显示善恶的本来面目，给它的时代看一看它自己演变发展的模型。”莎士比亚的众多戏剧均取材于古代或外国的故事，但表现的却是当时英国的生活和斗争。《哈姆莱特》就是通过哈姆莱特与以克劳狄斯为首的宫廷集团的斗争，反映了人文主义理想与英国现实之间的矛盾，反映了时代的先进力量与强大的社会恶势力之间的斗争；既深刻地揭示了社会矛盾，又歌颂了人文主义的理想，鼓励人们为了正义要坚持斗争，绝不妥协。作者借助于古老的故事，对以克劳狄斯为首的专制王朝予以无情的批判，对以哈姆莱特为代表的人文主义者所进行的反封建暴政的斗争给以热情歌颂和深切同情。

15. 为什么说哈姆莱特是人文主义者的典型形象？

哈姆莱特是文艺复兴时期人文主义者的典型形象。理由是：（1）在人文主义中心威登堡大学读书，受人文主义熏陶，形成了对人类、人生、爱情、友谊等的人文主义观点。（2）他肯定人的价值和力量，认为“人类是一件多么了不得的杰作”，是“宇宙的精华，万物的灵长”。（3）以平等真诚的爱与友谊取代尊卑贵贱的封建等级观念。（4）为人正直，多才多艺。奥菲莉娅说他是“朝臣的眼睛……时流的明镜，人伦的雅范，举世瞩目的中心”。可见，哈姆莱特从仪表、神态到思想、才能都符合人文主义的理想。

16. 简述《奥赛罗》中的野心家伊阿古形象。

伊阿古是资本原始积累时期极端利己主义的冒险家、野心家的典型。他利用奥赛罗轻信的弱点，以极其狡诈的手段使奥赛罗相信凯西奥与苔丝德蒙娜之间有奸情。这样做一箭双雕：可以夺取凯西奥之职，又可毁掉奥赛罗的事业前程和幸福生活，是欧洲文学中两面派的祖先。伊阿古这种极端利己主义的思想、奸诈欺骗的手段和冒险的精神，正是资产阶级发展初期的产物。这是一种新的社会罪恶，奥赛罗、苔丝德蒙娜在争取爱情自由、反对封建势力的斗争中能够挺身而出、取得胜利，然而却识别不了伊阿古这种新型冒险家的诡计，遭到毁灭。说明资产阶级极端利己主义对于生活中美好事物更是一种可怕的力量，更具有破坏性。

17. 简述《麦克白》中麦克白的形象特征。

《麦克白》取材于荷林西德的《编年史》，写麦克白篡夺王位的故事，是莎翁最阴暗的一部作品，也是谴责人性沦丧的悲剧，是一部“犯罪心理学史”，是心理描写的杰作。悲剧的主题是谴责统治者个人野心的罪恶。麦克白在全剧中经历了四个阶段：（1）胜利的麦克白；（2）转变的麦克白；（3）罪恶的麦克白；（4）孤立的麦克白。一开始，麦克白是一武艺高强、忠于君主的将领，是国家的栋梁、民族的英雄，此时，在其精神世界中，正面品德（善）占主导地位。但当他的夺取最高权位的野心勃发之后，便开始走上堕落的道路。莎翁以心理描写巨匠的手笔，深刻地刻画了麦克白内心善与恶的激烈搏斗。麦克白并非一天生的恶魔，当他犯下弑君的罪行，他身上原有的道德感便使他处在极度的精神痛苦之中。他不断感到内疚，不断谴责自己。不过他无力自拔：“以不义开始的事情，必须用罪恶使它巩固。”如此逐步失去天良，手段越来越残忍，内心也变得越来越冷酷、空虚、绝望，全无一点支撑自己的力量。个人野心终于使一个具有英雄品格的人物变成了杀人的魔王，最后完全被孤立，众叛亲离，受到应有惩罚。

18. 哈姆莱特的性格特征及其悲剧根源是什么？

哈姆莱特是文艺复兴时期人文主义的典型形象。他的一个性格特征是忧郁。哈姆莱特回到丹麦后，一系列意外事故的出现，打破了他的幻想，人文主义者视为珍宝的生活理想化为泡影，使他变得忧郁、苦闷。但忧郁不是哈姆莱特的天性，而是理想与现实矛盾、理想破灭产生的一种精神状态。哈姆莱特另一个性格特征是犹豫。他把报父仇同拯救国家结合起来，按照人文主义的理想来改造现实。然而在强大的邪恶势力面前，尽管他不断探索、寻找途径，却始终处在决定行动而不知如何行动的矛盾之中，这就形成了他行动上的犹豫延宕。

其悲剧根源是：客观上，反动势力过于强大。哈姆莱特是封建社会内部出现的少数先进人物的代表，他与克劳狄斯的斗争，反映了先进人物同社会恶势力的斗争。但是处于萌芽状态的先进力量同强大的封建邪恶势力抗争，必然导致悲剧结局。主观上，是哈姆莱特所代表的人文主义者的局限所致。他同情人民的苦难，人民也对他有好感。但他既不相信暴力，又不相信群众，孤军奋战，而且不能摆脱宿命论等旧思想的残余。因此，哈姆莱特的悲剧是时代的悲剧，也是人文主义者的悲剧。

19. 如何理解奥菲利娅这样一个人物形象？

奥菲利娅是《哈姆莱特》剧中的重要人物，御前大臣的女儿，是莎士比亚匠心独运的杰作之一。她通体都闪耀着处女的温柔光彩，在某种程度上说，她还是个孩子，但已成熟，懂得巨大的激情，爱情构成了她天性的基础。本来她生活得无忧无虑，心中盛满爱意，但环境际遇把她推入了悲剧的地位：她必须在对家庭的依恋和对王子的爱情之间进行取舍，而这种非人性的残酷抉择是她无法完成的，因为她的智力无力识透其中的缘故。可怜的她正是封建家庭的产物，尽管美丽、天真、善良，但闭塞的、严酷的生活使她软弱无知，盲目信赖与服从父兄。她爱哈姆莱特，但她所欣赏的是贵族王子的完美，而不是他崭新的思想和气度，所以，奥菲利娅无法支持王子的大任，反而引起误解，无意中做了别人拿来害王子的工具。在她接连遭逢失恋与丧父的打击后，她认为这个世界已毫无理性，人生对她来说已失去意义，因此她疯了，最后落水而死。莎士比亚通过这一艺术形象，表现了一个优美心灵的可怕悲剧，这颗心灵被生活中骇人听闻的矛盾撕碎了。

20. “独白”是莎士比亚刻画人物的有力手段，《哈姆莱特》中主人公的重要独白有何作用？

哈姆莱特在这部悲剧中有7处重要独白，很有层次地表现了哈姆莱特内心矛盾和性格发展的过程。如，第三幕第三场末尾，哈姆莱特有一段独白：“他现在正在祈祷，我正好动手”。这是克劳狄斯独自在祈祷，是哈姆莱特报父仇的好机会，但他放弃了这机会，使剧情出现波澜。第三幕第一场那段“生存还是毁灭”的著名独白，表现哈姆莱特富于理想，敢于行动，但身遭变故，理想破灭。客观上敌人强大，主观上脱离群众，造成他内心苦闷、失望和彷徨。这些独白，有激荡的抒情，有丰富的想象，也有深刻的哲理，揭开了人文主义者哈姆莱特的内心矛盾，充分显示了激动人心的性格力量。

21. 从哈姆莱特的延宕行为分析其深层心理结构。

在一定程度上，哈姆莱特的延宕行为是他性格发展的典型特征，由此可烛照哈姆莱特的深层心理。关于哈姆莱特延宕的基本原因，各家解释不一。歌德认为哈姆莱特之所以延宕，是因为性格软弱、意志力不强，难以承担如此重大的复仇任务；柯勒律治认为哈姆莱特过分耽于思考；叔本华认为哈姆莱特的延宕行为与他的厌世主义相关，等等。上述原因虽也能部分解释哈姆莱特的行为，但更好的做法是从文本内原因和非文本原因两方面来找，其中关键的文本内原因是哈姆莱特的权欲与其道德考虑之间的冲突；文本外原因则是：莎士比亚有意用哈姆莱特的行为来影射伊丽莎白时代女王宠臣埃塞克斯伯爵在图谋推翻女王时犹豫不决的长期延宕。

22.《哈姆莱特》如何承袭了传统的复仇主题？剧本中为父亲复仇的线索有几条？

伊丽莎白时代观众喜爱《哈姆莱特》的原因之一，在于它表现了他们所熟悉的并格外喜爱的复仇主题。此剧承袭了复仇悲剧的庄严传统，并保持了这一类戏剧演出中几乎所有的传统技法：往往以犯罪或陈述犯罪开始，接着是通过某个代理人（通常是一个鬼魂）向被害者的亲属发出要报仇雪恨的指令，随后，由于复仇遇到了各种各样的障碍（如辨认罪犯、确定合适的复仇时机和方式等）而变得复杂起来。最后，通过以罪犯、复仇者和剧中全部主要人物（往往如此）的死亡而结束。

《哈姆莱特》情节结构十分巧妙，为父复仇的情节就有三条：哈姆莱特为父亲被谋杀篡权复仇，雷欧提斯为被哈姆莱特无意中杀死的父亲波洛涅斯复仇，福丁布拉斯为其在战场上比武丧生的父亲复仇。因此，流血与复仇的情绪笼罩全篇，生动地再现了封建王朝时代权力运作过程中的血腥场面。

23. 结合《随笔集》，谈谈蒙田的儿童教育理念。

蒙田的儿童教育观念有如下几点：(1) 教育的目的旨在培养品行优良的绅士和培养独立自主的判断力。(2) 反对经院教育、反对书本教育，认为这种教育对儿童身心健康是一种摧残。(3) 实践，包括谈话、旅行是学习的有效途径。(4) 反对强制性教育，提倡让学生自由选择、判断。(5) 推崇哲学在生活中的作用，主张教给孩子哲学。(6) 强调选择良师的重要性，要求教师要有头脑，目的明确，而不是一味地塞满知识。

24. 如何理解蒙田天主教徒与人文主义者的双重身份？

蒙田是一名忠诚于国王的天主教徒，但生活在人文主义时代，他的宗教观已趋向平和。他不但结交新教名士，甚至充当说客，在自家的古堡中促成了天主教徒马蒂尼翁和新教教徒那瓦尔（即亨利四世）之间的和解。蒙田反对宗教斗争，对宗教改革也充满戒心。因为改革是混乱和破坏的制造者。为此他呼吁和解，倡导节制平和，主张“宗教容忍”，反对宗教迫害。

然而他的天主教身份并不妨碍他成为一名人文主义者。《随笔集》

不少篇章是以自我为写作题材，充分展示了蒙田追求个性解放的欲望。在人与人、人与自然关系的探讨上也初步体现了他人文主义平等的观念。这些人文主义观念对传统天主教禁欲的理念形成强大的冲击。因此，蒙田虽是一名天主教徒，但他更是一名坚定的人文主义者。其宗教信仰并没影响他对人生、人性的思索。

25. 堂·吉诃德是个可笑、可爱、可敬又可悲的艺术典型，试论这一形象的矛盾性。

堂·吉诃德是个满脑子骑士幻想而又具有人文主义思想特征的可笑而又可敬的矛盾复杂人物。

他是个满脑子骑士幻想的不切实际的幻想家的典型。理想与现实脱节，主观与客观分离是其主要特征。受流行的骑士小说的毒害，他迷上了骑士道，试图恢复过时的骑士道。虽然动机良好，但行为却极其荒唐，效果也极坏，吃尽了苦头，出够了洋相。

同时，他还是一个具有人文主义特征的可敬的人物。他有渊博的学识、崇高的理想，有为真理和正义而献身的精神。他打起仗来勇往直前，无所畏惧。且道德高尚，诚实守信。他心目中的骑士道实际上也是他的人文主义理想的载体和寄托。

当时的西班牙社会没有提供实现其理想的土壤，因而造就了这个可笑而又可敬的矛盾形象。这个形象具有重要意义。通过他，作者既讽刺了不切实际的幻想家，也表达和寄托了人文主义理想，同时，还表达了对当时西班牙社会的苦涩理解。

（六）论述题

1. 试述文艺复兴时期西欧文学艺术繁荣的原因。

（1）欧洲人自己发现是个“人”，促进了人的智识与情感的解放。

中世纪社会组织比较简单，罗马帝国皇帝俨然为欧洲元首，教皇则为全欧洲精神上的主宰。教权高于一切，教皇大权独揽，社会上一切重大事情和婚丧喜庆等小事，教会都可干涉，人们必须绝对服从。一个人与教会的意见稍有出入，即为大逆不道，必受严刑重罚。宗教组织提倡“无知乃信仰之母”，因而禁止人们对天文、地理、物理、文学、医学、教育等学问自由研究，否则生命不保。图书馆被焚，异教文明销声匿迹，生活沉滞萎靡，凄凉之情亘古未见。有思想的人们在这种教权暴虐的势力下，势必寻求对生活态度革命的方法。他们在佛罗伦萨开设私塾，授希腊古学，借以维持生活，不料其结果竟然促成了欧洲人民生活上的自觉。故而，当欧洲人发现了自己也该有作为“人”的要求与欲望，不该为希伯来思想所束缚时，群体便觉醒了，自觉实现“古学复兴”，于是被埋藏多年的希腊思想渐渐映入人们眼帘，乃至风靡一时。

（2）欧洲人扩大了世界，发现了更大更新的世界。

当时的环境使人们于“人类的发现”之外，还发现了“新的世界”——新大陆。这也是资本原始积累过程中对黄金欲望的升腾引发人们的冒险精神，促使人们探索往东方的新航路，这一过程为当时的小说家、艺术家开阔了眼界，增加了知识，开启了智慧，提供了取之不尽、用之不竭的生活素材。

（3）教权逐渐衰落，强大的世俗政权的建立刺激人们对文艺的要求。

原先各国政权颇受教皇牵制，到了文艺复兴时期，商业逐渐发达，人们有能力组织强有力的国家。而宗教改革运动渐次酝酿。事实上，教皇无法统揽政权，英、法、德等强大的世俗政府，各有统治者治理。新的世界让人们憧憬。当然，人的灵魂的解放要依靠宗教改革；自文艺复兴运动浩浩荡荡地开放了各种新学识、新思想和新机会的门户后，人人要求从上帝（教会）的束缚中解放出来，实行信仰自由（新教）。自从文艺复兴以后，罗马教皇在公众的信仰上已被怀疑、甚至动摇，宗教改革后，教皇的权威被彻底打倒。这一举动真使欧洲人重见天日。假如没有宗教改革，那近代的科学和民主思想，恐怕不易产生。我们讴歌近代文明，不能不归功于宗教改革，对文学史影响甚众。

（4）各国特有的表达自己个性的语言与文字，成为继承古代文化遗产以创建民族文学的必要手段。

新的事物、制度、科学发现使有思想的学者或人民为了生活的习惯与需要，创造了各个国家特有的语言与文字，以表现他们自己的个性。此外，人们由于对教皇不满，势必追溯到前贤的思想与创造，于是诞生了复兴希腊文化的信念。

(5) 中国的发明创造传入西方，成为文艺复兴运动迅速发展的必要前提。

中国的造纸术、印刷术经过阿拉伯人西传，在西欧各国广泛使用，推动了西欧文艺复兴运动的兴起与发展。也就是说，印刷术、火药、指南针等技术发明改变了欧洲的历史，引发了那里的思想革命、政治革命、商业革命，从而使欧洲率先进入资本主义时期，并飞速向前发展。

2. 试述莎士比亚戏剧创作三个时期的基本特征。

第一时期（1590—1600 年）是莎士比亚人文主义思想和独特创作风格的形成期。由于作者第一次从乡村到伦敦，进入了有着高度文明、生气勃勃的大都市，内心唤起了从未有过的新奇、憧憬与兴奋的感觉，产生了进取、奋斗的力量。再由于人文主义思潮的影响、国内高涨的爱国情绪的感染，社会安定、经济繁荣、王权巩固，其心情自然是愉快、向上的，对一切事物的看法是美好的、天真的，到处都是春天、阳光、诗意的和谐。这种对生活有着朦胧向往的乐观主义情绪，是他这时期的创作基调，也是他的喜剧和历史剧多产的原因，即使是这时期创作的悲剧，也渗透着乐观精神。本时期剧作有：历史剧九部、喜剧十部、悲剧三部。历史剧代表作《亨利四世》。

第二时期（1601—1607 年）是莎士比亚创作最辉煌的时期。正值伊丽莎白统治的最后几年、詹姆斯一世接位初期。封建贵族与市民之间尖锐对立，政治斗争日益激化，尚未消亡的旧世界的邪恶与新兴资产阶级的损人利己相互交织，社会生活大大逆转，正义、进步的力量受到压抑，面对人民贫困与社会不平，莎士比亚的人生感受不同了，人文主义理想产生了危机。所以作品深刻反映出这种理想与残酷现实之间的矛盾，反映作者内心经历的痛苦与悲哀。此变化除了社会原因外，还有作者个人的原因，如年龄增长、个人的遭遇与艺术的成熟等因素。十年生活的阅历和观察使作者更敏感，思想更成熟，感情更深刻，认识更深化，现实主义创造方法也更加完善。揭示社会黑暗与人性的阴暗面，成为本时期创作的基本主题。悲愤与阴郁成为主要基调。主要作品是悲剧，包括四大悲剧《哈姆莱特》、《奥赛罗》、《李尔王》、《麦克白》，以及《雅典的泰门》等。三部喜剧也带有悲剧性质《特罗伊罗斯和克瑞西达》、《终成眷属》、《一报还一报》。

第三时期（1608—1613 年）。作品的主要特色是富于童话式的想象，充满对未来的憧憬，远离现实生活，最大限度地表现了分离、流亡、团圆、和好与原谅的浪漫情节，具有传奇性质，故名传奇剧。作者仿佛又恢复了年轻时候的心情，精心描绘着他心目中的理想世界，到处是美满与幸福。这一变化正反映了作者人文主义理想与现实之间不可弥合的距离。他无法解决生活中尖锐复杂的矛盾，只得用浪漫主义的象征手法，把自己的向往化为美丽的幻想，以寄托自己的希望，并给人类描绘一幅美丽的远景图画。这是莎士比亚对人类前途充满信心的表现：相信年轻一代会过上一种全新的、人们从没有过上的美满、幸福生活。主要作品是传奇剧《辛百林》、《冬天的故事》、《暴风雨》（“诗的遗嘱”）。剧情往往发生在一个幻想的神奇环境中，主人公先遭难后幸福，解决矛盾的方法往往是一些偶然的因素，甚至是魔法的力量。最后，敌对双方互相宽恕、和解，以大团圆结局告终。

3. 结合作品内容分析莎士比亚笔下的李尔形象。

李尔从一个最高统治者变成一个卑贱的流浪者，地位在变，性格也在变。莎翁正是通过李尔的改过自新，体现一种人性复归的思想。

李尔从一个“顺我者昌，逆我者亡”的专横暴君，到无家可归的贫民，此后又成了阶下囚，直至心碎而死。其思想情感经过了多次剧变，才完成了“李尔否定李尔”的全过程。

第一次剧变：不认三女儿（身居高位，刚愎自用）及驱逐肯特（忠言逆耳），专横任性到失去理智（理智上最爱三女儿，也知肯特为忠臣）——暴君的父亲。

第二次剧变：诅咒大女儿、二女儿，首次跌下最高权位，使他无法忍受，产生“复仇”心理——复仇的父亲。

第三次剧变：由可怜自己（雷电颂）进而可怜别人，再进而同情“穷人”，批判自己，产生质的变化——自省的父亲。

第四次剧变：因流浪发疯而清醒，进而批判强权。质变完成，已由暴君变成一个具有人文主义思想的人——人文主义者的父亲。

第五次剧变：跪向三女儿，向她忏悔、求她宽恕——赎罪的父亲。

第一次到第四次剧变是从自己与“穷人”的关系上反省，第五次剧变则是从伦理关系上否定自己的过去。经过两次否定，他既否定了作为暴君的过去，又否定了作为家长制代表的过去，从而完成了“李尔否定李尔”的全过程。但李尔得出了“人”是可怜的两脚动物的结论，说明他对人生是悲观的。三女儿死，李尔万念俱灰，心碎而死，这最后一次思想剧变，可见他仍然是一个失败者。

李尔的悲剧（非死不可）：内因在于他专横，以自我为中心，后又陷入虚无主义——所谓“咎由自取”。外因在于恶势力，而“谄媚”是置他于死地的毒药，他最后失去三女儿，即失去赎罪的机会，失去生活与精神的支柱。李尔之所以是悲剧形象，在于等到他明白要自我否定、重新做人时，条件已不许可，大势已去。

4. 试述《威尼斯商人》中莎士比亚对夏洛克形象的塑造。

夏洛克与哈姆莱特、福斯塔夫一起被评论家认为是莎翁戏剧人物中最为复杂的三大典型。关于夏洛克形象的常规理解：一方面是个高利贷者，吝啬、贪婪、心狠手辣，另一方面又是受侮辱的犹太人，敏捷机警，果断沉稳，其反对种族压迫和宗教歧视，是坚决、积极的。

作者对此人物的态度，既同情又批判。作为嗜财成性、利欲熏心、伺机报复的高利贷者，莎翁对其是批判的，这是主要倾向。作为受种族压迫和宗教歧视的犹太人，莎翁又是同情他的，不赞同安东尼奥对夏洛克的粗暴行为。莎士比亚突出了同时代人的种族偏见与宗教偏见，这是一大进步。

夏洛克又被称为欧洲文学四大吝啬鬼之一（夏洛克、阿巴贡、葛朗台、泼留希金）。相比之下，夏洛克性格更富有立体感。他吝啬，贪婪（狠毒），不过不虚伪、比较直率。他的哲学是：“只要不是偷窃，会打算盘总是好事。”追求的是“像母羊生小羊一样地快快生利息”。他之所以恨安东尼奥，因为后者借钱不取利息，影响了他的放债收入。他之所以坚决割肉，欲置安东尼奥于死地，因为在他看来，“只要威尼斯没有他，生意买卖全凭我一句话了”。他的仆人吃不饱，受不了他的虐待，要找新的主人（巴萨尼奥）；女儿因他的吝啬贪心，不愿待在地狱般的家里，跟情人私奔了。三幕一场，杜伯尔去热那亚打听他女儿的下落，回来向他报告时，使他痛心的主要不是失去了女儿，而是他的女儿带走了他的钱财珠宝，还要为寻找她而花费更多的钱财。当听说自己女儿在热那亚一晚花去 80 块钱时，心疼得发了疯。

5. 试以《威尼斯商人》三匣选亲故事中三个匣子上的箴言分析作品中的人物类型。

《威尼斯商人》中三个匣子上的三段箴言展示了作品主题：

金匣："谁选择了我，将得到众人所希求的东西。"——gain（得到）

银匣："谁选择了我，将要获得他所应得的东西。"——get（得到）

铅匣："谁选择了我，必须准备把他所有的一切献出并牺牲。"——give（献出）

两组意义相反的箴言，对应着剧中两类人物的对立，体现出两种生活态度、两种评价。据此，剧中人物可分成两类：

（1）一类以安东尼奥为首，他们的道德原则、生活态度是以无私的"给予"为准绳的。

安东尼奥慷慨大方、豪侠尚义，关心别人幸福，不顾个人得失，虽是商人，却不利欲熏心，看重金钱，只当它为满足人们某种需要的手段。巴萨尼奥、鲍西娅同样是忠于爱情、友谊：在准备结婚时，得到朋友身陷囹圄的消息，毫不退缩，即刻动身前往威尼斯，为朋友分忧解愁。杰西卡不顾宗教信仰不同和父亲的反对，把自己的一切都给予自己心爱之人。

（2）另一类人物的道德原则以"得到"为核心。摩洛克亲王、阿拉贡亲王，只愿得到众人之所求，不愿给予自己之所有。所以在选择匣子时必败。夏洛克更典型，其"得到"，既非友谊又非爱情，而是具有实体性的金钱，并且希望永远占有它。金钱就是他追求的最终目标，以至于连梦中都看见了钱袋。他"给予"别人的是高利贷，那是为了更大的"获得"。与安东尼奥比，其家资可能更雄厚一些，但这个富有的商人却舍不得让自己唯一的仆人吃饱饭。结果把他饿跑了，齐啬到一毛不拔。

6.《堂·吉诃德》反映出当时西班牙怎样的一种社会状况？

这部长篇小说通过主人公的冒险经历，生动叙写了各阶层的近七百个人物，从而对西班牙的封建社会做了广泛的现实主义反映。

首先，当时的西班牙是封建的专制王朝，上层阶级花天酒地，下层人民生活在水深火热之中。小说关于公爵城堡的描写，集中揭露了贵族的腐朽实质。公爵夫妇闲得无聊，不惜耗费巨资制作奇装异服、动员仆人挖空心思扮演各种角色以捉弄堂·吉诃德主仆来解闷。劳苦人民却过着难以想象的悲惨生活。农民由于干旱饥馑的逼迫，铤而走险，有的成为强盗，有的浪迹四方，一旦被捕，不是被判服苦役，就是挂尸树上。正如桑丘所说："这就是地狱。"

其次，小说还展示出西班牙严重的种族迫害现象。封建统治者不断煽起宗教狂热，把摩尔人像牲畜一样运到非洲。摩尔人不忍离家，偷偷逃回。李果德父女就是在流落到了日耳曼以后，还念念不忘祖国和家乡。

最后，小说对西班牙政权不断发动对外战争，以致造成国势日衰、商业凋零、工业停滞、人民痛苦万分的状况，进行了有力的揭露与谴责。

总之，封建社会的西班牙在小说中受到了诅咒。恰如堂·吉诃德所说，他的时代是"多灾多难的时世"，是"可恶的时代"，"懒惰压倒了勤快，闲散压倒了工作，罪恶压倒了美德，傲慢压倒了勇敢"。

7.《堂·吉诃德》的艺术成就何在？

作为欧洲文艺复兴时期的巨著，《堂·吉诃德》以深刻鲜明的人民性、性格突出的人物形象、生动明快的语言和丰富多变的艺术手法开创了近代小说的新篇章。狄更斯、福楼拜、托尔斯泰等作家把塞万提斯誉为现代小说的创始人。

这部小说原名《奇情异想的绅士堂·吉诃德·德·拉·曼却》。塞万提斯在序言中申明："这部作品只不过是对于骑士文学的一种讽刺"，目的是在"把骑士文学的地盘完全摧毁"。但实际上，这部作品的社会意义超过了作者的创作意图。在作者的笔下，17 世纪初由盛转衰、危机四伏的西班牙社会在小说中被深刻地勾勒了出来。书中塑造了大约七百个不同职业、不同性格的人物形象：饥寒交迫的农民、惨遭毒打的牧羊少年、横遭凌辱的贫苦妇女、骄奢淫逸的公爵夫妇、步履艰难的苦役囚犯……以如此宽广动人的画面来反映时代、反映现实，可以说是塞万提斯的首创，给现代小说以深刻的影响。堂·吉诃德这个形象身上包含着极其丰富的思想内容和复杂矛盾的性格特征，成为世界文学史上不朽的艺术典型。而堂·吉诃德与桑丘主仆二人的性格特征富有层次感，不断发展变化，显得十分真实、深刻。欧洲近代长篇小说从《堂·吉诃德》开始着力于塑造人物典型，这是小说艺术的长足进步，具有里程碑式的意义。批评家们把堂·吉诃德与哈姆莱特、浮士德并称为西欧文学中三大杰出典型。

这部作品的艺术特色表现在如下几个方面。

第一，这是一种新型小说，既模仿骑士传奇的题材和体裁，利用骑士小说的迅捷性宣传自己的人文主义思想，又吸取了流浪汉小说环境描写的长处，使主人公的游侠接触到下层社会生活。它摒弃了骑士小说的梦幻成分，一改流浪汉小说中主人公悲观消极的形象，发展了英雄史诗里为了理想而献身的斗争精神。它既注意继承前人的创作经验，又不因循守旧，对各种艺术表现手法进行了综合革新，把欧洲长篇小说推到了近代小说的边缘。

第二，小说成功地塑造了堂·吉诃德和桑丘两个世界文学中不朽的艺术典型。这两个形象不是单一的，而是多面的；不是静止的，而是发展的。堂·吉诃德从入迷到清醒，桑丘从头脑简单到复杂。这些人物性格的发展也是前所未有的，这对后世文学影响较大。

第三，在表现手法上，小说巧妙地运用了讽刺艺术，采用了对比、幽默、嘲讽、夸张等手法。如在人物设置上富有对比性，主仆两人既对立又相辅相成。从年龄、外貌到性格、语言都进行了鲜明的对比。作品把平凡的生活细节和奇幻的想象、滑稽夸张的闹剧场面和朴实无华的现实生活、英雄和丑角、智者与疯子、悲剧与喜剧结合，形成了特有的幽默讽刺风格。

第四，是语言的生动而富有表现力。小说的语言形式多样，有时庄重，有时诙谐，有时含蓄，有时明快，一扫骑士小说惯用的华而不实的绮丽文风。它采用了西班牙人民通用的口语，特别是出自桑丘口中的那些民谚俚语，体现了西班牙的民族风格。

8. 试述《哈姆莱特》的艺术成就。

《哈姆莱特》是莎士比亚的悲剧代表作，集中地体现了他的人文主义思想特点和高超的艺术成就。此剧取材于13世纪丹麦史家萨克索的《丹麦史》，后来经人加工，曾被编进法语的《悲剧故事集》。经过莎士比亚的加工改编，这出普通的复仇剧成了表现特定时代社会矛盾的悲剧。

莎士比亚说过，他的作品就是“给自然照一面镜子，给德行看一看自己的面目，给荒唐看一看自己的姿态，给时代和社会看一看自己的形象和印记”。不少莎评家认为，剧中的主要人物——封建王子哈姆莱特——在一定程度上是文艺复兴时期人文主义思想的代言人。因此，哈姆莱特与克劳狄斯的斗争象征着人文主义思想与封建王权之间的严酷斗争。通过这个人物和他周围环境之间的冲突，莎士比亚反映了文艺复兴时期人文主义思想和资本主义原始积累时期社会现实之间的无法调和的矛盾。因此，故事虽然发生在丹麦，但实际上是16、17世纪之交英国社会生活的缩影。

在艺术上，《哈姆莱特》的突出成就主要表现在两个方面。

第一，以生动、丰富的情节来反映现实生活。首先，作品不是孤立地去写一个宫廷复仇故事，而是从边境、城堡、墓园、戏班等各个社会场面去展开情节，勾勒画面，令人视野开阔。其次，作者从人物的性格矛盾出发，酝酿了紧张曲折的戏剧冲突。在“戏中戏”之前，安排了种种试探性的侧面交锋，通过“戏中戏”，又突出正面交锋，情节跌宕回旋，引人入胜。最后，作品糅合了悲剧与喜剧因素。剧中既有阴森恐怖的与鬼魂相见的场面，又有掘墓人插科打诨的幽默片段，使全剧波澜起伏，趣味横生。

第二，人物塑造上的出色功力。首先是人物性格的复杂性与多面性。作品中人物性格鲜明、生动，像生活一样丰富多彩。哈姆莱特的性格就是一个典型的例子。其次，作者善于在人物对比中突出主人公性格。如以雷欧提斯复仇的鲁莽、狭隘突出哈姆莱特的谨慎、宽容；以霍拉旭的理智、冷静来突出王子的热情、深沉。最后，作者善于利用独白成功地揭示人物心理。全剧中多处哈姆莱特的大段独白，对反映人物思想转变、内心矛盾和性格变化发展起了不可估量的作用。

总之，《哈姆莱特》是一出人文主义思想家的悲剧，是欧洲文艺复兴土壤里长出来的一朵长开不败的艺术之花，直到今天，还在散发出它特有的馨香。

9. 试述《堂·吉诃德》中对比手法的运用。

堂·吉诃德、桑丘主仆二人始终是绝妙的对照。外形上一高一矮，一瘦一胖；一个骑高高的瘦马，一个骑矮矮的胖驴；一个手执长枪，身穿盔甲，面带愁容；一个头戴草笠，身披褡裢，气血旺盛。内在方面，堂·吉诃德疯幻不清，怀抱济世雄心，桑丘清醒机灵，只求一己温饱；堂·吉诃德勇敢莽撞，奋不顾身，桑丘则谨慎小心，胆小怕事。

小说中的对照手法比比皆是。就理想与现实的矛盾对照而言，堂·吉诃德有非凡的抱负，要做名扬天下的英雄，要以骑士打天下的方式改造社会，但出现在我们面前的并非一个魁伟的武士，而是一个瘦骨嶙峋的老人。他骑的也不是什么千里马，而是徒有佳名的可怜的瘦马。尽管堂·吉诃德把它比作“马中的花朵、马中的镜子”，可是它的腿早已力不从心了，经常把它的主人从背上摔下来。至于那意中人，堂·吉诃德将她当作绝世美人，她“体现了一切诗人所理想的美”，还认为她是力量的源泉，说“要不是杜尔西内纳·台尔·托波索把力量灌输到我这条胳膊上来，我连捏死一个跳蚤的劲儿都没有”。杜尔西内纳·台尔·托波索根本不是一个美人，正如桑丘所说，她只是一个身躯粗大、声音洪亮、浑身汗味，甚至胸口还长着毛的农家姑娘。而且那位姑娘心目中压根儿就没有堂·吉诃德这个人。堂·吉诃德却模仿小说里的多情骑士，为她忧伤憔悴，饿着肚子终夜叹气，哭哭啼啼地为她写情诗。当然，他和他的情诗都成了笑柄。这一对比构成对主人公的极大讽刺。

另外，作者处处把堂·吉诃德与骑士小说里的英雄对比取笑。骑士小说里的英雄武力超人、战无不胜，堂·吉诃德却是个哭丧着脸的瘦弱老头儿，每战必败，屡败屡战。骑士小说里的英雄往往有仙丹灵药，堂·吉诃德按照秘方炮制了一种神油，结果喝下去却大吐，桑丘喝了竟然大小便同时失禁。

10. 有人说，堂·吉诃德是一个“崇高的疯子”，你是如何理解的？试作阐述。

堂·吉诃德是一个异常丰满而又复杂矛盾的艺术形象。他身上既有幽默可笑的言行，又有严肃认真的思考；既荒谬绝伦，又崇高伟大；既有悲剧性又有喜剧性；既是个疯子，又是个理想主义者，融可笑、可敬于一身。

一方面，他是个脱离实际、耽于幻想、疯疯癫癫的骑士。现实世界在他头脑里均被幻想代替而失去了真面目。他不管碰到什么样的假想对手（酒囊、羊群、风车），均学习骑士单枪匹马地乱砍乱杀，从不计较双方的力量对比，敢打敢拼，毫不怯懦。但无情的现实使他折断骨头，摔坏牙床，闹出无数笑话。但他从来不从失败中吸取教训，而是认为这是妖人所施的魔法，不让他有立功的机会。这种行为既是骑士小说的毒害的结果，也展示了他为实现自己的理想而献身的精神。堂·吉诃德悲剧的关键就在于他采取了错误的方法，妄想在16世纪封建社会已趋衰亡的时候，恢复过时的骑士制度，以游侠骑士单枪匹马打天下的办法去解救人民。其行动往往出于善良的动机，但却招致可笑的甚至有害的结果，使自己成了一个受人嘲笑的滑稽古怪的人物。

比如，他从主人皮鞭下救出牧童安德瑞斯，他一走开，安德瑞斯便受到加倍的惩罚。再碰到堂·吉诃德时，安德瑞斯不但不感谢他，反而诅咒他，诅咒天下所有的游侠骑士。这种行为与埃斯库罗斯笔下的普罗米修斯受罚异曲同工，那就是拯救者永远受折磨，而被拯救者也没有得到什么好处。

再如，堂·吉诃德释放一批苦役犯，行动的初衷出于反迫害、争自由的思想，结果苦役犯反以抛石头来报答他的好心。他冲散送葬行列，要为死人报仇雪冤，为此打折了一个教士的腿。那受伤的教士诉苦：“我原先好好一个人给您弄成跛子，一辈子也站不平了。您为人除害，却害苦了我，叫我终身受害。”

以上描写，展示出作家对堂·吉诃德的可笑特点及骑士道行侠行为的挖苦讽刺。作家竭力展现主人公的可笑病态，进而达到嘲笑骑士制度、抨击骑士小说的目的。设想一下，如果堂·吉诃德生活在中世纪，那么他就是个好人、英雄，因为中世纪提倡英雄、骑士意识。而近代是平民意识、庸人意识。离开了那样的环境，堂·吉诃德只能是个笑料，这是他的悲剧，也是时代的悲剧。

另一方面，从堂·吉诃德的主观动机来看，他又是一个纯真善良、疾恶如仇、勇于牺牲的无私无畏的社会改革者，这是可敬的一面。他所理解的骑士道，除了为心上人服务等荒唐的行为外，就是要扫除一切罪恶，使人间重归公正与和谐。他的同情心是在那些受压迫、受欺负者一边的。因此，在他的骑士道精神的外衣下，包含着许多人文主义的思想内容。这是因为作家在此形象上寄托了自己的理想和愿望，有时甚至借他的嘴来发表议论，批判西班牙封建社会的种种不合理现象。况且，堂·吉诃德清醒时是一个谈吐高明、见识渊博的学者，一个热情的人文主义思想的传播者，其社会理想是建立在没有人剥削人、人压迫人的太平盛世。他清醒时对社会的批判，对法律、道德、文学艺术的远见卓识，反映了文艺复兴时期人文主义作家所追求的理想。

总之，堂·吉诃德就是这样一个复杂的艺术典型。他可笑、可悲，又可爱、可敬。既是一个耽于幻想、行动盲目的喜剧性人物，又是一个理想与现实脱节，出于高尚的动机而做出无益的行动的悲剧性人物。

（七）综合阐述题

1. 试简要比较阿里斯托芬、莫里哀与莎士比亚戏剧创作的异同之处。

共同点：

都以现实生活为基础。

不同点：

（1）取材不同：阿里斯托芬把整个民族生活搬上舞台，展现的是民族之间的斗争，以整个世界做对象；莫里哀仅仅把私人生活、家庭内部所发生的事件搬上舞台，反映的是个人的笑料，以家庭为背景；莎士比亚能将不相干的事件用一根线串起来，使我们能看到一个五光十色的社会。

（2）艺术风格不同：均采用讽刺手法，各有侧重。

阿里斯托芬比较强烈，也带有抒情成分（《鸟》）；莫里哀比较尖刻辛辣，讽刺人的恶行，往往是用讽刺剧（《伪君子》）；莎士比亚以赞扬为主，讽刺是温和的（夏洛克讽刺除外）。莎士比亚艺术风格最主要特点是抒情性，是诗意的、想象的，并不仅仅描写现实，还往往具有幻想成分，这与继承民族传统有关。

2. 文艺复兴时期的人文主义者突出的思想是什么？

文艺复兴时期的人文主义者突出的思想，综合起来有下列要点：

其一，人文主义者采取各种形式去赞扬人生的伟大、歌颂人生的价值和提倡尊重人生的尊严。他们大声疾呼在世俗世界中首要的是人而非神，主宰世界的是人，而非虚幻的神灵。中古时期，唯有封建贵族有尊严，而文艺复兴时期，幸福和光荣归于学者、诗人和艺术家。他们才是受人敬仰的人。从“人是实现某种目的的工具”转变到“人应成为独立的精神个体”，这是西方文化史上极为重要的转变。它标志着中世纪文化之终结、近现代资产阶级文化的开端。

其二，人文主义者大力发扬人的自由意志和个性自由。

提倡以人为本，反对以神为主宰的世界观，把发扬人的自由意志和个性自由作为同教会禁欲主义斗争的手段。拉伯雷《巨人传》德廉美修道院题词是“做你愿意做的事”。拉伯雷认为只有这样，人的自由意志，才能在最充分的自由环境里得到发展，所以，拉伯雷的理想国就是“意志自由”的王国。人文主义者强调人的自由和个性发展，政治上主要是反对君主专制。封建专制制度否定人有自由意志、否定个性发展。这体现了人文主义者的民主思想，是对封建贵族的一种严重打击。

其三，人文主义者十分明确要求现实生活与尘世的享乐。

人文主义者瓦拉《论作为真正幸福的享乐》一书，强烈反对禁欲主义的观点——“人享乐是不道德的”的谬论，大力提倡资产阶级个人主义的世俗生活。托马斯·莫尔的《乌托邦》提倡享受尘世生活的幸福是人生最大的本色，完全符合理性的和自然界的意向，而只有真正的高尚的快乐才能构成幸福。

其四，人文主义者反对蒙昧主义，主张学习科学、追求知识，竭力提倡学术的至高无上，主张恢复理性的尊严与思维的价值；人文主义者还深信共和制度和民主思想能够开拓人的智慧，并发挥人的才能。培根的“知识就是力量”，布鲁诺的宇宙无限性论，哥白尼的太阳中心说，伽利略的星空大发现，均给经院哲学以致命打击，从而使自然科学从神学桎梏中得以解放。有些人文主义者深信共和制度是最理想的政府形式，它可以保障自由，培养人民的美德，焕发人的才华。

3. 人文主义文学在艺术上有哪些主要特色？

人文主义文学艺术上的特点主要表现在以下五个方面：

第一，在文艺与现实的关系上，人文主义文学主张文艺必须反映现实生活，反对把文艺当作宣传宗教教义的工具。莎士比亚认为：“最好的戏剧不过是人生的一个缩影。”戏剧的“目的始终是反映自然，显示善恶的本来面目，给它的时代看一看它自己演变发展的模型”。彼特拉克、薄伽丘、拉伯雷、塞万提斯、莎士比亚等人文主义作家的创作，体现了现实主义原则。

第二，在文艺的社会功用方面，反对和驳斥封建教会给世俗文艺强加的两大罪名：说谎、伤风败俗，强调继承贺拉斯“寓教于乐”的传统。

第三，在题材和语言上，提倡大力创新，要求语言生动活泼。要用最能反映社会生活的小说来代替梦幻小说，以抒情诗代替赞美诗，以民族戏剧来代替宗教剧、神秘剧，提倡悲喜剧结合，语言上要用人民喜闻乐见的各地方言（民族语言）来代替官方的拉丁语。

第四，在人物形象的塑造上，注意运用现实主义的手法，在矛盾的冲突和发展中塑造人物，并注意个性和共性的结合，使人物形象生动、具体、鲜明。拉伯雷笔下的巨人形象，塞万提斯笔下的堂·吉诃德和桑丘，莎士比亚笔下的人物形象系列，都是最好的说明。

第五，在艺术表现上，人文主义作家在自己的作品中加进了丰富的幻想成分、夸张的手法和浪漫主义的因素，这方面，拉伯雷《巨人传》、塞万提斯《堂·吉诃德》以及莎剧中均有鲜明体现。

4. 比较欧洲文艺复兴与中国的五四新文化运动的不同。

两次运动都是反对封建社会的思想文化运动，但两者有很大的不同。

（1）两次运动产生的社会和文化背景。

文艺复兴：14～15世纪的欧洲；意大利半岛资本主义开始萌芽，佛罗伦萨、威尼斯工商业较为发达；15世纪末，地理大发现和环球航行的成功；中世纪的经院哲学与封建教会成为发展资本主义的障碍，教皇曾下令焚毁藏书甚丰的古罗马图书馆，宣判布鲁诺等科学家是“异教徒”。

五四新文化运动：20世纪初期；外国帝国主义的侵略；新兴资产阶级开始形成；孔孟之道代表旧思想控制人民。

（2）运动的主要内容。

文艺复兴不是古典文化的简单恢复，而是资产阶级在意识形态领域里的新创造。人文主义的核心是资产阶级“人性论”。他们提倡人性，反对神性，批判禁欲主义。

中国的新文化运动的内容：民主与科学。

（3）运动所起的作用。

发生的时间和持续的时间不同。文艺复兴产生于公元14世纪的意大利，持续三百年之久，中国新文化运动发生在20世纪初期，持续在1917年至1919年这短短的数年时间里。运动产生的影响的深度不同。文艺复兴运动内容由文学、艺术、历史等社会科学扩大到自然科学，推动欧洲的社会科学和自然科学快速发展并呈现出空前繁荣景象。中国新文化运动集中在思想、文化和政治舆论方面，对自然科学的推动作用不是十分直接和明显。运动局限于思想文化领域，没有普及到工农群众中去，没有同广大人民反对军阀统治的政治斗争结合起来，这就限制了它的实际效果。

（4）代表人物呈现不同特点。中国新文化运动的旗手集中在陈独秀、李大钊、鲁迅、胡适、蔡元培等少数杰出人物身上。

（5）运动兴起的推动力不同。文艺复兴是在资本主义发展的基础上产生，其发生的原动力主要来自社会内部；中国是在外国帝国主义侵略中国，中国沦为半殖民地半封建社会，中国人民深受帝国主义和本国封建统治阶级的压迫，同时，资产阶级思想文化的影响不断扩大的社会历史背景下发生的。

5. 以《罗密欧与朱丽叶》与《梁山伯与祝英台》为例，比较中西古典爱情悲剧的异同。

《罗密欧与朱丽叶》是文艺复兴时期的莎士比亚的悲剧，《梁山伯与祝英台》是中国古典悲剧。两者都是爱情悲剧，展现的都是情投意合的恋人之间的美好感情被外部强大势力毁灭的悲剧，两者虽同为爱情悲剧，但却有很多不同之处。

从中西方文化差异来看，在处理人与自然、人与家庭的关系上，中国重视人与自然的和谐，以家庭为本位，注重个人职责和义务，属于依附人格；西方强调征服自然，个人本位，注重个人自由和权利，热情奔放，大胆追求世俗生活，注重享受生命，爱情至上，具独立人格。文化上的差异带来中西人在处理爱情问题上诸多不同点。

其一，表达爱情的方式不同。中国人含蓄、隐蔽，常常“借物抒情”、“借景抒情”。《梁山伯与祝英台》中有一个著名情节——“十八里相送”，祝英台用了六个比喻暗示梁山伯自己是个女人，但是梁山伯就是不明白祝英台的意思。两人同窗三年，情投意合，可在两人分手的时候，还没有向对方表达自己的爱慕之情，以致错过了求婚时机。西方人则炽热、明确，《罗密欧与朱丽叶》中，罗密欧在舞会上遇见朱丽叶，马上被其吸引，罗密欧邀请朱丽叶跳舞，两人情投意合，晚上罗密欧又爬墙到朱丽叶的窗前倾诉衷肠，于是两人决定一起争取自己的幸福。

其二，相爱的过程不同。中国人清醒、理智，先相知再相爱，梁祝同窗三年，引为知己，后来知道祝英台是女人遂生爱情，中国人把人为压抑自己的爱视为美德；西方人狂热、无顾忌，先相爱再相知，罗朱两人是一见钟情，对双方的为人并不了解。

其三，争取爱情的态度不同。中国人是被动、无力的。梁祝两人自觉不自觉地承认封建伦理道德，他们也认为私订终身是不对的，需要明媒正娶。父母之命也是不能违抗的，所以他们在知道祝英台订婚给太守之子之后，别无他法，根本没有反抗的意思，只能听天由命。西方人则主动、毫不妥协，罗密欧杀死表兄，第二天就到教堂私自结婚，根本没有经过家长的允许。

其四，悲剧成因不同。《梁山伯与祝英台》是社会悲剧。他们肯定

传统媒妁之言、父母之命的婚姻制度，最终双双殉情。《罗密欧与朱丽叶》是个人悲剧。罗密欧性格急躁，因偶然事故产生了悲剧，如果神父的信能顺利到达罗密欧的手中，如果罗密欧没有自杀，等到爱人醒来，悲剧就不会发生。

其五，结局不同。《梁山伯与祝英台》结尾是大团圆，梁祝化蝶，虽死犹生，这符合中国人的审美习惯，但有违悲剧的本质精神；《罗密欧与朱丽叶》结尾是彻底毁灭，真正意义上的悲剧。

6. 浅析《十日谈》与“三言”中的情爱伦理观。

“三言”（《喻世明言》、《警世通言》、《醒世恒言》）产生于17世纪的中国，《十日谈》写于14世纪末期的欧洲，它们都是短篇小说集，都以描写情爱故事著称。两者的情爱伦理同传统的伦理观相比，都发生了很多新的变化。

（1）两者都肯定情爱的合理，歌颂爱情的力量，讽刺宗教禁欲的虚伪。中国封建情爱伦理强调“存天理，灭人欲”，西方中世纪强调禁欲主义，两者都强调情爱是自然人性，不可禁锢。如《十日谈》中“绿鹅”的故事。

（2）两者对妇女再嫁、婚后偷情的态度较为宽容。传统的封建婚姻观对妇女再嫁和失贞尤其是婚后偷情大力谴责，但《十日谈》和“三言”则对此比较宽容，两者都描写了大量偷情的故事、妇女再嫁的故事，都没有明确的谴责态度。

（3）在婚嫁中金钱开始冲击门第。商人地位以及金钱的作用在婚姻中越来越大，小商人迎娶豪门闺秀在作品中大量体现，当时婚姻中的金钱因素在道德上已被接受。如《警世通言·杜十娘怒沉百宝箱》中杜十娘悲剧的罪魁祸首应该说是金钱，盐商子弟孙富正是因为有了金钱做资本，才敢对布政司公子李甲的爱宠生出不轨之心。

两者情爱伦理观发生变化的原因：两者都是在同一时代背景下完成——社会经济领域出现了资本主义生产关系的萌芽，城市工商业和市民阶层逐渐兴起，社会的思想文化领域出现了冲击封建束缚、反对封建礼教的新思潮，人们渴望得到精神解放。中世纪的欧洲，天主教在思想领域占主导地位，其核心思想是禁欲主义，否定人的一切自然欲望，包括男女之间真挚的爱情。但随着资本主义关系的萌芽，资产阶级作为新兴力量出现，他们开始用人文主义反对禁欲主义，宣扬个性解放，赞美爱情，肯定情欲，肯定财富。17 世纪的中国，资本主义萌芽虽没有西方强盛，但商品经济在一些城市日益发达，人们与市场的联系越来越密切。金钱成为不可少的东西，崇拜金钱、追求金钱之风盛行。工商业者的地位逐渐提高，成为社会中一支重要力量。在思想领域出现了以李贽、王夫之、汤显祖、冯梦龙等为代表的强烈反对程朱理学的潮流，并形成了一股重视感情和强调人欲的社会新思潮。

三、作业设计及选题

1. 骑士小说为何曾在西班牙流行一时？

提示：《堂·吉诃德》是讽刺骑士文学的杰作，那在西班牙盛行一时的骑士文学特别是骑士小说，又为何顺应了民众的需要？

西班牙的文学在欧洲国家之中成熟较早，因为它的民众很早就表现出文学倾向。在西班牙民族的形成发展中，摩尔人占据了极其重要的地位。他们是接受了阿拉伯文化的伊斯兰教徒，公元 8 世纪进入西班牙，直到 15 世纪，依然维持他们的地位，对西班牙的影响普遍而彻底。中世纪的西班牙人民曾经反抗过摩尔人的统治，在这场光复运动中曾涌现出一个由骑士、小贵族组成的特殊集团，他们成为解放斗争的主力军。斐迪南五世在位期间战胜了阿拉伯人在西班牙建立的摩尔人王国，于 1492 年统一西班牙。他将支持罗马教会作为其内外政策的基础，为此不惜采取严酷手段，短时间内铲除了摩尔人、伊斯兰教徒与犹太人，并在欧洲和全世界保卫正统的罗马基督教。在光复西班牙的过程中，骑士是重要的力量，因而成为西班牙人心目中的英雄。耶稣会的创始人罗耀拉，也是一位堂·吉诃德式的人物。他于 1534 年创建耶稣会，1563 年抵达中国。耶稣会的严格操练对当时精神混乱的西班牙产生一种积极的影响，在民众、贵族和欧洲知识界曾经风靡一时。早期耶稣会将自由与信仰相结合，已经抱有一种敢于探索的无限乐观主义精神，不久之后法国的耶稣会士成为启蒙运动的先锋。后来，西班牙称霸，这些骑士就变成了西班牙人心目中的理想英雄，体现在文学创作中就是骑士小说的盛行。

骑士小说里的主人公为了自己的个人事业而孤身战斗，有时甚至是为了单纯的冒险，或为美人赴汤蹈火。这些小说里的主人公被刻画成英勇善战、举世无敌、路见不平拔刀相助的游侠骑士，而促使他们出生入死、屡建奇功的动力来自于爱情。故而，这类骑士小说的中心主题主要表现在捍卫爱情、荣誉或宗教的过程中所表现的勇于冒险的游侠精神。另外，骑士小说也突出地反映了西班牙的民族自信心、虔诚的宗教信仰和十字军的冒险精神。在骑士小说的鼎盛时期，也就是 15 世纪末 16 世纪初，其流行之广达到了无人不读的地步，不论贵族王公还是平民百姓均趋之若鹜。堂·吉诃德形象中的负面因素（也就是为人们所嘲笑的那一面），使得骑士小说一蹶不振。

2. 试述堂·吉诃德的形象演变史。

作者在小说第二卷献词中说："四方各地都催着我把堂·吉诃德送去，最急着等堂·吉诃德去的是中国的大皇帝。他一月前特派专人送来一封中文信，要求我，或者竟可说是恳求我把堂·吉诃德送到中国去，他要建立一所西班牙文学院，打算用堂·吉诃德的故事做课本，还说要请我去做院长。我问那钦使，中国皇帝陛下有没有托他送我盘费。他说压根儿没有想到这层。我说：老哥，您还是一天走一二十里，或者照你出使前来的行程回你的中国去吧。我身体不好，没力气走这么迢迢长路。"显然这是开玩笑。1922 年，林纾和陈家麟用文言节译了本小说，名为《魔侠传》。1978 年杨绛译本出版，是目前最通行的译本。

《堂·吉诃德》问世四百年来，经受住了时间的考验，堂·吉诃德的名字在不同时代、不同国家广泛流传着。别林斯基说，他是一个"永远前进的形象"。"在欧洲所有一切著名文学作品中，把严肃和滑稽，悲剧性和喜剧性，生活中的琐屑、庸俗与伟大、美丽如此水乳交融……这样的范例仅见于塞万提斯的《堂·吉诃德》"。英国诗人拜伦也说过："《堂·吉诃德》是一个令人伤感的故事，它越是令人发笑，则越使人感到难过。这位英雄是主持正义的，制服坏人是他的唯一宗旨。正是那些美德使他发了疯。"德国诗人海涅每隔五年读一遍《堂·吉诃德》，印象每次不同。他说："塞万提斯、莎士比亚、歌德成了三头统治。在叙事、戏剧、抒情这三类创作里分别达到了登峰造极的地步。"柯勒律治在演讲中两次说到堂·吉诃德的面貌是空白，可是在人们心目中，堂·吉诃德的面貌很清楚。他是一张瘦长脸，高大的额角，高瘦的鼻子，一双大眼睛，还翘着两撇菱角胡子。这是插图上的堂·吉诃德。有的插图里，他瞪出眼睛，好像见了鬼似的；有的插图里，他眼睛里是忧郁的，好像在沉思。堂·吉诃德累积了历代读者对他的见解，性格愈加复杂了。

读者最初看到的堂·吉诃德，是一个疯癫可笑的骑士。小说一出版，风靡西班牙，最欣赏这部小说的是少年和青年人。据记载，西班牙国王菲利普三世在王宫阳台上看见一个学生一面看书一面狂笑，就说这个学生一定在看《堂·吉诃德》，不然一定是个疯子。果然那学生是在读《堂·吉诃德》。17 世纪西班牙批评家瓦尔伽斯说："塞万提斯不学无术，不过倒是个才子，他是西班牙最逗笑的作家。"

《堂·吉诃德》最早受到重视是在英国。英国早期的读者也把堂·吉诃德看作是可笑的疯子。威廉·坦普尔责备塞万提斯的讽刺用力过猛，不仅消灭了西班牙的骑士小说，连西班牙崇尚武侠的精神都消灭了。英国小说家菲尔丁强调堂·吉诃德的正面品质。他在一些剧本里说，世人多半是疯子，他们和堂·吉诃德不同之处只在疯的种类不同而已。在《堂·吉诃德在英国》剧本里，菲尔丁说世人比堂·吉诃德还疯得厉害。戏里的堂·吉诃德对桑丘说："桑丘，让他们管我叫疯子吧，我还疯得不够，所以不得他们的赞许。"菲尔丁在小说《约瑟·安德鲁传》里创造了一个亚当斯牧师。此人是一个心热肠软的书呆子。他睁着眼睛瞧不见目前的现实世界，处处只凭自己一片好心去衡量别人，于是干了不少傻事，受到种种欺负。他呆得可笑，但是他心地善良，待人正直慷慨，又可敬可爱。菲尔丁自称他这部小说模仿塞万提斯，英国文坛亦将类似的人物称为"吉诃德型"。狄更斯创造的匹克威克先生，也属于此类形象——虽然可笑，同时又叫人同情可爱。约翰逊说："堂·吉诃德的失望招得我们又笑他，又怜他。我们可怜他的时候，想到了自己的失望；我们笑他的时候，自己心上明白，他并不比我们更可笑。"

法国著名作家法朗士曾感叹："我们每个人心里都有一个堂·吉诃德，一个桑丘·潘沙。我们听从的是桑丘，但敬佩的却是堂·吉诃德。"

3.《哈姆莱特》的文化背景探究。

关于君主王位继承的规矩：哈姆莱特为什么不在父亲死后自动继承王位，他不仅是长子，而且是唯一的儿子。其实，在哈姆莱特的时代，丹麦王位是选任的，下一任国王要由王室枢密院提名，王位的长子继承权还没有被列入法律。但莎士比亚要让他的观众认为整个环境是在英国。所以，哈姆莱特是他父亲的法定继承人，克劳狄斯则是一个篡位者。篡权夺位是剧中的一个主要内容。无论如何，哈姆莱特把克劳狄斯看作一个篡位者，他在母亲面前把克劳狄斯描绘成“一个盗国窃位的扒手，从架子上偷下那顶珍贵的王冠，塞在自己的腰包里”（第三幕第四场）。在霍拉旭面前哈姆莱特又说：克劳狄斯“杀死了我的父王，奸污了我的母亲，篡夺了我嗣位的权利”（第五幕第二场）。

关于乱伦：现在的宗教标准，王后与亡夫兄弟再婚并不构成乱伦。但在哈姆莱特时代的宗教观念中却是乱伦的。在剧中，公众能普遍接受乔特鲁德与克劳狄斯的婚姻一定是由于某种制度或法律条文中的漏洞。然而，哈姆莱特把这种做法看作是乱伦的想法无论怎么强调都不过分。正是由于乔特鲁德的“罪过”，哈姆莱特才陷入忧郁之中。

关于忧郁：在伊丽莎白时代，它意味着一种神经不稳定、情绪和感情变幻无常的精神状态。在剧中，哈姆莱特忽而愤世嫉俗（第一幕第二场），忽而满怀理想（第二幕第二场），忽而过于活跃，忽而倦怠迟缓，忽而痛恨叔父的酗酒和母亲的纵欲，转眼又承认自己也罪大恶极。要想理解哈姆莱特明显的延误时机，理解他在行动与思考之间的徘徊不定，以及其他一些表面上看来不协调的行为，读者应该意识到，哈姆莱特的问题最起码有一部分是由于他受极度忧郁症的折磨所致。

4. 哈姆莱特与堂·吉诃德的形象比较。

屠格涅夫在1860年为贫苦文学家学会救济协会而作的公开演讲《哈姆莱特与堂·吉诃德》里说：“我感到《堂·吉诃德》和《哈姆莱特》的同时出现是值得注意的。”它标志着人类通过文学的手段，对自身的认识达到的一个新的阶段。这两个典型体现着人类天性中的两个根本对立的特性，这就是人类天性赖以旋转的轴的两极。屠格涅夫第一次从人类天性对立两极中揭示了哈姆莱特与堂·吉诃德两个文学典型的内在精神联系。在他看来，莎士比亚与塞万提斯的天才发现，首先是人的天性中“为自己而存在”与“为他物而存在”的两种对立倾向。屠格涅夫称之为“二元论”的“分裂”。哈姆莱特代表自然的向心力，一切生物都认为自己是创造的中心，其他一切都只看作他者而存在。他的“理想”来自“自身之内”。堂·吉诃德是“离心力”的体现，他在“自身之外”即他人、社会、国家的利益中“寻找”个人“生存的基础与目的”。“一个年老孤独的人却担负了要在全世界除暴安良的重任”。“他不关心自己，他整个儿都充满了自我牺牲精神”。屠格涅夫强调，“为己”与“为他人”而存在的二元对立，又表现为“守旧”与“运动”，“保守”与“进步”的两种力量，是“一切存在的基本力量”，也给了我们一把理解各个最强大民族发展的钥匙。哈姆莱特是一个“怀疑主义者”，他“折磨着自己”，“他的痛苦比起堂·吉诃德来更深切更刺心”。堂·吉诃德是一个“信仰主义者”，并给他带来巨大的精神力量。屠格涅夫高度评价哈姆莱特的“怀疑主义”所体现的“否定的因素”，甚至说“哈姆莱特也就是那靡菲斯特”。

5. 试述文艺复兴时期的人性解放问题。

众多文艺复兴著作中，描绘的只是“新人”与“旧人”的矛盾，人文主义者高举古希腊罗马文化的旗帜，同封建教会统治做斗争的光辉业绩——这恐怕是比较简单的历史观念。表现这一辉煌时期的文学、文化史著作留给人们的印象常彼此矛盾：

意大利人：把这时期描绘为热情而混乱，由信仰断裂而导致道德解体、人欲横流。（布克哈特《意大利文艺复兴时期的文化》）

英国人：勾勒出一幅赞美人的尊严，追求美与自由的黄金般灿烂的时代图画。（《英国大百科全书》，1964年版）

苏联人：凸现了人文主义者反对封建制度、教会统治的战斗精神及其历史局限性。

纵观本时期的艺术作品，你会发现自己陷入一个更加错综迷离的世界：对人类的热情赞美与恶毒诅咒同在；近乎疯狂的欢乐与同样近乎疯狂的悲哀并存；对人间伊甸园的精心构建与对人间地狱的冷酷描绘交织；对教会神圣的亵渎与诚挚的忏悔融汇；唯物主义的始祖同时又是狂热的基督徒；“第一个近代人”把中世纪的教父引为知己；思想上的巨人是道德上的侏儒；文化上的智者是品德上的败类；某些悲观主义者被历史证明为时代的先知；高尚与卑鄙；文明与粗俗；深沉与浅陋；赤裸裸的本能世界与趋于成熟的观念世界；野蛮人强烈而持久的幻想与文明人尖锐而细致的求知欲，纵横交错，七彩缤纷。

这是在信仰断裂期——旧的信仰在衰落，新的、建立在自然科学充分发展基础上的理性尚未成熟——人性的全景式展开：每个人都是一个丰满的个体，精力横溢是这一时代的特征。现代人遇到的种种社会问题和心灵困惑，在这时候已经感受到了，并艺术地揭示出来了。

文艺复兴的策源地意大利是一美丽的滨海区域。作为古罗马后代的意大利民族，历来重视古典文化传统，而对宗教与道德都比较轻视。工商业的发展和资产阶级的壮大，不仅在经济、政治上排挤、打击封建统治和教会势力，而且改变着社会心态。“上帝的羔羊们”眼睁睁看着那些本应下地狱的狡猾欺诈之徒——商人们一个个荣华富贵、恣意妄为，上帝却奈何不得。这些人一夜间从乞丐变为富翁。暴发户们的乐观进取精神感染着整个社会，使发财致富的欲望变得更加炽热。被欲望激活了的人们总要创造自己的文化，在新的文化体系还没有构建起来之前，他们首先惊讶地在古希腊、罗马文化中发现了自己。

任何一种新文化的诞生，不可能不是对神圣（权威）的亵渎。资产阶级最初用以摧毁中世纪教会统治的武器也不过是情欲的放纵。在理性的审判台尚未高筑之前，必然出现信仰的空白。人们一时感到精神无所遵循、无所依附。于是思想活跃、情欲泛滥、道德沦丧。人的种种自然本能恣意妄为，痛快淋漓地宣泄出来了。可以这样说，文艺复兴时期信仰破灭、道德沦丧，乃是一种严重而不可避免的时代病。

于是，文艺复兴时期的文艺展示出其双重性特征：小说家与喜剧诗人们使我们了解到爱情只在于肉欲享受，抒情诗人则表现出一种最高贵的深挚纯洁的感情。同时包容生活的两极：一极是世俗的肉欲享乐，乃至凶杀、强暴；一极是优雅的骑士风度、圣母的仁爱与高贵的罗马精神——两者结合构成文艺复兴的主要特征，形成本时期作品的巨大魅力。

第四章　17 世纪欧洲文学

睡前小测

一、提要

（一）学习要求

1. 了解 17 世纪欧洲文学的主要成就，领会古典主义文学的基本特征。

2. 了解莫里哀的生平、创作经历及风格成就，把握阿巴贡（《悭吝人》）、答尔丢夫（《伪君子》）形象塑造的鲜明特点。

（二）课程内容

1. 17 世纪欧洲文学主要包括古典主义文学、巴洛克文学和反映清教徒思想的文学。17 世纪欧洲各国政治、经济的发展不平衡，与之相应的是，欧洲各国文学发展也不平衡，以英国弥尔顿的诗歌和法国戏剧为代表。

2. 英国资产阶级革命文学。清教徒小说家班扬的讽喻小说《天路历程》，用梦境寓意手法写成，揭露封建复辟时期的种种社会罪恶。弥尔顿的三部杰作《失乐园》、《复乐园》、《力士参孙》取材于《圣经》，作品中体现资产阶级革命精神。

3. 17 世纪法国是欧洲政治、文化中心。法国古典主义戏剧是封建统治高峰的产物，极为发达，对其他国家有极大影响。古典主义文学产生、发展的历史条件和思想基础。法国古典主义文学发展概况。高乃依的《熙德》的戏剧冲突。拉辛《安德洛玛克》的主人公形象。

4. 莫里哀是法国17世纪古典主义时期最杰出的演员、戏剧活动家和戏剧大师。在欧洲戏剧史上，莫里哀是继莎士比亚之后成就最高、影响最大的戏剧家之一。他将欧洲的戏剧提高到真正近代戏剧的水平。莫里哀生活经历（早年、流浪、巴黎时期）、创作分期、代表作品及风格特征。重要剧作《悭吝人》、《伪君子》评析。

（三）重点与难点

古典主义文学产生的基础和艺术特征。莫里哀性格喜剧的艺术成就。阿巴贡、答尔丢夫形象的现实基础与典型意义。弥尔顿《失乐园》中撒旦形象的复杂性。

（四）阅读书目

《弥尔顿抒情诗选》、《失乐园》、《复乐园》、《力士参孙》、《天路历程》、《熙德》、《安德洛玛克》、《拉·封丹寓言诗》、《悭吝人》、《伪君子》、《史嘉本的诡计》、《诗的艺术》。

二、题解

（一）填空题

1. 弥尔顿是17世纪英国____________文学的杰出代表，他的主要作品是两部长诗________、________和一部诗剧《力士参孙》，均取材于________。

2. 法国古典主义悲剧的创始人是________，其代表作是________。另一个剧作家______的代表作____________是一部标准的古典主义悲剧。

3. 《悭吝人》塑造了守财奴________的著名典型，这个喜剧的题材来自古罗马戏剧家________的________。

4. 最能表现莫里哀喜剧创作民主精神的人物有________中的

________和____________________中的________。

5. 莫里哀回巴黎演出的第一个重要剧目是____________，带病主演的最后一个喜剧是____________。

6. 布瓦洛的诗体文艺理论著作是____________，它被认为是__________文学的法典。

7. 答尔丢夫是喜剧____________中的主要人物，剧作的主题是____________。

8. 古典主义的哲学基础是______________的唯理主义，他的__________是法国第一部重要的哲学和科学著作。

9. 拉·封丹的__________是一部巨型喜剧，揭露了封建王朝的黑暗腐朽。

10. 弥尔顿和____________是17世纪英国清教徒文学的代表作家，其中后者的代表作是____________。

11. 莫里哀的第一部大型喜剧是1662年创作的____________，因其鲜明的反封建性而遭到贵族攻击，莫里哀又立即创作并演出论战性的喜剧________________予以回击。

12. 在莫里哀的喜剧中，唯一一部写到大贵族圈子的是1666年创作的__________，这部剧作被看作当时上流社会生活的一份历史资料，被称为高级喜剧的典范。

13. 莫里哀的《唐璜》借一个流行的西班牙传说揭露了________的罪恶；而《乔治·党丹》是讽刺________________的作品。

14. 从喜剧类型看，莫里哀早期的创作以__________为主，中期将________________结合起来，晚期则着力运用民间______闹剧的艺术传统。

15. 莫里哀创作主要集中在1659—1673年留居巴黎的14年间，这期间的作品把矛头直指______、贵族和________。

16. 17世纪欧洲呈现出一种复杂的文学现象，法国是__________文学繁荣，英国在资产阶级革命中形成了____________文学，其他一些国家则流行被称为________文学的贵族形式主义文学。

17. 17世纪法国著名的寓言作家是__________，其代表作是____

________。

18. 法国古典主义文学是专制________的产物，是资产阶级与王权________在文艺上的表现。

19. ____________________是莫里哀晚年最杰出的作品，而1670年的__________发挥《乔治·党丹》的主题，讽刺了资产阶级的虚荣心。

20. 在17世纪的欧洲文学中，以______和______两国的文学成就最大。

附：填空题答案

1. 资产阶级革命；《失乐园》；《复乐园》；《圣经》 2. 高乃依；《熙德》；拉辛；《安德洛玛克》 3. 阿巴贡；普罗图斯；《一坛黄金》 4.《伪君子》；桃丽娜；《史嘉本的诡计》；史嘉本 5.《可笑的女才子》；《无病呻吟》 6.《诗的艺术》；古典主义 7.《伪君子》；揭露宗教欺骗 8. 笛卡尔；《方法论》 9.《寓言诗》 10. 约翰·班扬；《天路历程》 11.《太太学堂》；《太太学堂的批评》 12.《恨世者》 13. 封建贵族；资产阶级虚荣心 14. 风俗喜剧；风俗喜剧和性格喜剧；讽刺 15. 教会；资产者 16. 古典主义；资产阶级革命；巴洛克 17. 拉·封丹；《寓言诗》 18. 君主制；相妥协 19.《史嘉本的诡计》；《贵人迷》 20. 英国；法国

（二）单项选择题

1. 法国古典主义文学以（　　）的成就为最高。

A. 小说　　B. 诗歌　　C. 戏剧　　D. 散文

2. 恪守“三一律”最为严格的作家是（　　）。

A. 高乃依　　B. 拉辛　　C. 莫里哀　　D. 拉封丹

3. 法国第一部标准的古典主义悲剧是（　　）。

A.《熙德》　　B.《贺拉斯》

C.《费得尔》　　D.《安德洛玛克》

4. 莫里哀的（　　）标志着法国古典主义喜剧的诞生。

A.《可笑的女才子》　　B.《太太学堂》

C. 《丈夫学堂》　　D. 《恨世者》

5. 莫里哀揭露对金钱极端贪欲的讽刺喜剧是（　　）。

A. 《唐璜》　　B. 《悭吝人》

C. 《醉心贵族的小市民》　　D. 《伪君子》

6. 17 世纪英国诗人弥尔顿的长诗《失乐园》通篇贯穿的主线是（　　）。

A. 情场上的悲欢离合　　B. 官场上的升迁起落

C. 为达目的，不择手段　　D. 高昂的革命激情和对英国资产阶级革命的反思

7. 《熙德》的基本内容是反映（　　）。

A. 个人感情与家庭义务的冲突

B. 王权与个人感情的冲突

C. 理性和盲目的冲突

D. 义务和责任的冲突

8. 法国古典主义的理论家是（　　）。

A. 笛卡尔　　B. 拉辛

C. 布瓦洛　　D. 黎塞留

9. 17 世纪中叶英国最杰出的革命诗人是（　　）。

A. 本·琼生　　B. 屈莱顿

C. 班扬　　D. 弥尔顿

10. 弥尔顿的诗剧《力士参孙》取材于（　　）。

A. 《圣经·旧约》　　B. 《圣经·新约》

C. 英国民间传说　　D. 莎士比亚十四行诗

11. 弥尔顿的长诗《失乐园》、《复乐园》和诗剧《力士参孙》表现的主题思想是（　　）。

A. 反封建反教会的人文主义思想

B. 资产阶级和封建贵族妥协的思想

C. 资产阶级清教徒的革命思想

D. 用理性克制感情的思想

12. 《天路历程》是 17 世纪英国王政复辟时期具有民主倾向的清教

徒作家约翰·班扬的代表作。这部作品是（　　）。

A. 道德哲理小说　　B. 梦幻寓言小说
C. 书信体小说　　D. 哥特式小说

13. 拉辛的代表作《安德洛玛克》中的主要人物，除同名主人公外，其余大多都是（　　）。

A. 被情欲淹没理智的反面人物
B. 用理智克服情欲的正面人物
C. 有坚定意志和牺牲精神的资产阶级革命者
D. 资产阶级人文主义者

14. 拉辛的悲剧《安德洛玛克》取材于（　　）。

A. 希腊故事　　B. 罗马故事
C. 意大利历史　　D. 法国民间传说

15.《伪君子》中的女仆桃丽娜曾经描绘剧中一个人物的外形为“又粗又胖，脸蛋子透亮，嘴红红的”，这个人物是指（　　）。

A. 巴黎富商奥尔贡
B. 奥尔贡之子达密斯
C. 奥尔贡崇拜的答尔丢夫
D. 奥尔贡的妻舅克莱昂特

16. 古典主义者所强调的理性是指（　　）。

A. 反对蒙昧主义，主张人应受教育，发挥其聪明才智
B. 合乎自然、合乎人性
C. 以理智克制情欲，履行公民义务，维护国家统一
D. 以理智克制情欲，鼓吹禁欲主义

17. 莫里哀的剧作中以仆人的智慧揭露和嘲讽贵族等上层人物的著名剧本是（　　）。

A.《太太学堂》、《可笑的女才子》、《伪君子》
B.《可笑的女才子》、《贵人迷》、《唐璜》
C.《恨世者》、《太太学堂》、《伪君子》
D.《可笑的女才子》、《伪君子》、《史嘉本的诡计》

18. 古典主义首先在法国繁荣起来，是由于当时的法国（　　）。

A. 确立了封建教会与封建贵族相联合的王权统治，崇理、尚古之风盛行

B. 确立了资产阶级与封建贵族相妥协的君主专制政权，崇理、尚古之风盛行

C. 不少作家具有反封建、反教会、崇尚纯理性的思想倾向

D. 崇尚古代文学之风盛行

19. 长诗《失乐园》与《复乐园》中的撒旦是（　　）。

A. 都是邪恶兼反叛者的形象

B. 前者是英勇无畏的战斗者的形象，后者是邪恶引诱者的化身

C. 前者是邪恶兼反叛者的形象，后者是邪恶引诱者的化身

D. 都是邪恶引诱者的化身

20. 歌德所说的“像他那样的开场是现存最伟大的最好的开场”，是指莫里哀的作品（　　）。

A.《悭吝人》　　B.《伪君子》

C.《可笑的女才子》　　D.《太太学堂》

附：单项选择题答案

1. C　2. B　3. D　4. B　5. B　6. D　7. A　8. C　9. D　10. A　11. C　12. B　13. A　14. A　15. C　16. C　17. D　18. B　19. C　20. B

（三）多项选择题

1. 17 世纪欧洲文学的主要成就是（　　）。

A. 法国古典主义文学　　B. 巴洛克文学

C. 英国资产阶级革命文学　　D. 市民世俗文学

E. 教会文学

2. 古典主义的基本特征有（　　）。

A. 政治上拥护中央王权，主张国家统一

B. 思想上崇尚理性，克制情欲

C. 艺术上提倡模仿古代，遵守三一律

D. 形式上采用民间文学风格

E. 推崇主观想象

3.《伪君子》中答尔丢夫的语言特点是（　　）。

A. 简洁、清楚　　B. 矫揉造作　　C. 堆砌辞藻

D. 犀利、明快、生动、朴素　　E. 长篇大论地玩弄教义

4.《伪君子》中的主要人物有（　　）。

A. 答尔丢夫　　B. 达密斯　　C. 艾尔密尔

D. 奥尔贡　　E. 桃丽娜

5. 莫里哀创作的晚期主要作品有（　　）。

A.《太太学堂》　　B.《无病呻吟》　　C.《女博士》

D.《史嘉本的诡计》　　E.《贵人迷》

6.《安德洛玛克》中的主要人物有（　　）。

A. 桃丽娜　　B. 皮洛斯　　C. 赫克托耳的寡妻

D. 爱弥奥娜　　E. 阿巴贡

7. 17 世纪欧洲文学产生的背景（　　）。

A. 法国专制王权的兴隆

B. 英国资产阶级革命

C. 唯物主义和唯理主义思潮的出现

D. 文艺复兴运动的兴起

E. 对人文主义文学的继承和反拨

8.《熙德》中的主要人物有（　　）。

A. 施曼娜　　B. 罗狄克　　C. 高迈斯

D. 阿巴贡　　E. 杰葛

9.《悭吝人》中的主要人物形象有（　　）。

A. 达密斯　　B. 玛丽亚娜　　C. 奥尔贡

D. 阿巴贡　　E. 施曼娜

10. 莫里哀与教会和封建势力斗争最激烈的时期所写的一系列杰出的讽刺喜剧，主要有（　　）。

A.《恨世者》　　B.《唐璜》　　C.《伪君子》

D.《悭吝人》　　E.《女博士》

附：多项选择题答案

1. ABC 2. ABC 3. BCE 4. ABCDE 5. BCDE 6. BCD 7. ABCE 8. ABCE 9. BD 10. ABCD

（四）名词解释题

1. 三一律

指17世纪古典主义戏剧创作必须遵守的艺术规范。它要求时间、地点、情节的三者整一，即一个剧本全部剧情的时间不超过24小时，事件发生在同一地点，情节服从统一的主题。在理论上把三一律系统化的是布瓦洛。它的优点是可使戏剧情节高度集中，矛盾突出，结构紧凑。但是作为一种创作规范，它束缚了作家的创作，不仅影响了作品反映现实的广度和深度，而且还有结构的绝对化、程式化以及人物性格单一化的弊病。

2. 巴洛克文学

巴洛克，特指17世纪欧洲流行的一种过分雕琢和华丽的建筑。巴洛克艺术成为欧洲的一种重要的艺术风格，在建筑、音乐、文学等领域盛行一时，巴洛克文学是这种艺术在文学上的表现。内容上多写带有神秘宗教色彩的生死、哀怨。艺术上借鉴了中世纪文学象征、寓意、梦幻手法并表现出华丽纤巧的风格。但它过分追求形式，雕章琢句，从而使得内容晦涩难懂。它包括意大利的“马里诺诗派”、西班牙的“刚果拉诗派”、法国的“沙龙文学”、英国的“玄学派”。

3. 古典主义

指17世纪流行于西欧盛行于法国的一种文艺思潮。由于在文艺理论和创作实践上以古希腊罗马文学为典范，所以又被称作“新古典主义”。它是资产阶级与封建王权相妥协的产物，是一种具有浓厚的封建色彩的资产阶级文学。它的哲学基础是笛卡尔的唯理主义。在政治上主张国家统一，拥护王权；思想上崇尚理性；创作和理论上强调模仿古代，遵循三一律。它曲折地反映了资产阶级的某些情绪、愿望和一定的社会面貌，具有现实主义的因素；但又带有浓厚的宫廷色彩，有形式主义的缺陷，人物流于类型化。它的成就是多方面的，尤以戏剧最突出，代表作家有悲剧作家高乃依和拉辛，喜剧作家莫里哀，文艺理论家布瓦洛和寓言诗人拉·封丹等。

4. 沙龙文学

沙龙即法语“客厅”之意。在17世纪，日渐没落的法国贵族，常在沙龙中聚会，谈论文艺和政治。沙龙文学指在沙龙中朗读或演出的文学作品，以矫揉造作为其基本特征。作品多为抒情诗歌、田园小说及艳情故事，追求怪异神秘的内容和晦涩难懂的沙龙语言，自命风雅，取悦贵妇人。沙龙文学反映了17世纪贵族阶级日渐没落时的庸俗无聊的贵族趣味。

5. 法兰西学士院

法国封建文化的中央领导机构，路易十三的枢机大臣黎塞留为了把文学艺术置于专制王权的直接控制之下而创立，任务是制定与中央集权的政治相适应的文学和语言法规。政府规定院士名额为40名，给他们以“不朽者”称号。由于名额限制很严格，非得有一院士死后才能由其他院士共同选举另一个人补充。所以，院士都由符合绝对王权政治要求的文人学者以及政治家等头面人物组成。学士院既照管文艺家的生活，同时又担负检查作品的责任，其决议具有法律效力。故既是一最高学术团体，又是一权力机关。在古典主义文学发展中扮演着一个既是保姆又是警察的角色。

6. 清教徒

基督教新教中的一派。16世纪60年代形成于英国，原属英国国教圣公会内的加尔文派，主张从英国国教内清除罗马教会烦琐的教仪、教阶制度，主张教徒应过“勤俭清洁”的俭朴生活，追求道德上的纯洁和完美，因而被称为清教徒。16世纪末分化为温和派和独立派。独立派由中小资产阶级贵族和城市平民组成。1649年掌握政权并建立资产阶级共和国后转而镇压人民革命运动。清教徒精神在文学上的代表作是17世纪英国作家班扬的小说《天路历程》。

（五）简答题

1. 古典主义文学有哪些特征？

古典主义文学的特征有三：

（1）拥护王权，歌颂贤明君主，维护国家统一。古典主义作家们都把歌颂国王、维护国家利益、宣传公民的义务和责任作为自己创作的职责，许多作品的主题是提倡自我克制，强调个人利益服从国家整体利益，但也带有宫廷趣味和封建色彩。

（2）崇尚理性，克制情欲，服从公民义务。古典主义戏剧的基本内容就是表现理性克制情欲的胜利，公民义务对个人感情的胜利。作品的正面人物都是意志坚强、善于用理性克制感情的英雄，反面人物则是丧失理性的放纵情欲者。但是人物往往缺乏鲜明个性，流于概念化。

（3）模仿古代，遵循规则。古典主义作家崇拜和模仿古希腊、古罗马文学，从中吸取体裁、题材和情节。他们认为艺术创作不在于编造新的故事情节，而在于运用新的艺术手法处理古代现成的题材，以反映现实生活和表达思想感情。古典主义必须遵循创作规则，其中最著名的是三一律，要求戏剧情节、时间和地点保持单一。

2. 弥尔顿的作品如何体现了资产阶级革命精神？

弥尔顿是英国著名的资产阶级革命诗人，他的三大杰作充分体现了资产阶级革命精神。

（1）《失乐园》反映了17世纪的时代精神、诗人的革命热情和英国人民的心情愿望。诗中通过撒旦的形象，表现了资产阶级革命者对复辟王朝的蔑视和对革命必胜的坚定信念。

（2）《复乐园》中的耶稣意志坚强、目光远大、不怕挫折、不受诱惑。诗人以耶稣的形象表现复辟时期清教徒革命家不屈不挠的革命精神。

（3）《力士参孙》中的参孙是一个英雄形象。诗人通过他反映了对革命事业的坚定信念和渴望复仇的战斗精神。

3. 为什么说莫里哀《伪君子》是一出典型的性格喜剧？

《伪君子》是一出典型的性格喜剧，全剧的艺术构思都是为了塑造一种“伪善”的性格。作者把主要笔墨放在深刻揭露答尔丢夫的伪善及其危害性上。答尔丢夫原是个破落骑士，流落巴黎，身无分文，后利用宗教谋得出路，以假装虔诚骗取奥尔贡的信任，成为“良心导师”。他的性格特征可以概括为三点：(1) 伪善。他竭力伪装成一个虔诚的、禁欲的、苦修的基督徒，但实际上是一个贪图钱财和享受的好色之徒。(2) 狡诈。他是一个富有经验的宗教骗子，一旦露出马脚，便施展诡计掩盖真相，保护自己。(3) 狠毒。当真面目被彻底揭穿后，他立刻凶相毕露，不仅要使奥尔贡倾家荡产，而且欲置之于死地。

莫里哀在剧中逐层深入地剥下答尔丢夫的种种伪装，将他贪婪、淫荡、狡诈、狠毒的恶棍真面目暴露在光天化日之下，塑造了一个具有高度概括性的宗教骗子的典型形象。作者通过答尔丢夫的形象，概括了天主教会的伪善和封建贵族贪婪凶狠的本质，揭露了宗教的欺骗性和危害性，具有深刻的社会意义，答尔丢夫也成了伪善者的代名词。

4. 简析《伪君子》中桃丽娜的形象。

(1) 桃丽娜是《伪君子》中理想的人物形象。

(2) 她爽朗大方、乐于助人、善于观察、明辨是非，遇事沉着冷静，斗争坚决勇敢。剧中她虽是奥尔贡家的侍女，却在反宗教伪善和封建道德的斗争中起着实际的领导作用。在与答尔丢夫的斗争中，她第一个识破伪善者的真面目，并随时随地地予以揭露和讽刺。她还帮助并组织剧中其他人物与答尔丢夫进行斗争，表现得机智灵活。

(3) 作者通过桃丽娜这个形象充分体现了下层劳动人民的聪明才智，表现了作者的民主倾向。

5. 简述高乃依《熙德》的戏剧冲突。

高乃依的《熙德》是法国古典主义的奠基之作，取材于西班牙传说。剧中有两重矛盾冲突：一重是封建贵族与王权之间的矛盾，主要体现在高迈斯的傲慢悖理不服国王的行动中。

另一重矛盾是封建义务与个人感情的冲突，体现在罗狄克与施曼娜身上，罗狄克为保护家族荣誉而杀死了爱人的父亲，内心充满矛盾，最终以理智战胜爱情，为尽义务而牺牲个人幸福。同样，施曼娜也向国王控告爱人，来维护家族利益。

这两重矛盾最终在国家利益高于一切的原则下得到解决。剧中的国王也被写成贤明君主，他明辨是非，体贴下臣，体现了理性原则。

6. 简述莫里哀的创作分期与创作特点。

莫里哀的创作大致可以分为四个阶段：

(1) 第一阶段（1645—1658 年）：是创作的奠基时期，主要写滑稽剧与情节喜剧，代表作有《冒失鬼》和《情敌》。

(2) 第二阶段（1659—1663 年）：是古典主义喜剧的开创时期，主要写社会风俗剧，代表作有《可笑的女才子》和《太太学堂》。

(3) 第三阶段（1664—1668 年）：是创作的全盛时期，主要是讽刺喜剧，代表作有《伪君子》、《唐璜》、《恨世者》、《悭吝人》等。

(4) 第四阶段（1669—1673 年）：是创作的晚期，主要写滑稽剧和芭蕾舞剧，代表作有：《贵人迷》、《史嘉本的诡计》和《无病呻吟》。

创作特点：莫里哀的作品具有鲜明的民主倾向；他基本上遵循古典主义法则，但又吸取民间文学的营养，从现实中取材，从而使作品富有民族特色和现实主义特征；运用高度概括和夸张的手法塑造人物性格，遵循生活逻辑而又对“三一律”有所突破，从而形成了自己独特的风格。

7. 高乃依和拉辛的悲剧在内容上有什么不同?

(1) 高乃依的悲剧创作主要是从歌颂的角度表现君主专制政体上升时期的时代特点，他的悲剧多以国家民族的英雄事业为主题，悲剧主人公大多是令人崇敬的英雄。他们性格坚强，意志坚定，崇尚理性，富于献身精神，这既体现了资产阶级的理想，又适应了忠君爱国的宣传需要。如：《熙德》中的罗狄克。

(2) 拉辛的悲剧创作多以爱情为主题，主要从揭露的角度反映封建王朝由盛而衰的社会特征，悲剧人物大多充满情欲而丧失理智，如《安德洛玛克》中的庇吕斯。悲剧主题重在揭露丧失理性的封建贵族阶级的荒淫无耻，旨在激起人们的愤怒及对黑暗现实的谴责。

8. 简析安德洛玛克的形象。

拉辛的代表作《安德洛玛克》，剧中的同名主人公是特洛伊英雄赫克托耳的遗孀，战争结束后，她成了爱庇尔国王庇吕斯的奴隶，庇吕斯爱上了她，并以安德洛玛克和她的儿子的性命相威胁。在保护儿子和守贞节不能两全的情况下，她决定牺牲生命保护儿子。

安德洛玛克忠于爱情，忠于祖国，敢于反抗暴虐的统治，是一个既有高尚强烈的感情，又有高度理性的妇女形象，她临危不惧，理智清晰，反抗强暴，忠于祖国，是符合古典主义原则的典型形象。

（六）论述题

1. 试述古典主义文学产生的基础。

（1）英国资产阶级革命：这个时期的英国文学与英国资产阶级革命有着密切的关系，1688 年英国资产阶级进行了“光荣革命”，建立了君主立宪制，它对这个时期的文学有着直接的影响。

（2）法国专制王权的兴隆：17 世纪的法国，封建君主专制制度发展到鼎盛时期，对内实行开明政策；同时资产阶级当时的力量还不够强大，于是资产阶级和专制王权结成了联盟。由于专制王权的强盛，文学也成为统治阶级关注的一个重要领域，在王权的扶持下，体现专制王权统一意志的古典主义思潮应运而生。

（3）唯物主义和唯理主义思潮的出现：笛卡尔的唯理主义哲学，以理性为核心，明确提出“天赋观念”说，他的哲学思想适应了 17 世纪法国资产阶级的要求，为古典主义作家所接受，成为古典主义的哲学基础。

（4）对人文主义的继承和反拨：思想上，继承和发展了人文主义思想，肯定爱情自由，反对封建教会；创作方法上运用的基本上是文艺复兴时期的现实主义手法；艺术形式上，既继承又对人文主义文学进行反拨，如人文主义作家使用的语言不规范、艺术形式杂乱，古典主义加以规范化，其崇高性及艺术上的规范化便应运而生。

2. 分析答尔丢夫的形象及其社会意义。

答尔丢夫是一个伪善的没落贵族、职业宗教骗子。

（1）表里不一：表面上是虔诚教士，“把世界看成粪土一般”，实际上是贪图享乐的酒肉之徒。如：“一顿饭吃两只竹鸡、半只羊腿、一离开饭桌就睡觉”。看到桃丽娜袒胸露背时竟扭过脸去，掏出手帕，要她把胸脯遮起来。然而，他一边答应做奥尔贡的女婿，一边又向奥尔贡的妻子求婚。当奥尔贡送他一点钱时，他总是说“太多了，一半已经太多”。当奥尔贡要把全部家产赠予时，他没说半个“多”字。

（2）进一步揭露答尔丢夫伪装虔诚的罪恶用心在于贪财好色。如：一看见艾尔密尔太太就垂涎欲滴，“要拔去上帝这样一个障碍”。当他的罪行面临败露时，他伪装深受委屈而不予计较，致使奥尔贡盛怒之下将儿子赶出家门，并立下字据，把全部家产赠给答尔丢夫。至此，伪君子的罪恶用心已昭然若揭。

（3）再进一步揭露了答尔丢夫伪善的危害是使人家破人亡。如：把奥尔贡一家赶出大门，还到宫廷告发奥尔贡私藏政治犯的秘密文件，想置人于死地。并声称：“现在王爷的利益是我的头等重要责任。”伪善的社会孕育了这类伪善的人。

社会意义：体现了强烈的反封建反教会的民主倾向。答尔丢夫成了伪善者的同义语，是个不朽的艺术典型。

3. 分析《伪君子》的艺术成就。

（1）遵循了古典主义的“三一律”原则。情节单纯集中：都是表现答尔丢夫的虚伪与欺骗；时间：24 小时之内；地点：奥尔贡家里，而且只有一个布景，就是奥尔贡家的客厅。

（2）全剧结构严整紧凑。主要人物到第三幕才出场，通过开幕人物的议论，暗示了他的作为、欺骗、影响和权威。答尔丢夫第一次被达密斯揭露但未被赶出，反败为胜，第二次桃丽娜采用桌下计，又未能赶走他。一波三折，最后在大家抱头痛哭时出人意料地被抓走。

（3）喜剧还有机综合了多种戏剧因素。民间闹剧：打耳光、隔墙偷听、桌下计。风俗喜剧：奥尔贡的专横，达密斯的反抗和被赶出家门。悲剧：几乎家败人亡。这些使作品既有滑稽戏谑的情趣又扣人心弦。

（4）人物语言高度个性化。答尔丢夫：语言矫揉造作，长篇大论地玩弄教义，符合他伪善的性格。桃丽娜：犀利、明快、生动的语言显示她爽朗的性格和来自民间的智慧。

（七）综合阐述题

1. 试比较古典主义文学和文艺复兴人文主义文学的异同。

古典主义文学和文艺复兴人文主义文学有着不可分割的血缘关系。

其一，继承：

（1）思想上：古典主义延续和发展了人文主义思想，肯定爱情自由、反对封建教会的主题在古典主义作品中随处可见。

（2）创作方法上：古典主义运用的基本上是文艺复兴时期盛行的现实主义手法。

（3）艺术形式上：古典主义戏剧与文艺复兴戏剧一脉相承。

其二，反拨：

（1）古典主义是对人文主义文学的反拨，人文主义文学对个性解放的过分强调，导致了否定一切秩序的倾向。

（2）人文主义作家的创作语言不规范、艺术形式杂乱；而古典主义崇尚理性，艺术上强调规范化。

2. 试比较莎士比亚与莫里哀在戏剧创作方面的异同。

其一，相同点：

（1）以现实主义为主，也运用浪漫主义的表现手法：莎士比亚早期的喜剧和晚期的传奇剧，浪漫主义的成分超过了现实主义；莫里哀也借助浪漫主义的表现手法，如《伪君子》结尾，作者通过主观幻想，借助国王的权威主持正义。

（2）对传统文化和民间文学的借鉴：莎士比亚的剧作或取材于历史著作，或取材于民间传说，或取材于文艺作品，有的甚至是别人的剧本，推陈出新；莫里哀首先继承了古希腊罗马戏剧的优良传统，如他的《悭吝人》就取材于普罗图斯的《一坛黄金》，其次他的剧作加入了许多民间文学的成分，如《伪君子》中的打耳光、桌下藏人等。

（3）悲剧因素和喜剧因素的结合：莎士比亚的悲剧《哈姆莱特》中有喜剧的因素，如墓地上两个小丑的插科打诨；莫里哀的喜剧《伪君子》中也有悲剧的因素，如达密斯被赶出家门，奥尔贡几乎家破人亡、身败名裂。

其二，不同点：

（1）描写对象上：莎士比亚的剧作中的人物大多是来自上流社会的帝王将相、才子佳人，对下层人物往往一笔带过，如《哈姆莱特》、《李尔王》、《雅典的泰门》等；而莫里哀剧作中的主人公大多数是下层人物，如《史嘉本的诡计》赞扬了仆人史嘉本的智慧和眼识，《伪君子》中女仆桃丽娜的光辉形象。

（2）人物塑造上：莎士比亚善于描写人物性格的复杂性，重视人物性格的发展变化，把人物置于客观环境和内心世界的两重冲突之下，如哈姆莱特经历了一个从对人抱有崇高信心的快乐王子到对人与社会悲观失望的忧郁王子的过程；而莫里哀注重描写人物性格的某一方面，强调人物性格的稳定性，如阿巴贡的主导性格就是吝啬。

（3）戏剧效果的表现上：多线条是莎士比亚组织戏剧动作的最大特点，如《第十二夜》有七条线索，表现七组爱情关系；而莫里哀的戏剧结构、情节、人物都很简单，在有限的戏剧动作中，主要充分发挥喜剧的因素，在对白、旁白、形体动作等方面制造戏剧效果。

3. 欧洲文学史上有一系列吝啬鬼形象，试比较葛朗台、泼留希金和阿巴贡这三个吝啬鬼形象的异同。

相同点在于：

（1）葛朗台的一切信仰都以金钱利害关系为基础，他搞政治投机，正是为了经济掠夺；泼留希金具有强烈的积聚财富的欲望，一天到晚为财物的积累和贮存而奔波；阿巴贡是个高利贷者，为了金币，他要求开动一切国家机器，替他找回这命根子。

（2）贪婪使葛朗台被金钱所奴役，最终在对黄金的渴欲中送命；贪婪也使泼留希金和阿巴贡变成了财富的奴隶，成为受物质支配的异化了的人。

（3）吝啬使葛朗台丧失人性，他对妻子、儿女、侄子毫无感情可言；吝啬使泼留希金过着乞丐一般的生活，和儿女断绝亲情；吝啬也使阿巴贡泯灭了良心，闹得父女为仇、父子反目。

不同点在于：

（1）葛朗台是法国 19 世纪初期一个资产阶级暴发户，他的最大特征是巧取豪夺。他是靠侵占大革命的胜利果实与剥夺人民财富发家致富的，充满了血腥与罪恶。

（2）泼留希金是19世纪俄国农奴制度崩溃时期的地主，他的最大特征是没落和堕落，他残酷地压榨和剥削农奴，他的没落表现了俄国农奴主阶级的衰亡。

（3）阿巴贡是法国17世纪的一个高利贷者，他的最大特征是既贪婪又好色，他竭尽全力搜刮钱财，表现了资产阶级拜金主义的本性。

（八）作品分析题

结合作品文本分析莫里哀笔下那个可笑、可憎的吝啬鬼形象——阿巴贡。

阿巴贡这个人物给人留下了经久不灭的深刻印象，有如“答尔丢夫”在法文中是“伪君子”的代名词一样，他也变成“财迷”、“守财奴”、“吝啬鬼”的代名词。如果说，夏洛克尚有可怜、值得同情的一面（作为受到歧视的犹太人），那么阿巴贡的吝啬则使他变成一个可笑的人物，又是一个可憎的人物，这与他是一个高利贷者分不开。作为资本主义生产方式发展初期的资产者形象，其典型性格自然是吝啬。

（1）刻薄的高利贷者：可憎（冷酷、残忍、无耻、伤天害理）。

二幕一场。在他看来，钱的“利用”莫过于“放出去图个合理的利息”。只图自己发财，根本不顾别人的死活。克雷央特托其仆人向别人借钱，身为放债人的阿巴贡要二分五的利息，但花招不少（狡猾的一面），请看合同：“放债人为求良心上没有丝毫负担起见，情愿只取五厘利息出借他的钱财。”

花招 a.“但由于放债人手头并无此款，为满足借债人的要求起见，必须向人转借，以二分利息借进，因此此项利息应由借债人担负，并不得因此影响其他事项，因为转借此款是纯为帮助借债人起见”。

花招 b.“借债人所需的一万五千法郎，放债人只能付以一万二千法郎的现款，其他三千应以衣服什物首饰等折付，其价格已由放债人善意地尽可能降到最低程度”。并附详细清单。

克雷央特的反应：“我要这干什么呀？真见鬼，真把我气疯了。”大骂放债人是“强盗”、“刽子手”、“赶快让他得瘟病死了吧”。而那一堆家什破烂，不值600法郎，却说“由于放债人格外克己，起码4500法郎总价值只按3000法郎算”。

可以克雷央特又有什么办法呢？“这都是做父亲的那种可恶的吝啬，把做儿子的硬逼到了这个地步！”故盼望父亲早死。

（2）十足的吝啬鬼：可笑的一面。

a. 守财奴的主导动作与心态透视：骂——怕/猜疑/愚蠢。

一幕三场。（主角亮相可与《伪君子》三幕二场主人公亮相对比）阿巴贡一上场就骂儿子的仆人：“马上滚出去，不许你顶嘴，你这个大骗子手，真正该死的东西，我这儿再也不能容你了。”下面还要揍人，骂法很毒，尽挑最厉害的词句。观众以为发生什么事了，其实啥事没有，他就喜欢这样骂。他爱猜疑，总以为别人在说他：“你嘴里嘟囔什么呢？”“他刚才说偷什么来着？”“怎样着？你说什么？”莫里哀让阿巴贡有耳背，颇有好处。无论骂人或猜疑，阿巴贡总是怕别人偷他的东西。

与之相联系的有：专横/愚蠢。仆人：“你把样样东西都锁得那么严紧，白天黑夜总在旁看着，您的东西还能让人偷走吗？”

阿巴贡答非所问：“我愿意锁什么就锁什么。我高兴看着就看着。”说蠢话又要掩饰，可是越掩饰越暴露：“你不会出去散布谣言，说我家里藏着金银吧？”“我不过问一声，你会不会故意使坏，撒去谣言说我有钱在家里藏着。”最终，怕别人偷他东西，怕到快疯了：“等一等，你没偷点儿什么走吗？”不仅问，还搜仆人的身，他摸摸仆人的裤腿，又骂人：“这么肥大的灯笼裤天生就是隐匿贼赃的好地方；就因为这个，总得让人绞死他们几个才痛快。”“真的没偷，那就滚吧，找魔鬼去吧！”“至少我让你良心上老有个疙瘩。这个该死的仆人，真把我腻烦死了。这条瘸腿的狗真叫我瞧着不痛快。”

可是这样对仆人敲的警钟，效果适得其反。最后阿巴贡的一万金币果真被仆人偷了（为了增加小主人克雷央特与父亲谈判争情人的砝码）。那样阿巴贡更骂开了，不仅骂所有人，甚至怀疑自己偷了自己的钱，活脱脱一个癫狂的吝啬鬼。

一幕四场看到女儿、儿子走来，又怀疑自己：“哎呦，老天爷啊，我自己泄露了秘密啦！”一句话写出他对子女也不信任，并在儿女面前装穷：“一万埃居，我如果真有一万埃居，可真要谢天谢地了。”还认为：“我亲生的孩子竟存心泄露我的秘密，变成我的敌人。”这涉及金钱破坏家庭关系的主题。

b. 精明算盘拨出来的嗜财如命：爱面子与命根子。

三幕一场。集中表现阿巴贡的吝啬。准备开宴会招待他的对象玛丽亚娜及他给女儿找的对象昂赛末老爷。作者在此通过一系列细节表现其吝啬性格。举例可观：

仆人点燃两支蜡烛，他心痛如焚，一定要吹灭一支。训斥（通过瓦赖尔的口）雅克大师傅准备大手大脚上菜：“你跟你们那些同行都应该知道菜的样数太多的宴席，简直是一个害人坑，如果真把客人当朋友看的话，便应该在宴席上面特别显示出简单朴素的作用。”并要瓦赖尔尽可能地把点心“抢救”一点下来，好给商店退回去。

吩咐如何给客人斟酒：“不过斟酒必须等他们口渴要喝的时候再斟，有些不知趣的听差总是怂恿着客人喝酒，客人并不想喝，他们却老变着法儿叫他们喝，你们可不准照着他们那样办事。客人们第一次要酒的时候都别理睬，要多等一等，并且牢牢记住必须多多掺水。”

说雅克大师傅（通过瓦赖尔）：“要想做个能干人就应该说：用一点点钱做了顶好的菜。”

另外，剧中让阿巴贡自己表演，让他用动作自己笑自己。例如，一仆人说，他制服上有一块油斑，不好看；另一仆人说，他的灯笼裤后裆上满是窟窿，怕失礼。阿巴贡既要面子（招待自己的小姑娘对象，与老头子女婿），又怕花钱，说，你们太笨啦，边说边示范：“你可以把一面老冲着墙，老拿前面对着人。至于你呢，上酒的时候，你可以把你的帽子这么拿着。”（如此又潇洒又遮丑）最后，他还要昂赛末老爷给他做一件新衣服，让他在办喜事那一天穿。

又，私自印些特别的日历，把原来每季度三天的斋期增加一倍，为的是好强迫家里上上下下的人多吃几天素，多省几个钱。每逢该发赏钱时，或辞退仆人时，必准备好一场大吵，为的是找出理由一个钱也不给他们。有一次竟指名要求法庭传讯邻居家的猫上堂，因它吃了一块他吃剩的羊腿。有人发觉他一天夜里跑去偷他自己的马吃的荞麦，被以前的马车夫黑地里打了不知多少棍子，却碍于面子，始终没肯告诉人。上述这些话为雅克所言。因为阿巴贡爱面子要知道一点旁人谈论他的话，结果老实的雅克说了一通老实的话，也便遭到了阿巴贡老实不客气的一阵痛打。对自己的马同样老实不客气的不给它们干草吃，以至于饿得一步也走不动了，病得爬不起来了。阿巴贡对此表示同情："它们病得真不轻啊！"又狡辩："可是谁叫它们什么事都不做呢！"雅克说："老爷，什么事不做就应该什么东西也不吃吗？让它们多干活多吃东西，对它们说不是更好吗？"以致雅克每天从自己嘴里省下东西来给马儿们吃。

c. 家庭关系中的金钱与爱情大战：冷酷无情/六亲不认。

阿巴贡吝啬的恶习，使他天伦丧尽，人性泯灭，情薄如纸。这在家庭关系中表现得尤其突出。作为父亲想给儿子办一门亲事，乃人之常情，可不合情理之处在于：经他长期物色、看中的却是一位有钱的寡妇。女儿爱丽丝同他攀谈终身大事，但阿巴贡最关心的是对方"要不要陪嫁费"。（一幕五场通过瓦赖尔与阿巴贡一问一答展示，目的在于讽刺、揭露），"不要陪嫁费"这一短句四次重复，一次比一次令人心寒。这绝非简单意思的重复，而是有力地写出阿巴贡的冷酷无情。因为"不要陪嫁费"就等于"美貌、青春、门第、荣誉、贤德、正直"了。

因此，为了省此陪嫁费，决计将女儿嫁给年近五十、颇有家财，又不要陪嫁费的老头儿，至于女儿的爱情幸福，他从未想过。他倒替自己想过能否娶上一位年轻貌美的女郎做续弦，且可以得到一笔陪嫁费。可是不巧的是找来找去找到的竟是自己儿子的未婚妻。这位花甲老人居然成了儿子的情敌。儿子为了在爱情上征服老子（在金钱上征服过但遭失败），就通过仆人偷走了老子埋在花园里的银钱箱子。在这爱情与金钱的尖锐对立中，阿巴贡面临着严峻的抉择。不出所料，守财奴的本性驱使他终于宁要金钱而放弃爱情。"去看看我的亲爱的箱子"，阿巴贡最后一句台词，成了他一生最大的幸福。

三、作业设计及选题

1. 结合作品内容讨论莫里哀名剧《悭吝人》在艺术上给我们的启示。

首先，主人公形象的塑造。此类喜剧角色早已存在，均可供莫里哀借鉴，把此类人物写生动些，逗观众笑，并不难。作者贡献在于：

（1）将阿巴贡的贪财吝啬作为一种绝对情欲去写，全力以赴地写他这个性格上的主导特征。作者认为，这是一种社会现象。莫里哀写出了早期资产者的典型特征——绝对情欲，直接影响了巴尔扎克笔下的葛朗台形象的塑造。

（2）刻画阿巴贡的贪财与吝啬时，把他放在一种典型环境和家庭关系中加以描写。大力描写阿巴贡与儿女在金钱和爱情两个问题上的尖锐冲突。本剧最先以实例说明金钱在资产者心目中被神化以后所起的巨大破坏作用。

（3）作者写阿巴贡这个人物，还让他带有浓厚的封建意识。他是个专制家长，一方面把传统观念化为金钱观念；另一方面又用传统观念来维护自己在家庭中的绝对权威。所以，莫里哀笔下的人物同时具有时代与阶级特征。

其次，偶然性的巧妙运用。无论悲剧、喜剧，都带有偶然性，这才说明了人生的复杂性、丰富性、变幻性。喜剧中常用的误会与巧合，正是通过偶然的情节反映事物必然规律的一种构戏手法。《悭吝人》剧中，儿子要借高利贷，放债人恰巧是他父亲；儿子要结婚，对象已经找定，但父亲要的恰恰就是儿子的未婚妻……这些，统统都是偶然性。但偶然性要合情合理，这“情”与“理”，就体现为要有性格依据，要符合必然规律。可以说，这些偶然事件，只能在阿巴贡这类人身上才会产生，因为他们把钱看得高于一切，又有封建专制思想，必然要六亲不认，必然与儿女发生尖锐冲突，于是偶然性就转化为必然性了。这就启迪我们：写喜剧，还得要写性格喜剧，不能只写所谓的“情节喜剧”。

2. 人性的悲剧性展示：欧洲文学四大吝啬鬼群像。

欧洲文学四大吝啬鬼出于三个国家、四位名家之手。从特定角度概括了四百年（16—19 世纪）来欧洲发展的进程。从人物阶级意识角度看，其顺序为：（1）泼留希金，俄国封建农奴制下的地主；（2）夏洛克，16 世纪封建制度解体，资本原始积累初期旧式的高利贷者；（3）阿巴贡，17 世纪法国资本主义发展时期的资产者；（4）葛朗台，19 世纪法兰西革命动荡时期投机致富的暴发户。

四代吝啬鬼，年龄相仿，脾气相似，有共同志趣：守财敛财。不乏鲜明个性（时代、国家民族心态和现实处境使然）。

泼留希金（迂腐）；夏洛克（凶狠）；阿巴贡（多疑）；葛朗台（狡黠）——共性（装穷/贪财）

诸多名家高手为何刻画与讽刺那么多的吝啬鬼形象？根源：丧失正常人性。形形色色的吝啬鬼都有一种绝对欲念：极度的贪婪与吝啬。

回顾古希腊世界：古希腊人就看到文明进展中的诸多冲突与恶果（浪漫主义所谓“文明的困境”），四个时代（黄金/白银/青铜/黑铁）的划分，真可谓“一代不如一代”。人类十分堕落，罪行累累，鲜有可称道的美德。但与基督教“原罪说”的道德评判不同，其认为人类的堕落不是背叛上帝，而是由于人性失却了平衡，即人本身失去了理性的控制，故而“激情”（passion）泛滥，激情包括爱、恨、财、名、权、色等野心，若激情趋于极端，则个人遭亡，社会必乱。欲免落此败乱，个人须谨守中庸，维持合适分寸。试看单词 miser（守财奴）的同源词——miserable：可怜的、悲惨的；misery：悲剧、不幸、痛苦，可谓“乐极生悲”。“过分”则触犯正义之神 Nemiser，即复仇女神 Nemesis。而“过分”的倾向乃人性的一部分，是人性的悲剧因素。人受制于其本性，能否借智慧和道德力，实现自我超越？世界文学史上的吝啬鬼群像的塑造，为我们敲了警钟。

马克思说过，在资本主义生产方式的初期每个资产阶级暴发户都把致富的渴求和吝啬当作绝对的情欲，在支配着。此亦为“passions”泛滥。请看：

（1）威尼斯家财万贯的夏洛克要割安东尼奥的一磅肉，竟不肯为请医生堵伤口出一个钱；

(2) 外省的吝啬鬼葛朗台老爹暴跳如雷，几乎同女儿动武打架，竟是为了欧也妮在咖啡杯里多放了一块糖；

(3) 穿得有如叫花子的特大地主泼留希金兴致勃勃地送给外甥的好玩具，竟是桌上随手捡来的一个扣子；

(4) 与儿子争夺同一个情人的阿巴贡见人从不敢随便开腔，为的是舍不得"赠"一个"早安"，要"借"给别人一个"早安"。

如此，极度的贪婪与吝啬不是毁灭了人类的一切天性和正常的感情？让我们看看巴尔扎克的感慨："守财奴住的是随心所欲的快乐世界，他的全部欲望，连同性生活在内，都可以在脑子里得到满足。"

唯其如此，他们卑劣苟且，精神空虚，处境孤立，毫无气节情操可言。狄德罗则说："吝啬这个毛病会使思想闭塞，心灵渺小。吝啬鬼对大众的不幸无动于衷，有时他甚至会引以自娱。"

3. 试论高乃依笔下的悲剧人物形象。

古典主义于17世纪兴起于法国，后流行于整个欧洲，形成一股文艺思潮，对后世西方文化的发展有着重大而深远的影响。高乃依是法国17世纪古典主义的代表作家之一，法国古典主义戏剧的创始人。他虽然是古典主义悲剧的奠基者，但不是标准的古典主义者。他笔下的悲剧人物也不同于古希腊时期以来的对这类形象的塑造，而是形成了自己特色。如他的代表作《熙德》中对熙德形象的塑造，还有如《贺拉斯》、《西拿》、《波里厄克特》、《梅高尼德》等。

通过对高乃依笔下悲剧人物形象的分析，可以看出高乃依并不同意亚里士多德的把人物身份的高低贵贱作为衡量悲剧的一个因素的观点。他笔下的悲剧主人公并不一定是身份高贵的人，只要悲剧人物承担的是很显著很奇特的灾难，那么即使平民百姓也可以做悲剧的主人公。此外，高乃依还认为只有犯了过失的好人遭难，这样的悲剧才可引起人的怜悯和恐惧。因此他也主张写无辜的好人受难。

高乃依能够创造出这样的悲剧人物并不是偶然的。17世纪的法国正处于封建主义向资本主义过渡的阶段，法国专制王权为了巩固中央集权，在思想意识、上层建筑上要求要有一个中心、权威，在文学艺术上形成了古典主义的创作原则。古典主义把古希腊罗马的文学艺术作为创作的典范。在身体力行的创作中，在古希腊罗马的创作原则和悲剧理论的基础上，对其有所突破是必然的。

总之，高乃依创作的悲剧人物形象在文学史上有不可忽视的作用。

参考文献：

高乃依、拉辛：《高乃依　拉辛戏剧选》，张秋红等译，人民文学出版社，2001 年。

高乃依：《论戏剧的功用及其组成部分》，马奇主编：《西方美学史资料选编》（上卷），上海人民出版社，1987 年。

高乃依：《论悲剧》，马奇主编：《西方美学史资料选编》（上卷），上海人民出版社，1987 年。

亚里士多德：《诗学》，陈中梅译注，商务印书馆，1996 年。

4. 莫里哀笔下的类型化人物及其理论渊源。

莫里哀是法国古典主义最杰出的代表，他的喜剧成就超过了古典主义悲剧成就。他在创作上取得了伟大的成就，但是他笔下的人物也不免有类型化的特点。

其笔下类型化的人物特征有：（1）类型人物往往是许多优美品质或恶德的集中概括。如《伪君子》中的答尔丢夫。（2）类型化人物偏重于静态美，而缺少了人物对社会环境的反抗和改造的动态感。如《恨世者》中的阿尔塞斯特。（3）类型化人物比较突出人物的共性和普遍性的品质，而忽视了人物的特殊性和个性。如《悭吝人》中的阿巴贡。

类型化人物的创作是有它的理论渊源的。（1）在亚里士多德的《诗学》和贺拉斯的《诗艺》中就有萌芽。（2）笛卡尔的唯理论是古典主义的哲学基础，他的《方法论》和布瓦洛的《诗的艺术》都强调理性，这必然导致人物的类型化。

随着浪漫主义和现实主义个性化典型论的发展，类型化的文学创作逐渐被取代。但是，类型化的创作基本上是属于现实主义的，莫里哀的创作不仅为古典主义也为整个文学史的发展做出了巨大贡献。

参考文献：

莫里哀：《伪君子》，赵少侯译，人民文学出版社，1955年。

亚里士多德：《诗学》，陈中梅译注，商务印书馆，1996年。

布瓦洛：《诗的艺术》，任典译，人民文学出版社，1959年。

莫里哀：《莫里哀喜剧》（第二集），李健吾译，湖南人民出版社，1982年。

第五章　18 世纪欧洲启蒙文学

秉烛达旦

一、提要

（一）学习要求

1. 了解 18 世纪欧洲文学的主要成就、特点及影响，领会启蒙主义文学的思想艺术特征。

2. 了解歌德的生平、思想和创作，把握《少年维特之烦恼》、《浮士德》的思想艺术成就。

（二）课程内容

1. 18 世纪欧洲启蒙运动是继文艺复兴之后的又一次伟大的思想解放运动，体现启蒙思想的启蒙文学，是启蒙运动的重要武器。启蒙运动的性质、任务和内容。启蒙主义文学产生的背景。启蒙主义文学的基本特征及其发展概况。

2. 英国启蒙文学的主要任务。18 世纪初期，英国文学产生了代表启蒙主义精神的散文文学，开拓了两个文学新领域：期刊文学和现实主义小说。期刊文学应广大读者要求而兴起，斯梯尔和艾迪生有首创之功。《闲谈者》、《旁观者》报的创刊。由此英国式随笔得到进一步发展。散文式的现实主义小说对欧陆影响更大。笛福、斯威夫特、菲尔丁、理查生的小说艺术成就。感伤主义文学。

3. 法国启蒙文学的历史任务。由于法国特殊的社会背景，启蒙运动和启蒙文学在法国达到了全盛时期。法国启蒙文学发展的两个阶段。孟德斯鸠、伏尔泰、狄德罗、卢梭、博马舍的文学成就。哲理小说。正剧。

4. 德国启蒙文学的主要目的是反对封建割据，促进民族统一，反对照搬外来的封建色彩浓厚的古典主义文学，创造符合资产阶级利益的民族戏剧、民族文学。德国民族文学的奠基人莱辛的思想及创作。狂飙突进运动。魏玛古典主义。席勒的《阴谋与爱情》是德国“第一部有政治倾向的戏剧”（恩格斯）。

5. 歌德是德国最伟大的诗人、德国古典文学和民族文学最杰出的代表。他一生经历了欧洲文学史上启蒙运动和浪漫主义运动两个时期，在长达六十多年的创作生涯中，写作了大量优秀的诗歌、戏剧和小说，成为当时德国文学的最高峰，而且在世界文学史上也占有非常重要的地位。歌德的生平、思想与创作历程。诗剧《浮士德》的素材取舍、人物塑造、博大精深之思想、深刻的辩证法思想。所谓“浮士德精神”和“浮士德难题”。

（三）重点与难点

启蒙主义文学的思想与艺术特征。18世纪英法德三国文学比较。理解狂飙突进运动的实质。理解和掌握菲尔丁关于小说创作中的人性善恶表现。“散文滑稽史诗”的特点。掌握哲理诗剧《浮士德》的创作过程、内容与结构。浮士德和魔鬼靡菲斯特的辩证关系。“浮士德精神”和“浮士德难题”的基本内涵。

（四）阅读书目

《鲁滨逊漂流记》、《格列佛游记》、《汤姆·琼斯》、《老实人》、《拉摩的侄儿》、《新爱洛绮丝》、《费加罗的婚姻》、《阴谋与爱情》、《少年维特之烦恼》、《浮士德》、《歌德抒情诗选》、《歌德谈话录》。

二、题解

（一）填空题

1. 在狂飙突进精神的影响下，青年时代的席勒创作了第一个剧本

__________，在该剧中他“歌颂了一个向全社会公开宣战的豪侠青年”是______，而他的__________________被恩格斯称为德国“第一部有政治倾向的戏剧”。

2. 英国18世纪现实主义小说的奠基者，又被誉为“英国小说之父”的是__________，其长篇小说代表作是__________________。

3. 18世纪后期英国出现了感伤主义文学，其名称来源于__________的代表作品__________________。

4. 在法国启蒙运动中提出著名的“返回自然”口号的作家是______。

5. __________是法国百科全书派的代表，他的对话体小说__________________被恩格斯称为“辩证法的杰作”。

6. 歌德的书信体小说__________________________是德国文学中第一部在国际上引起轰动的作品，他的______________________是其全部创作中地位仅次于《浮士德》的作品。

7. 《波斯人信札》是法国启蒙作家____________的作品，它开了______小说之先河。

8. 第一次提出“世界文学”概念的是德国作家______。

9. 《浮士德》中的魔鬼是____________，这是一个同浮士德对立的形象，又是“____________的力之一体”。

10. 18世纪英国第一个重要的长篇小说作家是______，他的代表作是小说______________________。

11. 《鲁滨逊漂流记》中的主人公是一个上升时期的__________的典型形象，恩格斯称其为“________________________”。

12. 由于歌德创作思想上的深刻矛盾，恩格斯说他：“有时____________，有时____________；有时是叛逆的、爱嘲笑的、鄙视世界的______，有时则是谨小慎微、事事知足、胸襟狭隘的______。

13. 卢梭的自传体小说____________，实为一部宣扬个性解放、人格独立，维护人权尊严的宣言书。

14. 18世纪德国美学家、作家______的作品____________和《汉堡剧评》对西方现实主义理论和美学思想的发展做出了重要贡献，他在文学方面的代表作____________________________是一出具有强烈政治倾向的市民悲剧。

15. ____________是德国狂飙突进运动的理论家和精神领袖。

16.《老实人》、《天真汉》等作品的作者是__________，在第一部作品中，作者描绘了一个理想的社会____________。

17. 歌德的______________________________是德国第一部现实主义历史剧。

18. 歌德的______________________是德国第一部教育小说。

附：填空题答案

1.《强盗》；卡尔；《阴谋与爱情》 2. 笛福；《鲁滨逊漂流记》 3. 斯泰因；《感伤的旅行》 4. 卢梭 5. 狄德罗；《拉摩的侄儿》 6.《少年维特之烦恼》；《威廉·迈斯特》 7. 孟德斯鸠；哲理 8. 歌德 9. 靡菲斯特；作恶造善 10. 笛福；《鲁滨逊漂流记》 11. 资产者；一个真正的资产者 12. 非常伟大；极为渺小；天才；庸人 13.《忏悔录》 14. 莱辛；《拉奥孔》；《爱米丽雅·迦洛蒂》 15. 赫尔德尔 16. 伏尔泰；"黄金国" 17.《葛兹·冯·伯里欣根》 18.《威廉·迈斯特》

（二）单项选择题

1. 启蒙主义思想体系的核心是（　　）。
   A. 唯物论　B. 理性　C. 人道主义　D. 唯心论
2. 被恩格斯称为"辩证法的杰作"的作品是（　　）。
   A.《修女》　B.《宿命论者雅克》
   C.《拉摩的侄儿》　D.《一家之长》
3. 给年轻的歌德带来世界性声誉的作品是（　　）。
   A.《少年维特之烦恼》　B.《葛兹》
   C.《浮士德》　D.《威廉·迈斯特》
4.《浮士德》的中心人物是（　　）。
   A. 天主　B. 浮士德　C. 靡菲斯特　D. 海伦
5. 第一次提出"世界文学"这一概念的，是德国作家（　　）。
   A. 莱辛　B. 席勒　C. 歌德　D. 海涅
6. "种我们自己的园地要紧"这句名言出自小说（　　）。

A.《老实人》　　　　　　　B.《拉摩的侄儿》

C.《宿命论者雅克》　　　　D.《天真汉》

7.《新爱洛绮丝》的作者是（　　）。

A. 狄德罗　　B. 孟德斯鸠　　C. 伏尔泰　　D. 卢梭

8. 歌德的诗剧《浮士德》的基本情节是（　　）。

A. 两幕序曲，一个赌赛，半生追求，一生悲剧

B. 两幕序曲，一个赌赛，终生追求，五幕喜剧

C. 一幕序曲，两个赌赛，终生追求，五幕悲剧

D. 一幕序曲，两个赌赛，半生追求，一生喜剧

9. 斯威夫特在英国文学中开创了（　　）。

A. 写实主义传统　　　　　B. 浪漫主义传统

C. 讽刺传统　　　　　　　D. 空想社会主义传统

10. 在法国启蒙运动中提出著名的“返回自然”口号的作家是（　　）。

A. 卢梭　　B. 伏尔泰　　C. 狄德罗　　D. 孟德斯鸠

11. 靡菲斯特形象的主要作用是（　　）。

A. 作为恶的代表来映衬善

B. 作为“作恶造善的力之一体”，激发、推动浮士德前进

C. 通过他的口来揭露现实社会的丑恶

D. 作为恶的代表来阻挠浮士德的前进

12. 启蒙作家在创作中把（　　）作为描写、歌颂的主要对象。

A. 社会底层人民　　　　　B. 知识分子

C. 封建贵族　　　　　　　D. 资产阶级和平民

13. 莱辛的剧作（　　）是德国第一部市民悲剧。

A.《萨拉·萨姆逊》　　　　B.《明娜·封·巴尔赫姆》

C.《智者纳旦》　　　　　　D.《爱米丽雅·迦洛蒂》

14. 德国文学中第一部产生巨大国际影响的作品是（　　）。

A.《浮士德》　　　　　　　B.《威廉·退尔》

C.《威廉·迈斯特》　　　　D.《少年维特之烦恼》

15. “人必须每天每日去争取生活和自由，然后才能作自由和生活的享受”这句话出自一部诗剧，这部诗剧是（　　）。

A.《天真汉》　　B.《浮士德》
C.《老实人》　　D.《阴谋与爱情》

16. 至18世纪仍然影响欧洲文学的一个重要因素是（　　）。
A. 文艺复兴文学　　B. 中世纪文学
C. 古希腊文学　　D. 古典主义文学

17. 鲁滨逊作为资产者形象的主要精神特征是（　　）。
A. 讲求实际和精于算计　　B. 勤奋劳动和富于创造性
C. 冒险精神和占有欲望　　D. 精于算计和勤奋劳动

18. 法国百科全书派的创始人是（　　）。
A. 狄德罗　　B. 孟德斯鸠　　C. 卢梭　　D. 伏尔泰

19. "人是生而自由的，但无往而不在枷锁之中；自以为是其他的一切主人的人，反而比其他人更是奴隶。"这句话出自卢梭的（　　）。
A.《论科学与艺术》　　B.《社会契约论》
C.《论人类不平等的起源和基础》　　D.《爱弥儿》

20. 笛福的《鲁滨逊漂流记》的主人公是（　　）。
A. 西班牙流浪汉典型
B. 具有才能却自甘堕落的时代畸形儿典型
C. 资本原始积累时期英国商业资产者的典型
D. 堂·吉诃德式的典型

21. 1719年（　　）的发表，标志着英国现实主义小说的诞生。
A.《格列佛游记》　　B.《克拉丽莎》
C.《蓝登传》　　D.《鲁滨逊漂流记》

附：单项选择题答案

1. B　2. C　3. A　4. B　5. C　6. A　7. D　8. C　9. C　10. A
11. B　12. D　13. A　14. D　15. B　16. C　17. C　18. A　19. B
20. C　21. D

（三）多项选择题

1. 18世纪启蒙文学所包括的主要文学有（　　）。
A. 俄国自然派文学　　B. 法国启蒙运动文学
C. 英国现实主义长篇小说　　D. 德国民族文学

E. 西班牙流浪汉小说

2. 最能体现狄德罗在创作方面的卓越贡献的三部小说是（　　）。

A.《私生子》　B.《一家之长》　C.《修女》

D.《拉摩的侄儿》　E.《宿命论者雅克和他的主人》

3. 菲尔丁把他的小说（　　）称为“散文滑稽史诗”。

A.《大伟人江奈生·魏尔德传》

B.《巴斯昆》　C.《约瑟·安特鲁传》

D.《汤姆·琼斯》　E.《阿米莉亚》

4. 博马舍的《费加罗的婚姻》描写的主要内容有（　　）。

A. 阿勒玛维华伯爵和伯爵夫人的婚姻

B. 伯爵仆人费加罗和伯爵夫人使女苏珊娜的婚姻

C. 伯爵施展手段追求苏珊娜，企图恢复对农奴新娘的“初夜权”

D. 费加罗对伯爵百依百顺，委曲求全

E. 费加罗凭智慧和机巧挫败了伯爵的罪恶企图

5. 创立正剧的作家是（　　）。

A. 法国的狄德罗　B. 法国的博马舍　C. 德国的莱辛

D. 德国的席勒　E. 德国的歌德

6. 下列属于法国的哲理小说的主要作品是（　　）。

A.《波斯人信札》　B.《老实人》　C.《新爱洛绮丝》

D.《爱弥儿》　E.《熙德》

7. 莱辛完成了德国文学的转变，他对德国民族戏剧、民族文学的主要贡献是（　　）。

A. 美学理论　B. 戏剧理论　C. 戏剧作品

D. 哲理小说　E. 抒情诗

8. 席勒在狂飙突进运动中的代表作品是（　　）。

A.《新奥尔良姑娘》　B.《浮士德》　C.《强盗》

D.《阴谋与爱情》　E.《熙德》

9. 在意大利期间，歌德构思和创作的三个古典主义的悲剧是（　　）。

A.《普罗米修斯》　B.《哀格蒙特》

C.《伊菲格涅亚在陶里斯》　D.《塔索》

E.《疯狂的罗兰》

10.《浮士德》的艺术特色是（　　）。

A. 神秘梦幻的中世纪手法

B. 以幻想为主，将写实与幻想结合

C. 用辩证的方法塑造主要人物形象

D. 作品形式多样化，几乎当时欧洲的各种诗体都在作品中出现

E. 作品情节集中，完全符合古典主义“三一律”法则

11. 下列属于歌德晚年完成的重要作品是（　　）。

A.《西方与东方合集》　　B.《诗与真》

C.《威廉·迈斯特的漫游时代》　　D.《浮士德》第二部

E.《汤姆·琼斯》

12. 斯威夫特在《格列佛游记》中所描绘的理想国是（　　）。

A. 小人国　　B. 大人国　　C. 黄金国

D. 智马国　　E. 飞岛国

13. 理查生是英国家庭小说的开创者，下列属于他的作品是（　　）。

A.《帕米拉》　　B.《克拉丽莎》　　C.《兰登传》

D.《夺发记》　　E.《黑色幽默》

14. 英国感伤主义文学在诗歌领域里的代表是“墓园诗派”，代表作家有（　　）。

A. 斯泰恩　　B. 格雷　　C. 汤姆

D. 哥尔斯密　　E. 扬格

15. 卢梭主义主要体现在他的三篇作品中，是（　　）。

A.《论盲人书简》　　B.《论科学与艺术》

C.《论人类不平等的起源和基础》　　D.《社会契约论》

E.《爱弥儿》

附：多项选择题答案

1. BCD　2. CDE　3. ACDE　4. BCE　5. ABC　6. ABD　7. ABC　8. CD　9. BCD　10. BCD　11. ABCD　12. BD　13. AB　14. BCE　15. BCD

（四）名词解释题

1. 启蒙运动

启蒙运动是发生在18世纪，具有全欧性质的一次资产阶级思想文化运动。它是文艺复兴反封建反教会运动的继续和发展，比文艺复兴运动带有更加强烈的政治革命性质。启蒙主义者提出了完整的思想体系和明确的奋斗目标，他们以“理性”为核心，批判专制制度和宗教迷信，描绘未来的理想社会；他们强调思想意识的力量，主张用近代的科学文化知识去教育民众，启迪人们摆脱愚昧状态，故有启蒙运动之称。其代表人物有伏尔泰、卢梭、狄德罗等。它为法国大革命做好了充分的舆论准备。

2. 感伤主义

感伤主义是18世纪中叶产生于英国、流行于欧洲的资产阶级文学流派。因英国作家理查生·斯特恩的小说《感伤的旅行》而得名。感伤主义作家创作上的主要特点是崇尚感情，他们以温情与仁爱的调子代替理性的批判，形成一种对不幸者的苦难表示同情和怜悯，也对自己的孤独寄以哀思的感伤心理描写的倾向。感伤主义为后来浪漫主义文学思潮开辟了道路。代表作家是英国的斯泰恩、哥尔斯密和法国的卢梭等。

3. 狂飙突进运动

狂飙突进运动发生在18世纪七八十年代的德国。它是德国资产阶级发动的第一次带有全国性质的文学运动。其主要思想倾向是：反抗封建主义压迫，追求狂热的、傲慢的个人主义因素。运动的名称来自当时作家克林格尔的同名剧，文艺纲领的制定者是赫尔德尔。参加者大多是当时的青年作家，代表人物是青年时期的席勒和歌德。他们从本民族历史中吸取题材，注意发扬民族风格。歌颂理想化的大自然，崇拜天才，作品充满浪漫主义气息，并掺杂感伤主义成分。这一运动体现了德国民族意识的觉醒，是启蒙运动的继续，但仅限于文学领域，由于没有明确的政治纲领，狂飙突进运动未能发展为政治性的社会运动，反映了德国市民阶层的软弱与局限。

4. 魏玛古典主义

18世纪八十年代以后，德国文坛逐渐形成“古典主义”，又称“魏玛古典主义”。此用语指的是歌德与席勒在狂飙突进运动冷却之后的创作，特别是歌德与席勒合作的十年（1794—1805年）黄金时代。这是冷静下来的启蒙主义，因为追求古典艺术的“高贵的单纯”和“宁静的伟大”，而获得“古典”之称，但与法国古典主义性质不同，而表现为情感与理性的和谐，理想与现实的统一。歌德与席勒在这一时期的创作以高度的艺术造诣达到了全欧的先进水平，也标志着德国民族文学的形成。

5. 哲理小说

18世纪启蒙主义作家创造的一种新型小说。其艺术性不在于情节结构的完整、人物形象的丰满，而在于通过具有明显寓意的形象，表现作者关于哲学、政治、社会问题的思想见解，在于把深刻的哲理用适当的形象巧妙表达出来的方式和语言艺术，故有“哲理小说”之称。它具有鲜明的政治倾向性、教诲性、哲理性。常用体裁有书信体、对话体、游记等多种形式。但由于小说中的主人公往往成为作者思想的代言人，从而削弱了作品的艺术感染力。代表作家是法国的孟德斯鸠、狄德罗和伏尔泰等。

6. 百科全书派

百科全书派产生于欧洲18世纪启蒙运动时期。其首领是法国杰出的启蒙思想家狄德罗。他为用近代科学文化知识去启迪人们，于1751—1772年用20来年的时间编撰了《科学、艺术与工艺的百科全书》共37卷，因这一巨大工程而团结了一批名流学者，称为“百科全书派”。百科全书派的工作，总结了几百年来的社会和自然科学的成就，宣传资产阶级思想，全面批判封建的上层建筑和意识形态，为资产阶级夺取政权广造舆论。

7. 正剧

正剧由法国狄德罗、博马舍和德国的莱辛创立。这种戏剧介于悲剧和喜剧之间，其特点是强调戏剧的教育作用，具有鲜明的政治倾向性。它采用散文的形式，描写现实社会斗争和人们的日常生活，以第三等级的资产阶级与平民作为戏剧的主人公，语言通俗易懂。如狄德罗的《私生子》、博马舍的《费加罗的婚姻》等。

8. 哥特式小说

18世纪末在英国出现的一种凶杀小说。这种小说多以中世纪阴森神秘的古堡为背景，写其中因恋情或因财产引起的凶杀复仇，充满神秘怪诞、恐怖和刺激的元素。代表作是瓦尔蒲的《奥特郎图堡》和拉德克力芙的《渥尔多弗的秘密》。

（五）简答题

1. 启蒙文学的基本特征有哪些？

启蒙文学是启蒙运动的重要组成部分，作为一种文学思想，它具有以下特征：

第一，鲜明的政论性和教诲性。把文学当作启蒙思想的工具，借助文学的形式评论时政，抨击专制制度和宗教迷信，宣扬民主精神和人权思想，特别强调文学的社会功能和教育作用，注意对当时各种社会问题的探讨。

第二，以第三等级的资产阶级与平民作为描写和歌颂的主要对象，着重反映人民大众的生活，他们的英雄行为和崇高感情，体现了资产阶级的思想愿望。

第三，创造了多种新的文学体裁，如哲理小说、正剧等。

启蒙文学过分注重哲理而忽视人物性格的刻画，人物形象往往不够丰满，个性不够鲜明。作品中的主人公常常“变成时代精神的单纯的传声筒”，故艺术感染力不够。

2. 英国文学界通常把笛福称之为“英国小说之父”，怎么看待这句话？

小说的兴起，正是18世纪英国启蒙时期的一件重大事件。在《鲁滨逊漂流记》之前虽然有大学才子派李黎等人以及阿弗拉·贝恩、玛丽伍德等女作家创作的宫廷秘史（History）或情事（Intrigue），坊间也流传着改编自法国传奇的异域奇事、监狱风云等叙事作品，但是这些虚构类叙事作品都还不能成为严格意义上的小说（Novel），因为严格意义上的小说须具备伊恩·瓦特指出的那种“形式现实主义”形态，这需要在哲学和人们的思维观念上首先发生变化，因而在这个意义上说，《鲁滨逊漂流记》的出版和被接受，才恰逢其时地让它成为“第一部真正意义上的小说”。

3. 鲁滨逊是一个什么样的形象？

（1）鲁滨逊是一个新兴资产阶级理想中的英雄形象。在他身上有着创造者和劳动者的品格，精力充沛，百折不挠，富于实干精神和进取精神。

（2）鲁滨逊又是一个“真正的资产者”，在他身上体现了资产阶级的个人占有观念和殖民主义占有欲。他一切冒险的目的都是为了发财，为了占有。

（3）鲁滨逊的形象体现了处于上升时期的资产阶级的进取精神和事业心，表现了资产阶级开拓海外殖民地的勃勃壮志。

4. 分析维特的形象并概括其悲剧的社会意义。

（1）维特是一个具有高度典型意义的德国进步青年的形象，有理想、有才能，渴望自由，又力图有所作为，但又对前途深感迷茫，缺乏斗争的意志和决心。

（2）这一形象体现了德国市民的软弱性。他的自杀是他为社会所不容的结果，是他既憎恶社会又找不到出路的必然归宿，同时也是他对那个令人窒息的社会的孤独而消极的抗议。

5. 请分析浮士德和靡菲斯特两者的关系。

（1）两者的个性和人生追求是截然不同的，因此两者的关系是相互对立的，一个代表善，一个代表恶，一个代表肯定，一个代表否定，一个要追求灵的境界，一个要沉湎于物欲之中。

（2）两者间的关系是相互依存、相互影响的。靡菲斯特是浮士德前进的外在动力，靡菲斯特的存在从反面激发了浮士德。

（3）因此，两者的关系是既对立又统一的辩证关系。

6. 浮士德一生追求探索经历了哪几个阶段？他探索过程的意义何在？

（1）五个阶段：a. 学者生活：清算过去，面向未来；b. 爱情生活：情欲享受，迷失理性；c. 政治生活：宫廷弄臣，无所作为；d. 转向古代：美的追求，美的幻灭；e. 面对现实：开拓进取，事业永恒。

（2）可见，浮士德的一生是永不满足、不断进取、不断追求的一生。其意义有二：

从人类发展的历史经验看，他的一生体现了人类发展的基本历程，反映了作者对人类命运和前途的哲学思考。

从欧洲资产阶级发展的历史经验来看，通过他的一生，作者总结了文艺复兴以来三百年间资产阶级精神发展的历史——从挣脱中世纪经验哲学的桎梏、追求个性解放，与王权妥协，对个性全面发展的古典美的憧憬，直到在改造自然的伟大实践中最终实现自身的价值。

7. 为什么说“歌德有时非常伟大，有时极为渺小”？

(1) 歌德漫长的一生充满矛盾，风云变幻的时代使他接受了革命的影响，在其作品中表现了反封建暴政的叛逆精神，反映了广大人民争自由、争平等，要求个性解放的思想愿望。

(2) 但德国落后的现实和德国资产阶级的庸俗性，又使他摆脱不了鄙俗的妥协习气，从而害怕革命，轻视群众，热衷于政治上的改良主义。对宫廷生活既表示厌恶，又处处迁就、妥协、屈从。

故恩格斯在《诗歌和散文中的德国社会主义》一文中指出：“歌德有时非常伟大，有时极为渺小，有时是叛逆的、爱嘲笑的、鄙视世界的天才，有时则是谨小慎微、事事知足、胸襟狭隘的庸人……”

8. 简述莱辛的《拉奥孔》的美学思想。

《拉奥孔》探求的是诗与画的界限问题。作者一反“诗是无形的画，画是无声的诗”的传统观点，从两种艺术的媒介、目的、效果方面进行比较，认为诗表现的是连续的动作，是性格形成的过程；而画、雕塑则只是性格的完成或那富有包孕性的片刻，因此诗比画更有表现力。作者还借古代拉奥孔父子被毒蛇缠死这一题材的不同处理，探讨了古代艺术审美特征。

（六）论述题

1. 试述歌德巨著《浮士德》的素材来源。

西方戏剧史上“向前人取材”曾是悲剧创作的一条规律。如古希腊悲剧取材于神话，埃斯库罗斯说其悲剧是“荷马的片段”；莎士比亚全部取材于前人作品；17 世纪古典主义悲剧家高乃依、拉辛不写当代题材。直到 18 世纪，悲剧才强调写实、写平民。《浮士德》也是“从过去承继下来的条件下创造”的，但在素材的选择与提炼上，却与众不同。

《浮士德》素材来源有三：中世纪民间文学、古希腊神话、《圣经》。

首先，素材核心取自广泛流传于德国及欧洲其他一些国家关于浮士德博士的民间传说。但歌德改造了它。第一部用了浮士德与靡菲斯特订约的旧情节，但注入启蒙主义思想和辩证法。而浮与玛甘泪恋爱的情节完全是新创造。第二部除了浮士德用魔法把荷马史诗的人物招来及与海伦生子保留原素材的痕迹外，其余均独创。结局写浮士德灵魂得救而魔鬼失败，是素材情节的反写。浮士德最后的“满足”体现歌德的空想社会主义思想，并含有发人深思的人生哲理，与原素材中浮士德博士沉溺于私欲根本不同。

其次，歌德借用了古希腊神话素材，尤以海伦的情节最明显。他将神话有关她的传说全写进诗剧：借守城人赞海伦，明显借鉴荷马用特洛伊长老们低声议论走出城楼观战的海伦的间接写法；他写斯巴达王攻打浮士德城堡的情节，受《伊利亚特》的启发。歌德的借鉴是独出心裁的，他竟能将纵横南北、上下几千年的不同民族与国度的故事捏合在一起，写现代的浮士德与古代的斯巴达王的矛盾，以加强海伦在作品中的地位，使我们不能不惊服他大胆的想象力和巧妙的构思。

再次，借用《圣经》素材。上帝、魔鬼为人熟知，但应指出，《旧约》中有两卷是戏剧，它们成为歌德创作的重要来源。其中“天上序幕”取材于诗剧《约伯记》；《雅歌》写所罗门化装成牧羊人与牧羊女恋爱、结婚的故事，多用对话体，对比《浮士德》中“瓦卜吉司之夜”一场中写浮士德与年轻魔女的对白，显然后者是从《雅歌》中化出。《约伯记》的主题是好人必须经受考验，魔鬼是“试金石”。歌德主要借鉴《圣经》中考验世界人与信仰得救的精神来充实自己的创作。歌德关于魔鬼是“作恶造善的力之一体”的辩证法思想也得益于《圣经》。他还说过《圣经》对他构思诗剧的决定性的启发：“得救的灵魂升天这个结局是很难处理的，碰上这种超自然的事情，我头脑里连一点儿影子都没有。除非借助于基督教一些轮廓鲜明的图景和意象，来使我的诗意获得适当的、结实的具体形式，我就不免容易陷到一片迷茫里去了。”（《歌德谈话录》）

歌德向前人取材的特点为其目光的宏观性。《浮士德》素材的多元性来源是其他戏剧家很少可与之相比的。而且，必须强调，一个作家在确定要写的内容以后，寻找什么适当的形式就异常重要。对歌德来说，这三方面正好为他提供了一个最好的形式。这里，形式显然起了决定性的作用，倘若没有这些形式，《浮士德》就不可能问世。歌德之博大精深的思想就无法表达，资产阶级三百年的思想史也无从得到艺术的再现。歌德是“世界文学”的第一个提倡者，是西方戏剧史上第一个熔冶古希腊文化与希伯来文化于一炉的戏剧家。《浮士德》正是西方戏剧史上第一部在“二希”文化合流的基础上进行巨大创新的戏剧，这是歌德的前无古人的贡献。

2. 分析浮士德的形象及其意义。

歌德创作的诗剧《浮士德》中的浮士德是上升时期资产阶级先进分子的象征形象：

（1）浮士德是一种积极进取精神的代表，是一个自强不息、执着探索者的形象。作者让他经历各种诱惑和考验。同靡菲斯特打赌，激起他重新探索的信念；热恋的悲剧使他不再追求感官的享受；从政的悲剧使他逃避现实；古典理想的幻灭，使他重新回到现实中寻找实现理想的途径。他永不满足、永不示弱、探求不止、始终向上向善。这些构成了他性格上最鲜明的特征。

（2）具有人身上鲜明的两重性：一方面受生命本能情欲的驱使，常常沉迷于名利、地位、权势、女人和美等现实欲望中；另一方面，他又未被这些所迷惑，不断地超越自我，走向新生活。一方面追求真理、创造事业，一方面又迷恋儿女私情。一方面是理想社会的追求者，一方面又是王权的支持者。这种“灵与肉”、“善与恶”的矛盾，体现了歌德唯物主义辩证法的思想，也展示了人类的复杂性和真实性，也反映了人类追求真理的艰巨性。

浮士德形象的意义在于：向人们指出了精神净化的道路，指出了人生的意义和人们应追求的生活理想，把人们引向为崇高的理想而奋斗不息的伟大道路。

3. 分析《浮士德》的艺术特色。

歌德创作的《浮士德》在艺术上有它独特的风采：

（1）诗剧以幻想为主，将写实和幻想结合（天上地下、现实古代、人类魔鬼)，使《浮士德》成为既是资产阶级理想的激越颂歌，又是当时德国现实生活的深刻概括。

(2) 在人物塑造上采用辩证的方法。浮士德灵与肉的对立统一，靡菲斯特作恶造善的对立统一，推动了整个剧情的发展，展示了他们各自的性格特征。用矛盾对比的手法刻画人物群像。天帝与魔鬼是理性与情欲的对比；浮士德与靡菲斯特是人类与魔鬼的对比；浮士德与玛加蕾特是知识者与自然的对比。比较的手法使各自的性格特征更为鲜明。

(3) 形式多样化。诗剧开头用自由韵体，写玛加蕾特用民歌体；写海伦部分则用古希腊悲剧的诗体。叙事、抒情、议论糅为一体，诗剧大量运用了象征、比喻的手法，如人造人、海伦、魔女之厨都是象征，批评教会则常用暗喻。

4. 如何理解“浮士德精神”与“浮士德难题”?

浮士德是西方资产阶级上升和发展时期的知识分子的代表，或者说是西方启蒙运动时期人道主义的知识分子的典型。通常所说的“浮士德精神”有以下几个内涵：

其一，永不满足现状。浮士德不论是在对大自然的探索还是在人类社会的体验中，总不断前进，永不停止。

其二，不断追求真理。浮士德漫长的生活历程，从为宫廷服务，陶醉在古典美的世界中，转到向大海争地，开辟荒滩为千百万人的安居乐业而奋斗，终于达到“智慧的最后结论”，即认识到人生的真理：“人必须每天每日去争取生活与自由，才配有自由与生活的享受!”

其三，重视实践和现实。浮士德肯定人的作用，肯定人生的目的在于行动，在于做出有益于社会的实践，通过实践而不断追求真理，最后领悟到人生的真谛，即上面所言：“每天每日去争取生活与自由”。

总之，“浮士德精神”就是不断努力进取的精神，也就是自强不息、坚持不懈的精神。

所谓“浮士德难题”，即：如何使个人欲望的自由发展同为求得社会和个人道德所必需的控制和约束协调一致。或者，怎样谋取个人幸福而不出卖个人的灵魂，从哲学上讲，就是康德所探讨的自然欲求与道德律令之间的矛盾。康德认为，道德没有脱离人的动物本能(去苦求乐)，因而不是道德本身。道德必须诉诸超人性的纯粹理性。在康德看来，道德的崇高是在遏制人的情欲中实现的。道德与情欲的冲突是绝对的。浮士德面临的正是这种两难心态，即“紧贴凡尘的爱欲”与“先人的灵境”之间的矛盾，他的追求就是两者结合的“新鲜而绚烂的生命”。

5. 试论《浮士德》深刻的辩证法思想。

《浮士德》不仅是“一部灵魂的发展史，一部时代精神的发展史”，也体现了歌德对世界万物矛盾运动和发展变化的基本理解，整部作品显示了歌德的“唯心史观与辩证法思想的统一”。（郭沫若语）

《浮士德》中歌德以艺术和美学的方式，显示了深刻的辩证法思想。作品中，天帝代表善，魔鬼为恶。但两者对立统一，相辅相成，相生相克，并构成宇宙间最基本的矛盾形态。而浮士德与靡菲斯特则是人世间的一对矛盾，两者如影相随，开始了肯定与否定、前进与停滞相互作用的漫长旅程。从宇宙到人间，并非仅是作品艺术场景的转换，实质是歌德所理解的矛盾从一般到特殊的演进过程。再则是由人间矛盾转入人自身的矛盾。即如浮士德所说：“有两种精神居住在我的胸中，一个想要同别一个分离。一个沉溺在迷离的爱欲之中，执拗地固执着这个尘世，别一个猛烈地要离去凡尘，向那崇高的灵的境界飞升。”作品中，浮士德本身就是矛盾统一体，一方面他不断否定过去，否定停滞的生活，追求崇高的理想；另一方面又固执尘世生活，满足于官能享受。正是这样的描写，歌德深刻揭示了第三层矛盾构成，即人自身的矛盾构成。可见，天上—人间—人自身充满矛盾，这构成宇宙间万事万物的基本形态。

从作品中看，两种恶本质上相同，内涵均为否定、破坏、停滞、毁灭。然而，其不同之处在于，浮士德身上的恶是潜在的，在与魔鬼结盟前，他虽悲观、绝望，但并未造成什么破坏。然而，当外在的恶作用于他后，其自身的恶才膨胀、发展起来了。浮士德之所以每一阶段开始时自愿听从魔鬼摆布，其根本原因也在于二者本质上的一致性。是外在的恶帮助浮士德身上的恶做了想做而又凭自己的力量难以完成的事。

可以说，在作者心目中，浮士德与靡菲斯特虽是两极对立，但实际上是人的一分为二，是人的两种精神，是人的发展过程的两个方面。由于有两种精神，所以浮士德充满矛盾，而且在矛盾和冲突中不断发展；当然，两者之中，向上的精神仍占主导地位。始终贯串全剧的一人一魔、一主一仆，如影随形，如呼如吸，如问如答，相反相成，相生相克。这就是《浮士德》无处不在的辩证法思想。

6. 分析菲尔丁的《汤姆·琼斯》的思想内容及其艺术特色。

思想内容：《汤姆·琼斯》围绕一对青年男女的身世和恋爱波折，通过他们在乡村、在流浪途中以及在伦敦的种种遭遇，极其广泛地描写了18世纪英国城乡社会生活的真实画面，在包罗万象的社会画面中批判了贵族资产阶级的放荡、贪婪和虚伪。说明良好的道德品质不仅可以战胜邪恶，获得美好的结局，而且可以影响他人，改造社会。

艺术特色：(1) 人物刻画上，善于用对比的手法使人物性格在互相对照、衬托中更加鲜明突出。(2) 小说的结构完美，全书18卷，前6卷以乡村为背景，中间6卷写乡村到伦敦的路上的情景，后6卷以伦敦的都市生活为背景，众多的人物、事件、场面都巧妙组织在汤姆的身世之谜和男女主人公的经历之中，使小说具有了一种引人入胜的艺术魅力。(3) 小说采用了第三人称夹叙夹议的写法，取得了鲜明的艺术效果。

（七）综合阐述题

1. 18世纪法、英、德三国文学比较。

相同之处：18世纪英、法、德的启蒙文学成就最高；都有鲜明的倾向性，要求文学为现实服务。属于资产阶级性质的文学，反对国王，宣传启蒙思想；都把第三等级的资产阶级和平民作为主人公来歌颂。

不同之处：

(1) 英国：18世纪英国已经建立了君主立宪的资产阶级政权。英国的启蒙文学主要任务不是为革命做舆论准备，而是扫除封建残余，揭露现实社会的弊端，促进资本主义的发展。主要成就：现实主义小说。

(2) 法国（欧洲启蒙运动的中心）：法国的启蒙运动目的在于教育群众，使他们摆脱愚昧，学会理性思考，从而摆脱封建专制和宗教迷信，为大革命造舆论，文学的革命性、战斗性更强，内容特别丰富。主要成就：正剧、哲理小说。

(3) 德国：18世纪的德国还处于封建诸侯割据的状态，严重阻碍了资本主义的发展。德国启蒙运动的任务是唤醒民众，反对分裂，建立民族统一的国家，爆发了狂飙突进运动。

2. 试比较启蒙运动文学和文艺复兴时期人文主义文学。

启蒙运动是文艺复兴运动的继承和发展，作为启蒙运动组成部分的启蒙文学和文艺复兴时期的人文主义文学既有相同点亦有不同之处：

（1）二者都是新兴资产阶级反封建反教会的重要工具。但人文主义文学偏重于伦理道德和生活领域，着重揭露教士的伪善、贪婪；而启蒙文学则把矛头直指封建制度和宗教迷信，为资产阶级夺取政权制造舆论，具有更鲜明的政治倾向性。

（2）二者的正面主人公都体现了资产阶级的愿望。但人文主义文学中的主人公往往披着帝王将相、才子佳人的外衣；而启蒙文学则直接以第三等级的资产阶级与平民作为歌颂的对象，把封建贵族作为讽刺批判的对象。

（3）二者在艺术上都运用现实主义手法，强调反映社会现实。但人文主义文学往往采用古代和外国的题材；而启蒙文学则大多直接取材于现实生活。二者都创造了一些新的文学形式，人文主义文学首创了十四行诗和小说等；而启蒙文学则首创了哲理小说和正剧等。

3. 道德完善是西方文学作品中经常出现的一个主题，试比较但丁、歌德和托尔斯泰在其作品中对这一主题的表现。

但丁的《神曲》是欧洲近代文学中第一部最重要的全面关心人的精神世界的作品，在作品的宗教框架下，但丁向世人描绘了一条通向高尚的精神境界的道德完善之路。首先但丁承认人是有罪的，正如“序曲”中所说的“我在一座昏暗的森林之中醒悟过来，/因为我在里面迷失了正确的道路”。人既然有罪就要赎罪，即完善道德，但丁通过象征理性的维吉尔和象征信仰的贝阿特丽采向世人指明了道路，在他们的指引下但丁终于达到了精神的最高境界，在现世而非来世就进入了天堂，从而突出强调了人类追求道德的现实功利性。

歌德的《浮士德》是对文艺复兴以来资产阶级思想成就的一次反思，也是几代知识分子的精神探索历程。与但丁相比，歌德已经摆脱了宗教的“罪恶”和“赎罪”的观念，在对人充分肯定的前提下，在辩证的思维中探讨人的进一步完善的问题。浮士德在经过了知识悲剧、爱情悲剧和政治悲剧之后，终于又回到现实世界，认识到只有通过劳动才能建造理想的乐园，也只有在创造中才能实现人的价值、完善道德。

托尔斯泰在他早期的作品《琉森》中把完善的道德与资本主义文明相对立，从道德角度彻底否定了资本主义制度；在长篇小说《哥萨克》中则把贵族的道德完善与平民化倾向联系起来；在《战争与和平》中指出贵族的道德完善需要把自己的命运与民族的命运联系在一起，走平民化之路，作品中的彼尔形象表明托尔斯泰把宗教的“忍耐”和“博爱”作为道德完善的最高境界；《安娜·卡列尼娜》中的列文和《复活》中的聂赫留道夫最后也都走向了宗教式的道德完善。

三、作业设计及选题

1. 魔鬼形象在西方文学传统中始终存在着，可以说几乎没有一个世纪、没有一个国家的文学作品中没有魔鬼形象。历代作家既塑造了基督天庭里的魔鬼，又塑造了世俗的人形的魔鬼，试对这一形象进行梳理，并概括其特征。

基督天庭里的魔鬼：《圣经》中的撒旦；荷马史诗中的巨妖；但丁笔下的地狱；《麦克白》中的女巫；弥尔顿笔下的撒旦；《浮士德》中的靡菲斯特，等等。

世俗的魔鬼：《奥赛罗》中的伊阿古；《伪君子》中的答尔丢夫；《巴黎圣母院》中的克洛德；《呼啸山庄》中的希克历；《红字》中的齐灵窝斯；《名利场》中的蓓基·夏泼；《大师与玛格丽特》中的沃兰德，等等。

《圣经》中的撒旦就是邪恶的化身，而后来在作家笔下出现的天庭里的魔鬼形象，逐渐从最初的单纯恐怖而日趋复杂化。如弥尔顿笔下的撒旦，从外貌到内心都变得层次丰富，一方面他摆脱不了作恶的本质，另一方面他又有可赞扬的毅力和勇气；歌德笔下的靡菲斯特更是一个有思想有感情的复杂形象，是“作恶造善的力之一体”。

世俗的魔鬼没有天庭魔鬼形象上的狰狞恐怖，在人形的掩盖下却行着比魔鬼更恐怖的恶。他们或为了生存和向上爬而不择手段；或为了以牙还牙对付社会而丧失了灵魂；或为了卑劣的情欲而腐化堕落；或唯利是图而企图谋财害命。正可用《伪君子》中的一句话来概括他们：“地狱里跑出来的魔鬼也没有你这么坏。”但是也不能一概而论，《大师与玛格丽特》中的沃兰德虽代表了否定和倒退，但他的否定是有针对性的，专指生活中的恶和阴暗面，并惩罚之。所以比起靡菲斯特来，他更自觉、更进步、更理性。

2.《圣经》是歌德的伟大诗剧《浮士德》的重要灵感来源，试讨论《浮士德》对《圣经》的题材借鉴及《圣经》对《浮士德》的主题影响。

与原素材相比，《浮士德》的两个重要改变都与《圣经》有关。一是开头的“天上序幕”，它简直就是《圣经》中《约伯记》头两章的摹写。《约伯记》中上帝称约伯为“我的仆人”，《浮士德》中上帝也这样来称呼浮士德。《约伯记》中撒旦对人极度蔑视；《浮士德》中靡菲斯特也是把人看得“比畜生还畜生”，他在上帝面前控告浮士德，认为他只要用一点官能享受就能把浮士德引上魔路。而《约伯记》中上帝却表现出对约伯的信心，他允许撒旦来试炼约伯。这些都可看出“天上序幕”乃是以《约伯记》为摹本的，它位于《浮士德》的开头，是全剧的总纲，使得剧情在《圣经》的背景下展开。二是“灵魂得救”，这也是此剧另外一处重要的改动。歌德受了《圣经》的启发，让天使下来用爱火把魔鬼打败，浮士德的灵魂得救了，全剧建立在《圣经》的框架上。

《浮士德》的主题思想也明显受到《圣经》的影响。(1)《浮士德》的重要主题之一是“信仰得救”。尽管魔鬼想尽办法捉拿浮士德的灵魂，但他敌不过天使所撒的玫瑰花，在来自天上的爱火面前，魔鬼只能逃遁。他在这场赌赛中是注定要输的，因为浮士德依靠的不是自己的力量，而是上天的恩宠，即信仰。(2)《浮士德》的另一重要主题“自强不息”也与《圣经》有着千丝万缕的关系。浮士德与自己斗、与社会斗、与大自然斗。他不是没有缺点错误，但他敢于正视。浮士德不满于自己与社会，也敢于在两个方面去斗争，他就能不断前进。《圣经》中一直强调这种实践——斗争的精神，耶稣的一生与黑暗的势力、与传统的旧的势力做斗争，他的教训也充满了斗争（实践）的精神。浮士德的终极理想是要让“自由的人民生活在自由的土地上”，也就是要在地上建立天上的乐园。而让“天国实现在地上”正是《圣经》的理想。无论是《旧约》的先知书中先知的预言，《新约》中耶稣的教训，还是《启示录》中所展现的未来的图景，都对“天国”这一理想的世界有详细的描述。

3. 从《中德四季晨昏杂咏》看中国文学对歌德的影响。

《中德四季晨昏杂咏》是歌德晚年抒情诗创作的重要成就，组诗反映了中国文学给予歌德的启迪和影响，反映了歌德对于中国精神的理解、共鸣和接受。相关论文可以分为三大部分。

第一部分交代组诗产生的时间和环境。组诗包括长短抒情诗和格言诗十四首，大部分完成于1827年的五六月间。而1827年是歌德与中国的关系至关重要的一年。在这一年他重读了《好逑传》、《玉娇梨》、《花笺记》及附在《花笺记》后面的《百美新咏》。可以说歌德在写组诗的时候是在刻意模仿中国诗歌的格调，表现中国的精神和情趣。

第二部分概括归纳十四首诗所反映的歌德的经历和思想情感。可以归纳为三个方面：①歌德于1775年到魏玛，到他写组诗时对魏玛的宫廷生活已极为厌倦，组诗的第一、十二、十三首表现了他疲于为政和向往宁静、向往自然的情怀。②歌德一生多恋，晚年依然如此，组诗的第二、三、六、七首都隐隐流露这样的感情。③晚年，歌德对人生、宇宙的大问题进行思考，因而组诗充满了哲理和智慧，如第十和十一首。诗歌中所体现出来的以上三点，恰恰像是歌德在创作组诗之前所读的中国文学作品的回响。

第三部分为歌德所受中国文学和文化思想的影响。也可以归纳为三点：①艺术形式上，十四首诗结构严整，多为八句一首，四句一阕，语言精练，耐人寻味，可对照中国古典诗歌中的律诗、绝句及《百美新咏》中那些诗的格律。②组诗的格调恬淡、清新、委婉，常用比兴手法，其意境可与《好逑传》、《玉娇梨》和《花笺记》相对照。③组诗中还使用了一些中国词语，如满大人、碗、盏等，加强了中国色彩。

总之，歌德的《中德四季晨昏杂咏》是中德思想文化交流的结晶。

参考文献：

名教中人编次：《好逑传》，廖祖灿点校，安徽文艺出版社，2005年。
荑荻散人编次：《玉娇梨》，廖祖灿点校，安徽文艺出版社，2005年。
薛汕校订：《花笺记》，文化艺术出版社，1985年。
爱克曼编：《歌德谈话录》，朱光潜译，人民文学出版社，1978年。

杨武能：《歌德与中国》，三联书店，1991年。

任国强：《“应景即兴的诗”与诗人的精神特征——论抒情诗在歌德研究中的特殊地位》，《外国文学》2005年第6期。

歌德：《歌德文集·诗与真》，刘思慕译，人民文学出版社，1999年。

许宽华：《歌德的中国意象》，《武汉大学学报》2002年第4期。

4. 从《汤姆·琼斯》看菲尔丁的现实主义小说创作理论。

18世纪英国文学的历史上，最大成就是现实主义小说，菲尔丁是最杰出的代表。《汤姆·琼斯》是实现他的创作思想的代表作。

菲尔丁受古典主义文学理论的影响，继承和发扬了西班牙流浪汉小说的叙事手法和亚里士多德的诗学原理。在《汤姆·琼斯》中菲尔丁宣布他开创了一种新的写作领域，即“散文滑稽史诗”。在《约瑟夫·安德鲁斯》中把这一新的领域与法国传奇、严肃史诗和喜剧加以区别，从而确立了自己的小说定义，并在《汤姆·琼斯》中全面地实现了自己的这一艺术理想。小说以丰富的事件、场景和人物再现了乔治二世统治下的英国社会生活的全景。

严格地模仿自然是菲尔丁现实主义小说创作理论和实践的核心，这可追溯到亚里士多德的《诗学》和贺拉斯的《诗艺》，但又有自己的内涵：他的小说的人物和情节取自现实生活，并要通过小说向人们展示生活的全景。而《汤姆·琼斯》则是他展示生活全景的杰作。

总之，通过《汤姆·琼斯》可以看出俄国文学大师高尔基所授予菲尔丁的“现实主义创始人”这一称号名副其实。

参考文献：

亨利·菲尔丁：《汤姆·琼斯》，黄乔生译，译林出版社，2004年。

亚里士多德：《诗学》，陈中梅译注，商务印书馆，1996年。

武月明：《试论菲尔丁的现实主义小说创作理论》，《南京师大学报》（社会科学版）1996年第4期。

秦国林、张晓明：《英国现实主义小说的典范》，《北方论丛》1996年第2期。

第六章　19世纪文学（一）：浪漫主义文学

悬梁刺股

一、提要

（一）学习要求

1. 了解浪漫主义文学在各国的产生、发展及其主要成就，领会浪漫主义文学的基本特征。

2. 了解英国浪漫主义诗人华兹华斯与拜伦的生平与创作成就，把握《抒情歌谣集》、《唐璜》的内容与艺术特点。

3. 了解雨果的生平与创作概况，领会雨果创作的浪漫主义与人道主义特色。

4. 了解美国作家惠特曼与麦尔维尔的生平与创作经历，把握《草叶集》、《白鲸》的内容及艺术成就。

（二）课程内容

1. 作为文艺思潮的浪漫主义所产生的历史语境、哲学基础及文学渊源。浪漫主义文学两种倾向及其共同特征。浪漫主义在欧美各国的发展情况。德国是浪漫主义文学的诞生地，英国浪漫主义诗歌极盛，出现了诗宗——拜伦，而法国浪漫主义文学持续时间最长，与古典主义的斗争最激烈，小说得到很大发展，雨果为其杰出代表。

2. 德国浪漫主义文学及其代表作家作品。耶拿派。海涅的创作成就。法国浪漫主义文学及其代表作家作品。俄国浪漫主义文学及其代表作家作品。美国浪漫主义文学及其代表作家作品。其他国家的浪漫主义文学代表作家作品。

3. “精神界的拿破仑”——拜伦。生平、创作历程和创作特征。“拜伦式英雄”。拜伦的影响。讽刺史诗《唐璜》的思想内容与艺术成就。

4. 华兹华斯的生平、创作概况、浪漫主义诗歌创作成就及诗学主张。《抒情歌谣集》的创作特色及重要影响。

5. 雨果是法国浪漫主义文学运动的领袖人物。他的一生几乎跨越了整个19世纪。随着法国历史的进程，他在诗歌、戏剧、小说、文艺理论、政论等各方面进行了大量的创作，并产生了巨大影响。不同的历史时期都在他的文学活动中打下了印记，成为法国社会生活的一个侧影响。其中诗歌方面，有“第一抒情诗人”之称；戏剧方面，《克伦威尔·序言》是法国浪漫主义文学的宣言，《欧那尼》的成功演出标志着浪漫主义在戏剧舞台上最终战胜古典主义；小说《巴黎圣母院》、《悲惨世界》等都是世界文学宝库中的杰作；同时雨果又是一个深受各国人民敬仰的国际和平主义者，人道主义是贯穿他一生活动和创作的主导思想。雨果的生平和创作分期以及思想历程。浪漫主义小说《巴黎圣母院》的“美丑对照”原则。《悲惨世界》的思想内容和艺术特色，小说中的人道主义思想。雨果的世界意义。

6. 惠特曼与麦尔维尔的生平创作特征。《草叶集》的基本主题和思想。理解“草叶”的象征含义。《白鲸》的浪漫主义小说艺术特色。《白鲸》的象征和隐喻艺术。

（三）重点与难点

浪漫主义文学的产生、发展与基本特征。关于积极浪漫主义与消极浪漫主义问题。浪漫主义在欧美各国发展的特点。雨果的人道主义思想的两重性是怎样在创作中表现出来的？浪漫主义小说《巴黎圣母院》的“美丑对照”原则。华兹华斯浪漫主义诗歌创作成就。“拜伦式英雄”的特点。《唐璜》的浪漫主义特色和讽刺艺术。《草叶集》的基本主题和思想。《白鲸》的象征和隐喻艺术。

（四）阅读书目

《格林童话》、《英国浪漫主义诗选》、《艾凡赫》、《恰尔德·哈洛尔德游记》、《唐璜》、《阿达拉》、《勒内》、《欧那尼》、《雨果抒情诗选》、《巴黎圣母院》、《悲惨世界》、《九三年》、《草叶集》、《白鲸》、《普希金抒情诗选》。

二、题 解

（一）填空题

1. 英国湖畔派诗人是指______、______和______，其中成就最大的是______，他写的______被认为是英国浪漫主义文学的宣言。

2. 《恰尔德·哈洛尔德游记》中有两个主人公，即______和______，分别反映了诗人思想中积极和消极的两个方面。

3. 雨果的______是法国浪漫主义运动的宣言，其中提出了______的美学原则。

4. “要是冬天已经来了，西风呵，春日怎能遥远?”这是______的抒情诗《西风颂》中的名句，其中西风是______的象征。

5. 欧洲历史小说的创始人是______，他的代表作品是______。

6. 雨果浪漫主义奇情剧______的上演成功，标志着______的失败和______的胜利。

7. ______哲学和______学说对浪漫主义文学的兴起产生很大影响。

8. 普希金的______是俄国第一部典范性的现实主义诗体长篇小说，其中塑造了俄国文学史上第一个______形象；在短篇小说______中的维林，则是俄国文学史上______形象系列的开端。

9. 雨果在流亡期间（1851—1870 年）写的长篇小说有__________、______________和____________。

10. 海涅早期具有浪漫主义风格的作品是____________，他于 1844 年写的__________________________是歌颂工人起义的佳作，他最重要的作品是政治抒情长诗______________________________。

11. 雨果晚年突出人道主义理想的重要小说是____________，在这部小说中他提出了“在绝对正确的革命之上，______________________________”的观点。

12. 在文学渊源上，18 世纪英国的____________文学、德国的________________和法国______的“返回自然”的思想及其创作都为浪漫主义文学的产生奠定了基础。

13. 在文学史上，浪漫主义文学是在同____________的斗争中发展壮大起来的。

14. ______被恩格斯称赞为“德国当代最杰出的诗人”，他发表的________________结束了浪漫主义在德国文学中的统治地位。

15. 法国著名的浪漫主义小说家乔治·桑的代表作是______________________，它属于“____________”小说。

16. 拜伦的__________________________________是浪漫主义文学中第一部直接以政治社会问题为题材的长诗，它最主要的艺术特征是具有强烈的________________。

17. 夏多布里昂的中篇小说____________被认为是法国浪漫主义文学开始的标志，他的__________塑造了法国文学史上最早的“世纪病”典型。

18. 在《悲惨世界》的语言里，雨果提出了三个迫切需要解决的社会问题：“______使男子潦倒，______使妇女堕落，______使儿童羸弱”，这是理解小说主题的钥匙。

19. 拜伦的一部未完成的长篇讽刺叙事诗（或称作诗体小说）是__________。

20. 德国第一次提出浪漫主义的名称，并且系统阐述了早期浪漫主义文学主张的作家是__________________。

21. 斯达尔夫人在其理论著作____________中将欧洲文学分为南方

文学和北方文学两部分，前者指__________________，后者指__________________。

22. 被誉为“美国的瓦尔特·司各特”的作家是______，他的代表作品是______________________，深刻反映了美国式的社会生活。

23. 被誉为“美国文学之父”的是散文家______，他的代表作品是________________。

24. 《草叶集》是美国“民主诗人”__________的代表作，它在艺术上的重大革新是创造了不受格律约束的__________，而且它以其内容上的__________和形式上的__________成为19世纪美国最重要的诗歌作品。

25. 长篇小说《白鲸》是美国作家____________的代表作品，“佩阔德号”捕鲸船的船长是______。

26. 俄国浪漫主义文学持续的时间不长，较有代表性的是雷列耶夫和__________、____________的早期创作。

附：填空题答案

1. 华兹华斯；柯勒律治；骚塞；华兹华斯；《抒情歌谣集·再版序言》 2. 抒情主人公“我”；哈洛尔德 3. 《〈克伦威尔〉序言》；美丑对照 4. 雪莱；革命力量 5. 司各特；《艾凡赫》 6. 《欧那尼》；古典主义；浪漫主义 7. 德国古典；空想社会主义 8. 《叶甫盖尼·奥涅金》；多余人；《驿站长》；小人物 9. 《悲惨世界》；《海上劳工》；《笑面人》 10. 《诗歌集》；《西里西亚纺织工人》；《德国，一个冬天的童话》 11. 《九三年》；还有一个绝对正确的人道主义 12. 感伤主义；狂飙突进运动；卢梭 13. 古典主义 14. 海涅；《论浪漫派》 15. 《安吉堡的磨工》；社会问题 16. 《恰尔德·哈洛尔德游记》；主观抒情性 17. 《阿拉达》；《勒内》 18. 贫穷；饥饿；黑暗 19. 《唐璜》 20. 施莱格尔兄弟 21. 《论文学》；古典主义文学；浪漫主义文学 22. 库柏；《皮袜子故事集》 23. 欧文；《见闻札记》 24. 惠特曼；自由体诗；民主思想；自由创新 25. 麦尔维尔；亚哈 26. 普希金；莱蒙托夫

（二）单项选择题

1. 浪漫主义文学最基本的特征是（　　）。

A. 理性　　B. 主观性　　C. 夸张与对比　　D. 对照

2. 被恩格斯称为“天才的预言家”的英国诗人是（　　）。

A. 骚塞　　B. 拜伦　　C. 雪莱　　D. 华兹华斯

3. （　　）标志着法国浪漫主义文学的开端。

A. 《勒内》　　B. 《高丽娜》　　C. 《论文学》　　D. 《阿达拉》

4. 康拉德是《东方叙事诗》中（　　）塑造的“拜伦式英雄”。

A. 《异教徒》　　B. 《莱拉》

C. 《海盗》　　D. 《巴里西纳》

5. 拜伦的《唐璜》是一部（　　）。

A. 长篇叙事诗　　B. 政治诗　　C. 抒情长诗　　D. 寓言诗

6. 济慈在（　　）中提出了“美即是真，真即是美”的著名美学观点。

A. 《希腊古瓮颂》　　B. 《忧郁颂》　　C. 《秋颂》　　D. 《夜莺颂》

7. （　　）为英国浪漫主义文学奠定了理论基础。

A. 华兹华斯　　B. 斯达尔夫人　　C. 柯勒律治　　D. 拜伦

8. 雨果在他的小说（　　）中，提出了“在绝对正确的革命之上．还有一个绝对正确的人道主义”的观点。

A. 《悲惨世界》　　B. 《巴黎圣母院》

C. 《死囚的末日》　　D. 《九三年》

9. 海涅在《德国，一个冬天的童话》中，通过汉堡守护女神的形象（　　）。

A. 抨击了普鲁士的封建统治

B. 揭露教会乃封建统治的精神支柱

C. 讽刺了德国资产阶级的软弱、中庸以及对封建势力的妥协

D. 号召人民起来用暴力推翻普鲁士的反动统治

10. 雨果的《九三年》中革命军司令郭文私自放走了叛军首领朗德纳克，其原因是（　　）。

A. 朗德纳克是他的叔祖父

B. 朗德纳克因救小孩而被捕，共和国不应该处他死刑

C. 政委西穆尔登是他的老师，不会追究他的责任

D. 同情叛军，对共和国不满

11. 霍桑的《红字》看似一部描写爱情的小说，实际上表现的是（　　）。

A. 美国的南北战争　　B. 印第安人同白人的斗争

C. 宗教对人性的摧残　　D. 金钱对人性的毁灭

12. 美国浪漫主义小说家霍桑的创作以道德题材为主，常以抽象的善恶观点来考察社会，把问题的根源归之于人性中的恶，长篇小说（　　）体现了作者的这一伦理观。

A.《古屋青苔》　　B.《重讲一篇的故事》

C.《红字》　　D.《福谷传奇》

13.《西里西亚的纺织工人》是海涅早期的代表作，其中描写纺织工人的“三重诅咒”是指（　　）。

A. 上帝、国王和祖国　　B. 上帝、国王和封建主

C. 上帝、国王和资本家　　D. 封建主、资本家和上帝

14.（　　）被誉为“俄国第一部社会心理小说”。

A.《死魂灵》　　B.《被欺凌的与被侮辱的》

C.《当代英雄》　　D.《安娜·卡列尼娜》

15. 俄国文学中最早的描写小人物命运的作品是（　　）。

A.《驿站长》　　B.《当代英雄》

C.《风雪》　　D.《村姑小姐》

16. 雪莱的长诗（　　）最早体现了他的“预言”。

A.《西风颂》　　B.《麦布女王》

C.《伊斯兰起义》　　D.《解放了的普罗米修斯》

17. 下列人物中不属于拜伦作品中的“拜伦式英雄”形象的是（　　）。

A. 曼弗雷德　　B. 康拉德

C. 恰尔德·哈洛尔德　　D. 唐璜

18.（　　）是俄国浪漫主义的奠基人，也是俄国文学史上第一位抒情诗人。

A. 莱蒙托夫　　B. 普希金　　C. 茹科夫斯基　D. 拉季谢夫

19. 林肯总统遇刺身亡后，惠特曼写了一首著名的悼诗（　　）。

A.《父亲，赶快从田地里上来》 B.《敲呀！敲呀！敲呀!》

C.《大路之歌》 D.《啊，船长，我的船长呦!》

20. 拜伦著名的政治抒情诗《哀希腊》出自（　　）。

A.《懒散的时日》 B.《东方叙事诗》

C.《唐璜》 D.《恰尔德·哈洛尔德游记》

21. 雨果在（　　）中提出了“浪漫主义不过是文学上的自由主义”的著名观点。

A.《欧那尼·序言》 B.《海上劳工·序言》

C.《悲惨世界·序言》 D.《克伦威尔·序言》

附：单项选择题答案

1. B　2. C　3. D　4. C　5. A　6. A　7. A　8. D　9. D　10. B　11. C　12. C　13. A　14. C　15. A　16. B　17. D　18. C　19. D　20. C　21. D

(三) 多项选择题

1. 浪漫主义文学产生的背景因素有（　　）。

A. 英国工业革命 B. 法国革命

C. 思想领域的浪漫主义思潮 D. 18 世纪文学传统

E. 对古典主义的反抗

2. 浪漫主义文学的基本特征有（　　）。

A. 强烈的主观色彩 B. 注重艺术效果

C. 重视中世纪民间文学，喜欢采用民间文学的题材、语言和表现手法

D. 喜欢描写和歌颂大自然 E. 注重细节描写

3. 耶拿派是德国最早的一个浪漫主义文学流派，其主要成员有（　　）。

A. 海涅 B. 施莱格尔兄弟 C. 蒂克

D. 诺瓦利斯 E. 歌德

4. 乔治·桑的田园小说有（　　）。

A.《魔沼》 B.《安吉堡的磨工》 C.《小法岱特》

D.《黑郁金香》　E.《弃儿弗朗希》

5. 下列属于拜伦的《东方叙事诗》中的诗篇有（　　）。

A.《异教徒》　B.《海盗》　C.《巴里西那》

D.《莱拉》　E.《唐璜》

6. 莱蒙托夫的著名诗作有（　　）。

A.《恶魔》　B.《诗人之死》　C.《童僧》

D.《当代英雄》　E.《自由颂》

7. 雨果的诗集主要有（　　）。

A.《东方集》　B.《东方和西方合集》

C.《秋叶集》　D.《心声集》　E.《草叶集》

8.（　　）是《九三年》中的主要人物形象。

A. 克洛德　B. 郭文　C. 西穆尔登

D. 加西莫多　E. 郎德纳克

9. 普希金的《别尔金小说集》包括（　　）等五个短篇小说。

A.《驿站长》　B.《暴风雪》　C.《石客》

D.《射击》　E.《村姑小姐》

10. 普希金的政治抒情诗有（　　）。

A.《自由颂》　B.《乡村》　C.《致大海》

D.《致西伯利亚》　E.《皇村的回忆》

11. 普希金的两部作品（　　）被誉为“俄罗斯生活百科全书”。

A.《强盗兄弟》　B.《上尉的女儿》

C.《叶甫盖尼·奥涅金》　D.《驿站长》

E.《茨冈》

12. 下列属于库柏的“边疆系列小说”的作品有（　　）。

A.《开拓者》　B.《最后一个莫希干人》

C.《草原》　D.《探路者》　E.《打鹿将》

13. 爱伦·坡的推理小说作品有（　　）。

A.《黑猫》　B.《厄舍古屋的倒塌》

C.《失窃的信》　D.《毛格街的谋杀案》

E.《红字》

14. 普希金在南方流放时所写的著名叙事诗是（　　）。

A.《高加索的俘虏》　B.《巴奇萨拉的喷泉》

C.《强盗兄弟》　D.《驿站长》　E.《茨冈》

15. 英国浪漫主义的先驱是（　　）。

A. 彭斯　B. 布莱克　C. 华兹华斯

D. 柯勒律治　E. 拜伦

16. 下列属于斯达尔夫人的作品的是（　　）。

A.《基督教真谛》　B.《勒内》　C.《论文学》

D.《论德国》　E.《黛菲妮》

17. 柯勒律治总结华兹华斯诗歌的特点，有（　　）。

A. 语言极度纯粹　B. 感情明智强烈　C. 忠实于自然

D. 思想既深沉又带有感伤　E. 想象力丰富

18.《抒情歌谣集》中包含华兹华斯和柯勒律治两篇最著名的诗是（　　）。

A.《古舟子咏》　B.《我们共七个》　C.《丁登寺》

D.《坎伯兰的老乞丐》E.《写于早春的诗句》

19. 惠特曼的《草叶集》中的草叶象征着（　　）。

A. 生命力　B. 自我　C. 发展

D. 民主　E. 理想和希望

20. 流亡期间是雨果创作最丰盛的时期，这一时期他发表了小说（　　）。

A.《巴黎圣母院》　B.《悲惨世界》　C.《海上劳工》

D.《笑面人》　E.《九三年》

附：多项选择题答案

1. ABCDE　2. ABCD　3. BCD　4. ACE　5. ABCD　6. ABC　7. ACD　8. BCE　9. ABDE　10. ABCD　11. BC　12. ABCDE　13. CD　14. ABCE　15. AB　16. CDE　17. ABCDE　18. AC　19. ABCDE　20. BCD

（四）名词解释题

1. 浪漫主义

浪漫主义作为一种文学思潮和流派，是 18 世纪末到 19 世纪 20 年代在欧洲文学中占统治地位的文学运动。它是法国大革命和欧洲各国反封建的民主运动和民族解放运动高涨时期的产物；卢梭的“返回自然”和崇尚个性的解放思想，以及德国狂飙突进精神对浪漫主义的诞生具有直接的推动作用。其思想基础是德国的古典哲学和空想社会主义。其基本特征是：具有强烈的主观抒情性；热爱描写、歌颂大自然；采用民间文学的题材、语言和表现手法；艺术上运用夸张、对比手法。浪漫主义最早发生在德国，成绩最高的是英国和法国，代表作家是英国的拜伦和法国的雨果。

2. 湖畔派诗人

湖畔派诗人是指18世纪末19世纪初英国第一代浪漫主义三诗人华兹华斯、柯勒律治和骚塞。他们因厌恶资本主义的城市文明和冷酷的金钱关系，隐居于英格兰西北部的昆布兰湖区，创作了大量赞颂大自然、缅怀中古、歌颂宗法制农村生活和诅咒城市文明的诗篇。其中华兹华斯的成就最高，他与柯勒律治合写的《抒情歌谣集》开创了以表现人物内心世界为主的现代诗风。他为《抒情歌谣集》再版写的序言，被认为是英国浪漫主义的宣言。湖畔派诗人对英国诗歌革新和浪漫主义运动的发展起了推动作用。

3. “拜伦式英雄”

“拜伦式英雄”是拜伦作品中特有的形象。拜伦在他的作品中塑造了一系列具有高傲倔强的性格和毫不妥协的叛逆精神的形象。他们为了个人的自由和爱情幸福，独自一人向社会进行不同程度的挑战。他们都有忧郁、孤独的情绪而傲世离群。他们孤军奋战地进行个人反抗，只能以失败或死亡的悲剧结局告终。这些人物既表现了诗人的反抗精神，又反映了他高傲的性格和忧郁、苦闷的情绪，因而被称为“拜伦式英雄”。如《海盗》中的康拉德、《曼弗雷德》中的曼弗雷德等。

4. 《东方叙事诗》

拜伦以东方为题材的富有浪漫色彩的一组传奇诗，包括六篇：《异教徒》、《阿比道斯的新娘》、《海盗》、《莱拉》、《柯林斯的围攻》、《巴里西纳》。作品的人物形象和风格特点，都是典型的浪漫主义的，主人公都是些高傲、孤独、倔强的叛逆者，蔑视文明社会的秩序，与现存社会势不两立，对强权政治不屈反抗，但又带有明显的个人主义特征。他们反抗社会是出于个人原因，追求个人的自由，没有明确的斗争目的，最后以悲剧而告终。拜伦通过他们的斗争表现出对社会不妥协的抗拒精神，也展示出自己忧郁、孤独、彷徨的苦闷情绪。因为这些形象具有作者本人的思想特征，所以被称为“拜伦式英雄”。

5.“美丑对照”原则

雨果在《克伦威尔·序言》中提出的浪漫主义创作原则。雨果认为大自然并非完全屈从于人的主观意志而绝对地优美崇高，大自然是五彩缤纷的：“丑就在美的旁边，畸形紧靠着优美，粗俗藏在崇高的背后，恶与善并存，黑暗与光明相共。”强调通过对照，使美丑分明，收到强烈的艺术效果，而古典主义一味追求匀称、规则，不能真实地表现自然，应用浪漫主义取而代之。他在《巴黎圣母院》中具体实践了这一创作主张。

6.“欧那尼决战”

指围绕雨果的剧本《欧那尼》的演出展开的一场浪漫主义和古典主义之间决定胜负的斗争。1827年雨果发表《克伦威尔·序言》而成为法国浪漫主义运动的领袖。1830年2月，《欧那尼》上演，剧本一反古典主义的创作原则和传统特点，从题材、主题、戏剧手法等方面都实践了他的浪漫主义审美原则，引起了古典主义者的强烈抗议，但却受到广大青年和市民观众的热烈欢迎。在剧本演出过程中，浪漫主义者与古典主义者展开了一系列斗争，最后以古典主义者的彻底失败而告终。这是法国浪漫主义文学运动取得胜利的标志。

（五）简答题

1. 浪漫主义文学的基本特征是什么？

（1）具有强烈的主观性、抒情性。强调主观感情，着力描写内心世界，从主观想象出发来认识现实，凭借天才和灵感自由地驰骋想象。

（2）着力描写和歌颂大自然。以大自然为描写对象或背景，既寄托自己的理想，又突出人和大自然的思想感情共鸣，并与城市文明的污浊丑陋相对照。

（3）重视民间文学。从民间文学汲取丰富的创作素材，并且借鉴了民间文学想象丰富、感情真实、表达自由、语言生动、通俗的优点。

（4）艺术上爱用夸张、对比手法，描写曲折离奇的情节、奇幻神秘的环境、激动人心的场面和独特非凡的人物，渲染神话色彩和异国情调，以追求强烈奇特的艺术效果。

2. 为何说《克伦威尔·序言》是法国浪漫主义的宣言？

雨果于1827年发表的《克伦威尔·序言》在内容上论述了浪漫主义的起源和特点，否定了古典主义的陈规旧律，要求扩大文学艺术表达的范围，强调自然中的一切均可成为艺术题材。针对古典主义对古人的顶礼膜拜，认为“浪漫主义不过是文学上的自由主义而已。”由此清楚地指出浪漫主义文学思潮的阶级实质即资产阶级的自由主义，以反对封建专制主义。

在艺术上全面提出了以对照为核心的浪漫主义创作原则。认为自然中的万物都处于一种复合状态之中：“丑就在美的旁边，畸形紧靠着优美，粗俗藏在崇高的背后，善与恶并存，黑暗与光明相共。”古典主义不但把崇高、优美和滑稽丑怪割裂开来，而且完全舍弃了后者，因而违背了生活真实。浪漫主义则同时加以表现，而戏剧的真实也正产生在两者非常自然的结合之中。如此才能通过真实充分地写出伟大，通过伟大充分地写出真实。

所以，《序言》不仅深入、全面地批判了古典主义，还正面阐述了浪漫主义的文学创作理论，因而被认为是法国浪漫主义的宣言书。

3.《巴黎圣母院》作为杰出的浪漫主义小说，其艺术上的特色有哪些？

首先，小说的情节曲折离奇，环境奇特罕见，人物非同寻常，充满夸张、怪诞的描写，表现了作家丰富的想象力。情节的离奇，如甘果瓦误入“怪厅”，加西莫多一人劫刑场和抵抗对圣母院的进攻，爱斯梅哈达临刑前与母亲的重逢，爱斯梅哈达与加西莫多的尸骨一分开即化为灰尘等。环境的奇特，如乞丐王国的“怪厅”，克洛德阴暗的祈祷室，暗无天日的“老鼠洞”等。

其次，“美丑对照”原则的充分运用。主要表现在人物形象的刻画上：爱斯梅哈达外貌和心灵都极美，克洛德外貌不美内心丑恶，加西莫多外貌丑陋心灵美好，法比外貌极美内心肮脏。真、善、美与假、恶、丑对照，反差鲜明，造成强烈的艺术效果。

4. 如何准确理解小说中的副主教克洛德这一复杂形象？

在《巴黎圣母院》中，副主教克洛德是教会罪恶势力的代表，但雨果并没有将他写成天生的恶人。他小时候也是个聪明沉静的孩子，像其他孩子一样热爱生活，充满幻想和善心。但在宗教统治一切的年代里，不得不在“弥撒书和辞典中长大”，尽管他在人生道路上也萌生过对人的爱，收养过弟弟，对被遗弃的加西莫多产生过悲悯之心，但宗教的禁欲主义使他逐渐违背自然法则，异化了人性。美丽、纯洁、善良的吉卜赛少女的出现，像一束阳光射入他那个阴暗的心灵，人性的复苏使他长期压抑的情感像火山一样喷出，因此这种情感并不是单纯的兽欲，而是人的一种最基本的欲念和需求。可悲的是，这种被宗教所浸渍的爱是一种变态的爱，一旦不能实现，就会变成可怕的迫害狂，比正常的失恋者更加阴险、粗野、残暴和狠毒，再加上他那副主教的地位和影响，造成的后果就更难以设想，从而成为残酷迫害善良无援的吉卜赛少女的罪魁祸首。

5. 雨果《悲惨世界》一书的思想价值何在？

（1）小说通过冉阿让颠沛流离、艰难困苦的生活经历和芳汀、柯赛特的悲惨命运，表达了对劳动人民的深切同情，深刻地批判了造成穷苦人民悲惨处境的社会罪恶，猛烈抨击了法律和司法机构的不公正。

（2）小说对法国波旁王朝复辟时期和七月王朝初期社会生活面貌做了出色的描绘。小说对“六月起义”的描绘具有文献价值，它热情赞颂了劳动人民的高尚品质和共和主义者的英勇斗争精神，对我们认识那一时代的社会生活面貌很有价值。

（3）作者塑造的主人公形象，是人道主义思想的体现者，通过他的言行，表达了作者希望以仁慈和博爱、宽恕和感化改造社会的人道主义理想。

6. 简述《唐璜》的思想意义和艺术特色。

思想意义：作品以唐璜的奇遇和冒险经历为线索，将 18 世纪末 19 世纪初欧洲广阔的社会生活串联起来。诗人以讽刺性的笔触批判了当时欧洲社会各方面的罪恶和弊端，尤其对“神圣同盟”进行了猛烈抨击，歌颂和支持各国人民的民主、民族解放斗争。其响亮的声调既体现了作者对普遍人性的把握，又热切地把自由精神传达给了世界，成为影响被压迫民族国家历史进程的巨大激励力量。

艺术特色：（1）最显著的艺术特点是辛辣的讽刺，其锋芒指向18世纪末19世纪初欧洲广阔的社会人生。（2）另一艺术特点是插话，即在叙述过程中不时有意识地和大规模地插入议论。

（3）作品情节曲折离奇，充满异国情调，思想自由驰骋，感情激越奔放，具有浓厚的浪漫主义色彩。（4）长诗具体描绘社会环境和生活事件，又富有现实主义精神。

7. 简述《恰尔德·哈洛尔德游记》的思想内容和艺术特色。

思想内容：（1）谴责侵略罪行和欧洲封建反动势力，抨击异族血腥统治，反对任何形式的暴动。（2）表现了人民反侵略、反奴役的斗争，歌颂了人民英勇不屈的斗争精神。（3）热爱民主自由，呼吁受压迫、受奴役的人民奋起为自由而斗争。（4）描绘异国绮丽风光、风土人情，表达对大自然的无限热爱。

艺术特色：（1）最主要的艺术特色是强烈的主观抒情性。作品没有完整的故事情节，不是以情节的曲折多变和生动吸引读者，而是以笼罩全诗的主观情绪感染读者。（2）长诗广泛运用对比手法，如自然美和社会丑、人民的淳朴与统治者的残暴等多层次多侧面的对比，产生了强烈的艺术效果。（3）长诗的语言生动、自然、流畅，无论写景还是抒情，都是作者思想感情的自然流露，有很强的表现力。

8. 惠特曼在《草叶集》中是如何表现民主主义思想的？

（1）热情讴歌大自然的美，即便对最普通的小草也倾注了无限深情。

（2）盛情赞美人、劳动者以及劳动本身，惠特曼声称他的《草叶集》是“人自身的伟大的骄傲”之歌，他歌颂劳动，歌颂劳动人民的创造精神，并第一个把劳动和劳动者作为主题引进美国诗歌。

（3）深切同情黑奴，抨击奴隶制度，为废奴战争呐喊。

（4）支持、关注世界人民的革命战争。

总之，《草叶集》反映了整整一个时代的美国形象，内容丰富，思想深刻，充满了欢乐的气氛和民主斗争的旋律。

9. 简述普希金抒情诗的魅力。

普希金的抒情诗真诚、简洁、自然质朴且“包含着生命”。

（1）政治抒情诗是普希金的抒情诗中最能体现他的个性、最具社会影响的，这类诗具有强烈的时代精神，歌颂自由，反对专制，反映了当时先进人士的政治信念和思想感情。如《自由颂》、《致大海》、《致西伯利亚》等。

（2）抒写爱情的诗歌也在普希金的抒情诗中占据了重要的地位，或记录诗人丰富、细腻的内心世界，或抒写情人相聚的快乐、思念的惆怅、生离死别的痛苦和哀伤，语言简洁、朴实。如《心愿》、《是的，我幸福过》。

总之，普希金的抒情诗没有华丽的辞藻，没有夸张的粉饰，“到处都显示着本来的样子”。

10. 简析拜伦笔下的唐璜形象。

唐璜是拜伦诗体小说《唐璜》中的主人公。他英俊、骄傲、胆大，心灵和性格上没有特别出众的品质；他热情、玩世不恭，但不绝望也不忧郁；他随波逐流、听天由命，没有反抗和积极进取的精神，他不是位浪漫主义的英雄，事实上他只是个普通的贵族青年。他那不为道德教条束缚的自然天性，在曲折恋爱冒险中起着讽刺虚伪道德的重要作用，他跟海蒂的恋爱反映出追求纯真爱情的思想。唐璜的经验、智慧和生活态度，融汇当时的时代特征。

11. 为什么说“惠特曼”式的自由诗体开一代诗风？

惠特曼的《草叶集》打破了长期以来统治美国诗坛的英诗模式，独辟蹊径，创造了被称为“惠特曼”式的自由体诗。

（1）在韵律节奏上，它不讲究严格的传统格律，以短句而不以音步为基础，大多不用韵脚，也没有严格固定的重音。

（2）在句段格式上，诗句长短不一，标点符号也用得独特。

（3）在表现手法上，大量运用重叠句、平行句和“列举法”，突出主题，加强语势。

（4）《草叶集》还采用了美国人民的口语，使其具有鲜明的民主特色，开一代新诗风。

（六）论述题

1.《巴黎圣母院》是如何运用“美丑对照”原则塑造人物形象的？

雨果在《巴黎圣母院》中运用了滑稽丑怪同崇高优美相对照的美学原则，特别表现在人物形象的刻画上，真、善、美与假、恶、丑相对照，反差鲜明，造成强烈的艺术效果。主要有以下两种情况：

（1）人物之间的对照。作品的女主人公爱斯梅哈达是作者着意刻画的真善美统一的理想形象。围绕她的四个男性人物，即克洛德、法比、加西莫多和甘果瓦，表现出了对于她的四种不同性质的爱，从而与她形成了强烈的对照。爱斯梅哈达是“纯洁而光辉的人”，是善的化身，克洛德却是“阴森可怕的人”，是恶的代表，两者形成善恶美丑的鲜明对照。爱斯梅哈达对法比的爱情忠贞不渝，而法比却不过是逢场作戏，两者形成高尚与卑劣的对照。爱斯梅哈达在甘果瓦误入“怪厅”时，为救他而与之结成夫妻，可谓义重如山；甘果瓦在少女身陷绝境时，却不惜与克洛德合谋，助纣为虐。爱斯梅哈达与加西莫多同是孤儿，但一个奇美绝伦，一个奇丑无比，形成鲜明对照。这样的对照描写起到了展示并突出人物性格特征与本质的作用。

（2）人物自身的对照。作品中的人物仪表外貌与内心世界形成了鲜明对比。加西莫多的外表丑显示出他心灵的美好、道德的高尚；克洛德的道貌岸然反衬出他内心的空虚、冷酷与凶恶；法比英俊的外表映照出他趣味的低下、心灵的丑陋。人物的性格特征正是在对照中得到突出与加强。

（3）另外，人物行为前后也有不同的对照。比如，加西莫多起初劫持少女，凶恶愚顽，后来却去劫法场，并精心护卫爱斯梅哈达，如此又突出了少女的美和仁爱之心，及其对改变加西莫多心灵的巨大作用。

2. 从《悲惨世界》看雨果人道主义的进步性和局限性。

《悲惨世界》是法国作家雨果的代表作。在这部作品中，人道主义思想是贯穿始终的主线，它既是批判社会罪恶的有力武器，又是解决社会矛盾的救世良方。人道主义的这种两重性，分别体现了雨果世界观中积极的和消极的两个方面。

雨果从人道主义立场出发，首先深刻揭露了资本主义社会中尖锐的阶级对立、国家法律的不公正，暴露其维护统治阶级利益、压迫劳动群众的反人民本质，并对下层人民的不幸生活寄予深切同情。小说中的冉阿让为生活所迫，偷了有钱人的一片面包，竟被前后判刑十九年。出狱后，“苦役犯”的烙印仍深深打在他的身上，资产阶级国家法律的阴影时刻威胁着他，使他一生无法过正常人的生活。女工芳汀为抚养女儿卖掉了美丽的长发和洁白的门牙，沦落为娼，最后仍为残酷的法律和黑暗的社会所吞噬。而她的爱女小柯赛特却生活在饥寒交迫之中，繁重的劳动严重摧残着她幼小的身心。他们痛苦的遭遇正是19世纪资本主义压迫下广大工人、劳动妇女和贫苦儿童悲惨生活的真实写照。雨果用激愤的语言、生动感人的艺术典型，深刻指出了广大底层人民生活困苦的社会根源，愤怒谴责资产阶级把人民剥夺得赤贫如洗，而反过来却把劳动者投进监狱的强盗行径。

雨果对下层人民非人生活和悲惨遭遇的同情是真挚的，对资产阶级的冷酷与残暴的控诉是有力的，但是当他试图以人道主义解决上述触目惊心的社会问题时，立即暴露出这一思想体系的局限性和消极意义。资产阶级人道主义者不能站在历史发展必然规律的高度上，来认识造成社会黑暗与不合理的本质原因，也就不可能提出真正解决社会矛盾的济世良方。雨果不理解社会问题的症结所在，正是资本主义制度本身的不合理，而是幻想通过正义的法律、合理的教育来解决一切。于是，他在作品中，向人们提出了道德感化和兴办慈善事业两条改造社会的道路：冉阿让出狱后，仇视整个人类，充满毁灭一切的欲望，米里哀主教仁慈博大的爱感化了他；他的人性战胜了兽性，经商致富后，兴办慈善事业，救济穷人，给失业者以工作，最后还感化了死对头沙威。雨果从人道主义出发，想调和尖锐的阶级矛盾，事实上是根本行不通的，这只是作家本人的一种美好愿望而已。

生活在动荡岁月中的雨果，多次感受不同阶级力量间的殊死搏斗，这使他不能不正视暴力革命这一使法国走向进步的剧烈社会现象，并引起深深的思考。在小说中，雨果客观上突破了资产阶级人道主义的樊篱，以昂扬的资产阶级民主主义精神，热情讴歌了1832年共和党人与人民大众的起义斗争，浓墨重彩地再现了他们为民主和自由浴血奋战、视死如归的壮烈情景，肯定了起义的正义性与合理性。但雨果思想中的矛盾是无法克服的，如果说在此他肯定了暴力革命是促进社会进步的一种手段，那么在下一部重要作品《九三年》中，他又明确提出"在绝对正确的革命之上，还有一个绝对正确的人道主义"。从《悲惨世界》的结构安排来看，作家显然也还是把道德感化、慈善事业，作为改造社会的主要途径。

总之，对小说的人道主义思想，我们必须用历史唯物主义观点加以分析，既看到其进步性的一面，也看到其局限性的一面。

3. 如何理解《恰尔德·哈洛尔德游记》中的人物形象?

长诗实际上有两个主人公：一个是第三人称的恰尔德·哈洛尔德，一个是第一人称的抒情主人公。

哈洛尔德在长诗中起串联的线索作用。一方面，作为贵族青年，他富有正义感能够脱离贵族上流社会的庸俗生活，而且在游历过程中，抨击暴君和异族统治者，同情人民争取自由的斗争，在当时封建反动势力猖獗的欧洲，具有进步意义；另一方面，他的贵族阶级的教养和偏见，又使他保持孤芳自赏的骄傲和孤独。由于精神无所寄托，生活毫无目标，加之不能融入人民的解放斗争中，从而忧郁、惆怅，悲观厌世，这是哈洛尔德形象消极的一面。

抒情主人公"我"即拜伦自己，也有两面性。一方面是个热情奔放、精力充沛、思想积极、富有反抗性的观察家和评论家，反对任何形式的暴政和民族压迫，热情讴歌各族人民的民族解放运动，愤怒揭示社会现实的丑恶和黑暗；另一方面，抒情主人公对历史的发展抱有消极悲观的情绪。"我"无论对西班牙的民族解放运动，还是对土耳其统治下的希腊的前途和命运、对奥地利统治下意大利民族解放运动的前景，都流露出悲观失望情绪。

总之，长诗中的两个主人公都充分反映了作者世界观的复杂性和矛盾性。

4. 如何理解拜伦诗歌的特质。

拜伦是19世纪初期最有影响的浪漫主义诗人，是资产阶级民主力量的重要代表。他的诗歌作品中，显然存在着两种矛盾的质素：一种是高昂的战斗激情；另一种是低沉的忧郁情调。

关于高昂的战斗性，即鲁迅在《摩罗诗力说》中所说的拜伦的"刚健抗拒破坏挑战之声”，他的“立意在反抗，指归在动作”的精神。由于他的战斗生活和艺术实践与欧洲资产阶级民主运动，特别是各国人民的民族解放斗争紧密相连，因此他的许多作品真诚地表达了同情劳动人民困苦生活处境、谋求解放的志向，有力地抨击了欧洲封建势力和英国统治阶级的暴政与伪善，表达了当时资产阶级民主派的呼声。他诗歌中的反抗精神曾在世界上一些被压迫民族的爱国志士心中、在反封建专制的民主主义战士心中激起强烈的共鸣，具有进步的意义。

关于忧郁情调，可以从三个方面去理解：(1) 拜伦个人主义世界观的局限性的一种表现。赫尔岑论及普希金和拜伦的关系时，指出诗人的忧郁是由于他“被现实的沉思所挫折，看不到临近的将来”，特别表现在《恰尔德·哈洛尔德游记》的前半部、《东方叙事诗》，以及诗剧《曼弗雷德》等早期的作品中。(2) 如法捷耶夫论屠格涅夫的散文诗中的忧郁性时说：“这是一个不得不远离祖国，但精神上与它联结着，在异国感到孤独的人的忧郁”。拜伦的忧郁也具有这样的性质，是一个热爱祖国而又被迫离开祖国的漂泊者的忧郁。哈洛尔德某种程度上就是带有作者自传性质的形象。(3) 拜伦的创作时代，正是法国革命的成果被“神圣同盟”所摧毁，反动势力盛极一时的时代，拜伦作品中的忧郁情调，正反映出广大人民在反动统治下的苦闷心情，同时也意味着诗人自己内心里的悲愤。

但是，在两种矛盾质素中，拜伦思想的战斗性占主导地位，恩格斯称他是“满腔热情的、辛辣地讽刺现社会的拜伦”，准确地指出拜伦诗歌的风格和深刻的思想意义。

5. 结合形象分析《巴黎圣母院》的思想内容。

《巴黎圣母院》是雨果浪漫主义小说的代表作，具有鲜明的反封建、反教会的思想倾向。

(1) 作品首先把斗争的矛头指向反动的封建教会，深刻揭露了教会的虚伪和残暴。身居要职的克洛德副主教是教会势力的代表。他表面上道貌岸然、不近女色，但实际上是个十足的色情狂，是邪恶的化身。通过克洛德的形象，作品抨击了教会的黑暗，圣职人员的虚伪、残暴和宗教反人民的本质。另一方面，作者通过这一形象还展现了人性和宗教禁欲主义的矛盾，说明宗教禁欲主义是违反人性的。

（2）作品的批判锋芒指向封建专制王朝的国家机器，揭露世俗统治阶级的罪恶。作品通过爱斯梅哈达受审、被追捕直至送上绞架过程的描写，集中表现了统治阶级的黑暗残酷、上流社会的卑鄙无耻。作者还把斗争的矛头指向了最高统治者路易十一，是他在狂怒中下达“把贫民斩尽杀绝，把女巫绞死”的命令，终至造成了血染巴黎的大屠杀。

（3）热情歌颂底层人民的优秀品质和战斗精神。女主人公爱斯梅哈达是底层人民的代表，真善美完美统一的典型；加西莫多是一个底层低贱者的代表，他外形奇丑，但内心纯洁高尚，感情真挚；巴黎的流浪人、乞丐，虽然衣着褴褛，面目粗野，但是最富于同情心、正义感和舍己为人的精神。他们勇敢地向封建国家机器挑战，表现了底层贫民反封建、反教会、争人权、争平等的思想愿望。作者把底层贫民作为主人公来歌颂，并满怀激情地描写了他们声势浩大的暴力斗争，表现出了民主主义精神。

6. 试述美国浪漫主义文学的发展状况。

从独立战争到南北战争期间，以浪漫主义文学为主潮，是美国文学史上第一次繁荣时期。19世纪初，处于上升时期的美国资产阶级满怀理想激情，追求自由独立，崇尚开拓进取，形成了一种具有乐观主义和冒险精神的新气质，而浪漫主义的美学原则、创作方式和自由奔放的特点最适宜表现这个时代的特点、精神和人的气质。

美国浪漫主义文学以1829年为界分为前后两个时期。前期主要有华盛顿·欧文、库柏、布莱恩特和爱伦·坡。欧文被称为“美国文学之父”，代表作是《见闻札记》，具有美国的乡土气息、浓郁的浪漫色彩，对19世纪英美散文的影响很大。库柏的长篇小说很多，有革命历史小说、航海小说、边疆生活小说，其作品开了美国长篇小说的先河，《最后一个莫希干人》影响很大。布莱恩特是美国浪漫主义诗歌的创始人，被誉为“美国的华兹华斯”。爱伦·坡是一位神秘主义色彩相当浓厚的浪漫主义诗人、小说家和文艺理论家，对整个西方现代主义文学的产生和发展起着极其重要的作用。长诗《乌鸦》写忧郁的情绪。他又是侦探推理小说和科学幻想小说的先驱者。后期浪漫主义作家主要有朗费罗、霍桑、麦尔维尔和惠特曼。朗费罗是美国著名的抒情诗人，长诗《海华沙之歌》描写印第安神话中的英雄海华沙给印第安民族带来文明、和平与幸福，是美国文学史中第一部描写印第安人的史诗。霍桑是美国19世纪成就最大的浪漫主义小说家。代表作《红字》是一部表现善和爱战胜恶和恨这一道德主题的长篇小说，描写婚姻上遭到不幸的农村少妇白兰和清教徒牧师丁姆斯代尔的恋爱悲剧。麦尔维尔以描写航海奇遇和异国情调著称，代表作长篇小说《白鲸》描写捕鲸船长亚哈被大白鲸咬掉一条腿而复仇的故事。惠特曼是美国浪漫主义文学的杰出代表。作品《草叶集》是美国文学史上第一部具有民族气派和民族风格的典范诗集。草叶是诗人自己形象的象征，是刚毅、正直、勤劳的美国劳动人民的象征，是民主、自由、平等的象征，也是处于上升时期的朝气蓬勃的美国和希望、前途、理想的象征。诗集中心主题是：讴歌民主自由，倡导人类平等。艺术形式上创造了一种汪洋恣肆、舒卷自如的“自由体”，对世界诗坛产生了深远的影响。

（七）综合阐述题

1. 试述欧洲浪漫主义文学思潮产生的背景因素。

（1）社会政治因素：浪漫主义文学是1789年法国资产阶级革命和19世纪初欧洲民主运动、民族解放运动的产物。法国大革命后，欧洲社会充满战争、混乱和灾难，同启蒙思想家们的预言形成鲜明对比。社会的剧烈动荡，在各阶层中引起普遍的失望和强烈的不满。浪漫主义文学就是当时社会情绪在文学上的反映。

（2）哲学思想因素：德国古典唯心主义哲学夸大主观作用，强调天才和灵感，宣扬“自我”高于一切和宗教神秘主义。空想社会主义揭露、批判资本主义，描绘人类未来的理想蓝图。它们都对浪漫主义文学的兴起产生过很大的影响。

（3）文学自身的渊源：18世纪英国的感伤主义文学、德国狂飙突进运动和法国卢梭的创作，都有重感情、要求自由和个性解放的特点，这都为浪漫主义文学的产生准备了条件。

2. 试分析比较拜伦与雪莱在创作特色上的异同。

（1）拜伦的创作有独特的风格。浓郁的抒情基调、强烈的主观性、非凡的主人公品质、夸张的感情、浓厚的异国情调、驰骋的想象力等特征在拜伦这里获得了自己的形式。崇尚自由、反抗一切形式的压迫，是拜伦思想的突出特征。与这种思想紧密相连的是个人英雄主义的思想，而且正是后者赋予了他的诗歌创作以无限的生机和活力。拜伦还是卢梭思想的信仰者，他对质朴的大自然的亲情总是伴随着对文明的某种恨意。受到雪莱的影响，这种自然主义染有明显的泛神论色彩，雄伟的景色如同古希腊的文明，对拜伦来说是意味深长、不可缺少的精神动力。同时他还抱有“世界悲哀”的悲观主义，它体现了拜伦对有缺陷的人生和人类苦难存在的苦涩理解。

(2) 雪莱和拜伦相比，拜伦比较注重对现实的揭露，而雪莱则更注重对未来的描绘。雪莱认为，按照现实中实际的样式，远远不能包容他所关注的问题。他试图在创作中充分描述出他对人类远景的看法。恩格斯称雪莱是“天才的预言家”。除政治抒情诗以外，雪莱的自然山水诗也很出色。

(八) 作品分析题

分析华兹华斯《孤独的收割人》。

孤独的收割人

你看！那高原上年轻的姑娘，/ 独自一人正在田野上；/ 一边收割，一边在歌唱。/ 她独自在那里又割又捆，/ 她唱的音调好不凄凉；/ 你听，你听她的歌声，/ 在深邃的峡谷久久回荡。

在荒凉的阿拉伯沙漠里，/疲惫的旅人憩息在绿荫旁，/ 夜莺在这时嘀呖啼啭，/ 也不如这歌声暖人心房；/ 在最遥远的赫伯利群岛，/ 杜鹃声声唤醒了春光，/ 啼破了海上辽阔的沉寂，/ 也不如这歌声动人心肠。

谁能告诉我她在唱些什么？/ 也许她在为过去哀伤，/ 唱的是邈远的不幸的往事，/ 和那很久以前的战场？/ 也许她唱的是普通的曲子，/ 当今的生活习以为常？/ 她唱生活中的忧伤和痛苦，/ 从前发生过，今后也这样？

不论姑娘在唱些什么吧，/ 歌声好像永无尽头一样；/ 我见她举着镰刀弯下腰去，/ 我见她边干活边歌唱。/ 我凝神屏息地听着，听着，/ 直到我登上高高的山冈。/ 那乐声虽早已在耳边消失，/ 却仍长久地留在我的心上。

华兹华斯主张“从平凡的生活中选取微不足道的事件和场景”，描写“淳朴的普通人”，因为“他们的心里也充满着真诚的欢乐和痛苦”。他写过不少下层贫苦人民，赞美他们朴素的习惯、辛勤的劳动、单纯的性格，欣赏他们“听天由命”的态度。这首诗就是诗人隐居在英格兰西北部山区时所作，论述了他在一次田野间漫步时的感触。他听到一位苏格兰姑娘在田野中歌唱，歌声如怨如诉，令人心醉神驰。

全诗共四节，结构严整，语言质朴自然。第一节首先展示出一个富于诗意的视境：一位孤独的姑娘，在空旷的田野中劳作，姑娘那沉郁的歌声，自远方传入诗人的耳鼓，回荡在旷野幽谷中。第二节从客观描绘转入主观想象与感受，但他并没有直接表述他的感受如何，而是借助想象中的比较，首先是类比，然后在类比中进一步强调这姑娘的歌声的魅力。诗人试图猜测这哀怨的歌声中包含的具体的内容，但又觉着它凄迷恍惚，说不清它表现哪一种准确的感情，哪一段令人心酸的往事。第四节最后四行的抒情视野又回到诗人自身。诗人站在那里默默听着她歌唱，不知不觉已过了很久，他从心醉神驰的状态中清醒过来，继续他的旅程，渐行歌声渐远渐小，最后终于听不见了。但是，那曲调还久久留在诗人的心上。

这首小诗取境优美，造语自然，意味婉约深永，读后余韵萦绕心头，诗人用“夜莺的嘀呖啼啭”和杜鹃的啼春来形容歌声的悦耳动听，又以不幸往事、今日忧伤等一系列的猜测来激发人的想象，仿佛那曲子一首接着一首，永无尽头。这不绝如缕的歌声，使诗人流连忘返，也把我们引向邈远的幻想境界，言有尽而意无穷。

三、作业设计及选题

1.“人与自然的诗意的统一”是欧洲浪漫主义文学的一个突出特征，谈谈你对这个问题的理解。

（1）受卢梭的“回归自然”的学说的影响。

（2）用纯粹的大自然衬托丑恶的现实。

（3）作品中突出对自然的描写和歌颂。

2. **陌生化与生活化之间的叶甫盖尼·奥涅金。**

普希金既是俄罗斯浪漫主义的杰出代表，又是俄罗斯现实主义的奠基人，诗体长篇小说《叶甫盖尼·奥涅金》是他的代表作。作品中的同名主人公是患有“时代的忧郁病”的典型的贵族青年，在当年的俄罗斯，像他这样的人是很多的，可见，普希金的创作文本是生活化的。

但是普希金在作品中又无时无刻不使读者感到陌生化。“陌生化”是俄国形式主义者提出的一个概念。普希金在文本中插入了大量对小说文本结构的设想和评价，这些设想和评价不是偶然出现的点缀，而是大量和普遍的现象。他将小说中人物形象发展的不同轨迹和种种可能性一一列举，呈现在读者面前。

这种生活化和陌生化看似矛盾的手法的运用，却正是《叶甫盖尼·奥涅金》的独特之处。它既使作品最大限度地接近生活，远离了文学条规；又使读者始终清醒地对作品中的一切进行评论和判断。

参考文献：

普希金：《叶甫盖尼·奥涅金》，智量译，人民文学出版社，1985年。

戈宝权等：《普希金创作评论集》，漓江出版社，1983年。

普希金：《普希金论文学》，张铁夫等译，漓江出版社，1983年。

张冰：《陌生化诗学：俄国形式主义研究》，北京师范大学出版社，2000年。

3. **雨果心理描写的变奏曲。**

浪漫派作家在心理描写上是有很大贡献的，雨果也十分重视心理描写，他对人物思想长篇大论的分析也可以看作是一种心理描写。可以把雨果在小说中的心理描写分为两个阶段来做具体分析。

第一阶段：雨果第一次成功运用心理描写的小说是《悲惨世界》。在人物塑造上成功运用了心理描写，如：对男主人公冉·阿让及沙威、吉诺曼和马吕斯的形象塑造，通过心理描写展示了他们的思想变化、精神面貌和性格特点。

第二阶段：心理描写手法时有变化。有时较为含蓄，如：对《笑面人》中的主人公格温普兰的描写；有时直接、酣畅，如对约瑟安娜公爵小姐的描写；而在他最后一部小说《九三年》中的描写则较为特殊，小说结尾把对两个共和军人物郭文和西穆尔登的心理描写作为对他们思想的剖析。

通过以上分析，可以总结雨果的心理描写特点如下：(1) 心理描写长短结合，长的可达一两万字，这有别于司汤达的随时随地而又十分简短的心理描写，如《笑面人》中的《夏娃》一章是对笑面人的心理描写。(2) 心理描写很大部分是思想分析，如《悲惨世界》中的马吕斯从保王派到共和派的转变。(3) 心理描写通过人物自己的话语和行动来表现，如《笑面人》中，约瑟安娜公爵小姐向笑面人吐露了自己看中他的理由。

总之，雨果的心理描写是丰富而富有鲜明的特色的。

参考文献：

雨果：《悲惨世界》，李丹、方于译，人民文学出版社，1992 年。

柳鸣九等：《雨果创作评论集》，漓江出版社，1983 年。

雨果：《九三年》，郑永慧译，人民文学出版社，2002 年。

雨果：《笑面人》，郑永慧译，人民文学出版社，2002 年。

于春艳编著：《雨果与〈悲惨世界〉》，中国少年儿童出版社，2001 年。

陈伯通：《法国浪漫主义文学旗手雨果》，商务印书馆，1984 年。

4. 试论 19 世纪俄国作家笔下的女性形象。

在俄国文学史上，普希金第一次将颇具个性的女性形象带进了俄国文坛，19 世纪的文学大师们也相继创造出一系列的优秀女性形象。普希金的达吉雅娜开启了这个先河，通过这个形象，普希金在俄国文学史上首次提出了贵族妇女的命运问题。分析达吉雅娜形象。

在对女性的态度上，屠格涅夫与普希金最为接近。如果说普希金的抒情诗是在吟唱着女性的真、善、美，那么屠格涅夫的小说则把女性的美丽身影和灵魂展现在读者的面前。如《罗亭》中的娜塔丽雅；《前夜》中的叶琳娜。陀思妥耶夫斯基在表现爱情、家庭这一主题时，也塑造了一些女性形象，大致可以分为两类：一类是温顺型的女性，如《罪与罚》中的索尼娅；一类是桀骜不驯的双重人格者，如《白痴》中的娜斯塔霞。列夫·托尔斯泰作品中的理想女性形象则是好女儿、好妻子、好母亲，如《安娜·卡列尼娜》中的安娜。

如上所述，19世纪的俄国文坛为何出现这一文学现象呢？其原因可概括为：（1）社会进步与妇女社会地位的改变。（2）俄罗斯传统文化中女性崇拜和母性崇拜的原始心理积淀的复活。（3）普希金在这一领域的开拓性影响。（4）19世纪中后期俄国特定的文化土壤的孕育。于是，光彩夺目的女性形象便诞生了。

参考文献：

戈宝权等：《普希金创作评论集》，漓江出版社，1983年。

戈宝权、刘文飞主编：《普希金名作欣赏》，中国和平出版社，1996年。

普希金：《叶甫盖尼·奥涅金》，智量译，人民文学出版社，1985年。

张铁夫等：《普希金新论：文化视域中的俄罗斯诗圣》，中国社会科学出版社，2004年。

屠格涅夫：《前夜　父与子》，丽尼、巴金译，人民文学出版社，1979年。

陀思妥耶夫斯基：《罪与罚》，朱海观、王汶译，人民文学出版社，1982年。

陀思妥耶夫斯基：《白痴》，荣如德译，上海译文出版社，1991年。

列夫·托尔斯泰：《安娜·卡列尼娜》，草婴译，上海译文出版社，1990年。

上海译文出版社编：《托尔斯泰研究论文集》，上海译文出版社，1983年。

第七章　19 世纪文学（二）：现实主义文学

闻鸡起舞

一、提要

（一）学习要求

1. 了解 19 世纪欧美现实主义文学的产生以及在各个国家的发展概况，领会现实主义文学的基本特征。

2. 了解法国现实主义文学的主要作家作品。司汤达、巴尔扎克、福楼拜的生平和创作，把握主要代表作的主题内容、人物形象和艺术成就。

3. 了解英国现实主义文学的主要作家作品。狄更斯、勃朗特姐妹、哈代的生平和创作，把握主要代表作的主题内容、人物形象和艺术成就。

4. 了解俄国现实主义文学的主要作家作品。普希金、果戈理、屠格涅夫、陀思妥耶夫斯基、列夫·托尔斯泰、契诃夫的生平和创作，把握主要代表作的主题内容、人物形象和艺术成就。

5. 了解马克·吐温、易卜生的生平和创作，把握《哈克贝利·芬历险记》、《玩偶之家》的主题内容、人物形象和艺术成就。

（二）课程内容

1. 现实主义文学产生的历史文化背景。欧洲现实主义文学的发展渊源及其基本特征。英法俄现实主义文学比较。

2. 法国是批判现实主义文学的发源地。法国现实主义文学的基本内容是描写日益得势的资产阶级与封建贵族残余之间的矛盾以及资产阶级内部的矛盾。司汤达生平与创作、创作特色和地位。《拉辛与莎士比亚》的现实主义原则。“红与黑”的象征意义。《红与黑》中的主人公于连的形象及意义。《红与黑》在艺术上最显著的特色。梅里美及其《嘉尔曼》、福楼拜及其《包法利夫人》的重要艺术成就。巴尔扎克的生活经历。巴尔扎克的世界观与创作方法的关系。《人间喜剧》的宏伟结构、基本内容、人物形象及艺术成就。《欧也妮·葛朗台》的思想内容及老葛朗台形象的塑造。《高老头》在《人间喜剧》中的地位。高老头的“父爱”悲剧。拉斯蒂涅形象及其典型意义。伏脱冷和鲍赛昂夫人的形象。《高老头》的艺术成就。

3. 英国现实主义文学是在宪章运动蓬勃发展的19世纪三四十年代产生并得到迅速发展的，至四五十年代与法国同为西欧现实主义文学的代表，成为资产阶级文学的主潮，产生了一批杰出的小说家：狄更斯、萨克雷、夏绿蒂·勃朗特、盖斯凯尔夫人等，马克思称赞他们是“现代英国的一派出色的小说家”。小说的基本内容是描写工业资本主义发展时期的劳资矛盾和资本主义的内部矛盾。狄更斯是英国现实主义文学的奠基人和最杰出的代表。狄更斯的生平经历、创作分期、重要作品及基本特征。《双城记》的主题内容、四种人物及人道主义体现。勃朗特姐妹的代表作评析。哈代的“性格与环境”小说与“威塞克斯”小说的内涵，领会其小说的悲观主义思想。《德伯家的苔丝》的思想内容。苔丝形象及悲剧的内外根源。

4. 俄罗斯现实主义文学的发展阶段及鲜明特色。普希金是俄罗斯积极浪漫主义文学的主要代表、批判现实主义文学奠基人、俄国文学之始祖，他的创作表现了俄罗斯文学的主要的基本特征。他在各种体裁的创作中都获得辉煌成就，为后来的俄罗斯作家做出了榜样，影响几代作家，深受后人景仰。生平和创作简况。政治抒情诗的主题。诗歌创作的主要成就。历史剧。小说。《叶甫盖尼·奥涅金》的艺术特色。奥涅金“多余人”形象的典型意义。果戈理的中短篇小说和喜剧创作。果戈理“含泪的微笑”风格。《钦差大臣》的思想意义。《死魂灵》的主题内容。泼留希金的形象。乞乞科夫的形象。小说的艺术成就。屠格涅夫的生平与创作风格。《猎人笔记》、六大长篇与《散文诗》的艺术成就。陀思妥耶夫斯基的生平、思想与主要创作成就。陀思妥耶夫斯基小说的“复调”结构。《罪与罚》和《卡拉马佐夫兄弟》的思想内容和艺术特色。拉斯柯尔尼科夫形象分析。列夫·托尔斯泰的生平、创作阶段及主要代表作品。托尔斯泰思想的矛盾性。三大杰作的主题思想、人物塑造与艺术特色。心灵辩证法。托尔斯泰主义。忏悔贵族。安娜形象及其悲剧根源。托尔斯泰的世界意义。契诃夫的小说与戏剧创作成就。

5. 马克·吐温的生平与各个时期的主要创作成就。《哈克贝利·芬历险记》的思想内容、人物形象和艺术特色。易卜生的生平与创作分期及主要风格。“社会问题剧”的内容与特色。《玩偶之家》的思想意义和艺术成就。娜拉形象分析。

（三）重点与难点

批判现实主义文学的产生、发展、性质与思想、艺术特征。比较英法俄现实主义文学。《红与黑》中的主人公于连的形象及意义。《人间喜剧》的现实主义艺术成就。高老头的父爱思想。拉斯蒂涅的典型意义。狄更斯小说的人道主义思想。“威塞克斯”小说的内涵。苔丝形象及悲剧的内外根源。俄国文学中小人物、“多余人”、“新人”、女性形象、忏悔贵族等系列形象分析。理解陀思妥耶夫斯基小说的“复调”结构和“卡拉马佐夫性格”。理解托尔斯泰是“俄国革命的镜子”和“托尔斯泰主义”。《安娜·卡列尼娜》中的安娜形象和悲剧意义。易卜生的“社会问题剧”及《玩偶之家》中的娜拉形象。

（四）阅读书目

《红与黑》、《拉辛与莎士比亚》、《欧也妮·葛朗台》、《高老头》、《幻灭》、《驴皮记》、《嘉尔曼》、《包法利夫人》、《名利场》、《奥列佛·退斯特》、《大卫·科波菲尔》、《双城记》、《简·爱》、《呼啸山庄》、《德伯家的苔丝》、《德国，一个冬天的童话》、《叶甫盖尼·奥涅金》、《当代英雄》、《钦差大臣》、《死魂灵》、《猎人笔记》、《父与子》、《散文诗》（屠格涅夫）、《穷人》、《罪与罚》、《战争与和平》、《安娜·卡列尼娜》、《复活》、《契诃夫小说戏剧选》、《哈克贝利·芬历险记》、《汤姆叔叔的小屋》、《马丁·伊登》、《玩偶之家》、《安徒生童话》。

二、题解

（一）填空题

1. 西欧的批判现实主义文学是________________确立和发展的产物。

2. 19 世纪中后期，西欧文学的主流是____________________，它标志着资产阶级文学达到了顶峰。

3. 批判现实主义作家大多出身于中小资产阶级，他们的思想核心是__________，批判武器是__________，政治主张是__________。

4. ______是批判现实主义文学的发源地，________是最早的批判现实主义作家。

5. 法国批判现实主义文学的奠基人是________。他的________________被认为是批判现实主义的第一篇宣言；______年，长篇小说__________的问世，标志着批判现实主义文学的真正开端。

6. __________是欧洲第一部批判现实主义的长篇小说。

7. 司汤达在《红与黑》中，通过主人公______在____________、______________和______________________的经历，描写了各阶层人物和各种社会场景，从不同角度反映了法国七月革命前夕的斗争形势，表现了反复辟的主题。

8. 《红与黑》最重要的艺术特点是________________________和__________。

9. 1823 年至 1825 年，司汤达发表的文艺论著__________________，被称为批判现实主义的第一篇美学宣言。

10. 法国批判现实主义作家中，司汤达善于从______的角度表现社会，巴尔扎克善于从______的角度表现社会。

11. 巴尔扎克采用了______________和______________的方法，把作品联成整体。他的《人间喜剧》包括风俗研究、__________和__________三大类。

12. 巴尔扎克的《人间喜剧》中，风俗研究是主要部分，又分私人生活场景、军事生活场景、________、政治生活场景、________和乡村生活场景。

13. 被看成《人间喜剧》序幕的作品是________。

14. 巴尔扎克在《高老头》中主要刻画了四个人物形象，即高里奥、________、________和________。恩格斯指出："他的伟大作品是对________的一曲无尽的挽歌。"

15. 《卡门》序曲是根据法国小说家________的作品________改编的。

16. 福楼拜的代表作是________，小说成功地塑造了一个因追求巴黎上流社会生活而堕落的小资产阶级妇女________的形象。

17. 在西欧19世纪三四十年代的英国与批判现实主义并行发展的是________。

18. 英国宪章派文学的主要成就是________。

19. ________是无产阶级文学最早的实践，它奏响了国际无产阶级的"第一首战歌"。

20. 英国批判现实主义文学题材上的特点是描写________和________的命运。

21. 马克思所说的英国"一派出色的小说家"指的是________、________、________和________。他们的代表作分别是________、________、________和________。

22. 萨克雷的代表作是长篇小说________，小说的副标题是________。

23. 萨克雷的《名利场》中，女冒险家________的钻营史是小说最有意义的部分。

24. 英国第一部正面描写劳资矛盾题材的作品是________的________。

25. 夏绿蒂·勃朗特和爱米莉·勃朗特的代表作分别是________和________。

26. 《傲慢与偏见》是英国女作家________的代表作品。

27. 狄更斯的成名作是____________________，他的第一部社会小说是______________________，他写的近似自传体的小说是______________________，描写劳资冲突的小说是______________。

28. 狄更斯的第一部长篇小说是____________________，在这部小说中，他运用_____和_____的手法描绘了广阔的生活画面。

29. 狄更斯早期作品大都具有______________的特点，人物较庞杂，结构较松散、零乱。

30. 《双城记》以______________为背景，从___________的思想出发，反映了封建贵族对农民的残酷迫害。

31. 意大利作家乔万尼奥里的代表作是长篇历史小说______________，它是意大利文学史上第一部以________________为题材的长篇小说。

32. 被称为"德国无产阶级第一个和最重要的诗人"的是__________。

33. 海涅于1844年写的________________________是歌颂工人起义的佳作，他最重要的作品是政治长诗______________________________。

34. 19世纪美国批判现实主义文学的代表作家是______________，他的著名长篇小说有__________________________和________________________等，他的短篇代表作________________是对资产阶级所谓"民主"的一幅绝妙的讽刺画。

35. 19世纪俄国批判现实主义文学最大特点也是优点是__________。

36. 19世纪俄罗斯著名的寓言作家是____。

37. 俄国文学中的第一个"多余人"形象_________出现在__________的作品中。

38. 普希金在南俄流放期间，创作上发生了重大变化的主要表现是______________________________。

39. 普希金写的一部取材于普加乔夫起义的历史小说是__________________。

40. 普希金的__________开俄国文学中小人物主题之先河，主人公的名字叫______。

41.《叶甫盖尼·奥涅金》中的女主人公____________是作者理想的贵族妇女形象。

42.普希金去世后，莱蒙托夫写了著名的诗篇________________，声讨杀害普希金的元凶，矛头直指沙皇，引起宫廷震怒。

43.莱蒙托夫的代表作________________以日记形式，通过五个独立的故事，描绘了一幅“由我们这整整一代人身上充分发展了的缺点构成的”画像，成功塑造了俄国文学史上第二个“多余人”形象__________。

44.普希金的______________________________是俄罗斯文学史上第一部批判现实主义的经典作品，但真正体现俄国批判现实主义文学特征的第一个作家是__________。

45.果戈理在19世纪30年代发表了具有浪漫色彩的作品____________________________，从而一举成名。

46.在《彼得堡故事集》中，果戈理继承普希金《驿站长》的传统，描写了小人物的命运，其中以________________和__________两篇最为著名。

47.果戈理对俄国的____________________“淋漓尽致地进行了嘲笑”的喜剧是《钦差大臣》。作品中的假钦差叫________________。

48.果戈理的主要作品是长篇小说____________和剧本____________________。

49.在1847年，果戈理发表了________________________一书，宣扬君主制度、超阶级的博爱和宗教神秘主义，为专制农奴制的俄国辩护。同年，别林斯基写了____________________________，对果戈理的错误进行了严肃的批评。

50.19世纪俄国文学分为三个阶段。即贵族革命时期、______________________________和________________________。

51.俄国文学史上第一部以平民知识分子为主人公的长篇小说是屠格涅夫的__________，主人公是保加利亚爱国者____________。

52.在《父与子》中，屠格涅夫塑造了“新人”形象____________和贵族自由主义者形象__________，通过他们之间的斗争，表达了“民主主义对贵族阶级的胜利”。

53. 屠格涅夫作品中的女性形象在世界文学中占有非常独特的地位，她们都是典型的理想主义者，如《前夜》中的__________，《罗亭》中的娜塔莉亚，《贵族之家》中的______。

54.《大雷雨》是____________________________的代表作，作品描写了女主人公____________追求个性解放的悲剧。

55. 涅克拉索夫在长诗______________________________________中揭露了农奴制改革的欺骗性。

56. 长篇小说《谁之罪》的作者是__________。

57. 长篇小说《戈罗夫略夫一家》是__________的代表作，作品生动展示了______阶级必然灭亡的历史命运。

58. 俄国革命民主主义文艺批评家的主要代表是__________、______________________和____________________________。

59. __________是《怎么办》中描写的一个职业革命家的形象。

60. 敲响了"多余人"丧钟的作品是____________的____________________。

61. 陀思妥耶夫斯基的成名作__________以对主人公____________的深切同情和细腻的心理刻画为特色，它的发表成为19世纪40年代俄国文坛上的一件大事。

62. 陀思妥耶夫斯基最后一部长篇小说_________________________是具有总结性的作品，小说中那个道德沦丧、人欲横流的地主之家有一种共同的精神气质，文学史上称之为"__________________"性格。

63. 陀思妥耶夫斯基的成名作__________是描写小人物的名著，他的代表作____________描写了大学生______________________犯罪及其所受精神惩罚的过程。

64. 中篇小说_________________________第一次明确地提出了托尔斯泰一生中最关心的问题，即_________________________。

65. 托尔斯泰于1863年发表的中篇小说_____________是他早期创作的总结，作家通过主人公的经历，表现了_________________的重要思想。

66.《安娜·卡列尼娜》交织着______对爱情的追求和______对社会问题的探索两条平行发展的情节线索。

67.《琉森》是托尔斯泰______旅行的产物，作品的进步性在于揭露资本主义民主的虚伪，局限性在于全盘否定________________。

68. 托尔斯泰在________________中描写了一个听天由命、逆来顺受，对善恶一视同仁的宗法制农民普拉东的形象，作者借他来鼓吹“________________”的思想。

69. 托尔斯泰擅长通过细腻的心理描写和表现思想感情产生和发展的过程，使人物形象更为生动逼真，车尔尼雪夫斯基称之为______________的描写。

70. 托尔斯泰世界观激变指的是他从________________转到______________立场上来。

71.《复活》讲的是聂赫留道夫和__________在______上的复活。

72.《复活》中的聂赫留道夫是一个__________的形象。

73. __________是俄国最后一位杰出的批判现实主义作家，在创作方面，他以__________享誉世界文坛。

74. 契诃夫在______________中以拉京之死宣告了________________的破产。

75. 19世纪后半期无产阶级文学的突出成就是________________。

76. 巴黎公社最著名的女诗人是____________________。

77.《国际歌》的抒情主人公是________________，鲍狄埃被列宁称为“最伟大的__________________________”。

78. 德国无产阶级第一个和最重要的诗人是________________。

79. 尼克索是______（国）无产阶级文学中的重要作家。他的代表作有长篇小说________________，《红色的莫尔顿》是其续篇。

80. __________是捷克无产阶级作家，他在监狱中写成的长篇报告文学____________________是一部用革命者的鲜血和生命铸成的光辉著作。

81. 19世纪后期的欧洲，出现了名目繁多的资产阶级思潮，对当时的文化和思想领域影响颇大，主要有德国哲学家叔本华______主义；尼采的______哲学；孔德的______主义；法国哲学家柏格森的__________主义；奥地利心理学家__________的精神分析学说。

82. 都德的短篇小说《最后一课》和《柏林之围》是以__________

为背景，具有深刻的爱国主义精神的作品。

83. 法郎士的＿＿＿＿＿＿假托企鹅共和国来影射法国第三共和国的社会生活。

84. 哈代在其作品＿＿＿＿＿＿＿＿＿中，通过一个勤奋好学的青年石匠的悲剧，批判了资本主义的教育制度和道德规范。

85. 哈代把其长篇小说分为三类：＿＿＿＿＿＿＿＿＿＿＿＿＿＿、＿＿＿＿＿＿＿＿＿＿＿＿和“性格和环境小说”。其中现实主义成就最高的是＿＿＿＿＿＿＿＿＿＿＿＿＿；其最后一部长篇小说是＿＿＿＿＿＿＿＿＿＿＿；代表作是＿＿＿＿＿＿＿＿＿＿＿＿，这部小说的副标题是＿＿＿＿＿＿＿＿＿＿＿。

86. 易卜生早期创作属于＿＿＿＿＿＿流派，主要作品有＿＿＿＿＿＿＿＿＿＿和《觊觎王位的人》。

87. 易卜生的《社会支柱》和《人民公敌》中的主人公分别是＿＿＿＿＿＿和＿＿＿＿＿＿。《玩偶之家》中男权中心的代表和资产阶级卫道士是＿＿＿＿＿。

88. 易卜生的四大社会问题剧是＿＿＿＿＿＿＿＿、＿＿＿＿＿＿＿＿、＿＿＿＿＿和＿＿＿＿＿＿＿＿。

89. 19世纪北欧最主要的童话作家是＿＿＿＿＿。

90. 斯托夫人是＿＿＿＿＿＿的杰出代表，她的长篇小说＿＿＿＿＿＿＿＿＿＿＿＿＿被推崇为揭露和控诉南方＿＿＿＿＿的代表作。

91. 杰克·伦敦的两部重要作品是＿＿＿＿＿＿＿＿＿和＿＿＿＿＿＿＿＿＿＿。其中＿＿＿＿＿＿＿＿＿带有自传性质。他的具有无产阶级性质的小说是＿＿＿＿＿。

92. 美国现实主义的倡导者是＿＿＿＿＿＿。

93. 弗兰克·诺里斯的＿＿＿＿＿是美国文学中第一部描写垄断资本掠夺农村的作品。

94. 克莱恩的＿＿＿＿＿＿＿＿＿＿＿是美国文学中第一部描写城市贫民和妓女生活的作品。

95. 欧·亨利是美国著名的短篇小说家，他的短篇小说中比较著名的有＿＿＿＿＿＿＿＿＿＿＿和＿＿＿＿＿＿＿＿＿。

96. 欧·亨利作品构思巧妙，常写出＿＿＿＿＿＿，但又＿＿＿＿＿

____的结局。

97. 马克·吐温作品的最大的艺术特色是__________。

98. ______________是马克·吐温与华纳合写的长篇小说，作品表现了19世纪70年代弥漫美国社会各阶层的投机冒险风气。

99. 马克·吐温在《哈克贝利·芬历险记》中塑造了美国文学史上第一个正面黑人形象，他的名字叫______。

附：填空题答案

1. 资本主义制度 2. 批判现实主义文学 3. 个人主义；人道主义；改良主义 4. 法国；司汤达 5. 司汤达；《拉辛与莎士比亚》；1830；《红与黑》 6.《红与黑》 7. 于连；维立叶尔市长家；贝尚松神学院；德·拉木尔侯爵府 8. 塑造典型环境中的典型性格；心理分析 9.《拉辛与莎士比亚》 10. 政治；经济 11. 人物再现法；分类整理法；哲学研究；分析研究 12. 巴黎生活场景；外省生活场景 13.《高老头》 14. 拉斯蒂涅；鲍赛昂夫人；伏脱冷；上流社会必然崩溃 15. 梅里美；《嘉尔曼》 16.《包法利夫人》；爱玛 17. 宪章派文学 18. 诗歌 19. 宪章派文学 20. 劳资矛盾；小人物 21. 狄更斯；萨克雷；夏绿蒂·勃朗特；盖斯凯尔夫人；《双城记》；《名利场》；《简·爱》；《玛丽·巴顿》 22.《名利场》；"没有英雄的小说" 23. 利蓓卡·夏泼 24. 盖斯凯尔夫人；《玛丽·巴顿》 25.《简·爱》；《呼啸山庄》 26. 简·奥斯丁 27.《匹克威克外传》；《奥列佛·退斯特》；《大卫·科波菲尔》；《艰难时世》 28.《匹克威克外传》；幽默；讽刺 29. 流浪汉小说 30. 法国大革命；人道主义 31.《斯巴达克思》；人民解放斗争 32. 维尔特 33.《西里西亚纺织工人》；《德国，一个冬天的童话》 34. 马克·吐温；《哈克贝利·芬历险记》；《汤姆·索亚历险记》；《竞选州长》 35. 始终和俄国人民的解放运动相联系 36. 克雷洛夫 37. 奥涅金；普希金 38. 由浪漫主义转向现实主义 39.《上尉的女儿》 40.《驿站长》；维林 41. 塔吉亚娜 42.《诗人之死》 43.《当代英雄》；毕巧林 44.《叶甫盖尼·奥涅金》；果戈理 45.《狄康卡近乡夜话》 46.《狂人日记》；《外套》 47. 专制官僚制度；赫列斯达科夫 48.《死魂灵》；《钦差大臣》 49.《与友人书简选》；《给果戈理的一封信》 50. 平民知识分子革命时期；无产阶级革命时期 51.《前夜》；英沙罗夫 52. 巴扎洛夫；巴威尔 53. 叶琳娜；丽莎 54. 亚·奥斯特洛夫斯基；卡杰琳娜 55.《谁在俄罗斯能过好日子?》 56. 赫尔岑 57. 谢德林；贵族 58. 别林斯基；车尔尼雪夫斯基；杜勃罗留波夫 59. 拉赫美托夫 60. 冈察洛夫；《奥勃洛摩夫》 61.《穷人》；杰符什金 62.《卡拉玛佐夫兄弟》；卡拉玛佐夫 63.《穷人》；《罪与罚》；拉斯柯尔尼科夫 64.《一个地主的早晨》；地主与农民的关系 65.《哥萨克》；贵族平民化 66. 安娜；列文 67. 西欧；资本主义文明 68.《战争与和平》；勿以暴力抗恶 69. 心灵辩证法 70. 贵族地主阶级；宗法制农民 71. 玛丝洛娃；精神 72. 忏悔贵族 73. 契诃夫；短篇小说 74.《第六病室》；托尔斯泰主义 75. 巴黎公社文学 76. 路易斯·米雪尔 77. 全体无产阶级；用歌作为工具的宣传家 78. 格奥尔格·维尔特 79. 丹麦；《征服者贝莱》 80. 伏契克；《绞刑架下的报告》 81. 悲观；超人；实证；主观唯心；弗洛伊德 82. 普法战争 83.《企鹅岛》 84.《无名的裘德》 85. “罗曼史和幻想小说”；“机敏和经验小说”；“性格和环境小说”；《无名的裘德》；《德伯家的苔丝》；“一个纯洁的女人” 86. 浪漫主义；《英格夫人》 87. 博尼克；斯多克芒；海尔茂 88.《社会支柱》；《玩偶之家》；《群鬼》；《人民公敌》 89. 安徒生 90. 废奴文学；《汤姆叔叔的小屋》；蓄奴制 91.《马丁·伊登》；《荒野的呼唤》；《马丁·伊登》；《铁蹄》 92. 豪威尔斯 93.《章鱼》 94.《街头女郎梅季》 95.《警察和赞美诗》；《麦琪的礼物》 96. 出人意外；合乎情理 97. 幽默讽刺 98.《镀金时代》 99. 吉姆

（二）单项选择题

1. 批判现实主义文学最常用的体裁是（　　）。

A. 戏剧　　B. 长篇小说

C. 中短篇小说　　D. 诗歌

2.《红与黑》中主人公于连悲剧的主要原因是（　　）。

A. 把自己的命运和资产阶级联系在一起

B. 不妥协地进行反封建斗争

C. 对爱情的执着追求

D. 封建阶级和大资产阶级对他的迫害

3. 司汤达著名的长篇小说除《红与黑》之外，还有（　　）。

A.《意大利遗事》　　B.《法尼娜·法尼尼》

C.《拉辛与莎士比亚》　　D.《巴玛修道院》

4. 标志巴尔扎克走上现实主义道路的第一部作品是（　　）。

A.《欧也妮·葛朗台》　　B.《朱安党人》

C.《高老头》　　D.《驴皮记》

5. 巴尔扎克笔下著名的金融资产者的形象是（　　）。

A. 伏脱冷　　B. 拉斯蒂涅　　C. 纽沁根　　D. 吕西安

6.《人间喜剧》分为三大类，其中最重要的是（　　）

A. 哲学研究　　B. 分析研究

C. 风俗研究　　D. 外省场景研究

7.《高老头》最后写拉斯蒂涅所说的这样一句话："现在咱们俩来拼一拼吧！"意思是指（　　）。

A. 要和整个上流社会对抗

B. 要和金钱罪恶对抗

C. 要和高老头的两个女儿、女婿斗争

D. 要成为上流社会的强者

8. 巴尔扎克全面提出自己的乌托邦理想和政治主张的作品是（　　）。

A.《农民》　　B.《乡村医生》

C.《幻灭》　　D.《贝姨》

9.《人间喜剧》中形象地表现了在金钱的制约支配下，神圣的文学、新闻事业，如何变成污秽肮脏行为殿堂的作品是（　　）。

A.《幻灭》　　B.《贝姨》

C.《无神论者做弥撒》　　D.《乡村医生》

10. 福楼拜的第一部长篇小说也是他的代表作是（　　）。

A.《情感教育》　　B.《三故事集》

C.《包法利夫人》　　D.《萨朗波》

11.《包法利夫人》中的爱玛是一个（　　）。

A. 在贵族资产阶级社会的腐蚀和逼迫下堕落毁灭的妇女形象

B. 个人奋斗者的形象

C. 女冒险家

D. 追求个性解放的妇女形象

12. 世界文学史上第一次出现的无产阶级性质的文学是（　　）。

A. 德国工人革命诗歌　　B. 巴黎公社文学

C. 苏联文学　　D. 英国宪章派文学

13. 狄更斯早期作品中描写孤儿苦难经历的长篇小说是（　　）。

A.《大卫·科波菲尔》　　B.《小杜丽》

C.《奥列佛·退斯特》　　D.《老古玩店》

14. 银行家、商业家、工业资本家庞得贝是（　　）中的主人公。

A.《远大前程》　　B.《艰难时世》

C.《荒凉山庄》　　D.《双城记》

15. 狄更斯塑造商业资本家典型形象的作品是（　　）。

A.《艰难时世》　　B.《董贝父子》

C.《圣诞欢歌》　　D.《双城记》

16. 代尔那、卡尔登是（　　）中的人物。

A.《双城记》　　B.《伟大的期望》

C.《小杜丽》　　D.《艰难时世》

17.《董贝父子》中的董贝是一个（　　）。

A. 善良的绅士　　B. 商业资本家的典型

C. 知识分子　　D. 伪君子

18. 萨克雷作品最突出的艺术特征是（　　）。

A. 犀利无情的讽刺　　B. 出色的心理描写

C. 细节描写　　D. 对照的手法

19.《无名的裘德》中裘德"未能如愿以偿的悲剧"实际上是（　　）。

A. 英国整个一代劳动人民的悲剧　　B. 性格悲剧

C. 家庭悲剧　　D. 爱情悲剧

20. 德国工人革命诗歌最杰出的代表是（　　）。

A. 琼斯　　B. 林顿

C. 维尔特　　D. 欧仁·鲍狄埃.

21. 海涅的《德国，一个冬天的童话》的主要思想特征是（　　）。

A. 肯定了德国资产阶级的革命精神

B. 对德国浪漫主义的肯定

C. 对德国现实的强烈批判态度

D. 对封建阶级的妥协

22. 属于丹麦童话作家安徒生创作的著名童话有（　　）。

A.《皇帝的新装》　　B.《渔夫和金鱼的故事》

C.《灰姑娘》　　D.《小红帽》

23. 俄国现实主义美学理论和文艺批评的奠基者是（　　）。

A. 赫尔岑　　B. 车尔尼雪夫斯基

C. 别林斯基　　D. 杜勃罗留波夫

24. 俄国批判现实主义的奠基作是（　　）。

A.《叶甫盖尼·奥涅金》　　B.《当代英雄》

C.《死魂灵》　　D.《驿站长》

25.《叶甫盖尼·奥涅金》是（　　）。

A. 诗歌　　B. 小说　　C. 诗体小说　　D. 散文

26. 19 世纪俄罗斯文学中第一个理想的俄罗斯妇女是（　　）。

A. 塔吉亚娜（《叶甫盖尼·奥涅金》）

B. 娜塔莎（《战争与和平》）

C. 吉提（《安娜·卡列尼娜》）

D. 卡杰琳娜（《大雷雨》）

27. 高尔基称（　　）是“伟大的俄国文学的始祖”，他的“创作是一条诗歌与散文的辽阔的光辉夺目的洪流”。

A. 杰尔查夫　　B. 茹科夫斯基

C. 普希金　　D. 雷列耶夫

28. 赫尔岑认为，在果戈理的（　　）发表以前，“从来没有一个人把俄国官僚的病理解剖过程写得这样完整”。

A.《钦差大臣》　　B.《死魂灵》

C.《米尔戈罗德》　　D.《外套》

29. 赫尔岑 19 世纪 90 年代创作的著名的“问题小说”是（　　）。

A.《往事与随想》　　B.《谁之罪》

C.《怎么办》　　D.《猎人笔记》

30. 唯物主义美学观“美是生活”出自车尔尼雪夫斯基（　　）。

A.《文学的幻想》 B.《艺术的概念》

C.《艺术对现实的审美关系》 D.《黑暗王国的一线光明》

31. 俄国文学史上第一个革命民主主义者的形象是《怎么办》中的（　　）。

A. 薇拉 B. 罗普霍夫

C. 吉尔沙诺夫 D. 拉赫美托夫

32. 果戈理最突出的艺术手法是（　　）。

A. 议论 B. 抒情 C. 讽刺 D. 对比

33. 冈察洛夫的代表作是（　　）。

A.《叶甫盖尼·奥涅金》 B.《当代英雄》

C.《罗亭》 D.《奥勃罗摩夫》

34.《父与子》中的"子辈"指的是（　　）。

A. 巴扎洛夫 B. 阿尔卡狄

C. 巴扎洛夫和阿尔卡狄 D. 巴威尔

35.（　　）是在俄国解放运动中"完全代替了贵族的平民知识分子的先驱"（列宁语）。

A. 车尔尼雪夫斯基 B. 别林斯基

C. 杜勃罗留波夫 D. 赫尔岑

36. 被屠格涅夫比作《神曲》中的"地狱"、赫尔岑比为米开朗基罗的《最后的审判》的作品是陀思妥耶夫斯基的（　　）。

A.《死屋手记》 B.《地下室手记》

C.《罪与罚》 D.《被欺凌的与被侮辱的》

37.《罪与罚》中拉斯柯尔尼科夫杀死放高利贷的老太婆是因为（　　）。

A. 为了还债 B. 为了挥霍

C. 为了抗争 D. 为了证明自己是超人

38. 一般认为俄国19世纪文学的三巨头是（　　）。

A. 普希金、果戈理、托尔斯泰

B. 普希金、屠格涅夫、托尔斯泰

C. 果戈理、陀思妥耶夫斯基、托尔斯泰

D. 屠格涅夫、陀思妥耶夫斯基、托尔斯泰

39. 开创俄国文学描写战争的现实主义传统的作品是（　　）。

A.《袭击》　　B.《塞瓦斯托波尔的故事》

C.《战争与和平》　　D.《被俘的英雄》

40. 托尔斯泰早期揭露资本主义文明、自由、平等的虚伪，愤怒谴责资产阶级金钱至上的作品是（　　）。

A.《一个地主的早晨》　　B.《琉森》

C.《战争与和平》　　D.《塞瓦斯托波尔的故事》

41. 托尔斯泰援引《新约全书》中“伸冤在我，我必报应”一段话，目的是表达他对（　　）。

A. 安娜的同情　　B. 安娜的责备

C. 社会的谴责　　D. 社会的谴责和对安娜的责备

42.“幸福的家庭总是相似的，不幸的家庭各有各的不幸”是（　　）开头的第一句话。

A.《克莱采奏鸣曲》　　B.《安娜·卡列尼娜》

C.《伊凡·伊里奇之死》　　D.《谢尔盖神父》

43. 托尔斯泰在长篇小说（　　）中，第一次以下层人民为主人公。

A.《复活》　　B.《安娜·卡列尼娜》

C.《战争与和平》　　D.《克莱采奏鸣曲》

44. 托尔斯泰三大杰作中，讽刺手法运用最为出色的作品是（　　）。

A.《战争与和平》　　B.《安娜·卡列尼娜》

C.《复活》

45. 托尔斯泰三大杰作中，心理描写最为出色的作品是（　　）。

A.《战争与和平》　　B.《安娜·卡列尼娜》

C.《复活》

46. 托尔斯泰三大杰作中，场面描写最为出色的作品是（　　）。

A.《战争与和平》　　B.《安娜·卡列尼娜》

C.《复活》

47. 托尔斯泰世界观的激变发生在 19 世纪（　　）。

A. 50 年代末 60 年代初　　B. 60 年代末 70 年代初

C. 70 年代末 80 年代初　　D. 80 年代末 90 年代初

48.《战争与和平》的中心思想是（　　）。

A. “人民的思想” B. 歌颂自由

C. 革命的思想 D. 提倡民主

49. 契诃夫的中期创作主要是（　　）。

A. 嘲笑普遍存在的奴性心理 B. 描写小市民的市侩习气

C. 描写知识分子的精神生活 D. 对新生活的呼唤

50. 奥楚蔑洛夫是（　　）中的人物。

A.《套中人》 B.《变色龙》

C.《第六病室》 D.《苦恼》

51. 契诃夫笔下的（　　）是一个旧制度的卫道者、新事物的反对者的典型形象。

A. 奥楚蔑洛夫 B. 普里希别叶夫

C. 姚尼奇 D. 别里科夫

52. 契诃夫猛烈抨击沙皇俄国，被称为沙皇俄国缩影的中篇小说是（　　）。

A.《乞丐》 B.《渴睡》

C.《草原》 D.《第六病室》

53. 亚·奥斯特洛夫斯基的代表作《大雷雨》中的女主人公是一个（　　）。

A. 不堪凌辱以死反抗旧势力的妇女形象

B. 在社会的腐蚀下堕落毁灭的妇女

C. 解放的贵族妇女

D. 轻佻堕落的妇女

54. 俄国现实主义心理小说开端性的作品是（　　）。

A.《当代英雄》 B.《谁之罪》

C.《穷人》 D.《罗亭》

55.《哈克贝利·芬历险记》的主题是（　　）。

A. 歌颂敢于冒险的精神 B. 歌颂美国的文明社会

C. 颂扬人道主义 D. 追求民主、自由

56.《怎么办》中塑造的“特殊的新人”是（　　）。

A. 巴扎罗夫 B. 罗普霍夫

C. 英沙罗夫 D. 拉赫美托夫

57.《哈克贝利·芬历险记》中要求自由的黑人形象是（　　）。

A. 吉姆　　B. 汤姆　　C. 哈克　　D. 华森

58. 小说《小公务员之死》中，切尔维亚科夫最后一次向将军表示歉意时，将军的回答是（　　）。

A. “滚出去”　　B. “没关系”

C. “简直是胡闹”　　D. “简直是在开玩笑”

59.《国际歌》被誉为“全世界无产阶级的歌”，它的作者是（　　）

A. 高尔基　　B. 鲍狄埃　　C. 惠特曼　　D. 雨果

60.（　　）是19世纪第一个赢得世界声誉的北欧作家。

A. 斯传林堡　　B. 比昂逊

C. 安徒生　　D. 易卜生

61. 柯勒克斯泰是易卜生（　　）中的人物。

A.《人民公敌》　　B.《群鬼》

C.《玩偶之家》　　D.《社会支柱》

62. 马克·吐温后期的创作由幽默乐观转向悲愤嘲讽，代表作是（　　）。

A.《汤姆·索亚历险记》　　B.《败坏了赫德莱堡的人》

C.《镀金时代》　　D.《哈克贝利·芬历险记》

63.《人民公敌》中的“人民公敌”指的是（　　）。

A. 正直、勇敢、热爱真理的医生斯多克芒

B. 市长

C. 小业主们

D. 市政当局

64. 被称为美国“现实主义文学的奠基人”的作家是（　　）。

A. 威廉·豪威尔斯　　B. 亨利·詹姆斯

C. 布勒特·哈特　　D. 弗兰克·诺里斯

65. 美国文学史上第一部具有无产阶级性质的文学作品是（　　）。

A.《汤姆叔叔的小屋》　　B.《竞选州长》

C.《铁蹄》　　D.《白牙》

66. 19世纪50年代，废奴文学空前繁荣，美国“第一部十足的反蓄奴制的小说”是（　　）。

A.《汤姆叔叔的小屋》　　B.《红字》

C.《白奴》　　D.《章鱼》

67. 美国文学史上侦探小说的先驱指的是（　　）。

A. 库柏　　B. 爱伦·坡

C. 华盛顿·欧文　　D. 杰克·伦敦

68. 杰克·伦敦的《铁蹄》是一部具有无产阶级性质的（　　）。

A. 现实主义小说　　B. 历史小说

C. 自然主义小说　　D. 政治幻想小说

69. 杰克·伦敦的《马丁·伊登》中的主人公最后自杀，根本原因是（　　）。

A. 爱情的失意

B. 痛恨资本主义社会的虚伪与丑恶

C. 事业上的失败

D. 金钱上的困窘

70. 以马克·吐温式的幽默著称的短篇名作是（　　）。

A.《加利维拉县驰名的跳蛙》　　B.《傻子出国旅行记》

C.《竞选州长》　　D.《汤姆·索亚历险记》

附：单项选择题答案

1. B　2. D　3. D　4. B　5. C　6. C　7. D　8. B　9. A　10. C
11. A　12. D　13. C　14. B　15. B　16. A　17. B　18. A　19. A
20. C　21. C　22. A　23. C　24. A　25. C　26. A　27. C　28. A
29. B　30. C　31. D　32. C　33. D　34. A　35. B　36. C　37. D
38. D　39. B　40. B　41. D　42. B　43. A　44. C　45. B　46. A
47. C　48. A　49. C　50. B　51. D　52. D　53. A　54. A　55. D
56. D　57. A　58. A　59. B　60. C　61. C　62. B　63. A　64. A
65. C　66. C　67. B　68. D　69. B　70. C

（三）多项选择题

1. 巴尔扎克把《人间喜剧》中的“风俗研究”分为（　　　）等六个部分。

A. 私人生活场景　　B. 外省生活场景　　C. 巴黎生活场景

D. 贵族生活场景　　E. 乡村生活场景

2. 梅里美小说的创作特色是（　　）。

A. 浓郁的异国情调　B. 神秘的宿命色彩　C. 鲜明的地方特色

D. 卓越的心理分析　E. 强烈的讽刺艺术

3.《嘉尔曼》中的吉卜赛女郎嘉尔曼的性格特点是（　　）。

A. 奔放而浪荡　B. 热爱自由　C. 勇于反抗

D. 讲究真诚　E. 多愁善感

4. 福楼拜小说的艺术特色是（　　）。

A. 结构精致严谨　B. 描写客观真实　C. 精雕细刻

D. 异国情调　E. 卓越的心理分析

5. 司汤达在《拉辛与莎士比亚》中提出的现实主义文学主张是（　　）。

A. 艺术必须适应时代潮流

B. 艺术要表现人民的习惯和信仰

C. “美是生活”

D. 作家应表现他们时代的真实的东西

E. “为艺术而艺术”

6. 巴尔扎克的《幻灭》与《农民》塑造了两个代表人民群众的形象，他们是（　　）。

A. 克雷斯蒂安　B. 尼雪龙　C. 葛朗台

D. 高老头　E. 高布赛克

7. 无产阶级文学的最初成就有（　　）。

A. 英国宪章派文学　B. 德国工人革命诗歌

C. 巴黎公社文学　D. 苏联无产阶级文学

E. 法国无产阶级文学

8. 宪章派文学在艺术上的特色是（　　）。

A. 采用群众喜闻乐见的歌谣体　B. 节奏明快

C. 格调高昂　D. 语言通俗　E. 风格朴实

9. 19 世纪英国文学中描写劳资矛盾的作品有（　　）。

A.《玛丽·巴顿》　B.《萌芽》　C.《艰难时世》

D.《名利场》　E.《简·爱》

10. 简·爱的主要性格特征是（　　）。

A. 具有女性意识　B. 具有叛逆精神　C. 温柔贤淑

D. 虚荣心重　E. 酷爱冒险

11. 狄更斯在《大卫·科波菲尔》中塑造了两类人，他们是（　　）。

A. 损人利己的阴险奸诈的坏人　B. 真正善良的好人

C. 资产者　D. 革命家　E. 小人物

12. 哈代的“威塞克斯小说”主要有（　　）。

A.《绿荫下》　B.《卡斯特桥市长》C.《还乡》

D.《德伯家的苔丝》　E.《无名的裘德》

13. 哈代笔下的苔丝是（　　）。

A. 资本主义社会的专制和暴力的牺牲品

B. 一个纯洁的女人　C. 一个放荡的女人

D. 一个自暴自弃的女人　E. 一个杀人犯

14. 果戈理描写小人物的杰作有（　　）。

A.《狂人日记》　B.《外套》　C.《钦差大臣》

D.《狄康卡近乡夜话》E.《密尔格拉得》

15.《死魂灵》中的地主形象有（　　）。

A. 马尼罗夫　B. 梭巴开维支　C. 科罗皤契加

D. 泼留希金　E. 乞乞科夫

16. 屠格涅夫描写新人形象的作品有（　　）。

A.《罗亭》　B.《贵族之家》　C.《前夜》

D.《父与子》　E.《处女地》

17. 俄国文学著名的三大批评家是（　　）。

A. 别林斯基　B. 果戈理　C. 赫尔岑

D. 车尔尼雪夫斯基　E. 杜勃罗留波夫

18. 陀思妥耶夫斯基的四部代表作品是（　　）。

A.《群魔》　B.《白痴》

C.《被欺凌的与被侮辱的》　D.《罪与罚》

E.《卡拉玛佐夫兄弟》

19.《卡拉玛佐夫兄弟》中最具卡拉玛佐夫性格的是（　　）。

A. 老卡拉玛佐夫　B. 伊凡　C. 斯迈尔佳科夫
D. 德米特里　E. 阿辽沙

20. 列宁称托尔斯泰的创作是（　　）。

A. “一面反映农民在俄国革命中的历史活动所处的各种矛盾状况的镜子”

B. “最清醒的现实主义”

C. “心灵的辩证法”的杰作

D. 反映俄国地主贵族生活的镜子

E. 表现千百万农民思想的镜子

21. 托尔斯泰最早表现贵族青年精神探索主题的作品有（　　）。

A. 《童年》　B. 《少年》　C. 《青年》
D. 《哥萨克》　E. 《一个地主的早晨》

22. 托尔斯泰对安娜的态度表现为（　）。

A. 对安娜的不幸给予深切的同情

B. 对她的道德原则和所选择的生活道路有所谴责

C. 认为世人无权谴责她

D. 认为只有上帝才有权谴责她

E. 认为她理应遭到毁灭

23. 下列人物形象中，属于欧洲文学中著名的吝啬鬼形象的有（　　）。

A. 夏洛克　B. 阿巴贡　C. 答尔丢夫
D. 泼留希金　E. 欧也妮·葛朗台

24. 契诃夫早期嘲笑讽刺奴性心理和庸俗作风的短篇小说有（　　）。

A. 《小公务员之死》　B. 《胖子和瘦子》　C. 《变色龙》
D. 《哀伤》　E. 《苦恼》

25. 契诃夫的戏剧《樱桃园》表现了（　　）。

A. 俄国贵族阶级的没落　B. 俄国资产阶级的兴起
C. 社会的动荡　D. 作家对新生活的向往　E. 奴性心理

26. 挪威的易卜生被称为（　　）。

A. “社会的问题剧”的创造者

B. 欧洲现代戏剧的创始人

C. “现代戏剧之父”

D. 挪威批判现实主义文学的代表

E. 欧洲著名的小说家

27. 易卜生创作的两部反映现实问题的哲理诗剧有（　　）。

A.《布朗德》　B.《培尔·金特》　C.《英格夫人》

D.《觊觎王位的人》　E.《恋爱的喜剧》

28. 易卜生“社会问题剧”的代表作有（　　）。

A.《青年同盟》　B.《社会支柱》　C.《玩偶之家》

D.《群鬼》　E.《人民公敌》

29.《汤姆·索亚历险记》中汤姆的性格特点有（　　）。

A. 顽皮　B. 有心计　C. 具有反抗精神

D. 道德败坏　E. 爱撒谎，好表现

附：多项选择题答案

1. ABCE　2. ABCD　3. ABCD　4. ABC　5. ABD　6. AB　7. AB
8. ABCDE　9. AC　10. AB　11. AB　12. ABCDE　13. AB　14. AB
15. ABCD　16. CD　17. ADE　18. ABDE　19. ABC　20. AB
21. ABC　22. ABCD　23. ABD　24. ABC　25. ABCD　26. ABCD
27. AB　28. ABCDE　29. ABCE

（四）名词解释题

1. 批判现实主义

批判现实主义文学是继浪漫主义文学之后于19世纪30年代首先形成于法、英等先进资本主义国家，并迅速发展为全欧性的一种新的资产阶级文学思潮，是欧洲资本主义制度确立和发展时期的产物，是资本主义制度内部矛盾的尖锐化在文艺创作中的流露和反映。批判现实主义作家一般都具有资产阶级的人道主义思想，他们的作品批判、暴露现实，塑造典型环境中的典型人物，注重作品的客观真实性，取得了很高的艺术成就。它成了19世纪欧美文学的主流，也造就了近代欧美文学的高峰。“批判现实主义”这一术语，由高尔基最早提出。

2.《人间喜剧》

19世纪法国伟大现实主义作家巴尔扎克91部小说的总称。作者采用分类整理法和人物再现法将这些作品联结成一个整体。具体将作品分为风俗研究、哲理研究和分析研究，其中风俗研究又分为六大场景，是这部小说总集的主干部分，内容最丰富。这些作品不仅细致地描绘了那个时代人们的生活真实和风俗人情，再现了封建贵族阶级的没落衰亡史，揭露了资产阶级的罪恶发家史，展示了资本主义社会里人与人之间的金钱关系及新的社会罪恶，成为一部法国社会的“卓越的现实主义历史”，从而为法国现实主义文学开辟了广阔的道路。其中主要作品有《欧也妮·葛朗台》、《高老头》、《幻灭》等。

3. 分类整理法

分类整理法是巴尔扎克为把《人间喜剧》的90多部作品联结成一个有机整体而采用的一种方法。巴尔扎克从小说反映生活的不同角度出发，把全部作品分为三大类：风俗研究、哲学研究、分析研究。其中风俗研究是主体，又分为六个场景，即私人生活场景、外省生活场景、巴黎生活场景、政治生活场景、军事生活场景、乡村生活场景。此种方法将诸多作品联结成一个有机的整体，使众多小说分门别类地各处于一定的系统之中，历史且全面地描写了现实。

4. 人物再现法

人物再现法是巴尔扎克为把《人间喜剧》联结成一个有机整体而采用的方法之一，即让同一人物在不同的小说中反复出现，每一部小说只反映人物性格发展的某一阶段，多部小说联系起来，才反映出这一人物性格的全貌。人物的这种反复出现也使他们生活的不同阶段和侧面得以展现，最后构成这个人物的整体。据统计，《人间喜剧》大约写了2400多个人物，其中约有400多个人物多次出现在不同的作品中。人物再现法从情节和人物两个方面加强了《人间喜剧》这一宏伟艺术大厦的内在联系，深化了《人间喜剧》的主题。

5. 巴黎公社文学

它包括公社成员在公社诞生前后约20年间所写的关于公社革命活动的诗歌、小说、戏剧、杂文、回忆录和历史著作等。它开创了法国资产阶级文学的新纪元，其中以诗歌数量与成就最多、最大。其主要内容是描绘无产阶级第一次夺取政权的英雄气概，反映无产阶级和广大劳动人民的斗争生活，表现了无产阶级的革命理想和英勇不屈的斗争精神。它往往采用通俗活泼的形式，以劳动群众自己的语言，表现现实的生活材料，显得纯朴生动、富有感染力，为广大人民群众所喜闻乐见。欧仁·鲍狄埃是最杰出的代表。

6. 宪章派文学

又称宪章派诗歌，是19世纪三四十年代英国宪章运动的产物，是世界上第一次无产阶级的文学运动。宪章派的作家们大多是产业工人、手工业者和工人活动家，他们以诗歌为武器进行宣传鼓动，直接为宪章运动服务，政治目标明确，具有强烈的战斗性、鼓动性和群众性。宪章派文学不仅深刻揭露了资产阶级的腐朽残暴，而且反映了工人阶级的生活面貌，充分表现了产业工人远大的革命理想。宪章派诗歌短小精悍，文字浅显，形象生动，节奏明快。诗人琼斯·林顿是其代表作家。

7. 威塞克斯小说

指19世纪后期英国作家哈代一组小说的总称。哈代把自己的小说分为三类：性格和环境小说、罗曼史和幻想小说、机敏和经验小说。哈代最重要的长篇小说都属于性格和环境小说，而这些小说都以他的故乡多塞特郡、即小说中的威塞克斯农村地区为背景，这一地区古称威塞克斯，所以统称“威塞克斯小说”。其精神特点和情感色彩集中体现为浓厚的宿命论色彩和浓郁的悲观主义气氛。代表作品有《绿荫下》、《远离尘嚣》、《还乡》、《卡斯特桥市长》、《德伯家的苔丝》等。

8.《呼啸山庄》

爱米莉·勃朗特唯一的长篇小说。小说突出的特征有三点：第一，打破了流行的“奋斗—成功”的模式，代之以“复仇—毁灭”的情节。第二，打破了流行的“绅士淑女”型的人物模式，代之狂野不羁的新人物。第三，打破了流行的从容体面的风格，代之以狂热、恐怖的哥特式风格。作品还具有复杂而独创的情节结构，小说的开端而戏剧性情节却已接近尾声。此外，作品中桀骜不驯的人物性格，异乎寻常的强烈的爱、恨及复仇意识，完全有悖于维多利亚时代小说的正统规范。但这种不寻常的叙事手法和艺术上的独创性却对后代英国小说多有影响。

9. 多余人

多余人是19世纪俄国文学中贵族知识分子的一种典型，他们有一定教养，自命清高，不愿与上流社会同流合污，想过有意义的生活，但受时代和阶级的局限，缺乏生活目的，远离人民，精神空虚，性格忧郁、彷徨，无所作为，在俄国文学史上被称为“多余人”。“多余人”这个名称出自屠格涅夫的《多余人日记》，第一个多余人形象是普希金《叶甫盖尼·奥涅金》中的奥涅金。后来，俄国作家又塑造出一系列多余人形象，他们是莱蒙托夫《当代英雄》中的毕巧林、赫尔岑《谁之罪》中的别里托夫、屠格涅夫《罗亭》中的罗亭和冈察洛夫《奥勃洛摩夫》中的奥勃洛摩夫。

10. 自然派

又称自然学派，是19世纪40年代俄国早期现实主义文学流派的代称。创始人是果戈理，别林斯基在理论上阐述了它的基本原则。该派作家能真实地描写现实，批判和否定黑暗、腐朽的俄国农奴制，作品中的主人公多半是社会下层的小人物。在体裁上自然派多以散文为主，在题材的民族化和语言的大众化方面也取得了新的成就，形成了一定的作家群。属于这一派的作家有屠格涅夫、涅克拉索夫、赫尔岑、冈察洛夫、陀思妥耶夫斯基、奥斯特洛夫斯基、谢德林等。到50年代后期，因对农奴制改革意见不一而分成彼此对立的革命民主派和贵族自由派。

11. “新人”形象

“新人”形象是19世纪俄国文学中平民知识分子的一种典型。他们来自社会下层，与人民有密切的联系，有远大的革命理想、坚定的革命意志、突出的工作能力、认真踏实的工作作风，还有积极乐观的思想情绪和决心献身革命的精神。他们都是在斗争中成长起来的生气勃勃的一代新人，富有民主思想和实干精神，敢于大胆批判农奴制和专制制度，代表着俄国光明的未来。代表人物有屠格涅夫《前夜》中的英沙罗夫、《父与子》中的巴扎罗夫和车尔尼雪夫斯基《怎么办》中的罗普霍夫、薇拉、吉尔沙洛夫和拉赫美托夫。

12. 小人物

指19世纪俄国批判现实主义文学作品所塑造的一批生活在社会底层的典型人物形象。他们在社会中官阶、地位低下，生活困苦，但又逆来顺受、安分守己、性格懦弱、胆小怕事，因此成为“大人物”统治下被侮辱的牺牲者。普希金以其短篇小说《驿站长》开了俄国文学中描写“小人物”的先河，且对果戈理和陀思妥耶夫斯基以此为主题的创作都产生了重大影响。果戈理《彼得堡故事集》中的名作《狂人日记》和《外套》，反映了官僚统治下公务员的悲惨遭遇，深化了普希金开创的描写小人物的主题。陀思妥耶夫斯基的《穷人》则使该主题又有了新的发展。

13. 复调结构

俄国著名文学理论家巴赫金在陀思妥耶夫斯基的小说里发现了“复调现象”，这是相对于巴赫金称之为“单调”的样式而言的。在“单调”样式中，作家以一种很肯定的观点来演绎故事，其观念左右着作品故事的进程直到结局。但陀思妥耶夫斯基的小说却创造了人物形象的全新结构，主人公的意识不为作家的框架所限，和作家具有平等地位。作家和作品中的每个人物像乐曲中的不同声部，互相对话、互不干扰地存在着，作家始终未提供给读者一种肯定的结论。巴赫金认为陀氏“创造了一种全新的艺术思维模式——复调型的艺术思维”。

14. 卡拉玛佐夫气质

这个词语源于陀思妥耶夫斯基的长篇小说《卡拉玛佐夫兄弟》。作品中刻画了一群卡拉玛佐夫家族成员们在社会大动荡、大转折面前，悲观失望、道德沦丧、情欲横流，反映出一部分俄国贵族阶级在农奴制分崩离析和资本主义长足发展的状况下，看不到出路，悲观厌世、无可奈何而自甘堕落的现实，他们的性格带有极大的时代典型性，因而称之为“卡拉玛佐夫气质”。

15. 托尔斯泰主义

指托尔斯泰世界观转变后形成的一整套所谓拯救俄国社会和人类社会的政治、道德主张。其基本内容是：“勿以暴力抗恶”、“道德的自我完善”、“宽恕”、“博爱”。他站在自由贵族立场上，幻想以改良主义来协调贵族与平民的关系，他改良社会的政治主张包括：不以暴力抗恶；道德的自我完善；博爱思想。在19世纪90年代的俄国，无产阶级的革命理论已经开始传播，俄国工人阶级已登上政治舞台，而作者通过其作品的主人公来宣扬这种“托尔斯泰主义”，客观上只能起到反对阶级斗争、反对暴力革命、麻痹和瓦解革命人民斗志的消极作用。

16. 心灵辩证法

车尔尼雪夫斯基对托尔斯泰早期创作中独特心理描写的概括，即作家善于“描绘心理过程本身，这一过程的形态和规律”。托尔斯泰善于通过描写心理变化的过程展示人物的思想性格的演变；他最感兴趣的是心理过程本身，是这种过程的形态和规律；他能描述出一些感情和心理怎样演变为另一些感情和心理，展示心理流动形态的多样性与内在联系。这是车尔尼雪夫斯基评价托尔斯泰“心灵辩证法”的基本内容。此外，托尔斯泰从来不是静止地去描写人物的心理，而是始终细致地描写心理在外界影响下的嬗变过程。这一手法特别适用于作者塑造精神探索型的人物形象。

17. 奥勃洛摩夫性格

奥勃洛摩夫是冈察洛夫所塑造的俄国文学史上最后一个“多余人”的形象。他是一个受过良好教育的贵族青年，但他懒惰成性，没有任何实际活动的能力。他总是整天处于昏睡的状态，甚至做梦也在睡觉，最后在睡梦中死去。他身上表现出来的懒惰、优柔寡断、好空想的特点，被称为“奥勃洛摩夫性格”。奥涅金和毕巧林还有对专制制度的消极反抗，罗亭还有对农奴制度的激烈抨击和对新生活的热烈向往，而他就只剩下对旧生活方式的适应和满足。这个形象说明贵族知识分子在19世纪50年代后的俄国已丧失了进步性，预示了“新人”的形象将取代“多余人”形象。

18. 精神探索型人物

托尔斯泰一系列重要作品中带有作家自传性质、表现作者精神探索历程的人物。他们思想敏锐，对社会问题敏感，并积极探索，努力寻找答案。在得不到结果时，则从宗教中寻找启示。他们都企图克服环境的影响走向精神的独立，因而性格与环境每每发生冲突，并在冲突中展示超越性与自主性，从而说明环境的落后与不合理。《战争与和平》中的彼埃尔，《安娜·卡列尼娜》中的列文，《复活》中的聂赫留道夫等就是这类人物。

19. 忏悔贵族

指俄国作家托尔斯泰笔下的开明贵族地主形象，是19世纪后半期一些试图背叛本阶级却未能成功的贵族知识分子。这些人物以鲜明的深刻反省与精神探索为主要个性特征，他们的人生多表现为一种道德自我完善的过程。比起“多余人”，他们的认识要深刻，行动要坚决，有时真成了人民的辩护士，但他们最终仍是一个贵族，因此被称为“忏悔贵族”。托尔斯泰通过一系列的忏悔贵族形象，表现了他的社会探索和精神探索，揭露沙皇俄国的社会罪恶，也宣扬了托尔斯泰主义。《复活》中的聂赫留道夫是著名的忏悔贵族的形象。

20. 别里科夫性格

别里科夫是契诃夫《装在套子里的人》中的主人公，是顽固保守的反动知识分子典型。他性格中突出的特征是多疑胆怯、保守顽固。他把自己和周围的一切人等包括思想都套进套子，以“纯粹套子式的论调”统辖周围环境，造成压抑气氛。他惧怕、屈从于沙皇反动统治，并成了反动统治的卫道士。作为旧制度、旧思想的维护者，他是凶狠的；但他保守腐朽的本质使他在新事物面前不堪一击，他又是脆弱的。别里科夫的凶狠脆弱正反映了造就其性格的沙皇专制统治的残暴脆弱，也表明这种生活不能再继续下去了，俄国必须要改革。

21. 废奴文学

废奴文学指19世纪二三十年代美国奴隶解放运动中出现的描写奴隶悲惨生活和反抗斗争的文学作品。废奴文学是19世纪上半叶美国废奴运动的产物。它从人道主义出发，以废奴为主题，描写黑人奴隶的非人生活，揭露南方奴隶主的残暴行为，批判蓄奴制的野蛮性和反动性，为黑奴解放运动大声疾呼，进而批判北方资产阶级的妥协、虚伪和叛变行为。废奴文学具有强烈的政治倾向性，形式以诗歌和小说为主，主要作品有希尔德烈斯的《白奴》和斯托夫人的《汤姆叔叔的小屋》。

22. 社会问题剧

指挪威剧作家易卜生创立的以资本主义社会中重大社会问题为主题，并在结尾没有直接结论、没有任何暗示的剧本。作者站在民主主义立场上，运用现实主义创作方法，把当时的社会问题与舞台艺术相结合，真实地反映了欧洲资本主义社会的本质特点。剧本提出了有关政治、伦理道德、婚姻、妇女、教育、宗教、法律等一系列社会问题，深刻地揭露和批判了资产阶级虚伪欺诈、自私自利等败行劣迹，贯穿着强烈的批判精神，目的是引起人民的注意，进行社会改革，带有改良主义色彩。代表作品是《社会支柱》、《玩偶之家》、《群鬼》和《人民公敌》。

（五）简答题

1. 批判现实主义文学的基本特征是什么？

19世纪文学的主流是批判现实主义文学，它有以下基本特征：（1）客观、真实地描绘现实生活，反映社会的本来面目。现实主义作家把当代现实生活特别是城市的日常生活作为描写的主要对象，注重反映现实生活的整体、本质、真实，在创作中力求准确反映人物和社会的具体特点。“真实地再现现实生活”几乎是所有批判现实主义作家的共同口号。（2）批判性、暴露性、改良性。现实主义作家特别注重底层社会及小人物的悲剧命运。对社会现实的强烈批判是从改良资本主义制度出发的，在客观上表达了广大人民群众对资本主义制度的不满和抗议，他们的思想武器是人道主义，政治主张是改良主义。（3）塑造典型环境中的典型性格，重视细节的真实性。现实主义作家重视细节描写的真实性，达到了精细入微、生动逼真的地步。而他们刻意追求细节的真实，往往为描写典型的人物与环境服务，以突出表现人物与环境的独特性和本质特征。他们主张将人物性格放在特定的历史时代、社会环境和斗争情势中加以刻画，突出时代、环境对人物性格的影响。

2. 简述19世纪中期法国批判现实主义文学的主要特征。

第一，在思想内容上描写日益得势的资产阶级和日益没落的封建贵族之间的矛盾以及资产阶级的内部矛盾，形象地体现资产阶级取代封建贵族阶级的历史发展趋势。

第二，批判的矛头指向没落的封建贵族和飞扬跋扈的资产阶级，批判金钱的罪恶以及人与人之间的金钱关系。

第三，在人物形象塑造上，作品的主人公大多是带有英雄主义色彩的个人反抗的典型。

第四，在艺术上，社会画面广阔，典型丰满生动，笔锋犀利有力。

3.《红与黑》书名的象征意义。

《红与黑》至今被世人视为了解“法国现代气质”——把“人格”看作高于一切的品质——的教科书。关于小说题目“红”与“黑”的象征意义，评论界有各种各样的解释。比较有代表性的观念有：其一，象征政治力量。“红”象征热血和革命，“黑”象征封建的反动势力。其二，象征主人公于连谋取前程的途径。“红”指拿破仑帝国时的红军装，走从军的道路；“黑”指教士的道袍，走教会的道路。其三，象征不同的历史时期。“红”象征充满业绩的资产阶级革命时期，尤其是拿破仑帝国时期；“黑”代表教会恶势力以及猖獗的王政复辟时期。于连即生活在这两阶段的转换时期。其四，象征主人公于连的命运。“红”指鲜血，于连的结局是死于非命；“黑”指孝服，玛特尔小姐身穿孝服亲手埋葬了于连的头颅。其五，“红”与“黑”是赌盘上区别输赢的标志。像于连这样有极大野心的个人奋斗者，生活道路就是一场赌注。其实，不管哪种解释，都从不同侧面展示了小说丰富而深刻的内涵。

4. 为什么说《红与黑》是一部政治小说？

《红与黑》通过于连这个平民阶层青年的个人奋斗史反映了法国复辟时期尖锐复杂的社会矛盾和阶级斗争，揭露了复辟贵族和教会的反动本质。贵族阶级在复辟时期重新得到了他们失去的一切，为了扑灭革命力量，他们策划于密室，教会则充当朝廷的爪牙与密探，与贵族串通一气，残害人民，打击革命力量。

于连在个人奋斗过程中的两度恋爱史与他的奋斗史密切相关，爱情是他向上爬的手段与阶梯。他追求市长夫人是为了报复市长的侮辱，他追求侯爵小姐则是为了跻身贵族的行列。因此《红与黑》不是一部爱情小说，而是一部具有深刻社会意义的政治小说。

5.《红与黑》在艺术上的显著特色有哪些？

首先，成功地塑造了典型环境中的典型人物。小说选择维立叶尔市长府第、贝尚松神学院、巴黎德·拉木尔侯爵府三个典型环境，具体而广阔地概括了王政复辟时期的法国社会生活，使于连的思想性格在其中逐步形成发展，也因环境变化而变化，成为典型人物。通过主人公于连形象的悲剧过程，揭示了波旁王朝复辟时期上流社会的丑恶本质，以及在专制特权社会里，平民青年的个人奋斗必然毁灭的客观现实。

其次，细致的心理描写。司汤达自称“人类心灵的观察家”，他特别善于根据人物的社会地位和生活环境细致描写人物心理，把人物各种情景下的各种精神活动和感情变化特征细腻地表现出来，并通过展示人物的内心世界来刻画人物性格。如于连的性格就是一直在内心灵魂激烈搏斗的过程中形成、发展和变化的。作品成功地描写了于连与德·瑞那夫人、玛特尔小姐两次幽会前的心理活动，生动地展示了处在不同情况下的于连的内心世界，反映了于连由鲁莽幼稚变得老谋深算的性格发展过程。再如，德·瑞那夫人坠入情网时的喜悦、痛苦、忏悔而又不甘心放弃幸福的矛盾斗争的复杂心理都是由自言自语等片段连缀而成的，将人物的内在思想用语言显露出来。

第三，情节紧凑、结构严谨。小说以于连的个人奋斗史为“经”，以他和德·瑞那市长夫人、玛特尔小姐恋爱生活为“纬”。经纬交织、条理明晰。三个典型环境的转换衔接自然顺畅，出场的人物都与主人公有关。人物、情节和环境都显得严整清晰，井井有条，形成一个有机的艺术整体。

6. 简述巴尔扎克的世界观与创作方法的关系。

巴尔扎克的世界观充满矛盾。他属于政治上、经济上都因受排斥而不得志的中小资产阶级，本能地不满复辟王朝，欢迎七月革命；但七月王朝的大资产阶级统治，又使他变成反对派。他害怕工人革命，便反过来同情贵族，加入保王党；主张实行君主政体，强化宗教。实际上，巴尔扎克所主张的君主政体和宗教，乃是资产阶级化的王权和“压制坏倾向”的道德力量。巴尔扎克的世界观中确有封建因素和保守倾向，对其创作有一定影响，如同情、美化贵族；但从主导方面讲，他的世界观是进步的。其世界观中的唯物主义和民主思想，指导他正确观察现实，在创作中采取现实主义的创作方法，使他能违背自己的政治偏见，反映出时代的本质，揭示出社会的罪恶。

7. 概述《人间喜剧》的现实主义艺术成就。

巴尔扎克的创作标志着19世纪批判现实主义文学的高峰，其《人间喜剧》的艺术特征主要有：第一，从历史哲学的高度表现现实，描写社会。巴尔扎克对现实关系有较深刻的理解，认识到整个社会就是一部由金钱控制的机器，他通过金钱支配下的活动揭示出贵族阶级逐渐衰亡、资产阶级日益得势的历史大趋势。第二，高度个性化的典型人物。巴尔扎克通过细节、肖像、动作、对话、夸张描写人物的某种情欲等多种手法，刻画了鲜明丰满的典型形象。第三，精细逼真的典型环境描写。这既再现了时代和社会风貌，又为人物性格的形成和发展提供了客观依据。第四，真实准确的细节描绘。

8. 简析鲍赛昂子爵夫人的形象并概括其典型意义。

鲍赛昂子爵夫人是王室后裔，巴黎社交界的领袖，美丽高贵，向来以门第自傲。但是，这样的一位贵族领袖敌不过金钱势力，同她相爱三年的情夫竟为了年息20万法郎的陪嫁与资产阶级小姐订婚，抛弃了她。这位遭遗弃的贵妇人虽然拒绝同资产阶级合流，但却指导自己的表弟去追银行家太太，让他借助金钱势力站稳脚跟。鲍赛昂子爵夫人失败了，不仅被金钱夺走了情人，而且被金钱粉碎了信念，在内心深处丧失了贵族的自信。她的遭遇，不仅批判了亵渎感情、破坏幸福的金钱势力，而且形象地反映了贵族阶级必然灭亡的历史趋势。

9. 简析伏脱冷的形象并概括其典型意义。

伏脱冷是一个有特殊意义的独特形象。他是黑社会的重要人物，心狠手辣，奸诈残忍，谋财害命，引诱青年，不择手段地攫取金钱，狠毒贪婪是他的性格核心。但他并不是一般的强盗，他目光敏锐、思想深刻，对社会的批判一针见血。他信奉极端利己主义，不顾一切地为自己谋利，他不像纽沁根那样在法律的庇护下掠夺小家小户，他的“万字帮”只干千万元以上的大买卖，公开和阔佬作对。他不像泰伊番那样谋财害命又嫁祸于人，而是敢作敢为，甚至为帮派利益去顶受杀人的罪名而长期坐牢。他集冷酷、刚毅、深沉、狡猾于一身。他决不低头屈服，却善于审时度势、随机应变，是一个强而有力的人物。

通过伏脱冷的形象，作者不仅将犀利的笔触伸向黑社会，扩大了社会批判的广度，而且为上流社会提供了一个伏脱冷式的背景，衬托出达官贵人的卑劣猥琐，增强了批判的深度。

10. 简述《高老头》的主题思想。

巴尔扎克创作的小说《高老头》具有深刻的思想内容：第一，小说真实地反映了波旁王朝复辟时期资产阶级暴发户对封建贵族社会日甚一日的冲击。（子爵夫人告别巴黎）。第二，小说描写资产阶级凭借金钱和财富的力量打败封建贵族，揭露了金钱的罪恶，批判了资本主义社会中人与人之间赤裸裸的金钱关系。第三，小说揭露了与资产阶级野心家极端利己、投机取巧完全不同的诚实的个人奋斗之路。

11. 简述《高老头》的主要艺术特点。

第一，注重典型环境的描写，重视环境与人物性格的关系。对典型环境的描写为人物性格发展提供依据。如拉斯蒂涅活动于其中的伏盖公寓、子爵府和纽沁根内室，构成了巴黎社会的缩影，为拉斯蒂涅野心家性格的形成提供了客观依据。

第二，广泛地运用了对比的原则。如高老头对女儿的溺爱与泰伊番将女儿赶出家门；高老头的痴情与女儿的绝情，从中引出抑恶扬善的教训（人物对比）。上流社会和伏盖公寓下层社会对比，刺激了拉斯蒂涅的野心，揭露了贵族表面兴盛和资产阶级暴发户的粗俗（环境对比）。

第三，语言多姿多彩，比喻深刻。人物语言充分个性化，如伏脱冷语言锋利、赤裸裸、一针见血；高老头的语言中充满对女儿的痴情。

第四，细节描写真实、生动、丰富、精彩。

第五，结构精致，小说围绕拉斯蒂涅向上爬安排情节，有主有次、多情节、多故事。拉斯蒂涅起着穿针引线的作用，其他人主要围绕他的性格形成而展开的。伏脱冷完成了教育的使命后被捕；鲍赛昂夫人完成任务后隐退；高老头的悲剧促进了他性格的最后形成。

12. 试举例说明《欧也妮·葛朗台》中精心设计的对话描写。

人物的对话是巴尔扎克精心描写的，他特别强调人物的语言必须符合身份地位。他主张人物对话要个性化。如葛朗台与仆人拿侬商议如何款待查理的对话，既写出了葛朗台的吝啬，又写出了此人歹毒凶狠的心理，是非常形象化、个性化的语言。

葛朗台：“不用买了，你慢慢给我们炖个野味汤好了。……不过我得关照高诺阿莱打几只乌鸦。这东西煮汤再好没有了。”拿侬：“先生，乌鸦吃死人可是真的?”葛朗台：“你真是个傻瓜，拿侬！它们还不是跟大家一样有什么吃什么。难道我们就不吃死人了吗？什么叫作遗产呢?”

13. 从小说的细节描写分析作者是如何塑造守财奴葛朗台这一形象的?

葛朗台是个十足的守财奴，是法国向资本主义过渡时期的投机商人，是法兰西革命动荡时期发财致富的资产阶级暴发户的典型。小说中通过细节描写，充分展示了这一嗜财如命的守财奴形象。

比如，小说中葛朗台一身寒酸的打扮：笨重的鞋子，四季一双袜子，一条黑领带，一年理发两次。虽然他已积累了巨大的财富，但过日子与贫穷的乡下人没有什么区别。喝的老是坏酒，吃的老是烂果子，面包是自己家烤的，肉食蔬菜靠佃户供应，蜡烛是全家合用一支，还得买最便宜的，白糖早就降价了，可永远被当作奢侈品看待。

还有，葛朗台阴森森的老房子年久失修，楼梯踏级都被虫蛀坏了，女仆差点摔了跤，他还怪她不挑结实的地方落脚。每一顿饭的面包食物、每一天要点的蜡烛，他都亲自分发，一点儿也不能多；女儿生日那天，有客人来，才多点了一支蜡烛；他限制妻子的零花钱，连别人送给她的一点，也要想方设法搜刮走；来了亲戚，他不让加菜，吩咐佃户打些乌鸦来熬汤；妻子卧床不起，他首先想到的是请医生得花钱。

82岁的葛朗台临死前，神甫来给他做临终法事，把一个镀金的十字架送到他唇边亲吻，葛朗台见到金子，便做出一个骇人的姿势，想把它抓到手。这一下努力，便送了他的命。最后他唤欧也妮前来，对她说：“把一切照顾得好好的！到那边来向我交账！”

小说就是通过这种种生动具体的细节描写，把守财奴的性格刻画得出神入化。

14. 善于透过金钱的小孔看人，这是吝啬鬼的共同特征。试以葛朗台为例加以说明。

在金钱魔力的诱惑下，葛朗台老头时喜时忧，时憎时爱，时而如虎，时而如羊，一切都是为了占有金子。他不仅想的是金子，喊的是金子，看到的一切几乎都充满金色的闪光。他“长着一头黄色和灰白色夹杂的头发，仿佛金子里掺着白银”。妻子行将就木，奄奄一息：“天国的光辉照着她，仿佛太阳照着树叶发出金光。”女儿因母亲去世而伤心发呆，葛朗台却感到“仿佛她是金铸的一般”。天气晴朗时，他说：“黄金般的好天气啊；”久旱逢雨，他说：“仿佛天上落下金子来了。”这些黄金的比喻糅于具体的细节描写之中，使人物从头到尾散发出资本主义的铜臭味，收到极好的艺术效果。还有，葛朗台听到他兄弟破产自杀，侄儿查理闻讯痛哭时，他说：“这个年轻人是个无用之辈，在他心里的是死人，不是钱。”一个人说了这样的话，你还能嘲笑他什么呢？这句话是一把刀，把人性和同情齐根割断了。

15. 请你谈谈《欧也妮·葛朗台》对资本主义社会金钱关系的揭示。

揭露资本主义社会人与人之间的金钱关系是贯穿全书的一个中心主题。在资本主义社会里，正如《共产党宣言》中所指出的，人和人之间除了赤裸裸的利害关系，除了冷酷无情的现金交易，就再也没有任何别的联系了。葛朗台除了金钱以外，对什么都没有感情，对侄子冷漠，对女儿刻薄，对妻子压制，财产都被他无情侵吞，如果不威胁到他的财产，妻女的生死存亡，他是根本不考虑的。在他看来，人与人之间都是冷酷无情的现金交易。家庭关系是这样，婚姻关系亦如此。公证人克罗旭一家和银行家德·格拉桑一家之所以要娶欧也妮，也是看中了她家的钱财。当欧也妮最后答应嫁给克罗旭的侄子、法院院长蓬风先生的时候，蓬风先生竟“扑倒在有钱的继承人脚下，又快活又凄怆地浑身哆嗦，连声表示，‘我一定做你的奴隶，赴汤蹈火都可以’”。蓬风想通过结婚独吞这份家产，因此和欧也妮订了一份死后财产互相馈赠的协议，这份协议的结果是欧也妮直到蓬风去世依然保持童身。蓬风先生死后，又有新的一家像当年的克罗旭家一样，开始包围这个有钱的寡妇。巴尔扎克在小说中一针见血地指出：“金钱控制法律，控制政治，控制风俗，到了前所未有的程度。”

16. 你觉得葛朗台这一形象的独特价值在哪里？

葛朗台老头是西方文学画廊中最著名的吝啬鬼形象。和欧洲文学史上其他几位吝啬鬼相比，其独特价值在于他是趁法国大革命之机发财致富的暴发户典型。作者通过葛朗台的发家，高度概括地反映了贵族的产业如何一步步转移到资产阶级手中，满身铜臭的暴发户又如何成为地方上权力的象征和众人膜拜的对象。巴尔扎克以大量生动的细节刻画了葛朗台的思维方式和生活方式，描绘了他精明狡猾的聚财手段和种种吝啬的习惯，充分论证了这类人的财产为何能以令人难以置信的速度增长。尽管巴尔扎克本人对粗俗、冷酷的资产者素无好感，却十分客观地指出他们“推动了全省的工业化，给地方带来繁荣”，以致“君主政体的寿终正寝，在百姓中引不起丝毫同情”；而那些因风度优雅令他倾倒、使他屡屡为之哀叹的贵族阶级，却被他无情地描写成“不配有更好命运的人”。这是现实主义的伟大胜利，更是辩证法的伟大胜利。

17. 简述19世纪中期英国批判现实主义文学的主要特征。

第一，在思想内容方面，主要描写了资产阶级的内部矛盾和小资产阶级的个人奋斗史，不仅揭露了贫富对立而且直接反映了劳资矛盾。

第二，在人物形象上，塑造了栩栩如生的人物群像。其正面人物多来自平民阶级的小人物。

第三，作者大多从温和的人道主义出发，宣扬道德感化和改良主义的主张。

第四，在艺术方法上，则主要运用了现实主义的精细描写，但也不乏理想色彩，特别是在小说方面显示了高超的结构技巧。

18.《嘉尔曼》作为一篇爱情小说，何以吸引人？

首先，打破了当时文学作品中爱情故事的俗套，把一对情人的感情风暴描写得十分强烈、可怕，以致双方都付出了生命的代价，明显赞赏了一种粗犷强烈的“激情”。其次，作者赋予这爱情故事以较深的社会意义，以男女主人公的爱情冲突，表现了不同社会阶层人物间的矛盾。唐何塞与嘉尔曼不属于同一世界（社会阶层/思想/愿望），不甘心与嘉尔曼一起非法生活，念念不忘自己成了“坏蛋”，想要“重新做人”，因而引发两种生活理想、生活态度、是非标准之间的矛盾冲突。二人最后的悲惨结局，正是两种观念、生活态度激烈冲突的必然结果。唐何塞出狱后，嘉尔曼说：“照我们的规矩，我再也不欠你什么了。我有点爱你了，可是不会长久，狗与狼做伴，决没有多少太平日子。”可是唐何塞却爱上嘉尔曼：“我真是爱上你了，你一走，我就觉得神魂无主。”嘉尔曼的脾气像乡下的天气，忽好忽坏，令人捉摸不透。

19. 简析《双城记》的写作目的和思想内容。

《双城记》是狄更斯创作思想和艺术表现力达到成熟时期的杰作。写作目的：作者想借法国大革命的历史经验向英国统治者敲起警钟，具有明显的借古喻今的现实意义。思想内容：（1）对贵族阶级做彻底的否定。小说通过梅尼特医生给朝廷的揭发信落到侯爵兄弟手中，以及被捕入狱 18 年之久的情节描写，无情地揭露了腐败了的统治阶级专制政体、法律制度。（2）描写了法国人民在封建暴政下的悲惨生活。（3）生动描绘了法国大革命中巴黎人民攻打巴士底狱的情景和惩罚压迫者的历史画面，反映了法国大革命轰轰烈烈的斗争场面，准确而又形象地展示了革命发生的原因和必然性。（4）小说突出地表现了作者的人道主义思想。

他认为应该像代尔那一样用自我改造、赎罪的方式解决贵族与农民的尖锐矛盾，而不是用暴力革命的手段。

20. 简析《双城记》的艺术特色。

第一，结构严谨，情节曲折。《双城记》故事头绪纷繁、情节曲折，包含了三个家庭的故事，时间跨度几十年，但作者处理巧妙恰当。他以梅尼特医生的故事作为主线，牵动全篇，并运用倒叙、伏笔等手法使线索清晰、主次分明。

第二，强烈的对比手法。《双城记》在环境描写、人物形象和思想表达上都运用了对比的手法。用厄弗里蒙地侯爵的穷奢极欲、专横跋扈对照人民群众的贫困屈辱。用梅尼特在英国宁静的家庭生活对照法国苦难混乱的社会。用梅尼特的宽恕、仁爱对照得伐石太太的残忍报复。用卡尔登的自我牺牲对照革命者的滥杀无辜。这些对比鲜明表现了作者的人道主义思想。

21. 简·爱这一人物形象有什么显著的特征？

其一，真诚、善良。正如圣约翰对简·爱的评价一样，简“温顺、勤奋、无私、忠实、坚定、勇敢，非常文雅，又非常英勇”。简·爱出身低微、外貌普通，但她天生真诚、善良，使她整个身体散发出神圣和美丽的光芒，给接触过她的每个人都留下了好印象。对阿迪拉——一个舞女的私生女，她用关心、体谅、耐心，而不是偏见去改正她的缺点。甚至对虐待过她的舅妈，当她患重病时也去探望并妥当地安排了她的葬礼。

其二，独立、反抗。简·爱是一个有胆量的妇女代表，她敢于反抗命运。对她来说，站在上帝面前的每个人都是平等的。她为地位的平等而奋斗并维护独立的个性。当简·爱是个孩子时，她就敢于反抗施暴于她的约翰·里德；当圣约翰向他求婚时，她明确拒绝并批评了他。在这样一个男性受尊重的社会里，简·爱敢于明确指出牧师的虚伪，需要巨大的勇气，同时也显示了她的反叛。

其三，内心自卑。简·爱是自卑的，她从未摆脱这个心理。她对自己外表渺小和不美感觉失望，并且非常在意其低微的地位和缺少财富。她突如其来的自尊、自强正是来自深藏于内心的自卑。由于自卑，自尊成为一个有力的驱动器，它使简·爱成为一个文雅而迷人的女子，在这个意义上，正是最重要的自卑培育出了骄傲的简·爱。

其四，屈服传统婚姻。当简得知罗切斯特有一个疯癫的妻子——伯莎，她不顾罗切斯特的恳求，独自离开了桑菲尔德。在爱情和尊严之间她选择了尊严，即只能作为一个光明正大的合法妻子，决不做一个偷偷摸摸的情妇。在陪伴所爱之人与传统婚姻形式之间，她选择了后者。我们为她对女性人格的坚持而钦佩，也理解她在封建制度和传统观念下的行为，但这也使她的叛逆者形象有了一丝阴影。

22. 如何看待简·爱的出走与复归？

其一，出走：为其性格的突出表现，意志独立，自食其力，精神上要求平等。婚姻基础应是爱情。真正的爱情不取决于任何外在条件，只建筑在相互了解、尊重的基础上，平等互爱。疯女人的存在，为其自尊心与人格所不容。

其二，复归：同样体现了她要求平等、要被人尊重的思想。在旷野的爱的呼唤下，简·爱毅然离开圣约翰，重返桑菲尔德庄园。此时罗切斯特已眼瞎身残，家财荡尽，简却仍毫不犹豫地嫁给了他。

23.《简·爱》中罗切斯特的形象有什么重要特性？

其一，帝国雄鹰美。他具有一种能恢复英国18世纪的侵略性和扩张性的“男子汉气”，曾周游过许多国家，赞同并积极向外扩张；他在法国、德国等地都有自己的产业和别墅；甚至他的婚姻也跨过国门，娶了西印度群岛种植园主的女儿为妻。另外，罗切斯特有着“体育家的身材”，外形“像狮子或这一类东西”，神形“有一种超越美的力”，尤其是他那双“又圆又亮的鹰眼”使他具有鹰的视力，这眼力一次次越过英国国界，延伸到西印度群岛和东方，这就是殖民者或帝国主义的视力。

其二，正直善良。罗切斯特先生的外表和话语看似无情无义，但骨子里他却是个非常正直善良的人。虽然，阿迪拉与他没有任何的血缘关系，甚至她的母亲带给罗切斯特的是背叛和耻辱，而阿迪拉似乎还有一些令她不甚可爱的举止态度，但这一切都阻挡不了罗切斯特用一个正人君子的坚决态度、做人的准则付出最大的努力去做一位称职的父亲。

其三，情深义重。患有疯病的妻子的疯狂一直折磨着罗切斯特，让他对自己的家毫无眷恋。也是因为她，他深爱的简·爱离开了桑菲尔德庄园，但是罗切斯特还是尽力地照顾她；火灾发生时，依然想要去搭救她以至于自己身受重伤。这时我们已经看到了一个重情重义的罗切斯特先生的形象。

24. 假如简·爱发现疯女人在桑菲尔德庄园被焚时没被烧死，那么她会怎么做？

有两种可能性：

第一，追求独立、平等。在爱情上，如果简·爱始终坚持自己的人格独立和平等地位，哪怕终于有一天，感情的波涛冲破理智的大堤，简·爱抑制不住对罗切斯特的思念，匆忙赶回桑菲尔德，当她的内心日趋平静时，她一贯坚持的尊严会促使她再次离开罗切斯特。这是简·爱自立自强、自尊自重的性格发展的必然逻辑。也只有这样，简·爱才是当之无愧的女权主义先锋。

第二，战胜传统守旧。经过爱情波折的简·爱在小说后半部的斗争锋芒逐渐减弱。原先个性张扬的简·爱模糊了“自我”。假如伯莎没有葬身火海，那么，历经生活波折、无法抗拒相思的简·爱多半会成为罗切斯特的情妇，过上她的“甜蜜”生活。当然，这样的结局是作者和广大读者所不愿意接受的。因此，夏洛蒂·勃朗特为简·爱创造了结婚的合法条件。但我们可以扫除一切伪装直面最根本的事实：简·爱是为了罗切斯特回到桑菲尔德庄园的。

25. 我们如何理解爱玛这一形象？

爱玛是个向往浪漫的女性，也因追逐浪漫的幻梦而死。她出身于法国外省富裕农民家庭，在修道院接受了贵族教育，宗教约束和浪漫小说的双重影响使她易感的个性融合了消极偏执的因素，她时刻将自己投身于浪漫幻想中，希望自己能像小说中的人物一样生活。她嫁给了缺乏浪漫情调的平庸医生，纵使他全心呵护、做出重大牺牲也无法使她满足，理想与现实严重错位。参加昂代维利耶侯爵家的舞会后，亲身感受到上流社会奢靡生活的爱玛再也难以容忍现实环境，她放任自己终日沉浸在幻想中。后在不良社会风气和别有用心者的诱惑下，一心期待走出平淡现实、实现小说中浪漫梦想的她走上了婚外恋的歧途。出轨后的爱玛置家庭于不顾，隐瞒着全心信她、爱她的丈夫，纵情声色、恣意挥霍，终致破产。危难关头，心怀浪漫的爱玛才深刻体会到现实世界的虚伪、残酷和丑恶，无法面对一切的她选择服毒自尽。

26. 苔丝这一形象有何显著特征？

其一，至善至美。苔丝具有传统女性的善良美德。首先，她对爱情忠贞不贰。尽管命运多舛，她对爱情始终坚贞不渝。哪怕丈夫抛弃她，她对丈夫的爱依然如故。她始终袒护着丈夫，把一切过错归于自己，并且愿意用自己的生命成全所爱之人。其次，苔丝吃苦耐劳，顽强不屈。虽然生活艰苦，压力巨大，但对家人的热爱却始终如一。她努力工作多半是为了父母和弟妹，对亚雷的两次顺从，也是为了家人的温饱生存。

其二，反抗的勇气。她忍受了生活对她的一连串沉重打击和世俗道德的强大压力，但从不向困难低头，如果不是为了她的家人，苔丝宁愿自己饿死也绝不会向人乞讨。自食其力的尊严感和意志，使她在贫穷、困难面前选择依靠自身力量解决生存问题，并对亚雷所代表的资产阶级的虚伪充满憎恶，并不断与之做斗争。当然，苔丝的斗争性和反抗精神是不彻底的，她身上还残存着农民身上的某些旧道德观念和宿命论观点。不管遇到什么不幸，她都只是以一种忍受和自我牺牲的态度去接受。

27. 简析苔丝悲剧的社会原因及所表现的作者的悲观宿命论情绪。

苔丝是一个心地善良、感情真挚、富于自我牺牲精神和反抗性格的勤劳的农家姑娘。但在当时的社会中却被迫害致死，她的悲剧是社会悲剧。悲剧的主要原因有两方面：第一，以亚雷为代表的资产阶级对苔丝的压榨和摧残。第二，以安玑·克莱为代表的旧的伦理道德观念对苔丝的迫害。通过她的悲剧，哈代愤怒控诉了资本主义制度，否定了宗教和资产阶级道德的正义性。但是，在肯定苔丝是社会罪恶牺牲品的同时，作者又认为她的悲剧是命运造成的。由于命运作祟，苔丝无论怎样反抗也是枉然，流露了人类永远无法摆脱悲剧命运的悲观宿命论情绪。

28. 苔丝这个人物形象的悲剧根源何在？

第一，社会的悲剧。

艰难窘迫的农村经济：苔丝生活在英国资本主义渗透到农村并改变农村传统社会风气的维多利亚时代。苔丝及其村民虽然勤劳善良，但无权无钱，也无生产资料，社会地位低下，必将受到资本主义社会的种种压迫和凌辱。苔丝家中的老马被邮车撞死后便失去重要生计支柱，无路可走之下，她不得不去亚雷家打工。可见，苔丝的悲剧命运和她的经济贫困紧密相连。

不公正的法律制度：在资本主义社会里，法律制度都是以维护资产阶级的利益、维护资产阶级统治服务的。亚雷是新兴资产阶级的代表人物，极端厚颜无耻，认为自己有钱，可以为所欲为，可以随便地践踏别人的尊严，可以蹂躏纯洁的少女，却受到法律的保护；而受压迫受损害的苔丝最终却被判处死刑。这正说明了资产阶级政治制度的不公平：下层阶级的小人物在社会中是不可能得到公正待遇的。

虚伪道德的牺牲品：苔丝深爱的安玑虽然是个有开明思想的知识分子，但他心理深层有一种根深蒂固的狭隘的传统伦理道德观念。苔丝原谅了他曾经与一名女子发生的放荡行为，但他却不肯原谅原本无辜的苔丝。他还用传统的贞操观来看待一个女人的纯洁与否，对苔丝没有丝毫的同情，置苔丝于痛苦绝望之中，使苔丝又被迫回到亚雷的身边。安玑身上所体现出来的虚伪的资产阶级道德把苔丝推向了悲剧的深渊。

第二，性格的悲剧。苔丝作为一定历史时期的个人，必然会形成特定历史时期的社会意识和道德观念，她的思想和行动也必然会受到时代和社会意识的制约。苔丝有着双重性格。一方面她不屈服狭隘的传统道德和虚伪的宗教；另一方面又不能彻底摆脱传统道德对自身的羁绊。由于苔丝出身于一个农民家庭，残存于农民身上的某些旧道德和宿命观使她在反抗传统道德时出现了软弱的一面。她在受到世俗舆论、传统道德迫害的同时，又用这一道德标准来静观自己，认为自己是有罪的。

第三，命运的悲剧。在哈代看来，宇宙意志是神秘而不可预测的，在威力无比的宇宙面前，人类的力量极其渺小。苔丝命运多舛的一生充分体现了哈代的宿命论思想。在苔丝人生的每个重要阶段，巧合和偶然性总是贯穿其中。她家族的身世被偶然发现后，她的父亲得意忘形，喝醉了酒，作为长女的苔丝出于家庭责任感替父亲上集市，结果家里唯一的生活来源——老马被邮车撞死。出于自责，苔丝答应去“认亲”，揭开了人生悲剧的序幕；在与安玑结婚前，苔丝鼓起勇气想通过写信的方式将自己的过去告诉他，不料信却被塞在地毯下面，导致了他们新婚之夜的不幸；苔丝在走投无路的情况下要去拜访安玑的父母，结果半道上偶遇亚雷。觉得丈夫不会回头的苔丝做了亚雷的情妇，安玑却鬼使神差地回来要同她重归于好。冥冥之中仿佛有一种神秘的力量将苔丝逐渐推向毁灭。

29. 试述《德伯家的苔丝》在语言艺术方面的特色。

第一，耐人寻味的典故。在《德伯家的苔丝》中，哈代运用了大量引语、传说、古希腊神话及《圣经》中的各种典故，使之完全融合于故事的情节中，使语言更加洗练，生动，更为形象化，成为描写人物形象、阐明小说主题的有力手段，增强了小说的思想内涵和艺术魅力。

第二，得体的人物话语。《德伯家的苔丝》的一个显著特点，就是人物语言的形象化、个性化和口语化。小说中，无论是牧师，还是苔丝的父母，乃至苔丝的弟弟，他们的语言都反映了各自的性格特征，使读者如闻其声，如见其人，从而取得了极佳的艺术效果。

第三，意蕴深刻的意象。作者在小说中就是通过优美而又富于象征性的意象（或称语象）来表现作品的内涵，揭示作品的主题，唤起读者的情感的。哈代用植物、动物等意象展示出主人公苔丝的心态和内心的隐秘，因而他“对人物心理的揭示不是直接的，而是间接的，不是叙述的，而是象征的，不是自我表达，而是客观反映。”

30. 俄国批判现实主义文学的基本特征是什么？

俄国批判现实主义文学除具有西欧批判现实主义文学的一般特征外，还有四个方面的显著特点：第一，最突出的特点是始终和俄国人民的解放运动相联系，矛头指向专制制度、农奴制及其残余。第二，广泛使用讽刺手法，讽刺和对社会的批判紧密结合。第三，伴随着解放运动的发展，主人公形象不断变化并形成系列，小人物、“多余人”、“新人”、忏悔贵族等形象在俄国文学的各个时期都占有一个重要位置。第四，文学理论和创作实践紧密结合。别林斯基、车尔尼雪夫斯基、杜勃罗留波夫的文学评论文章，对俄国批判现实主义文学的确立、繁荣和发展起了巨大促进作用。

31.《驿站长》在俄国文学史上占有什么样的地位？

《驿站长》塑造了一个忠厚善良的小驿站站长维林的形象。维林日夜辛苦，却遭到往来官吏的欺凌。他唯一的精神寄托——聪明美丽的女儿冬尼亚，被一骠骑兵拐走。他历尽艰辛好不容易找到女儿，却又被拒之门外。维林终于在孤苦无靠、精神上受到严重摧残的情况下死去。维林的遭遇，反映了沙俄时代千千万万下层人物的悲惨处境，字里行间表现了作家的深切同情。维林是俄国文学史上第一个小人物形象。因此，《驿站长》有着开拓文学新领域的重要地位。

32.《叶甫盖尼·奥涅金》中的奥涅金是一个什么样的形象？

奥涅金是19世纪20年代俄国贵族进步青年的典型。他所受的教育是脱离实际的典型的贵族式家庭教育。这种教育使他能说流利的法语，会装腔作势，应付上流社会的交际。奥涅金虽然也过着一般贵族公子的浮华生活，但他受当时进步思想的影响，向往民主和自由，很快就厌倦了上流社会的生活。他在自己的乡村庄园进行改革，但由于缺乏毅力和勇气而失败。在这种不切实际的性格影响下，他的友谊和爱情都惨遭失败。在他身上反映了先进贵族青年脱离人民这一导致十二月党人失败的致命弱点。

33. 简析《叶甫盖尼·奥涅金》中塔吉亚娜的形象。

塔吉亚娜是俄罗斯文学中第一个理想的贵族妇女形象。“民间的古老传说”和大自然培养了她淳朴、热情和温柔敦厚的性格。她是“俄国妇女的典型”，有文化修养，受卢梭和理查生的启蒙思想影响，向往爱情和自由。她敢于冲破俄国贵族阶级的偏见，主动给奥涅金写信，大胆表白爱情。遭到拒绝后，她把感情埋在心底，后嫁给了一个将军。她保留着俄罗斯妇女的传统道德——对丈夫忠诚。在爱情问题上，她不损人利己，更不轻浮，尽管心里还爱着奥涅金，但她拒绝了奥涅金的追求。她虽身在社交界，却厌恶上流社会的一切，情愿回到俄罗斯大自然中。

34. 普希金在俄国文学史上占有什么样的地位?

普希金既是俄国浪漫主义文学的主要代表，又是现实主义文学的奠基人。他把从政治上批判俄国现实的倾向和现实主义的创作原则结合起来，确立了现实主义在俄国文学的支配地位。普希金在诗歌、小说、剧本、童话、诗体小说等各种体裁的创作中，都取得了巨大的成功，为后来的俄罗斯作家做出了榜样。他既开了以小人物、“多余人”为主人公的作品的先河，丰富了俄罗斯文学的人物画廊，又创造了诗体长篇小说和奥涅金诗节的新形式。他是俄罗斯民族文学和文学语言的天才创造者。因此，别林斯基说：“只有从普希金起，才开始有了俄罗斯文学。”冈察洛夫称“普希金是俄罗斯艺术之父和始祖”。

35. 简析《当代英雄》中毕巧林的形象。

毕巧林是俄罗斯文学中继奥涅金之后的又一个“多余人”形象，他性格充满了矛盾。毕巧林精力充沛，才智过人。比起那些沾染上贵族恶习的庸俗青年，他显得聪明坚强，有独立精神，能批判周围的事物。他不去追求功名利禄，对贵族社会抱批判甚至敌视的态度。他充满热情，渴望从事有意义的活动。但在尼古拉一世的统治下，他找不到出路，沉闷和阴暗的生活压抑着他，孤独和内心的矛盾折磨着他。他只能在战斗、冒险和恶作剧中寻找刺激，只能在琐碎无聊的小事上浪费精力甚至生命。他在毁坏自己的同时，也损害了别人。作者通过他的形象，谴责了当时社会，同时批判了19世纪30年代进步青年的缺陷，表明贵族知识分子正在失去自己的革命性，平民知识分子代替贵族革命家的时代即将到来。

36. 简析《死魂灵》的主题及社会意义。

《死魂灵》通过乞乞科夫接触的官僚和走访的各类地主的描写，客观上暴露了俄国专制制度和农奴制的丑恶，表明农奴制度已经腐朽，失去了继续存在的历史根据。

沙皇的专制制度和农奴制是阻碍俄国历史前进和发展的障碍，是19世纪俄国革命的主要对象。果戈理的《死魂灵》对于提高人民群众对俄国专制制度，特别是对农奴制反动本质的认识，提高人民的觉悟，唤起人民大众积极参加反对专制制度和农奴制的斗争，推动人民解放运动的发展，都有着不可估量的积极意义。

37. 简析《死魂灵》中乞乞科夫的形象。

乞乞科夫是贯穿《死魂灵》全书的人物。他出身于小农奴主家庭，从小受带有资产阶级色彩的封建教育，牢记“积钱”和讨上司欢心两条家教。学生时代就做赚钱的生意，伪装老实，投老师所好，以品学兼优毕业。工作后继续投机取巧，从老科长嫁不出去的姑娘入手，利用他向上爬。一旦达到目的，就把老科长和其女儿一脚踢开。他因贪婪过分被断绝仕途生涯后，又投机钻营干起了收买“死魂灵”的勾当。乞乞科夫作为新兴的资产阶级，虽然在智力方面高于农奴主，但其实质仍然是封建废墟中成长起来的骗子，是由贵族地主向新兴资产阶级过渡的典型。

38. 简析《怎么办》中的“新人”形象及作品所体现的革命民主主义思想。

《怎么办》的副标题是《新人的故事》。作者描写了两类“新人”，一类是普通的新人，如薇拉、罗普霍夫、吉尔沙诺夫和梅察洛夫等。另一类是特殊的新人，如拉赫美托夫和“穿丧服的太太”等。普通的新人的共同的精神特点是热爱自由，尊重别人。薇拉不愿和权势人物结合，罗普霍夫牺牲了专业和当教授的前途，以假结婚的方式把她救出苦海。后来当他发现薇拉和吉尔沙诺夫真诚相爱时，又以假自杀成全了他们。薇拉意识到自己和吉尔沙诺夫产生爱情时，竭力鼓起热情去爱罗普霍夫，而吉尔沙诺夫也主动疏远薇拉。他们奉行“希望人人都快乐幸福”的原则。在难解的“三角关系”中，为了别人的幸福，都做出了牺牲。他们的又一特点是都有崇高的理想和求实精神。他们崇尚自然科学，罗普霍夫和吉尔沙诺夫都是医学院的大学生，他们把自己的专业和改造社会结合起来。如吉尔沙诺夫利用治病启发工人的觉悟，薇拉组织的女工活动更是革命事业的一部分。特殊的新人拉赫美托夫是坚定的革命家，他背叛了自己的贵族家庭，参加革命组织，博览群书，学习革命理论。他同时身体力行，参加各种劳动，与人民打成一片。为了革命，他放弃了爱情和个人享受，以睡钉子床等残酷的办法磨炼自己的意志，以便将来能经受反动政府的酷刑考验，在他身上反映了革命者的精神面貌。作品正是通过这些新人的形象，宣扬了革命民主主义的精神面貌和革命民主主义的妇女观、爱情观及空想社会主义思想等。

39. 谈谈屠格涅夫的创作特色。

屠格涅夫的创作特色主要包括五个方面：

第一，他生活在一个政治风云激荡的历史时期，能及时捕捉俄国社会生活中的新事物并加以反映。他的全部创作几乎成了19世纪40—70年代俄国社会生活的编年史。尤其是他的长篇，每一部都是一个新的主题，都表现了俄国社会生活的重大问题。

第二，以人道主义作为创作的基础，在作品中颂扬人的善良和人类理想。

第三，善于塑造少女形象，他所塑造的女性形象，纯情、高尚，富于自我牺牲精神，个个跃然纸上，呼之欲出。

第四，极其擅长于风景描写。

第五，风格简洁、朴实、细腻、清新，富有抒情味。

40. 简析《父与子》中巴扎洛夫的形象。

巴扎洛夫是俄罗斯文学中的俄国“新人”——平民知识分子的典型形象。他以自己的平民出身而自豪，不把父辈的代表——贵族自由主义者巴威尔放在眼中。两人多次文武较量，巴扎洛夫都使巴威尔心服口服，甘拜下风。巴扎洛夫坚强沉着、自信、重视实际及科学实验，否定俄国现存的专制农奴制。巴扎洛夫性格中还有一种独立不羁、我行我素的人格力量，这使他周围贵族圈子的人显得软弱无力，而巴扎洛夫却和下层劳动人民关系融洽。巴扎洛夫这个形象表明新兴的平民知识分子比贵族更有力量。但是巴扎洛夫性格中也存在着矛盾，否定爱情却又追求贵族妇女，否定专制制度的同时也否定艺术和诗歌，这与作家世界观的矛盾有关系。

41. 《罪与罚》的艺术特色表现哪些方面？

第一，作品充满哲理性。作家把主人公犯罪与受罚的问题提到哲学的高度加以探讨，让两种相互对立和冲突的人物思想围绕问题展开论争。

第二，善于“刻画人的心灵深处的奥秘”。作家始终让人物处于无法解脱的矛盾之中，通过人物悲剧性的内心冲突，揭示人物的内心世界。为了更深层次揭示人物性格，作家还用了梦魇、幻觉和变态的心理描写等手法。

第三，结构严谨，情节曲折，气氛紧张。作品主要写了主人公的犯罪、受罚和新生，结构完整严谨。主人公激烈的内心搏斗和杀人场面都显得紧张。

第四，场面转换快，场景推移迅速，主要情节是几天的事，但在浓缩的时空中却包含了丰富的思想内容。

42. 谈谈陀思妥耶夫斯基笔下的小人物形象。

陀思妥耶夫斯基幼年就接触了农奴的生活，17 岁到彼得堡后，由于处于赤贫的状态，他对城市下层人民的生活有了更深刻的了解。他在自然派的影响下开始创作。他的第一部长篇小说《穷人》就写那些住在阁楼和地窖里的人们。作品的主人公是以杰符什金为代表的城市贫民。他们地位卑微、生活悲惨，但道德情操高尚。杰符什金自己贫穷潦倒，却尽一切可能救助比自己更不幸的瓦莲卡。《穷人》深化了俄罗斯文学中小人物的主题，它不局限于描写小人物的悲惨遭遇，而且表现他们高尚的内心世界。同时，《穷人》中的小人物不像《驿站长》和《外套》那样写的是个别人，而是一群人。小说还提出了贫富对立和不公平的社会问题，被别林斯基称为“社会小说的一次尝试”。《穷人》为俄国平民文学的繁荣奠定了基础。陀思妥耶夫斯基 19 世纪 40 年代的其他作品，如《双重人格》等也是以下层人物为主人公。60 年代，他又创作了一系列以小人物为主人公的重要作品，如《被欺凌与被侮辱的》、《死屋手记》、《罪与罚》等，作品中的下层妇女、各类苦役犯、妓女、穷大学生等都是生活在社会底层的被侮辱与被损害的善良高尚的形象，但又体现了基督受难的精神。

43. 为什么列宁说“托尔斯泰是俄国革命的一面镜子”?

托尔斯泰以罕见的深广的艺术视野，在自己的作品中反映了 1861 年农奴制改革后到 1905 年革命之间俄国重要的社会现象，提出了转折时期的很多“重大问题”。作为宗法制农民的代言人，在他的世界观及其作品和学说中，存在着显著的矛盾，这种矛盾不是他个人的现象，而是千百万俄国宗法制农民在资产阶级革命前夕的思想和情绪的反映。从托尔斯泰的学说和作品中，既可以看到俄国农民对沙皇统治的强烈仇恨、对美好生活的热望，也可以看到他们由于政治上的不成熟而表现得消极、软弱和不切实际。这正好说明了俄国革命的性质是农民资产阶级革命的特点。所以，列宁说“托尔斯泰是俄国革命的一面镜子”。

44. 鲜明而强烈的对比手法是《复活》的显著艺术特点，结合作品内容简要说明。

《复活》中的对比手法运用得广泛而形式多样化。小说开头写玛丝洛娃被押解去法庭受审时，真正的罪人聂赫留道夫却还舒服地躺在豪华的大床上想着与米西小姐的婚事。在法庭上，聂赫留道夫通过回忆，把他几乎淡忘的过去与眼前严酷的现实做鲜明的对比：无辜者站在犯人席上，而真正的犯人却在审判遭他诱奸而堕落的人。玛丝洛娃站在寒冷的雨地里伤心哭泣与聂赫留道夫坐在温暖的车厢里喝酒玩乐；犯人家属“探监日”的悲惨情景与副省长“在家日”的“天伦之乐”；西伯利亚监狱的阴森可怕与总督府宴会的豪华气派，等等，无一不形成鲜明强烈的对比。作家把互相对立的世界呈现在读者面前，并不加什么评论，但读者却能从中感受到反动统治阶级的罪恶和专制制度的腐败，感受到作品所蕴藏的强大批判力量。

45. 契诃夫短篇小说的主要艺术特色有哪些?

第一，在朴素自然中蕴含有巨大的艺术容量。契诃夫的小说题材大都取材于日常生活中的小事，但作者善于借用这些小事来反映生活的本质，在日常琐事中揭示出重大的社会问题，发人深省，产生震撼人心的效果。

第二，含蓄、幽默。在作品中契诃夫一般只做客观冷静的叙述、描写或通过出色的幽默来代替作者对人与事的评价。作者的含蓄还在于充分相信读者的主观因素，不把故事讲完说透。这使其作品含而不露，意在言外，耐人寻味。

第三，简洁、凝练。契诃夫能在很短的篇幅中融入巨大的内涵靠的就是这种写法。契诃夫小说没有冗长的景物、肖像描写和背景交代，情节简单，人物不多。但无论写人、叙事，寥寥几笔，便勾勒出人物的情态个性，给人以深刻印象。

46. 契诃夫早期创作有哪些特点?

契诃夫早期写有大量幽默小品和短篇小说，具有讽刺、幽默的特点。

从题材上看分为两类：一类是嘲笑、讽刺普遍存在的奴性心理，暴露造成这种奴性心理的沙皇专制警察制度，如《小公务员之死》、《变色龙》等。

另一类是反映下层人民的悲惨生活，并寄予深切的同情，如《苦恼》。

纵观契诃夫早期的优秀作品，语言简洁，形象生动，讽刺性强，发人深思。

47. 契诃夫笔下的小人物表现了怎样的主题?

写小人物的故事，一直是契诃夫创作的主要题材。从主题上看有三类：

第一，揭露和批判在官僚专制制度压迫下，小人物的奴才相，以及造成这种奴性心理的沙皇专制警察制度。如《小公务员之死》。

第二，描写生活在底层的小人物的辛酸、悲惨遭遇，并寄予深切的同情。如《苦恼》。

第三，歌颂底层人民中不断成长的先进力量，表现了作家对将要到来的美好生活的一种预感。

48. 简述《汤姆叔叔的小屋》的现实主义成就。

《汤姆叔叔的小屋》直接取材于当时的现实生活，因而在创作方法上以现实主义为指导。突破了在小说方面长期占统治地位的浪漫主义传统，真实、生动、细致地反映了南方蓄奴制社会的生活状况，以强烈的政治激情成功刻画了不同类型的黑奴形象。如俯首帖耳、唯命是从的汤姆叔叔和敢于反抗、斗争的伊莱扎等，逼真地勾画了奴隶主的丑恶嘴脸，如谢列格·圣克莱亚等。并以现实主义的写实手法暗示了蓄奴制的必然灭亡。它是美国文学史上一部重要的现实主义小说，也是内战后现实主义小说的前驱。

49. 简析《哈克贝利·芬历险记》的思想内容和艺术特征。

马克·吐温的代表作《哈克贝利·芬历险记》的思想内容：第一，小说以南北战争之后的密西西比河沿岸为背景，通过白人孩子哈克和黑奴吉姆沿密西西比河顺流而下、追求自由的故事，表达了反蓄奴制的思想和对民主、自由的真诚向往。第二，逃跑是这部小说中另一个主题。

在蓄奴制猖獗的时代，自由并不是和文明社会联系在一起，而是和逃离文明社会联系在一起的。

这部小说的艺术特色是：第一，成功地运用了地道的美国英语描写真正的美国生活。第二，大量的方言、俗语的使用，既符合一个顽童的性格，也符合他的认识水平。第三，浪漫主义抒情与现实主义描绘相结合是小说的一大特色。

50. 欧·亨利创作的基本主题及其艺术特色。

欧·亨利是美国著名的短篇小说大师，被称为“美国的莫泊桑”。他的小说主要描写下层社会形形色色的小人物，真实地再现美国下层社会的生活，反映了19世纪末期美国社会矛盾，揭露和批判资本主义社会的丑恶。歌颂小人物的善良、友爱、真诚、无私和自我牺牲的精神是欧·亨利创作的基本主题。《麦琪的礼物》写一对贫困的青年夫妇在圣诞节前夕，各自卖掉“引以为自豪”的心爱之物为对方购买礼物，结果两人的礼物都成了无用之物。《最后一片藤叶》描写了一位年迈的穷画家为挽救一个濒临死亡的女画家的生命，在夜里顶风冒雨在墙上画了一片永不凋落的藤叶，而自己却被肺炎夺去了生命。《警察与赞美诗》写一个流浪汉想进监狱度过寒冬而屡次故意犯法，警察却置之不理，而当他听到教堂的赞美诗忏悔自己的过去时，却无辜遭到警察的逮捕。《黄雀在后》、《我们选择的退路》和《人生波澜》等作品则表现了作家的另一重要主题：揭露资产阶级的贪婪、狡诈、狠毒、虚伪、无耻和美国社会的罪恶。欧·亨利是一位具有独特风格的作家。他不注重人物性格的刻画和心理描写，而以情节取胜。巧于构思，情节曲折生动，引人入胜；语言幽默风趣、逗人发笑；结尾出人意料，却又在情理之中，令人深思。这就是“欧·亨利笔法”所产生的艺术魅力。

（六）论述题

1. 试述欧洲现实主义文学的共同特征。

作为一个流派，欧洲现实主义文学有如下几个主要的共同特征：

（1）客观反映现实。现实主义要求按照生活的本来面目反映现实。一方面，像解剖学一样，强调精确细腻的描写，强调细节描写的真实性；另一方面，又要求透过现象看到本质。与此相关的是，反对作家突出自我、表现自我。当然文学作品中无法消灭自我，但“艺术家不应在作品里露面，正如上帝不应在自然里露面一样”（福楼拜）。作家的理想、观点、情感只能隐藏在真实的描写之中，让读者在不知不觉中受到感染。这样，现实主义就以客观化代替了浪漫主义的主观抒情，以严酷的真实折断（代替）了浪漫主义的幻想的翅膀。

（2）批判暴露性倾向。现实主义文学面向社会问题，正视社会矛盾，具有较强的批判暴露封建贵族与资产阶级统治阴暗面的倾向。这些揭露与批判，有助于人们对资产阶级世界的认识。现实主义作家并不是纯客观地、无倾向地反映生活，而是不断地对生活现象进行严肃的分析，做出自己的评价。他们从人道主义出发，对封建贵族统治的腐朽黑暗和资产阶级隐藏在金钱珠宝下面的无尽丑恶，对他们在政治上的残暴、思想上的专横、经济上的贪婪、道德上的糜烂十分厌恶。这种对社会罪恶毫不掩饰的描绘，在当时粉碎了资产阶级世界的乐观情绪，使人们对资本主义的永恒性产生怀疑。

（3）塑造典型性格。现实主义并不是机械地、平面地反映生活，而是着力于生活的典型化，而典型化的中心问题是典型性格的塑造。这在小说、戏剧、叙事诗、戏剧诗中均有体现。恩格斯对现实主义的经典概括：“除了细节的真实外，还要真实地再现典型环境中的典型人物”。现实主义作家重视生活的真实，但不满足于一般的、外在的真实，而是追求通过个别人物形象，生动地展示一定社会阶层的本质特征。同时善于将人物性格和时代、社会环境结合起来写，时代和环境造就人物性格，人物性格的形成和发展又反映社会和时代的风貌。

（4）在小说戏剧方面的创作优势。古典主义的创作优势是悲喜剧，浪漫主义的创作优势是诗歌，而现实主义则推动了小说（长篇、中短篇）的繁荣，以及社会问题戏剧的发展。特别是在小说方面，现实主义作家创造了“典型环境中的典型性格”；创造了编年史式的人物再现的连环性的长篇小说体系，如《人间喜剧》；创造了描写几个家族兴亡盛衰的巨型小说，如《卢贡—马卡尔家族史》、《福尔赛世家》及其续篇《现代喜剧》、《布登勃洛克一家》；创造了截取人生的解剖面以表现人生全体的短篇小说，如莫泊桑、契诃夫、欧·亨利；创造了直接干预当代生活的社会问题剧，如易卜生、萧伯纳的众多剧作。就整个欧洲现实主义小说戏剧发展的总趋势看，基本上是从写外部世界到着重写内心世界。后期作家比之前期作家更重视写人的精神世界。如英国的狄更斯到哈代；法国的巴尔扎克到福楼拜；俄国的果戈理到陀思妥耶夫斯基；挪威易卜生的中期到晚期的剧作。同样，现实主义作家讽刺手法的运用，加强了批判、揭露的力量，嘲笑了丑恶的社会，出现了许多讽刺大师，如果戈理、契诃夫等。

2. 试述西方（欧美）现实主义作家的矛盾心态。

其一，对贵族社会的鞭挞与眷念。现实主义作家们往往是封建专制和官方教会的凶猛对手，他们在揭露讽刺上层社会、资产阶级的虚伪贪婪、表达自己对下层穷人的深切同情时，总掩饰不住对往昔那种贵族生活的田园情趣与温情的留恋。当面对物欲横流的资本主义现实时，逝去的一切几乎都被夕阳残照镶嵌上金色的边框。随着资本主义社会现实各种矛盾的激化、道德的败坏，中世纪田园诗般的关系就越发朦胧而美丽。西方艺术家们从来只是抨击教会，只有很少人宣布自己根本否定上帝存在（20 世纪的尼采宣布上帝死了，可是他疯了）。面对物欲横流的世界，人们越发感到上帝之不可缺少。然而，上帝改变了自己的形象。在小说和诗歌中更多地表现为对于自然界的超自然崇拜（泛神论）和清教徒式的对勤勉、克己、助人等优良品质的提倡。此现象于英国文学中表现尤其突出。俄国是一个封建农奴制与资产阶级杂交的国家，从普希金到托尔斯泰、陀思妥耶夫斯基，也清晰地表现出这样一种宗教情绪。

其二，对金钱的双重意识。那些富于启蒙精神的作家，从资本主义秩序建立第一天起，就诅咒这罪恶的现实。此情形似悲剧中的俄狄浦斯王，他们坚决地、义无反顾地缉拿制造罪恶现实的元凶，却不知冥冥之中的命运之神正是假启蒙思想之火创造了这人间地狱。他们潜意识中感受到自己内心的黑暗底层同丑恶现实的隐秘联系。故而他们对现实的贬斥，犹如哈姆莱特训斥他那堕落的母亲。不管如何，他们是那时代的儿子，潜意识中无法摆脱其影响。比如，当巴尔扎克创造出无与伦比的揭露金钱罪恶的史诗时，他本人正陷入金钱的诱惑而无力自拔。正是奢侈的享受（对金钱的追求）使他债台高筑，而又是债台高筑迫使他像牛一般拼命创作。他的生命是在欲望的燃烧中消耗殆尽的。

其三，对压迫者的圣母情结。现实主义作家们都有一颗圣母般的心灵，他们在追求个性解放的同时，认为整个人类都应该过上人的生活。因此，下层人民的苦难就越来越多地进入他们的视野。圣母情结的特征是怜悯与拯救。从巴尔扎克的《农民》到雨果的《悲惨世界》，从狄更斯的《艰难时世》到哈代的《德伯家的苔丝》，从普希金的《上尉的女儿》到托尔斯泰的《复活》，都在表现广阔的人道主义心灵。他们把全世界的苦难都背负在自己身上，但又反对下层人民为解脱苦难而使用革命暴力。他们喜欢描绘恭顺、忠厚、勤劳的下层形象，唤起人们的同情，但又明确反对任何形式的暴力，包括劳动人民为解放自身而发动的革命。革命是一种“恶”，在此种“恶”面前，许多文学巨匠变成了侏儒。

3. 于连·索黑尔：试图改变自身命运而失败的个人奋斗者。

《红与黑》小说主人公于连是波旁复辟王朝末期小资产阶级知识青年中个人奋斗者的典型。他的思想、性格是复杂而矛盾的。一方面他自尊、进取、反抗，对上流社会抱有仇视心理；另一方面孤傲、虚伪，有野心。他一切的行为都是为了达到个人出人头地的目的。这一形象不仅概括了当时法国社会一大批青年人的精神面貌，而且也揭示了人类社会中普遍存在的个人与不平等的社会抗争时的不幸命运。

（1）于连：小说家本人的精神自传。

司汤达曾把自己的很大一部分理想反映在于连身上，可以说于连就是小说家本人的精神自传。司汤达说过：个人奋斗既然是“寻找幸福（美与激情）的艺术”，就必须做出巨大努力，为此不惜冒险，无论如何应“直奔目标”。这就是19世纪中叶以来对青年人产生重大影响的“贝尔主义”。

早在儿童时代，司汤达看见拿破仑的威武骑兵队从家乡经过，便发狂地希望进入军界。那时候，平民青年从军，“不是阵亡，就是36岁当上将军”。拿破仑就是绝好的榜样。但是在1815年滑铁卢战役后，拿破仑被放逐到圣赫勒拿岛，波旁王朝复辟，一切都变了：没有财富，没有高贵的出身，即无出头之日。

历史为于连这一代青年设置的某种共同境遇就是生不逢时：被养育在英雄的时代，却不得不在门第和金钱主宰的时代里生活。司汤达本人深知复辟王朝在新一代青年面前耸立起的是怎样的壁垒。司汤达通过困扰于连的出路问题响亮地提出：复辟时代整个社会制度已经成为社会发展的严重阻碍。在这样的社会现实前，选择的道路只有两种：逃避或反抗。于连没有像他的儿时好友富凯那样，选择洁身自好的退避隐居态度，而是奋起反抗，与阻碍他达到目的的社会展开斗争，正如司汤达所说："这是个在和整个社会作战的不幸的人。"一个人与整个社会体制抗争，失败是必然的，也是悲壮的。

同样，于连也是整个时代野心勃勃的梦想和惋惜的化身。我们读这本小说，头脑里会跳出一个生活在激情燃烧岁月里的伟人：拿破仑。于连就是作者笔下的拿破仑。左拉在《论司汤达》中也如是说："首先必须说明拿破仑的命运在司汤达作品里发挥了巨大作用。如果人们不回到构思这部小说的时代，不着重注意到拿破仑皇帝的神奇野心得到满足这一事实所留给司汤达这一代人的思想状态，《红与黑》将仍然是不可理解的。"

司汤达对拿破仑极为崇拜。他自己多次坦白：拿破仑是"罕见之人，我一生都爱他，人民赞成他"。"对拿破仑的爱戴是我保留的唯一感情"。

于连有野心，暗地里把拿破仑奉为自己的上帝。于连身上处处打上了拿破仑的人格魅力。比如说，拿破仑的天资聪明，好读书，精力旺盛，思维敏捷，记忆力超强；知道权力主要来自灌输恐惧的能力，等等，均可以在于连身上找到印证。还有拿破仑在权力巅峰阶段，一个错误的计划（远征莫斯科）招致最后的失败。同样，于连在飞黄腾达之时，命运亦急转直下。所以说拿破仑是整个时代野心勃勃的梦想和惋惜的化身，文学作品中的于连形象，也可作如是观。司汤达把自己认为是天才的机能，放在了于连这个20岁小伙子的头脑里。

（2）于连的命运轨迹：自尊与自卑的心理博弈。

小说主人公于连·索黑尔是一个善于"投机"的、最看重个人尊严的现代个人主义者。他的性格是多元的，强烈的自我意识是他性格的核心部分：自我意识在特定环境的作用下，产生出平等观念、反抗意识和个人野心。

首先，他善于投机，宁死也要飞黄腾达。他投机的个人资本是："秀美"的身躯，"深思而聪明"的智力。聪明过人，才华横溢，充满激情，富有毅力。他投机的内在情感则是“仇恨”。此仇恨不仅来自经常凌辱、殴打他的父兄，而且来自整个时代。他投机的表现众多，比如，当看到资历与声望都很高的裁判官，却斗不过一个少年神父时，他想，“这样看来，我应该做神父了”。于是，他投靠在西朗神父门下，靠绝顶聪明把《圣经》倒背如流，拉丁文也出色，成了小城中有学问的人。他投机的要求非常迫切，个性刚强，虽表面长得文弱，但“心里竟藏着宁可死一千次，也要飞黄腾达的不可动摇的决心”。

其次，他重视尊严，很在乎“和谁一起吃饭”。于连与父亲老索黑尔有别，最重视个人尊严，加之出身卑贱，他对捍卫个人尊严更有过人的敏感，绝不愿为一个金币而弯腰，以阿谀奉承为奇耻大辱，要凭自己的才干使人们向他脱帽致敬。当德·瑞那市长聘请他做家庭教师时，关心报酬的是老索黑尔，为增加每一个法郎而准备拼命。于连关心的却是另一问题：“和谁一起吃饭?”“让我和奴仆一起吃饭，我宁可死掉。”对于市长夫人要为其买衣服的好心，认为是侮辱，且愤怒：“夫人，我出身低微，可是我绝不卑鄙。”“假如我隐瞒着德·瑞那先生，做了与我薪金有关的任何事情，那么，我比一个仆人还不如啦。”结果吓得夫人说不出话来。于连的这一表现有卢梭等法国启蒙者把“人格”看得高于一切的品质。然而，这种高傲的自尊背后隐藏着对自己出身的极度自卑。这自卑出自他的小私有者家庭。

再次，于连性格的一个重要表现是高傲的自尊与奴性的自卑相统一。于连的心理轨迹展示为：瞬间自卑——对自卑感到羞耻——激起自尊的反抗——胜利的满足——然后又是瞬间的自卑……第一天走到市长家大门前，不敢举手按门铃。自尊心反抗的目标就是看见他不敢按门铃的市长夫人。正是这种自卑心理，使他一直认为市长夫人看不起他（其实他早是市长夫人的意中人了）。此种虚幻的被蔑视感，激起了真实的自尊反抗。在花园里，他抓住市长夫人的手：“他的心浸润在幸福里，并不是他爱着德·瑞那夫人，而是一个可怕的苦难已经完结了。”而后酣然入睡，次日清晨，他已经把夫人忘得一干二净。“他只记得昨晚已经尽了他的责任，一个英雄的责任，为了这个观念，他才完全幸福了”。在确信市长夫人已经成为俘虏时，他把征服市长夫人的胜利看作是自我力量的显示，是自己的抱负可能实现的证明。他的幸福在于从自身上看到了拿破仑式的力量、希望和信心。像于连这样有才能的青年，如同种子要发芽一样，不会放过向上爬的任何机会。个人野心支配着他的一切行动，但是因出身低微而带来的自卑心理，又时时刺激着他。

最后，于连的个人反抗，只为改善自己的地位。

由于反抗是为改善个人的地位，随着贵族当权者给他某种满足，于连对贵族的态度也由仇恨转向顺从，由高傲转向卑微。当德·拉木尔侯爵同他谈话，使用“我们”一词时，于连觉得这老头非常可爱，且愿意冒着生命危险，凭借自己卓越的记忆力完成侯爵交给他的送信任务。此品质的刻画，也展示在于连与玛特尔小姐的关系上。这种爱情关系被社会扭曲，他与小姐从相识到结婚，自始至终是一个钩心斗角的过程，一个充满了猜疑、恐惧与憎恨的过程。玛特尔是富家小姐，具有现代气质，什么都有，唯独无幸福。她喜欢追求更强烈的刺激，追寻更疯狂的快乐。于连之高傲和对于死亡的无畏的议论，引起了她的注意，觉得能与一个下等人搞一场风流韵事，也可以换换口味。故约于连幽会。但于连感到的不是幸福，而是圈套，后发现并非圈套，但表达热情后，得到的却是蔑视。伤了自尊心的于连采取了俄国王子的计策：“使她恐惧。我只要能使敌人畏惧我，他就会服从我。那么她也就不敢轻视我了。”他对德·瑞那夫人的爱情开始于捍卫自己受了伤的自尊心，而对玛特尔小姐，高傲的自尊变成了一个征服情人的大炮，一个手段，一种策略。其目的明确：“做玛特尔的丈夫是有许多好处的。”目的总是证明手段的正确，这是于连生活中的信条。在于连飞黄腾达之时，德·瑞那夫人的告发打碎了美梦，“为了达到目的，应当摒弃道德”，结果他向自己的情人连开两枪。书中于连之死写得非常悲壮。遭到枪击的德·瑞那夫人反而到狱中忏悔，玛特尔也以夫人身份奔走呼号。于连在法庭上坚强不屈，怒斥法庭伪善，不要求任何赦免。

总之，于连命运的多变，反映了复辟王朝时期谋求个人幸福的平民青年的特点：一方面，他“想摆脱屈辱和穷困带来的附属地位”；另一方面，既然是野心家，没有什么政治准则，他说“虚伪是我争取面包的唯一武器”。

于连的悲剧结局，是由他以个人奋斗的方式同过于强大的对象进行抗争决定的。作为受压制的平民阶级中的一员，于连企图与当时的复辟王朝、封建贵族、教会势力及大资产阶级抗争，以获得与他们平起平坐的经济、政治地位。这是他的对手们绝对不能容忍的。处于统治地位的社会集团和政治势力判处于连死刑，实际上是对敢于向他们挑战的平民的镇压和迫害。所以，于连的悲剧是社会的悲剧。

4. 结合作品分析《人间喜剧》的主要思想内容。

《人间喜剧》这一鸿篇巨制，内容极为丰富，是一部法国社会的“现实主义的历史”，它以编年史的方式再现王政复辟时期到七月王朝的历史进程，揭示了当时法国社会的基本特征，具有广阔而深刻的社会历史内容。

第一，揭示了封建贵族阶级的没落衰亡史。

波旁王朝复辟后，贵族又重新掌权，力图恢复旧日法国的生活方式和标准。他们表面上趾高气扬、气派高贵，但这一切不过是回光返照，要扭转历史已不可能。巴尔扎克尖锐、辛辣地描写了贵族没落衰亡的历史。如《高老头》中描写的鲍赛昂子爵夫人是“贵族社会的领袖”，高高在上，不可一世。她的贵族沙龙是被她所鄙夷的资产阶级太太小姐们羡慕不已的场所，但其显赫地位却经不起金钱势力的冲击，她热恋的情人阿瞿达侯爵为了年息 20 万法郎的陪嫁而将她抛弃。巴尔扎克描写了贵族阶级的没落时，常常带有同情、惋惜之情。但他的成就就在于能挣脱自己的同情之心，采用现实主义手法，如实描写了贵族阶级的穷途末路。

第二，揭示了资产阶级肮脏的发家史。

这集中体现在《高利贷者》、《欧也妮·葛朗台》、《纽沁根银行》中。巴尔扎克通过这三部作品的主人公高布塞克、老葛朗台、纽沁根，将不同历史阶段的各色暴发户刻画得穷形尽相，形象展示了剥削阶级运行的轨迹，资产阶级血腥发迹的历史。

第三，深刻揭露了人与人之间赤裸裸的金钱关系和职业的商品化。

巴尔扎克非常注意揭露金钱在资本主义社会的统治作用，揭示金钱支配法律、使文化艺术成为“贩卖思想的妓院”的作用，他十分成功地揭露了拜金主义的罪恶，揭露金钱诱发的社会腐败、道德堕落、人性沦丧。特别是通过一幕幕的家庭丑剧，撕下了罩在资产阶级家庭关系上的温情脉脉的面纱。《欧也妮·葛朗台》、《高老头》、《禁治产》等作品，刻画了一幕幕“人间喜剧”如何围绕金钱这个轴心转动。《幻灭》形象地表现了在金钱支配下，文学、新闻、出版等神圣殿堂如何变成欺骗、变节的地狱。

另外，《人间喜剧》还对共和党人的斗争精神和高尚情操给予了热烈的赞扬。

5. 结合作品分析《高老头》中拉斯蒂涅的形象及典型意义。

拉斯蒂涅是复辟王朝时期资产阶级青年野心家的典型。作者细致刻画了其思想变化的原因和野心家性格定型的过程，这是以其在巴黎求学所经历的两位“导师”的教导和“人生三课”完成的。

鲍赛昂子爵夫人是他的第一位导师，她给年轻而善良的大学生上了第一课，告诉他支配社会的两根魔术棒：门第和金钱，而获取其中任何一种都需要把别人当作“驿马”，最后教他去追求纽沁根太太，作为向上爬的跳板。伏脱冷则是他的第二位导师，伏脱冷的开导是拉斯蒂涅接受的人生第二课。他唆使拉斯蒂涅去追求银行家泰伊番的女儿，自己派人杀死银行家的儿子，而后劫财分赃，尽管此计未成，但使拉斯蒂涅确信了“有财便是德”的金钱规律。高老头的苦难与惨死是拉斯蒂涅接受的人生第三课。当高老头的钱财被女儿榨干后，他也被女儿抛弃了。高老头因无钱孤苦死去；紧接着，鲍赛昂夫人因钱而情场失意，伏脱冷因钱而被出卖……这一系列由金钱导演的悲剧发生了，促使拉斯蒂涅终于明白，清白诚实一无用处、只有金钱是金科玉律的道理。于是，在埋葬高老头的同时，拉斯蒂涅埋葬了自己最后一滴神圣的同情泪，自甘堕落，终于自觉走上资产阶级野心家的道路。

拉斯蒂涅由一个稍具同情心的青年堕落为资产阶级野心家，既显示了贵族被资产阶级征服的必然趋势，也揭露了资本主义社会环境对青年人的腐蚀作用，批判了金钱的罪恶。这个形象的典型意义为：小说通过拉斯蒂涅的演变，反映了贵族阶级的衰亡和资产阶级的兴起，揭露了金钱的罪恶。

6. 如何理解高里奥老头的父爱？

1834 年 10 月 18 日，作者给韩斯卡夫人的信上谈到他写《高老头》时说：“我要在这本书描写一种充满巨大力量的感情，无论是灾难、痛苦和不义，任何东西都不足以破坏这种感情。作品的主人公是一个父亲，他无异于基督神圣的殉道者。”此说明他写高老头的用意是集中写高老头的父爱。高老头也就成了作家心目中父爱的典型。

小说通过对高老头的“父爱”及其悲剧命运的具体描写，深刻地揭示了法国社会阶级关系的变化，批判了资本主义社会的金钱统治，可以从三个方面具体理解这种“父爱”：

第一，在高老头的“父爱”中，封建宗法观念和资产阶级的金钱法则这两者是交织在一起的。高老头是刚从封建社会过来的人，受旧封建伦理道德影响较深，但又是靠投机钻营而发家的暴发户，其思想感情必然打上阶级的烙印。这就决定了其“父爱”的复杂性。他认为父女之间的爱天经地义，但又把对女人的“爱”作为向上爬、抬高自家门第的手段；他痴情地爱着女儿，认为父女间的感情胜过金钱，然而又相信金钱万能，力图用金钱来维系父女之间的感情。其结果是使得原本充满温馨的人伦之爱沾染了令人作呕的铜臭，原本高尚的感情被庸俗的行为所玷污。高老头就是用“父爱”来满足两个女儿荒淫无耻的生活，他为大女儿的情人还债，还帮助小女儿与人私通。

第二，小说通过对高老头的“父爱”的刻画，反衬出资本主义社会中金钱的罪恶作用。

高老头为了“爱”女儿，不惜倾家荡产，可是两个女儿却只认钱，不认人。当父亲有钱时，想方设法来搜刮，等父亲一无所有时，就将他一脚踢开。高老头弥留之际，不去探视，也不为父亲送葬。“父爱”与女儿的忘恩负义形成了鲜明了对比。小说有力揭示了资本主义社会人与人之间冷酷的金钱关系，对金钱毁灭人的感情、破坏家庭和社会的恶劣功能提出了强烈的控诉。作者将高老头的“父爱”充分肯定为并作为一种抽象的人性来同人欲横流、天伦丧尽的资本世界相抗衡，这反映了作者的局限。

第三，高老头“父爱”的失败，是封建宗法思想被资产阶级金钱至上的道德原则所战胜的历史悲剧。尽管巴尔扎克寄希望于封建伦理道德，竭力赞扬高老头充满自我牺牲精神的“父爱”，但他并未背离现实生活，而是清醒地认识到资产阶级以金钱为核心的道德原则必然要取代封建宗法制社会的道德。高老头的悲剧结局说明他并未看清宗法制、天伦关系就不应该以金钱做手段，而在金钱支配一切的资本主义社会，也不可能用金钱维系父女之爱的事实。这是一个只精通资产阶级生意经，却不通晓资产阶级人生哲学的资产者的悲剧。

因此，其悲剧是时代和社会的双重悲剧，它从一个侧面反映了资产阶级发展过程中阶级关系和力量的变化。

7. 结合作品分析《欧也妮·葛朗台》的艺术成就。

《欧也妮·葛朗台》被认为是巴尔扎克“最出色的画幅之一”，属于《人间喜剧》风俗研究中的外省生活场景。小说以欧也妮的婚事为中心事件，形象地反映了波旁王朝复辟前后的法国社会生活，特别是外省资产阶级生活，成功地塑造了一个狡诈、贪婪、吝啬、狠毒的资本主义暴发户形象，揭示了资产阶级罪恶的发家史，并暴露了资本主义社会人与人之间丑恶的金钱关系。

小说最大的成就是塑造了一个吝啬鬼葛朗台的典型形象，这是对资产阶级金钱拜物教的生动写照。在作品中，巴尔扎克把资产阶级嗜钱如命的本质披露得淋漓尽致，揭示了在新的历史条件下资产阶级聚敛财富的特点。葛朗台积聚财富的历史充满血腥味，也带有鲜明的时代特征：他懂得商品流通和投机买卖的诀窍，尤其懂得公债投机和资金周转的重要性，精通如何利用债券关系和商业信用提供的机会。他既是大土地所有者，又是一个金融资本家，他的得势反映了复辟王朝时期土地、金融资产阶级主宰一切的社会现实。爱钱如命的守财奴葛朗台为后来的作家提供了创作模型。俄国作家果戈理创作《死魂灵》时，曾在巴黎住过一个冬天，他笔下的守财奴泼留希金明显地带有葛朗台的影响痕迹。

作品还围绕欧也妮的婚事揭示了资本主义社会赤裸裸的金钱关系。克罗旭家和格拉桑家为了娶欧也妮展开了针锋相对的斗争。欧也妮把私房钱给了查理，结果引起一场没有毒药、没有匕首、没有流血的资产阶级家庭悲剧。最后欧也妮与蓬风先生结婚也是一场金钱交易。蓬风先生对欧也妮追求了整整 8 年，可是却让欧也妮保持童身，这是因为，婚约上写得明白：“倘若将来并无子女，则夫妇双方的财产，包括动产与不动产，绝无例外与保留，一律全部互相遗赠。”

小说主要的艺术特色表现在典型环境的塑造、严谨的布局和语言的个性化特征三个方面。作者出色地再现了 19 世纪初资本主义血雨腥风吹拂下法国外省的种种世态。作品取材精当，笔势酣畅，没有闲笔。全书由葛朗台老头一家、侄子查理、欧也妮的两位追求者三条线索组成，但并未平铺直叙。作者对吝啬鬼葛朗台的语言描写匠心独具，生动贴切，富于个性，为文学史上所罕见。

8. 试述《欧也妮·葛朗台》中的主要人物形象。

葛朗台是小说的中心人物，在大革命之前原是索漠城里一个很富裕的箍桶匠。共和政府时期，他贱价买到了当地最好的葡萄园、一座修道院和几块地产，有了产业作为后盾，当上了索漠区的行政委员，并利用职务之便大发横财，成为当地首富。复辟王朝时期，葛朗台虽然丢了官，但并未停止积聚财富，他通过控制市场、哄抬物价等卑鄙手段，损人利己，使他人破产，从中致富。这正是当时大资产阶级发家致富的缩影，这罪恶的发家史是以侵吞资产阶级革命成果和掠夺人民的血汗为基础的。

小说最突出的成就是，在描述资产阶级发家的过程中，着力去塑造葛朗台的吝啬性格。为此，作者选择了一系列富有典型意义的细节表现他的悭吝性格。葛朗台的吝啬同他对金钱的无止境的贪欲紧密相连。在他心中，金钱永远高于一切：“没有钱，什么都完了。”他亦以为别人一见钱就高兴，即使生病也会立即痊愈。因此，当他妻子被吓得病倒以后，便拿了一把金币撒在她床上。妻子死后，葛朗台十分害怕有一部分财产要被女儿分走，赶紧同女儿和好，使她不要继承母亲的遗产。他病瘫之后，坐在手推车上，整天让人在卧室与库房之间推来推去，生怕有人来偷盗。直到临死前，还让女儿把金币铺在桌子上，长时间盯着，这样才感到心里温暖。他最后一句话是叫女儿料理好一切，到阴间去向他交账。这些细节的刻画把资产者嗜钱如命的本质揭露得淋漓尽致。

欧也妮是这部小说塑造的另一个重要形象。她不满黄金世界的法则，却又不得不受制于这个法则；不积极参加财富的追逐，却又不能拒绝做暴发户的继承者。她是金钱法则的牺牲者，是生活于其间无法逃离的悲剧人物。她的悲剧由三个互相联系的叙事环节组成：家庭生活、恋爱生活和婚姻生活。从父亲到恋人查理，从格拉桑一家到克罗旭叔侄，无一不在盘算、迫害、践踏她。在作者笔下，欧也妮是勤劳、善良、心地纯洁的女性，不知道社会上的恶德败行，也不理解人吃人的阴谋诡计。她不看重金钱，却珍惜人的感情，向往幸福的生活。欧也妮性格并非一成不变，而是不断发展的。当她得知父亲为了财产不外流而让她出嫁时，第一次悟到自己的命运原来操纵在父亲手里。为了对抗父亲为其构筑的金钱婚姻，为了梦寐以求的爱情，她第一次凭自己的意志处理问题，将全部积蓄送给查理。可是，她的真情换来的却是查理发迹后的背弃。爱情在资本主义社会中并不能摆脱金钱的束缚，查理的遗弃彻底毁灭了欧也妮对生活的“理想”。父亲的死亡、查理的变心，使她感到难堪的孤独和痛苦。她虽然有 1900 万法郎却得不到幸福，金钱对她甚至是一种“灾难”。欧也妮本想不声不响地活下去，用皈依上帝的信仰和施舍钱财的善行冲淡内心的惨痛，但是资产者、贵族败类的包围使她不得安宁，最终改变主意，与克罗旭所长做挂名夫妻。她要向践踏她的人表明，在物欲横流的世界上，她仍坚持自己的信念，那种熄灭不了的感情比金钱要高贵得多，同时借助所长的“幸运”证实查理是愚蠢的忘恩负义者。在小说结局中，作者写道：“这便是欧也妮的故事，她在世等于出家，天生的贤妻良母，却既无丈夫，又无儿女，又无家庭。”欧也妮及其悲剧结局表明，在冷冰冰的金钱关系下，真正的友谊与爱情并不存在。

欧也妮是巴尔扎克心目中的理想人物，是作者自己所提到的 14 个“无可疵议”的人物之一。作者将欧也妮塑造成一个置身于金钱关系的环境里却不受金钱关系影响的尽善尽美的理想人物。她具有作者赞美的许多“美好感情”——对父母的深挚孝心、对查理的真正爱情、对宗教的虔诚信仰。她根本不把黄金放在心上，只向往着天国，过着虔诚善爱的生活；她对穷人无限怜悯，不停地兴办慈善事业：养老院、小学校、图书馆、教堂。作者在小说中试图以欧也妮的“美好感情”也即人性来与资本主义社会丑恶的兽性相对抗，借此来克服资本主义社会金钱势力的弊端，这在当时是难以实现的幻想。

9. 为什么说只有到了巴尔扎克，现实主义小说艺术才取得前所未有的成就？

恩格斯指出，《人间喜剧》取得的成就是现实主义的最伟大的胜利之一。巴尔扎克丰富和发展了现实主义的创作方法。从法国文学的角度看，以巴尔扎克为代表的现实主义发展到了一个新的阶段。法国第一部长篇小说《巨人传》第一次塑造了有血有肉的人物形象，但艺术上结构松散，描述芜杂。17世纪，以莫里哀为代表的戏剧艺术在现实主义创作上有很大建树，但其人物性格单一化，是浮雕式的。18世纪启蒙文学（哲理小说）针对性强，批判讽刺性强，政治味浓，缺乏人物性格的描绘，人物往往“席勒化”。总之，直到19世纪以前，现实主义小说艺术还未达到完全成熟的阶段，而只有到了巴尔扎克，现实主义艺术才取得了空前的成就，成为19世纪欧洲文学的创作高峰，并对后世欧洲文学产生过深远的影响。巴尔扎克的主要成就集中表现在对典型的塑造上。

巴尔扎克把塑造典型作为再现社会的主要手段。而《人间喜剧》素以人物众多著称于世，经统计达2400多个，这在世界文学史罕见。社会各阶层人物均有，以贵族和资产阶级的人物为最多，而“典型不下六七十个”。巴尔扎克认为描写出两三千个人物，就能反映整个社会，这就使其人物群获得了“巴尔扎克社会”的称誉，此社会实是当时的法国社会。所以说巴尔扎克的创作实践具有极大的独创性，表现在几个方面：

第一，通过环境描写来刻画人物、反映社会。

精细入微、生动逼真的环境描写，是《人间喜剧》小说艺术的一个重要特点。这类环境描写，在作品中可以起到两种作用：第一个作用是表现环境对人的影响，有什么样的环境，就会有什么样的人；通过环境描写，为人物性格的发展提供条件和基础。另一种作用是反映人物的际遇和性格特征，有什么样的人，就安排什么样的环境。环境描写的要求有二：一，巴尔扎克的环境描写服从于再现整个时代面貌的总要求。二，环境描写为刻画人物服务。方法有二：第一种是紧接着环境描写之后引出活动其中的人物。第二种是把环境描写同人物的心理变化和精神状态糅合在一起。恩格斯正是从以巴尔扎克为首的一批现实主义作家的创作中，总结出“典型环境中的典型人物”这一现实主义创作原则的。

第二，善于做精细的外貌描写，擅长性格化的对话，描写了典型化的人物性格，从而取得了在塑造典型上多方面的突出成就。

巴尔扎克之所以重视人物外形，是因为他发现人物外形很能反映人物的阶级地位、精神面貌，性格特征。人物的对话也是巴尔扎克精心描写的。他还认识到人物的语言必须符合其身份地位。因此他把各行各业的行话土语纯熟贴切地写到人物的对话中。巴尔扎克主张人物对话要个性化。如葛朗台与仆人拿侬关于款待查理的对话，既写了葛朗台的吝啬，又写出了此人的歹毒、凶狠心理，是非常形象化、个性化的语言。在塑造典型人物性格方面，一方面往往采用性格单一化的手法，赋予人物以一种突出的性格特点，对人物性格的其他侧面不去表现或略加描写，使其人物色彩鲜明，性格突出，如高老头的父爱。另一方面，又非常注意性格的个性化，即使是同一类型的人物，也千差万别，彼此不雷同。

第三，人物再现法是巴尔扎克塑造人物形象的一个独特手法。

巴尔扎克让一些重要人物在许多不同的小说中重复出现，明确反映这些人物各个不同的生活阶段，相互联系，前后呼应，从而加深了《人间喜剧》这幅广阔的社会画卷的整体性和连贯性。这种手法在《高老头》中第一次尝试。一些重要人物往往出现过二三十次，在多部小说中反映他们不同的经历，最后构成这个人物的整体。如拉斯蒂涅、纽沁根、伏脱冷、皮安训等人物均如此。《人间喜剧》出现的再现人物约有400多个，分散在75部作品之中，以《交际花盛衰记》最多，达到155个。巴尔扎克采用这种独创手法，对于揭示人物的性格特点和发展变化、深化《人间喜剧》的基本主题具有一定的作用和意义，有助于加强《人间喜剧》作为“风俗史”的真实感，大大丰富了人物典型的塑造方法，为不少后世作家所效仿。

第四，强调欲望（或情欲）在人物性格中的作用，并将这种欲望看成是典型性格的主要特征，把它们作为人物性格发展的内在推动力。

在情欲（激情）的驱策之下，人物往往不受任何阻碍地畸形发展，这种激情能唤起人物的全部力量，使人物的形象性格达到疯狂的程度。因而，这种欲望已经成为一种恶癖。如《贝姨》中于洛男爵的色情欲，葛朗台的黄金占有欲，高老头的父爱，邦斯舅舅的收藏癖好，等等。巴尔扎克认为人不同于动物的一个重要特点是人具有欲望和激情，而抓住这些就可很好地表现他们的思想、生活，就能把人物写好，而《人间喜剧》即“以激情为元素”来创作的。

10.《双城记》如何体现了狄更斯人道主义思想的两重性。

狄更斯是19世纪欧洲批判现实主义作家中人道主义思想最浓厚的

作家之一，他的长篇小说《双城记》突出体现了其人道主义思想的两重性。《双城记》中狄更斯以自己的人道主义准则来评价法国大革命前的封建贵族政权和大革命胜利后的资产阶级革命政权。

狄更斯从人道主义出发，揭露了法国贵族阶级的无耻、残暴，描写了人民群众受迫害、被剥削的惨状，从而揭示了法国大革命爆发的必然性。另一方面，又对人民群众揭竿而起的暴动持否定、批判的态度。他厌恶流血冲突，希望通过人与人之间的同情、理解和爱来调和阶级矛盾，解决社会问题。狄更斯的这种人道主义思想直接影响了他对几个主要人物形象的塑造。梅尼特医生因为同情得伐石太太一家的悲惨遭遇，写信上告侯爵而被监禁 18 年。他在狱中写下血书，发誓要揭发真相。但当他出狱后，经过一段平静、幸福的生活，他的复仇火焰熄灭了，不仅接纳了仇人的儿子做女婿，还冒死去营救他。作者笔下的得伐石太太开始是一个正义的革命者，后来却被描写为一个嗜血的杀人狂，要把代尔那一家斩尽杀绝。她凶狠、可怕、冷酷无情，为了复仇不惜殃及无辜。得伐石太太最后和保姆扭打致死，以此来表明人道对暴力的胜利。对得伐石太太的革命政权是否人道的问题，作者对此表示了自己的人道主义思想：梅尼特医生和代尔那都是人道主义的化身，和他们相比得伐石太太是不人道的，因此苦大仇深的得伐石太太被描绘成杀人不眨眼的恶魔。作者企图用阶级调和的方式解决阶级矛盾和复杂的社会现象，他希望统治阶级能理智地进行一次改革，富人与穷人之间用爱代替恨。作者对革命和革命者的态度是矛盾的，一方面认为人民的革命是正义的，但又认为其过火。得伐石太太的结局，说明了作者的观点。代尔那这个形象为作者所塑造的人道主义最高典型，体现了狄更斯的博爱思想，他背叛了自己的阶级，成为自食其力的人，而且自动放弃贵族特权，为营救管家而被捕入狱。卡尔登更体现了作者的博爱思想，他甚至用自己的生命换取别人的幸福。

狄更斯人道主义的两重性使他对法国大革命持矛盾的态度，他既肯定革命的正义性和必然性，又描写革命的残酷、革命者的无情，表现了他对革命的否定与恐惧。这反映了作者人道主义的局限性，如作者把贵族的残暴和革命者的错误对比，以此突出他的人道主义精神，这种认识也使他不能准确认识法国大革命及其过程中的是非功过。

11. 谈谈托尔斯泰世界观的矛盾性。

托尔斯泰世界观是矛盾的，我们往往难以理解他的思路。他在享受当时最先进的科学成果的同时否定现代文明；在研究马克思《资本论》的同时提出托尔斯泰主义。下面从四个方面对其世界观简要分析。

第一，在对待资本主义的态度上，他认为文明的发展违背了其服务于人民大众的使命，因而否定了资本主义的文明，进而从人应全面发展的角度否定了劳动分工，从道德的角度否定了科学。

第二，托尔斯泰的宗教、伦理观。托尔斯泰不相信上帝的存在，但他要寻找上帝，他认为宗教需要体现上帝的形象。他反对教会尤其是教会的宗教仪式，认为教会和宗教是矛盾的。教会以暴力对待异教徒，支持沙皇打仗，以上帝的名义肯定法院审判的错误结论，为战争祈祷等，就是违背宗教教义的。他在寻找真正的教义中得出结论：上帝就在你心中，就是你的良心。托尔斯泰的伦理观和宗教观一样，起源于对生活的探索。他认为生活的目的就是像农民那样劳动。

第三，托尔斯泰否定暴力，他认为暴力是强迫人们执行政府规定、别人意志的力量。当时的土地私有制和雇佣劳动是暴力的主要表现，政府是有组织的暴力。暴力问题导致他否定一切政权。

第四，对革命的态度。托尔斯泰充分肯定法国启蒙者的革命原则，并认为是人类的理想。但他反对暴力革命，指责俄国革命模仿西欧，认为俄国农民的不幸就在于背弃了俄国的正确道路——和平改良，而模仿了西欧的暴力形式。

12. 试论《叶甫盖尼·奥涅金》中的奥涅金形象。

奥涅金是书中的中心人物。他是19世纪20年代俄国进步贵族知识分子的典型，是俄罗斯文学史上第一个“多余人”形象。作者以此形象概括了当代贵族进步青年性格的基本特征。这些贵族青年既不像十二月党人那样立志改革、奋起战斗，也不像一般的贵族青年那样自甘堕落。他们有良好的教养、聪明的头脑，也憎恶专制制度，不满于社会的腐朽黑暗，不愿意与上流社会同流合污，但又难以摆脱世俗的习惯势力，脱离人民，找不到出路，而且也没有必要的毅力和能力，结果一事无成，终生苦闷忧郁。

奥涅金的矛盾性格是时代的产物。诗人的成功之处首先就在于他真实地描绘了奥涅金性格形成的社会条件和具体过程。诗人表明，奥涅金性格是当时贵族阶级生活方式和教育制度的产物。他出身贵族家庭，从小受到法国家庭教师的教育，在彼得堡也受到贵族式的教育，但这种教育所给予他的，仅仅是会说流利的法语，会将头发剪成最时髦的样式，会跳很好的玛朱加舞，会装腔作势、谈情说爱，能应付上流社会的交际活动，而没有教给他真才实学，也没有使他养成坚强的意志，更没有给他指出光明的人生之路。所以，奥涅金虽然有从事有益事业的才智和愿望，却没有必要的毅力，虽憎恶贵族社会，但远离现实和人民，还无力同它决裂。他不了解自己（自命不凡），也不了解世界，找不到自己在生活中的位置，只是在苦闷中游荡。奥涅金性格的这些矛盾特征在他对待友谊和爱情的态度中反映得更突出。

连斯基是他乡间唯一的知心朋友。这位 18 岁的诗人满脑子都是浪漫的幻想，正与奥尔迦热恋。连斯基邀请奥涅金前去庆祝达吉雅娜命名日晚会，而奥涅金厌烦宴席上的无聊敷衍。命名日那天，拉林拉家门庭若市，奥涅金的驾到使坐在酒席正中的达吉雅娜顿时全身颤抖，不敢抬眼，热泪盈眶。奥涅金却对意外的盛宴大为不快，心中埋怨连斯基。出于报复，向奥尔迦大献殷勤，致使连激怒，提出决斗。这时候奥涅金才意识到自己的过失——玩笑开得过分了，并为此感到后悔。但他又无法摆脱贵族偏见，也受不了人们称他为懦夫的嘲笑，终于贵族的荣誉感、虚荣心超过了他对朋友的歉意，他身不由己地杀害了自己唯一的朋友。

奥涅金的爱情悲剧同样体现着奥涅金的性格特征。多少年来，这一爱情悲剧始终扣人心弦，催人泪下，发人深思，引导人们去憎恨那毁灭美好事物的腐朽、堕落的上流社会。达吉雅娜真挚、纯洁、热烈的爱情，无疑使奥涅金感动。但他当时正在探求一条正确的生活道路，有着对理想的追求，所以十分珍惜自己的自由，不愿意以对妻儿的义务来约束自己。另外，上流社会那种装模作样和虚情假意的爱情使他厌倦、失望，而不幸就在于他以这种偏见去曲解真诚爱他的这个少女，不理解达吉雅娜的精神境界，轻率地加以拒绝，使双方痛苦终身。他漫游归来，拼命追求已经成为贵妇人的达吉雅娜，并不能仅仅理解成是出于花花公子的虚荣心，而是反映了奥涅金对虚幻的自由及朦胧的理想追求的破灭，是精神上几达崩溃边缘的奥涅金为了拯救自己而做的一次尝试，因为他在她身上看到了得救的一线生机。但受到拒绝，致使他精神完全崩溃。

总之，奥涅金的爱情悲剧是他人生悲剧的一个组成部分。他的人生悲剧由其“多余人”性格所造成，而其“多余人”性格又是由那个时代所造成的。根源在于沙皇的暴政扼杀了青年的创造生机，只能无所事事。奥涅金的悲剧还表明了贵族革命性的衰落，到它的末代只能发展为旧时代的病态产物——“寄生虫”奥勃洛摩夫。

13.《安娜·卡列尼娜》的主要艺术特色是什么？

《安娜·卡列尼娜》的艺术特色是多方面的，仅就作品的结构和心理描写两个方面简要分析。托尔斯泰对作品的结构极为满意。他说：“我以建筑学而自豪。圆拱顶是这样砌合的，绝看不出拱顶在哪里。结构的联结不是实现在情节中，不是实现在人物关系（交往）中，而是在内在的联系中。”从小说的开头和结尾可以看出，作品绝不是两个题材的展开和结束，而是一个统一的题材的展开和结束。安娜的爱情悲剧是列文对社会问题探索的有力补充和说明。小说结构基本上遵循对照的原则。这个原则决定了情节的同时性和并列性。如第七部中吉娣与渥伦斯基的会见和安娜与列文的相见形成鲜明的对照。整部作品都可以看到一种自由而精致的建筑学。小说在最后一章才完成宏伟而匀称的结构的拱顶。

卓越的心理描写是作品的另一大特色。首先作品真实地揭示了人物内心矛盾的发展过程。如第九章第九节卡列宁听到安娜有失检点的谈话后与安娜谈话时安娜的心理描写就非常有特色。其次是心理描写的细微深刻，如安娜与渥伦斯基初次见面一节安娜的心理。最后是心理描写的手法繁多，变化无穷，千姿百态。如通过眼神的变化表现人物的内心，解剖式的心理描写；几个人物的心理活动互相影响、互相衬托；用比喻进行心理描写；以意识流的手法刻画人物内心；大段的内心独白；在景物描写中衬托人物的心理；通过细节描写刻画人物心理等，这一切使《安娜·卡列尼娜》成了心理描写的佳作。

14. 试析安娜的形象及其悲剧的原因。

托尔斯泰的代表作《安娜·卡列尼娜》中的主人公安娜是19世纪70年代追求个性解放的俄国贵族妇女的典型。她不仅有动人的外貌、优雅的风度，更有着丰富的精神世界。她是一个追求个性解放的贵族妇女，一个被虚伪道德所束缚和扼杀的悲剧人物。

第一，安娜的感情强烈而真挚，有深刻、丰富的内心世界。当她还是少女时，就由姑母做主，嫁给比她大20岁的省长卡列宁。卡列宁枯燥乏味，感情贫乏。牢狱般的生活窒息了她生命中隐伏的爱情。和渥伦斯基的相遇，唤起了她长期受压抑的处于沉睡状态的爱的激情。她对爱情自由的执着追求，体现了贵族妇女个性解放的要求，具有反封建性质。

第二，她对渥伦斯基的爱认真、执着到疯狂和神经质的地步。当渥伦斯基明显表现出对安娜的冷淡时，失去了一切的安娜绝望地想找回渥伦斯基最初的激情，找回那种不顾一切的爱。而渥伦斯基对安娜的“反常”越来越反感。安娜的感情受到极为惨重的打击，这使她对渥伦斯基的爱更加炽热、真诚，发狂到了极点。她的独特的个性是把爱当作生命，她想以死唤回爱的生，这是她的性格所决定的。

造成其悲剧的原因：

首先是不幸的婚姻。安娜聪明美丽、诚实善良，受过良好教育，但封建的婚姻道德窒息了她的心灵，与比她大20岁的彼得堡的“官僚机器”卡列宁过了8年没有一点真正爱情的家庭生活后，终于冲破种种束缚，追求爱情自由，与贵族军官渥伦斯基相爱。

其次是社会邪恶势力所致。安娜追求个性解放的要求和她的真诚行为是虚伪、冷酷的上流社会所不能允许的，她不仅被拒于上流社会门外，而且成了众矢之的。

再次是对渥伦斯基盲目的爱。渥伦斯基追求安娜主要还是出于满足其贵族的虚荣心，因此在强大的社会舆论面前，他不能理解安娜的屈辱处境和内心痛苦，只为自己失去上流社会的地位和前程而苦恼。最初他唤醒了安娜的爱情，后来又冷落了安娜，使安娜失去了最后的精神支柱。

最后是安娜自身的原因。安娜毕竟是一个贵族妇女，所追求的是个人的幸福，采用的也是个人反抗的方式；加之她又不能完全摆脱贵族妇女的种种偏见的束缚，犯罪感、羞耻感使她痛苦不堪。当她所希求的一切终于完全失去时，只得怀着对“一切都是虚假，一切都是谎言，一切都是欺骗，一切都是罪恶”的贵族社会的满腔悲愤，卧轨自杀。

15. 结合作品谈小说《复活》的艺术成就。

《复活》是列夫·托尔斯泰的最后一部长篇小说。作者最初的构思是以一件诉讼案为基础，写一本道德教诲的小说。但在十年的创作过程中，他数易其稿，主题前后迥异，最后写成一部表现阶级对立、政治意义深刻的社会问题小说。

首先，作品通过玛丝洛娃的遭遇和监狱里的大量冤案，揭露和批判了沙皇专制制度的暴力机关法庭、监狱和整个国家机器反人民的本质，撕毁了统治阶级的一切假面具。玛丝洛娃的受审场面是一幕滑稽戏，其结果是无辜者被判四年苦役；地方法院把审判当儿戏，最高法院也“不管案情是非曲直”，只查查法律条文引用是否恰当；副省长鞭打犯人的同时，还以犯人的恩人自居；大法官把残杀、监禁、流放波兰爱国者视为“爱国主义的伟业”；要塞司令草菅人命，任意杀人。

其次，作品揭露了官办教会的伪善和欺骗性。神甫们高喊着慈悲博爱，但对犯人遭受的非人待遇却无动于衷，还以吃基督肉和喝基督血的骗人鬼把戏欺骗犯人；他们用上帝的名义掩盖自己的贪欲和残暴；监狱里充满爱的祈祷词同犯人们的脚镣手铐声形成鲜明的对照。

再次，作品揭露了贵族地主对农民的残酷剥削和土地私有制度的罪行。农奴制改革后，农民的穷困并没有改变，他们赤贫如洗，在死亡线上痛苦挣扎。农民砍倒地主一棵小树，就得去坐牢。人们普遍营养不良，儿童大量夭折，不少人不得不去讨饭。作品借聂赫留道夫的口指出：造成这一切的根本原因是农民手中的土地被贵族地主夺去了。这就否定了封建地主的土地所有制。

最后，作品还通过破产后的农民被迫流入城市及他们的遭遇，揭示了农民与资产阶级之间的矛盾，反映了资本主义的发展给农民套上了更沉重的锁链。

托尔斯泰几乎把整个19世纪俄国的全部历史都概括进了这部作品，涉及了俄国当时面临的亟待解决的问题，并揭示了问题的实质，发出了严厉的呼声。但是，作品也集中反映了托尔斯泰世界观的矛盾，充满托尔斯泰主义的说教。他反对暴力，主张改良；幻想用一种新的宗教——仁爱上帝来消除社会矛盾和罪恶；宣扬“勿以暴力抗恶”的思想。作家在作品中过分强调宗教道德的作用，把它视为解决社会问题的灵丹妙药，这只能是一种不切实际的幻想。在作品的结尾，作家写聂赫留道夫皈依上帝，在《福音书》里获得启示，认为人生来有罪，因而人应以爱来相互对待，消除暴力，用改良主义的方法，建立“地上的天国”。这种认知无疑是消极的，反映了作家无法解脱的思想矛盾。

《复活》通过鲜明而强烈的对比，深刻地揭示了社会的不合理。作家善于表现人物心灵深处思想感情的矛盾冲突，善于描写人物复杂的内心冲突中那些细微而难以捉摸的心理变化现象。例如，聂赫留道夫在法庭上重见玛丝洛娃，作家用十分细腻的笔触，通过聂赫留道夫的大段独白和内心对话，丝丝入扣、层次分明地展现了他的矛盾、紧张、疑虑、恐惧、自责、痛苦、不安的内心世界，剖析了他的思想、情绪变化发展的过程。小说详尽描写了聂赫留道夫忏悔、认罪、赎罪、复活的思想发展过程及其矛盾性、变异性。托尔斯泰牢牢掌握并运用艺术的辩证法，完整地、多层次、多侧面地表现出人物对某一事件反应的前后过程和人物命运变化中的全部心理变化的过程（车尔尼雪夫斯基称之为“心灵辩证法”）。由于作家善于向读者打开人物的心扉，所以能激起读者强烈的共鸣，产生独特的艺术效果。

小说在平实、朴素、细致的叙述中包含着辛辣而尖锐的讽刺，如对法庭上执法官们的描写、宗教仪式的描绘，虽然作家不露声色，却能无情地“撕毁一切假面具”，体现出列夫·托尔斯泰“最清醒的现实主义”的特点。

总之，作为托尔斯泰晚年世界观转变后的代表作品，《复活》是作家思想探索和艺术探索的总结性巨著，成为19世纪俄罗斯批判现实主义文学的艺术总结。

16. 结合作品分析《复活》中男女主人公的复活。

小说男女主人公的复活指的是其在精神上的复活新生。如果用极简练的语言概述《复活》的故事梗概，即是：聂赫留道夫诱惑了农奴少女玛丝洛娃，又将她遗弃，使之成为妓女并被人诬告谋财害命而判流放。成为陪审员的聂赫留道夫法庭上认出了玛丝洛娃，因良心受谴责而帮她，并准备与她结婚来赎前罪。玛丝洛娃虽受感动，但为了不损害他的名誉与另一犯人结婚，而聂赫留道夫最后也抛弃了贵族生活，从而使二人的灵魂得以“复活”。

聂赫留道夫是19世纪末期优秀贵族知识分子的典型，明显地带有作家本人思想发展过程的痕迹，是作家过去创作中一系列思想探索形象的继续和发展，达到了否定贵族特权、道德和生活方式的程度，成为忏悔贵族的典型。小说以聂赫留道夫的生活道路为线索，写出他从“精神的人”堕落为“动物的人”，又从“动物的人”复归为“精神的人”的变化过程，而在此过程中，作品通过他的活动描绘了俄国广阔的社会生活画面，暴露了旧制度下的种种罪恶，这即为其“复活”指出了根源和动力。

聂赫留道夫原是一个十分纯洁、诚实而富有自我牺牲精神的青年，乐于为美好的事物献身。当他理解到土地私有制的残忍和罪恶时，“立时把他从父亲名下继承的土地送给农民”。他最初跟姑姑家半养女、半奴婢的卡秋莎（玛丝洛娃）的关系，也确实是纯洁年轻男女之间的互相爱慕而已。但是，三年后彼得堡上流社会的生活和军旅生活使他堕落了，逐渐丧失了青年时期道德上的纯洁和雄心壮志，成为一个花天酒地的贵族少爷，一个荒淫无度、追求享受的极端利己主义者。这时他认为“女人无非是一种他已经尝试过的享乐的最好工具”。作者认为，每个人身上都有两种人：“精神的人”和“兽性的人”。而这时的聂赫留道夫身上，“兽性的人”压倒了“精神的人”。当他跟卡秋莎重逢时，虽然旧情又使“精神的人”抬起头来，在他身上展开一场内心斗争后，“兽性之感情”又牢牢控制着他，使他不因有旧情而爱卡秋莎，而是诱奸后弃之不顾。

小说主要写10年后聂赫留道夫“精神的人”的“复活”过程。法庭巧遇，使他回思过去，不得不承认自己“没有心肝、残忍、卑鄙”。当他不断进行内心斗争，要下决心为赎罪而跟现在的玛丝洛娃结婚时，他才意识到这很为难，因此，几次请求上帝挽救他的灵魂。他感到“精神的人”已在他心里醒过来了，便欢喜得流下了“为他自己的美德所感动的泪水”，其实，聂赫留道夫此时并未真正认清自己的罪恶。当他第二次探监会面玛丝洛娃时，才感到自己的“全部罪恶”，从而进一步展开了“沉重而痛苦”的内心斗争。在为玛丝洛娃上诉而奔走的过程中，他亲眼看到贵族阶级的荒淫暴虐、国家机器的腐败黑暗、官办教会的虚伪欺骗、大小官吏的巧夺豪取、广大人民的深重灾难。触目惊心的现实使他的思想发生了变化，他不仅认识到自己对玛丝洛娃犯了罪，而且意识到自己所属的贵族阶级对人民犯了罪，从看到自己的丑恶进而看到整个贵族阶级的腐败，因而他不仅为自己的罪孽忏悔，并且愤怒揭发和抗议贵族阶级的罪行，全面否定沙皇专制制度和官办教会。这表现出聂赫留道夫与本阶级决裂后的叛逆性格。但是，他精神探索的结果却是从《圣经》里领悟到消灭社会罪恶的“良方”：“永远宽恕一切人”，人与人要“相怜相爱”，“在上帝面前永远承认自己有罪”，这样“所有那些暴力会自动消灭”，“人间的天堂，也可以实现”。列夫·托尔斯泰通过这个形象过分强调宗教道德的作用，把它视为解决社会问题的灵丹妙药，这只能是一种不切实际的幻想。

玛丝洛娃是一个被侮辱、被损害的下层妇女的形象，是作家第一次在作品中当作正面人物描写的下层妇女的形象。她的精神生活过程，表面上与聂赫留道夫相似，也经历了纯洁——堕落——复活三阶段，然而两者内涵实质根本不同。聂赫留道夫的堕落，恰恰暴露了贵族地主阶级的本性，他的“复活”则表明他脱离本阶级依附农民；而玛丝洛娃的所谓堕落和“复活”则曲折地反映了一个被压迫者阶级意识的觉醒和反抗的过程。

玛丝洛娃是女奴的私生女，由女主人抚养长大。这种半养女半奴婢的双重生活，在其性格和日后命运中留下深远的影响。由于婢女地位、劳动生活，她具有一些劳动人民的优良品质：纯洁、真诚、关心别人等，也使她能接近人民，了解人民，甚至与政治犯西蒙松结婚。另一方面，其半养女身份与教养也给她带来致命弱点，她轻信贵族少爷聂赫留道夫，上当受骗，甚至也有贵族地主阶级贪图享受的思想。小说中就有这样的描写：“有人来给提亲，可是她一个也不肯嫁，觉得跟那些向她求亲的劳动人民一起生活未免太苦，她已过惯地主家里的舒服日子了。”

因此，她所谓堕落的转折点（被玷污后又遭遗弃），正是她觉醒和反抗的起始处。在那“可怕的漆黑的夜晚”，她不顾怀孕后带来的行动艰难而匆匆赶往车站，凝视着聂赫留道夫喝酒取乐的头等车厢的急驰而去，她从此不再相信上帝，不相信善良。尔后历尽的生活艰辛（被主人赶走，当佣人受男人的纠缠、侮辱），使她满腔愤恨地产生了报复的愿望。加之她的半养女身份养成的习惯，使她害怕当洗衣妇过艰辛生活，最终沦落妓院，过着“得到政府奖励”的卖淫生活，想借以“报复一切欺压她的人”。但在她的心灵深处，仍然“相信她的尊严”。由于聂赫留道夫的真诚忏悔，她对聂赫留道夫由恨变为爱，并改掉了妓女的恶习。作者在具体描述其转变，即所谓“复活”的过程中，特别强调了她在西伯利亚所结识的政治犯，特别是西蒙松对她所表示的高尚爱情的决定性影响。因为她决心要成为像他们那样具有“高尚的道德品质的人”。在政治犯西蒙松与忏悔贵族聂赫留道夫之间，玛丝洛娃的选择有特殊意义。她拒绝聂赫留道夫的多次求婚，最初出于对他的恨，最后是出于对他的“爱”，但都表明她不愿再回到他的怀抱里去。这同样反映了她告别旧生活、走向新生活的决心。因此，她的“复活”是被压迫者的阶级意识觉醒并向革命者靠近的过程。玛丝洛娃的悲惨命运是对不合理社会的有力控诉，显示出作家现实主义的力度和深度。

17. 分析《套中人》中别里科夫形象并概括典型意义。

别里科夫是一个旧制度的卫道士、新生活的反对者的典型形象。其性格突出的特征是胆怯、多疑、自私、凶狠。作者首先通过一段描绘来刻画这一人物：从他的衣食住行，到他的思想方式、精神状态，都是装在套子里写起，一直写到他对社会的影响。他的衣服物品总是装在套子里，坐马车也总是支起帐篷。更严重的是，他把自己的思想也极力装在一种“套子”里，以求政治上平安无事。他的一句口头禅是“千万别闹出什么乱子来”。总之，他处处保护自己，维护自己的利益。而他的这种极端的自私和怯懦不仅使他屈从于黑暗势力，而且使他变成了反动制度的卫道士和告密小人。他顽固地反对一切新生事物，以致长期辖制全城，窒息了人们的创造精神。小说还集中描写了别里科夫的婚事，更深入地塑造这一形象，刻画其性格特点。在别人的撺掇下，别里科夫同意与瓦莲卡结婚了，但结婚这事并没有使他稍有振奋。他怕尽义务，怕负责任，怕“惹出麻烦来”，为此他惶惶不可终日，最后在瓦莲卡的笑声中一命呜呼了。

别里科夫的形象具有深刻的批判意义。它暴露了资产阶级知识分子的自私、软弱和妥协性，以及堕落为黑暗势力帮凶的反动本质。同时也揭示了造成这一现象的根本原因，即沙皇的高压政策和残酷统治。这一形象还有更重要的意义：作家指出别里科夫绝不是个别的一个人，像这样的人还有许许多多，从而告诉人们，改造俄国社会是多么迫切，并借听故事人之口发出了“不能再照这样生活下去啦”的呼声，激发人们起来改变现状。

18. 分析《玩偶之家》中娜拉的形象及出走的意义。

挪威作家易卜生的社会问题剧《玩偶之家》中的主人公娜拉，是资本主义生活中具有叛逆精神的女性形象。

第一，剧中的主人公娜拉本是个善良、天真、纯洁而多情的少妇。戏剧里不是表现娜拉的贤妻良母形象，着力表现的是娜拉的精神觉醒（即精神反叛）。

第二，娜拉的精神觉醒有个过程。第一阶段：丈夫生病，她为救丈夫，伪造父亲签字向柯洛克斯泰借钱。柯洛克斯泰以娜拉“冒名借债”之事要挟娜拉的丈夫海尔茂，让其不要辞退他。这使娜拉的精神上受到沉重的打击，平静的心中起了波澜。第二阶段：由烦乱到幻想。她准备自己承担责任，牺牲自己，来保全丈夫的名誉。同时她天真地认为，到时候丈夫会来“挑起那副担子”。娜拉的幻想表现出她的单纯和对丈夫的深情。第三阶段：当海尔茂看到柯洛克斯泰的揭发信时，对她破口大骂。娜拉的幻想完全破灭了。她完全醒悟过来，往日的欢乐都是假的，自己不过是丈夫的“玩偶”，她看穿了丈夫的伪善和自己的处境，她的心又平静了，毅然出走。

第三，娜拉对资本主义法律、宗教、道德进行了全面的批判。如娜拉说：“法律我要想想是不是正确，难道法律不允许女儿爱父亲，妻子救丈夫？”娜拉的出走，标志着她与传统的社会道德、宗教、法律的决裂与挑战。这种决裂有着深刻的思想基础。首先，是她识破丈夫那肮脏、虚伪的灵魂，那自私、卑劣的市侩嘴脸，从而不甘于“家庭玩偶”的附从地位，喊出了“我要做一个人”的呼声。其次，是她进一步发现了社会现实的丑恶，对虚伪的宗教、法律进行清醒批判。因此，她的出走，是对资本主义时代妇女解放的赞颂，是妇女奋起向资本主义男权中心家庭结构不合理性发起的冲击，她启迪人们为追求新生活而斗争。她的出走，无疑是那个时代呼唤改变妇女不平等地位的“独立宣言书”。

19.《玩偶之家》的主要艺术特色是什么？

易卜生以资本主义社会中重大社会问题为主题，并在结尾没有直接结论、没有任何暗示的剧本，叫社会问题剧。《玩偶之家》是易卜生社会问题剧中最优秀的作品，作品在深刻揭露和批判资产阶级家庭虚伪夫妻关系、资产者自私自利的卑劣嘴脸中，表现了以下四点主要艺术特色：

第一，在题材上，大胆突破传统爱情生活题材的限制。过去的戏剧中，爱情题材的主要矛盾是相恋男女与守旧家长的冲突。在易卜生笔下，人物的出身与门户的悬殊，不再是酿成爱情悲剧的原因。他对婚后夫妻关系的破裂以及破裂原因进行深刻揭示，艺术上摒弃了偶然因素，有着以小见大、平中见奇的艺术效果。

第二，在人物刻画上，进行细微深刻的心理描写，逼真凸显人物性格特征。主人公娜拉的心理觉醒过程，有一条明确的变化轨迹：由愉快到惊惧，再到平静，直至愤怒。她出场时由于自我牺牲而保住了丈夫的健康，心情是愉悦的。债权人要挟，她向丈夫求情是胆怯与不安的。真相大白之际，她以跳舞来拖延时间的紧张与狂乱心情，都加强了人物性格特征的刻画力度。

第三，在主题哲理性上，作品运用了大量富于哲理的论辩性语言，不但激化戏剧冲突，而且深化了人物性格和作品主题。剧中人物的论辩，体现了对“社会问题”的争论。海尔茂与娜拉的家庭冲突，被提高到社会问题的高度，宗教、国家、法律、妇女地位等诸种矛盾都被艺术地纳入人物关系和冲突中，哲理论辩符合人物地位及相互之间的矛盾关系。海尔茂不以宗教、法律压制娜拉，娜拉就不会做出深刻思考，激烈反驳。

第四，在戏剧情节上，作品采用“连锁式”冲突与“追溯回顾法”来安排引人入胜的情节。悬念不断的结构，“连锁式”地把一切冲突紧紧串联：海尔茂与柯洛克斯泰的冲突转化为柯洛克斯泰与娜拉的冲突，又转化为娜拉与海尔茂的冲突，环环相扣。

20. 比较《哈克贝利·芬历险记》中两种不同类型的“逃跑”。

“逃跑”是《哈克贝利·芬历险记》中的一个主题。作者写了两种不同类型的逃跑。一个是主人公哈克的逃跑。哈克是一个不受任何约束、追求自由独立、富于正义感的美国少年，他讨厌好心的道格拉斯寡妇姐妹俩“文明”的约束，也讨厌那个酗酒的丧失人性的无赖父亲，于是跑到密西西比河上，进入一个与岸上的文明世界截然相反的原始与自由的境界。

另一个逃跑为黑奴吉姆的逃跑。吉姆是一个不屈从于命运、有着人格尊严的黑奴，他和千百万黑奴一样遭到非人的待遇，没有人身权利，末了逃脱不了被人卖掉的厄运，他也想逃到密西西比河去寻找自由与独立。

哈克与吉姆逃跑的原因不同，但他们的目的都是一样的。哈克要摆脱好心的然而是遏制天性的文明教化的束缚，也要摆脱以父亲为代表的野蛮迫害。吉姆则是要摆脱文明社会的残酷压迫和奴役。在吉姆与社会的关系和哈克与社会的关系之间，有一种意味深长的类似情况，那就是：要自由地生存，就要脱离那个扼杀人性的文明社会。寻找自由与独立的共同目标把分属两个对立种族的人的命运联系在一起，他们的逃跑意义殊途同归。

21. 19世纪后期美国现实主义文学的主要特征是什么？

特定的历史条件形成了这一时期美国现实主义文学的鲜明特色。

第一，无情地揭露美国“金元帝国”中垄断资产阶级的残酷剥削罪行。美国批判现实主义文学的矛头一开始就对准垄断资本和金融寡头，揭露他们相互勾结和掠夺人民财富的罪恶发迹史。揭露徒有其表、道德沦丧的“美国民主政治”的黑幕，并率先批判帝国主义对外侵略、掠夺的罪行，谴责对殖民地人民的强盗行径。

第二，广泛反映了人民对资产阶级的不满与反抗，真实描绘下层劳动人民的不幸生活状况。美国现实主义作家大多来自下层，其作品的人民性和民主性较强。与欧洲批判现实主义一般以资产者为主要形象不同，美国文学作品中的主要形象以社会下层普通人为主。通过小人物的悲剧，暴露、抨击不合理的资本主义社会现实，并赞颂小人物的高尚人格和美好品德。

第三，黑人文学崛起，成为美国文学重要组成部分。由早期黑奴反抗歌谣到正式的小说、诗歌、散文，作品是用泪与血交织而成的，真实倾注了黑奴的深重苦难，愤怒控诉了种族歧视、种族压迫和蓄奴制犯下的滔天罪行，强烈表达了黑人争取自由解放的战斗呐喊。黑人文学从一个特定的层面加深和拓宽了美国文学批判现实的范围。

第四，作家队伍剧烈分化，创作思想起落鲜明。美国批判现实主义作家们大都出身于中小资产阶级，又生活在资本主义发展到帝国主义阶段，不少作家到了后期都带着悲观绝望的情绪去探索自己与社会的命运和归宿，作品因而不同程度出现颓废厌世色彩。另一些作家则受复杂社会思潮的影响，或是媚俗迎合，掩盖社会矛盾，或是推崇超人哲学，宣扬人民是“群氓”。

（七）综合阐述题

1．比较法、英、俄三国批判现实主义文学的异同。

相同点：19世纪法、英、俄三国文学主流是批判现实主义文学。他们都注意塑造典型环境中的典型人物，都具有批判现实主义的一般特征：客观、真实地描绘现实生活，注重反映现实生活的整体的、本质的、真实的东西，同时更注重细节描写的真实性，具有批判性、暴露性、改良性。他们都特别注意社会底层生活及小人物的悲剧命运的描写，注重表达广大人民对资本主义制度的不满和抗议。对社会的批判，是从改良主义出发的，思想武器是人道主义，政治主张是改良主义。

不同点：

（1）法国是批判现实主义文学的发源地。从18世纪末到19世纪50年代，法国经历了巨大的历史变动，资产阶级与贵族进行了反复的较量。作为中小资产阶级的作家们，亲眼看到这场尖锐残酷的斗争，切身感受到了法国大革命时期的热情与后来的冷酷现实，感受到了平民青年和没落青年的郁郁不得志。所以法国批判现实主义文学，往往反映资产阶级与贵族阶级的矛盾，揭露金钱的罪恶，描写个人反抗者形象，贯穿着科学和理性主义精神。

（2）英国批判现实主义文学集成了18世纪现实主义小说的优良传统，在揭露现实的广度和深度上更进一步。资本主义的确立与劳资矛盾的激化、各种改良思潮的影响，使英国批判现实主义文学具有自己独特的面貌。第一，最先描写劳资矛盾题材，揭露资本家对工人的残酷剥削和政治欺骗，正面描写工人阶级的生活和斗争。第二，善于描写小人物的命运，成功表现了小资产阶级的痛苦挣扎和个人奋斗的经历。第三，具有温和的人道主义和浓厚的改良主义的倾向，感伤色彩和劝善说较明显。第四，女性作家异军突起，经受过女权主义洗礼的英国妇女开始用文学来实现自己的价值，出现了一大批有成就的女作家，她们在创作中表现了鲜明的女性意识。

(3) 俄国批判现实主义文学具有与英法两国截然不同的特点：第一，文学与人民解放运动紧密相连，以批判沙皇专制制度和农奴制度为主要内容。第二，具有悲怆的情调，反映时代苦难，表达知识分子深广的忧愤、焦虑及人道主义思想。第三，独特的形象系列，产生了贵族知识分子的“多余人”系列、孤苦无告而又愚昧麻木的小人物系列等。第四，有系列的文学理论作指导。别林斯基、车尔尼雪夫斯基和杜勃罗留波夫的美学，对现实主义的阐释和捍卫，都做出了历史性的贡献。

2.《欧也妮·葛朗台》中的老葛朗台和《死魂灵》中的泼留希金的形象比较。

老葛朗台是法国外省的资产阶级暴发户，一个狡诈贪婪的吝啬鬼典型。除了金钱之外，他对任何人都没有感情，妻子儿女只是在与金钱有关系时，在他心目中才有意义。最后葛朗台在对黄金的渴欲中死去。

泼留希金是俄国农奴制崩溃时期的地主，一个猥琐贪婪的吝啬鬼、守财奴的典型，强烈的积聚财产的欲望使他一天到晚为财物的积累和贮存而奔波。他残酷地压榨和剥削农奴，他对儿女也没有任何亲情。

首先，他们之间的相同处为：葛朗台和泼留希金都为贪婪鬼和吝啬鬼的典型，他们的一切信仰和所作所为都是以金钱为原则，以金钱利害关系为基础，金钱成了他们的命根，他们都成了金钱的奴隶。他们吝啬的程度也是一样的，对亲情都是用金钱来衡量，而且在生活上也都对金钱锱铢必较。他们都吝啬得惊人，家里财物堆积如山却节衣缩食，吃粗劣饮食。

其次，不同之处为：第一，代表的阶级属性和剥削方式不同。葛朗台是资产阶级新贵，他的发家过程具有在新的历史条件下资产阶级聚敛财富的特点。而泼留希金是俄国农奴制崩溃时期的地主，他是靠压榨剥削农奴致富的，他的聚敛财富的手段仍然停留在原始、古老的农奴剥削方式，不懂得进一步发展生产。第二，他们剥削的程度不同。葛朗台在剥削之余，能够推动生产力的发展。而泼留希金野蛮地剥削农奴，以致农奴惨死。第三，他们的剥削对社会生产力的影响不同。葛朗台在发展了自己财富的同时也对小镇的发展起到了推动的作用。而泼留希金却使农奴没有自由，对生产不感兴趣，从而阻碍了生产力的发展。总之，葛朗台是法国 19 世纪初期资产阶级暴发户，他的最大特征是巧取豪夺。他的发迹是靠侵占大革命的胜利果实与剥夺人民财富，充满了血腥与罪恶。泼留希金则是 19 世纪俄国农奴制度崩溃时期的地主，他残酷地压榨和剥削农奴，他的最大特征是没落和堕落，他的没落反映了俄国农奴主阶级的衰亡。

3.《红与黑》中于连形象和《高老头》中拉斯蒂涅形象的比较。

于连是法国复辟王朝时期小资产阶级个人奋斗者的典型。他出生于小业主家庭，很早就形成反抗心理，对贵族大阶级本能的厌恶。在市长家做家庭教师时，不仅敢于公开顶撞市长，而且还以占有市长夫人作为报复。他积极与贵族阶级争平等，显示出平民的阶级意识和抗争精神。他决心像拿破仑那样，凭本事建功立业。但复辟时期平民青年凭军功和才干晋升的道路已被封建等级制度所堵塞，于是他试图投靠教会，以此获得权势和财富。他并不信宗教，却伪装成神学院最虔诚的教徒。他逐渐由具有反抗精神发展为与教会妥协甚至与野心家同流合污。当他个人主义的美梦破灭后，他在平民意识的激发下采取了绝望和反抗的举动，最后以一死来反抗不公平的社会，走完了他悲剧的一生。

而拉斯蒂涅是复辟王朝后期到七月王朝时期的资产阶级和野心家的典型。他是外省的贵族子弟，初到巴黎上学时，也曾想通过勤奋努力、刻苦攻读来争取功名。但巴黎上流社会的繁华和虚浮的快乐诱惑着他，他开始踏足上流社会。鲍赛昂夫人培养了他自私自利的人生观，传授他以牙还牙对付社会的伎俩。伏脱冷教他不择手段获取金钱，高老头的苦难和死亡完成了对他最后的人生教育。巴黎的生活使他看清了社会的本相，对权力和金钱的渴望最终使他泯灭了良心，走上了一条不顾一切向上爬的道路。他从一个较清白的稍具同情心的贵族青年堕落成了狂热向权势和金钱进攻的野心家。

他们具有共同的特点：他们在初踏入社会时都有志向有雄心，聪明能干且意志坚强，都想通过自己的奋斗和凭才干跻身上层社会，并都具有冒险的英雄主义热情。但接触世事之后，在污浊的社会环境中，他们都开始以个人的名利为重，走上了一条不择手段向上爬的道路。只是于连出身贫民，贵族阶级绝对不允许此类青年跨越封建等级的藩篱，由此成为导致失败的一个原因。此外，于连对现实社会妥协的同时他还不曾完全泯灭的纯真之情又会谴责他的良心，这种性格也使他不能厚颜无耻最终改变自己的命运。但拉斯蒂涅却成功了，首先因为他和封建贵族属于同一个阶层，他奋斗道路没有阶级阻抗力。其次他所处的时代是金融资产阶级逐渐击败封建贵族的时期，他很好地适应了社会变化，由一个没落贵族子弟演化成了资产阶级野心家。

4. 对比分析《简·爱》和《傲慢与偏见》的女主人公形象。

这两部小说的作者夏绿蒂·勃朗特和简·奥斯丁是生活在 18 世纪末 19 世纪初的女性作家，通过作品里的主要女性形象简·爱与伊丽莎白，展示了比较明显的争取女性解放的女权主义思想。

简·爱与伊丽莎白的共同之处：

其一，自尊自爱。简·爱和伊丽莎白都是追求精神独立的女性，在那个男性统治着几乎所有的社会领域的年代，具备这样的品质是十分可贵的。当简·爱得知罗切斯特有一个疯妻子时毅然选择离开，这进一步证明了她具有很强的自尊心。伊丽莎白也清楚地认识到女性的价值，她不接受别人的怜悯与轻视，她非常自信，这正是现代女性应该具备的品质——认识自己，珍爱自己，尊重自己。

其二，不畏强权。简·爱在童年时期就表现出了叛逆的性格。在劳渥德又是受尽欺凌和侮辱，最终，简·爱暗下决心离开这种黑暗、沉闷的环境。与简·爱一样，伊丽莎白也表现出了她对权力的蔑视。她拥有精神上的优越意识和迷人的反抗性格，她敢作敢为，以自己的行动向专讲体面的礼教挑战。

其三，追求真爱。简·爱作为贫穷卑微的家庭女教师，并没有按社会的要求去抑制自己的情感，而敢冒天下之大不韪，与上流社会的贵族谈情说爱，简·爱与罗切斯特是真正的心灵合一、平等意义上的相爱。同样地，伊丽莎白也是全心全意地追求真爱。她蔑视纯粹是建立在金钱之上、而不是以相互的爱恋为基础的婚姻观。

简·爱与伊丽莎白的不同之处：

第一，身世和家庭背景不同。简·爱是个生活在社会最底层的女子，她从小父母双亡，寄养在里德舅妈家，深受虐待；被送进劳渥德学校又接受了所谓“惩罚肉体，拯救灵魂”的残酷教育。伊丽莎白家里虽然算不上特别富裕，但是父母健在，父亲尤其疼她，姐妹众多，还有闺蜜好友。

第二，性格不同。简·爱所遭受的苦难造就了她敏感而热烈、勇敢而独立，敢于反抗、敢于争取自由和平等地位的性格。但她强烈的自尊心下是一颗敏感而自卑的心，她对周围环境战战兢兢，采取的是防卫姿态。伊丽莎白宽松而悠闲的生活环境造就了她聪明活泼、机智幽默、落落大方的性格。她并不强调女性一定要取得和男性一样的社会地位，她重视的是女性自身的发展和自我完善。和伊丽莎白比起来，简·爱更成熟、更独立。

第三，婚恋观不同。简·爱作为贫穷卑微的家庭女教师，她头脑中独立自由、男女平等的意识与维多利亚时代的男女关系比起来，不啻一颗炸弹。她所展现给我们的是一种化繁为简、返璞归真、追求全身心付出的感觉，是一种不计得失的简化的感情。在伊丽莎白看来，没有爱情就千万不要结婚，但她对待爱情和婚姻的态度又理智得让人吃惊，她向往的婚姻必须以爱情为前提，但也绝不能离开经济基础。

5. 福楼拜与狄更斯创作特色比较。

首先，从选材上来看。福楼拜在选材上多选择资产阶级社会市民的生活，倾心描绘他们的爱情生活，深刻揭露了一个鼓励恶劣本能、毁坏高贵努力的可悲社会。比较起来狄更斯小说反映的生活面又有不同，其在取材上极广泛。从上流社会珠光宝气的生活到下层社会肮脏贫穷的贫民窟；从资产阶级与封建阶级的矛盾到工人阶级与资产阶级的斗争；从生活优裕的中产阶级到以偷盗为生的盗窃集团；从机器轰鸣的工厂到宁静优雅的乡村；从议会大厦到陋街小巷，他的小说几乎涉及维多利亚时代英国社会生活的各个方面，它是整体反映了这个时代的历史画卷，再现了这一时代社会生活。

其次，从思想内容上来看他们都从不同角度表现了对当时社会腐朽风气的批判，表现了对道德的弘扬和个性的探索。但福楼拜小说的思想内容，其主导思想是人道主义，其侧重点是人性悲剧的根源探讨，对资产阶级本身的丑态和罪行进行深刻揭露和批判。而狄更斯小说的思想内容，其主导思想虽也是人道主义，但其侧重点在伦理道德范畴，往往从道德角度对社会生活进行批判。

再次，在叙事艺术方面，他们又各有特色。和福楼拜相比较，狄更斯的小说更重视细节描写，而且细节描写不是侧重一点展开，而是有序地平均分布。重视细节的真实和强调作者在作品中的主观介入，是狄更斯细节描写的重要特征，而福楼拜却注重在写外部自然环境和生活场景的同时也在写人物的内心世界。他善于将人物的性格、环境、心理变化巧妙糅合在一起。自然人格化、景色情绪化，显示了一种情景交融的诗意。

此外，在创作方法上，他们都强调现实主义。福楼拜在叙事艺术上极重客观的观察方法，他认为“小说是生活的科学形式”，他要求作者退出作品。因而在他的作品中出现了非道德的问题。而狄更斯在创作中却强调主观的生活进程与客观的生活逻辑的有机结合。他常常在作品中对人物的生活进程进行干预，使其按照自己的意愿发展，使人物出现好人得到好报，坏人最终受到惩罚的结局。作者的主观介入还表现在通过抒情性议论的插入，表现了作者鲜明的爱憎情感。

在叙事模式上，福楼拜全部采用第三人称客观性全知叙事，狄更斯的大部分作品则采用了第三人称主观性叙事，也有少数作品采用了第一人称限知叙事视角。在小说结构上，狄更斯采用多元整一式的网状结构，而福楼拜则采用一元纵深式的单线状结构。

综上所述，他们都是现实主义的大作家，但又同中有异。福楼拜擅长于精细的客观描写，狄更斯则擅长于对生活现象的讽刺。

6. 比较托尔斯泰与司汤达在人物心理刻画方面的异同。

托尔斯泰对现实主义的一大贡献是他大大发展了对人物内心世界的挖掘。他始终注意通过心理变化反映人的思想、性格的变化，他最感兴趣的是心理过程的本身，是这种过程的形态和规律。车尔尼雪夫斯基称之为“心灵的辩证法”。他注重一些感情和思想是如何从另外一些感情和思想演变而来的，注意心理活动形态的多样性和内在的有机性。他善于捕捉心灵中转瞬即逝的感情和意念，善于发掘内心深处难以捉摸的、微妙的心理流动。为表现人物的“心灵的活动”，他调动了多种多样的艺术手法，他注意描写人物心理错综复杂的矛盾，发掘促使人物心理矛盾发展的各种因素。他喜欢描写自我反省、心灵彻悟和激情状态等独特的心灵活动形态，喜欢通过人物的各种表情、动作、音调的描写，表现人物的心理状态。

司汤达自称“人类心灵的观察家”，他特别善于把握分析人物的心理，在《红与黑》中，几乎所有的人物都被他分析过，把人物各种情景下的各种精神活动和感情变化的特征细腻地表现出来。尤其是写人物在不同环境中的感受、关键时刻的内心斗争等心理活动都十分真实、具体，从不同角度揭示了人物心灵深处最隐秘的思想和最微妙的意识变化，并能与当时的客观情景天衣无缝地结合在一起，对突出人物的复杂性格起了重要作用。

托尔斯泰和司汤达都善于把握挖掘人物心灵深处最隐秘的思想和最微妙的意识，善于揭示人物内心的冲突和感情的瞬间变化，通过心理变化反映人的性格和思想变化，但又各具特色。托尔斯泰注重心理过程本身，注重表现人物“心灵的活动”。司汤达则善于分析人物在各种情景下的心理活动，喜欢从不同角度揭示心灵的隐秘。

7.《安娜·卡列尼娜》中的安娜和《玩偶之家》中的娜拉的形象比较。

托尔斯泰笔下的安娜是一个带有资产阶级个性解放色彩的俄国贵族妇女的典型。她有着丰富的精神世界，渴望自由真挚的爱情，不能忍受包办婚姻给予她的冷漠僵化的丈夫。她性格中一个重要特征是真诚，因此她不愿像当时的许多上层社会妇女那样过虚伪的二重生活。为了追求个人爱情幸福，她公开出走与渥伦斯基同居。面对社会的蔑视，她表现出要向社会挑战的气概。但当她发现所真挚爱着的渥伦斯基只是一个庸俗而轻浮的贵族子弟时，面对他的冷淡和厌弃，她失去了生活的精神支柱自杀而死。

娜拉是易卜生塑造的一个资产阶级叛逆女性的典型形象，是资本主义社会为争取妇女独立、人格尊严而斗争的精神反叛者的代表。最初，她也满足于平静幸福的家庭生活，真诚地爱丈夫，并相信丈夫也真诚地爱她。为了给丈夫治病，她伪造签名借债，节衣缩食还债。当伪造签名一事暴露，她勇于承担责任。面对丈夫暴露的卑鄙灵魂，她发现自己在家庭中毫无地位，更深刻地发现了社会道德、法律、宗教的虚伪。于是愤然离家出走，决心寻找新的人生道路。

这两个形象的不同首先在于这两部作品创作的时代背景不同，托尔斯泰写作《安娜·卡列尼娜》时的俄国还是个封建农奴专制的社会，易卜生创作社会问题剧《玩偶之家》时，当时的社会已受到个性解放思潮的影响。

其次，她们形象的不同之处为：第一，她们反抗社会所达到的高度不一样。安娜仅局限于道德、婚姻，她对社会的反抗仅限于话语的总结——“全是虚伪，全是谎话，全是欺骗，全是罪恶。”和消极的自杀行为而娜拉则对资本主义社会中的法律、道德、宗教进行了全面的批判，并以离家出走的行为迈出了实际反抗的第一步。第二，两人所接受的思潮不同。安娜接受的是爱情至上的思潮。所以当她发现倾心相爱的渥伦斯基只是一个浮华之人且对她冷淡后，她表现出悲观绝望的情绪，对人生也失去了信心。而娜拉接受的是个性解放思想的影响。所以她要离开“玩偶之家”，不愿再成为丈夫的附庸，娜拉的出走给人留下了深刻的思考。第三，两个女主人公的结局命运不同。安娜最后卧轨自杀，原因之一是社会的压力，当时的俄国社会不能容忍安娜公开与丈夫决裂和不“体面”的行为。另一原因是安娜爱情失望所带来的绝望。而娜拉勇敢走出家庭，她并没有走向死亡。在个性解放的呼吁越来越强烈的社会里，娜拉的结局受到更多人的同情。第四，创作者对主人公形象的塑造和评价不同。托尔斯泰对安娜既有同情又有谴责，他没有让安娜去屈从卡列宁及上流社会，而是同情她的遭遇，不无肯定地描写她自我意识和生命意识的觉醒以及对自由爱情的追求，但另一面又让安娜带着犯罪的痛苦走向死亡。因为他认为安娜的追求尽管有合乎善与人道的一面，但离善的最高形式——爱他人，为他人活着——还有相当的距离。而易卜生剧中的娜拉勇于接受生活的挑战并且敢于承担责任，而且最后迈出反抗的第一步，显然作者对娜拉是持赞许态度的。

两个形象的相同之处为：第一，她们都是反抗社会的典型，但都局限于个人解放。第二，都要求妇女人格的独立，追求个性解放。在具体行动上表现为，安娜公开她非婚姻的爱情，反对虚伪；而娜拉则独立借款、还款，勇于承担冒名签字的责任，并最后以出走显示她女性意识的觉醒。

8. 对比分析安娜·卡列尼娜、爱玛以及苔丝这几个人物形象的异同点。

其一，相同点。

列夫·托尔斯泰《安娜·卡列尼娜》中的安娜、福楼拜《包法利夫人》中的爱玛以及哈代《德伯家的苔丝》中的苔丝是新时代的女性形象。虽然她们的经历不一样，可结局都一致。

安娜、爱玛、苔丝三者都是因爱而生，最后因爱而死，三者都为爱情付出了自己的一切，包括自己的生命，却没有一个收获美好的未来。她们三个人分别代表了资产阶级时代的三种不同的女性形象——贵族、中产阶级和下等资产阶级的女性形象，共同构成了资产阶级时代女性意识崛起的旗帜。

其二，不同点。

苔丝是一个有责任感、自尊自爱的人。她与爱玛、安娜相比最突出的性格是她的骨子里头流露出一种“富贵不能淫，贫贱不能屈”的倔强。她家族的身世被偶然发现后，她的父亲得意忘形，喝醉了酒，作为长女的苔丝出于家庭责任感替父亲上集市，结果家里唯一的生活来源——老马被邮车撞死。出于自责，她逼迫自己去做自己不喜欢的事——到亚雷家养鸡。她自尊自爱，被亚雷诱奸之后，不顾亚雷的挽留，毅然决然离开他，回到自己贫穷的家，不愿做他的情妇。在新婚之夜，经过慎重的思考，她还是冒险向丈夫坦白自己不堪的过去，不想欺骗丈夫，因为她想对自己丈夫和家庭负责任。

安娜在遇见渥伦斯基以前也是个有责任感、善良、对生活充满激情的人，尽管她对自己的丈夫没有爱意，但她依然扮好自己为人妻、为人母的角色，在众人眼里是一个不可多得的贤妻良母。在遇见渥伦斯基后，她热烈而执着地献身这种爱，为此不惜牺牲自己的一切，包括她的家庭、名誉、社会地位，还有她最深爱的儿子。当占有安娜的胜利感和幸福的狂热渐渐消失后，渥伦斯基开始为自己在上流社会失去了地位而苦恼，对安娜的态度也日渐冷淡。最后，安娜爱情破灭，生命终结。为了爱情，安娜几乎牺牲了一切，换来的结局却是失望与幻灭。

爱玛是个向往浪漫的女性，也因追逐浪漫的幻梦而死。在修道院时，她受到不良思想影响，养成了向往上流社会糜烂生活的思想和爱幻想的习惯。与包法利结婚，纯粹只是为了摆脱她内心的寂寞的需要，完全不是出于爱情，也没有抱着和包法利一起好好生活的真心，她的这种结婚态度本来就是不负责任的行为，时间久了，对包法利来说始终是一种伤害。

9. 19世纪俄罗斯文学中“多余人”形象系列的理解。

19世纪20年代到50年代，许多俄国作家都以“多余人”作为自己作品的主人公。这一系列人物相互联结，构成了一个完整的“多余人”形象系列，生动再现了近代俄国解放运动第一阶段的贵族青年知识分子的思想经历。俄国文学中这些“多余人”形象虽然属于同一个“多余人”的家族，却具有各自鲜明的个性。由于他们处在同一时代的不同发展阶段上，其思想和行为的历史作用和社会意义并不相同。具体而言，“多余人”形象可分为三类。

第一代“多余人”的代表人物为普希金诗体小说《叶甫盖尼·奥涅金》的主人公奥涅金和莱蒙托夫小说《当代英雄》中的毕巧林，他们主要是活动于19世纪二三十年代的贵族青年知识分子。奥涅金活动于十二月党人运动之前，毕巧林活动于这个运动失败之后，但他们的精神气质是接近的。在俄国资本主义因素刚刚萌芽的时期，他们都是最先接受西方进步思想影响的贵族青年知识分子，他们无法同贵族社会相协调，但他们却无法摆脱贵族阶级和生活的局限，由此造成了他们的彷徨苦闷、无所作为。他们也还都是利己主义者，对祖国的事情相当冷淡。但他们并不是消极的人物，在精神上，他们远远高出与他们同时代的那些庸碌无为、饱食终日的贵族青年。

第二代“多余人”的典型形象为赫尔岑《谁之罪》中的别里托夫和屠格涅夫《罗亭》中的罗亭，他们主要活动于19世纪40年代。此时的社会氛围虽然仍为农奴制基础上的封建专制黑暗统治，但新的社会力量开始生长，思想的禁锢有了一些松动。他们的思想比起第一代“多余人”，明显前进了。他们对贵族社会也采取了怀疑和批判的态度，但这种批判已涉及整个贵族社会生活的一整套原则。他们所出身的贵族社会已经把他们视为异己力量。他们已摆脱了利己主义的羁绊，社会责任感驱使他们思考社会的出路并尝试着去行动。但他们都未找到成功之路，他们找不到变革现实的力量，最终也成为聪明的废物。但他们是那个时代所需要的启蒙者。

第三代“多余人”的代表是屠格涅夫《贵族之家》中的拉夫列茨夫和冈察洛夫《奥勃洛摩夫》中的同名主人公，他们主要活动于19世纪四五十年代的俄国。此时，俄国社会贵族革命家的时代结束了，平民知识分子开始登上历史舞台。他们这些聪明的、但本质上是懒惰的人彻底落伍了，成了对社会毫无用处的十足的“多余人”，他们是如前所述“多余人”退化的极限、弱点发展的极限。相应的，作者对自己主人公已经不再抱着欣赏的态度，对他们的弱点的揭露和谴责也更加严厉和深刻。

以上三种类型的“多余人”形象，尽管具有鲜明的个性，但还是有共同的特点。一方面他们疏远贵族社会，且在这个环境中具有精神上和道德上的优越意识。另一方面是心智疲惫，怀疑社会，言行脱节，这些都对社会有消极影响。这些两重性格的人物，由于所处的历史环境不同，他们的历史作用是不一样的。当生活在农奴制度下的人们还普遍处于沉睡状态时，他们是站在时代前列的启蒙者。他们对现存秩序的怀疑、对人生意义的思考、对理想社会的憧憬，启发着人们去冲破封建思想的牢笼，追求新的生活。而当贫民知识分子登上历史舞台，社会生活本身呼唤人们采取真正的行动时，他们那种沉湎于幻想、缺乏行动能力的弱点就突出起来，终于成了时代的落伍者，成了真正的“多余人”。

10. 高老头和李尔王父爱比较研究。

莎士比亚的《李尔王》通过古代不列颠王李尔被两个女儿遗弃的故事，写出了时代的动荡和灾难，揭示了金钱、权势对人伦关系的破坏，描绘了资本原始积累时期罪恶丛生的社会画面。而巴尔扎克的《高老头》则通过高老头这一具有浓厚的宗法制观念的商业资产者的典型，以高老头的父爱去谴责拜金主义以及金钱的罪恶。两部作品实质上都是通过对父爱的描写来表现作品的主旨，即表现金钱对人伦关系的巨大影响，谴责金钱的罪恶。

两部作品在故事情节和人物命运的安排上有极其相似之处，都描写了父亲对女儿的深情和女儿对父亲的不孝。两位父亲都年老体弱，面对女儿们的无情无义都呼天抢地咒骂女儿，后来都是悲惨地死去。但由于作品反映的历史时代背景以及道德规范的不同，两位作家在表现父女之间感情和义务的冲突主题时，又表现出复杂的差异。

首先，他们反映的时代背景不同。《李尔王》反映的是文艺复兴时期伊丽莎白女王统治末年英国的现实，资本原始积累时期出现的资产阶级利己主义思想横行于世。《高老头》反映的是19世纪法国复辟时期社会生活的各个画面，尤其侧重描绘法国巴黎上流社会围绕着金钱的争夺所展开的惨剧。巴尔扎克比莎士比亚更强调金钱的罪恶。他把这个痴愚老父的父爱放在具体的历史环境中，反映出了资产阶级社会的金钱起决定性作用的本质。

其次，巴尔扎克笔下的两个女儿形象与莎士比亚所塑造的并不完全相同，父亲的悲惨结局对她们有所触动，使她们有所感悟和悔恨。而莎士比亚笔下的两个女儿对父亲的悲惨遭遇毫无悔悟之心。

再次，莎士比亚虽描写了现实社会中人情的刻薄，在金钱关系影响下，子女对生身之父也利欲熏心、见利忘义，但他又把人文主义理想与现实的冲突解释为善与恶的冲突，寄希望于道德改善。他让昏聩的国王沦为乞丐从而对冷酷自私的现实世界有所认识，完成道德改善，转变为合乎人文主义理想的有人性的君主。而巴尔扎克的高老头虽然最终领悟金钱的作用，却没有道德改善这一层面的意义。作者也未在他身上寄托理想，只是借塑造他的形象客观反映现实。

11. 俄国小说中的小人物形象。

小人物形象是19世纪俄国文学中的一个人物形象系列，它指的是普希金的《驿站长》、果戈理的《外套》、陀思妥耶夫斯基的《穷人》及契诃夫在其部分短篇小说中塑造的艺术形象。他们属于19世纪30年代至40年代俄国社会小官吏和小职员阶层。他们有微薄的收入，能维持简单的生活，并不生活在社会的最底层。但他们自卑自贱的懦弱性格，保守不变的传统观念，习惯忍耐的奴性心理，不思抗争的逃避行为，天真幼稚的善良幻想，使他们的人格魅力黯然失色，遭受欺凌和轻贱。小人物形象寄托了俄国作家们的同情，但更多倾注了他们对其劣根性含蓄而深沉的抨击，基本态度是“哀其不幸，怒其不争”。

奴性意识是小人物致命的性格缺陷，也是他们悲剧命运的根源。探究小人物奴性意识的成因得考虑封建制度对人性的束缚和禁锢。奴性意识是当时俄国社会的普遍现象，因而作家们将奴性描写为社会通病，并隐晦指出奴性是沙皇制度的产物。作家们将奴性从狭小的个人圈子解脱出来，纳入社会大环境，对其内心世界进行了充分揭示。

奴性意识究其本质是对皇权的依附和对人权的反动。它产生于封建阶级关系下的等级性人身依附，从此可以找到奴性意识赖以生存的社会基础，同时也可找到奴性意识和等同于奴性意识的社会地位之所以能成为小人物思想武器和行为方式的根源所在。如维林面对将军驾到的恐惧心理。奴性意识的另一种显著特色是奴性导致的人格扭曲和心理变态。从杰符什金的奴才表现看，崇尚权势是产生奴性的社会根源，缺少自信是滋生奴性的思想根源。

这种奴性意识使小人物丧失了正视自己、正视现实的能力和远见，丧失了理直气壮生活的勇气和信念，甘愿像抹布一样任人摆布，其后果只能是含冤衔屈，忍辱苟活。沙皇专制制度正是借助于这些小人物的不觉醒和奴性顺从才得以长久维持。从这个意义上说小人物的奴性意识在客观上为沙皇专制统治铺就了适宜的生存土壤。奴性意识导致的不仅仅是个性失落，而且还有人的尊严的萎缩。大面积的人格扭曲和尊严失落必然导致独裁专制，也是造成人的精神畸形的根源所在。

从小人物形象所揭示的奴性意识，既可看到他们顺从、可怜、善良和单纯的一面，这贯穿着作家们的同情；同时也可看到他们软弱、被动、怯懦和奴性的一面，他们缺少一种主体精神——时代支配下的内在人格魅力，而这渗透着作家们的批判精神。

19 世纪俄国文学中的小人物还是善良幻想的典型。善良幻想就其实质而言是封建制度的产物，小人物的善良幻想是因为对社会缺少清醒认识和准确判断而滋生的一种惰性思维模式，并受此支配采取的盲目举动。这种现象在 19 世纪俄国社会成为一种普遍存在，尤其是在社会地位低下、遭受欺凌侮辱的小人物身上表现更为突出。幼稚善良的巴施马奇金外套被抢后，对权豪缺少本质认识，幻想他所认识的一位大人物能为其做主，找回外套，不料竟遭大人物当面训斥，羞恨交加，一病身亡。小人物往往从善良的愿望出发对“大人物”抱有不切实际的幻想而酿成悲剧。

从文本表面看，这种善良幻想是小人物无可奈何的选择，而在深层所揭示的是他们盲目夸大“大人物”惩治邪恶作用的糊涂思想。小人物的善良幻想在俄国社会变革这个特殊的年代衍生出一个接一个极其怪诞的社会景观。从根本上看，小人物的善良幻想代表一种惰性十足的等、靠思想，等着天上掉馅饼，靠别人恩赐施舍。这种农奴专制时代的行为准则所体现的是一种缺少进取意识和缺少灵活变通的旧式崇高，其结果使小人物自动放弃了追求奋斗目标的愿望。

从社会伦理的角度看，小人物因善良幻想而导致的人生悲剧是值得人们同情的。但是若从变革期的社会心理看，正是这种善良幻想才使小人物的悲剧不可收拾。故事中小人物生存的环境险象环生，所幻想的对象都完全丧失仁慈之心。人们看到的是那些道德沦丧者的处处得逞，这种出于俄国变革期的怪诞扭曲的社会景观，启发人们对小人物不切实际的幻想进行深刻反思。

三、作业设计及选题

1. 梅里美中篇名作《嘉尔曼》中的女主人公为何能成为法国文学人物画廊中一个最为鲜明突出的女性形象？

嘉尔曼是这样一个女性：性格大胆、泼辣、机智，追求个性自由、个性解放，不惜以生命为代价来捍卫吉卜赛人的生活原则，这使她成为法国文学画廊里最为独特鲜明的女性形象，具有经久不衰的艺术魅力。

这是一朵“恶之花”，乃法国文学人物画廊中一个最为鲜明突出的女性形象。

首先，她不是一个窈窕淑女或大家闺秀，而是一个邪恶的人物，职业是犯罪，现实中任何一个人，只要是有钱可偷可抢，都有可能成为她猎取的对象。对于她来说，任何道德原则都不存在，唯一原则是：有利可图。邪恶生涯给她带来常人不具有的邪恶特点：狡诈、爱玩弄骗术以及某种程度的残忍与厚颜无耻，连迷恋着她的唐何塞也称她为“小妖精”，应该上绞架。

其次，她又并非单纯的邪恶人物，其复杂性在于，作者把她表现为一朵“恶之花”，赋予她某些闪闪发光的东西：为爱情宁可死，为自由又宁可抛弃爱情。作者让她与周围的人物、环境形成鲜明对照，自觉站在社会的对立面，对统一的规范和法纪公开表示轻蔑，并以犯法为乐。作为一个社会的叛逆者，以“恶”的方式来蔑视和反抗这个社会，又具有独立不羁的性格，不受任何束缚，身上最大特点就是热爱自由与忠于自己，即使在死亡的威胁面前，也决不肯放弃对自由的追求，不惜以生命为代价去维护个性自由与忠于自己的原则，这是嘉尔曼在精神上优越于许多其他作品女主人公的地方。

2. 从恋父情结角度看《简·爱》中简·爱和罗切斯特的相爱。

首先，精神分析学说对恋父情结的定义。

其次，从简·爱的经历可以看出她具有产生恋父情结的条件。父母早亡的经历，在舅妈里德太太家遭受的虐待，慈善学校生活的摧残，使简·爱内心深处对父母之爱有着强烈的渴望。此外，儿童和青少年时期的简·爱生活在一个没有男人的世界里，代替母亲角色的里德舅妈是一个自私冷酷的人。这些都使简·爱希望一位刚强勇猛的男性来保护她。

再次，从罗切斯特和圣·约翰的形象塑造对比及简·爱的选择中可探知她的恋父情结。圣·约翰的形象塑造得像一个漂亮的阿波罗，而罗切斯特则活像火神。但简·爱对前者产生的不是异性之爱而是兄妹之爱。而后者是简·爱遇到的唯一真正的男性，她正需要这样一位父亲般成熟而坚强的男性来呵护。因此在后者那儿，她才找到慰藉、安全感及归属感。

《简·爱》作者夏洛蒂·勃朗特的感情经历及小说的自传性质更说明了这种可能。

3. 从后殖民视角及隐喻和他者角度看《简·爱》与《呼啸山庄》。

勃朗特姐妹的这两部小说在他者的隐喻和身份认同方面对英国的帝国殖民具有强烈的反讽性。以英国帝国殖民为背景，可解读出两部小说的后殖民内涵。

首先，她们写作小说的背景为19世纪英国殖民扩张狂飙突进的时期，小说家们在意识形态领域建构和强化帝国神话。但同时再现于帝国文本的还有对于帝国殖民危机的政治焦虑。勃朗特姐妹正是敏感地觉察到了这种集体焦虑，并在小说塑造的种族他者反抗的叙事中加以表现。

其次，当时英国女性在男权社会中的屈从地位使她们与殖民他者一样处于帝国的边缘地带。但相对于后者而言，英国女性距离帝国中心地带较为接近，她们既是帝国利益的受益者又是帝国男权话语的性别他者。因此她们的作品流露出对大英帝国既爱且恨的复杂情结。

再次，两部小说中都包含了英国白种女人/有色种族殖民他者的隐喻，表现了作者与殖民他者身份的认同。这一隐喻的本体是小说的女主角，喻体则是有色种族的他者。喻体与本体之间的相似点就是：低下的社会地位，不公平的待遇和受压迫的屈辱。两部作品中有色种族的具象为：在《简·爱》中是罗切斯特从西印度群岛带回的妻子、疯女人伯莎·梅森，在《呼啸山庄》中是老恩萧从利物浦捡回的希刺克厉夫。

夏洛蒂将罗切斯特家族从殖民地掠取的不义之财以烈火的方式销毁，凸显了作品对殖民掠夺的反讽。而简·爱继承的遗产是从殖民地流向宗主国的财富，它使简·爱实现了改写边缘身份的梦想。这是帝国主义的意识形态为小说提供的叙事动力。老林顿将希刺克厉夫归类为臣服于帝国主义的有色种族，帝国的凝视将荒原儿女隔离于两个世界，一个是殖民他者的边缘地带，一个是生活舒适的英国殖民者世界。爱米莉的帝国殖民焦虑则通过小说中北美反抗英国殖民战争的隐喻表达而出，希刺克厉夫对养虎为患的恩萧家族的报复隐喻了殖民地倒戈宗主国的危机。

《简·爱》中反抗社会秩序的能量最后得以控制，种族他者伯莎没有语言能力，这个被消声的他者即帝国的污点陪葬于罗切斯特家族的不义之财的灰烬中，反抗的能量彻底消解。《呼啸山庄》中这种能量却以希刺克厉夫在白人的领地长达二十年的逆向殖民释放而出。小说结尾似乎于平静之中环绕帝国保护层的破败，暗示了帝国大厦的衰亡趋势。

参考文献：

艾勒克·博埃默：《殖民与后殖民文学》，盛宁、韩敏中译，辽宁教育出版社、牛津大学出版社，1998 年。

罗钢、刘象愚主编：《后殖民主义文化理论》，中国社会科学出版社，1999 年。

罗世平：《论简·爱“他者”身份的潜在意识》，《佛山科学技术学院学报》（社会科学版）2003 年第 2 期。

蹇昌槐：《西方小说与文化帝国》，武汉大学出版社，2004 年。

杨静远编著：《勃朗特姐妹研究》，中国社会科学出版社，1983 年。

4. **从古希腊原型角度看哈代的《德伯家的苔丝》。**

首先，弗莱的原型批评理论认为，原型可以是意象、象征、主题、情节、人物，也可以是结构单位，只要它们在不同的作品中反复出现。

其次，托马斯·哈代从年轻时就深受希腊文学的影响，从他的小说中可以发现古希腊神话原型。苔丝的形象原型是美狄亚，她手刃毁掉她幸福的亚雷仿佛是古希腊美狄亚为了报复丈夫而杀死情敌和儿子的情节重演。第一，她们有着同样坚毅的品质和严峻的目的。美狄亚在希腊神话中以性格力量著称，她性格坚强，敢爱敢恨。为了爱情，杀死兄弟，背叛父亲，她有着对自由爱情的幸福生活的追求。而生活一次又一次的打击也没有使苔丝停止对幸福的追求。第二，她们有着同样强烈的复仇精神。美狄亚面对丈夫的移情别恋，采取了惨烈的反抗与报复。而见到丈夫归来的苔丝悲愤无比，毅然手刃了仇人。苔丝性格里郁积的祖先的危险力量在谋杀中得到释放。她这种施加毁灭性暴力的品性在19世纪的女主人公身上很少见。

但形象的变异过程，某种意义上对美狄亚可视为跌落，而苔丝却得到升华。由于美狄亚复仇的残忍以及她毁灭一切的力量，她的精神和形象在逐渐跌落。她除了复仇时的快意外，其后便只剩下空虚和痛苦，最终一无所有。而苔丝与丈夫逃亡五天后躺在故里的祭坛上，感到那么庄重、圣洁和幸福。她终于在寻求祖先家园的旅途中，返回了灵魂故里。

参考文献：

阿·尼柯尔：《西欧戏剧理论》，徐士瑚译，中国戏剧出版社，1985年。

陈焘宇编选：《哈代创作论集》，中国社会科学出版社，1992年。

荣格：《心理学与文学》，冯川、苏克译，生活·读书·新知三联书店，1987年。

5. **陀思妥耶夫斯基的构形见解与作品中的"他人"形象。**

与对自然景物、环境的描写比较起来，陀思妥耶夫斯基的作品几乎整个被人物充满，他只注意人，注意"人身上的人"。而在人当中，又尤其注意那使人之所以为人的精神和思想。

"他人"指：第一，他人即难以定位的"人身上的人"。他们有着双重人格及矛盾与困惑。第二，他人即思想着的"内在之人"。陀思妥耶夫斯基小说中所有的主要人物，都是冥思苦想的人，每个人都有种“伟大的却没有解决的思想”。首先，思想着的“他人”是“无私”的他人。这些思想者最明显的特点是他们的非功利性，他们愿为自己的思想付出代价，乃至牺牲自己的生命。他们是“那种不要百万家产，却要弄明白思想的人”。其次，思想的“他人”是“对话”的他人。陀思妥耶夫斯基从来不以独自的形式叙述现成的思想，也不在某一个人的意识里表现这些思想的心理形成过程。他认为人的想法要成为真正的思想观点，必须是在同他人的另一个思想的积极交往中。再次，思想的“他人”是延宕的他人。他们不是行动果断的人，他们总要停下来思考、犹豫、自责、反省等。他们常常不仅为思想痛苦，甚至死于思想。

他人有着共时状态的心灵与命运。陀思妥耶夫斯基塑造他人的艺术手法之一是“时空体”概念的运用。他要在同一瞬间展现人物多种意识的渗透、影响、对立和分裂。例如他运用意识共时结构法，完成了具有卡拉玛佐夫气质，各种矛盾兼容并蓄的伊凡形象。另外一个艺术手法是在危机和转折中透视灵魂的秘密，呈现精神生活的迷乱。他认为：虚幻、特殊，但又能体现本质的事物，才能称之为艺术上最高的真实。他笔下的思想者经常置身于一种极具悲剧性的情节之中，在凶险的世界中于边缘处接受考验。

“构形见解”俄文直译是“构形的思想体系”，这主要指作者观察和描绘世界的原则的那种见解。观察世界的原则主要是作者的艺术感受，而描绘世界的原则涉及作者的艺术立场。这决定了陀思妥耶夫斯基作品中他人形象的特征。他观察世界的原则不是确立“他人之我”，而是把“他人”当作另一个主体。主人公不与作者融合，不是作者的传声筒。因为这一原则，他才对小说中“他人”声音充分尊重。作者的观点思想只化为一个人的形象进入作品作为众多其他意象中的一个意象，众多他人议论中的一种议论。他描绘世界的原则为：首先，他要描绘的是“人身上的人”。要求以一种全新的作者立场去发现另一个主体，另一个平等的我。其次，他要描绘的是思想的人或者说人的思想。他所寻找的也正是以进行意识活动为主的人物，其全部生活的内容集中在一种纯粹的功能——认识自己和认识世界。正如作品中显示的：描写的不是性格，不是典型，不是气质，而是主人公的意识，是主人公具有充分价值的思想。

参考文献：

巴赫金：《诗学与访谈》，白春仁、顾亚铃等译，河北教育出版社，1998年。

《陀思妥耶夫斯基选集·书信选》，人民文学出版社，1986年。

何怀宏：《道德·上帝与人：陀思妥耶夫斯基的问题》，新华出版社，1999年。

6. 易卜生戏剧的神秘倾向与西方文化传统关系。

易卜生戏剧中的神秘倾向与西方文化传统关系密切，主要表现于两个方面：一是来自北欧民族文化心理积淀的滋养和鼓励；二是来自对欧洲文学中神秘因素的借鉴和吸纳。

首先，易卜生的戏剧创作体现了鲜明的地域特征，烙有深刻的民族文化和历史的印迹。其早期浪漫主义和晚期象征主义剧作，将民族历史、神话传说、民间叙事谣曲直接作为题材。其次，神秘倾向在欧洲文学传统中占据着重要地位。而易卜生戏剧作品本身的主题观念和表现手法，均可追溯到欧洲文学传统。古希腊悲剧、莎士比亚、浪漫主义等对其戏剧中神秘倾向影响更为直接。古希腊悲剧主要从命运观的角度切入易卜生戏剧。易卜生的浪漫历史剧《厄斯特罗的英格夫人》和莎士比亚的麦克白夫人在深层恐惧所具有的神秘倾向如出一辙。浪漫主义主要是德国浪漫主义文学的神秘主义情趣和神秘化倾向对他的影响。易卜生在德国浪漫主义艺术氛围影响下创作的一系列戏剧作品，明显体现了对神秘的偏好。

参考文献：

黑格尔：《美学》第一卷，商务印书馆，1979年。

丹纳：《艺术哲学》，傅雷译，人民文学出版社，1963年。

列维-布留尔：《原始思维》，丁由译，商务印书馆，1981年。

马林诺夫斯基：《巫术科学宗教与神话》，中国民间文艺出版社，1986年。

高中甫编选：《易卜生评论集》，外语教学与研究出版社，1982年。

亨利希·海涅：《论浪漫派》，张玉书译，人民文学出版社，1979年。

第八章　19 世纪文学（三）：自然主义和其他文学流派

一、提要

（一）学习要求

1. 了解 19 世纪后半叶自然主义、唯美主义、象征主义等文学的创作特征。

2. 了解左拉、莫泊桑、波德莱尔的生平和创作特色，把握其主要代表作品的内容及艺术特色。

（二）课程内容

1. 自然主义在思想上受到实证主义、遗传学说和决定论的深刻影响。自然主义和唯美主义、前期象征主义等是 19 世纪下半叶出现的文学流派。它们是 19 世纪文学和 20 世纪文学之间的桥梁。自然主义的理论主张、思想艺术特点和发展状况。唯美主义的理论主张和发展状况。前期象征派的理论主张和发展状况。

2. 左拉的生平、思想及创作成就。左拉的自然主义理论主张。《卢贡-马卡尔家族》系列长篇中的重要作品。《萌芽》评述。莫泊桑是世界短篇小说大师之一，生平与中短篇小说的主题和艺术特征。波德莱尔的生平经历及其对创作思想的影响。《恶之花》的艺术风格及影响。

（三）重点与难点

自然主义、唯美主义、前期象征主义等流派文学的理论特色和创作要求。理解理论与创作之间的关系。《萌芽》如何体现了左拉的风格和特色。莫泊桑的短篇小说创作特色。世界三大短篇小说巨匠比较。《恶之花》的主题和艺术与前期象征主义的关系。

（四）阅读书目

《萌芽》、《羊脂球》、《漂亮朋友》、《道林·格雷的画像》、《恶之花》、《法国前期象征派诗选》。

二、题解

（一）填空题

1. 诗集《恶之花》的作者是法国诗人____________。

2. 自然主义文学创作上的典型代表是________________。

3. ____________是莫泊桑的成名作，他的长篇小说《漂亮的朋友》中的主人公__________是一个资产阶级冒险家的典型。

4. 左拉是____________理论的创建者，《萌芽》是他的______主义达到最高成就的一部杰作。

5. 法国文学史上第一部描写工人罢工斗争的小说是______的__________。

附：填空题答案

1. 波德莱尔　2. 龚古尔兄弟　3.《羊脂球》；杜洛阿　4. 自然主义；现实　5. 左拉；《萌芽》

（二）单项选择题

1. “为艺术而艺术”的主张出自（　　）。

A. 戈蒂耶的《〈莫班小姐〉序言》

B. 佩特《文艺复兴研究》

C. 王尔德的《莎乐美》

D. 王尔德的《道林·格雷的画像》

2. 莫泊桑第一篇具有爱国主义思想的短篇小说，也是他的成名作是（　　）。

A.《项链》　　B.《米龙老爹》

C.《菲菲小姐》　　D.《羊脂球》

3. 自然主义文学的发源地是（　　）。

A. 英国　　B. 俄国　　C. 德国　　D. 法国

4. 法国自然主义文学创作上的典型代表是（　　）。

A. 左拉　　B. 莫泊桑　　C. 龚古尔兄弟　D. 福楼拜

5. 左拉描写劳资矛盾的作品是（　　）。

A.《萌芽》　　B.《金钱》　　C.《小酒店》　D.《娜娜》

附：单项选择题答案

1. A　2. D　3. D　4. C　5. A

（三）多项选择题

1. 象征主义的代表作家是（　　）。

A. 爱伦坡　　B. 波德莱尔　　C. 兰波

D. 魏尔伦　　E. 马拉美

2.《羊脂球》在艺术上的主要特色有（　　）。

A. 精巧的艺术构思　　B. 生动逼真的细节描写

C. 鲜明的对比手法　　D. 极度夸张

E. 细腻的肖像描写

3. 自然主义文学兴起于 19 世纪 60 年代的法国，80 年代影响到德国、英国、意大利等，其代表作家是（　　）。

A. 爱德蒙·龚古尔　B. 左拉　　C. 都德

D. 霍普特曼　　E. 茹尔·龚古尔

4. 19 世纪后期，欧洲文学呈现出多元化的格局，主要文学思潮有（　　）。

A. 批判现实主义文学　B. 自然主义文学　C. 巴黎公社文学

D. 唯美主义文学　　E. 象征主义文学

附：多项选择题答案

1. CDE　2. ABC　3. ADE　4. ABCDE

（四）名词解释题

1. 自然主义文学

19世纪60年代至20世纪初期流行于欧洲的一种资产阶级文艺流派。在创作上，它一方面排斥浪漫主义的想象、夸张和抒情等主观因素，另一方面又轻视现实主义的典型化原则，而追求绝对的客观性，主张照相式地记录现实生活的表面现象，并企图以自然规律特别是生理学和遗传学规律解释人和社会生活。自然主义理论的创始人是左拉，代表作家有法国的龚古尔兄弟和德国的霍普特曼等。

2. 唯美主义

19世纪末流行于欧洲的一种资产阶级文艺思潮。它主张"为艺术而艺术"，强调超现实的纯粹美，片面追求艺术和形式美。认为不是艺术反映生活，而是生活模仿艺术；否定文艺的道德意义及社会教育作用。在艺术上开拓了各种美的领域，扩大了艺术表现的范围和能力。倡导者是法国诗人戈蒂耶，代表作家有英国的王尔德等，而在理论上把唯美主义系统化的则是英国作家兼文艺理论家佩特。

3. 前期象征派

前期象征派产生于法国。19世纪中叶波德莱尔提出"通感论"，成为象征派的先驱。19世纪末莫雷亚斯在《费加罗报》上发表了一篇《象征主义宣言》，而以魏尔伦、兰波、马拉美为代表的前期象征派形成一股潮流。其中，兰波的错觉梦幻意识、魏尔伦的音乐至上论和马拉美的纯诗论奠定了现代主义诗学的基本理论：一种导向非理性主义和艺术自足论的诗学原则。在艺术上，前期象征派主张以丑为美，丑中见美；用通感和象征手法以具体意象去反映抽象事物；追求音乐性；追求神秘性；语言晦涩难懂。

4. 梅塘集团

19世纪后期法国以左拉为首的自然主义文学集团，因短篇小说集《梅塘之夜》而得名。1879年夏，自然主义流派作家阿莱克西、赛拉尔、爱尼克、于斯曼和莫泊桑，某夜聚会于左拉的梅塘别墅，商议各写一篇以普法战争为背景的小说，汇总后以《梅塘之夜》为名出版。次年4月，《梅塘之夜》问世。当时六人中最默默无闻的莫泊桑却因《羊脂球》而受到一致称赞。此后，左拉等六人即被称为“梅塘集团”。

（五）简答题

1. 简述莫泊桑短篇小说的基本主题。

法国作家莫泊桑是世界文坛三大“短篇小说之王”之一，他短篇小说创作的基本主题表现在两个方面：

其一，资产阶级的风俗习尚，揭露资产阶级的腐化堕落和拜金主义，嘲讽小市民的追求浮华与爱慕虚荣。如《我的叔叔于勒》、《项链》等。

其二，写普法战争，着力表现了法国普通民众的爱国热情。如《米隆老爹》、《两个朋友》、《菲菲小姐》等。

2. 简述莫泊桑小说的艺术特点。

（1）莫泊桑的小说大多取材于平凡的日常生活，截取其中一个极平凡但具有典型意义的片段，反映出深刻的思想内容。每篇小说都写出人情世态及社会风俗。

（2）作者基本不直接表露自己的倾向，不动声色、客观而冷峻，以故事自身表达对人物的好恶。

（3）构思与布局巧妙。取材于平凡的生活，但有引人入胜的情节布局，开始时平稳地展开，情节突然发生转折，往往出现一个意想不到的结局。

（4）运用生动逼真的细节描写、鲜明的对比手法，语言准确、明晰、生动。

3.《萌芽》的艺术成就及局限性有哪些？

（1）《萌芽》是一部在艺术上有很高成就的作品，它成功地再现了罢工的过程。左拉把粗犷和细致两种因素巧妙地结合起来，既勾勒出了气势磅礴的群众场面和广阔的背景，又有许多极其精致细微的描写。

（2）为了突出劳资矛盾的尖锐，作家运用了尖锐对照的手法。

（3）富有象征意义的描写具有版画一样的严峻苍凉的力量，增添了小说的悲壮色彩。

（4）小说没能完全摆脱自然主义理论的束缚，作家有时沉溺于自然主义的细节描写，造成了许多赘笔。

（5）《萌芽》尽管存在这样的缺点，但它仍然是19世纪反映工人运动的最优秀作品。

4. 左拉自然主义理论的基本内容是什么？

左拉是自然主义理论的创立者。在其《实验小说》、《戏剧中的自然主义》、《自然主义小说家》等著述中，他的自然主义理论得到系统阐述。其主要内容包括：

（1）强调事实的真相，反对对现实进行概括和典型化。左拉要求作家直接观察人生和社会，“按自然的本来面目来观察自然”，“自然主义就是回到自然，进行直接观察和精确的解剖分析”。

（2）奉行实证主义，主张采取纯科学的态度，从生理学、遗传学和实验科学的角度观察人的思想活动和社会现象。

（3）否定文学的道德观念和社会作用，反对作者对事件和人物做出主观的评价。左拉的自然主义根本否定了文学的倾向性，“不要夸张，也不要强调，只要事实”，“我不要做政治家、道德家，我只要做一个学者就满意了，我将要表现事实……而结论我是没有的”。

但左拉在自己的创作中并没有完全奉行这些理论，其名作《萌芽》中就充满了激昂的热情，也有深刻的社会分析。

（六）论述题

19世纪后期文学的基本特征？

（1）三种基本思想并存，一是马克思的科学社会主义，它明确提出推翻资本主义制度，建立社会主义社会，这个思想指导了无产阶级运动，影响了巴黎公社文学。二是传统的人道主义思想，它抨击了邪恶，但又鼓吹改良和博爱，这个思想继续影响着批判现实主义文学。三是叔本华、尼采和柏格森的非理性学说，否定现存的秩序、世界的整体性和人类的理性，对世界感到失望和无所适从，只好退回内心，强调“意志”，它影响了唯美主义、象征主义等现代文学思潮。

（2）开始“退回内心”。19世纪后期文学出现了“向内转”的趋势，既重视对外部世界的描绘，更重视对心理活动的把握和对直觉的捕捉。批判现实主义作家注重再现心理矛盾与发展的全过程，把自己的作品称为“心电图”式的作品。而一批具有先锋精神的作家则努力捕捉瞬间的心理感受，力求把外界事物转变成一片“象征的森林”。

（3）越来越重视文学技巧。除无产阶级文学仍然走向大众化、通俗化的道路外，其他派别的文学都注重文学技巧的使用和创新。批判现实主义文学注重心理分析和内心独白，形式主义文学则注重象征和隐喻，讲究交感与对应。

（七）综合论述题

结合自然主义作家的代表作分析自然主义文学的思想特点和艺术特征。

其一，思想特点：（1）继承19世纪上半叶巴尔扎克、司汤达以及福楼拜的现实主义观点，将写真实和客观性视为文学创作的首要条件。他们还提出要运用实证主义批评家的方法，获得“人的材料”，即研究制约人的“外部环境”和“内部环境”。“外部环境”包括社会、人情、时代等因素，“内部环境”包括心理和生理等条件。左拉在《卢贡家族的发迹》中，以143页的篇幅对小镇和卢贡家族的起源做了极其详尽烦琐的考证和描写，就是所谓“科学精确性”的一例。（2）自然主义接受了巴尔扎克描写一段历史时期、反映整个社会的成功经验。《卢贡-马卡尔家族》描写了第二帝国从建立到崩溃的整个过程。莫泊桑擅长描写诺曼底农村和公务员阶层。（3）机械地将自然科学的理论搬到文学创作中，从生理角度去表现人，特别是以当时遗传学的观点去理解促使人行动的原因。左拉把遗传学观点原封不动地照搬到小说创作中，因而未能正确地反映一个家族的变迁。

其二，艺术特征：（1）力图巨细无遗地描绘现实。出现了放纵性欲的描写，削弱了批判精神。（2）擅长描写群众场面，注重群体的写照，逐渐忽略典型的创造，如《萌芽》中的旷工场面，“研究气质而不是性格”，因此人物性格都是人物的气质表现，由他们的生理特点所决定，并不具有鲜明个性的典型。（3）淡化情节，不去追求戏剧性的曲折变化，主张按生活的“本来面目”去反映现实。（4）将某些压迫人、扭曲人的社会现象拟人化，这是物对人的异化的初步描写，显得生动、形象。左拉笔下的矿井是吞噬人的怪物，菜市场、火车头等都具有生命。

(八) 作品分析题

分析波德莱尔《凉台》。

回忆间的乳娘，情人中的情人，
你啊，我的欢娱，你啊，我的苦差！
有朝一日你会记得爱的抚摸，
记得内室的静和黄昏的绮丽。
回忆间的乳娘，情人中的情人。

黄昏给大城的煤火照得通红；
在凉台上，沉浸玫瑰色烟雾中
你的胸脯是多么温，心灵多么柔，
我们曾低诉那样隽永的话语。
黄昏给大城的煤火照得通红。

炽热黯光里的夕阳绚烂无比；
空间无比深沉，心灵无比健壮，
俯身向你，你，令我心倾的天仙，
我自觉闻嗅到你赤血的芳香，
炽热黯光里的夕阳绚烂无比。

夜色逐渐变浓，凝成一道厚墙，
黯里我的眼光寻索着你的双眸，
渴饮你的气息，啊，甘露，啊，毒汁！
你的脚倦憩在我紧握的手里，
夜色逐渐变浓，凝成一道厚墙。

我有追叙那欢乐时刻的才能，
我的过去蜷伏在你的双膝前。

无须到他处去寻觅你的美质，
它在你的肉体上，也在你的柔情里！
我有追叙那欢乐时刻的才能。

啊，誓言，啊，芳香，啊，无尽的热吻！
它们将从无底的深渊中再生么？
宛若那些在大海底浸浴过的
回春之阳，它们再度飞升晴空……
啊，誓言，啊，芳香，啊，无尽的热吻！

波德莱尔曾写过许多歌咏女性的诗作，而《凉台》则是其中较为出色的一篇，他以一种意境超俗、诗风优美、用词荒异的笔风描写着他笔下的人生还有他笔下的女人。“你啊，我的欢娱，你啊，我的苦差！”诗人笔下的这个女人是一个叫冉娜·杜瓦尔的小剧场演员，她是个黑白混血儿，诗人在与她相识后共同生活了二十年，关系甚为亲密，诗人即是为了她而写了此诗。

诗人在全篇中用一种痛苦和甜蜜的笔调描写了他对那女子的热爱和迷恋，诗人甜蜜地说：“有朝一日你会记得爱的抚摸。”可是诗人却又清醒地知道这个甜蜜早已经随着时光而慢慢走远，他继而又痛苦地说：“记得内室的静和黄昏的绮丽。”他清楚地明白这个回忆早已经随着冉娜的远走而化为灰烬，“回忆中的乳娘，情人中的情人”。诗人缅怀旧爱，希望那份爱能够重新回到他那渴望着爱情的心中，他用诗的笔调表达了一种对思恋和希望、痛苦和甜蜜的歌颂。诗人热情赞颂着女性，赞颂着他笔下那个让他深深爱着的完美的女性。“俯身向你，你，令我心倾的天仙，我自觉闻嗅到你赤血的芳香，炽热黯光里的夕阳绚烂无比”。诗人难以自禁地描述在一个黄昏的傍晚，他们在一个“沉浸玫瑰色烟雾中”的“凉台”上“低诉那样隽永的话语”，而“黄昏给大城的煤火照得通红”。

诗人在搜寻着那份旧爱。在一个“夜色逐渐变浓”而那远处的“夕阳绚烂无比”的黄昏中，他跪在他心中的女神冉娜的面前，缠绵地向她诉说着“隽永的话语”。那些爱的抚摸、诱人的话语、心灵的接触、醉人的双眸，还有那迷人的夜色都在诱惑着诗人那颗充满爱情的心，可是在他的心中唯一能激发诗人灵性的却是“令我心倾的天仙”。“天仙”的话恰似“甘露”令人心醉神迷，甜美无比；可是“天仙”的话却也恰似“毒汁”，让人如饮鸩止渴却不愿离开。

诗人希望自己的过去能够被追叙，他在诉说着那令人销魂的爱抚还有那令人神醉的情爱，他深深地沉醉其中不愿离开。他希望这一切不仅仅只是一个美梦而且更希望它能够于某一天实现：“啊，誓言，啊，芳香，啊，无尽的热吻！”诗人抱着满腔的热情希望这些以前的海誓山盟不仅只是再次停留在诗人的心中而追问“它们将从无底的深渊中再生么?”他更希望这些情爱能“宛若那些在大海底浸浴过的回春之阳”，希望那醉人的“芳香”能如蜜如糖一般地长驻于自己心田中。

三、作业设计及选题

兰波《醉舟》中典型意象的文化阐释：从“舟”与“海”开始的旅程通向何方?

首先，“舟”是“纯真的孩子”即原始人类的象征，本质上也是诗人的自我形象。

写《醉舟》的兰波是孩子，原初人类则是人类进程史上的“孩子”，醉舟承载着的是孩子般的纯真、无知、原始与魔幻。其次，“舟”也是兰波对诗人的界定——“通灵者”（Voyant）的阐释。Voyant 在古法语《圣经》中是对先知的称谓，而兰波把先知与诗人画上了等号。巫师、先知都是在一种迷狂状态下告诉人们真理，兰波的通灵者也同样是。“我是他人”，这种自由的状态是成为通灵者的前提。在传统的巫术活动中巫师常会扮演被神灵暂时附体的角色——他人的角色，巫师的一言一行被当作神谕，这也与兰波的“他人”、与航行的醉舟相似。此外，“舟”这个意象让我们想到《圣经·创世纪》中的诺亚方舟。诺亚一家所乘坐的逃离洪荒的方舟是宗教意义上人类避难所，年轻的兰波所乘坐的舟却是一条逃离宗教启示下的、具有酒神非理性精神的“醉舟”。兰波的醉舟还经历着一种仪式的考验：人类从“原始—文明—返回原始”的幻觉。《圣经》中上帝创造的世纪是兰波的醉舟所要抛弃的，而革命者般与传统宗教对立的醉舟旅程是开创新世纪的仪式。

“海”是人类文明的源泉与依托，大海成了醉舟逃脱文明束缚的流放地，在这原始、自由的流放地中一切狂暴的事物都成了一种热情的迸发（可以结合兰波的“元音字母”的运用发现“海”的无穷）。象征着文明的海上旅行是拟人化的醉舟在人类文明中的探寻，探寻的过程是矛盾的交织，探寻的对象是一种有别于上帝创世纪的完全自由的乐园，是非理性甚至是原始的，但却是古老的欧洲在最初蔚蓝的日子中曾拥有过的。

在最后几段，水洼与小船成了仪式中对大海和醉舟的缩小模拟，更强烈地表达了文明的失落感。诗歌前面梦幻般的幻象与最后仪式般的祈祷结合，“舟”与“海”构建了自己的文化“神话”。最终回到了原始原初，远离了传统大海所寓托的文明，走向了未知文明的大海前方，用原始的意象来思维幻想，用非理性来建构乐园，这是兰波要创造的神话。

参考文献：

维柯：《新科学》，朱光潜译，商务印书馆，1997年。

兰波：《兰波作品全集》，王以培译，东方出版社，2000年。

詹·弗雷泽：《金枝精要——巫术与宗教之研究》，刘魁立编，上海文艺出版社，2001年。

叶舒宪：《神话——原型批判》，陕西师范大学出版社，1986年。

诺斯洛普·弗莱：《批评的剖析》，陈慧等译，百花文艺出版社，1998年。

马林诺夫斯基：《巫术科学宗教与神话》，李安宅译，中国民间文艺出版社，1986年。

第九章 20世纪文学（一）：现实主义文学（上）

废寝忘食

一、提要

（一）学习要求

1. 了解20世纪运用现实主义手法进行创作的文学在欧美各国的发展及特征。

2. 了解英国、法国、德语国家、美国现实主义文学的主要创作成就，重要作家作品的地位及特征。

（二）课程内容

1. 20世纪欧美现实主义文学产生的背景、发展过程及新的特点。法国、英国、德语国家、美国现实主义文学的主要创作成就。劳伦斯、托马斯·曼、布莱希特、菲茨杰拉德、德莱赛等重要作家的生平、创作成就及影响。

2. 罗曼·罗兰的生平和创作成就。戏剧创作。传记创作。小说创作。政论和杂文创作。音乐小说的内涵及影响。《约翰·克利斯朵夫》的内容、人物和艺术成就。罗曼·罗兰的世界意义。

3. 海明威的生平经历、创作思想、创作风格与主要创作成就。“迷惘的一代”、冰山原则、硬汉子性格等在其小说中的体现。《老人与海》的象征意义及其影响。桑地亚哥形象的意义、艺术特色。

（三）重点与难点

从代表作家和作品中理解20世纪现实主义文学自身发展特点。20世纪现实主义文学与现代主义文学的关系。罗曼·罗兰的“人民戏剧”、“英雄传记”和“长河小说”。约翰·克利斯朵夫形象的意义。海明威独特的艺术风格及其在小说的体现。

（四）阅读书目

《福尔赛世家》三部曲、《人性的枷锁》、《一九八四》、《蝇王》、《法国中尉的女人》、《金色笔记》、《萧伯纳戏剧选集》、《儿子与情人》、《虹》、《查泰莱夫人的情人》、《企鹅岛》、《和麻风病人的亲吻》、《伪币制造者》、《情人》、《生命中不能承受之轻》、《约翰·克利斯朵夫》、《布莱希特剧作选》、《臣仆》、《布登勃洛克一家》、《西线无战事》、《铁皮鼓》、《一个陌生女人的来信》、《荒原狼》、《飘》、《美国的悲剧》、《麦田的守望者》、《了不起的盖茨比》、《太阳照样升起》、《丧钟为谁而鸣》、《永别了，武器》、《老人与海》、《洛丽塔》、《推销员之死》。

二、题解

（一）填空题

1. 英国作家高尔斯华绥的代表作是两套三部曲，包括__________________三部曲和________________三部曲。

2. 英国作家劳伦斯小说的基本主题是写“______”。他的早期代表作__________________是一部带有自传色彩的心理小说。

3. 福斯特是著名的小说家和文学批评家，他著名的文学批评论著是__________________，长篇代表作是________________。

4. 德国作家亨利希·曼和托马斯·曼的代表作品分别是________和________________________。

5. 雷马克以写______小说闻名于世，他的代表作是反映第一次世界大战的长篇小说__________________。

6. 二战以后，意大利出现了________________流派，基本特点表现为人道主义思想和“写真实”的创作原则。

7. 美国作家厄·辛克莱的早期小说__________是20世纪初期“美国黑幕揭发运动”的第一部有影响的作品。

8. 阿瑟·密勒是当代美国著名的戏剧作家，他的______________
____被公认为二战以来最好的美国戏剧。

9. 索尔·贝娄被认为是美国______文学最重要的代表作家，他的代表作品是________________。

10. 被誉为“美国最伟大的小说”的作品是__________的________
__________。

11. 海明威在长篇小说______________________中引用了美国女作家__________的话“你们都是迷惘的一代”作为卷首语。

12. 在长篇小说______________________中海明威第一次分清了战争的正义性和非正义性，自觉地支持人民的正义事业。

13. “一个人并不是生来要给打败的，你尽可以把他消灭掉，可就是打不败他。”这句话出自美国作家__________的中篇小说__________
______。

14. 《欣悦的灵魂》是________________的主要作品之一，高尔基曾给予极高的评价。

附：填空题答案

1. 《福尔赛世家》；《现代喜剧》 2. 性爱；《儿子与情人》 3. 《小说面面观》；《印度之行》 4. 《臣仆》；《布登勃洛克一家》 5. 战争；《西线无战事》 6. 新现实主义 7. 《屠场》 8. 《推销员之死》 9. 犹太；《洪堡的礼物》 10. 德莱塞；《美国的悲剧》 11. 《太阳照样升起》；斯泰因 12. 《丧钟为谁而鸣》 13. 海明威；《老人与海》 14. 罗曼·罗兰

（二）单项选择题

1. 法国的安德烈·纪德创作的唯一的长篇小说（也被称作“连环小说”）是（　　）。

A.《田园交响乐》　　B.《蒂博之家》

C.《黛累丝·德斯盖鲁》　　D.《伪币制造者》

2. 罗曼·罗兰笔下的安多纳德这一女性形象出自（　　）。

A.《欣悦的灵魂》　　B.《约翰·克利斯朵夫》

C.《罗伯斯庇尔》　　D.《群狼》

3. 英国作家威尔斯是现代科幻小说的鼻祖，其被英国文坛称为“天下奇书”的作品是（　　）。

A.《隐身人》　　B.《时间机器》

C.《星际战争》　　D.《莫若博士岛》

4. 威尔斯以写作（　　）闻名于世。

A. 战争小说　　B. 传记小说

C. 科幻小说　　D. 历史小说

5. 英国威廉·戈尔丁创作的被称为典型“荒岛小说”的是（　　）。

A.《继承人》　　B.《自由堕落》

C.《蝇王》　　D.《看不见的黑暗》

6. 毛姆是英国拥有读者最多的作家之一，其成名作是（　　）。

A.《人性的枷锁》　　B.《月亮和六便士》

C.《寻欢作乐》　　D.《刀锋》

7. 托马斯·曼的代表作是（　　）。

A.《约瑟夫和他的兄弟们》　　B.《绿蒂在魏玛》

C.《浮士德博士》　　D.《布登勃洛克一家》

8. 斯蒂芬·茨威格的“压卷之作”是（　　）。

A.《感觉的混乱》　　B.《象棋的故事》

C.《恐惧》　　D.《人的命运转折点》

9.（　　）是美国文学史上第一位获得诺贝尔文学奖的作家。

A. 辛·刘易斯　　B. 艾·巴·辛格

C. 约翰·斯坦贝克　　D. 索尔·贝娄

10. 西方评论家认为雷马克“使作品成为有世界意义”的描写战争的小说是（　　）。

A.《凯旋门》　　B.《最后一站》

C.《西线无战事》　　D.《黑色方尖碑》

11. 海尔曼·黑塞最受西方青年喜爱的作品是（　　）。

A.《荒原狼》　　B.《格尔特鲁德》

C.《彼得·卡门青德》　　D.《玻璃球游戏》

12. H. L. 门肯说："他什么都缺，就是不缺人才。""他"指的是（　　）。

A. 马克·吐温　　B. 欧·亨利

C. 杰克·伦敦　　D. 德莱塞

13. 被称为"美国的高尔基"的杰克·伦敦开创美国梦幻灭题材作品先河的小说是（　　）。

A.《铁蹄》　　B.《热爱生命》

C.《马丁·伊登》　　D.《屠场》

14. 杰克·伦敦创作的美国第一部具有无产阶级性质的作品是（　　）。

A.《马丁·伊登》　　B.《铁蹄》

C.《热爱生命》　　D.《屠场》

15. 赛珍珠被誉为"第一部成功地用英语写中国的小说"是（　　）。

A.《大地上的房子》　　B.《东风·西风》

C.《母亲》　　D.《中国之美》

16. 约翰·克利斯朵夫晚年潜心创作的是（　　）。

A. 民俗歌曲　　B. 爵士乐曲

C. 宗教音乐　　D. 革命歌曲

17. 海明威创作中唯一的剧本是（　　）。

A.《第五纵队》　　B.《胜者无所得》

C.《印第安营地》　　D.《打不败的人》

18. 海明威创作的被评论界看作是"迷惘的一代"宣言书的长篇小说是（　　）。

A.《永别了，武器》　　B.《丧钟为谁而鸣》

C.《午后之死》　　D.《太阳照样升起》

19. 海明威第一次提出文学创作的"冰山原则"的作品是（　　）。

A.《太阳照样升起》　　B.《午后之死》

C.《永别了，武器》　　D.《丧钟为谁而鸣》

20.“美国黑幕揭发运动”文学最著名的作品是（　　）。

A.《汤姆叔叔的小屋》　　B.《红色英雄勋章》

C.《屠场》　　D.《白奴》

21.《乞力马扎罗的雪》采用了现实与幻想交织的（　　）手法，描写了一个作家临终前的反省。

A. 魔幻现实主义　　B. 心理现实主义

C. 超现实主义　　D. 意识流

22. 在《老人与海》中，海明威着力刻画的“硬汉子”形象是（　　）。

A. 杰克　　B. 亨利

C. 曼诺林　　D. 桑提亚哥

23.《丧钟为谁而鸣》是一部以（　　）为背景的长篇小说。

A. 一战　　B. 二战

C. 西班牙内战　　D. 太平洋战争

24. 使海明威获得诺贝尔文学奖的作品是（　　）。

A.《太阳照样升起》　　B.《永别了，武器》

C.《老人与海》　　D.《丧钟为谁而鸣》

25.《丧钟为谁而鸣》中的罗伯特·乔丹是（　　）。

A. 叛逆者形象

B.“迷惘的一代”的典型形象

C. 硬汉子形象

D. 失败者形象

26. 劳伦斯是 20 世纪具有国际声誉的英国作家，其代表作是（　　）。

A.《儿子与情人》　　B.《恋爱中的女人》

C.《查泰莱夫人的情人》　　D.《虹》

附：单项选择题答案

1. D　2. B　3. B　4. C　5. C　6. A　7. D　8. B　9. A　10. C

11. A　12. D　13. C　14. B　15. B　16. C　17. A　18. D　19. B

20. C　21. D　22. D　23. C　24. C　25. C　26. C

（三）多项选择题

1. 20世纪文学是20世纪现实生活的反映和折射，它主要包括（　　）。

A. 新的现实主义文学　B. 无产阶级文学
C. 前期现代主义文学　D. 浪漫主义文学
E. 后期现代主义文学

2. 20世纪法国的现实主义文学中出现了“长河小说”新体裁，其中有（　　）。

A. 《约翰·克利斯朵夫》　B. 《田园交响曲》
C. 《爱的荒漠》　D. 《蒂搏一家》　E. 《蝮蛇结》

3. 法国著名的小说家和评论家安得烈·马尔罗创作的以中国第一次国内革命战争为题材的小说有（　　）。

A. 《王家大道》　B. 《征服者》　C. 《希望》
D. 《人的命运》　E. 《西方的诱惑》

4. 英国作家劳伦斯一共创作了10部长篇小说，其中重要的有（　　）。

A. 《儿子与情人》　B. 《狐》　C. 《恋爱中的女人》
D. 《查泰莱夫人的情人》　E. 《死去的男人》

5. 亨利希·曼创作的揭露、批判德国帝国主义的“三部曲”有（　　）。

A. 《在一个家庭里》　B. 《臣仆》　C. 《穷人》
D. 《首脑》　E. 《垃圾教授》

6. 雷马克创作了一系列揭露德国法西斯在两次世界大战中罪行的作品，它们有（　　）。

A. 《凯旋门》　B. 《里斯本之夜》　C. 《生命的火花》
D. 《生死存亡的年代》　E. 《黑色方尖碑》

7. 布莱希特因其独特的戏剧理论和创作著称，其代表作有（　　）。

A. 《最后一站》　B. 《伽利略传》　C. 《四川一好人》
D. 《西线无战事》　E. 《大胆妈妈和她的孩子》

8. 获得 1972 年诺贝尔文学奖的联邦德国的伯尔主要作品有（　　）。

A.《一声不吭》　B.《莱尼和他们》　C.《伽利略传》

D.《荒原狼》　E.《丧失了名誉的卡特琳娜·布鲁姆》

9. 欧·亨利被称为“美国的莫泊桑”，他的代表作品有（　　）。

A.《麦琪的礼物》　B.《热爱生命》　C.《最后一片藤叶》

D.《西线无战事》　E.《警察与赞美诗》

10. 美国“迷惘的一代”代表作家有（　　）。

A. 辛克莱·刘易斯　B. 海明威　C. 菲茨杰拉德

D. 多斯·帕索斯　E. 索尔·贝娄

11. 罗曼·罗兰是一位杰出的传记作家，其重要的传记作品有（　　）。

A.《贝多芬传》　B.《丹东传》　C.《罗伯斯庇尔传》

D.《米开朗基罗传》　E.《托尔斯泰传》

12. 海明威以其强烈的反战倾向和对未来的迷惘而成为描写第一次世界大战名篇的长篇小说有（　　）。

A.《太阳照样升起》　B.《永别了，武器》　C.《丧钟为谁而鸣》

D.《胜者无所得》　E.《第五纵队》

13. 海明威笔下“硬汉子”的形象有（　　）。

A.《打不败的人》中的曼努埃尔

B.《太阳照样升起》中的杰克·巴恩斯

C.《永别了，武器》中的亨利·腓特力

D.《丧钟为谁而鸣》中的乔丹

E.《老人与海》中的桑提亚哥

14.《老人与海》象征手法具体表现在（　　）。

A. 大海象征变幻无常的社会生活

B. 阳光和春天象征爱情和幸福

C. 马林鱼象征人生的理想

D. 鲨鱼象征无法摆脱的悲剧命运

E. 狮子象征勇气和力量

15. 1952 年诺贝尔文学奖获得者法国作家莫里亚克的主要作品

有（　　）。

A.《给麻风病人的亲吻》　　B.《爱的荒漠》
C.《黛累丝·德斯盖鲁》　　D.《田园交响曲》
E.《蝮蛇结》

附：多项选择题答案

1. ABCE　2. AD　3. BD　4. ACD　5. BCD　6. ACD　7. BCE　8. ABE　9. ACE　10. BCD　11. ADE　12. AB　13. ADE　14. ACDE　15. ABCE

（四）名词解释题

1. 福尔赛主义

"福尔赛主义"是英国作家高尔斯华绥在其三部曲《福尔赛世家》中对福尔赛家族精神的总结。索米斯·福尔赛是这个家族的精神代表，在他身上体现了资产阶级的本质特征，即强烈的占有欲和对金钱的疯狂追求，对人性的扼杀和对他人不择手段的榨取。这种性格实际上是资产阶级贪得无厌阶级特性的集中表现，在英国上流社会具有普遍意义。

2. 冰山原则

冰山原则是美国著名作家海明威在短篇小说《午后之死》中提出的创作主张。他以冰山比喻创作："冰山在海里移动之所以显得庄严、宏伟，是因为它只有八分之一的部分露出水面。"海明威认为作者只应该写露出水面的八分之一，而水下的八分之七是留给读者的丰富想象余地。这一创作原则使海明威形成了简约、含蓄、精炼、深沉的艺术风格，在散文文体上开了一代新风。

3. "迷惘的一代"

"迷惘的一代"是20世纪20年代美国产生的一个文学流派。它是第一次世界大战后在西方出现的厌战、反战情绪在文学上的反映。这一流派的作家大多数参加过这场战争，普遍有一种被欺骗、被出卖的感受，精神遭受了巨大创伤，同时又因找不到出路而灰心失望、苦闷彷徨、不知所措。他们不再相信传统价值观，而以一种玩世不恭的生活态度来表示自己的消极反抗。"迷惘的一代"的代表作品是海明威的《太阳照样升起》。

4. **硬汉子性格**

硬汉子性格是海明威在小说中所塑造的一系列人物形象最突出的性格特征。海明威的小说多以拳击家、斗牛士、渔夫、猎人为主人公，他在这些下层人物身上塑造了一种不屈不挠、坚定顽强、面对暴力和死亡而无所畏惧的硬汉子性格。他们无论在怎样危险困苦的逆境中，都保持了人的尊严和勇气，显示了男性特有的生命力和意志力。这些形象都带有作者自身的影子，所以他们都是海明威式的英雄。

（五）简答题

1. 简析《布登勃洛克一家》的思想内容。

第一，小说反映了德国自由资产阶级从兴盛到衰亡的整个历史。小说所描绘的19世纪30至70年代，正是资本主义在德国迅速发展的时期，布登勃洛克一家四代人分别代表了德国自由资产阶级从兴盛到衰亡的不同发展阶段。老约翰在拿破仑战争时期靠做粮食生意而发家，小约翰、托马斯时代，虽苦心经营，但因商业竞争激烈，加上天灾人祸，家业渐衰，到汉诺时彻底被新兴的垄断资本家哈根施特罗姆家族击败。

第二，揭露了资本主义弱肉强食的生存法则和人与人之间冷酷的金钱关系。小说描写了布登勃洛克家族和哈根施特罗姆家族在商业上的激烈竞争，哈根施特罗姆家族使用残酷的掠夺与吞并的手段，最终击败布登勃洛克家族。另外，小说还通过婚姻和遗产问题揭露了资产阶级社会中赤裸裸的金钱关系：父子、兄弟、夫妻、朋友的感情，都是由金钱决定的。

第三，小说在描写布登勃洛克家族衰亡过程时，流露出无可奈何的惋惜之情，同时流露出悲观主义的人生态度和宿命论思想。

2. 茨威格小说的思想内容和艺术风格。

首先，反对战争、同情弱者，贯穿着人道主义精神。茨威格目睹了两次世界大战给人类带来的巨大灾难，所以他对深受战争之苦的人们表达了深切的同情，反战成了他小说创作的一个重要主题，如《象棋的故事》。对屈从于命运的弱者或小人物的同情是茨威格人道主义的另一种表现，如《一个陌生女人的来信》。

其次，擅长心理分析，精心刻画人物。茨威格深受弗洛伊德的影响，善于借助心理分析来揭示人物内心深处最隐蔽的思想感情，特别是剖析那些处于社会底层的被损害者的灵魂，如《马来狂人》。

再次，构思奇巧、情节动人、不落俗套。茨威格小说取材于日常生活，但构思新颖、巧妙，不落俗套，使情节跌宕起伏、故事扑朔迷离而富有传奇色彩。另外，茨威格还善于设置悬念，使小说呈现一种出人意料的艺术效果，如《恐惧》。

3.《约翰·克利斯朵夫》的艺术特色。

《约翰·克利斯朵夫》是一部独树一帜的作品，它首创了长河小说这一新体裁。传统性与现代性融于一体是这部小说在艺术上的突出特点。作家很少像巴尔扎克等现实主义大师那样，用许多具体的细节去描写主人公的外部特征及其所处的外部环境，而是采用内心独白、自我对话、梦境、联想、抒情性插笔以及情景交融等多种艺术手段，去表现主人公丰富且奔腾的内心世界，展示他生命的流程（即一生精神探索的曲折历程）。同时，作家的心理描写，不只是为了在更深层面上刻画人物的个性特点，也是为了以主人公的内心世界为中心观照客观世界，即以心灵为窗口去反映外部大千世界。音乐性是这部小说另一独到的艺术特色。小说在形式上与内容上，都有浓郁的音乐色彩，结构是按交响乐结构方式设计的。同时，在作品主要人物关系上体现了音乐中的“调性”：克利斯朵夫可谓这部音乐中的主音，处于核心地位；奥里维、安多纳德和葛拉齐娅则是其余的基本音，他们都倾向并围绕着主音。更重要的是，音乐是主人公生命活动不可缺少的组成部分，“一个真正的音乐家是生活在音响的宇宙中的，只要是颤抖的、震荡的、跳动的东西，在他听来都是音乐”。音乐无所不在。正因如此，评论界一致公认这是一部音乐小说。

4. 试论析《老人与海》中桑提亚哥的形象。

《老人与海》中的老渔夫桑提亚哥是作者着力刻画的硬汉子形象。他是个正直、单纯的老人，过着贫困而孤独的生活。老人的生活尽管艰辛困苦，但他具有顽强的生命力和乐观精神。小说中描写的捕鱼过程，充分表现了桑提亚哥的顽强意志和拼搏精神。84 天捕不到鱼仍旧毫不气馁、精神焕发，同捕获的大马林鱼搏斗两天两夜，返航途中同鲨鱼奋力搏斗。在老人羸弱的身躯里，蕴藏着崇高的精神力量，他面对厄运，既不抱怨，也不气馁，而是以无畏的勇气和奋斗精神去迎接灾难。在他与大海的搏斗中，展示出人的高贵与尊严。

5. 试析《老人与海》中桑提亚哥作为一个“失败的英雄”，能赢得人们敬仰的原因。

《老人与海》中老渔夫桑提亚哥的形象、其力量的来源、其失败的象征意义以及作品的结尾，就像海明威的一生，给读者留下许多难解之谜。故事表现了“英雄与环境”的传统主题。在这场英雄与环境的斗争中，桑提亚哥是一位失败的英雄。做胜利的英雄易，做失败的英雄难。在对待失败的风度上，桑提亚哥赢得了胜利。他认为，“痛苦在一个男子汉不算一回事”，“一个人并不是生来就给打败的。你尽可以把他消灭掉，可就是打不败他”。这就是他的生活信条和硬汉子精神，是留给读者最深刻的启发。在桑提亚哥身上，凝聚着作者的思想：虽然失败了，但不能甘心于失败，还要从头做起。在小说的结尾，桑提亚哥又梦见了狮子。这既是他力量的象征，又预示着下一场搏斗的开始。这篇小说在歌颂人类伟大力量的同时，也对人生表现出无可奈何的绝望心情，但作者希望人们不要在失败中丢掉人的尊严与勇气，因而作者连同作品本身都赢得了人们的敬仰。

6. 试析《老人与海》体现海明威独特艺术风格的方法。

海明威在继承现实主义传统的同时，又借鉴现代主义表现手法，形成了独特的艺术风格。《老人与海》充分体现了他的独特风格。

第一，含蓄凝练的意境。海明威认为文学贵在含蓄，他以冰山比喻自己的创作，说创作要像海上漂浮的冰山，八分之七应在水下。小说表面上写的是桑提亚哥捕鱼斗鲨的故事，实际上小说中的马林鱼、鲨鱼、大海、桑提亚哥都是充满寓意和象征的形象。

第二，简洁、清新、干净的文体风格。海明威力求以最简洁的词句表达最复杂的意思，尽量避免形容词、比喻，特别是华丽辞藻的使用。只是纯客观地叙述、大笔勾画，小说对老人的生活经历、环境疏疏几笔就交代过去了，对人物的相貌，也只勾勒了大致轮廓。这样，就把文字压缩到了最低限度。

第三，在人物塑造上，小说采用了反衬法和内心独白的艺术手法。

小说运用反衬法，借助主人公接二连三的“背运”、马林鱼的巨大顽强、鲨鱼的凶猛贪婪来表现主人公的英雄气概和硬汉子性格。小说采用内心独白的艺术手法来揭示孤身一人在海上捕鱼的老渔夫的心灵世界，这种内心独白既有老人的自言自语，或对天、对海、对鸟的说话，又有内心无声的自白。通过这些内心独白，小说表现了老人坚忍不拔、抗争到底的决心和强烈的孤独感。

7. 试析海明威小说的一贯主题。

孤独、迷惘、危险、战争、爱情、死亡、失败、勇气是海明威在其小说中一再表现的主题。它们像一条线贯穿在他的整个小说创作中，只是在不同的作品中有所侧重和选择。在《太阳照样升起》中，海明威写了战争在肉体和精神上给那代青年留下的创伤，写了他们的迷惘和彷徨、苦闷和失落，也写了他们的爱情；在《永别了，武器》中，海明威主要写了战争和爱情，表现了危险和绝望、孤独和死亡的主题；在《丧钟为谁而鸣》中，海明威还是写战争、爱情、死亡，但重点突出的是勇气这一主题；到了《老人与海》里，孤独、危险、死亡的成分仍在，但小说主要表现的主题是失败和勇气，突出的是打不垮的硬汉子精神。

8. 简述《老人与海》中的老人、男孩、狮子、大海、马林鱼、鲨鱼各自的象征意义。

小说《老人与海》是海明威一生的艺术总结，它集中体现了他的冰山原则。在作品中，海明威把冰山原则用得最好、发挥得最佳，寓思想于形象之中，赋予每一形象以深刻的象征意义。老人是人类的代表，象征着人类的力量；男孩和狮子是勇气和力量的象征，也是青春与希望的象征；大海、马林鱼、鲨鱼代表着大自然，大海象征着瞬息万变的大自然和外界社会，马林鱼象征着人生的理想和目标，鲨鱼象征着邪恶和厄运；老人驾船出远海捕鱼斗鲨象征着人生之旅；整个老人与海的故事即是人生的真实写照。海明威在谈到其风格时，说过这样的话：“然而，我有时想，我的风格与其说是明显的，倒不如说是暗示的。读者必须常用用自己的想象力，不然的话，就会丢掉我的思想的最精妙的部分。”因此，在读海明威作品时，就要充分展开想象力的翅膀，飞到作品的奥妙处，发现最精美之处。只有发现精华，才能品出作品的真正韵味；只有品尝到了作品的真正韵味，才能成为海明威的知音，那时就有资格与这位文学大师对话、交流。

9. 试论《查泰莱夫人的情人》的思想意义和艺术特征。

《查泰莱夫人的情人》是劳伦斯的代表作。性爱描写是这部小说的中心，是一个具有深刻和丰富意义的主题。作品中对性爱的描写构成这部小说的重要内容。作家借对性爱的艺术表现探索人生价值。劳伦斯从不同的层次、不同的角度对性爱场面加以描写，其宗旨是歌颂人性的复归。这种对人性复归浓墨重彩的描绘，是作家对现代工业社会扼杀人性强有力的抨击。

比喻和象征是这部小说艺术上的最大特色。其中每一个主要人物和场景都是某种象征。生机盎然、充满大自然气息的守林人小屋象征着万物复苏的根，而死气沉沉的拉格比庄园则是伪善、颓败的英国上流社会的缩影。矿主克利福是只有意志、没有激情的资产阶级代表，他下肢瘫痪上肢发达象征着英国资产阶级的重理性不重情感、重精神不重肉体。出没于朦胧、幽静、生机勃勃的森林的守林人梅勒斯，过着劳伦斯一贯提倡的“自然人”生活，他是作者心中完美男人的象征。

（六）论述题

1. 试述20世纪欧美现实主义文学的新特点。

随着20世纪社会的迅猛发展和深刻变化，欧美20世纪的现实主义文学也必然有所发展变化，出现了一些新特点。

首先，现实主义文学不再停留于真实地再现客观生活的外在方面，而是深入再现生活深层的内在方面，表现人的深层意识和微观心理世界。既再现生活真实，又再现心理真实；既写人们的所作所为，又写人们的所思所梦。现实主义的客观性不再被看作机械、刻板、外在的，而是包容主观感受、意识折射的客观世界。因此，20世纪现实主义文学表现的领域更为宽广。

其次，现实主义虽仍在塑造典型形象，但典型往往不再是高尚或卑劣、歌颂或批判的两极化形象，而是着重刻画日常生活中真实的、具有复杂个性的普通人，不仅勾勒其外在性格，更侧重反映其深层、复杂的心理特征。

再次，20世纪欧美现实主义文学适应时代的发展与人们的欣赏要求，吸收了一些新颖的艺术表现手法，如多重视角的叙事手法，开放式的结构，局部描写里运用象征、寓意、怪诞、变形等技巧，扩大了艺术表现手段，提高了艺术表现力。

2. 试论海明威是“迷惘的一代”文学最主要作家的原因。

海明威许多早期作品真实地反映了第一次世界大战后，青年一代的幻灭和迷惘、失望和困惑，具有强烈的反战色彩。他的长篇小说《太阳照样升起》、《永别了，武器》都是“迷惘的一代”的代表作品，因而被看作是这一流派最重要的作家。

《太阳照样升起》描写一群经历过一战的青年流落巴黎的生活情景和精神状态。战争打破了生活常规，给他们造成了生理和心理上的创伤。于是，他们否定传统价值观念，以一种玩世不恭的生活态度表示消极的反抗。小说引用了美国女作家斯泰因“你们是迷惘的一代”这句话作为卷首语，因而小说被看成是“迷惘的一代”的宣言书和代表作。

《永别了，武器》主要描写美国青年军官亨利一战时期在意大利同英籍女护士凯瑟琳的爱情悲剧，真实地描写了亨利从志愿参战到厌战直至反战的思想变化过程，从客观上揭露了帝国主义战争是摧残青年一代的社会根源。小说表达了战争与爱情双重主题，以纯洁的爱情谴责了战争，突出了强烈的反战色彩，表达了一代人的精神危机。这部小说成为“迷惘的一代”的最高成就之一。

3. 试论《老人与海》体现冰山原则的方法。

冰山原则最初是海明威在 1932 年发表的《午后之死》这部关于斗牛的专著中提出的。他说：“如果一位散文作家对于他想写的东西心里很有数，那么他可以省略他所知道的东西，读者呢，只要作者写得真实，就会强烈地感觉到他所省略的地方，好像作者已经写出来似的。冰山在海里移动很是庄严宏伟，这是因为它只有八分之一露出水面上。”小说《老人与海》忠实地体现了他的冰山原则。他把要写一千多页长的故事浓缩在不到三万字的篇幅里，他没有写村庄中的每一个人，没有写他们怎样谋生、受教育、生孩子，只写了一位老人、一个男孩、一条马林鱼。海明威写了一个老人捕鱼斗鲨的简单小故事，展现的却是一个复杂的大世界。他把八分之七的思想感情蕴含在形象背后，诉诸笔端的只有八分之一，读者则透过这八分之一的“冰山”，强烈地感受到了那隐藏着的作者的思想情感。读者通过老人与男孩，读出了村庄中每一个人；通过大海、马林鱼、鲨鱼，读出了大自然与变化莫测的大千世界；通过老人捕鱼斗鲨，读出了人生。这就是冰山原则的高明之处。

4. 为什么说《查泰莱夫人的情人》是一本严肃小说，而非色情读物？

第一，该书和庸俗的色情小说不同，没有简单地陈述故事，而是花费大量的笔墨对故事衍生的背景进行了详尽描写。书中有对伦敦、诺丁汉及其周边地区环境，尤其是拉格比府的所在地——特瓦萧村的大量描写。通过这些描述，劳伦斯反映了当时英国日益恶化的劳资矛盾。抨击了英国上流社会谨遵的道德规约。

第二，将该著作归为严肃文学的又一原因是其文学性。首先，与俗文学简单明了的情节叙事方法不同，严肃文学往往重视语言的表现力。即使谈论性这一问题，劳伦斯也没有做赤裸裸的描写，他重视的是精神沟通与肉体接触间的一种互动。其次，作者塑造了三个性格鲜明的人物形象。作者通过康妮的经历深刻剖析了生命凋零与生命复苏的主要原因，将批判的矛头直接对准了欧洲愈演愈烈的现代工业文明，从人性发展的角度对此予以彻底否定。克利福与梅勒斯是对立的两极。克利福是现代机械文明造就的典型，梅勒斯则是原始生命力的象征。再者，20世纪初期盛行于欧洲文坛的现代主义创作技巧对该作品也有一些影响。在情节的设置上，小说虽以康妮为中心人物，但该作令人耳目为之一新的是穿插在情节链条上的一个个场景。小说还有大量的心理描写，既有内心独白，还有意识流的随意性，还大量地运用象征手法。

5. 如何理解《查泰莱夫人的情人》两个人物形象克利福与梅勒斯形象的对比性？

克利福和梅勒斯是对立的两极。克利福是现代机械文明的象征，他任性固执，爱慕虚荣，思想保守僵化。在他眼里，性只是行为的放纵，而以习惯支撑的婚姻才是最重要的。他舞弄笔墨，高谈阔论，想尽各种办法出名，但无法掩饰生活的空虚无聊，就是煤矿经营的成功也无法改变他的狭隘。他虽然希望康妮生一个孩子，但孩子仅仅是继承查泰莱家族的机器。发达的工业文明不仅毁灭了他的肢体，也僵化了他的精神。他瘫痪的下半身，不仅是生命丧失的标志，也是灵魂枯槁的符号。

看林人梅勒斯是一个具有真正生命力的形象。他体格健壮，性格坚强，甚至有点桀骜不驯。他喜欢独处，厌恶上流社会的习气，不愿和庸俗的贵族同流合污，故意用一口地道粗俗的土语来表现自己地位的卑贱，以此和上流社会划清界限。是他帮助康妮完成了生命的蜕变，将其逐渐消亡的生命力拯救了回来。劳伦斯通过梅勒斯这一形象，宣扬现代化的工业革命于个人的生命无益，反而有害，唯有原始的生命力之源才是人类得以正常发展的原动力。

6. 试析《美国的悲剧》的主要艺术成就。

《美国的悲剧》集中体现了德莱塞现实主义的艺术成就，主要特点有：

第一，现实主义手法的运用。

作品是以大量的事实为依据的。1906年，纽约发生了一件情杀案：青年契斯特·杰勒特为了向上爬，把已怀孕的情妇骗到埃尔克湖溺死，案破后被处以电刑。德莱塞以此案为基础，综合大量的类似案件，经过概括提炼，从而对社会现象进行了高度的艺术概括，把抨击的矛头直指金元世界。在小说里，社会场景的描写栩栩如生，如下层人民的贫困受辱和上层社会的骄奢淫逸正是当时社会的写照；书中引用的大量书信、文件和审判材料，也和原案审判的实际情况基本符合，这就使小说所写的环境和细节真实动人，更增强了故事的真实感和艺术感染力。

第二，鲜明强烈的对比描写。

《美国的悲剧》充分运用了现实主义的对比手法，使批判意义更加突出、强烈。前面提到的悬殊的社会对比，即突出体现了这一手法；再如，桑特拉和洛蓓达同时给克莱德写信，克莱德处理两封信时截然不同的态度，对比强烈，使主人公的性格更加鲜明，收到了良好的艺术效果。

第三，独特的心理分析。

在塑造典型形象方面，德莱塞运用心理分析方法，把社会背景和弗洛伊德学说有机地结合在一起，深入分析人物特定环境下的心理状态。如小说第二部写克莱德的犯罪心理，剖析他的灵魂。为了追求财富和地位，他决心杀死洛蓓达，做好了安排，但当船到湖心，他又心慌意乱，受良心谴责，不忍下手，最后眼看着洛蓓达因船翻落水而溺死。在这个过程中，作者写了他的一系列心理活动，从心理现象上揭示出他的悲剧的社会根源，使人物形象更加真实、饱满、栩栩如生。

7. 试论《约翰·克利斯朵夫》中约翰·克利斯朵夫的形象及其典型意义。

约翰·克利斯朵夫是一个具有正义感和反抗精神的小资产阶级知识分子的典型。他出生于德国一个穷宫廷乐师家庭，从小就显露出音乐天赋和反抗精神。后来，他继承了父亲宫廷乐师的职位，因反抗豪门、攻击市侩而受到上层社会的排挤。后又因打抱不平、打死大兵，而被迫逃往法国。

在巴黎，艺术界的拜金主义风气令他十分失望、反感，于是，他单枪匹马地抵制法国艺术界的不正之风。为寻找反抗的出路，他和好友奥立维来到中下层人民中间，对他们受压迫的地位表示深切的同情。但由于他过于相信个人的力量和艺术的作用，他不相信人民、反对工人阶级的政治斗争。后来，在“五一”游行中，他出于自卫，打死警察，被迫逃往瑞士。从此，他心灰意冷，向现实妥协，完全丧失了早年的热情和反抗精神，变成了一个沉醉于宗教音乐创作、不问世事的世故老人。这就是约翰·克利斯朵夫由追求、反抗到失败、妥协的一生。

总之，约翰·克利斯朵夫的悲剧是个人英雄主义的悲剧。这正是当时孤独、彷徨、苦闷、抗争的一代青年精神风貌的真实写照，具有很强的典型性。

（七）综合阐述题

试论20世纪现实主义小说的多元化创作趋势。

20世纪现实主义小说的多样化创作趋势主要指内容的多样化和写作风格的多样化。表现为以下两大方面：

（1）俄罗斯和苏联：“社会主义现实主义”是苏联文学创作和批评的基本方法。代表作有高尔基的《母亲》、肖洛霍夫的长篇巨著《静静的顿河》等。社会主义现实主义既体现了现实主义在社会主义苏联时期自我更新的机制，诞生了20世纪现实主义小说独属于苏联的方式，同时也由于社会主义现实主义唯我独尊的地位而束缚了现实主义小说的空间。五六十年代之后这种状况有所改观，诞生了如帕斯捷尔纳克的《日瓦戈医生》、索尔仁尼琴的《癌病房》、《古拉格群岛》、艾特玛托夫的《白轮船》、《断头台》等史诗般的作品。其中《日瓦戈医生》的主人公日瓦戈是个既认同革命，又与革命有种疏离感的边缘人物，反映了作者对革命和历史复杂而独特的理解，也在苏联，至少从高尔基的《母亲》就开始了的主流革命文学图景之外，提供了透视俄罗斯和苏维埃历史的另一种更复杂的历史视野和观念视野。《日瓦戈医生》在小说艺术史上的独特贡献，是把俄罗斯现实主义小说的写实性叙事传统与帕斯捷尔纳克式诗意品质完美地结合起来，被称为“诗化小说”。

（2）西欧和美国：代表作品有德国亨利希·曼的《帝国》三部曲、托马斯·曼的《布登勃洛克一家》和《魔山》、海因里希·伯尔的《女士与众生相》，法国罗曼·罗兰的《约翰·克利斯朵夫》、莫里亚克的《蝮蛇结》，英国康拉德的《黑暗的中心》、高尔斯华绥的《福尔赛世家》、格雷厄姆·格林的《问题的核心》、毛姆的《人性的枷锁》、劳伦斯的《儿子与情人》和《虹》，美国的德莱塞的《美国的悲剧》、斯坦贝克的《愤怒的葡萄》、海明威的《永别了，武器》、索尔·贝娄的《赫索格》等。

对现代主义的借鉴和融合是20世纪现实主义小说的重要特征。其中象征技巧的运用越来越趋于多样化和朦胧化。如《魔山》中的“魔山”，《老人与海》中的“海”、“狮子”等。美国作家索尔·贝娄的小说观念，也突出地反映了现实主义与现代主义的互相渗透和影响。知识分子的思想与生活是他始终关注的重要领域，他的主要作品被认为是探索知识分子心理和精神危机的“心理现实主义”作品。在小说的语言和艺术风格上形成了具有自我嘲讽意味的喜剧风格——“贝娄式风格”。

（八）作品分析题

分析海明威《老人与海》片段。

“我像你这样年纪的时候，就在一条去非洲的方帆船上当普通水手了，我还见过狮子在傍晚到海滩上来。”

“我知道。你跟我谈起过。”

他不多久就睡熟了，梦见小时候见到的非洲，长长的金色沙滩和白色沙滩，白得耀眼，还有高耸的海岬和褐色的大山。他如今每天夜里都回到那道海岸边，在梦中听见拍岸海浪的隆隆声，看见土人驾船穿浪而行。他睡着时闻到甲板上柏油和填絮的气味，还闻到早晨陆地上刮来的风带来的非洲气息。

通常一闻到陆地上刮来的风，他就醒来，穿上衣裳去叫醒那孩子。然而今夜陆地上刮来的风的气息来得很早，他在梦中知道时间尚早，就继续把梦做下去，看见群岛的白色顶峰从海面上升起，随后梦见了加那利群岛的各个港湾和锚泊地。

他不再梦见风暴，不再梦见妇女们，不再梦见伟大的事件，不再梦见大鱼，不再梦见打架，不再梦见角力，不再梦见他的妻子。他如今只梦见一些地方和海滩上的狮子。它们在暮色中像小猫一般嬉耍着，他爱它们，如同爱这孩子一样。

“可是我要把它宰了，”他说，“不管它多么了不起，多么神气。”

然而这是不公平的，他想。不过我要让它知道人有多少能耐，人能忍受多少磨难。

“我跟那孩子说过来着，我是个不同寻常的老头儿，”他说，“现在是证实这话的时候了。”

他已经证实过上千回了，这算不上什么。眼下他正要再证实一回。每一回都是重新开始，他这样做的时候，从来不去想过去。

但愿它睡去，这样我也能睡去，梦见狮子，他想。为什么如今梦中主要只剩下了狮子？别想了，老头儿，他对自己说。眼下且轻轻地靠着木船舷歇息，什么都不要想。它正忙碌着。你越少忙碌越好。

他没有梦见狮子，却梦见了一大群海豚，伸展八到十英里长，这时正是他们交配的季节，它们会高高地跳到半空中，然后掉回到它们跳跃时在水里形成的水涡里。

接着他梦见他在村子里，躺在自己的床上，正在刮北风，他感到很冷，他的右臂麻木了，因为他的头枕在它上面，而不是枕头上。

在这以后，他梦见那道长长的黄色海滩，看见第一头狮子在傍晚时分来到海滩上，接着其他狮子也来了，于是他把下巴搁在船头的木板上，船抛下了锚停泊在那里，晚风吹向海面，他等着看有没有更多的狮子来，感到很快乐。

在大路另一头老人的窝棚里，他又睡着了。他依旧脸朝下躺着，孩子坐在他身边，守着他。老人正梦见狮子。

《老人与海》上面这五个片段里所共有的东西是狮子，这一意象贯穿于作品的始终。它存在于老人的潜意识之中，形影不离，它活现在读者的脑海里，挥之不去。试看狮子五次出现在小说中的时间和场所：

第一次是在老人出海前头一天的晚上，老人与孩子谈话时提及的。从那两句对话中可以得知，老人不止一次谈起过他年轻时当水手去非洲见过狮子。此对话的弦外之音是，年轻时去非洲见过狮子，这对老人来说，不仅仅是一件往事，更是令他快乐的着迷物，是深深埋藏在他心中的一个情结。在老人的内心深处，老人已把自己和男孩、狮子紧紧地连在了一起，合三为一。

第二次出现是紧接着第一次的。老人和孩子谈完话后，相互道了晚安，孩子走了、老人睡了，于是狮子便进入了老人的梦乡。梦中，他看到了少年时代见过的非洲。他不再梦见风暴、女人、大事、大鱼、打架、角力、妻子，如今只梦见一些地方和海滩上的狮子。这是老人远航前夜的梦，也就是说，这是他迎接考验、历险、受难前夜的梦。此时的他需要力量和勇气、决心与信念。

第三次出现是老人在海上第二天的午后，大鱼已上钩，并露出水面，显示了它的威力。为了增强决心和信心，老人念起了祈祷文，祷告结束后，他又想起了狮子。他要让大鱼知道"人有多少能耐，人能忍受多少磨难"，他要再证实一次他对孩子说过的"我是个不同寻常的老头儿"这句话，他愿大鱼睡去，他也能睡去，好梦见狮子。他不知不觉地问自己，为什么如今梦中只剩下了狮子。

狮子第四次出现是老人在海上的第二天深夜，老人与大鱼已经经过了一个半昼夜的周旋和较量，相持阶段已经过去，决战即将拉开帷幕。在他经受了严峻考验后，在决战前夕，老人又设法睡去，积蓄力量、抖擞精神，以便决一死战。

经过三天三夜的苦难历程，老人返航回到他村庄上的窝棚里，狮子又一次、也是最后一次来到老人的梦中，还有男孩坐在他身旁，老人已经完成了他的人生使命，把他的硬汉子精神传给男孩。只要还有梦，只要梦中还有狮子，这世上就没有干不成的事。这是小说的最后一个段落，老人与海的故事也就到此结束。狮子从不轻易露面，亮相便是在关键时刻、关键处所，可引发读者深思。

在《老人与海》中，海明威几乎赋予所有的人与物以象征意义，“狮子”就是其中之一。主人公桑提亚哥在不同的时间和不同的处境，一次谈到狮子，一次想到狮子，三次梦见狮子。“狮子”意象的含义，尽管不同的评论家和读者各有自己的解释，但有一点是一致的：与男孩一样，狮子是青春和力量的象征，也是勇气和希望的象征。在老迈的桑提亚哥遭受危难的日子里，他靠对他年轻时代和年轻时代所具有的力量的回忆支撑着，靠想着男孩和他首次出航非洲见到的幼狮的力量支撑着。所有这些组成一股合力，才使老人坚强地挺过去，与马林鱼、鲨鱼搏斗到底。如同在男孩身上发现了自己一样，老人在狮子这一意象里找回了他年轻时代的经历与勇气。男孩与狮子以一种显著的方式帮助老人，张弛有度、交替行动。男孩振奋起来时，狮子便放松下来，就像人心脏的收缩、扩张运动。而且，狮子总是以复数形式出现在老人的梦中，意味着老人并不是孤军作战，他还可以和众多的狮子团结协作，走向最终的胜利。

小说始于男孩离老人而去，终于男孩奔老人而来；小说始于老人在狮子梦中醒来，终于老人在狮子梦中睡去。结构布局，别出心裁；故事结束，意犹未尽。可以想见，老人还会醒来，带着雄狮的力量和勇气，与男孩一起重新扬帆起航；或者老人永远睡去，雄狮陪伴他走向另一个世界，而男孩接过他手中的桨，登上他的小船，沿着他的航线继续远航，完成老人未竟的事业，实现他的远大理想。

三、作业设计及选题

1. 如何评价约翰·克利斯朵夫的个人奋斗？

约翰·克利斯朵夫是一个为追求真诚的艺术和健全的文明而顽强奋

斗的平民艺术家形象，他身上最突出的特点是强烈的反抗精神和为实现理想而不懈追求的英雄气概。约翰·克利斯朵夫的经历和刻苦学习的经验，养成了他的坚强意志和生活力量；平民阶层的社会地位使他接近人民。但小资产阶级的经济地位、资本主义相对稳定的发展和欧洲无产阶级革命相对沉寂的历史条件，又导致他对统治者抱有一定的幻想，对人民力量表现出一定的轻蔑态度，高估艺术家的使命，以及晚年产生对斗争的厌倦心理和对恶势力的妥协倾向。所有这些矛盾性，都打下了时代和阶级的烙印。他的道路是十月革命前西欧具有民主思想的知识分子在社会斗争中从叛逆、追求到动摇和幻灭的过程的反映，具有深刻的典型意义。约翰·克利斯朵夫是一个他所属时代和阶级的个人主义英雄。随着十月社会主义革命的胜利和无产阶级在世界范围内的斗争，这种克利斯朵夫式的英雄已越来越失去其历史进步性。但是，在资本主义、帝国主义统治的国家里，小资产阶级人道主义和个人主义在反对资本主义压迫和社会反动的斗争中，仍具有一定进步意义；而约翰·克利斯朵夫对正义和艺术的执着追求以及他顽强的生活意志和斗争精神，在某种意义上来说，有启迪和教育作用。

2. 关于《老人与海》的主题问题。

关于《老人与海》的主题，仁者见仁，智者见智。有人说，《老人与海》是写基督受难，写人的悲剧；也有人说，小说是写宇宙，写人与自然的关系；还有人说，它是写基督、自然、硬汉子，三者平行交织在一起，构成一个统一体。应当说，哪一种理解都是从文本出发的，都可自圆其说。基于作家海明威的人生经历和写作生涯，照他自己的说法并参照文本，《老人与海》集中反映了海明威的人生哲学：一个人在与大自然、与外界势力相对抗时，是注定要失败的，但要表现出非凡的毅力和硬汉子精神，勇敢地面对失败，不失人的尊严，保持“重压下的优雅风度”。老人桑提亚哥的那句豪言壮语“一个人并不是生来就给打败的。你尽可以把他消灭掉，可就是打不败他”完美地表达了《老人与海》的主题。“一千个读者就有一千个哈姆莱特”，关于《老人与海》的主题，可依据小说文本阐释个人理解。

第十章　20世纪文学（二）：现实主义文学（下）

朕还能学

一、提要

（一）学习要求

1. 了解苏联文学的历史背景、特征、分期和主要文学成就。

2. 了解高尔基、肖洛霍夫的生平、创作，在文学史上的地位，主要作品的思想内容、人物形象和艺术成就。

（二）课程内容

1. 苏联文学经历了与欧美文学不同的发展道路，形成了现实主义的新格局。苏联文学是20世纪无产阶级文学的突出代表，其创作方法是崭新的社会主义现实主义。苏联文学在七十年的历史中，既取得伟大成就，又具有深刻的历史教训。苏联文学的独特思想特征与艺术探索。苏联文学的几个发展阶段及主要成绩。社会主义现实主义问题。

2. 高尔基的生平经历与思想状况。高尔基小说、戏剧、散文创作的主要成就。萨姆金精神。《母亲》的思想内容、人物形象以及在世界文学史上的地位。

3. 肖洛霍夫的生平事迹和主要创作成就。《一个人的遭遇》对战争题材小说创作的新贡献。《静静的顿河》的基本内容、艺术成就、人物的悲剧意义。

（三）重点与难点

苏联文学的历史分期。高尔基的重新评价问题。高尔基的自传体三部曲的主要内容与艺术特色。为什么说《母亲》是“一本非常及时的书”?《一个人的遭遇》在苏联战争题材文学史上的地位。葛利高里形象的复杂性及其悲剧意义。

（四）阅读书目

《马雅可夫斯基诗选》、《钢铁是怎样炼成的》、《母亲》、《克里姆·萨姆金的一生》、《静静的顿河》、《一个人的遭遇》、《苦难的历程》、《日瓦戈医生》。

二、题解

（一）填空题

1. 苏联第一次作家代表大会确立了________________为苏联文学创作和文学批评的基本方法。

2. 法捷耶夫的________和绥拉菲莫维奇的________、富尔曼诺夫的《恰巴耶夫》，并称为20世纪20年代苏联“里程碑式”的作品。

3. 马雅可夫斯基为庆祝十月革命十周年创作的长诗是________，他的讽刺官僚主义作风的诗歌________受到列宁的称赞。

4. 马雅可夫斯基在诗歌形式方面是一个大胆的革新创造者，他开创了一种________诗体。

5. 叶赛宁是苏联抒情诗人，他的诗抒发着“田野的哀愁”和颓废、放荡的情绪，通常被称为“__________”。

6. 20世纪30年代苏联描写新人成长，揭示新人优秀品质的小说有奥斯特洛夫斯基的________________，马卡连柯的____________。

7. 阿·托尔斯泰的《苦难的历程》由《两姊妹》、____________和____________三部小说构成。

8. 特瓦尔多夫斯基是苏联著名诗人，他的第一部长诗是__________，后来写的反映卫国战争题材的长诗__________获得了极大的成功。

9. 西蒙诺夫写的反映卫国战争题材的三部曲为《生者与死者》、__________和__________三部长篇小说。

10. 苏联20世纪50年代初期最重要的小说是列昂诺夫的__________。

11. 爱伦堡在20世纪50年代中期发表的中篇小说__________，成为苏联当代文学的奠基之作。

12. 《日瓦戈医生》和《阿尔巴特街的儿女们》的作者分别是__________和__________。

13. 《莫斯科不相信眼泪》的作者是__________，作品成功地塑造了女主人公__________面对生活挫折百折不挠最终成功的故事。

14. “高尔基”是作家给自己起的笔名，其俄语意义为“__________”，在他发表处女作__________时开始使用。

15. 《鹰之歌》成功地刻画了鹰和蛇两个对立形象，它们分别是__________和__________的象征。

16. 高尔基早期戏剧创作中最有影响的作品是__________。因剧本带有深刻的哲理性，故高尔基被称为__________的创始人。

17. 世界文学史上第一个血肉丰满的无产阶级英雄形象是高尔基的作品__________中的主人公__________。

18. 肖洛霍夫的文学创作，在国内获得的最高奖项是__________，在国际上获得的最高奖项是__________。

19. 肖洛霍夫写的反映农村走集体化题材的作品是__________，小说成功地塑造了主人公__________的形象。

20. 《一个人的遭遇》的作者是__________，其主人公叫__________。

附：填空题答案

1. 社会主义现实主义　2. 《毁灭》；《铁流》　3. 《好!》；《开会迷》　4. 楼梯式（阶梯式）　5. 叶赛宁气质　6. 《钢铁是怎样炼成的》；《教育诗》　7. 《一九一八年》；《阴暗的早晨》　8. 《春草国》；

《瓦西里·焦尔金》 9.《军人不是天生的》;《最后一个夏天》 10.《俄罗斯森林》 11.《解冻》 12. 帕斯捷尔纳克;雷巴科夫 13. 切尔内赫;卡捷琳娜 14. 苦难的;《马卡尔·楚德拉》 15. 革命战士;小市民 16.《底层》;社会哲理剧 17.《母亲》;巴威尔 18. 列宁勋章;诺贝尔文学奖 19.《被开垦的处女地》;达维多夫 20. 肖洛霍夫;索科洛夫

(二) 单项选择题

1. 马雅可夫斯基的描写苏维埃共和国从诞生、巩固到繁荣昌盛全过程并被誉为苏联革命英雄史诗的诗作是（ ）。

A.《放开喉咙歌唱》 B.《列宁》
C.《一亿五千万》 D.《好!》

2. 被称为马雅可夫斯基从事文学创作的纲领和20年创作的总结性诗作是（ ）。

A.《放开喉咙歌唱》 B.《向左进行曲》
C.《列宁》 D.《好!》

3. 法捷耶夫描写卫国战争的作品是（ ）。

A.《毁灭》 B.《青年近卫军》
C.《最后一个乌兑格人》 D.《泛滥》

4. 在下列作品中，反映苏联人民卫国战争的诗歌作品是（ ）。

A.《不屈的人们》 B.《瓦西里·焦尔金》
C.《磨刀石农庄》 D.《俄罗斯森林》

5. 苏联文学中开启了“集中营文学”先河的作品是（ ）。

A. 爱伦堡的《解冻》
B. 索尔仁尼琴的《伊凡·杰尼索维奇的一天》
C. 帕斯捷尔纳克的《日内瓦医生》
D. 特瓦尔多夫斯基的《焦尔金游地府》

6. 高尔基创立的新型社会政治哲学剧是（ ）。

A.《底层》
B.《小市民》
C.《仇敌》

D.《耶戈尔·布雷乔夫及其他的人们》

7. 高尔基早期创作中最引人注目的题材是关于（　　）。

A. 工人的　　B. 农民的

C. 小市民的　　D. 流浪汉的

8. 高尔基被称作是那一时代“俄罗斯精神生活的编年史”的小说是（　　）。

A.《奥古洛夫镇》

B.《马特维·柯热米亚金的一生》

C.《阿尔达莫诺夫家的事业》

D.《克利姆·萨姆金的一生》

9. “让暴风雨来得更猛烈些吧!”这句话出自高尔基的作品（　　）。

A.《鹰之歌》　B.《海燕》　C.《母亲》　D.《敌人》

10. 高尔基早期创作中刻画了不少感人的流浪汉形象，其目的在于（　　）。

A. 批判小市民

B. 揭露俄国资本主义制度的罪恶，号召人民起来反抗

C. 塑造正面理想人物

D. 歌颂英雄的献身精神

11.《阿尔达莫诺夫家的事业》主要反映了（　　）。

A. 俄国资产阶级知识分子的命运

B. 资产阶级的精神崩溃

C. 俄国资本主义的兴衰史

D. 俄国无产阶级的逐渐壮大

12. 肖洛霍夫《一个人的遭遇》所探讨的问题是（　　）。

A. 战争与人的关系

B. 侵略战争给苏联人民造成的灾难

C. 苏联人民在反法西斯战争中表现出的爱国意识

D. 战争给人们的心灵所造成的创伤

13.《静静的顿河》中的葛利高里是一个（　　）。

A. 死硬的反革命分子

B. 坚定的革命派

C. 动摇于革命和反革命之间的复杂人物

D. 代表哥萨克利益的造反者

14.《静静的顿河》所描写的顿河地区那些走向新生活的人们是（　　）。

A. 乌克兰人　　B. 哈萨克人

C. 哥萨克人　　D. 乌兹别克人

15. 这种文学创作和批评方法曾经被定为一个国家文学创作和批评的基本方法，它的具体内容之一是“要求艺术家从现实的革命发展中真实地、历史具体地去描写现实”，这种文学创作和批评方法是（　　）。

A. 现实主义　　B. 社会主义现实主义

C. 自然主义　　D. 后现代主义写作

16. 首创“楼梯式”诗歌的形式的是（　　）。

A. 阿波利奈尔　　B. 路易·阿拉贡

C. 保罗·艾吕雅　　D. 马雅可夫斯基

附：单项选择题答案

1. D　2. A　3. B　4. B　5. B　6. A　7. D　8. D　9. B　10. B
11. C　12. A　13. C　14. C　15. B　16. D

（三）多项选择题

1. 高尔基著名散文诗《海燕》的重要内容有（　　）。

A. 表现革命人民与反动势力之间进行的激烈斗争

B. 揭露小市民的丑恶嘴脸

C. 揭示资本主义世界崩溃的必然性

D. 歌颂无产阶级革命者的战斗精神

E. 热烈欢呼革命高潮的到来

2.《海燕》象征手法的具体表现有（　　）。

A. 风、云、雷、电象征黑暗的反动势力

B. 海鸥、海鸭、企鹅象征害怕革命的资产阶级社会阶层

C. 汹涌澎湃的大海象征日益觉醒的革命群众

D. 暴风雨象征即将到来的革命风暴

E. 海燕象征着无产阶级革命者

3. 1917年至30年代初，苏联文学中出现的几部里程碑式的作品是（　　）。

A.《铁流》　B.《恰巴耶夫》　C.《毁灭》

D.《青年近卫军》　E.《苦难的历程》

4. 苏联文学中“红色的30年代”出现的重要作品有（　　）。

A.《毁灭》　B.《苦难的历程》　C.《误会》

D.《钢铁是怎样炼成的》　E.《日瓦戈医生》

5. 20世纪50年代苏联出现的一系列以“写真实”著称的作品有（　　）。

A.《区里的日常生活》　B.《征途中的战斗》

C.《农艺师手记》　D.《死结》　E.《不是单靠面色》

6. 卫国战争中，苏联文学出现的一批反映人民反法西斯斗争的作品有（　　）。

A.《困难的历程》　B.《瓦西里·焦尔金》

C.《日日夜夜》　D.《青年近卫军》　E.《前线》

7. 苏联“解冻文学”的主要作品有（　　）。

A.《解冻》　B.《莫斯科不相信眼泪》

C.《日瓦戈医生》　D.《伊凡·杰尼索维奇的一天》

E.《焦尔金游地府》

8. 20世纪60年代前后，苏联一批青年作家崛起，其中“战壕真实派”的作品有（　　）。

A.《一寸土》　B.《选择》　C.《最后的炮轰》

D.《第三颗信号弹》　E.《坦克成菱形前进》

9. 勃列日涅夫时期出现的“全景文学（小说）”作品有（　　）。

A.《围困》　B.《热的雪》　C.《黑色方尖碑》

D.《莫斯科不相信眼泪》　E.《这里的黎明静悄悄》

附：多项选择题答案

1. ABDE　2. ABCDE　3. ABC　4. BD　5. ABCDE　6. BCDE　7. ACDE　8. ACDE　9. ABCE

(四) 名词解释题

1. 拉普

“俄罗斯无产阶级作家联合会”的俄文简称，成立于1925年，又称“岗位派”，曾是20世纪20年代末30年代初苏联国内最有影响的文学团体，对苏联无产阶级文学的发展起过一定作用。但后来却成为苏联无产阶级文学发展的最大障碍。他们曲解苏联共产党的文艺政策，否定文化遗产，组织上搞宗派主义，排斥非党作家。理论上提出违背文艺特点的创作方法，主张揭露具有阴暗心理和两重性格的“活人”。为此，1932年苏共中央做出了《关于改组文艺团体》的决议，宣布解散拉普，筹备成立由苏联共产党统一领导的苏联作家协会。

2. 社会主义现实主义

社会主义现实主义是苏联作家和评论家普遍采用的一种创作方法。它是1934年在苏联第一次作家代表大会上通过的《苏联作家协会章程》中确定的：“社会主义现实主义，作为苏联文学与苏联文学批评的基本方法，要求艺术家从现实的革命发展中真实地、历史具体地去描写现实。同时艺术描写的真实性和历史具体性必须与用社会主义精神从思想上改造和教育劳动人民的任务结合起来。”这种创作方法使苏联文学出现了一定程度的繁荣，但随着时代的发展，它所使用的具体内容也在变化。1983年提出“社会主义现实主义开放体系”，对其内涵和外延做了一次新的诠释。直到1991年苏联作协宣布取消这一创作方法。

3. 罗斯塔之窗

“罗斯塔”是俄罗斯电讯社的简称，“罗斯塔之窗”即俄罗斯电讯社主办的附有诗文说明的街头宣传画廊。在外国武装干涉和新经济政策时期的两年半时间里，马雅可夫斯基配合政治任务，对国内发生的重大事件迅速做出反应，画了一千多幅画，写了几千首配画的政治鼓动诗。这些诗画充满了对敌人的仇恨，表现出对革命事业必胜的信心，起到了宣传苏联共产党的政策、揭露敌人、教育群众的作用。

4. 萨姆金精神

萨姆金是高尔基史诗性巨著《克里姆·萨姆金的一生》中的主人

公。他自私自利、自命不凡，灵魂空虚、卑鄙虚伪，害怕和仇恨革命，是极端个人主义者的典型。“萨姆金精神”即市侩习气和极端个人主义的代名词。

5. 叶赛宁气质

叶赛宁是苏联著名抒情诗人，出身农民家庭，在早期他对农村和大自然景色有着丰富、细腻、真实的感受，但是他看不到农村的阶级对立，在诗中常常流露出“田野的哀愁”，后受无政府主义思想影响，精神上感到苦闷，常常借酒浇愁。这种“田野的哀愁”和颓废、放浪的情绪就是通常所说的“叶赛宁气质”。

6. 解冻文学

1954 年 5 月，老作家爱伦堡在苏联《旗》杂志上发表了中篇小说《解冻》第一部。作品以大胆地触及社会阴暗面，即揭露官僚主义、关心普通人的价值和尊严等问题，引起了当时苏联社会的轰动，并由此引发了一批同类题材作品的问世，形成了巨大的文学思潮，这个思潮便被称为“解冻文学”。解冻文学的出现是对苏联 20 世纪 30 年代流传的“无冲突论”的反思，是对文艺政策中“左”倾错误的反拨，是当时苏联人民渴望政治民主化在文艺中的反应。解冻文学的出现，揭开了苏联当代文学的序幕。

7. 帕斯捷尔纳克事件

在解冻文学思潮的推动下，苏联作家帕斯捷尔纳克把自己长期构思、于 1956 年冬完成的长篇小说《日瓦戈医生》，投给《新世界》杂志发表未果，而于翌年 11 月在意大利出版，引起很大反响，接连出版了 15 种外语版，作家因此获得了 1958 年度诺贝尔文学奖。苏联政府对小说在国外出版并获奖一事尚未做出明确决定时，西方政界、文化界以及各新闻媒体进行了大量的政治性宣传，把小说问世称作是“自由俄国之声的重新回荡”，于是引起苏联当局的强烈反应：除该小说禁止出版、组织一连串对作家和小说的严厉批评外，还将作家开除出苏联作协，并以驱逐出境相威胁。在作家写信给最高当局做了检讨并拒领诺贝尔文学奖后，作协才恢复其会籍。此即所谓的“帕斯捷尔纳克事件”，它实际上是当时两大敌对阵营之间冷战的反映，远远超出了文学界的范畴。

8. **战壕文学**

20世纪50年代中期到60年代中期，作家肖洛霍夫发表了中篇小说《一个人的遭遇》，引起了巨大反响，被认为是战争文学的里程碑。一批曾参加过卫国战争的作家登上了文坛，他们以亲身经历和感受，创作了一大批战争小说。这些作品的篇幅不大，往往只写一次规模不大的战斗，着重描写战争的日常生活与"战壕真实"，通过小人物在战争中的遭遇和命运，揭示了他们的内心世界。代表作还有巴克兰诺夫的《一寸土》、邦达列夫的《最后的炮轰》、贝科夫的《第三颗信号弹》等。

9. **全景式小说**

20世纪70年代以后，苏联战争文学进入了一个新阶段。这时期的军事文学作品数量多，而且在风格上克服了战壕文学那种灰色调以及在气势上的狭小、地域上的狭窄，采用多卷集的长篇小说形式，结合文献材料，历史地、具体地反映了卫国战争的宏大场面，塑造了一系列人物形象，全图景式地表现了一场战争。这些多卷集的长篇小说被称为"全景式小说"。代表作品有恰科夫斯基的《围困》、斯塔德纽克的《战争》等。

（五）简答题

1. 简述苏联文学的基本特征。

第一，具有鲜明的党性原则。它站在苏联共产党的立场上，自觉地为苏联共产党的事业服务，用马列主义的方法去观察生活、处理题材，用马列主义思想去教育人民，为无产阶级服务，为广大劳动人民服务。

第二，新的主题、新的形象。苏联文学的基本主题是描写无产阶级为建立、保卫和建设社会主义国家而进行的英勇斗争，作品的主人公多是建设、保卫新生活的革命英雄。

第三，以社会主义现实主义作为基本创作方法。它以无产阶级世界观看待生活、反映生活，在革命的发展中真实地、历史地、具体地描写现实，并与从思想上教育和改造人民的任务结合起来。

第四，多样化的民族风格。由于苏联是多民族国家，故它的文学也植根于各民族文学的土壤之中。

2. 试述马雅可夫斯基成功地塑造列宁形象的方法。

马雅可夫斯基在其代表作《列宁》中完美地塑造了列宁的形象，使列宁的光辉形象永远活在人民心中。其塑造列宁形象的总原则是伟大和平凡相结合。从这一原则出发，作者主要从三个方面塑造了列宁形象。

第一，从列宁与无产阶级革命运动的关系的角度写列宁；第二，从列宁与无产阶级政党的关系的角度写列宁；第三，从列宁与人民的关系的角度写列宁。

通过以上三条线索，马雅可夫斯基成功地再现了列宁的光辉形象。

3. 简析《钢铁是怎样炼成的》体现的主题思想。

作品以保尔·柯察金的战斗经历为主要情节线索，再现了俄国从第一次世界大战起，经过十月革命到国内战争时期以及经济恢复时期的广阔历史画面，作品以极大的热情歌颂了苏联共产党人和广大劳动人民为实现共产主义理想所进行的英勇斗争，讴歌了苏联青年一代的崇高品质，成功地塑造了苏维埃第一代共青团员的光辉形象，是一部进行共产主义教育的生动教材。

4. 简析保尔·柯察金的形象特征及其意义。

《钢铁是怎样炼成的》主人公保尔·柯察金，是苏联第一代共青团员、坚强的无产阶级战士，作品通过他真实地揭示了无产阶级新人成长的特点。

首先，保尔是从自发反抗走向自觉革命的无产阶级战士。其次，保尔是在激烈的革命斗争实践中、在丰富复杂的社会生活中得以锻炼和培养的。最后，顽强的革命毅力和伟大的生活目标，是保尔不断成长、最终成为“纯钢”的内在原因。

总之，保尔的性格是苏维埃国家建立初期所形成的典型环境中的典型性格，作品通过这一形象，生动地揭示了无产阶级英雄性格形成的奥秘。保尔是广大青年学习的楷模。

5. 简析高尔基早期创作的思想艺术特征。

高尔基早期创作的思想艺术特征表现在三个方面：

第一，风格多样。在短期内同时写出浪漫主义和现实主义两种不同风格的作品。

第二，主题鲜明。高尔基在早期浪漫主义作品中，表现了要求改造现实生活的信念，寄寓了崇高的革命理想。在现实主义作品中，着重描写了底层人民的痛苦生活，揭露了资本主义社会的黑暗与罪恶。

第三，对比强烈。高尔基早期创作的艺术手法多种多样，最主要的是对比。他的作品主要歌颂了为集体而献身的英雄行为和追求爱情、追求自由、乐于助人的优秀品质，与那些极端自私、人格卑污、贪生怕死等行为和性格形成对比。

6. 简述高尔基《海燕》的主题思想。

《海燕》是一首洋溢着无产阶级革命激情的战斗诗篇。作品通过对大海上一系列自然景物的象征性描写，生动地反映了革命高潮到来前夕，革命人民和反动势力进行激烈搏斗的壮观图景。作者以极大的热情歌颂了战斗的无产阶级，愤怒地抨击了沙皇政府及其帮凶，深刻揭露了资产阶级自由派的丑恶嘴脸，形象地展示了沙皇专制制度必然崩溃、无产阶级革命一定胜利的乐观前景。

7. 试析高尔基《海燕》的主要艺术特点。

高尔基《海燕》是一篇用寓言形式写成的优美的诗篇。第一，象征手法的成功运用是作品突出的艺术特点之一。诗中风、雨、雷、电是反动力量的象征；汹涌澎湃的大海象征了人民群众的革命力量；海燕是革命战士和胜利预言家的化身；而海鸥、海鸭、企鹅等形象，则象征了资产阶级政客和小市民。第二，生动形象的景物描写和对比、烘托、比喻、拟人等修辞手法的运用，增强了作品的艺术氛围和表达效果。第三，诗歌语言生动、形象，感情色彩浓烈，具有音乐感和画面感，全诗洋溢着浪漫主义激情。

8. 简述《母亲》的思想内容。

《母亲》作为世界文学史上第一部描写工人阶级革命斗争的不朽名著，不仅成功地塑造了工人阶级的英雄典型，且思想内容极为丰富，及时地回答了当时革命斗争中一些急需回答的重大问题。

第一，作品通过工人代表巴威尔和母亲尼洛夫娜的政治成长过程的描写，有力地揭示了马克思主义与工农运动相结合是俄国革命的必由之路这一真理；同时还展示了马克思主义学说和无产阶级政党在教育人、改造人方面的巨大威力。

第二，作品歌颂了工人阶级觉醒后所产生的巨大力量以及他们的革命英雄主义和革命乐观主义精神，展示了资本主义必然灭亡、社会主义必将胜利的光辉前景。

第三，作品通过对农民革命家雷宾成长过程及在革命中所起作用的描写，形象地阐明了工农联盟的重大意义。

第四，作品揭示了知识分子的作用，并指出知识分子既要在革命发展中帮助工人阶级获得真理，又必须和工人阶级相结合才能有所作为。

9. 简析索科洛夫的形象。

索科洛夫是肖洛霍夫《一个人的遭遇》中的主人公，是一个性格复杂的普通苏维埃人形象。他身世凄凉、热爱祖国，但缺乏远大的革命理想。然而一旦祖国面临危难，他能挺身而出。战斗负伤被俘后，他受到敌人的残酷折磨，有过惊慌和胆怯，但没有屈服求饶，而是惩罚了祖国的叛徒，俘虏了德寇，逃出来后又继续参加战斗。战争毁灭了他的家庭和幸福，给他造成了巨大痛苦。然而他没有失去生活的勇气，强忍悲痛，抚养了一个孤儿，顽强地生活下去。索科洛夫的遭遇，是饱受战争创伤的苏联人民的普遍经历，在他身上体现了苏联普通劳动者的思想品质和深厚感情。

10. 简析《这里的黎明静悄悄》中的五个女兵的形象。

小说中的五个女兵，是卫国战争时期战斗在前线的千万个苏联妇女的代表，她们的命运也正是这一代妇女命运的反映。

五个女兵来自不同的家庭，经历不同、性格有别，但都热爱生活、热爱祖国。丽达是女兵班长，沉稳懂事、严肃坚毅，对爱情和事业都忠贞不渝；冉卡是个活泼开朗的美丽姑娘，出身于将军家庭，自信乐观、天不怕地不怕；犹太姑娘索尼娅热爱诗歌，性格单纯，在紧张的战斗间隙也不忘念诗；丽莎是个农村姑娘，生活的重压使她沉默、孤僻，但内心依然渴望美好幸福的生活，渴望爱情；嘉丽娅则生性怯懦，爱好幻想。

作者通过五个女兵不同的生活道路和共同的悲剧命运，有力地揭露了法西斯战争的残酷，突出了主题的道德意义，加强了小说的艺术感染力。

11. 简述帕斯捷尔纳克《日瓦戈医生》的精神内涵。

人道主义精神以及俄罗斯传统价值形态是帕斯捷尔纳克小说《日瓦戈医生》最重要的部分。小说从人道主义和个体生命的角度反思了俄国十月革命以及其后的社会主义的历史，其价值之一也正是小说所表现出的看待历史和革命的复杂甚至矛盾的态度。其信仰来源于俄罗斯宗教的爱的信条以及托尔斯泰式的人道主义，在历史观上则表现出一种怀疑主义精神。小说表现了俄罗斯知识分子所固有的一种内在的精神：对苦难的惊人承受力，对精神生活的关注，对灵魂净化的向往，对人的尊严的捍卫，对完美人性的追求。帕斯捷尔纳克是俄罗斯内在的民主精神在20世纪上半叶的代表。

（六）论述题

1. 论述《母亲》成为社会主义现实主义文学奠基之作的原因。

《母亲》是用社会主义现实主义创作方法写成的典范作品，不仅是俄国无产阶级文学的奠基作，而且在世界文学史上具有划时代的意义。

首先，《母亲》是遵循列宁关于无产阶级文学的党性原则写成的，它真实地反映了20世纪初俄国广大人民群众的觉醒以及马克思主义与工人运动相结合的过程。列宁称它是“一本非常及时的书”，可见它对当时参加革命斗争的广大工农群众来说是十分必需的。它形象地指明，用革命的手段摧毁旧世界、建立新秩序，是社会发展的必由之路，这一思想认识达到了以往作家所不可企及的高度。

其次，《母亲》在世界文学史上第一次塑造了工人革命家的英雄形象，并通过这些形象歌颂了无产阶级的英勇斗争。在当时，尽管像巴威尔母子这样的人物在实际生活中还只占少数，但却代表着历史发展的方向。作者站在社会主义立场的高度，抓住这一新生事物，以典型化的手法创造了比生活更高、更集中、更典型的艺术形象。

再次，《母亲》的情节安排，是以革命运动发展的进程为基础，同时又把对未来的浪漫主义向往与深刻的生活真实性结合在一起，从而历史地、具体地再现了无产阶级革命时期的典型环境，达到了革命现实主义与革命浪漫主义的紧密结合。

最后，在艺术技巧方面，作者成功地运用了语言描写、心理描写和对比手法，并做到在斗争发展中塑造人物，注意表现英雄形象与群众的密切关系，注意揭示和表现人物的心理变化、人物多方面的性格特征，从而使整部作品显得既和谐生动又真实丰满，大大增强了作品的艺术感染力。

从以上分析可以看出，《母亲》无论是在创作思想方面，还是在作品内容、人物塑造以及具体技巧方面，都显示了高尔基独特的成就，为无产阶级新文学提供了良好的典范，是社会主义现实主义文学的奠基作品。

2. 分析尼洛夫娜的形象特征及其典型意义。

高尔基《母亲》中的中心人物尼洛夫娜，是 20 世纪初期俄国先进妇女的典型。

刚出场时的母亲，是一个旧制度下的普通劳动妇女。长年的残酷压迫使她成了一个胆小怕事、温顺忧郁、沉默寡言、笃信宗教的女性。在儿子及其同志们的影响下，母亲渐渐懂得了革命道理，逐步克服了胆小怕事的心理，并逐步产生了革命意识，思想境界不断提高。随着革命斗争的考验，尤其是“五一”游行和儿子在法庭上的斗争，使其勇敢地否定了往日狭隘的人生观念，坚定地走上了革命道路，成为一名坚强的无产阶级战士。

母亲由一个胆小怕事、温顺柔弱的妇女，成长为一名无产阶级革命战士，这是她自觉接受共产党的教育和积极参加革命实践的结果。这一形象的意义在于：一方面显示了马克思主义和无产阶级政党教育人、改造人的巨大威力，另一方面也反映了 20 世纪初期广大劳动人民革命意识的普遍觉醒。

3. 分析葛利高里的形象并概括其典型意义。

葛利高里·麦列霍夫是肖洛霍夫《静静的顿河》里的主人公，是一个十分复杂而又很有个性的人物。他的生活道路独特、坎坷，具有强烈的悲剧性。他热爱自由、渴望真理、天性善良、疾恶如仇。在战争岁月，具有顽强个性的葛利高里没有完全随波逐流，而是力图走出一条寻求“哥萨克真理”的独特道路。由于他顽固地抱有哥萨克的狭隘心理和传统偏见，他不仅没有找到真理和实现理想，反而走进了生活的绝境，陷入罪恶的深渊。他为“真理”付出了青春、爱情和家庭的沉重代价，换得的却是孤独、痛苦和绝望。葛利高里的悲剧性在于，他的理想同现实相悖、目的与手段相离。其悲剧性格和结局的形成，又有着深刻的社会历史根源，即哥萨克封闭的生活环境和落后的生活方式，成了他们愚昧、落后、闭塞的根源。对他来说，“哥萨克的真理”就是维护哥萨克的习俗。他追求的事业，就是保持对“庄稼汉”的经济优势，所以葛利高里既拒绝做白军附庸，也不相信苏维埃政权。他在强大的历史旋涡中，两次参加革命队伍，又三次投入敌人营垒，而哥萨克气质的狂热性、野蛮性，更加剧了他在历史迷误中的牺牲和痛苦。葛利高里的命运概括了顿河哥萨克的历史性悲剧。

4. 试论《静静的顿河》的主要艺术特色。

《静静的顿河》是肖洛霍夫的主要代表作，其篇幅庞大、事物纷繁、人物众多，在反映生活的深度和广度上，堪称一部史诗性作品。

首先，它广泛而真实地再现了从第一次世界大战到国内战争的整个时代风云，有硝烟弥漫的战场拼杀，有乡土气息浓郁的哥萨克生活情景，还有诗意盎然的草原风光，构成了一幅色彩斑斓的历史画卷。

其次，小说虽然结构庞大却严整统一。处在这幅画卷焦点的是主人公葛利高里。小说以他为中心向着生活和政治两个方向展开，既描写了哥萨克人的乡土习俗、草原劳动、家庭琐事、爱情纠葛，又展示了顿河地区乃至整个俄国的各个阶段、各种派别之间的矛盾冲突、生死较量，给人以脉络清晰、繁而不乱的感觉。

再次，小说人物个性鲜明、栩栩如生。上至将军统帅，下至一般群众，虽然人物众多，但却个性鲜明，其中主要人物塑造得尤为生动。

最后，民歌民谣的大量运用和饱含抒情的风景描写，也是小说的一大特色，它们在烘托主题，刻画人物性格，表现人物心理、情绪方面，都起到了重要作用。

5. 《一个人的遭遇》在苏联战争题材文学中的地位。

1956年至1957年之交，肖洛霍夫在苏联《真理报》上发表了短篇小说《一个人的遭遇》。小说通过一位普通苏联公民索科洛夫在卫国战争中的遭遇，真实地再现了千万苏联人民在战争中经历的痛苦生活，反映了德国侵略者给苏联人民带来的深重灾难。作品既表现了人民在战争中的悲剧命运，又表现了经受战争考验的人民对未来的希望、对生活的追求。这与以往的一些战争题材的作品相比，与其说是描绘战争，不如说是回味战争，并表达了作者对于战争的感受和对历史的深刻思考。作品写的虽然是普通人在战争中的遭遇，但强调的却是苏联在20世纪50年代大力提倡的关心人、爱护人的精神。从这篇小说开始，苏联卫国战争题材的作品逐渐从对英雄主义和建树功勋的描写，转向对于战争的更加深沉的思考和评议。自此之后，出现了一些从新的角度、用新的调子来反映卫国战争的作品，如《一寸土》、《最后的炮轰》、《这里的黎明静悄悄》，等等。《一个人的遭遇》开了20世纪50年代后期和60年代苏联一系列卫国战争题材作品的先河，指出了战争题材作品的新前景，拟定了从思想上和艺术上处理战争题材的新路线。

第十一章　20世纪文学（三）：现代主义文学（上）

我爱学习

一、提要

（一）学习要求

了解20世纪上半叶欧美现代主义文学产生的历史语境、分期，各个流派的发展状况及主要特征、代表作家作品。

（二）课程内容

1. 现代主义文学的产生背景、总体特征。后期象征主义、表现主义、意识流小说、未来主义、超现实主义等现代主义流派的理论主张、发展历程，主要作家作品及贡献。

2. T.S. 艾略特的生平与各个时期创作的代表作品。《荒原》的主要内容、象征意义和艺术特征。

3. 卡夫卡的生平、创作成就、创作特色。卡夫卡式小说的艺术特征。《地洞》、《美国》、《诉讼》、《城堡》评述。《变形记》的内容主题和艺术手法。

4. 乔伊斯的生平、创作成就和在文学史上的地位。《尤利西斯》的思想与艺术特色。

（三）重点与难点

欧美现代主义文学的基本特征。各现代主义文学流派的主要特征。

T. S. 艾略特的创作对于现代人生存境况的思考。《荒原》的艺术成就与重要贡献。卡夫卡小说表现人在荒诞世界中的生存状态。卡夫卡式小说的含义。《变形记》的主题与艺术特征。《尤利西斯》的意识流小说特色。

（四）阅读书目

《荒原》、《四个四重奏》、《叶芝诗选》、《里尔克诗选》、《庞德意象派诗选》、《诉讼》、《城堡》、《变形记》、《天外边》、《毛猿》、《一个青年艺术家的肖像》、《尤利西斯》、《喧哗与骚动》、《追忆似水年华》、《到灯塔去》。

二、题解

（一）填空题

1. 现代主义文学又称__________文学或__________文学。

2. 现代主义文学是20世纪初以来流行于______文坛的一种与传统文学相对立的非理性、__________的资产阶级文学思潮，是诸多文学流派的总称。

3. 长诗《荒原》中的“荒原”象征了第一次世界大战后________________________和__________________。

4. 一般说来，现代主义文学的中心主题是表现______________________和__________________。

5. 现代主义文学是西方__________________时代的精神产物。

6. “表现主义”的概念最初是运用在____________中。在文学评论界，表现主义一词于1911年7月正式出现在______（填国名），并在以后的几年中获得了更广泛的认可。

7. 卡夫卡的长篇小说主要有《______》、《城堡》、《______》。

8. 小说《变形记》的作者奥地利作家___________属于表现主义流派。属于这一流派的还有美国的剧作家__________________、瑞典的剧作家____________等。

9. 在今日的德语中，“卡夫卡式”已成为一个专门名词，其含意是________________。

10. 1902年卡夫卡结识了他一生中最重要的一个朋友________________，此人在卡夫卡去世后，整理、出版了他的作品。

11. ________________是美国现代戏剧的奠基人，________________戏剧的代表作家。

12. 《毛猿》中的主人公扬克既是现代工人的形象，也是________________的象征。

13. “默然无声，一人独操的心理语言，或者说是无声无息的语言意识”通常被称作“________________”。

14. 《追忆似水年华》的主题是特别的，它的主题正如小说的原书名一样：________________。

15. 《追忆似水年华》成功地运用了________和________的意识流手法，表现了主人公对逝去的青春年华的追忆。

16. 《喧哗与骚动》与《我弥留之际》是福克纳同年创作的，属于________________的重要作品。

17. 《喧哗与骚动》这一书名出自莎士比亚名剧《________________》中主人公的一句台词。

18. 乔伊斯的长篇小说《________________》被誉为“二十世纪最伟大的英语文学著作”。

19. 乔伊斯的创作标志着欧美现代主义小说创作的最高峰。他的主要作品有《都柏林人》、《________________》、《________________》和《________________》等。

20. T.S. 艾略特是英美________________的鼻祖，他撰写的________________基本上确定了自己的文学批评原则，他还在《哈姆莱特和他的问题》一文中提出了著名的________________理论。

21. 意识流小说的产生有着深厚的哲学和心理学基础。其中法国当代哲学家柏格森的________________和________________直接构成了意识流小说的哲学背景。奥地利心理学家________________的精神分析学说构成了意识流小说的心理学基础。

22. 意识流小说《到灯塔去》标志着英国作家________________小说创

作的最高成就；《查泰莱夫人的情人》的作者是________；高尔斯华绥一生创作的最高成就是完成了史诗性的巨著《____________》和《现代喜剧》。

23. ____________被誉为“20世纪法国最伟大的诗人”，长诗《__________》是他的代表作。

24.《荒原》以________、________等故事为基本框架，________、________为诗人提供了整套的象征语言。

25. 意大利__________是未来主义的初始人和理论家，他的论文________________是这一流派诞生的标志。

26. 法国的____________把诗歌创作同______、______、声响结合起来，并借鉴________________的技巧，创立了“立体未来主义”。

27. 超现实主义是从__________发展而来的，这一流派作家广泛使用______________和______________进行创作，以表现一种更高更真实的“现实”，即“超现实”。

28. 意识流小说在创作技巧上，大量运用__________、__________、__________的手法，被现代作家广泛采用，成了现代小说的基本创作方法之一。

29. 法国三大诗人，______的错觉梦幻意识，________的音乐至上论，和________的纯诗论奠定了现代主义诗学的基本理论。

30. 后期象征主义的代表是法国的________、奥地利的________等人。

31. 象征主义流传到英美后，催生了英美的________诗歌，这一派诗人以______为代表，从__________以及______________中吸取了独特的技巧，如威廉斯的______________。

附：填空题答案

1. 现代派；先锋派　2. 欧美；非逻辑　3. 欧洲的社会危机；人的精神危机　4. 社会的全面异化；人的精神危机　5. 垄断资本主义　6. 绘画批评；德国　7. 审判；美国　8. 卡夫卡；尤金·奥尼尔；斯特林堡　9. 任人摆布、无法自主的境遇　10. 马克斯·布罗德　11. 尤金·奥尼尔；表现主义　12. 寻找归属的人类　13. 内心独白　14. 寻找失去的时间 15. 回忆；联想 16. 约克纳帕塔法世系 17. 麦克白 18.《尤利西斯》 19. 尤利西斯；一个青年艺术家的肖像；芬尼根的苏醒 20. 形式主义批评；《传统与个人才能》；“客观对应物” 21. 直觉主义；心理时间观；弗洛伊德 22. 伍尔夫；劳伦斯；福尔赛世家 23. 保尔·瓦莱里；海滨墓园 24. “圣杯”；“渔王”；神话学；人类学 25. 马里奈蒂；《未来主义宣言》 26. 阿波利奈尔；绘画；音乐；立体主义绘画 27. 达达主义；“自动写作法”；“梦幻记录法” 28. 内心独白；自由联想；象征暗示 29. 兰波；魏尔兰；马拉美 30. 瓦雷里；里尔克 31. 意象派；庞德；日本俳句；中国古典诗歌；《红色手推车》

（二）单项选择题

1. 一般认为，揭开现代主义文学序幕的作品是（　　）。

A.《荒原》　　B.《驶向拜占庭》

C.《恶之花》　　D.《海滨墓园》

2. 在现代西方诗坛上，有“现代诗歌的里程碑”之美誉的作品是（　　）。

A.《荒原》　　B.《茵纳斯弗利岛》

C.《海滨墓园》　　D.《驶向拜占庭》

3. T. S. 艾略特借用圣杯传说为框架来谋篇布局的作品是（　　）。

A.《四个四重奏》

B.《阿尔弗雷德·普鲁弗洛克》

C.《荒原》

D.《空心人》

4. 这位作家获得了 1949 年诺贝尔文学奖，授奖辞称赞他是（美国）“南方最伟大的史诗作家”、“20 世纪小说家中伟大的实验主义者”，这位作家是（　　）。

A. 福克纳　　B. 马尔克斯　　C. 普鲁斯特　　D. 加缪

5. 20 世纪并称为西方现代主义小说的三大鼻祖的作家是（　　）。

A. 卡夫卡、萨特、T. S. 艾略特

B. 普鲁斯特、T. S. 艾略特、贝克特

C. 卡夫卡、普鲁斯特、乔伊斯

D. 乔伊斯、萨特、普鲁斯特

6. 被誉为意识流小说的“经典性作品”的是（　　）。

A.《尤利西斯》　　B.《一个青年艺术家的肖像》

C.《追忆似水年华》　　D.《喧哗与骚动》

7.《尤利西斯》在结构上主要套用（　　）的框架。

A.《伊利亚特》　　B.《奥德赛》

C.《埃涅阿斯纪》　　D.《荷马史诗》

8. 评论界公认的意识流小说的先驱作家是（　　）。

A. 乔伊斯　　B. 伍尔夫　　C. 普鲁斯特　　D. 福克纳

9. 表现主义在戏剧领域中的先驱人物是（　　）。

A. 斯特林堡　　B. 恰佩克

C. 托勒　　D. 尤金·奥尼尔

10. 卡夫卡创作的三部长篇小说是（　　）。

A.《美国》、《在流放地》、《城堡》

B.《城堡》、《审判》、《地洞》

C.《美国》、《审判》、《城堡》

D.《审判》、《地洞》、《在流放地》

11. 尤金·奥尼尔第一部有影响的表现主义戏剧是（　　）。

A.《毛猿》　　B.《天边外》

C.《琼斯皇帝》　　D.《榆树下的欲望》

12. 以下哪两部小说是伍尔夫创作的（　　）。

A.《到灯塔去》、《我弥留之际》

B.《达洛卫夫人》、《海浪》

C.《间隔》、《都柏林人》

D.《雨王汉德森》、《月桂树被砍掉了》

13. 被誉为美国当代戏剧奠基者的是（　　）。

A. 恩斯特·托勒尔　　B. 爱德华·阿尔比

C. 尤金·奥尼尔　　D. 约翰·巴斯

14.《毛猿》的副标题是“古代和现代生活的八场喜剧”，其主题是（　　）。

A. 表现人们丑恶的私欲

B. 人类归属问题

C. 人与人的冲突

D. 表现作者无所顾忌的反抗精神

15. 1923年爱尔兰杰出的诗人、剧作家叶芝获诺贝尔文学奖的理由是（　　）。

A. 他表达了整个的民族精神

B. 他的剧作所具有的魅力、真挚和深沉的爱情

C. 他的创作揭示出现代西方文化乃至整个人类文化发展的本真状态

D. 在现代诗歌中作为一个先驱所取得的杰出的成就

16. 构成西方现代派文学双峰对峙的是（　　）。

A.《荒原》和《尤利西斯》

B.《荒原》和《喧哗与骚动》

C.《变形记》和《毛猿》

D.《变形记》和《追忆似水年华》

17. T. S. 艾略特的第一部文学评论集是（　　）。

A.《批评的功能》　　B.《宗教和文学》

C.《圣林》　　D.《批评的界限》

18. T. S. 艾略特最好的诗剧是（　　）。

A.《大教堂凶杀案》　　B.《鸡尾酒会》

C.《机要秘书》　　D.《政界元老》

19. 卡夫卡被称为（　　）。

A. 西方现代派文学先驱　　B. 西方现代派文学的开拓者

C. 西方现代派小说的鼻祖　　D. 西方现代派文学的大师

20. 乔伊斯带有自传性的中篇小说是（　　）。

A.《芬尼根的苏醒》　　B.《一个青年艺术家的肖像》

C.《都柏林人》　　D.《尤利西斯》

21. 乔伊斯最后一部用梦幻的语言来表现“梦幻小说”的是（　　）。

A.《都柏林人》　　B.《尤利西斯》

C.《芬尼根的苏醒》　　D.《一个青年艺术家的肖像》

22. 乔伊斯的《都柏林人》中经典之作是（　　）。

A.《阿拉比》　　B.《死者》

C.《姐妹》　　D.《路遇》

23. 美国文学理论家汉弗莱曾对意识流小说下过这样的定义："意识流小说是侧重于探索意识的未形成语言层次的一类小说，其目的是揭示人物的精神存在。"所谓"意识的未形成语言层次"，指的是（　　）。

A. 前意识与无意识层次

B. 意识与无意识层次

C. 意识与前意识层次

D. 意识、前意识与无意识层次

24. "意识流"这一概念最初是心理学术语，是由一位美国心理学家在《心理学原理》一书中提出来的。这位美国心理学家是（　　）。

A. 亨利·柏格森　　B. 威廉·詹姆斯

C. 詹姆斯·乔伊斯　　D. 弗洛伊德

25. 这部小说写本德伦一家为刚去世的女主人艾迪送葬的历程。它的实验性主要表现在结构的设置上。小说由 15 个人物的内心独白构成，共有 59 个独白段落。这部小说是（　　）。

A.《芬尼根的苏醒》　　B.《我弥留之际》

C.《到灯塔去》　　D.《追忆似水年华》

26. 卡夫卡的小说（　　）是揭示现代人的异化现象的一部重要作品。

A.《判决》　　B.《变形记》

C.《城堡》　　D.《审判》（即《诉讼》）

27. "要是拿什么来和生活相比的话，就只能比作一个人以一小时五十英里的速度被射出地下铁道，从地道口出来的时候头发上一根发针也不剩。"伍尔夫《墙上的斑点》中的这些话主要表达的思想是（　　）。

A. 生活的变化是缓慢的　　B. 生活的变化是迅速的

C. 思想的变化是迅速的　　D. 思想的变化是缓慢的

28.（　　）是福克纳最有代表性、最有创造性的作品。

A.《喧哗与骚动》　B.《八月之光》
C.《当我弥留之际》　D.《亚沙龙，亚沙龙!》
29.《琼斯皇帝》是尤金·奥尼尔以（　　）为主要倾向的剧作。
A. 自然主义　B. 象征主义　C. 表现主义　D. 现实主义

附：单项选择题答案

1. C　2. A　3. C　4. A　5. C　6. A　7. B　8. C　9. A　10. C
11. C　12. B　13. C　14. B　15. A　16. A　17. C　18. A　19. C
20. B　21. C　22. B　23. A　24. B　25. B　26. B　27. C　28. C
29. C

（三）多项选择题

1. 从文化思想的角度看，影响现代主义文学的理论和学说有：（　　）。
A. 康德的先验唯心主义　B. 叔本华的唯意志论
C. 尼采的权力意志论　D. 柏格森的直觉主义
E. 弗洛伊德的精神分析学说
2. 现代主义文学的美学理论是：（　　）。
A. 美即是生活　B. 用历史的和美学的方法分析文学问题
C. “以丑为美”　D. “反向诗学”
E. 在人物的思想冲突和论争中展示人物性格冲突
3. 象征主义的鲜明特征有：（　　）。
A. 创造病态的“美”　B. 表现内心的“最高真实”
C. 运用象征暗示　D. 在幻觉中构造意象
E. 用音乐性来增加冥想效应
4. 爱尔兰杰出的诗人、剧作家叶芝的重要作品有：（　）
A.《地铁车站》　B.《消逝的笛音》　C.《驶向拜占庭》
D.《塔楼》　E.《盘旋的楼梯》
5. 意大利隐逸派的代表作家有：（　　）。
A. 里尔克　B. 夸西莫多　C. 勃洛克
D. 蒙塔莱　E. 阿波里奈尔
6. 尤金·奥尼尔的表现主义代表作有：（　　）。

A.《天边外》　B.《上帝的女儿都有翅膀》
C.《榆树下的欲望》　D.《琼斯皇帝》
E.《毛猿》

7. 意识流小说艺术上的共同特征有：（　　）。

A. “作家退出小说”　B. 情节淡化
C. 内心独白和自由联想　D. 时空交错和象征暗示
E. 语言运用上的创新和变异

8. 伍尔夫在其创作中实践了她力主“内心真实”的主张，这些作品有：（　　）。

A.《1916 年复活》　B.《墙上的斑点》　C.《达洛卫夫人》
D.《乌贼骨》　E.《到灯塔去》

9. 超现实主义的代表作家有：（　　）。

A. 布勒东　B. 艾吕雅　C. 斯当·查拉
D. 阿拉贡　E. 马里内蒂

10. T. S. 艾略特是英美新批评的开拓者之一，其重要理论著作有：（　　）。

A.《批评的功能》　B.《三位圣贤的旅程》
C.《圣林》　D.《诗歌的作用和批评的作用》
E.《宗教和文学》

11. T. S. 艾略特 1943 年后（晚期）的主要作品有：（　　）。

A.《大教堂凶杀案》　B.《鸡尾酒会》
C.《三位圣贤的旅程》　D.《机要秘书》
E.《政界元老》

12. 造成卡夫卡孤独脆弱、悲观自弃的原因有：（　　）。

A. 社会因素　B. 时代因素　C. 民族因素
D. 家族因素　E. 个人因素

13. 卡夫卡生前没有发表过的短篇小说有：（　　）。

A.《乡村医生》　B.《乡村教师》
C.《一场斗争的描述》　D.《饥饿艺术家》
E.《地洞》

14. 卡夫卡被称为“孤独三部曲”，又都贯穿着社会批判主题的小说有：（　　）。

A.《判决》　B.《美国》　C.《在流放地》

D.《控诉》　E.《城堡》

15. 表现主义的特征有：（　　）。

A. 抽象化　B. 变形　C. 面具的运用

D. 时空的真幻错杂　E. 象征和荒诞的手法

16. 卡夫卡所创造的艺术世界，人们称为“卡夫卡式”。这种卡夫卡式小说的艺术特色具体表现有：（　　）。

A. 荒诞框架下的细节真实　B. 一定的自传色彩

C. 结构完整　D. 怪诞

E. 象征

附：多项选择题答案

1. ABCDE　2. CD　3. ABCDE　4. CDE　5. BD　6. DE　7. ABCDE　8. BCE　9. ABD　10. ACDE　11. BDE　12. ABCDE　13. BCE　14. BDE　15. ABCDE　16. ABDE

（四）名词解释题

1. 后期象征主义

它是前期象征主义在20世纪初的延续和发展，由法国迅速波及欧美，是现代主义文学中最早也最有影响力的文学流派。它最基本的特征是象征性，擅长用具体的形象表现抽象的观念，用物质的可感性表现隐秘的内心世界，用暗示、烘托、自由联想等手段揭示作品的思想内涵。英国诗人T. S. 艾略特是其最杰出的代表作家。

2. 表现主义

20世纪二三十年代在欧美有广泛影响的现代主义流派。表现主义者认为“艺术是表现，不是再现”。他们主张突破人的外在行为而表现灵魂世界，突破表象而表现内在实质，突破暂时、偶然的现象而表现永恒的品质和真理。他们往往将人物和客观事物变形为荒诞离奇的形象，用以表现和象征某种思想观念、精神品质。表现主义文学的主要成就是小说、戏剧，代表作家有奥地利的卡夫卡、美国的尤金·奥尼尔等。

3. 卡夫卡式

20 世纪表现主义作家卡夫卡创造的艺术世界，人们称为“卡夫卡式”。“卡夫卡式”如同“莎士比亚化”、“席勒式”，涵盖思想内容与艺术形式两个方面，是内容与形式的有机统一。在思想上，卡夫卡接受了存在主义学说，反映了世纪情绪，表现了人的孤独与恐惧，表现了荒诞世界和异化主题。卡夫卡式的艺术特色具体表现有：荒诞框架下的细节真实、怪诞、象征与自传色彩。

4. 意识流小说

意识流小说是 20 世纪 20 年代形成的文学流派，盛行于欧美各国。意识流小说家们认为，只有人的精神和意识才是真正的真实，作家的任务就是要着力表现人的意识活动和内心奥秘。他们以心理时间建构作品，将时序颠倒，过去、现在、未来交叉重叠，形成多层次、多线索的立体交错结构。他们采用内心独白、自由联想、象征暗示、旁白等手法，来展现人物意识流动的过程。代表作家是英国的乔伊斯和伍尔夫，法国的普鲁斯特和美国的福克纳。这一流派于 40 年代走向衰落，但意识流手法已经成为文学上广泛运用的心理描写手段。

5. 未来主义文学

未来主义文学是 20 世纪初从意大利流行到欧洲各国的文学流派。其基本特征是：否定传统文化，主张彻底抛弃文化遗产；讴歌机械文明和都市混乱，赞美“速度美”和“力量”；倡导打破旧有的形式规范，用自由不羁的语句随心所欲地进行艺术创造。该流派对待文化遗产有严重的虚无主义倾向，但其创造性试验扩大了艺术表现手法。其创始人和理论家是意大利的马里内蒂、马雅可夫斯基、阿波里奈尔等。

6. 超现实主义

20 世纪 20 年代产生于法国，二次世界大战期间流行于欧美，它由达达主义演变而来。所谓“超现实”即使文艺创作成为一种自发性的心理活动过程，以表现一种更高更真实的“现实”。其基本特征是：强调表现人的无意识世界和梦幻世界；广泛使用“自动写作法”和“梦幻记录法”；风格艰深晦涩，追求离奇神秘的艺术效果。代表作家：法国的布勒东是其创始人和理论家，重要作家有阿拉贡和艾吕雅。超现实主义对后来的荒诞派、黑色幽默和魔幻现实主义产生了重大影响。

7. 内心独白

“内心独白是默默无声、一个人独操的心理语言”。作为意识流小说常用手法之一，内心独白又分为（1）间接内心独白：指在叙事者的叙述过程中突然插入小说人物的内心活动，有时这种内心独白活动有着“他想”、“他意识到”一类的提示性引导词；有时不用“他想”、“他感到”一类的提示词，直接从叙事者的声音转到人物内心的声音。（2）直接内心独白：小说人物作为第一人称直接传达内心的活动，让人物的意识直接展示给读者，作者不站出来向读者做指示性的说明。

8. 蒙太奇

（1）蒙太奇是电影的基本手法，通常指电影镜头的组合、叠加。

（2）意识流小说中蒙太奇的运用指的是作者把不同时间和空间中的事件和场景组合拼凑在一起，从而超越了时间和空间的限制，表现了人的意识跨越时空的跳跃性与无序性。

（3）意识流小说中的蒙太奇进一步分为时间蒙太奇与空间蒙太奇两种。

（五）简答题

1. 论述《荒原》和但丁《神曲·地狱篇》的互文关系。

T. S. 艾略特的重要诗歌作品几乎都有但丁的影子，《荒原》只能在有关《圣经》和但丁的典故的语境中加以理解。其中包括《荒原》对《地狱篇》的诗句的引用和化用、具体情节的呼应、《荒原》的深层结构与《地狱篇》的上下文语境关系等。

2. 为什么艾略特的《荒原》被西方评论界看成是现代诗歌的里程碑？

《荒原》在艺术上的成就超过现代派的其他诗作，是一首具有借鉴价值、值得认真研究的杰作。这首抒情长诗风格多样，表现手法不拘一格，糅合了象征主义、意象主义和玄学派的一些特点。比如：内心独白和自由联想的广泛运用、戏剧化的多声部复调艺术、象征主义的手法、大量文学与历史的典故的互文性运用等。

3. 试述《荒原》的思想内容。

20世纪象征主义作家艾略特创作的《荒原》，是诗人把他对西方文化困境的感受上升到哲理的高度，经过意识融合所展示出的既有戏剧色彩、又富于启示的内心独白。

（1）它以深刻的危机意识与超越意识，去沉思西方文化的困境与出路，展示出一个失去神性之世界的本真状态。在没有神性的世界中，西方文明已全面堕落为干涸碎片，世界之夜已进入夜半，弥漫着黑暗。

（2）作者把他对现实的思索扩展为对历史的透视，因此他的《荒原》便具有普遍性与永恒性。诗人要以他的恐怖之诗，用上帝缺席的现实来震撼荒原人，诗人之诗为他们传来了上帝回返的讯息，如此，《荒原》也才不是那种虽生犹死的绝望。荒原意识也就是危机意识，荒原之死是再生之死，即用皈依宗教来拯救荒原。

4. 简述《荒原》的艺术特征。

20世纪象征主义作家T. S. 艾略特创作的《荒原》，作为现代派诗歌的登峰造极之作，其艺术形式与表现特征有独到之处：（1）内心独白的运用。（2）广泛地运用自由联想。（3）把诗中的人物放到戏剧化的场景中。（4）诗人通过感人的形象，去暗示那些无法或者无须表达的思想。（5）情感的场面化和具体化，这便是他那著名的“客观对应物”效果。（6）大量运用文学与历史的典故。《荒原》中的题词和各章标题，或者取自古希腊神话和宗教仪式，或者指向文学作品的故事，包含着深刻的文化内涵。

5. 简述卡夫卡的《变形记》的深刻寓意。

卡夫卡的《变形记》以夸张、怪诞的手法，描写了一个小职员由人变为“虫”的悲惨遭遇。格里高尔本是一个勤勤恳恳的旅行推销员，肩负一家四口的生活重担。他时时担心丢掉饭碗，然而一场无妄之灾还是降临到他的头上，使他丧失了劳动力。更可悲的是，他变形之后，父母、妹妹同他的亲情关系很快发生了变化，把他当成了家里的灾祸。他虽然生活在亲人之间，却得不到理解和温暖，最后痛苦地死去。格里高尔的变形自然是荒诞的，但其寓意却是现实的。作品表现了小人物的灾难感和孤独感，反映了资本主义社会里严重的异化现象，有强烈的社会批判性。

6. 举例说明卡夫卡式的艺术特色。

（1）荒诞下的细节真实。如《生死不明的人》中卡尔的遭遇，揭示西方人的生存状态；《诉讼》每个细节都显得比较荒诞和不可思议；《城堡》、《美国》、《诉讼》被称为“孤独三部曲”，都贯穿着社会批判主题，正因这一主题所以细节都比较真实。

（2）怪诞。《变形记》中，人变成了甲虫，引起别人讨厌，最后产生了消灭自己的决心，虽情节怪诞，却揭露了资本主义社会中人与人之间赤裸裸的利益关系，表现了人的“异化”。

（3）象征。《城堡》是权力的象征，国家统治机构的缩影，神秘、异化力量的象征。

（4）自传色彩。卡夫卡从小在家受到压抑，胆小脆弱又追求美好却常常失败，内心幻想浓重；《地洞》中表现小人物胆小心理：权威不可抗拒，障碍不可克服，孤独不可忍受，真理不可追求。

7. 如何理解《城堡》中“城堡”的内涵？

关于城堡的内涵，目前学界通行的观点有四：（1）城堡是神和神的恩典的象征，K 寻求进入城堡之路，求得灵魂的拯救，但这是不可能的，因为神的恩典不是由人强行取得的；（2）城堡是权利的象征，国家机器的缩影。卡夫卡通过城堡这一形象暗示了欧洲极权主义即将盛行的史实；（3）城堡是卡夫卡与父亲紧张关系的象征，城堡隐喻父亲。（4）城堡是心灵的象征，是现实和理想的矛盾统一体，既悬在空中，和现实保持着距离，同时又是凡人的产物，具有种种俗气和局限。

作为一个现代性文本，20 世纪弥漫在欧洲知识分子心间的荒诞感是城堡形象的主要本质。城堡虽然富丽堂皇、华丽尊贵，但它虚无缥缈，并无实体的存在，永远是悬在空中的一个海市蜃楼。城堡虽在眼前，却像一个幽灵，可望而不可即。K 始终想抓住城堡的影子，但它总是从其眼前悄然而逝。它像一个魔鬼，始终笼罩在村子人的周围，控制着 K 的行踪和生活。城堡就是这样一种荒诞性的存在，它既是 20 世纪人类生存境遇的重要象征，也是颓废、虚无、漫无目的、精神失落的主要表现。

8. 简述《尤利西斯》的艺术特色。

20 世纪意识流小说大师乔伊斯创作的《尤利西斯》，被称为意识流的百科全书，它的发表标志着作者意识流技巧的成熟和完善。它有如下特征：

（1）作者采用与荷马史诗《奥德赛》情节平行的结构，反衬现代西方人的卑微、苍白、渺小。

（2）作者抛弃了单向型意识流手法，而将其发展为交错型意识流。作品中三股意识流互相交织，在亲情和家庭的焦点上汇合，构成一幅多彩的画面，折射出都柏林社会的生活场景，表现出他们各自不同的思想感情。

（3）内心独白的系统运用。

（4）作品还运用平行类比和象征的手法。他以荷马史诗《奥德赛》作为小说总体结构的框架，并把两部史诗融为一体；天空中阴云密布，象征着人类的种种罪恶。

（5）乔伊斯还运用了多种语言，打破传统的语法和句法的束缚，独创了一些词汇。

9. 简述现代主义文学的特征。

现代主义文学有着与传统文学不同的表现方法：

（1）在作品的内容方面，现代主义文学着力表现人与人、人与社会、人与自然、人与物的对立关系及现代人对自我的探索与思考。

（2）在表现方法上，现代主义文学以表现法代替再现法。较多使用象征、隐喻和颠倒时空顺序的自由联想；注重表现瞬间的、复杂多变的情绪和印象，挖掘深层的、潜在的意识世界；善于采用怪诞、荒唐、反理性、反逻辑的描写方法。

（3）现代主义文学包括诸多流派，主要有后期象征主义、表现主义、未来主义、意识流、超现实主义、存在主义、荒诞派戏剧、新小说和黑色幽默等。

10. 简述意识流小说的艺术特征。

（1）“作家退出小说”，改变了传统小说的作家对人物、事件的评论，让作品直接展示人物的内心世界和意识活动。

（2）情节淡化。人的意识是错综复杂、不合理性的，故在小说中找不到完整的故事情节，有些小说就根本无情节可言。

（3）大量的内心独白和自由联想。意识流小说也描写外在的动作和事物，但它们往往只充当从一个人的思绪转入另一个人的思绪，或一个人物从一种情绪转向另一种情绪的媒介。如《墙上的斑点》中的“斑点”，使描述符合心理逻辑，具有内在的和谐。

（4）时空交错和心理时间。意识流小说中的人物的意识流动和内心独白不受客观时空的限制，作品里的心理时间和客观时间不一致。

（5）象征暗示和对比联想。

（6）语言使用上的创新和变异。意识流小说大量使用典故，文体掺杂，标点舍弃，等等。如《尤利西斯》最后一章里，莫莉长达40页的内心独白，原文就没有标点。

11. 简述《喧哗与骚动》在叙述方式上的特色。

《喧哗与骚动》的主要特色是多角度和交叉互补的叙述方式。叙述者由一人增加至四人，先是通过康普生家三兄弟班吉、昆丁和杰克的内心独白，分别从自己与凯蒂母女的关系的角度叙述了有关她们的故事，最后又以女仆迪尔西从“全能角度”补叙了她所了解到的凯蒂母女的情况。这四个人的叙述虽有重叠交叉之处，但并不雷同，从不同侧面和角度叙述同一个故事，从而表现了作品的中心内容：凯蒂母女的命运。这种方法可以收到立体感极强的艺术效果。

12. 简述表现主义的特征。

（1）抽象化。表现主义作家注重揭示全人类的命运，作品中的人物形象一般是作为普遍形象出现的，因此人物的姓名、年龄、职业、容貌等往往不一一写明。

（2）变形。表现主义者惯用变形来表现现代人的精神困惑和危机意识。如卡夫卡的《变形记》写人变成甲虫，尤金·奥尼尔的《毛猿》写人像猿人。

（3）面具的运用。表现主义戏剧借鉴古希腊戏剧中用面具来表现各色人物的神秘方法，以此来显示人物的多重人格。

（4）时空的真幻错杂。表现主义作品往往把梦、现实、神话、过去、现在、未来交错杂糅在一起，造成一种如真似幻、迷离神奇的艺术效果。

（5）注重声光效果。如尤金·奥尼尔的《琼斯皇帝》从头到尾用鼓声渲染紧张可怖的气氛；用森林布景的逐渐收缩、追击人群的影影绰绰、无名怪物的乱跳乱舞来表现琼斯逃亡时的内心感受。

此外，表现主义还较多地运用了象征和荒诞的手法。

（六）论述题

1. 论述欧美现代主义文学在思想内容与艺术手法上的基本特征。

思想特点：

（1）现代派各流派都强调要表现“现代意识”，它的中心就是危机感和荒诞感。共同主题是表现现代人的困惑。反映了西方资本主义世界的全面危机。

（2）现代派文学深刻反映了垄断资本主义社会中人与社会、人与自然、人与人、人与自我四种基本关系的对立。

（3）现代派文学是西方资产阶级知识分子精神危机的自我表现。

艺术特征：

（1）意识流。现代派作家热衷于挖掘人的潜意识，采用“内心独白”、“自由联想”的手法。

（2）象征性。借助意象，用暗喻、烘托、渲染等手法，把抽象的思想外化。

（3）荒诞性。通过非理性的极度夸张的形式，将现实与非现实糅合在一起，寓严肃于荒诞。荒诞形象具有特殊的概括力。

（4）“以丑为美”，“反向诗学”，大量描写丑的事物。

2. 简述意识流小说中的“自由联想”。

（1）自由联想是意识流小说常用的表现手法之一。

（2）有研究者认为，自由联想就是在小说中，人物的意识流程往往不具有任何规律和秩序。其意识一般只能在一个问题或一种事物上作短暂停留，头脑中的事物常因外部客观事物的突然出现而被取代。眼前任何一种能刺激五官的事物，都有可能打断人物的思路，激发新的思绪与浮想，释放出一连串新的印象与感触。

（3）有研究者认为，对联想进行控制的因素有三个：第一是记忆，这是联想的基础；第二是感觉，操纵着联想的进行；第三是想象，它确定着联想的伸缩性。

3. 结合《变形记》作品内容，论述：（1）格里高尔的生活状况；（2）作品表现了卡夫卡创作的主要特征——总体的荒诞性和细节真实性的方式。

（1）格里高尔生活状况的主要内容包括：他是一个旅行推销员，工作非常辛苦（“长年累月到处奔波，再加上还有经常出门的烦恼，提心各次火车的倒换，不定时而且低劣的伙食”）；这种工作使他不可能有真正的朋友（“萍水相逢的人也总是些泛泛之交，不可能有深厚的交情，永远不会变成知己朋友”）；他的老板十分严厉，喜欢发号施令（“我若是跟我的老板也来这一手，准定当场就给开除”，“他的工作方式也真是奇怪，总是那样居高临下坐在桌子上面对职员发号施令”）；虽然非常不愿意干这份工作，但因父母欠老板的债而不得不干（“只要等我攒够了钱还清父母欠他的债”）。

（2）《变形记》写的是一个现代人异化的悲剧。格里高尔为了生存而整日奔波，却无法在生活中找到归属感。社会甚至家庭、人伦都使他感到陌生，最终成为异己的存在物，被社会与家庭抛弃。这就是现代人在现代社会中所可能面临的生存处境变形化的写照。小说整体的荒诞性主要体现在营造幻象和虚拟现实的结合上：例如，格里高尔一天早晨醒来后，发现自己躺在床上变成了一只大甲虫，而他最初的反应不是对自己变成大甲虫这一残酷现实感到惊恐——仿佛变成大甲虫是个自然的事——而是担心老板会炒他的鱿鱼。当格里高尔本人和他的家人发现格里高尔变成大甲虫时，也把它当成一种自然而然的事实接受下来。这种人变成甲虫的幻象，以及自然地接受的对现实的虚拟，构成了小说整体的荒诞性。

小说在写法上遵循了写实的原则，细节描写非常真实（如写甲虫的习性、主人公变形后的心态等）。正是真实的细节描写，使读者完全把人变成甲虫作为生存处境的写照而接受。

4. 结合《尤利西斯》，分析意识流小说的特色。

（1）《尤利西斯》标志着乔伊斯意识流技巧的成熟和完善。在小说的形式和结构上都堪称一场革命，被称为意识流的百科全书。

（2）整部作品没有完整的故事情节，事件发生也没有明确的时间顺序和逻辑顺序。乔伊斯摒弃了传统小说以人物和故事情节为主要因素的传统结构，开创了以内心独白为基本框架的新形式，采用复杂的象征结构，对人物内心活动做自然主义的描绘。

（3）乔伊斯抛弃了以往所使用的单向型意识流手法，而将其发展为交错型意识流，时而描述人物的内心活动，时而又以人物间的对话表现情节，在人物的头脑中自由出入，将人物的所见、所闻、所感不加任何评论地呈现给读者。斯蒂芬的意识流在个人和文化问题中纵横驰骋，布鲁姆的意识流在个人生活的世界里徜徉，而莫莉的意识流却在爱情、婚姻和性欲范围内流淌。这三股意识流相互交织，构成一幅多彩的画面，折射出都柏林社会的生活场景，表现出他们各自不同的思想感情。

（4）《尤利西斯》的特点还表现在作者对内心独白的系统运用上。人物的意识流是在特定情景下人物内在特征的外化，在跳跃性、随意性之中，处处显露出人物过去的经历、教养、气质。斯蒂芬的内心活动表现出极强的自制力和目的性；布鲁姆所想到的往往是他马上要去做的一些实际问题；而莫莉的思维却充满了活力，就像冲破闸门的洪水一泻而下。小说最后一章有40页无标点的对白，显现了莫莉当时脑海里的一切思想。

（5）在传统小说中，叙述者无所不知、无所不能，而在《尤利西斯》中，作家好像“退出”了小说，人物仿佛越过了作家而直接“展示”在读者面前。乔伊斯大量地运用了直接引语。自由直接引语的特点一是直接，在表面上它抹去了小说叙述人存在的一切痕迹，好像人物的内心语言未经任何中介而直接显现；二是自由，它没有引述句和引号。正是由于直接引语“自由”，小说中的意识叙述和行为叙述就容易融为一体，从而使“故事”和人物的意识活动之间无间断，更为逼真。如第四章中写到布鲁姆一早给尚未起床的妻子准备早餐，有这样一小段：“不，她不要什么。这时他又听到更轻的一声深沉叹息，热乎乎的。她翻了一个身，床架上铜圈已经松了，叮叮当当地乱响。这毛病非治不可了，真的。可惜。”在这段引文中，布鲁姆的暗自判断，叙述人对外部事件、行为的叙述和布鲁姆的意识活动是直接连在一起的。作者打破了行为叙述和意识叙述的严格界限，达到了两者极其酣畅的转换效果，而这只有在采用直接引语的情况下才有可能。

5. 试举卡夫卡的一两部作品为例，分析作品体现卡夫卡式创作特色的手法。

所谓“卡夫卡式”，是指卡夫卡自己创造的荒诞世界。其艺术特征表现为象征、荒诞框架下的细节真实和一定的自传色彩；作者将自己对世界的悖谬式思考、孤独意识和恐惧意识渗透其中，使人体验到一种说不出的忧郁感、压迫感和灾难感。而作为卡夫卡“孤独三部曲”之一的《城堡》，就是从人与城堡的关系来表现人在荒诞世界中的生存状态。

其一，《城堡》表现了荒诞和异化的主题。主人公 K 欲进入城堡而不得的经历是荒诞的。他既是小人物的象征，也是现代人命运的象征，同时也是卡夫卡的精神写照。城堡即是权力的象征，是国家机构的缩影，也是神秘的异己力量的象征。尽管 K 想方设法向当局陈述自己的申述，但始终未能如愿，反而受监视、遭迫害，最后终于筋疲力尽。

其二，象征、梦幻的手法。作品的整体结构寓意深长。作品中的背景、人物、时间、地点的虚化，城堡的可望而不可即，使整部作品笼罩在一层神秘而朦胧的氛围中，使读者仿佛做了一个惊悸不安的梦。

《审判》是卡夫卡小说风格形成的标志。同样具有卡夫卡式的创作特色。

第一，作品表现了荒诞世界中的荒诞人生。主人公也叫 K，由一个清白无辜的人到被捕杀害的遭遇是荒诞的，法庭的整个审判过程也是荒唐的，K 被捕的罪名是莫须有的，他被捕以后本可以照常生活工作，最后却以私刑处死。K 在别人审判自己的法庭上是无罪的，作品隐含了对资本主义司法制度的批判；而他在上述的过程中渐渐意识到，在这个罪恶的世界中，自己作为其中的一个环节，也是有罪的。又包含着作者自觉的道德伦理意识，正是作者悖谬思维的表现。

第二，卡夫卡善用隐喻表现深刻的寓意。作品中牧师所述“在法的门前”的寓言故事最典型。一个农民为了告状，坐在法院的门前，直至死去，也没见法院开门。由此寄予了作者深刻的社会批判意识。

6. 从《变形记》、《审判》、《城堡》，看卡夫卡擅长表现的关于异化的主题。

在现代资本主义社会里，异化现象带有相当的普遍性。卡夫卡把西方社会中现存的社会关系和国家统治机构看作是种种压迫人的异化力量。他的许多作品都描写了小资产阶级及知识分子在强大的异化力量控制下，倍受欺凌、苦苦挣扎，最终导致非人化的悲惨景象。

这三部作品中的主人公都是异化的形象。《变形记》中的格里高尔由一个勤恳工作、热爱家人的青年变成一只大甲虫，这种变形正是各种不可预测的社会灾害的象征。变形后他与家人的亲情关系，立刻异化为一种人对非人的冷漠关系，加速了他的死亡。《审判》中的约瑟夫·K，本是个充满自信心、大有作为的人，被法院以莫须有的罪名宣布逮捕并处死，临终前他竟成了一个心怀恐惧感和负罪感的任人宰割者。《城堡》中的K费尽心机想进城堡面见当局，申诉自己居留村子的理由，却受到城堡当局的种种非难，最后力竭而死。后两者的失败都由于受到强大的异化力量压迫，约瑟夫·K是法律，K是官僚统治。

（七）综合论述题

1. 结合文本谈谈浮士德和K在内涵上的区别。

浮士德与K内涵上的差异主要表现在三个方面：(1) 浮士德与魔鬼订约，是要享受人间的世俗生活，尽管这一目标有虚幻的特点，但还是较为明确的，而且他行事的逻辑始终围绕享受世俗的快乐展开。K虽然也有目标，但这一目标本身就不明确，而且他行事的逻辑带有极强的随意性。(2) 浮士德找寻的是人生的真谛，无论是学者、政治家、古典美的追求者还是大自然的改造者，他始终有一个目标，那就是通过体悟世俗生活，找到人生真谛，发现人生的意义。K没有浮士德那么高贵，他所有的行为紧紧围绕最基本的生活权展开，他所有的努力就是要得到城堡的许可，获得在城堡外村子居住的权利。(3) 浮士德精神的核心是执着追求，永不满足。K的努力却始终是徒劳的，因为城堡仅是一个模糊的影像，它不仅将村子置于边缘化的位置，而且始终将K视为一个闯入的外来者。K的所有努力注定仅是一场徒劳无功的游戏。

2. 结合作品，试析乔伊斯和伍尔夫意识流手法的异同。

乔伊斯和伍尔夫是意识流小说鼎盛时期的杰出代表。他们的小说，在创作思想上基本一致，都注重表现人物的精神世界，表现现代西方社会普遍的信仰危机、精神危机以及人的孤独、异化感，都主要以心理时间而非物理时间叙事，在结构上都淡化情节等。然而在具体意识流表现上，两人又不尽相同。

（1）《尤利西斯》中的内心独白与《达洛卫夫人》中的间接叙述。a. 内心独白指的是一个人默然无声时的心理语言，即无声无息的语言意识。乔伊斯通常采用直接内心独白手法来表现人物的意识活动，即让主人公作为第一人称直接将本人的思想和感受和盘托出。读者看到的是人物原原本本的意识活动。这种由直接内心独白表现的意识不用解释、不受作者的控制或支配，显得极为自然和坦率，同时往往也是凌乱、晦涩的。例如，文中有一段思绪完全是主人公布鲁姆从自身的角度、以第一人称发出的：布鲁姆在街头随手拿了一张传单，他默默无闻，明知自己的名字是不可能出现在任何宣传品上的，然而从人们的思维习惯来讲，在遇到和自己名字相似的文字时，往往会不自觉地与自己联系起来。作者将人物的意识活动不加“过滤”又“不厌其烦”地呈现出来，读者借此可以直接看到人物纷繁复杂的内心思维。与上述例子类似，《尤利西斯》中大量展示的是人物的内心独白。人物用第一人称现在时态思考，人物的各种潜意识、无意识活动都被一一展示出来，读者直接阅读到人物纷繁复杂、混乱无序、甚至无逻辑可言的思维活动。作家悄然退出作品的叙述，让人物隐秘的内心世界如实、自然地展现出来。从作家这种“心理现实主义”的描述中，读者可以强烈地感觉并发现人物的精神状态和性格特点。b. 间接叙述：在《达洛卫夫人》中有一段落典型地表现了达洛卫夫人意识的复杂性，也显示了意识流小说家对人物内心世界分析和刻画的深入。文中写道，达洛卫夫人觉得既年轻、又有一种“无可名状的衰老”，身处伦敦熙熙攘攘的闹市，却又感到与别的事物疏远冷落，“她像利刃一样插入一切事物的里面，同时却又置身其外，冷眼旁观”。她总是有一种感觉：“看着街上的车辆，觉得自己仿佛一叶孤舟漂向海洋的远处”，“生活下去，哪怕一天也是非常非常危险的”。由此，小说的主题，即人对生活的危机感和孤独感得以揭示。作者此时已不仅是在间接叙述达洛卫夫人的感受，作者参与到小说叙述中来，直接对人物行为、思想进行了评论。这与乔伊斯所采取的作家悄然隐身于作品之外、不参与评论的“心理现实主义”显然不同。

（2）乔伊斯还对语言和文体进行了大胆的试验，采用奇特的新词、令人费解的双关语和大量的外来词，甚至不拘传统语法的限制、摒弃标点符号等，以多角度的手法来增加作品的层次感与真实感。当所用的语言不能具有足够的表现力时，乔伊斯常常变革现有的词语或创造新词。此外，为了求得形式和内容的统一，乔伊斯在作品中，还采用了各种不同风格的语言来影射不同内容、不同性质和不同层次上的意识流。小说中每一位人物的内心独白，都富有极其鲜明的个性，充分反映出人物的社会地位、脾气性格和文化修养。同样作为一位语言大师，伍尔夫也十分注意语言的锤炼，尤其注意语言的节奏感，注意长句和短句的搭配。作家控制着小说中语言的使用，没有因人物的性格与特征的不同而变换语言风格，始终采用一种诗歌般的、具有旋律的优美语体来展示人物的精神活动。

3. 试述福克纳与普鲁斯特在各自代表作中对时间意识的把握。

（1）在《喧哗与骚动》中，人物的时间意识在人物塑造及深化主题方面起着重要作用。“作者从人物特定的时间意识出发，真实地再现了南方人剪不断、理还乱的纷繁复杂的内心矛盾与情感纠葛；理智地指出了对待时间、对待历史传统与现实的真正态度；对南方，同时也对人类美德的延续与弘扬寄予希望。”（余民顺：《不可割裂的时间与不可背叛的传统——试析〈喧哗与骚动〉中人物的时间意识》）

（2）在《喧哗与骚动》中，四个部分主要人物的时间意识是截然不同的：班吉的痴呆使其超然物外，无法感触时间，因此对他来说时间毫无意义，他生活在一个纯客观的混沌世界里；昆丁对过去不能忘怀，成了时间的俘虏，除了自杀，别无选择，“昆丁的时间意识充满着痛苦、悲愤与绝望，迷失于过去与现实的矛盾中，客观时间的不可逆性充当了冷酷的杀手”；杰生则功利地看待时间，他的世界没有过去的一席之地，他的世界是一个金钱至上的世界，他深信“时间就是金钱”，他从本质上否定了时间的客观性，导致了割裂传统的危机。康氏三兄弟的世界是残缺不全的，因而其时间意识也是混乱无序的。唯有迪尔西能理智地对待时间，冷静地看待过去，沉着应对现在，从容面向未来。在迪尔西的世界里，过去、现在以及未来构成了时间之流不可分割的整体，同时这也表明了福克纳的情感倾向、价值观和时间观。

（3）小说中不同人物的不同时间意识，都源于各自独特的生命体验。而福克纳在该小说中所展现的强烈时间意识，源自其对随着旧南方的逝去而逐渐衰落的传统价值观念的强烈忧患意识。福克纳对时间的看法是：清醒认识纯粹理性的限制，相信心之呼唤，相信人有精神升华和改进的潜力，把人类所经历的时间看作是一条绵延不断的洪流，从他的过去源源流出，流向尚未经历的未来。班吉的世界是混沌的世界，只靠联想与现在发生联系，缺乏主观的时间意识，故其叙述是客观的。杰生的时间意识是对传统的割裂，他全然忘记了过去，“而忘记过去，就意味着背叛”。背叛了过去、背叛了传统，杰生的现在和未来便成了无源之水、无本之木。忘记传统，现代人就将像杰生那样喧喧嚷嚷、奔忙不休，却一事无成。在迪尔西身上，福克纳表现了一种朴素的时间观和崇高、完整的人格。

（4）《追忆似水年华》的主题就是“寻找失去的时间”。时间是可以被追回的，时间便是我的自我，它并没有完全消逝。它在睡梦中、幻觉中和精神恍惚中连同我的自我一起被追回，并且得以再生。正如柏格森强调的那样，自由通过时间才能把握时间的这种内在性、永恒性与主观性，只有通过时间才能追回那已经失去的时间。记忆不是前后相继的各个部分的简单排列，而是在其中没有重复的、不可分割的过程，是自由和创造的活动。

而普鲁斯特更强调只有那些不自主的回忆，才能找回失去的时间。因此，重要的并不是回忆的内容，而是回忆的方式。如小说第一部《在斯万家那边》中关于玛德莱娜点心的描写，作者通过主人公味觉的刺激而启动记忆的闸门，往昔便化为现实，并被赋予了永恒的价值。普鲁斯特正是通过这些具体细微的形象来追忆似水年华。他往往通过一片云、一个三角形、一座钟楼、一朵花、一块砾石便可以破译出时间的密码。其次，对往事的追忆总是有选择的，而这种选择在追忆之前就已经完成，并且它还将伴着整个追忆过程。

4. 比较《百年孤独》与《喧哗与骚动》中象征性的不同体现。

（1）黑格尔说过，象征艺术的目标就是精神本身从她本身得到对它适合的表现形式，象征要造成一个第二种形象，这第二种形象并不是目的，而是用来表明一个与它相关联的意义，因而依存于那个意义。马尔克斯将现实的形象根据民间传统观念神秘化，或极度夸张、扭曲使其荒诞化，或用其他看上去违反常规的描述，来造成一个“第二种形象”。

他的目的并不在表现具体的细节，而是表达作者对人、事的概括，以形象化的认识，启发读者类似的感受。血缘关系是人类社会的基本关系，家庭是社会的基本单位，家族史是人类社会的基本缩影。在《百年孤独》中，家族中男性成员只有两种归宿：一是死于非命，一是陷入不能自拔的孤独中退化。这里的“死于非命”，虽不是死于己手，却是死于整个男性欲望在现实中的交合（如战争、暴力），这也是男性自我戕害的象征。能逃出暴力劫数的人，却逃不脱“孤独”的命运。同样，乌苏拉是整个家族母性的代表，也具有浓厚的象征意义。《百年孤独》的总体结构，是一个建立在过去、现在、将来重复循环的象征框架中的现代神话。在马孔多即将毁灭前夕，阿尔戈罗“买了一张永久性车票，登上了一列永不停止运动的火车”，沿途看到的景物“犹如把一首长诗撕成碎片，扔进了遗忘之中……这列火车是一去不复返的”。时间一去不返，一切旧秩序被摧毁，“命中注定一百年处于孤独的世家绝不会有出现在世上的第二次机会”。这种象征着转折和突破的瞬间的结尾，给人留有许多象征性空白。作者无法确切阐释人类命运，却提供了一个人类的寓言。

（2）《喧哗与骚动》以达姆娣的死亡而开始，以康普生家族的衰亡而结束。可说死亡和失贞是这部小说的主题，小说中充满了各种各样的象征意象，甚至班吉的吉姆草、坟场和康普生家破败的房子等，都具有强烈的象征意义。所有这些象征意象的使用，都大大深化了关于这个家族及其所代表的旧秩序、旧传统的死亡这一中心主题。福克纳说过，这本小说是“两个堕落的女人，凯蒂和她的女儿的一出悲剧”。他把凯蒂当作不可挽回地失去的美好事物，对之倾注了全部感情。福克纳也认为，弄脏的内裤象征着堕落了的凯蒂，也象征康普生家族的衰败，及南方旧制度、旧传统和旧的道德价值观的死亡。凯蒂的命运是对残存于今天的过去的反抗，因为，人类心灵与自身进行的无穷无尽、循环往复的斗争，并不能超越时间。凯蒂以这种方式，规避生存中历史条件的痛苦，所以她不可能获得救赎，这就是她命运的讽刺性象征。白痴班吉本身就具有象征意义，他象征康普生家族处于社会变革时的痛苦、无奈和无助。班吉四肢发达，却没有思想能力，象征康普生家族及其所代表的旧南方失去了理性的分析和判断能力，也象征旧南方徒有其表，内里却已崩溃。一个象征隐喻往往具有非常丰富的象征意义：火的意象象征光、温暖、净化和神圣，又象征灾难；水既象征生活的谜，也象征生命的归宿。象征的重复与持续也具有意义，一个意象不断地再现，那么该意象就成为一个象征，或一个象征或神话系统的一部分。在昆丁部分，忍冬花（金银花）的意象共出现了三十多次。手表、钟声、太阳和影子等视觉意象则象征时间，表明时间的无所不在和不可阻挡。昆丁“把自己的影子踩到尘土里去”，影子的意象象征他逃避现实，企图在时间的洪流中保住固有的传统和秩序。

（八）作品分析题

分析庞德《在一个地铁车站》。

人群中这些面孔幽灵一般显现；

湿漉漉的黑色枝条上的许多花瓣。

庞德是美国著名诗人及评论家，也是意象派诗歌的创始人之一。他提倡以鲜明、准确、含蓄、凝练的意象表现具体事物，而这首《在一个地铁车站》就是意象派诗歌中的精品。

有人说，“透彻地理解”这首诗是困难的，这样说不无道理。诗既不是对客观现象的机械反映，也不会直接将主观感情溢于字面，正因诗具有“曲写心灵”的特点，所以要求欣赏者运用想象、联想等方法，调动自己的情感去理解、感受、体味，从而产生强烈共鸣，这样即是对诗歌的“再创造”。

《在一个地铁车站》这首诗很短，只有两行，却脍炙人口、耐人寻味，原因在于它给读者提供了广阔的想象空间。

首先从内容上看，主要是写诗人在阴暗、潮湿的地铁站台看到一张张花瓣似的面孔，及当时诗人的惊喜之情。这一结论从何而来？主要是通过对诗歌意象的合理想象。这首诗上、下两组形象相对应——即幽灵般的面孔和黑枝上的花瓣。“面孔”是本体，“花瓣”是喻体。这两组意象拼凑出了一幅画面——天是阴沉的，或许刚下过雨，潮湿的空气中，弥漫着物质颓废的气味。在城市的某个阴暗的、“湿漉漉”的地铁站里，人潮涌动，人群像沉默无言的鱼，彼此清醒而机械地游动。四周时常有狡猾而戒备的神情，还有一张张不容易看出痛苦的脸。诗人站在这“黑色枝条”般的地铁站里，情绪低落，身心疲惫。突然，诗人眼前一亮——一张张天真无邪的儿童面孔出现在诗人面前，他们手牵着手，用充满稚气的童声唱着儿歌……多么真实可爱、生机勃勃的画面！诗人顿觉美感，这些如“花瓣”般美好的面孔出现得太突然了，如同幽灵般神秘、飘忽，给诗人意外的惊喜，诗人的心境也因之豁然开朗，这些面孔仿佛温暖的阳光洒进了阴冷的地铁站，融化了诗人冰封已久的心灵……

这首短诗不仅在内容上富于想象，在思想内涵上更耐人寻味。主要表现在以下两点：

（1）“花瓣”不是在嫩绿的枝条上，而是在“湿漉漉的黑色枝条上”。花瓣的鲜艳与枝条的黑色形成反差，花瓣更显美丽、黑枝更令人反感。从中可想象出，诗人对现代都市生活——纸醉金迷、物欲膨胀、人情冷漠的极端厌恶，以及对真、善、美的迫切渴求，对一切积极向上、充满生机的美好事物的憧憬。这两种情感，在花瓣与黑枝的对比反差衬托下，更显强烈。

（2）“花瓣”居然出现在“黑色枝条上”，如花的面孔居然出现在阴暗、潮湿的环境里，让人惊喜，幽灵般的面孔与黑枝上的花瓣相映成趣，其中蕴含了哲理：社会虽有其黑暗面，它丑陋、死气，但美丽与生机并存其中；人生虽艰难、困境重重，但希望与机遇是伴随其中的，因此，在逆境中，不应丧失信心；在顺境中，应保持忧患意识。

三、作业设计及选题

1. 分析乔伊斯《尤利西斯》中的狂欢化色彩。

（1）依据巴赫金的狂欢诗学，结合《尤利西斯》的具体文本分析其中的狂欢化色彩。巴赫金的狂欢诗学，重点分析了拉伯雷的《巨人传》，而追溯乔伊斯的生平与创作的时代背景，与拉伯雷有许多相似之处。他们都不满官方的专制统治、政治腐败、经济衰弱，拉伯雷站在了官方文化的对立面，乔伊斯则极力批判爱尔兰的民族宗教虔诚和狭隘的民族主义。而且乔伊斯的“自愿流亡”正对应布鲁姆的一天漫游，所以这部作品带有一定的“自传性”。首先从布鲁姆分析入手，布鲁姆被“降格”于狂欢的俗世，他是一个被脱冕的国王，被人戴上绿帽子，成为小丑，遭受嘲笑辱骂，还有布鲁姆的生活需要至上的生活态度等都是狂欢化的。

(2) 巴赫金认为，民间诙谐文化，即狂欢节文化的本质，乃是生活的物质——肉体因素（源于古希腊）。而乔伊斯正是利用布鲁姆对天主教的冷漠，戏谑了天主教。

(3) 死亡与再生的精神。狂欢节文学的典型情节结构是“死人对话”。国王加冕和脱冕仪式的基础是狂欢化世界感受的核心所在，这个核心便是交替与更新、死亡与再生。

(4) 猥亵、俏皮话和幽默等，都是“弱化的诙谐形式”，狂欢节的笑被弱化了。

(5) 洁净策略。这部分的描写也隐含了作者对都柏林的希望所在。

参考文献：

杨建：《乔伊斯研究在西方》，《外国文学评论》2005 年第 3 期。

巴赫金：《巴赫金全集》，河北教育出版社，1998 年。

王建刚：《狂欢诗学——巴赫金文学思想研究》，学林出版社，2001 年。

2. 比较伍尔夫的《达洛卫夫人》与迈克尔·坎宁安的《时时刻刻》。

通过比较两部小说，讨论当代文学与大众文化的“互渗”关系，与由此而生成的当代小说的特征。

《时时刻刻》是一本关于作家伍尔夫和其小说《达洛卫夫人》的实验性小说，1999 年获得普利策小说奖；2002 年末，同名电影被搬上好莱坞银幕，获得金球奖和多项奥斯卡提名。电影是大众文化的代表，当代小说的产生是视觉艺术的新要求。

伍尔夫的《达洛卫夫人》以一天的时间记载一个女人的一生，而且大本钟和报时的钟声构成了重要情节。钟声的反复出现，构成了意识层次和不同状态的“切割点”。围绕着“时间”，如何理解时间、把握时间和诗化时间，是人的生命意识焦虑的体现。

在坎宁安的《时时刻刻》中，时间以空间化的形式出现。坎宁安采取了“连贯剪辑”和分角色叙述（福克纳的《喧哗与骚动》已出现），这种剪辑不仅使得情节连贯，创造出同一时空感，且在文字叙述上无疑节约了不少转承与交代的语言。“平面化”结构给人“深度消失”之感。

参考文献：

戴卫·赫尔曼主编：《新叙事学》，马海良译，北京大学出版社，2002年。

3. 如何理解《荒原》中“我”的诗化内涵？

《荒原》中的诗化“我”多义、复杂、矛盾，兼有深化主题、串联结构、变革表现方式、诠释诗歌理论等多重功能。“我”指代的诗化人物众多、身份各异、来源不一，承载着英国文化传统，隐喻着欧洲一战后的精神状态，将整个英国文学和欧洲文学联结在一起，也将英国和欧洲的历史与现实联系在一起，渗透了作者的历史传统观和“非个人化”诗学观。首先，可将这些诗化人物分成诗人自己和其他当代人为一组的荒原人群像，以神话传说、历史人物为一组的传统人群像，并按他们在《荒原》中出现的次序，列成一个图表。

这些身份众多、变化不定的诗化“我”，有着多方面的诗学内涵：首先，多面或多重视角的“我”，削弱甚至颠覆了诗歌创作主体（诗人）在叙事和表达上的垄断地位，淡出或退出读者视域，给诗体叙事增加了客观性与可信性，也使诗歌抒情增加了向度。其次，诗化“我”的“增容”，也拓展了诗性客体的包容空间，诗化“我”由原来的“一”发展到现在的“多”，由原来的“确定”过渡到现在的“不定”，从而拓宽了诗化“我”的涵盖面、丰富其表现力、增加其审美张力。再次，“我”的无所不包和“反英雄化”，使诗化“我”在浪漫主义诗歌以来世俗化、平民化传统的基础上，向前迈了一大步，踏进了现代主义的门槛。

T. S. 艾略特既是诗人又是批评家，这种双重身份和双重视角，决定了他的特别之处：其许多重要理论观点，几乎都可以从创作中得到注解和印证，相反其创作，尤其是诗歌创作，类似其理论的注脚。例如，与《荒原》几乎同时发表的《传统与个人才能》这篇论文中的观点，对指导《荒原》的创作产生了至关重要、甚至决定性的影响。

参考文献：

T. S. 艾略特：《艾略特文学论文集》，李赋宁译注，百花洲文艺出版社，1994 年。

马新国主编：《西方文论史》，高等教育出版社，2002 年。

T. S. 艾略特：《荒原》，赵萝蕤译，载袁可嘉等选编：《外国现代派作品选》第 1 册，上海文艺出版社，1980 年。

4. T. S. 艾略特与九叶诗派的比较。

“时间”是 T. S. 艾略特重点思索的主题之一。这一主题随着艾略特的影响，出现在九叶诗人的创作中，但双方对无意义的世俗时间的超越是不同的。

尽管艾略特与九叶诗人在面对现实时间时有相同的感受，但他们在超越世俗时间之流的局限时，却有不同的途径。艾略特的超越，不仅融合了柏格森的时间观、基督教的时间观，还吸收了布拉德雷的哲学观念。所以，尽管艾略特有浓厚的基督教意识，但其诗歌中的永恒意识不是无限（作为有限的对立面），而是超越了任何矛盾对立（包括有限与无限的对立）的“绝对和谐”。

九叶诗人唐祈与杭约赫通过对现实矛盾性的重视与强调，将对“时间”的思考与启蒙任务的恢复结合起来。他们是要在斗争和对过去的扬弃中，迎来真正美好的时间，给人带来希望的“时间”。

当左翼文学盛行时，九叶诗人以诗歌和艺术来超越世俗的时间，就是要让诗歌艺术超越现实生活的价值得到彰显。

在艾略特生活的年代，欧洲文学的发展已有自己成熟的轨迹，社会的动荡也不构成对文学艺术本身的威胁，两次世界大战的“洗礼”，反而刺激了文学家更加自由、大胆地表现自我对世界的各种感受。所以对于艾略特来说，不存在文学本体价值受侵略的危机意识。相比之下，九叶诗人对文艺的本体价值有着更加迫切的危机感。于是，艺术审美便成为现实关怀之外，超越现实时间的又一途径与方式。

参考文献：

朱徽：《T. S. 艾略特与中国》，《外国文学评论》1997 年第 1 期。

刘燕：《艾略特》，四川人民出版社，2001 年。

T. S. 艾略特：《艾略特诗选》，赵萝蕤等译，山东大学出版社，

1999 年。

彼得·阿克罗伊德：《艾略特传》，刘长缨、张筱强译，国际文化出版公司，1989 年。

李泽厚：《中国现代思想史论》，天津社会科学院出版社，2003 年。

袁可嘉：《论新诗现代化》，生活·读书·新知三联书店，1988 年。

穆旦：《穆旦诗全集》，李方编，中国文学出版社，1996 年。

5. 卡夫卡《万里长城建造时》的跨文化意义。

《万里长城建造时》为西方认识自我提供了一个具有重要参照意义的“他者”形象。这样的问题，对东西方文化相互理解、沟通的必要性和可能性的探索有重要意义。

（1）文本的“万里长城”。卡夫卡从未到过中国，也不懂中文，他根据马可·波罗、康德、黑格尔、伏尔泰、海涅的文本，还依据现实生活的影子——著名的布拉格城墙构筑了这个文本。

（2）“历史性”的“万里长城”。长城象征中国，中国又象征东方，这样构筑的“他者”形象带有主观性、虚构性和文本性的特征，目的是惊醒西方人，展示他们对东方认识的局限性和任意性。卡夫卡的启示，与几十年后盛行的后殖民主义不谋而合。

（3）颠覆了西方传统的历史叙述模式，尤其是对东方历史的叙述模式。表现在：首先，小说叙述者身份模糊不清，他是否有资格和能力承担历史叙述责任都是值得怀疑的。其次，历史叙述的主观性，叙述者带有自身的立场，奥匈帝国当时与中国很相似。卡夫卡有意取消历史叙述的确定时间、空间，将历史还原为纯粹的叙述，例如，各个历史朝代交融混合、时间凝固不前，正表明了中国历史的停滞不前。

（4）跨文化的“万里长城”。对于建造长城的原因，众说纷纭，正是在放弃对时间阐释的确定意义追寻之后，卡夫卡从历史困境的不可能性中，开拓出诗学创造的无限可能性，从单一文化阐释的困难走向了跨文化理解的可能性。

第十二章　20世纪文学（四）：现代主义文学（下）

沉迷学习

一、提要

（一）学习要求

了解现代主义文学在第二次世界大战之后的发展状况，领会该时期文学的基本特征，把握六大思潮流派的主要代表作家作品。

（二）课程内容

1. 后期现代主义的基本特征及发展状况。后期现代主义与前期现代主义的异同点与重要流派。

2. 存在主义、荒诞派戏剧、新小说、黑色幽默、魔幻现实主义、“垮掉的一代”的理论主张及主要作家作品。

3. 萨特的生平和创作成就。萨特的小说、戏剧、哲学方面的代表作品。“他人就是地狱”。境遇剧的基本特征。《禁闭》的内容与艺术特征。

4. 贝克特的生平与艺术成就。《等待戈多》的主题、象征意义和艺术特色。

5. 海勒的生平和创作成就。《第二十二条军规》的思想内涵与艺术特色。反英雄尤索林的形象。

6. 加西亚·马尔克斯的生平和创作。《百年孤独》的思想内容与象征寓意。

（三）重点与难点

后期现代主义的基本特征。主要流派的基本主张与重要作家作品。萨特存在主义哲学在小说戏剧中的体现。《等待戈多》的深刻寓意。《第二十二条军规》中的黑色幽默色彩。《百年孤独》的魔幻现实主义特色。

（四）阅读书目

《局外人》、《鼠疫》、《苍蝇》、《禁闭》、《厌恶》、《等待戈多》、《秃头歌女》、《椅子》、《橡皮》、《窥视者》、《第二十二条军规》、《万有引力之虹》、《百年孤独》。

二、题解

（一）填空题

1. “垮掉的一代”在诗歌上的代表作是金斯堡的__________，在小说上的代表作是____________的《在路上》。

2. 新小说派热衷于对“物”做细致的描写，因而有鲜明的________________倾向。

3. 存在主义文学是__________________观点的直接体现。

4. 萨特名剧《禁闭》中的一句名言______________________是对现代西方社会畸形人际关系的概括。

5. 加缪的成名作____________中的主人公莫尔索是一个________________的形象。

6. 荒诞派戏剧是__________________在戏剧领域中的表现。

7. 荒诞派戏剧表现的中心题旨是：人在毫无意义的世界上试图为其____。

8. 黑色幽默派中影响最大的两部作品是______的《第二十二条军规》和冯尼格的__________________。

9. 《第二十二条军规》中的“第二十二条军规”的寓意是________________________。

10. 魔幻现实主义文学中先后有两位获诺贝尔文学奖的作家，他们是__________的马尔克斯和危地马拉的_______________。

11. 马尔克斯在诺贝尔文学奖授奖仪式的讲话中宣称：《百年孤独》的中心题旨是表现___________________。

12. 《百年孤独》中最富有传奇色彩的英雄人物是________________，最有权威的女族长是_________。

13. 危地马拉是古代玛雅—基切人的故乡。有一部被称为玛雅—基切人的“圣经”的神话，它的名字叫_______________。

14. 这位作家出生于古巴哈瓦那附近的一个小村镇，两岁时回到意大利的圣莫雷。1947 年以小说《通向蜘蛛巢的小路》而蜚声文学界。这位作家是__________。

15. 有一则希腊神话讲述了一个人物被诸神惩罚周而复始地推巨石上山的故事。法国著名作家_______运用这则神话写出著名哲学随笔《_____________________》

16. 这位小说家生于阿根廷的布宜诺斯艾利斯，在他的小说中充满了一些形式化的意象，如：梦、镜子、废墟、花园、沙漏、罗盘等，这位小说家是__________。

17. 美国学者___________________在评论一个文学流派的代表作家__________的创作特征时指出：他“一个手法就是把现实与幻想纯熟地融合起来，由于使用这种手法，他的小说给人的印象是：这是一个纯粹虚构的世界。在这个世界里，任何事都是可能的，每件事都是真实的。”

18. “我存在，是我自己在维持我的存在。我的躯体，一旦它开始有了，它就会自行活下去，但是我的思想，是我在维持它、我在展开它。”“我存在着，我活着，我思想所以我存在，我存在因为我思想。”这是小说《_____》中主人公_________的内心独白。

19. 智利大诗人聂鲁达称长篇小说《___________》是“塞万提斯的《堂·吉诃德》之后最伟大的西班牙语作品”。

20. 1985 年瑞典皇家学院把诺贝尔文学奖授予一位作家，颁奖词中称赞说：“这位作家以诗和画的创造性，深入表现了人类长期置身其中的处境。”这位作家是_______________。

21. 萨特的学说中最富于影响力的是____________________的命题和______________的理论。

22. 按照英国作家、文学理论家______________的说法，元小说“是有关小说的小说，是关注小说的虚构身份及其创作过程的小说”。

23. 长诗《一九零五年》的作者是________________。

24. 作为一个文学流派的存在主义出现在第二次世界大战前夕的______。

25. 弗洛伊德把人的精神领域划分为意识、__________、__________三种结构形态。

26. ___________构成了存在主义文学的最重要的观念；____________构成了存在主义文学对世界的一种具有代表性的体验和感受，它们是存在主义文学的基本主题。

27. 文学界一般认为具有后现代主义特征的创作在20世纪40年代阿根廷小说家博尔赫斯的小说中就有表现，到了60年代形成了后现代主义的高峰，在欧洲有意大利的____________为其最突出的代表，俄罗斯裔美国小说家纳博科夫也被看作是后现代主义的代表人物。

28. 1967年，危地马拉作家________________获得诺贝尔文学奖。他的代表作有《危地马拉传说》、《总统先生》、《__________》等。

29. 文学评论界通常把赫尔博斯的小说概括为“宇宙主义”或“__________________________”。

附：填空题答案

1. 《嚎叫》；凯鲁亚克　2. “物本主义”　3. 存在主义哲学　4. “他人就是地狱”　5. 《局外人》；存在主义者　6. 存在主义哲学　7. 毫无意义的存在找出意义来的努力　8. 海勒；《第五号屠场》　9. 无法逾越的障碍　10. 哥伦比亚；阿斯图里亚斯　11. 拉丁美洲的孤独　12. 奥累连诺上校；乌苏娜　13. 《波波尔·乌》　14. 卡尔维诺　15. 加缪；《西西弗斯的神话》　16. 博尔赫斯　17. 乔拉·麦克默里；马尔克斯　18. 恶心；洛根丁　19. 百年孤独　20. 克洛德·西蒙　21. “存在先于本质”；“自由选择”　22. 戴维·洛奇　23. 帕斯捷尔纳克　24. 法国　25. 前意识；无意识　26. 自由选择；荒诞体验　27. 卡尔维诺　28. 阿斯图里亚斯；玉米地　29. 卡夫卡式的幻想主义

（二）单项选择题

1. 萨特的成名作是（　　）。

A.《厌恶》　　B.《墙》

C.《禁闭》　　D.《恭顺的妓女》

2. 萨特创作中以一个受欺凌的下层妇女为正面主人公的作品是（　　）。

A.《墙》　　B.《禁闭》

C.《肮脏的手》　　D.《恭顺的妓女》

3. 20 世纪 40 年代荒诞派戏剧的中心是（　　）。

A. 英国　　B. 法国　　C. 美国　　D. 德国

4. 荒诞派戏剧的奠基者是（　　）。

A. 贝克特　　B. 阿尔比　　C. 尤奈斯库　　D. 品特

5. 尤奈斯库的成名作是（　　）。

A.《秃头歌女》　　B.《犀牛》

C.《椅子》　　D.《美国之梦》

6. 黑色幽默文学的哲学基础是（　　）。

A. 超人哲学　　B. 直觉主义

C. 存在主义　　D. 哲学唯意志论

7. 魔幻主义文学的名著《佩德罗·帕拉莫》的作者是（　　）。

A. 阿斯图里亚斯　　B. 马尔克斯

C. 鲁尔弗　　D. 卡彭铁尔

8. 后现代文学的思想根源是（　　）。

A. 康德的先验唯心主义

B. 叔本华的唯意志论

C. 尼采的权利意志说

D. 萨特的存在主义和弗洛伊德主义

9. 存在主义文学的基本主题是（　　）。

A. 麻木、沉闷和无为的瘫痪状态

B. 表现人们对理想和幻想的本能追求

C. 荒谬和痛苦

D. 表现人的主观性、内在性和情感性

10. 法国女作家波伏娃以其和萨特自身经历为基础写成的第一部小说是（　　）。

A. 《女客》　　B. 《第二性》

C. 《陷落》　　D. 《心灵之死》

11. 波伏娃写作的一些女性和男性争平等、反映其女权主义心态的作品是（　　）。

A. 《女客》　　B. 《第二性》

C. 《误会》　　D. 《恭顺的妓女》

12. 《恶心》（又译《厌恶》或《作呕》）是萨特的成名作，其体裁是（　　）。

A. 境遇剧　　B. 日记体、自叙体小说

C. 荒诞剧　　D. 哲学随笔

13. 萨特的短篇小说《墙》是一部重要的（　　）。

A. 自传体小说

B. 采用第一人称叙述的哲学小说

C. 自由体小说

D. 日记体小说

14. 萨特存在主义核心之核心是（　　）。

A. 沉沦　　B. 虚无

C. 自由　　D. 人神分离

15. 1985 年诺贝尔文学奖获得者克洛德·西蒙被称作（　　）。

A. 新小说派的主将　　B. 新小说派的大师

C. 新小说派之父　　D. 新小说派的旗手

16. 美国作家弗里德曼被称为是黑色幽默派的（　　）。

A. 主将　　B. 旗帜　　C. 理论家　　D. 司令官

17. 标志魔幻现实主义这一流派真正成熟的作品是（　　）。

A. 阿斯图里亚斯的《总统先生》

B. 胡安·鲁尔福的《佩德罗·帕拉莫》

C. 卡彭铁尔的《人间王国》

D. 马尔克斯的《恶时辰》

18. 海勒小说创作形成了一种独特的风格是（　　）。

A. 悲剧史诗　　B. 绝望的喜剧

C. 痛苦与失望　　D. 欢乐的喜剧

19. 以下哪部作品是约瑟夫·海勒的？（　　）

A.《芬尼根的苏醒》　　B.《出了毛病》

C.《万有引力之虹》　　D.《儿子与情人》

20. 海勒的《第二十二条军规》可以说是一部（　　）。

A. 当代寓言　　B. 历史小说

C. 政治小说　　D. 自传体小说

21. 马尔克斯的《家长的没落》采用的手法是（　　）。

A. 夸张　　B. 多人称独白　C. 象征　　D. 暗示

22. 这一流派的小说家在艺术观念上极力主张文学应该客观摹写世界，主张在作品中抛弃任何作家主观的思想、见解和议论，作家所做的只是精细、如实地反映外部世界，尤其是刻绘外在的物质世界。因此，对“物”的重要性的强调在这一流派的小说家那里走向了极端。这一流派是（　　）。

A. 现实主义　　B. 存在主义

C. 新小说派　　D. 表现主义

23. “元叙述”即对小说是如何被叙述出来的过程的一种叙述。“元叙述”在以下哪种文学流派中有所体现（　　）。

A. 表现主义　　B. 新小说派

C. 黑色幽默派　　D. 现实主义

24. 这位著名作家 1905 年 6 月 21 日生于巴黎，两岁丧父，随外祖父母长大，1924 年考入著名的巴黎高等师范学校哲学系，1929 年以第一名的成绩通过全国哲学教师学衔考试，此后担任过中学哲学教师。这位著名作家是（　　）。

A. 罗曼·罗兰　　B. 萨特

C. 加缪　　D. 巴尔扎克

25. 1976 年，在授予一位作家诺贝尔文学奖的颁奖词中有这样一段话：在他的“第一部作品诞生之时，美国的叙事艺术发生了倾向性和换代性的变化。”这位作家是（　　）。

A. 马克·吐温　　　　B. 海明威

C. 帕斯捷尔纳克　　　　D. 索尔·贝娄

26. 1947年，法国女作家娜塔丽·萨洛特出版了一部小说，萨特为这部小说再版作序时给予了很高评价，并提出了著名的“反小说”的概念。这部小说是（　　）。

A.《一个陌生人的肖像》　　　　B.《怀疑的时代》

C.《天象馆》　　　　D.《变》

27. 法国文学家和哲学家萨特的文学成就是多方面的，他在戏剧创作上的成就相当突出，下列全部属于戏剧作品的是（　　）。

A.《苍蝇》、《禁闭》、《恭顺的妓女》

B.《厌恶》、《肮脏的手》、《死无葬身之地》

C.《苍蝇》、《肮脏的手》、《自由之路》

D.《墙》、《厌恶》、《恭顺的妓女》

28. 阿根廷批评家因贝特曾指出，有一种文学流派，其作品大多通过神奇的情节“来表现存在于人类一切事物、生活和行动之中的那种神秘”。这个文学流派指的是（　　）。

A. 浪漫主义　　　　B. 超现实主义

C. 象征主义　　　　D. 魔幻现实主义

29. 1950年，女作家娜塔丽·萨洛特发表了一篇名为《怀疑的时代》的文章，成为后来的一个小说流派在理论上的重要论文。文章引用了法国作家司汤达的一句话：“怀疑的精灵已经来到这个世界。”并同时宣称“我们已进入怀疑的时代”。这个小说流派是（　　）。

A. 黑色幽默派　　　　B. 新小说派

C. 现实主义　　　　D. 社会主义现实主义

30. 这出戏剧的故事发生在地狱中，戏剧场景是一个第二帝国时期风格的客厅，主要人物是三个鬼魂，生前都是“卑鄙小人”，此刻在地狱中互相审判和互相折磨，展示出的是一幅猥琐丑恶的人与人之间的关系图景。这出戏剧是（　　）。

A.《禁闭》　　　　B.《魔鬼与上帝》

C.《苍蝇》　　　　D.《肮脏的手》

31. 贝克特为体现他的创作意图，找到了一种恰当的艺术形式（　　）。

A. 荒诞　　B. 夸张　　C. 象征　　D. 暗示

附：单项选择题答案

1. A　2. D　3. B　4. C　5. A　6. C　7. C　8. D　9. C　10. A
11. B　12. B　13. B　14. C　15. C　16. D　17. B　18. B　19. B
20. A　21. B　22. C　23. B　24. B　25. D　26. A　27. A　28. D
29. B　30. A　31. A

（三）多项选择题

1. 二次世界大战后形成的“新弗洛伊德主义”的代表人物及言论有（　　）。

A. 霍妮的“基本焦虑”
B. 克尔凯郭尔的“人神统一”
C. 弗洛姆的“逃出自由”
D. 萨特的“他人就是地狱”
E. 埃里克森的“自我本质”

2. 萨特的存在主义核心有（　　）。

A. 存在可以实现人神统一
B. 存在先于本质
C. 自由选择
D. 人的生存于世是有限的、暂时的
E. 世界是荒谬的、人生是痛苦的

3. 存在主义作家笔下的人物往往放荡不羁、为所欲为，他们（　　）。

A. 或主张“出世”，将生存托付给宗教，以摆脱荒谬世界
B. 或融正常人和非理性人于一身
C. 或主张庸人主义、虚无主义和肉欲主义的三结合
D. 或主张“出世”，对荒谬世界做有限的斗争
E. 或主张“混世”，以荒谬的行动对抗荒谬的世界

4. 20 世纪 40—50 年代是加缪创作的高峰期，主要作品有（　　）。

A.《恶心》　　B.《局外人》　　C.《误会》

D.《心灵之死》　　E.《鼠疫》

5. 1950年5月10日，尤奈斯库的《秃头歌女》上演轰动了巴黎剧院，有人称它（　　）。

A. 是对一切传统戏剧的严重挑战

B. 是一出哲理意味很浓的名剧

C. 是一出反种族主义的戏剧

D. 是天才的作品

E. 标志着荒诞派戏剧的诞生

6. 荒诞派戏剧的代表作家有（　　）。

A. 尤奈斯库　　B. 贝克特　　C. 阿达莫之

D. 品特　　E. 爱德华·阿尔比

7. 新小说派的几位重要作家及其代表作品有（　　）。

A. 库尔特·冯尼格特的《第五号屠场》

B. 克洛德·西蒙的《弗兰德公路》

C. 阿兰·罗布-格里耶的《橡皮》

D. 米歇尔·布托尔的《变》

E. 约翰·巴思的《烟草经济人》

8. “黑色幽默”这一文学流派的重要作品有（　　）。

A. 约翰夫·海勒的《第二十二条军规》

B. 米歇尔·布托尔的《变》

C. 库尔特·冯尼格特的《第五号屠场》

D. 托马斯·品钦的《万有引力之虹》

E. 约翰·巴思的《烟草经济人》

9. 拉美魔幻现实主义的重要代表作家有（　　）。

A. 诺曼·梅勒　　B. 胡安·鲁尔福　　C. 杰克·凯鲁阿克

D. 库尔特·冯尼格特　　E. 加西亚·马尔克斯

10. 美国“垮掉的一代”的代表作有（　　）。

A. 胡安·鲁尔福的《佩德罗·帕拉莫》

B. 阿斯图里亚斯的《总统先生》

C. 杰克·凯鲁阿克的《小城镇与大都会》

D. 艾伦·金斯堡的《嚎叫》

E. 卡彭铁尔的《人间王国》

11. 作为杰出的文艺评论家的萨特，其文学观点主要有（　　）。

A. 作家应“站在物之外”，原封不动地照搬荒谬世界的存在，不赋予它任何意义和感情色彩

B. 文学应介入自己的时代

C. 文学介入生活

D. 倡导读者参与创作

E. 文学应有明确的倾向性

12. 萨特创作了11部境遇剧，其中著名的有（　　）。

A.《苍蝇》　B.《禁闭》　C.《恶心》

D.《死无葬身之地》　E.《心灵之死》

13. 贝克特被评论家誉为20世纪杰出的长篇小说的有（　　）。

A.《莫菲》　B.《马洛伊》　C.《马洛纳之死》

D.《无名的人》　E.《啊！美好的日子》

14. 贝克特笔下的人物大都是（　　）。

A. 无家可归的流浪汉　B. 注意控制自己不表现痛苦的人

C. 坐以待毙的残废者　D. 浑浑噩噩的糊涂虫

E. 积极对待荒谬社会的真正的“局外人”

15. 加西亚·马尔克斯的重要长篇小说有（　　）。

A.《百年孤独》　B.《家长的没落》　C.《恶时辰》

D.《霍乱时期的爱情》E.《迷宫里的将军》

16. 荒诞派戏剧的特征有（　　）。

A. 荒诞抽象的主题

B. 象征、暗示的手法

C. 搞文字游戏和图案的剪贴、组合

D. 支离破碎的舞台形象

E. 奇特怪异的道具功能

17. 新小说派的重要作家有（　　）。

A. 克洛德·西蒙　B. 爱德华·阿尔比

C. 阿兰·罗伯-格里耶　D. 米歇尔·布托尔

E. 托马斯·品钦

18. 荒诞派经典作家尤奈斯库写了40多个剧本，其中重要的有（　　）。

A.《秃头歌女》　B.《椅子》　C.《最后一盘磁带》

D.《未来在鸡蛋中》　E.《犀牛》

19. 加西亚·马尔克斯的《百年孤独》是魔幻现实主义的经典作品，其描写的主要内容有（　　）。

A. 对拉美民族历史文化的再现

B. 布恩地亚家族七代人充满神奇色彩的生活和经历

C. 哥伦比亚反动独裁政权的残暴

D. 美国侵略者对拉美民族的政治压迫和经济掠夺

E. 拉美人民应该告别愚昧、孤独，走向觉醒与文明

附：多项选择题答案

1. ACE　2. BCE　3. ADE　4. BCE　5. ADE　6. ABCDE　7. BCD　8. ACDE　9. BC　10. CD　11. BCE　12. ABD　13. BCD　14. ACD　15. ABDE　16. ADE　17. ACD　18. ABDE　19. ABCDE

（四）名词解释

1. 存在主义文学

存在主义文学是滥觞于20世纪30年代的法国，尔后流行于欧美的重要文学流派，是存在主义哲学在文学上的直接体现。基本内容主要是表现关于人类存在状态的哲理。其基本观点是，世界是荒谬的、人生是痛苦的，倡导人们通过“自由选择”，去面对荒诞的现实和痛苦的人生，从而实现自我价值。它在艺术上的主要特征是鲜明的倾向性和深邃的哲理性。存在主义作家代表主要有萨特、加缪、波伏娃、梅勒等。

2. 魔幻现实主义

魔幻现实主义，指的是20世纪中期兴起于拉丁美洲的一个重要文学流派。它继承了印第安古代文学的传统，熔古代神话与西方现代主义手法、拉丁美洲梦幻般的历史和神奇的现实于一炉，采取象征寓意、联想暗示、荒诞夸张、人鬼混淆、时序颠倒、现实与魔幻交织等手法，创

造了一种既超现实、又不脱离现实的氛围，把拉美独特的社会状况和奇异的大自然变成一种“现代神话”。代表作家有哥伦比亚的马尔克斯、墨西哥的鲁尔弗、危地马拉的阿斯图里亚斯等。

3. 黑色幽默派

20 世纪 60 年代风行于美国的一种重要文学流派，因美国作家弗里德曼编的一本小说集《黑色幽默》而得名。它的基本特征是：以无可奈何而又貌似轻松的嘲讽态度，对待丑恶、阴暗或不合理的社会现象，从而收到荒诞不经、滑稽可笑的喜剧效果。这类作品往往采取“反小说”的形式，塑造漫画式、小丑式的“反英雄”形象，情节结构具有非逻辑性。它是存在主义哲学在美国小说的变种，杰出的代表作家是美国的海勒、冯尼格特等。

4. 荒诞派戏剧

荒诞派戏剧是 20 世纪 40 年代由法国波及欧美的一个重要文学流派，是存在主义哲学在戏剧领域中的体现。它由英国戏剧理论家马丁·艾思林的著作《荒诞派戏剧》而得名，它的基本特征是：反映当代西方人存在的荒诞性，将深邃的哲理寓于荒诞的形式中。在创作方法上，摒弃传统的戏剧程式，没有完整的故事情节和集中的矛盾冲突，人物形象支离破碎、缺乏鲜明的个性，对话语无伦次，但重视道具的作用。最杰出的代表作家是法国的尤奈斯库和贝克特。

5. 新小说派

20 世纪 50 年代至 60 年代流行于法国的一种文学流派，又称反小说派或新现实主义派。“反小说”即反对以巴尔扎克为代表的文学传统，艺术特征为：人物形象淡化、结构片段化、语言不受语法规则的约束，使读者由被动的接受者变为创作活动的参与者，这派作家大致有两种倾向，一派主张写人物意识深处的、原始状态的真实，以萨洛特为代表；一派热衷于对“物”做纯客观的细致描绘，以阿兰·罗伯-格里耶为代表。

6. “垮掉的一代”

“垮掉的一代”于第二次世界大战时出现在美国，是一群松散地结合在一起的年轻人。思想倾向是深受存在主义影响，以颓废、堕落、犯罪来表现“脱俗”，和传统的价值观与行为相抗衡。艺术上标榜“以全盘否定高雅文化为特点”，追求无节制的自我放纵，作品结构无拘无束乃至杂乱无章，语言粗糙、甚至粗鄙。代表作家及作品主要有凯鲁亚克的小说《在路上》，金斯堡的诗歌《嚎叫》。

7. 零度写作

这是后现代主义倡导的一种写作方式。后现代主义反对现代主义关于深度的“神话”，拒斥孤独感、焦灼感等深沉意识，将其消解或平面化，它怀疑乃至否定文学的价值和本体论，认为写作消解了内容，应转向中立性，即所谓“零度写作”。艺术特征是中性的、非感情化的写作。作家的创作与读者作为“创作”的阅读，都是为了享受创作（阅读）带来的喜悦，是一种表演、操作。在《局外人》中主要表现为，以不带任何感情色彩的口吻讲述人生中最能激起强烈感情的事件，在语言上突出“非感情化”。

8. 后现代主义

后现代主义是产生于20世纪50年代初的文化思潮，在哲学、宗教、建筑、文学、艺术中均有充分的反映。体现在哲学上，是“元话语”的时效性、中心性和统一性的消失；体现在美学上，则是传统美学趣味和深度的消失，走上没有深度、没有历史感的平面，从而导致“表面紊乱”；体现在文艺上，则表现为精神维度的消逝，本能成为一切，人的消亡是冷漠的，纯客观的写作成为后现代的标志；体现在宗教上，则是关注焦虑、绝望、自杀一类的课题，以走向“新宗教”来挽救合法性危机的根源——信仰危机。

（五）简答题

1. 简述存在主义文学的主要特征。

作为一个文学流派的存在主义，出现在第二次世界大战前夕的法国，并在战后成为影响欧美乃至世界的文学思潮。存在主义文学的主要特征有：

（1）存在主义文学与存在主义哲学有极为密切的关系。法国存在主义在文学上的主要代表是萨特、加缪、西蒙娜·波伏娃等。他们既是文学家，也是哲学家，他们往往把文学当作表达存在主义哲学思想的场所。存在主义的文学主题，往往是存在主义哲学思想的体现。

（2）存在主义文学的主题主要体现在两方面：第一，描写对于世界和人生的“荒诞体验”，这种“荒诞体验”往往表现为“厌烦”、“恶心”和“焦虑感”。第二，强调人在荒诞境遇中的“自由选择”。

（3）存在主义文学在艺术上的特征是鲜明的哲理化倾向。

2. 试析小说《寒冬夜行人》实验性的体现。

（1）《寒冬夜行人》是一部由十篇小说的开头组成的长篇小说。十个故事共同的特点和联系是，每一个故事都在最吸引人的地方戛然而止。（2）这十篇小说的名字组成了一首诗。（3）小说运用了少见的第二人称（“你”）叙事。（4）在结构上，被称为“连环套小说”或者“套盒结构”小说。卡尔维诺发展了从《天方夜谭》和《十日谈》就已经开始了的世界小说“套盒叙事”的传统，并显示出惊人的创造性。

3. 试述荒诞派戏剧的主要特征。

第一，在内容上，表现世界的荒诞性和人生的无意义。马丁·艾思琳在《荒诞派戏剧》的序言中指出：“广泛的意义上讲，荒诞派作品的主题，都是人类荒诞处境中所感到的抽象的苦闷心理。”《等待戈多》就是写人类在荒诞的世界里有所期盼又失落的苦闷心理。

第二，在创作方法上，摒弃传统的戏剧形式，创造了所谓的“反戏剧”，没有连贯的故事情节，没有完整的戏剧结构和矛盾冲突，人物形象无鲜明的个性，对话语无伦次等。

第三，寓意深长。大量运用象征手法，在貌似荒诞的事物里，寄托深刻的社会意义。

4. 简析《等待戈多》的深刻哲理性。

《等待戈多》表面上荒诞不经，实际上具有深刻的哲理性。剧中的人物都是寓意性的形象：两个流浪汉是处于尴尬处境中的人类的象征，戈多则是一种无望之中的希望象征。一方面，“戈多”是两个流浪汉生存下去的唯一精神支柱，戈多来了，他们就得救了，因而他们日复一日地期待戈多的到来；另一方面，戈多又迟迟不见踪影，使他们的期待成为泡影。该剧本揭示了“人类在一个荒诞的宇宙中的尴尬处境”。

5. 简析《等待戈多》体现荒诞戏剧的方式。

第一，内容上表现荒诞人生。两个流浪汉之所以日复一日地等待戈多到来，因为戈多的到来能使他们从绝望的生活中得救，但戈多又迟迟不来，表现了人类求生不得、求死不能的处境。

第二，结构上打破了传统戏剧方式，采用反复再现的手法组织情节。第二幕基本上是第一幕的重复，结尾是开篇的重复，人物的对话和动作也多次重复。这种方法既表示了生活的绵延，也表明人生的无意义。

第三，直喻手法的运用。如空荡荡的舞台上仅有一棵树，显示世界的荒凉；两个流浪汉象征人类；戈多则象征无望之中的希望。

6. 试析拉美魔幻现实主义的主要艺术特征。

拉美魔幻现实主义指借助某些具有神奇或魔幻色彩的事物、现象或观念，如印第安古老的传说、神话故事、奇异的自然现象、人物的超常举止、迷信观念（如相信鬼魂存在等），以作家的想象、艺术夸张、荒诞描写等手段，反映历史和现实的一种独特艺术手法。具体表现为：（1）把现实魔幻化，或把魔幻现实化；（2）陌生化技巧；（3）神话性。

7. 简析黑色幽默派代表作家海勒《第二十二条军规》中“军规”的深刻内涵。

（1）所谓“第二十二条军规”，作为一条具体的军规，其实并不存在，但又无所不在。它本身就是一种高度抽象和集中，象征着冥冥中统治世界的神秘力量，变化无常、莫测高深。

（2）作为一条军规，它是强制性的；运用了自相矛盾的推理逻辑，在似是而非中包藏祸心。如它规定，飞行员飞满上级规定的次数即可回国，但又规定，飞行员必须服从上级的命令，这样指挥员可以任意增加飞行次数。它又规定，一切精神失常的飞行员可不执行飞行任务，但必须本人提出申请；若本人提申请拒绝飞行，就说明他精神正常，必须继续执行飞行任务。

（3）因此，这条军规实际上是驱使飞行员在战争中送命的圈套，是一种永远无法摆脱的困境，是现代西方人对世界的感受。其寓意即是一种无法逾越的障碍，也是迫害小人物的异化力量。

8. 简述卡夫卡小说的鲜明特征。

（1）善于营造幻象世界，但又有精细入微的现实主义甚至是自然主义的细节描写。即小说总体上呈现的是一个超现实的世界，一个想象的梦幻世界，一个在现实中并不存在的荒诞世界，一个具有神秘主义色彩的世界；而小说的细节描写又极具现实主义甚至自然主义特点，精细入微，小说的场景处理极其生活化。

（2）具有高超的虚拟现实的本领，擅长营造一种在生活中完全不可能存在、但在逻辑上又有存在可能性的现实情境，这种情境卡夫卡往往借助于荒诞、变形、陌生化、抽象化等艺术手段来实现。

（3）作品在内容上着力表现在现代社会中制度和人的双重异化。

（4）作品具有一种预言性和多解性。

（5）许多作品没有结尾。

9. 简析加缪《局外人》的现代意识。

（1）《局外人》是反映“荒谬世界荒谬感情”的典型存在主义作品。局外人莫尔索对一切都表现出一副无所谓的面孔，说了许多无所谓的话，做了许多无所谓的事，萌生了许多无所谓的念头，但始终处于矛盾中。

（2）莫尔索那些介于“有所谓”和“无所谓”、“局内人”和“局外人”之间的表现，是一种在荒谬世界无可奈何的表现，也是对现实恶势力的揭露。

（3）作者以“局外人”为题，正意反说，包含辛辣的讽刺。莫尔索的荒谬言行和心理，说明他是消极地对抗荒谬社会的真正的局内人。

10. 简述萨特境遇剧的特色。

20世纪存在主义作家萨特的存在主义戏剧，区别于传统戏剧的最大特点，就在于“境遇”二字。所谓“境遇”，就是指具有人类普遍性意义的一种特定处境。它给人提供一定的环境，让人物在特定的环境中，自由选择行动、造就本质、表现性格和命运。如《禁闭》中的环境是地狱，但并非传说中的可怕场所，只是第二帝国时代的一个普通房间。在这里，胆小鬼、同性恋者和色情狂结成了一种双重对立的关系。他们在这种关系网中，疯狂地进行选择而不得。离开了这种人际关系，这个环境就无存在的价值。

萨特把自己的戏剧称为“境遇剧”，也有人称之为“自由剧”。这些剧作实际上是在演绎萨特的“存在先于本质”、“他人就是地狱”、“自由选择”等存在主义哲学观点。

11. 简析《禁闭》的主要思想内容。

20世纪存在主义代表作家萨特创作的境遇剧《禁闭》，是一出哲理意味很浓的名剧。主要思想内容：

（1）该剧描写的是，三个鬼魂生前都有一段不光彩的经历，作奸犯科。死后在地狱里继续为非作歹。他们争风吃醋、钩心斗角、尔虞我诈，彼此猜疑嫉恨、相互妨碍牵制，谁也不能如愿。

（2）他们在一起时，每个人都能置对方于痛苦境地，每个人都成了对方的地狱。

（3）地狱实际上是作者所熟悉的资本主义社会，地狱中鬼魂与鬼魂的争斗和利害冲突，象征着资本主义社会人与人的畸形关系。“他人就是地狱”成为西方社会中人与人之间关系的一句名言。

12. 简述学术界关于拉美魔幻现实主义的两种不同看法。

学术界的一般观点认为，魔幻现实主义是指借助某些具有神奇或魔幻色彩的事物、现象或观念，如印第安古老的传说、神话故事、奇异的自然现象、人物的超常举止、迷信观念（如相信鬼魂存在等），以作家的想象、艺术夸张、荒诞描写等手段，反映历史和现实的一种独特艺术手法。这种看法基本上是把魔幻现实主义看成一种艺术手法，看成是魔幻现实主义作家表现现实的策略。

另一种看法则把魔幻与现实看成一个整体，把“魔幻”看成拉丁美洲人观察、体验以及表达世界的固有方式，同时也是拉丁美洲小说家固有的思维与艺术表现方式，魔幻与现实在这些小说家的创作中并不是两个截然不同的层面，而恰恰是一个统一的世界。这一类看法尤其在诸如马尔克斯、胡安·鲁尔福、阿斯图里亚斯等魔幻现实主义的重要作家中具代表性。

13. 简述《第二十二条军规》的黑色幽默特色。

20世纪美国黑色幽默派的代表作家海勒的小说《第二十二条军规》，在艺术上典型地体现了黑色幽默的特点。

第一，用喜剧手法处理悲剧内容。作品以夸张和漫画手法表现了西方世界的荒谬性。那条无所不在而又令人无所适从的第二十二条军规就是最突出的例子。作者把残酷的战争当成一场大笑话，令人捧腹之余又愤慨不已。

第二，塑造了“反英雄”式的人物形象。尤索林是其中的典型。他为了活着回国，竭力逃避飞行任务，乃至当了逃兵。但他并非胆小鬼，而是被第二十二条军规迫害所致。

第三，结构布局上，安排了“一种和荒谬与混乱的内容完全一致的散乱形式”。作品没有连贯一致的情节，但整体上不乏内在的逻辑联系。诸多人物都与尤索林有关联。

14. 简述《百年孤独》的艺术特色。

(1) 现实主义和现代主义相结合。作家把现实与神话、传说、梦幻杂糅在奇异多变的情节发展中，打破客观与主观、人间与鬼蜮的界限。

(2) 象征、暗示手法的大量运用。如俏姑娘象征不可侵犯的美；带猪尾巴的孩子象征新老殖民主义和独裁者奴役下的畸形社会；大风暴象征不可战胜的具有强大生命力的新生力量。

15. 浅析《百年孤独》中的孤独主题。

孤独是马尔克斯小说的永久主题。《没有人写信给他的上校》描绘了被遗忘的上校茫然地等待着抚恤金；《世界上最美丽的溺水者》描绘了埃斯特温甚至死后都不被理解。因而，某种意义上，《百年孤独》中的布恩地亚家族遗传病似的孤独，不仅仅是指向哥伦比亚和拉丁美洲殖民史上的孤独，更可以深切地抵达人类的孤独，马尔克斯质疑了人与人之间互相理解的可靠性，但又并不对此绝望，他期盼的是一种平等的、自然的、原始的交流方式。

16. 试论《百年孤独》中乌苏拉形象的意义。

马尔克斯曾经指出，《百年孤独》中的所有男性都指向一种破坏性，这种破坏性虽然有推动历史的一面，但是更多的是指向一种堕落与反动。而维系历史的任务就自然落到了乌苏拉们的身上，是她们以宽广的母性之爱，和惊人的毅力维系了整个布恩地亚家族的延续和生存。因而从这个意义上看，乌苏拉们具有斯巴达女性那种武勇精神和斗士母亲的特质，这种斯巴达特质本身即是拉丁美洲混杂文明的构成要素之一。

17. 如何理解《百年孤独》最后一句“命中注定要一百年处于孤独的世家绝不会有出现在世上的第二次机会”？

被异质文明侵染后的马贡多，已然失却了原始的那种本质，这种自然面貌的缺失在美国香蕉公司对马贡多进行殖民后达到了高潮。新型的资本文明形态对刀耕火种文明的侵吞，如马克思指出的有“剑与犁”的双面作用：美国香蕉公司在一定程度上确实带来了物质进步，然而同时也带来了腐朽的“枯枝败叶”，这对布恩地亚家族的影响是致命的。马尔克斯对马贡多判的死刑，表明了他对这种腐化力量的一种带着矛盾心理的拒斥，一方面他愿意看见拉丁美洲强盛，另一方面却又不愿看见这种强盛的方式之野蛮及后果之不可想象。这即是现代主义的内在矛盾之一。

（六）论述题

1. 以《死无葬身之地》为例，评述境遇剧的特色，并分析《死无葬身之地》的艺术特色。

（1）境遇剧的特点：萨特的存在主义戏剧区别于传统戏剧的最大特点，就在于“境遇”二字。它给人物提供一定的环境，让人物在特定的环境中选择自己的行动、造就自己的本质、表现自己的性格和命运。

（2）在《死无葬身之地》中，萨特让人置身于最艰难的情境中，即面临生与死的考验，让他们“自由选择”自己的道路。五个游击队员抵抗暴力，维护民族和人格尊严，宁死不当叛徒，决不出卖同志。游击队员们并非生就的英雄，只是为了一个崇高的目的而“自由选择”了自己的“本质”，他们在特定的情境中实现了自己的选择，并确定了自身的意义和价值。

萨特的境遇剧《死无葬身之地》艺术特点非常鲜明：

（1）现实主义成分较突出，是一部现实主义代表作。

（2）典型的存在主义境遇剧。剧中通过几次波澜的设计，恰如其分地表达了存在主义哲学的重要观点，人物在特定境遇中选择了自身的人生道路。

（3）场景和对话要而不繁、简短有力，既有戏剧性，又意味深长。

2. 试述《等待戈多》的主题，并以《等待戈多》为例分析荒诞剧的主要特色。

《等待戈多》是20世纪荒诞派剧作家贝克特的成名作。

(1)《等待戈多》是一部反传统、反理性的剧作，呈现在读者面前的，是一个非理性的世界。

(2) 剧本通过两个流浪汉永无休止而又毫无希望的等待，揭示了世界的荒诞与人生的痛苦，表现了现代西方人希望改变生活处境但又难以实现的绝望心理。

《等待戈多》荒诞剧的主要特色有：

(1) 荒诞、抽象的主题；支离破碎的舞台形象；奇特怪异的道具功能。

(2)《等待戈多》完全抛弃了传统戏剧的情节结构，有意将生活撕成毫无内在联系的断片碎块。从表面上看，根本没有戏，但这不可思议的方法是《等待戈多》独特的艺术手法。作者采用荒诞的艺术形式，正好表现出现代西方社会正经历着难以克服的精神危机。

(3) 剧作用“直喻”的方法，强化了“纯粹戏剧性”。作者通过非理性的夸张，利用各种舞台手段，让舞台形象、灯光、道具“说话”，把内在的思想变为视觉形象，以达到使人物感情外化的目的。

3. 试析《第二十二条军规》的思想内涵，并分析小说中尤索林的形象。

(1) 20世纪美国黑色幽默代表作家海勒在小说《第二十二条军规》中，通过尤索林的遭遇，反映了战争和官僚机器的疯狂、荒诞，并通过第二十二条军规的象征，达到一种形而上的艺术境界。

(2) 第二十二条军规本身是一种“高度的抽象和集中，象征着冥冥中统治世界的神秘力量，变化无常，令人莫测高深”。它的本质就在于，它是一个圈套。

(3) 这条军规是一个放之四海而皆准的圈套，是一个永远无法摆脱的困境。

小说中尤索林的形象特征：

(1) 主人公尤索林是一个浸透着存在主义意识的“反英雄”形象，身兼批判现实的积极因素和取消斗争的消极因素。

（2）尤索林是荒诞与疯狂社会中的清醒者。目睹的许多事实，促使他进行痛苦的思考。他有一定的社会意识和正义感。对于疯狂的世界，他一直进行着道义的评判。

（3）由于他在本质上是极端个人主义者，因此，在保存自己的过程中变得胆小如鼠。

（4）尤索林信仰的丧失、理想的落空、英雄气概的消亡，都反映了西方资产阶级的日趋衰败并渐渐走向衰亡。

4. 简述后现代主义和后现代主义写作的区别。

后现代主义是产生于20世纪50年代末60年代初的文化思潮，在哲学、宗教、建筑、文学、艺术中均有充分的反映。

后现代主义写作指文学领域中的后现代主义，它是整个后现代主义思潮中的一个组成部分，既有后现代主义总体思潮的共性特征，又具有自己的某些特色。

后现代主义写作的特征主要表现为：

（1）把小说当作一个虚构的文本世界。力图打破文学是对生活和现实的真实反映的神话，直接承认小说的本质就是对世界的想象性虚构，是作家对杂乱无章的创作素材的编织和缝合。

（2）写作过程中往往刻意表明文本的虚构属性，并用各种各样的叙述手法凸显小说本身即一种虚构行为，使小说成为充满元叙述的元小说。

（3）具有文类和文体的杂糅性。

（4）具有先锋性和实验性。

5. 结合作品论述萨特关于“自由选择”的存在主义命题。

（1）“自由选择”是萨特存在主义哲学的核心理论。他认为每个人有充分选择行为方式的自由；在这荒诞的世界里，自由选择对确定自我本质与获得生存价值意义重大。

（2）萨特这一理论在他的名剧《恭顺的妓女》、《死无葬身之地》和《苍蝇》中得到充分的体现。《恭顺的妓女》剧中的妓女莉齐的选择颇为复杂，她在美国南方白人迫害黑人的事件中，一方面出于对黑人的同情，做出有利于黑人的正义选择；另一方面为了生存，又向白人议员及其侄子的诱惑屈服，做出了不利于被诬陷黑人的选择。《死无葬身之地》

剧中，五个被俘的法国抵抗运动战士，面对法西斯的严刑和死亡威胁，严守了组织秘密，在英雄和懦夫两者之间选择了前者。《苍蝇》中的主人公俄瑞斯忒斯，在要不要为父复仇、对生母及其奸夫采取行动的选择上，做出了英雄的选择。他不仅为父复仇、伸张了正义，还把复仇神的化身——苍蝇引出城邦，从而拯救了城邦里的人们。

6. 论述《禁闭》的哲理性主题和存在主义观点的关系。

第一，《禁闭》的哲理性主题是“他人就是地狱”，通过地狱中的三个鬼魂的矛盾冲突来表现。这三个鬼魂是生前灵魂丑陋的一男二女：加尔散是个因在战斗中临阵脱逃而被枪决的胆小鬼，伊内丝是个造成表兄死亡的同性恋者，艾丝黛尔是个溺死私生女的色情狂。他们在地狱中本性难改，为了各自的欲望争风吃醋，一个追逐一个，谁也难遂心愿。因此，尽管他们所处的地狱中并无传说中那些可怕的刑罚，但只要有第三者在场足以使他们痛苦。

第二，存在主义哲学认为，世界上有我的存在，也有旁人的存在，面对我的自由选择是他人的自由选择，因此每个人在进行选择时，人与人之间必然会发生矛盾冲突，因而形成了“世界是荒诞的，人生是痛苦的”的观点。“他人就是地狱”，就充分体现了这一观点，相当深刻地揭示了现代西方世界中以邻为壑的人际关系。

7. 结合具体作家作品，谈谈法国新小说的特点。

新小说的“小说革命”的目标，就是要颠覆传统小说以人为中心的观念，“铲除关于深度的陈旧神话”。它要求作家：

（1）把自己严格限定于描写，摈弃一切其他和物接近的方式；要站在物之外、站在它们的对面，既不能把它们变成自己的，也不能把某种品质加诸它们。

（2）去除那些人格化的隐喻，而采用那些限于度量、定位、限制、形容的表明视觉的和描写性的词。因此，新小说再也不是社会、心理或记忆的某种深度的体验，而只是对这世界表层的现象学描绘，并且拒绝提供任何道德教诲或形而上的意义。

（3）在新小说家那里，取消传统意义上的人物和故事情节，有意颠覆“内容”、“形式”的传统等级划分这一辩证法。用新小说理论家的话来说，就是“写作的历险”，主要体现在四个方面：

其一，叙述视角的转换。阿兰·罗伯-格里耶的小说《窥视者》，可以看作是对传统小说的全知全能型视角的嘲弄和颠覆。其实，小说的叙述者只不过是一个“窥视者”，他的叙述仅限于其视野所及。《嫉妒》中，一切事物都是在一个内心蕴藏着某种激情的目光下进行的，这双窥视的眼睛在观察、分析、记录，在猜测、推理、想象一桩似是而非的奸情。最终，这桩奸情是有是无，读者仍无从知晓。

其二，消解深度的描写。“它停留在物的表面，对物的外表加以不偏不倚的审视”。新小说的描写，就是要把物从与人的关系中抽出来，剥离人强加给物的一切象征性的、感情的、道德的意义，恢复事物存在的权力。一句话，就是要摧毁寓言、消解深层意义。

其三，蒙太奇和拼贴。新小说的作品大多由割断了实践性联系的场景片段拼贴而成。大致相同的场景不断重复，造成了一种循环往复、扑朔迷离的迷宫式结构。这种技巧允许小说家把在时间和空间相距极远、但在叙述者记忆中和意识中并存的片段并列在一起，从而促成了线型叙述逻辑的解体。米歇尔·布托尔的《日程表》是一部典型的“时间游戏”之作，全书由一些散乱的日记组成，主人公一年的经历被肢解成支离破碎的片段，零乱地杂混在一起。

其四，戏仿与元虚构。新小说家喜欢采用侦探小说这种最能体现传统小说的叙述原则、最大众化的小说样式，但却暗中破坏它的叙述成规、打破读者的阅读期待，同时不去解决犯罪问题，拒绝提供一个秩序井然、行为规范的整一化世界。阿兰·罗伯-格里耶的《橡皮》、《窥视者》采用的是侦探小说形式，却意在对其进行嘲弄、颠覆。《橡皮》让凶杀案在小说结束时阴差阳错地发生，而杀人者竟然是调查案件的侦探，他对事件真相依然一无所知。元虚构是新小说家用来颠覆传统小说观念的另一种有效手段。新小说不断地将其自身揭示为虚构作品，小说叙述不断地反射写作过程，以表明小说的现实不过是叙述语言虚构的产物。阿兰·罗伯-格里耶的《在迷宫里》是这方面的突出例证。小说的叙述者——一个正在写作幻想或想象的“我”，独自关在家里浮想联翩，编了一个几乎什么内容也没有的故事；他感兴趣的不是故事的结果，而是写作这项工作。他写的是故事产生的故事，描写的是想象把自己当作题材，自己在想象的想象。小说不再是对现实的再现，而是自我指涉的语言游戏，是写作过程不断的自我反射；不是语言表述现实，而是语言构造了现实。

8. 结合作品分析《百年孤独》的魔幻现实主义特色。

《百年孤独》是加西亚·马尔克斯的代表作，被誉为“再现整个拉丁美洲历史社会图景的鸿篇巨制”，“在拉丁美洲引起了一场文学地震”。作家力图通过布恩地亚家族七代人充满神奇色彩的生活和经历以及马孔多的变迁，写出哥伦比亚以及整个拉丁美洲的愚昧落后、与世隔绝和被殖民的屈辱历史，从而启发人们思考：造成马孔多百年孤独的原因是什么，怎样才能彻底摆脱这种孤独。

《百年孤独》是魔幻现实主义的代表作。作家遵循“变现实为幻想而又不失其真”的创作原则。将现实性和神奇性相结合，使读者从这种色彩斑斓、风格独特的画面中，获得一种“似真非真，似假非假”的艺术感受。瑞典文学院对这部作品的评语，精辟地揭示了它的这一特色：它“汇聚了不可思议的奇迹和最纯粹的现实生活”。小说的艺术特色主要表现在几个方面：

其一，现实主义和现代主义相结合。作家把现实和神话传说杂糅在奇幻多变的情节发展中，打破客观世界和主观世界、人间与鬼蜮的界限，置人物于更广阔的天地中，使人物、事件具有跨时空的巨大容量。这些神话传说荒诞不经的描写是印第安古老文化的真实反映，愚昧落后的马孔多人是深信不疑的，这些荒诞离奇的描写，也与“孤独”的马孔多融为一体。小说写出了拉丁美洲与世隔绝、愚昧落后的历史事实。

其二，象征、隐喻手法的大量运用。马孔多镇的百年变迁，就是哥伦比亚乃至整个拉美社会的缩影，是在军事独裁和殖民主义的统治下，百年来闭塞、落后的拉美现实。马孔多镇的健忘症，隐喻了民族的历史健忘症，卷走马孔多的那场大风暴，象征着不可战胜的新生力量。

其三，荒谬的时间循环观念。时间的轮回，表示历史的循环。马孔多镇的百年变迁，呈现为一个首尾相接的圆。《百年孤独》的时间循环结构，从象征隐喻的层面上看，表现了哥伦比亚和拉美大陆的现实矛盾，传达出作者对拉美深层民族精神与心理的开掘和把握，以及对人类原始意识和情感体验的领悟，表达了作者对民族和人类命运的深深关切与痛苦思索。

另外，作者还采用了一些很有特色的艺术手法，加重了小说的魔幻色彩。比如：循环往复式的叙事方法和结构。作品一反传统的按时间顺序的叙述，而是以将来某一时间为端点，从将来回溯到过去。生死轮回、人鬼界限被打破的描写也带有魔幻现实的色彩，如：阿玛兰塔能预测到自己的死亡，便用全部的时间为自己编制精美的裹尸布；她还答应全村人，替他们给故去的亲人捎信。

这样亦真亦幻、扑朔迷离的魔幻神奇的世界，丰富了读者的想象力，也从各个角度反映了拉丁美洲的现实。

9.《小径分岔的花园》里的中国形象的作用是什么？

在《小径分岔的花园》里，博尔赫斯借助中国形象构筑了一个“迷宫化”的神秘时空，博尔赫斯借助这个时空里“我”与“他者”的关系浸润于其间的特性，有意弱化和消除了“我”与“他者”之间的界限。博尔赫斯在写作过程中，试图通过对汉学家阿尔贝和海外华人俞琛的身份设定和矛盾冲突，使西方和中国在时空关系上更为融合，进而在形象意义层面构建一个以西方“发现”中国（即汉学家对中国文化的利用的模式），来构建一个中西共存、“我”与“他者”共同的迷宫花园，但在故事的叙述过程中，这个建立在对时空的形而上学的共同体认的花园，仅仅短时的存在于“我”与“他者”的玄学思辨之中；而且随着一声枪响，在故事发展的时空主线上，这个“空中花园”也宣告解体，不复存在。

10. 博尔赫斯在《小径分岔的花园》里表述了什么样的时间观念？

在《小径分岔的花园》中，时间是“无限连续”的，是“正在扩展着，正在变化着的分散、集中、平行的时间的网。这张时间的网，它的网线互相接近，交叉，隔断，或者几个世纪各不相干，包含了一切的可能性”。也就是说，博尔赫斯要表达的时间观念并不是历时性的线性时间，而是具有无限和多维并置特征的网状时间。时间通过多线并行、分岔、扩散、交叉就构成了一个迷宫状的图景。

11. 怎么理解博尔赫斯幻想叙事中的消解性？

第一，用片断性与碎片化的叙事消解了传统小说叙事的连贯性和整体性。

第二，用开放性的解构消解传统小说叙事的封闭式结构。由于博尔赫斯所讲述的故事要么来自文献资料，要么道听途说，要么来自朋友讲述，要么凭空想象，因此不遵循传统线性叙事，往往在不经意间切入要叙述的故事，故事常常缺少开头或结尾。缺少开头的作用是将读者引向未曾叙述的过去。

第三，“元小说”的写作方式带来的影响。“元小说”是有关小说的小说，是关注小说的虚构身份及其创作过程的小说。小说中往往喜欢声明作者是在虚构作品，喜欢告诉读者作者是在用什么手法虚构作品，更喜欢交代作者创作小说的一切相关过程。小说的叙述往往在谈论正在进行的叙述本身，消解了传统小说营造的真实感。

（七）综合论述题

1. 试比较现代主义小说和后现代主义小说的区别。

关于现代主义小说和后现代主义小说的区别，主要表现为：（1）前者对小说形式内部革新；讲究技巧、情景、结构、语言；意义荒诞；推崇精英文学、纯文学；运用内心独白和自由联想等手法。后者质疑小说这一形式本身；模糊文体界限，破坏叙述常规；没有意义，自由语言游戏；没有界限；运用反讽拼接等手法。（2）现代主义小说与后现代主义小说的区别还不止如此，譬如在时空观上，二者也存在很大差异。回顾19世纪现实主义要求作者塑造典型环境，而所谓典型环境就是特定时间和特定空间中的环境。而到了现代主义作家那里，新的时间观念成了主题。现代派作家认为，时间并不是人们通常所说的“物理时间”或“空间时间”，而是指“心理时间”或“纯粹时间”。

这种时间观念直接影响了意识流小说的创作。在意识流小说中，时间是不确定的、朦胧的、无序的，空间在颠倒的时间中成为碎片，作者在这颠倒的时序中，展示颠倒的意义。譬如伍尔夫的小说《墙上的斑点》，开头是这样写的：“大约是在今年一月中旬”，虽然一开始便交代了时间，但这时间并不具体，且也无必要具体，因为小说除了展示女主人公面对墙上斑点的种种幻想之外，并无特别寓意。乔伊斯的《尤利西斯》中，虽然有非常具体的时间，即1904年6月16日早晨8点至次日凌晨2点，但这种具体的物理时间，只不过是展示主人公们多姿烂漫的心理时间的背景。

表现主义更不在意具体的物理时空，而着意揭示心灵的真实。卡夫卡的《城堡》这样开头：“K抵达的时候，夜色已深。”K试图进入城堡的故事，发生在梦幻一般的背景中，时间和空间均朦胧一片。

到了后现代主义那里，时间本身便成了主题。时间失去了空间的坐标，成了没有谜底的谜语，一切都悬于空气中，用后现代主义者的话，一切都成为语言问题。纯粹是能指符号的游戏，根本无所谓“历史”和“真实”。魔幻现实主义大师马尔克斯，在其《百年孤独》中有一句著名开头：“许多年之后，面对行刑队，奥雷良诺·布恩地亚上校将会想起，他父亲带他去见识冰块的那个遥远的下午。”这里，叙述的时间顺序是：“将来（许多年之后）——现在（回想起）——过去（那个遥远的下午）”。时间呈圆周运动，一百年绕了一圈，没有起点、没有终点、没有任何发展和进步，这就是孤独。孤独主题在时间的循环中展现，时间在孤独中化为乌有。后现代主义大师博尔赫斯的《小径分岔的花园》是一部关于小说的小说，“小径分岔的花园”是“一座时间的无形迷宫”，“小径分岔的花园是一个庞大的谜语，或者是寓言故事，谜底是时间”，因为时间永远分岔，通向无数的将来，所以，小说也有无数的可能性，不可能有具体的时间和空间。

总之，在现代主义那里，怎么写、写什么并不重要，新的时间观念必然带来叙述方式和表达方式的变革；在后现代主义那里，重要的是写本身，小说就是关于小说的小说，小说的叙述成了对小说的叙述，时间失去了任何限制，成为各式各样的可能性，时间本身因此成了主题。

2. 分析黑色幽默小说的人物形象与传统文学塑造的形象的异同。

黑色幽默小说在人物形象的塑造上既有对传统文学的背离，又有对传统文学的继承。

（1）所谓背离，指的是以往的传统小说，通常都有一个体现小说主旨的主角人物（英雄人物），有影响人物、突出故事情节的主题思想，这个主角或英雄人物，又总是和某种具有历史必然性的主流意识有高度的互补性。黑色幽默小说背离的恰恰是这种传统的文学形象。

（2）从19世纪开始，西方文学中开始出现一种新的人物形象，其初期代表是诞生于浪漫主义文学中的“世纪儿”形象，和产生于俄国社会转型期的“多余人”形象。其基本特点是游离于历史主导潮流之外。人物有自己的追求和梦想，但因缺乏历史的支撑点，只能任追求失落、梦想破灭，因而成了无家可归的流浪者。这种人物形象的第二代代表，就是存在主义文学中的“局外人”形象。最典型的例子就是加缪小说《局外人》中的莫尔索，其基本特点是全然游离于整个人类历史之外。在他的眼里，世界上的一切人类活动都毫无差异，因而也毫无意义地呈现在一个二维平面上。

（3）黑色幽默小说中的人物形象，也就是这种“世纪儿”、“多余人”与“局外人”的延伸，可将其称为19世纪以来“新人物形象”的第三代。与前两代“新人物形象”比较，他们没有“世纪儿”、“多余人”的生命的激情、情感的夸张、言语的张狂，也没有“局外人”那种心灵的平淡坦然、情感的真诚愚酣、生活方式的随遇而安。他们更平俗，但也更焦虑不安；更狡黠，但也更胆怯懦弱；更圆滑，但也更不合时宜。因此，他们被称为歪斜的人物形象。人物形象的公然歪斜、欠缺，创造出直观上的不和谐，由之再凸显出世界的荒诞、历史的悖谬、人生的乖误。有论者论及：“他就是笨伯的表亲，流浪汉式的反英雄。五十年代小说与六十年代小说之间一个明显的不同点是，前者往往较注重心理描写，集中探究个别人物的复杂性，且保持着一种从十九世纪现实主义中继承来的对个人成长可能性的信仰，一种通过建立成人关系而达到自我成熟的弗洛伊德式的信念。然而在流浪汉小说中，主人公常常是一个不屈不挠的天真汉，他所经历的不是人们所熟悉的人与人之间相互影响的关系，而是一系列外部事件，这些事件往往是随意的、怪诞的，甚至超现实和启示录式的。”（迪克斯坦：《伊甸园之门：六十年代的美国文化》，方晓光译，译林出版社，2007年，第103—104页。）

（4）黑色幽默小说中人物形象的歪斜抽象性，在《第二十二条军规》中的尤索林一角色上鲜明突出。他像一只天然不适应现实世界的惊弓之鸟，占据其精神领域的问题就是“死还是不死”，他总说有人想杀他。他们是19世纪后所生的非英雄、反英雄的继续。他们的形象使小说的主调产生了深刻无比的不和谐音，由此不和谐音而强化了喜剧性的滑稽和幽默，从而体现了黑色幽默小说家对现实的质疑和对历史的反思。

3. 从奥德修斯到布鲁姆，说明20世纪小说创作中人物形象的变化历程。

奥德修斯是古希腊荷马史诗《奥德赛》中的主人公，他是19世纪前欧洲叙事文学的正面主人公形象的集大成者：首先，他是个集智慧与毅力于一身的英雄人物，是生活的强者，是作者创造的理想人物。这一人物形象在不同的时期有不同的发展：《巨人传》中的庞大固埃、卡刚都亚是文艺复兴时期的"奥德修斯"，而《熙德》中的罗迪克便是"奥德修斯"在古典时期的化身。启蒙主义时期，鲁滨逊成了资产阶级的"奥德修斯"。尽管处于不同的时代，但"奥德修斯"们皆具备勇敢、开拓、坚毅、智慧的英雄气概，无不是各个时代作家极力讴歌的理想人物的化身。

到了20世纪，乔伊斯笔下的《尤利西斯》中的主人公布鲁姆，则是一个一无所成的中年人，丧子、失业，加上性无能，非但成不了英雄，就连最基本的对生活的控制力量也没有，连平凡的生活都驾驭不了，是个落魄无奈的"反英雄"。在20世纪的作品中不乏这一类人物。

如《变形记》中的格里高尔、《局外人》的莫尔索、《喧哗与骚动》中的昆汀和凯蒂，他们不再是传统中叱咤风云、毫无畏惧地向环境和命运挑战的英雄，而是无法驾驭命运的、为生活所捉弄的可怜虫。

从奥德修斯到布鲁姆，从英雄到"反英雄"，20世纪的小说人物创造中，充满了对自己命运、生存的疑惑；对人与人、人与自然、人与社会、人与传统的质疑。20世纪小说的创造中，作家更多地把目光投向小人物与其生存困境，在这种对人物形象平民化、软弱化、无力化的处境中，消解之前小说人物所努力塑造的崇高感。布鲁姆的存在，正是对英雄人物奥德修斯的解构。在布鲁姆这个现代"性无能"的反英雄"奥德修斯"身上，可以看到20世纪人类对自我存在的质疑和对文化反思无根的痛苦。

4. 从海尔茂到爱斯特拉冈（又称戈戈）和弗拉季米尔（狄狄）的不同，说明20世纪戏剧创作的变化特征。

海尔茂是易卜生笔下《玩偶之家》的人物，戈戈和狄狄则是贝克特笔下《等待戈多》中的主人公。海尔茂代表了20世纪之前正统戏剧中性格鲜明的人物，在人物身上寄托了作者鲜明的道德倾向，他是作者批判的对象，与娜拉之间形成紧张的戏剧冲突。在剧中，人物善恶分明，戏剧矛盾冲突尖锐，作者关注人与人之间的关系。戈戈、狄狄——在印欧语系中是对西欧人的简称，两人没有完整鲜明的性格特征，无法构成戏剧冲突，对话无逻辑、无头绪。呈现在观众面前的不是一个丰满立体的“圆形人物”，而是一个符号化了的“扁形人物”。这是对传统戏剧的反叛，将传统戏剧所注重的冲突、人物、主题思想一一破碎化。戏剧的进展由传统的人物冲突推动情节转变为用具体的暗示（树长叶子，人物变老）来象征时间的流逝。无戏剧冲突，场景显得重复单调，以此来喻示人物在宇宙中的生存状态，并以时间的流逝来推动戏剧发展。

20世纪的戏剧创造关注焦点发生变化，不再关注人与人之间具体的道德判断，而是将目光投向更高的高度，从宇宙的角度看待人世，认为人与人之间的纷争像戈戈和狄狄的纷争一样无聊、没有意义。从宏观思维的角度关注人在宇宙中的生存状态和存在意义。

《玩偶之家》情节完整，围绕娜拉的觉醒与出走这一主题，而主题的呈现是由娜拉与海尔茂的矛盾冲突凸显的。而《等待戈多》中的情节破碎化，人物之间的矛盾不值一提，焦点集中于“等待”，等待寓示了在宇宙中的生存结果，但却无法绘出等待的结果，关注焦点发生了质的变化。

（八）作品分析题

分析卡夫卡《地洞》节选。

现在首先要做的就是从防御以及能想象出来的一切防御的可能性的角度查看一下地洞，制定一个防御计划和一个相应的修建计划，然后马上像小伙子一样精力充沛地干起来。这是迫在眉睫的工作，顺便说一下，现在才干当然为时太晚，但这是迫在眉睫的工作，绝不是挖一个大研究沟，挖这种沟其实只是一个用处，即让我在毫无防御能力的情况下尽全力去寻找那个危险，还愚蠢地担心若让危险自己来可能还不够快。突然间我无法理解我以前的规划。在以前的明智的规划中，我找不到一丁点儿明智，我又停下了手里的活，我也不再去听，现在我再也不想发现新的声音的增强，我已厌倦发现，我放弃了一切，如果我能平息内心的矛盾我就满足了。我

> 又顺着通道漫无目的地走下去，越来越远，来到自我归来还未见过、我刨土的爪子一下还未碰过的通道里，它们的寂静在我到来时苏醒了，从我的上方漫下来。我没有流连，我快步穿了过去，我压根不知道我在寻找什么，也许只是在打发时间。我稀里糊涂地走着，最后竟到了迷宫，到地衣盖边听一听的想法诱惑着我，那样遥远的东西，此刻是那样遥远，我对它们产生了兴趣。我挤到上面听着。深沉的寂静。这里可真美，外面谁也不来管我的地洞，大家都忙着自己的事，与我无关的事，我是如何取得了这样的成功。地衣盖旁边现在大概是地洞中唯一一个我听上几小时也听不到那声音的地方。和洞内的情况完全相反，以前危机四伏之地成了一个安宁的地方，而堡垒却成了嘈杂和危险的世界。更糟糕的是，这里实际上也不太平，这里什么都没改变，无论是宁静还是喧闹，危险和以前一样就潜伏在地衣上面，但我对这种危险已经不敏感了，洞壁中的嘶嘶声把我累坏了。我被它累坏了？它越来越强，它越来越近，而我却绕来拐去穿过迷宫，躺在上面的地衣下休息，这几乎就等于我已把家让给了那发出嘶嘶声的家伙，只要在这上面能安静片刻我就感到满足。

《地洞》并没有什么事情发生，全文只不过是一只动物的某些莫可名状的心理活动，然而一旦切入文本，它可以说是卡夫卡所有中短篇小说中最能体现人性的一篇。“异化”说也是对《地洞》较为常见的看法，“我”对异化世界中的恐惧做抗争。动物即“我”的象征，“我”的个人与本我分离的异化状态，也成了小说关于人的生存状态的真实写照。动物一开始就进行了一些自我的辩驳，从文章开始“我把洞修成了，看样子还算成功”就进入了造洞的一种自我矛盾中，把洞口放在隐蔽地方、并且用地衣遮蔽起来，以防止外面的可能性的危险，或者把洞口放在醒目的地方、以防范洞内的危险，这无疑是对自我的状态的认同以及否定。

地洞是什么？它象征着每个人都可能在劫难逃。“我”这个为自己精心营造了一个地洞的小动物，却对自己的生存处境充满了警惕和恐惧，“即使从墙上掉下的一粒砂子，不弄清它的去向我也不能放心”，然而，“那种突如其来的意外遭遇从来就没有少过”。这里，异化的“我”

是个人与本我的分离，个人与本我也同时体现在小说中。现实中，生活环境对卡夫卡个人的影响极大。在第一次世界大战前后，家庭因素与社会环境，造成了他与社会及他人的多层隔绝，使他终生生活在痛苦与孤独中。而社会的腐败、奥匈帝国的强暴专制、政治矛盾与民族矛盾的双重困扰、人民生活的贫穷困苦、经济的衰败，加深了敏感抑郁的卡夫卡内心的苦闷。于是，时时萦绕着他的对社会的陌生感、孤独感与恐惧感成了他创作的永恒主题。对现实的陌生感、恐惧感，使他的希望也变得渺茫起来了。但是他还是在追求着，通过造自己的地洞。地洞也是人之恐怖灾难下的生活状态。地洞由一个大的城郭储藏室和许多地道组成，造了这么一个地洞，是为了躲避外界和内部的敌人，为了有一个藏身之处。“我造好一个地洞”，这句话暗示了自己的创作和追求的根，是个精神之所。结尾“一切如故”也是我的生存状态的延续——挖洞，也即进行文学创作的执着追求。

异化的“我”不仅对恐惧进行抗争，且对于自身的异化，也显示出了本我的超然。小说描写了从外面看自己，加上视角的转换，达到“边睡边保护自己”的荒谬状态。

“在我睡着时，我觉得似乎不是站在自家门前，而是站在我自己面前，但愿我能一边沉睡，一边保护着自己。我差不多够得上是优秀的，我不仅能在睡着后的束手无策和轻信状态中看到夜间的鬼怪，而且在醒后浑身充满力量、并具有冷静的判断能力时，实际上也对付得了它们。”

从洞外守护洞内，则是从另一个角度描绘“我”的状态，沉睡和保护自己都是将自我彻底异化了，从而达到了个人对本我的陌生状态。这里的守候也可以是守候着“我”的精神家园，即自己和地洞。

三、作业设计及选题

1. 在全球化背景下审视拉美文化以及作为代表的加西亚·马尔克斯在其中表现的独特性。

在全球化和民族主义的双重作用下，现代拉丁美洲既持续不断地吸纳外来文化，同时又保持着本土文化的核心部分，使得拉美文化具有独特的个性：混杂性、开放性以及民族特性和世界主义倾向共存。

原因在于：首先是殖民扩张。拉美文化的主要成分是从 16 世纪初就植入的欧洲基督教文化和残存的美洲土著文化，以及伴随奴隶制而来的非洲黑人文化。从此，这些异质文化汇集于新大陆，经过碰撞和冲突之后，逐渐趋向相互妥协、调和与适应，最终都偏离原型而融合在一起，从而构成一种新的杂交型文化。经过 500 年的发展，上述杂交型文化已成为新生拉美国家民族文化的核心，形成了文化的一致性和类同性。

此外，从现实角度看，美国已成为向当代拉美国家输送外来文化的一个新因素。

拉美文学作品中，有很多民族特征与世界主义相结合的实例。譬如，在加西亚·马尔克斯的长篇小说《百年孤独》中，作者按照拉丁美洲独特的历史进程，描绘了小镇马孔多的发展史，生动而形象地反映了拉丁美洲的百年兴衰。无疑，这个故事情节具有鲜明的拉美民族特征；然而，作者把现实与幻想、叙述与讽喻、写实与夸张结合在一起，再加上《圣经》和印第安人的神话传说故事，创作了西方现代派文学巨作，有明显的世界主义倾向。

马尔克斯创作观的独特性：他始终相信一个作品的生命力很大程度上来源于作家大胆的想象力。马尔克斯的文学观直接影响了他的美学追求。真实的事物和难以置信的事物，其本身并无界限，关键在于怎么叙述它们。把故事弄得花里胡哨，即使是真实的事物也会令读者失望；相反，本来难以置信的事，只要作家沉着冷静、绘声绘色地加以描述，听来也会真实可信。马尔克斯的小说语言讲究冷静、客观、平稳，注重颜色搭配，强调颜色的象征作用。马尔克斯大量地借鉴了电影、戏剧和新闻的技巧来丰富小说的表现艺术并融会贯通。在拉美魔幻现实主义作家群中，很少有人能像马尔克斯那样运用各种艺术技巧并将其加以综合到如此高超与圆熟的程度。

参考文献：

欧文·拉兹洛编：《多种文化的星球——联合国教科文组织国际专家小组的报告》，戴侃、辛未译，社会科学文献出版社，2001 年。

莱斯利·贝瑟尔主编：《剑桥拉丁美洲史》（第 3 卷），中国社科院拉丁美洲研究所组译，社会科学文献出版社，1994年。

埃德加·萨穆埃尔·莫拉莱斯·萨莱斯：《地球村中的拉美文化》，《美洲手册》1996，(60)。

2. 试探究怪诞的演变及其与荒诞的异同。

通过对“怪诞”一词的探源，考察其流变历程，对更好地认识后现代主义的特征有重要作用。在文学艺术史上，怪诞经历了绘画风格——喜剧手段——讽刺手段——荒诞手法的过程，怪诞也从最初的绘画一隅扩展到文学艺术的各个领域，从昔日的边缘境遇，取得了今日的中心地位。在文学领域中谈怪诞，首推表现主义作家卡夫卡。卡夫卡是最具个性的怪诞大师，他只把正常的人和事突然接上一个与现实逻辑极端相反的结果和情节。如他的《在流放地》中，监刑军官突然宣布士兵无罪释放，自己却躺在杀人机器上被乱针刺死。这种情节的怪诞，加上作者冷漠到极点的叙述语言，比纯视觉怪诞更令人震惊和恐惧。此外，现代文学流派都不约而同地选择怪诞作为表现手法，在绘画、雕塑、建筑、音乐中，怪诞风格也得以扩张。

“荒诞”与“怪诞”这两个术语，常用来指可笑的、非常怪异或无聊透顶的事物，但荒诞的历史比怪诞短得多。直到20世纪，荒诞的概念在存在主义哲学著作中一再出现，海德格尔以此来形容基督教信仰，萨特以此来描绘人生显著的无意义和对虚无的恐惧，加缪以此来表述介于“人的意图和他所遭遇的现实”之间的差距。在文学艺术中，“荒诞”一词的风行，还与“荒诞派戏剧”有关。

除此之外，在现代艺术中还形成一种普遍的荒诞观念和意识：“是把所面对的现实理解为一种不合理状态、不符合逻辑状态的意识”。这种荒诞感表现在文学中，就是20世纪的荒诞文学。尽管如此，这两个术语之间，还是有根本的区别；菲利普·汤姆森在《论怪诞》中这样总结：“怪诞可以转某种具体表现形式。可是荒诞却没有自己所独具的具体形式，也没有独具的结构特征；荒诞只是作为内容，作为一种特性，一种情感或氛围、一种态度或世界观，而被人们所领悟。荒诞的表现形式多种多样；可以通过反讽，通过富有哲理的论争或通过怪诞本身得以表达。”怪诞的审美特征表现为反常的构成原则；混合恐惧和滑稽的震惊感；双重性的功能价值。怪诞与荒诞的区别主要在于怪诞更多作为一种创作手法，荒诞更主要是一种观念和意识。

参考文献：

叶廷芳：《论怪诞之美》，《文艺研究》1993年第4期。

伍蠡甫等编：《西方文论选》，上海译文出版社，1988年。

程清松编著：《国外后现代电影》，江苏美术出版社，2000年。

菲利普·汤姆森：《论怪诞》，孙乃修译，昆仑出版社，1992年。

巴赫金：《拉伯雷研究》，李北林等译，河北教育出版社，1998年。

3.《等待戈多》中的“等待”的深刻意蕴的体现方式。

（1）从语言学角度“能指”与“所指”的关系揭示：语言世界与现实世界的裂变。《等待戈多》中混乱的对话表明他们的世界已经完全变成了由一些能指构成的世界，这些能指所对应的所指仅仅是一些脱离了现实世界的符号和虚假陈述；而这些脱离了现实世界的符号和陈述由于无法经历现实生活的证伪和修正而逐渐成为自我重复的陈词滥调。

对于这两个流浪汉来说，语言之外的那个现实世界早已被语言的世界所屏蔽，从而虚幻化了，而他们的语言世界同现实世界并不是同构的。对语言的绝对依赖从根本上排除了超越性反思的可能性，因为他们所依赖的失效的语言使得他们丧失了在语言的世界中进行分析和思辨的能力。弗拉季米尔的反省与思考，不但不能成为一种超越的否定性力量，反而更加证实了他们生活的无逻辑、强化了他们的生存异化。

（2）等待的内化：等待的内在要素是流逝的时间。人对于时间的感受往往取决于两个方面：外界的变换和内心的记忆。在长期的重复中，外界的变换模糊了，内心的记忆泯灭了。剧中，爱斯特拉冈和弗拉季米尔已经开始分不清傍晚和黎明，由此便引发了一场争论。对于他们来说，时间正在发生断裂。而当时间发生断裂，也就是人类开始永恒地重复自身的时候，此时外在的生存状态就变成了内在的本质。于是等待与戈多构成了一个封闭的符号系统，与外界再也没有任何联系。

（3）对话结构：借用了音乐中的赋格艺术。文中有一段对白是全剧的主题，反复的重现，形成了一种前呼后应、回旋往复的节奏韵律，直观地表现了两个流浪汉无可逃脱的“等待”的困境。

参考文献：

萨缪尔·贝克特：《等待戈多》，施咸荣译，人民文学出版社，2002年。

阿尔贝·加缪：《西西弗的神话：论荒谬》，杜小真译，生活·读书·新知三联书店，1998年。

舒笑梅：《诗化·对称·荒诞：贝克特〈等待戈多〉戏剧语言的主要特征》，《外国文学研究》1998年第1期。

第十三章　东方文学（一）：古代文学

学习真好

一、提要

（一）学习要求

1. 了解亚非古代文学的基本特征、演变发展过程及在文学史上的地位与影响。

2. 了解《旧约》文学的主要内容。

3. 了解迦梨陀娑创作的主要内容。

（二）课程内容

1. 古代亚非文学的历史背景和一般特点。古代埃及文学、巴比伦文学、希伯来文学和印度文学的主要成就。古埃及文学包括神话传说、劳动歌谣、诗歌、故事等。《吉尔伽美什》是世界文学中最古老的史诗。印度古代梵语文学。

2.《旧约》是古希伯来文学作品的总集。《旧约》的相关知识。神话传说。史诗与史诗文学。先知文学。智慧文学。抒情诗歌、故事文学与戏剧文学。《旧约》文学的主要特征。

3. 迦梨陀娑的生平与诗歌、戏剧创作。沙恭达罗和豆扇陀的形象。《沙恭达罗》的艺术特色。

（三）重点与难点

古代亚非文学的主要成就与基本特征。《旧约》文学的价值与影响。《沙恭达罗》的主人公形象塑造。

（四）阅读书目

《亡灵书》、《吠陀》、《吉尔伽美什》、《新旧约全书》、《摩诃婆罗多》、《罗摩衍那》、《沙恭达罗》。

二、题解

（一）填空题

1.《______》是印度现存的最古老的诗歌总集。

2. 在四部《吠陀》总集中，文学价值最高的是《____________》。

3. 古印度的两大史诗是《______________》和《____________》。

4.《小泥车》的作者是____________。

5. 迦梨陀娑最著名的诗剧是《____________》，最著名的抒情长诗是《______》。

6.《旧约》是古代__________文学的总集，用__________文字写成。

7.《______》是希伯来人的经典，在思想和艺术上都取得了较高的成就，其中主要的文学样式有____________、________________、____________、____________、____________和______。

8.《旧约》中的小说名作《__________》通过婚嫁故事歌颂人与人之间的美好情谊，《____________》是一篇历史小说。

9.《雅歌》是一部______诗集，被称为__________________。

10.《旧约》被译成______文之后和__________一起合并称为基督教的《新旧约全书》，即__________。

11. 古巴比伦文学最杰出的代表作是《________________》。

12.《________________》是目前已知的人类最早的史诗。

13.《吉尔伽美什》歌颂了吉尔伽美什的英雄行为以及他和另一个英雄__________之间的友谊，表现了为民立功的思想。

附：填空题答案

1. 吠陀　2. 梨俱吠陀　3. 摩诃婆罗多；罗摩衍那　4. 首陀罗迦　5. 沙恭达罗；云使　6. 希伯来；希伯来　7. 旧约；神话传说；史诗性作品；史传文学；先知文学；诗歌戏剧；小说　8. 路得记；以斯帖记　9. 爱情；“所罗门之歌”　10. 希腊；《新约》；《圣经》　11. 吉尔伽美什　12. 吉尔伽美什　13. 恩启都

（二）单项选择题

1. 印度最早的文学理论著作是（　　）。

A.《诗学》　　B.《舞论》

C.《诗镜》　　D.《伯德马沃德》

2. 下列不属于迦梨陀娑作品的是（　　）。

A.《吠陀》　　B.《沙恭达罗》

C.《云使》　　D.《时令之环》

3. 在世界上享有“印度的莎士比亚”美誉的古印度剧作家是（　　）。

A. 马鸣　　B. 首陀罗迦　　C. 迦梨陀娑　　D. 跋娑

4. 已知的世界文学最早的史诗是（　　）。

A.《伊利亚特》　　B.《奥德赛》

C.《摩诃婆罗多》　　D.《吉尔伽美什》

5. 犹太教的经典是（　　）。

A.《圣经》　　B. 佛经　　C.《旧约》　　D.《新约》

6. 下列作品属于古埃及文学的是（　　）。

A.《亡灵书》　　B.《吉尔伽美什》

C.《吠陀》　　D.《旧约》

7. 下列作品属于古印度文学的是（　　）。

A.《亡灵书》　　B.《旧约》

C.《五卷书》　　D.《吉尔伽美什》

8. 下列作品属于古希伯来文学的是（　　）。

A.《亡灵书》　　B.《吉尔伽美什》

C.《旧约》　　D.《五卷书》

9. 古代巴比伦关于创世纪的神话是（　　）。

A.《伊什塔尔下冥府》　　B.《埃努玛·埃立什》

C.《吉尔伽美什》　　D.《咏正直受难者的诗》

10.《旧约》中的哲理诗剧是（　　）。

A.《约伯记》　　B.《雅歌》

C.《诗篇》　　D.《传道书》

11.《旧约》中的启示小说是（　　）。

A.《路得记》　　B.《但以理书》

C.《以斯帖记》　　D.《以赛亚书》

附：单项选择题答案

1. B　2. A　3. C　4. D　5. C　6. A　7. C　8. C　9. B　10. A
11. B

（三）多项选择题

1. 东方文学是指（　　）。

A. 亚洲文学　　B. 非洲文学　　C. 拉丁美洲文学

D. 大洋洲文学　　E. 欧洲文学

2. 印度古代诗歌总集包括（　　）。

A.《梨俱吠陀》　　B.《罗摩吠陀》　　C.《夜柔吠陀》

D.《阿闼婆吠陀》　　E.《娑摩吠陀》

3.《摩诃婆罗多》的著名插话是（　　）。

A.《那罗传》　　B.《罗怙世系》　　C.《莎维德丽传》

D.《罗摩传》　　E.《善施传》

4. 印度古代寓言代表性的作品有（　　）。

A.《本生经》　　B.《故事海》　　C.《五卷书》

D.《百喻经》　　E.《伊索寓言》

5. 迦梨陀娑的戏剧创作有（　　）。

A.《优哩婆湿》　　B.《鸠摩罗出世》

C.《摩罗维迦与火友王》　　D.《小泥车》

E. 《沙恭达罗》

6. 迦梨陀娑的叙事长诗有（　　）。

A. 《云使》　B. 《时令之环》　C. 《罗摩功行录》

D. 《罗怙世系》　E. 《鸠摩罗出世》

7. 《沙恭达罗》描写豆扇陀向沙恭达罗表达爱情的情节主要有（　　）。

A. 借故留在净修林

B. 与沙恭达罗以乾闼婆方式结合

C. 恢复记忆后思念、寻找沙恭达罗

D. 回京前以戒指为信物相赠

E. 仙界相认时悔恨交加

8. 奥西里斯在埃及神话中有多重身份，他是（　　）。

A. 水和植物之神　B. 尼罗河之神　C. 冥界之王

D. 耕作和文化的传播者　E. 丰收之神

9. 《旧约》的几个部分是（　　）。

A. 创世纪　B. 律法书　C. 先知书

D. 历史书　E. 诗文杂著

10. 《旧约》哲理诗的代表性诗集有（　　）。

A. 《箴言》　B. 《耶利米哀歌》　C. 《传道书》

D. 《约伯记》　E. 《但以理书》

11. 《旧约》中的小说名作有（　　）。

A. 《创世纪》　B. 《出埃及记》　C. 《路得记》

D. 《以斯帖记》　E. 《但以理书》

12. 世界古代四大文学宝库是（　　）。

A. 中国文学　B. 巴比伦文学　C. 希腊文学

D. 印度文学　E. 希伯来文学

附：多项选择题答案

1. AB　2. ACDE　3. AC　4. ABCD　5. ACE　6. DE　7. ABCDE　8. ABCDE　9. BCDE　10. ACD　11. CD　12. ACDE

(四) 名词解释题

1.《亡灵书》

古埃及一部庞大的宗教性诗文集。古埃及人相信人死后要在冥国经受诸多考验才能获得再生机会，《亡灵书》就是死者去冥国的行动指南，保护亡灵在冥国中生活幸福，免遭厄运，顺利地应付审判，平安抵达“真理的殿堂”。全书共计140章，内容极为驳杂，汇入大量的神话诗、祷文诗、颂诗、歌谣、咒语等，诗句庄严典雅、气势宏阔，是古代埃及文学的汇编。

2. 吠陀

“吠陀”一词，是印度古语的译音，有“知识”与“智慧”的意思。作为书名，《吠陀》特指印度上古时期一些文献的总称，是流行于上古印度各民族的颂神诗歌和宗教诗歌。《吠陀》包括本集和附录两部分。最古的本集共四部：《梨俱吠陀》、《娑摩吠陀》、《夜柔吠陀》和《阿闼婆吠陀》，其中文学价值最高的是《梨俱吠陀》。附录部分是解释本集或由本集所派生的文集，如《梵书》、《森林书》、《奥义书》。

3.《五卷书》

古印度寓言故事集，用梵文写成。最早产生于公元前1世纪，因有五卷而得名，五卷的篇目为：《朋友的决裂》、《朋友的获得》、《乌鸦和猫头鹰从事于和平与战争等等》、《已经得到的东西的丧失》和《不思而行》。全书诗文并用，有一基干故事，首尾呼应，每卷也各有一基干故事。故事中又插入许多寓言、童话和小故事，形成一连串插入式特殊结构。

4. 迦梨陀娑

古印度最杰出的宫廷诗人和剧作家，有“印度的莎士比亚”之称。他的诗歌和戏剧是世界文学瑰宝，在古代文学史上具有悠久的魅力，对印度文学、世界文学都产生深远影响。其代表作为长篇抒情诗《云使》和诗剧《沙恭达罗》。

5. 先知书

先知书是《旧约》的第二部分，分为前、后先知书两部分。犹太教认为先知在犹太民族史上是作为神意的代言人而不断出现的，他们有时引用史料、有时预言未来，劝告人们遵守同上帝的契约与上帝的律法。犹太人认为，犹太民族领袖摩西是最伟大的先知，他的继承人约书亚及其随后的撒母耳、以利亚等也都是先知。这些先知没有留下著述，但他们的事迹被记录在《先知书》中。

6. 贯顶体

贯顶体是《圣经》诗歌的一项独创，就是将希伯来文的二十二个字母依次安排在二十二节诗每节首行的句首，亦即第一节第一行的第一个字母用希伯来文的第一个字母，第二节第一行的第一个字母用希伯来文的第二个字母，依此类推。如此宏伟又严密工致的贯顶诗，在全世界的古诗中绝无仅有。

7. 《圣经》

《圣经》包括《新约》和《旧约》两部分。《旧约》用希伯来文写成，是犹太教的经典，大约形成于公元前 5 世纪至公元前 2 世纪。《新约》用希腊文写成，是基督教经典，大约形成于公元 3 世纪，主要记述基督教创始人耶稣的救世言行和其门徒的事迹。基督教诞生以后，为了宣传教义，把《旧约》和《新约》合并为《新旧约全书》，作为基督教经书固定下来，此即为《圣经》。《圣经》文学对欧洲社会生活和文化艺术产生了极大影响。

8. 巴别塔

《旧约·创世纪》中，传说诺亚子孙往东迁移时，在示拿（巴比伦）地方计划修建一座大塔，上可通天，但上帝不喜他们的目的和做法，变乱他们的口音，使人互相不能理解对方的语意，塔就无法修建。因为，人类语言若统一，会产生巨大凝聚力。从此，他们散居各地，各说各的方言，人类语言不再统一。古代犹太人就用这种幻想的形式来解释他们不能理解的社会现象。巴别塔故事的寓意是人不该有非分之想。

9. 伊甸园

上帝创造天地、海洋和万物之后，第六天开始造人，上帝给造出的第一人取名亚当，命他看守伊甸园。上帝看到亚当孤独寂寞，便从他身上取下一根肋骨，造成一个女人，取名夏娃，让她陪伴亚当。伊甸园里有生命树和善恶树，树上结满了果子。上帝警告亚当：其他果子都可吃，唯有善恶树上的果子不能吃，否则必遭惩罚。在蛇的诱惑下，夏娃偷食了善恶树上的禁果——智慧果，并给亚当也吃了一个。两人顿觉心明眼亮，知善恶，羞耻之情油然而生。上帝得知后勃然大怒，首先惩罚蛇永远用肚皮走路，终生与泥土为伴。然后把亚当和夏娃逐出伊甸园，终生劳碌耕种，直到死后归入尘土。从此亚当和夏娃在一起种田度日，生儿育女，繁衍后代，他们成为人类始祖。

（五）简答题

1. 试析古代亚非文学的特点。

（1）古代亚非文学是世界上最古老的文学，有悠久的历史传统，其产生大大早于欧洲古代文学。举例说来，世界最早的神话传说，在埃及、巴比伦、伊朗、印度、中国等产生；世界上最早编成的诗文集，是埃及的《亡灵书》和伊朗的《阿维斯塔》；世界上最早编成的诗集，是印度的《吠陀》和中国的《诗经》；世界上最早的史诗，是巴比伦的《吉尔伽美什》。

（2）与西方文学相比，古代亚非文学的形成是多源的。欧洲文学皆起源于古希腊罗马文学，而亚非文学却是在埃及、巴比伦、希伯来、印度、中国等几大文明区域独立形成和发展起来的。

（3）古代亚非文学是在人民口头创作的基础上发展起来的，早期作品是口传文学。口头创作不仅是古代亚非文学的母题，且为它的进一步发展奠定了基础。

（4）体裁众多，丰富多彩。保留至今的作品有劳动歌谣、神话传说、民族史诗、抒情诗、叙事诗、颂神诗、情歌、故事、寓言、传记、戏剧等。这些文学样式既反映了古代亚非文学的创作水平，又为各种文学体裁进一步发展提供了广阔的空间。

（5）与宗教有密切联系，往往是伴随宗教而产生。比如，古印度文学受婆罗门教与佛教影响很深，古希伯来文学受犹太教的直接影响，古代伊朗文学深受伊斯兰教影响。

2. 简述《旧约》的思想意义。

《旧约》虽有浓厚的宗教色彩，但仍有多方面积极的思想意义。首先，它展现了希伯来民族的历史发展过程，形象地反映了当时的社会、政治、经济、文化、宗教状况和风俗民情。其次，赞美了希伯来古代民族英雄英勇机智的斗争精神，歌颂了劳动人民的优良品德，表达了人们对纯真美好爱情的追求。再次，揭露、批判了当时社会现实的黑暗和丑恶现象，如统治者的暴虐罪行和荒淫生活，社会上各种欺诈邪恶，侵略者的野蛮暴行。最后，反映了希伯来人民的悲惨生活，表现了强烈的爱国主义精神。

3. 分析《罗摩衍那》的主要艺术特点。

《罗摩衍那》写罗摩王子一生的经历，带有鲜明的神话色彩，体现了人民口头创作的特点，其主要艺术特点有：

（1）以主人公的活动为中心构成情节。罗摩的活动决定着史诗的变化，通过人物矛盾展开引人入胜的情节，也就是说情节随着人物走。

（2）史诗成功塑造了罗摩、悉多、罗什曼那和哈奴曼等一系列栩栩如生的艺术形象。作者采用了正面描写和侧面烘托的手法刻画人物性格。如写罗摩拉断长弓、武力出众是正面描写，而其他英雄挽弓失败，则是对他武功高强的侧面烘托。

（3）作者以浑厚的笔触展现美丽多姿的自然景色，充满浪漫主义色彩和浓郁抒情氛围。例如，对通往罗摩嗣位的后宫路上景致的描写，显得富丽堂皇，这是出于歌颂英雄美德的需要。

（4）史诗较多地使用了比喻、排比、象征和夸张等修辞手法，体现了民间口头创作清新通俗、朴实无华的艺术风格。

4. 结合作品分析迦梨陀娑的创作特点。

迦梨陀娑是印度古典梵语文学高峰，其创作具有突出的特点：

（1）迦梨陀娑的创作大都取材古代传说，但不受旧有题材的约束，而是根据现实生活体验加以改造。如《鸠摩罗出世》取材古典神话，但诗人在神界生活的描写中倾注了人世生活的热烈奔放。《沙恭达罗》取材于史诗《摩诃婆罗多》和《莲花往世书》，但他没有盲目照搬原作内容，而是在民主主义世界观指导下，对原材料去粗取精，赋予与社会发展相适应的内容，使《沙恭达罗》成为一曲理想爱情的颂歌。

（2）迦梨陀娑的作品富有诗情画意，令人赏心悦目。《沙恭达罗》的前三幕写沙恭达罗的美貌和豆扇陀的才能，写双方的相思和恋情，以树林、河流为背景，以春光、鲜花为映衬，展现出一幅幅明媚画面。后几幕爱情出现的波折反衬男女恋情的坚贞。剧情平和稳健地推进，无喧嚣浮荡，只有诗情画意。林中告别、宫中相思、仙山团圆，每个画面都是诗情，给人以无尽的艺术享受。

（3）艺术技巧上，迦梨陀娑的作品达到了思想内容和艺术表现的完美统一。他注重修辞手法的运用，擅长人物心理刻画。《沙恭达罗》坚贞美好爱情的主题与充满诗情画意的戏剧艺术完美结合，成为古代文学的伟大杰作，迦梨陀娑被称为“印度的莎士比亚”。

5. 试析沙恭达罗的形象特点。

沙恭达罗是印度古代美丽纯真的妇女形象。她自幼被遗弃，由林中飞鸟养育，她的名字意即“被飞鸟养活的人”。在净修林美丽的自然环境中成长，她像林中的花朵一样芳香美丽。她性格单纯、质朴、温柔、善良。她与花草树木、飞禽走兽结下相互依附的深厚情谊，与女伴相处友爱信任，对义父十分敬重。她对爱情的大胆追求体现出了性格的热烈与刚强。对豆扇陀的拒认，她声色俱厉地严词谴责，又显示了她的反抗精神。

6. 分析豆扇陀的形象。

豆扇陀形象带有明显的两重性。

首先，他是个好国王，是古代英雄和“情种”的代表。作为好国王，他“关心臣民像关心自己的女儿一样”；作为古代英雄，他是杰出的武士和猎手，是净修林的保护者，曾大胜恶神阿修罗；说他是“情种”，是因为他能严肃地对待沙恭达罗的爱。他说：“这种爱是双方的，我是非常幸福的。”当他失掉记忆时，他对沙恭达罗也是庄重自持、举止得体，在沙恭达罗指责他时，他也谨慎地思考自己的对错；当恢复记忆时，他“后悔不迭”、“痛哭流涕”，心里悔恨得像火烧一样，诚恳地要求沙恭达罗原谅自己，表现出他对爱人的真切思念和依依深情。

其次，诗剧揭示和批判了现实中国王的专横和荒淫。作为统治者和剥削者的国王，豆扇陀要从净修林中收取六分之一的贡赋，他的下臣对待人民非常凶狠；生活上，作者恰到好处地从侧面揭露了豆扇陀的荒淫和喜新厌旧。剧中丑角说，国王“正如一个厌恶了枣子的人想得到罗望子一般，万岁爷享受过了后宫的美女，现在又来打她的主意”，执意要占有净修林中美丽动人的少女沙恭达罗。对他在后宫中始乱终弃的揭露，实际是对现实中统治者荒淫糜烂生活的谴责和批判。

7. 分析《雅歌》的艺术特点。

《雅歌》在《圣经》中是独特的一卷，被称作“歌中之歌”。所写内容是一对男女的忠贞爱情故事，有焦急的期盼与等待，也有相见的欢愉与暂别的苦思。

《雅歌》内容生动朴实，无宗教意味。艺术成就极高，它具有人民口头创作清新刚健的艺术风格，保留了当时结婚仪式上的新郎、新娘对唱形式，洋溢着浓厚生活气息。借景抒情、比喻等艺术手法被用来赞美所爱之人和表达深厚细微的情感，充满了清新自然、纯朴浓郁的生活气息，歌颂了纯真、质朴、专一、自主的爱情；诗作语言优美清丽，情感浓烈真切，具有很高的艺术价值，是世界古代情诗中的珍品。

8. 简述《吉尔伽美什》的思想内容。

《吉尔伽美什》是目前已发现的世界文学中最早的完整史诗，早在四千多年前就已在苏美尔人中流传，经过千百年的加工提炼，终于在古巴比伦王国时期用文字形式固定下来，成为一部巨著。

史诗讲述了英雄吉尔伽美什一生的传奇故事。吉尔伽美什是一个由原始社会向奴隶社会过渡时期的英雄，作为城邦领袖他仪表堂堂、勇猛非凡、足智多谋，为保卫城邦立下不朽功勋，但同时他又严厉粗暴、专横跋扈，使民不聊生。

天神听到百姓的哭诉后，为吉尔伽美什创造了一个对手恩启都，让恩启都去制服吉尔伽美什。他俩经过艰苦厮杀，不分胜负。最后，两人互生敬佩，结成莫逆之交。他们一起为民造福，如打败嗜血的食人狮，杀死伤害人类的怪物芬巴巴，等等。吉尔伽美什拒绝了女神伊什塔尔的求婚，并在恩启都的帮助下，击毙受女神指派前来报复的天牛。但是恩启都后来患上致命疾病，离开人世。

挚友去世使吉尔伽美什悲痛欲绝，同时也开始对死亡产生了巨大恐惧。吉尔伽美什决心到人类始祖那里去探寻永生的秘密。经过长途跋涉，历尽千辛万苦，吉尔伽美什见到始祖，摘取仙草，但他并未对生命有更好的理解和把握，反而流露出生死有命的无奈。最后，在与恩启都的亡魂对话后，吉尔伽美什才明白人类无法获得永生，全诗至此结束。

史诗《吉尔伽美什》是两河流域早期人类留下的文学珍宝。它塑造了一个具有坚韧不拔战斗精神的英雄形象，反映了古代人民力图探寻自然法则和生死奥秘，以及渴望掌握自己命运的理想。

（六）论述题

1. 试述《沙恭达罗》的思想内容和艺术特色。

《沙恭达罗》的题材取自《摩诃婆罗多》和《莲花往世书》，而反映的却是奴隶制鼎盛时期的社会生活。全剧闪烁着迦梨陀娑进步思想的光辉。他欣赏人和自然和谐融洽的净修林生活，赞美纯洁真挚的爱情和正直善良的人格，表达下层人民对美好生活的向往，并以婉转曲折的方式批判统治者的荒淫。《沙恭达罗》通过男女主人公的爱情纠葛及其同破坏美好爱情的两种思想与力量之间的矛盾斗争，歌颂了青年男女纯朴、真挚的爱情和对自由、幸福生活的追求，也反映出印度古代社会若干不合理现象，如上层统治者的骄奢淫逸，下层穷苦大众的沉疴辛酸，尤其是妇女任人欺凌的悲惨处境。

（1）构思巧妙，结构完整。作者采用了现实情节和神话情节相结合、并以现实情节为主，喜剧性和悲剧性相结合的方式。剧情发展时而在人间、时而在天堂，一会儿在喧闹的京城，一会儿在幽静的山林，人神频繁往来，步行飞车随意，甚至有的人竟是半人半兽。豆扇陀失去记忆，沙恭达罗被母亲抢救上天，豆扇陀出征天国以及胜利归来在仙山与沙恭达罗重逢等都是神话情节，但为主的还是现实情节，如沙恭达罗与豆扇陀相互思念，宫廷钩心斗角和对人民的欺压等。这种安排使诗剧充满了浪漫色彩，引人入胜。剧情由喜剧转为悲剧，又转到喜剧，如此独具匠心的结构，既有利于展现现实生活、寄托作者的理想，又有利于揭露和批判现实中的丑恶。

（2）用不同的境界表现人物。剧作家为人物生活设置了三个环境：净修林、宫廷和仙境。净修林便于表现沙恭达罗的单纯和质朴；宫廷便于表现豆扇陀的威严、专横和荒淫；仙界有利于表达作者的理想愿望和浪漫构思。三种环境的转换和交替运用，有力地突出了男女主人公的个性特点。

（3）浓郁的抒情性。诗剧中有不少情节是寓情于景、情景交融，充满了诗情画意。人物语言生动优美，恰当地表现了不同人物的个性特征和语言风格：沙恭达罗单纯真挚，给人可信感；豆扇陀的语言华美精粹，隐含虚夸和矫饰。

（4）出色的心理描写。如第一幕中沙恭达罗与豆扇陀一见钟情的细微感情几乎全是用心理描写展示出来。作者也很注意以人物动作描写来揭示其内心世界。比如第四幕沙恭达罗辞别净修林进京见豆扇陀时的矛盾心理，就主要是以动作描写展示出来的。她抚摸着心爱的小鹿哭泣不止，她拥抱着"春藤妹妹"，告别女友时几乎跌倒，这些细节描写有力地表现出沙恭达罗的矛盾心情。

2. 论述《圣经》文学的成就。

（1）《圣经》文学体现了民族性和世界性的统一。《旧约》文学是希伯来人的民族文学，《新约》文学既是初期基督教的教派文学，也是古代后期希伯来文学的重要分支，二者都有鲜明的民族内容、民族气质、民族形式和民族风格。它们形象地展示出一幅民族历史的宏伟画卷。《圣经》的作者们常用独特样式进行创作，如大型诗剧、先知文学、启示文学和福音书文学，在表现手法上也有不少民族的独特性，如诗歌中的平行体和贯顶体，散文中的启示体和异象体。《圣经》文学的世界性表现为，《旧约》文学是上古中东文学的代表作，形成时曾从古埃及、巴比伦、亚述、腓尼基文学中吸取精华而集其大成；《新约》文学则是希腊化时代东西方文化大冲击、大交融的产物，是两希（希腊和希伯来）文化交流的结晶。

（2）《圣经》文学体现了宗教性和理想主义的统一。作为犹太教和基督教的经典，《圣经》的基本内容是宗教性的：《旧约》的主线是上帝与其子民希伯来人的相互关系，《新约》意在说明上帝如何借耶稣实现其拯救世人的计划。但在较深的层次上，《圣经》文学又有显见的理想主义特质。就文化意义而言，上帝可视为一个理想主义的精神实体，他集真理、善良、完美、正义、力量、永恒、无限、超越于一身，是古希伯来人和初期基督徒社会理想和人生理想的最高体现。《圣经》多次记载神与人的立约，一再述说神对人的应许、立约和应许的内容，便是以神圣化的形式呈现的希伯来人现实理想的本身——从族长时期的人丁兴旺、牲畜增殖，到摩西时期的斗败法老、出走埃及，士师时期的惩罚敌族、占领迦南，王国时期的国家强盛、王位稳固，分国时期的弘扬公义、完善道德，直到亡国以后的民族复兴和初期教会时期的普世博爱。《圣经》文学从创世之初的伊甸乐园到《启示录》末尾的新天新地，对理想世界的憧憬可谓纵贯始终。

(3)《圣经》文学具有优美的情致、崇高的风格和浓郁的抒情色彩。它的许多作品源于人民口耳相传，富于民间文学清新、质朴、优美、健康的艺术情致。另一些作品出自文人手笔，辞章精巧、语言犀利、论证雄辩，表现出作者不同凡响的文学素养。因上帝形象几乎遍布所有作品，追求圣洁的呼声几乎响彻全书始终，《圣经》文学又从整体上显示出某种崇高、神圣的美学风格。与尊重理性、表现出较多客观倾向的希腊思潮相比，希伯来思潮更尊重感情，具有更多的主观倾向。如果说古希腊人擅长创作史诗、戏剧等叙事性作品，那么可以说，希伯来人更长于吟诵抒情作品。他们是一个富于宗教感情的种族，惯于向神灵敞开心扉，倾诉其心底的爱、憎、欢乐、哀伤、忧愁和期待。《诗篇》中大量的祈祷诗、赞美诗、忏悔诗、咒诅诗、朝拜诗，《耶利米哀歌》中的哀悼诗，《雅歌》中的爱情诗，以及福音书中的《尊主颂》、《撒迦利亚的颂歌》等，便是其中的典范之作。

(4)《圣经》文学在世界文学史上占有十分显著的地位。以它为代表的希伯来文学与古代中国文学、印度文学和希腊文学比肩而立，共同构成世界文学大厦的四根支柱。它吸取西亚、北非、南欧古典文学的成果并予以改造，创造出体制庞大、观念新颖的新一代文学；其体系一旦形成，又通过两个主要渠道深刻影响了后来的世界：第一，借助基督教的传播，在中世纪与基督教神学融为一体，成为欧洲占统治地位的意识形态，在近代又继续渗透欧、美、澳等地区的社会意识，影响力迄今不衰。第二，通过世界各地的犹太作家，为后世犹太文学的繁荣提供了思想材料和创作素材。由于基督教的广泛传播，可以说，《圣经》文学的影响已遍及当今世界各大洲。它成为西方文学艺术的宝库和土壤，影响了一代代艺术家和文学家。

（七）综合阐述题

1.《五卷书》采用框架式结构叙事，在中外文学名著中有许多体

现，请讨论其流变情况。

《五卷书》是一部很有特色的古代东方文学名著，突出表现了古代印度民族卓越的审美创造才能，在世界文学史上占有特殊而重要的地位。《五卷书》艺术上的一大特色是采用连串插入式的框架结构，这是它在艺术上最引人注目的地方。这种叙事结构在印度古代就已开始运用，古代宗教经典便多次地使用这种方式。《五卷书》的总序作为一个总的故事框架贯穿全书始终，总序这个大故事里套着各卷的主干故事，每一卷的中故事同样贯穿全卷始终，在这些起穿针引线作用的中故事里又穿插着许多小故事，有些小故事中还套有别的更小的故事，连贯不辍、层层叠叠，全书共连串 80 多个故事。

《五卷书》很早就传到国外，从公元 6 世纪起，它先后被从梵文译成古波斯语巴列维文和古叙利亚语。公元 750 年，波斯作家伊本·穆法格将其从巴列维文译成阿拉伯语，题名为《卡里米和笛木乃》，对原本略有增删和加工。从这个阿拉伯文译本直接或间接地产生了很多各国语言译本：11 世纪被译为古希腊语，希腊译本又被转译为意大利语和拉丁语，12 世纪初阿拉伯文本被译成希伯来语，13 世纪中期又根据阿拉伯语本译为拉丁语，1483 年译成德语，1546 年译成意大利语，1556 年译成法语，1570 年译成英语，并且还有丹麦语、冰岛语、荷兰语、西班牙语、土耳其语、匈牙利语、马来语和蒙古语等 40 多种译本。有些译本曾列入中世纪欧洲最流行的书目之中，而且很多语言不止一种译本，英、法、德等语言的译本各自至少有 10 种以上。可以说，除了《圣经》之外，《五卷书》是译成世界各种语言最多的书之一，是世界上流传区域最广、对欧洲文学影响最大的东方寓言故事集。

《五卷书》本质上是一部民间寓言故事汇编，此叙事结构框架为历代编订者根据需要对其中的故事予以增删提供了方便，将原本散见于不同地域民间的互不关联的松散故事群灵便地串联在一起，构成一个大故事串中故事、中故事带小故事、小故事套更小故事的叙事框架结构。这种叙事框架结构显示了东方民间文学的传统：第一，这种结构方式可以把许多不同时间不同地点流传的故事组织在一起，从而形成一个庞大的故事系统，既有助于保存旧的故事，也有助于补充新的故事，结构安排上具有伸缩性。第二，这种结构方式便于说书艺人和听众的记忆。这种框架结构后来被阿拉伯《一千零一夜》、意大利薄伽丘《十日谈》、英国乔叟《坎特伯雷故事集》等采用，已成为这些名著的有机组成部分。除上述这些名著外，我们还在拉丁语《奇闻记集》等类教士故事以及意大利斯特拉帕罗拉《滑稽之夜》、法国拉封丹《寓言诗》和德国格林兄弟《格林童话》等作品中发现《五卷书》的寓言故事及其痕迹。

2. 联系所学西方戏剧的知识，对比分析东方古典戏剧的特点。

纵观东方古典戏剧，可谓源远流长、异彩纷呈。与欧洲相较，东方古典戏剧具有如下三个特征：

（1）东方古典戏剧具有多元性和民族性。东方各族的古典戏剧起源各异，风格多样，与各自多民族传统文化艺术和审美观念密切相关。虽然各民族的戏剧也有一定的相互交流和影响，但其封闭性是主要的。这种多元性与民族性同欧洲各国的戏剧形成对比。起源于古代希腊的欧洲戏剧主要有话剧、歌剧、芭蕾舞蹈三种基本形式，虽然每一剧种也有不同的风格和流派，但戏剧的基本形式都是相同的。由于历史文化和地理等原因，欧洲各民族未能形成自己特有的、外民族没有的戏剧样式。而东方各主要民族却都形成了自己独特的戏剧艺术。

（2）东方古典戏剧具有综合性。戏剧艺术本来就是一种综合艺术，但有个综合的程度问题。欧洲的三大剧种的综合性是不够全面的，如话剧是对白和对白，歌剧主要是唱歌，偶尔有少许对话，芭蕾舞则是“哑巴剧”，只有音乐、舞蹈和舞台美术。而东方古典戏剧，尤其是除梵剧以外的东方各民族的戏剧，都具有更复杂的艺术综合性。在东方戏剧中，除了作为戏剧艺术基础的戏剧剧本外，人物扮演和叙述，歌唱和伴唱，伴奏和间奏，独舞和群舞，武打和杂技，服饰和化妆，以绘画为主的舞台美术等，往往都高度综合在一起。

（3）东方古典戏剧普遍具有高度程式化特征。戏剧本来是一种程式化的艺术，程式化也就是某一剧种的艺术特征和质的规定性。东方古典戏剧的程式化与它的艺术综合性密切相关。它不仅是剧本创作上的程式化，也是音乐、舞蹈、服饰、化妆、舞台美术等全面的程式化。东方古典戏剧将现实生活中十分复杂的不同人物的语言、行为、思想感情等用一整套规范化的、类型化的、模式化的程式加以表现。既有具体真实的，也有象征虚拟的。人物的一招一式、一个眼神、一个表情，都有特定的含义。

(八) 作品分析题

迦梨陀娑《云使》选节分析。

我在藤蔓中看出你的腰身，在惊鹿的眼中
看出你的秋波，在明月中我见到你的面容，
孔雀翎中见你长发，河水涟漪中你秀眉挑动，
唉，好娇嗔的人啊！还是找不出一处和你相同。

我用红垩在岩石上画出你由爱生嗔，
又想把我自己画在你脚下匍匐求情，
顿时汹涌的泪水模糊了我的眼睛，
在画图中残忍的命运也不让你我亲近。

我有时向空中伸出两臂去紧紧拥抱，
只为我好不容易在梦中看见了你；
当地的神仙们看到了我这样情形
也不禁向枝头洒下了珍珠似的泪滴。

南来的风曾使松树上的芽蕾突然绽开，
它沾上了其中的津液因而芳香扑鼻；
贤德的妻啊，我拥抱这从雪山吹来的好风，
因为我想它大概曾经接触过你的身体。

如何能够使漫漫长夜缩成一瞬？
如何能够使白昼任何时都化热为凉？
俊颜佳人啊！我的心怀着这样的空想，
已因与你分离的难堪痛苦而陷于绝望。

《云使》堪称迦梨陀娑诗歌的顶峰之作，它是印度文学史上第一部抒情长诗，被列为印度古诗的“六大名诗”之一。

《云使》共 115 节，以第 63 节为界，分“前云”和“后云”两部

分。“前云”描述一个名叫药叉的小神仙，因失职受到财神诅咒，被贬谪到远离家乡的罗摩山的森林，与家中爱妻分离一年。几个月后，雨季来临，有一天，他看到一片雨云从南向北漂游，不禁意动神驰，于是就托雨云转达自己对爱妻的思念之情。作者通过药叉的想象，描绘了云从罗摩山到他的家乡的路线，用华丽生动的笔调，描绘了途中美丽的山川名胜和富庶繁荣的田野城镇，以及自然和人世间普遍存在的热情洋溢的爱情。在这些快乐幸福的爱情的对比衬托下更显出药叉远离爱人的凄凉与痛苦，以至消瘦得“褪落了臂上的宝钏”。“后云”同样是药叉的想象，描绘雨云来到他的家乡，来到他的家里，转述了他对妻子的思念。

《云使》的中心形象是“云”，它是爱的使者和爱的象征。诗人凭借奇特的想象，在雨云的自然属性的基础上，又赋予它人性和人情，抒发了爱的思念，表现了主人公炽烈、深沉和纯洁的爱。

《云使》高超的艺术成就在于：首先，对缠绵细腻的相思之情刻画得细致入微。相思之情不仅见诸人，而且渗透进山山水水、风光景色之中。“好友啊！她也许把琴放在旧衣裹着的膝上，/想把那缀有我的名字的歌曲高声歌唱；/琴弦为眼泪所湿，她不得不时时拂拭，/连她自己作的曲调也一次又一次遗忘”。“她发出使花苞般嘴唇变色的叹息，掠开了/因沐浴不用香膏而粗糙的，垂到颊上的发卷，/想只有在梦中才能与我相会，便渴望睡眠，/可是泪水的滔滔流泻又使她不能如愿”。彼此都“为伊消得人憔悴”了，可为了让对方安心，还要说“依然康健”。没有经历过相思之苦的人，体会不出个中的酸楚；有过同感的人，无不为之感动得泪流。柳无忌先生曾说：“在描写别情与两地的相思时，《云使》更是一部绝妙的佳作，其激动情绪的力量，在别的抒情诗中很少能找到。我们旧诗中颇多‘闺怨’等类题目，诗人尤爱好并擅长描写在空闺中新妇的悲哀，但是像这样大规模的诗篇，把相思的情感分缕得这样详尽而细腻，这样凄恻而婉转，恐怕要推迦梨陀娑为第一人了。”

其次，是对比衬托手法的巧妙运用。先大力渲染自然之美、人之美、爱之美，以此反衬当爱受到阻隔时所产生的巨大痛苦，从而激起震撼人心的巨澜。诗中用翘首的农妇、枯焦的森林、清瘦的河水、憔悴的采花女、疲倦的舞女等一系列艺术形象烘托出全诗焦灼渴求的情调，这些形象依次出现，重叠起来，使焦灼渴求的情绪积累得越来越浓重强烈。

《云使》语言华美而淳厚，用尽各种表现手法，比喻、对比、拟人、象征……无论是比是兴，是明喻是暗喻，都因感受准确敏锐而恰到好处。它的韵律也很精妙，“缓进”的韵律象征雨云缓缓飘动。每节诗分两联，每联两行，每行十七个音节。先是四个长音，表现忧思；后是五个短音，表现焦灼；最后三组一短两长的音，既有忧思又焦灼。

三、作业设计及选题

1.《罗摩衍那》体现的爱情婚姻观念。

对《罗摩衍那》中罗摩和悉多的爱情故事，学界习惯上有两种主要看法：一种说爱情故事结局是悲剧性的，但罗摩遵奉了一夫一妻制的家庭伦理道德，坚持一夫一妻即坚持初步的男女平等、坚持人道主义，就是人民性和民主性的体现；另一种观点认为，史诗总的倾向是歌颂新兴地主阶级代表刹帝利国王的，有进步性，罗摩是忠臣、孝子、贤夫、良兄、益友的典型，后来作为英雄、神而受人崇拜，但是在《后篇》里，夹杂着很多封建糟粕，罗摩因为流言蜚语而抛弃悉多，被描写成一个伪君子，一个赤裸裸的封建暴君，一个维护封建道德的丈夫，悉多则成为封建婚姻家庭制度的牺牲品，从而使故事以悲剧告终。

在此基础上，读者通过阅读分析，阐述自己的看法。

参考文献：

季羡林译：《罗摩衍那》，人民文学出版社，1980—1984 年。

季羡林：《罗摩衍那初探》，外国文学出版社，1979 年。

季羡林、刘安武：《印度两大史诗评论汇编》，中国社会科学出版社，1984 年。

刘安武：《印度史诗〈罗摩衍那〉中罗摩和悉多的爱情》，《国外文学》1999 年第 3 期。

2. 对《圣经》文学性的思考。

作为西方文学的源头之一，《圣经》中的意象、人物形象、典故传说等在后世文学作品中反复出现，成为后世欧美作家从事文学创作的灵感源泉之一，欧美作家在描述故事、塑造人物、构思艺术场景之时，经

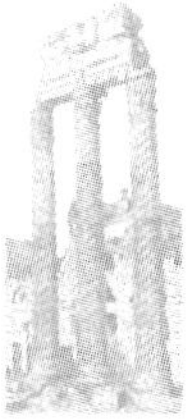

常会诉诸《圣经》。这样做一方面可以使具体的文本超越时间、空间的限制，具备强烈的讽喻功能；另一方面又应和着欧美人的“集体无意识”，通过接受者的联想或想象，与欧美人在基督教文化氛围内长期积淀的群体心理、意识联系起来。

思考这个问题可以从以下几个方面考虑：

首先，作为古代文化典籍，《圣经》是古代希伯来人和其他民族多种文化创作活动的结晶，蕴含着多种文化价值。

其次，以《圣经》特别是其中的《新约》为代表的信仰传统，构成了欧美人的文化意识形态的核心，在各个历史时期，内在制约着希伯来人的文化价值观念与各种形式的精神活动。

最后，《圣经》与《荷马史诗》为西方文学的两大源头，“《圣经》风格”与“荷马风格”为西方文学的发展演变提供了基本框架。

参考文献：

T. S. 艾略特：《基督教与文化》，杨民生、陈常锦译，四川人民出版社，1989 年。

诺思洛普·弗莱：《伟大的代码：圣经与文学》，郝振益、樊振帼、何成洲译，北京大学出版社，1998 年。

朱维之：《圣经文学十二讲——圣经、次经、伪经、死海古卷》，人民文学出版社，1989 年。

朱维之：《基督教与文学》，上海书店出版社，1992 年。

梁工主编：《圣经与欧美作家作品》，宗教文化出版社，2000 年。

3.《圣经》对西方文学的影响。

《圣经》这部伟大典籍在西方文化发展史上价值已远远超过宗教的范围，成为西方各国取之不尽、用之不竭的文学艺术宝库。它在很大程度上，对西方古代、近代和现代的文学艺术产生了不可估量的影响。《圣经》对西方各国文学所产生的深远影响，可以概括为五个方面。

（1）许多西方文学作品直接从《圣经》里汲取素材，并在此基础上进行再创作。

（2）以《圣经》里的基督教思想与教义为主题进行创作。

（3）以《圣经》里的人物为原型而塑造新的人物形象。

（4）用《圣经》故事情节进行再创作。

（5）《圣经》中的典故被众多文学作品反复引用。

参考文献：

T. S. 艾略特：《基督教与文化》，杨民生、陈常锦译，四川人民出版社，1989 年。

诺思洛普·弗莱：《伟大的代码：圣经与文学》，郝振益、樊振帼、何成洲译，北京大学出版社，1998 年。

朱维之：《圣经文学十二讲——圣经、次经、伪经、死海古卷》，人民文学出版社，1989 年。

朱维之：《基督教与文学》，上海书店出版社，1992 年。

梁工主编：《圣经与欧美作家作品》，宗教文化出版社，2000 年。

4.《圣经》对 20 世纪中国文学的影响。

随着基督教的传播，《圣经》传入中国，对中国的文学文化，尤其 20 世纪的思想、政治、哲学、伦理、宗教和文学艺术发生不容忽视的深刻影响。它的印迹清晰地镌刻在康有为、梁启超的诗文，陈独秀、胡适、周作人、闻一多的文论，鲁迅、林语堂、梁实秋、冯至的散文，冰心、徐志摩、李金发、陈梦家、艾青、绿原的诗歌，郭沫若、郁达夫、张资平、苏雪林的浪漫派小说，许地山、茅盾、陈翔鹤、老舍、巴金、萧乾的写实派小说以及田汉、曹禺、向培良的戏剧创作中。中国近现代作家从《圣经》中征引典故、选取素材、改写情节、化用人物、推演母题、再现原型、汲取灵感、生发意念，创作出各种带有《圣经》情结的著名作品。

参考文献：

王列耀：《基督教与中国现代文学》，暨南大学出版社，1998 年。

刘勇：《中国现代作家的宗教文化情结》，北京师范大学出版社，1998 年。

谢和耐：《中国和基督教——中国和欧洲文化之比较》，耿昇译，上海古籍出版社，1991 年。

王本朝：《基督教与中国现代文学的文化和文体资源》，《湖北大学学报》（哲学社会科学版）2001 年第 2 期。

第十四章　东方文学（二）：中古文学

学到飞起

一、提要

（一）学习要求

1. 了解四大文化圈（文化体系），把握中古文学的主要成就。

2. 了解紫式部的生平与创作，把握《源氏物语》的人物形象和艺术特色。

3. 了解《一千零一夜》的成书过程，把握《一千零一夜》的思想内容和艺术特色。

4. 了解萨迪的生平和创作，把握《蔷薇园》的思想与艺术特色。

（二）课程内容

1. 中古亚非国家的历史和文学特点。中古日本文学、波斯文学、阿拉伯文学、印度文学的主要成就。

2. 紫式部的生平与创作。日本长篇小说《源氏物语》在世界文学史上的地位。源氏形象。贵族妇女群像。《源氏物语》的艺术特色。

3. 阿拉伯民间故事集《一千零一夜》的成书过程、主要内容、框架式结构及艺术成就。

4. 萨迪生平与创作。《蔷薇园》的人道主义色彩与艺术特色。

（三）重点与难点

中古东方文学的基本特点。中古亚非文学与东方三大文化圈形成的关系。《源氏物语》的人物形象塑造及艺术成就。《一千零一夜》的主要内容与艺术成就。《蔷薇园》的人道主义色彩与艺术特色。

（四）阅读书目

《万叶集》、《源氏物语》、《蔷薇园》、《古兰经》、《一千零一夜》。

二、题解

（一）填空题

1. 中古日本的《__________》是一部综合性古典文献，《__________》是日本最古的一部抒情诗集。

2. 日本平安时代的文学是______独占的文学，各种散文作品占主导地位，日记、随笔和______取得了重大成就。

3. 日本物语文学的代表作是__________的《_____________》。

4. ______________是著名的俳谐作家，被誉为“俳圣”。

5. 在日本戏剧史上被誉为“日本的莎士比亚”的戏剧家是____________________。

6. 日本的物语文学分为______物语和______物语。

7. 中古朝鲜最优秀的作品是《___________》。

8. 中古越南最优秀的长篇叙事诗是《_____________》。

9. 《一千零一夜》中文又译为《_____________》。

10. 中古阿拉伯文学的散文代表作是伊斯兰教的经典《__________》。

11. ______、_____________、___________并称中古波斯三大诗人。

12. 波斯文学史上第一位著名诗人是___________，被誉为“波斯诗歌之父”。

13. 中古波斯的伟大民族史诗是菲尔多西的《______》。

14. 萨迪的代表作是《______》和《___________》。

15. 海亚姆的代表作是《__________》。

附：填空题答案

1. 古事记；万叶集 2. 贵族；物语 3. 紫式部；源氏物语 4. 松尾芭蕉 5. 近松门左卫门 6. 传奇；和歌 7. 春香传 8. 金云翘传 9. 天方夜谭 10. 古兰经 11. 萨迪；菲尔多西；哈菲兹 12. 鲁达基 13. 王书 14. 果园；蔷薇园 15. 鲁拜集

（二）单项选择题

1. “和歌”的格律形式是（ ）。

A. 四言绝句　B. 五言绝句

C. 自由体　D. “五・七”调

2. 日本和歌的来源是（ ）。

A. 日本民族固有　B. 汉诗译作

C. 借鉴汉诗　D. 借鉴西方文学

3. 在《源氏物语》中，作者着力塑造的以忍从为美德的理想妇女形象是（ ）。

A. 空禅　B. 紫姬　C. 藤壶　D. 浮舟

4. 《源氏物语》中的源氏是一个（ ）。

A. 理想贵族男子形象

B. 纨绔子弟形象

C. 专横暴戾的贵族官僚形象

D. 理想贵族男子兼纨绔子弟形象

5. 朝鲜汉文学的奠基者是（ ）。

A. 崔致远　B. 李圭报　C. 李齐贤　D. 金富轼

6. 泰国在民间说唱故事基础上整理的文学名著是（ ）。

A. 《春香传》　B. 《金云翘传》

C. 《杭・杜亚传》　D. 《昆昌与昌平》

7. 蒲绥里的长篇宗教颂诗是（ ）。

A. 《地王颂》 B. 《斗篷颂》 C. 《悬诗》 D. 《王书》

8. 阿拉伯中古的寓言故事集是（ ）。

A. 《五卷书》　B. 《本生经》

C.《卡里莱和笛木乃》　　D.《安塔拉传奇》

9. 被称为“东方的《罗密欧与朱丽叶》”的波斯文学作品是（　　）。

A.《沙恭达罗》　　B.《蕾丽与马季侬》

C.《蔷薇园》　　D.《果园》

10. 萨迪是（　　）。

A. 犹太作家　　B. 阿拉伯作家

C. 印度作家　　D. 波斯作家

11.《一千零一夜》共有（　　）。

A. 一千多个故事　　B. 三百多个故事

C. 二千多个故事　　D. 五百多个故事

12.《一千零一夜》的开篇故事是（　　）。

A.《国王山鲁亚尔及其兄弟的故事》

B.《渔翁的故事》

C.《死神的故事》

D.《阿里巴巴和四十大盗的故事》

13.《一千零一夜》中描写爱情最出色的故事是（　　）。

A.《女人和她的五个追求者的故事》

B.《阿拉丁和神灯的故事》

C.《驼背的故事》

D.《巴索拉银匠哈桑的故事》

14.《一千零一夜》中不畏艰险、积极从事海外贸易的新兴商人形象是（　　）。

A. 哈桑　　B. 辛巴达　　C. 阿里巴巴　　D. 阿拉丁

附：单项选择题答案

1. D　2. A　3. B　4. D　5. A　6. D　7. B　8. C　9. B　10. D
11. B　12. A　13. D　14. B

（三）多项选择题

1. 东方中古文学有（　　　）等几个国家较有代表性。

A. 日本　　B. 朝鲜　　C. 伊朗
D. 巴比伦　　E. 越南

2.《万叶集》的代表诗人有（　　）。
A. 松尾芭蕉　　B. 山上忆良　　C. 大伴家持
D. 井原西鹤　　E. 柿本人麻吕

3. 日本江户时代的代表作家有（　　）。
A. 紫式部　　B. 近松门左卫门　　C. 松尾芭蕉
D. 井原西鹤　　E. 清少纳言

4. 井原西鹤小说题材类型有（　　）。
A. 浮世物　　B. 好色物　　C. 武家物
D. 市井物　　E. 町人物

5.《源氏物语》中重要的女性形象有（　　）。
A. 空蝉　　B. 夕颜　　C. 紫上
D. 浮舟　　E. 藤壶

6. 日本平安时期女作家辈出，代表性作家有（　　）。
A. 紫氏部　　B. 和泉氏部　　C. 清少纳言
D. 道纲母　　E. 藤原彰子

7. 下列作品属于阿拉伯的有（　　）。
A.《古事记》　　B. “俳句”　　C.《古兰经》
D.《一千零一夜》　　E. “悬诗”

8.《一千零一夜》的故事来源有（　　）。
A. 波斯故事　　B. 印度故事
C. 阿拔斯王朝时期的故事　　D. 古希腊罗马故事
E. 埃及麦马立克王朝时期的故事

9. 下面属于《一千零一夜》中故事的有（　　）。
A.《万叶集》　　B.《辛巴达航海旅行的故事》
C.《蔷薇集》　　D.《阿拉丁和神灯的故事》
E.《阿里巴巴和四十大盗》

10. 波斯诗人萨迪保存下来的作品有（　　）。
A.《库里亚塔》　　B.《果园》　　C.《柔巴依集》
D.《蔷薇园》　　E.《加宰里集》

附：多项选择题答案

1. ABCE　2. BCE　3. BCD　4. BCE　5. ABCDE　6. ABCD
7. CDE　8. ABCE　9. BDE　10. BD

（四）名词解释题

1. 《万叶集》

《万叶集》是日本最古老的和歌总集，诗集共 20 卷，收诗歌 4500 首，按内容可分为杂歌、相闻、挽歌等。诗集的作者几乎包括了当时社会的各个阶层，真实反映了日本奴隶社会末期以至封建社会初期的社会生活，对皇室贵族的游猎、酒宴，都市的兴衰变迁，统治者的残暴与豪奢，劳动人民的苦难与不幸，人情世故、风俗习惯以及自然景物等都做了生动具体的描绘。有代表性的诗人有柿本人麻吕、山上忆良、大伴旅人、大伴家持等人。

2. 物语文学

"物语"是故事或传说的意思，是日本平安时代出现的一种文学形式。日本的物语文学是在汉文学的影响下、在民间文学的基础上形成的、具有鲜明民族特色的文学。它有两种形式，即以虚构散文为主的传奇物语和以和歌为主的和歌物语，前者是富于神话色彩的故事，后者以和歌为中心突出主题故事，代表作分别为《竹取物语》和《伊势物语》，后来的物语文学发展为近似长篇小说的作品，代表作为《源氏物语》。

3. 狂言

狂言是日本中古时期的一种戏剧形式，它是由演剧酬神兴起的一种民间戏剧，逐渐发展为以对白为主的独幕戏剧。在 15 世纪前后，狂言才逐渐成熟，产生了许多定型的传统剧目，现存 300 多种。狂言的主题大多写主人与仆人之间的冲突，写统治者的愚蠢与贪婪，表现仆人的机智与聪明，它是一种深受下层人们喜爱的讽刺笑剧，具有较强的现实主义特色。

4. 俳句

俳句是日本的古典短诗，原称"俳谐"。它是中古后期发展起来的民众诗，以短小的形式表现作者刹那间的感受，俳句一般是三句十七音，即首句五音，次句七音，末句五音，所以又称“十七音”。俳句的创作具有社交性特点，因此在其发展中出现了众多的流派。俳句寓言隽永凝练，便于记忆和流传。多采用比喻和象征手法。代表作家有松永贞德、松尾芭蕉等，其中松尾芭蕉被誉为“俳圣”。

5.《古兰经》

《古兰经》是伊斯兰教的经典。“古兰”一词系阿拉伯语的音译，意为“诵读”。《古兰经》全书共30卷，是该教创始人穆罕默德在传教过程中以真主的“启示”之名陆续颁布的经文，在他死后由其弟子以阿拉伯文辑录成册。全书主要是穆罕默德生前的言行录，多方面反映了当时阿拉伯人的社会生活。它既是伊斯兰教的经书和法典，又是阿拉伯文学史上一部杰出的散文作品，对阿拉伯文学的发展具有深远的影响。

6. 悬诗

阿拉伯早期诗歌的代表，对后世诗歌的发展产生深远影响。阿拉伯人每年要到麦加朝觐天房，朝觐前，在麦加附近进行集中活动，并举行赛诗会，诗人朗诵自己的作品，获胜的诗用金水抄写在麻布上，悬挂于卡尔白神庙，供后人观赏模仿，人们称之为“悬诗”。作品宣扬阿拉伯人的生活哲学及崇高理想，格律工整，要求通篇押韵合辙，对后世诗歌发展影响很大，它的韵律沿用至今。

7. 柔巴依

意为“四行诗”，又称“鲁拜体”，是一种存世已久的古典抒情诗形式。它初现于9至10世纪，并在11世纪中叶达到繁盛。格律独特，适于吟咏。其最基本的特征是：每首四行，独立成篇；押韵方式为一二四行或四行全部押尾韵，类似于中国的绝句；每个诗行由五个音韵构成；诗的内容则往往涉及哲理。代表作家为波斯诗人欧玛尔·海亚姆和他的《鲁拜集》。

（五）简答题

1. 简述东方中古文学的特点。

东方中古文学达到了空前的繁荣，在许多方面都取得了辉煌的成就，这一时期的文学主要表现出以下特征：

（1）东方中古文学创作达到空前繁荣，呈现出多民族文学共同兴旺的局面。其文学发展空间大大扩展，除了埃及、巴比伦、希伯来的古代文学出现中断现象外，印度文学在古代文学成就的基础上继续发展。与此同时，朝鲜、日本、越南、伊朗等一系列新兴民族和国家都出现了较高水平的文学成就。

（2）各民族文学相互交流、相互影响，促成了东方中古文学的大发展。这种文学交流的趋势主要表现在两方面：一是历史悠久、文化发达的国家，影响了周边国家的文学。二是各国人民齐心协力共同创造的文学财富，成为各国人民共有而且共享的文化遗产。如：《古兰经》、《一千零一夜》等。

（3）中古亚非文学题材广泛，体裁多样。就内容而言，有歌颂统治阶级公德，宣扬封建秩序的，有揭露统治阶级罪恶、表现被压迫者生活理想和愿望的。从文学样式讲，可谓丰富多彩，诗歌、小说、散文、戏剧较为兴盛。

（4）民间文学尤其发达，成为东方中古文学的重要组成部分。中古文学的民族史诗由神话传说和民歌民谣发展而来，小说的母体是民间故事、说唱文学和民间传奇等。这都表明，民间文学对民族文学的生成有明显的影响作用。

2.《源氏物语》中的源氏是一个什么样的形象？

《源氏物语》中的主人公源氏，既是相貌出众、才华超群的理想贵族，又是贵族社会的官僚和浪荡子弟。

一方面，源氏俊美神奇，风流潇洒，多才多艺，吟诗作文、琴棋书画无所不通，尤其擅长歌舞。他对待妇女温文尔雅、体贴入微，是个多愁善感、心地善良、有道德情操的人。在作者看来，他既有济世兴邦的宏才，又有雍容大度的广阔胸怀。他不注重名位和权势，在宫廷争权夺利的斗争中，往往表现出容忍退让的态度，并且他能体察下情、关心民间疾苦。通过源氏形象的塑造，表现了作者的自我人生理想和妇女观，展现出当时少数贵族身上存在的积极因素。

另一方面，源氏作为一个大贵族，又有腐朽没落的特性。他在政治上虽有才能，却毫无建树；在情爱生活上，他喜新厌旧、用情不专，甚至始乱终弃。作者描写源氏经历了从纵欲到内心矛盾，再到自我忏悔三个阶段，最终在悲观绝望中皈依佛门，成了一个悲剧人物。通过源氏的悲剧，作者揭示了平安时代贵族从恋世到厌世，从厌世到出世的悲剧性历史命运。

3.《万叶集》的主要内容是什么？

《万叶集》共 20 卷，收诗歌 4500 首。按内容可分为杂歌、相闻、挽歌等。

杂歌涉及面广，四季风物、行幸游宴、狩猎旅行等都在表现之列；相闻大多是恋人、朋友、亲人之间感情上相互闻问的诗歌；挽歌主要指葬礼上哀悼死者的诗歌，也有临终遗作和后人缅怀之作。

此外，诗集还广收了口头流传的民谣《东歌》和《防人歌》。前者是流传在日本东部的民歌，后者为戍边兵士的诗歌。两者均表现纯情、质朴的风格。尤其值得一提的是诗集还选入两首《乞食者歌》，倾诉了社会最底层的平民和奴隶的心声。

4. 以辛巴达航海旅行的故事为例，论析阿拉伯中古商业文化的特点。

再现当时阿拉伯商业繁荣情景、揭示阿拉伯商业文化的实质是《一千零一夜》的重要内容。结合辛巴达航海旅行的故事，至少可以看到以下几点：

（1）中古阿拉伯帝国横跨亚、非、欧，交通便利、城市繁华、商业繁荣。经商成为发财致富的捷径，许多人都渴望去远方冒险获取财富。辛巴达七次冒险远航就是其代表。

（2）在经商冒险的过程中，体现了商人阶级不息的探索精神和顽强的进取精神。辛巴达七次出洋远航，历时 27 年，虽然每次远航都惊心动魄，死里逃生，但他有顽强的毅力和超人的智慧，面临险情灾祸，他都以自己的智谋、经验和力量勇敢搏斗、化险为夷，获得巨额财富而返归。在他身上集中表现了新兴商人的本质：不畏艰难的开拓精神和永不满足的进取精神，也正是蓬勃发展时期阿拉伯帝国的民族精神和时代风貌的反映。

（3）从辛巴达航海旅行的故事可以看到阿拉伯重视商业、长于行动的民族本质。像辛巴达这样的商人，渴望现世幸福源泉的财富，不断地追逐金钱，甚至唯利是图。他们并不欣赏积少成多、精打细算、省吃俭用的积聚方式，而是挥霍享受，津津乐道于挥霍掉一切，又在冒险中意外地获得更多。辛辛苦苦地获取、舒舒服服地享受，这是阿拉伯中古时期商业民族的本质。辛巴达航海归来后，就沉浸在吃喝玩乐当中，之后再去冒险、航海。

5.《蔷薇园》从那些方面表现了萨迪的人道主义思想?

中古波斯诗人萨迪被称为“人道主义诗人”，他的代表作《蔷薇园》集中体现了他的人道主义思想，具体表现在以下几个方面：

（1）同情弱小者，挚爱劳动群众。《蔷薇园》的作者是在善良的普通民众立场上写作，作品中大量出现孤儿寡母、小偷囚犯、艺人乞丐等下层人物，诗人为他们的苦难而不安。对于自食其力的劳动者大加赞赏，赞美他们的淳朴善良品质，歌颂他们蕴藏的巨大力量。

（2）谴责暴政，鞭挞社会丑恶。《蔷薇园》中描绘了一系列鱼肉百姓、视臣民生命为儿戏的暴君。诗人谴责他们横征暴敛、草菅人命的罪行，称其为“天下最大的罪人”，诅咒暴君灭亡。诗集中对贪官污吏、虚伪僧侣都给予尖锐嘲讽和猛烈抨击。

（3）宣扬仁慈忠厚思想，在宗教信仰中寄托理想。《蔷薇园》中作为人道主义思想的正面表达，刻画了一些贤明仁慈的君主，他们以民为本、励精图治，深受百姓爱戴。在萨迪看来，统治者仁慈一点，老百姓宽厚一点，都在真主的崇信中得太平。这里的真主和伊斯兰教，包含不少“人”的内容，诗人把宗教当作和谐美好世界的象征，将“真主”称为惩恶扬善的威力。

6.《蔷薇园》的艺术特色是什么?

萨迪的哲理诗文集《蔷薇园》广泛采取了民间文学和古代文学的精华，具有独特的艺术魅力，主要表现在：

（1）散韵结合，诗文并茂。《蔷薇园》的散文和韵文结合得十分和谐，往往以散文叙述故事，借诗歌对叙述内容高度概括、深化意义。散文语言凝练简洁，句末往往押韵，很有诗味；诗歌部分语言浅显晓畅，两者浑然一体。这种诗文结合的方式是萨迪的独创。

（2）诗文中含有大量来自生活的经验总结，具有高度概括性和哲理性的格言警句，寓意深刻，发人深省。如“勤劳远比黄金贵重”，“事业成于坚忍，毁于急躁”等。

（3）诗文集大量采用白描手法，运用朴实精练的语言描绘栩栩如生的场面，三言两语刻画对象的特征，有时以一个小动作、小细节展现人物内心，给人以清水出芙蓉、天然去雕饰的艺术美感。

（六）论述题

1.《源氏物语》的艺术特点是什么？

《源氏物语》是近千年前的小说，然而其艺术魅力却经久不衰，至今仍熠熠生辉：

（1）情节曲折，结构独特。小说的情节从头到尾经历四代天皇、70余年的时间，事件复杂，场面众多，洋洋80万言，可谓鸿篇巨制。其结构特点是，各回的相对独立性和全书的统一完整性相结合，短篇与长篇相结合，散文与韵文相结合。每回都是一个独立的短篇，但从全书来看，它又不是短篇的杂然辑录，而是有着统一的人物形象、统一的故事情节、统一的思想主题的艺术整体。小说的情节发展波澜起伏，引人入胜。第一、第二部紧紧围绕着源氏展开，第一回是故事发生的环境和背景。从第二回起基本进入情节，在描写源氏的成长以及种种悲欢离合事件的同时，又交错表现其政治上的起落；由桐壶更衣之死引出源氏与继母藤壶私通，由胧月夜事件引出源氏流放，由朱雀帝上台源氏的失势引出冷泉帝即位后源氏得势和荣华绝顶，由源氏的乱伦关系引出妻子三公主与柏木通奸的“因果报应”等。纵观全篇，虽头绪繁多，但长而不乱，曲折有致，节奏鲜明。第三部分以薰君为中心，写他与浮舟、匂亲王之间的爱情纠葛，生动且引人入胜。

（2）人物画廊五彩缤纷。贵族公子如源氏、薰君、匂亲王、头中将、左近少将、柏木等；女性形象如藤壶、紫姬、空蝉、末摘花、夕颜、胧月夜、三公主和浮舟等。全书出场人物有440余个，个性鲜明。作者不是孤立地写人物，而是把人物放在错综复杂的社会冲突中去表现。如源氏生活上的荒淫放荡，是在他同若干女子的交往中加以刻画的。这样写人物既突出人物个性，又有高度概括性。

（3）细腻的心理描写。作者善于描写女性内心深处复杂而曲折的情感变化，过程写得委婉细腻。如藤壶与源氏发生乱伦后的欲爱不能、欲罢不忍的矛盾心理；紫姬对源氏放荡行为的表面“忍从”与背后的暗自伤悲；空蝉在与源氏的关系中既受宠又受辱，既为情所动，又力图保持人格尊严等。

（4）自然景物描写生动逼真。《源氏物语》广泛地展现了平安时代贵族社会生活的画面，对当时的人情世故、风尚习俗以及自然景物都给予真实描绘。尤其是自然景物描写，常常与人物的性格表现、心理变化及命运变迁等相联系。如第四回夕颜死后，对凄惨恐怖自然环境的描写，与源氏“回肠百转”的自我悔恨相互交融；第十二、十四回展现的源氏在流放须磨期间所遇到的“忽然风起云涌，天昏地暗”，“电光闪闪，雷声隆隆”的自然界“可惊可怪”的变化，既烘托了他凄凉失意的心情，也象征着他命运的可悲。这样描写，收到真实、自然的效果。

（5）语言优美，散韵结合。小说在叙述中，经常插入和歌和汉诗，全书引用和歌约 800 首，汉诗大约 108 处，其中以白居易的诗歌为最多。如第一回就是以白居易的《长恨歌》为引线，为全书定下了悲剧的基调。此外，小说还引用了我国的《论语》、《老子》、《韩非子》、《庄子》、《战国策》、《史记》和《汉书》等书中的词语和典故。小说既体现了日本语言温柔细腻的特色，也吸收了中国古语精练含蓄的长处，这也是《源氏物语》永葆其艺术魅力的重要原因之一。

2. 论述《一千零一夜》的艺术成就。

《一千零一夜》在艺术上颇具特色，在某些方面达到了很高成就。

（1）朴素的现实主义和奇幻的浪漫主义相结合是《一千零一夜》的一大艺术特色。它的形形色色神奇故事，无不以现实生活为基础，二者彼此交融，相得益彰。古代东方民族和阿拉伯民族的丰富想象力和智慧在这里得到最充分的表现。特别是那些为人利用的神奇事物：腾空而起的飞毯、可以登天的魔绳、一搓即有巨人奴仆出现的神灯等。在《渔夫和雄人鱼》中，渔夫涂抹一种油膏便可遨游于江河湖海中。在这里，艺术的虚构发挥到最大限度，丰富的想象在广阔空间自由驰骋。当这些神奇事物与主人公的命运结合在一起时，一个个具有巨大吸引力的故事便呈现在听众和读者面前。神奇物和精魔既是人民群众借以和恶势力做斗争、实现自己美好愿望的手段，又是他们力图征服自然、驾驭某种超人力量的思想反映。

（2）故事套故事的框架结构，是《一千零一夜》的又一艺术特点。

它的整个故事是以宰相女儿山鲁佐德给国王山鲁亚尔讲故事的形式展开的。其中的许多故事本身又套故事，形成纵向的或横向的“连环套”。故事套故事的形式，能尽可能地吸收和创作新的故事，不仅不影响原来结构，反而使它不断丰富和完美。它的欲言又止和悬念，紧紧扣住听众和读者的心弦。它使故事内容跌宕起伏、变化多姿，对主干故事的层层展开、矛盾冲突的发展和解决起了很好的铺垫和烘托作用。如《驼背的故事》中，裁缝匠故事套青年的故事，青年的故事套理发匠故事，继而理发匠又讲了他本人和五个兄弟的故事。一个故事连套三四个故事，布局和叙述有条不紊，这在框架结构型的故事中是绝无仅有的。可以说，故事套故事的框架结构形式是《一千零一夜》艺术生命力经久不衰的奥秘所在。它是民间文学所能找到的最好外壳，是内容与形式高度和谐统一的体现，是人类理性和感情所焕发的智慧结晶。

(3)《一千零一夜》的另一个艺术特色是诗文并茂、语言大众化。作品中不仅叙事状物朴直流畅，且诗歌通俗易懂。所引诗歌有的是古代诗人之作，更多的是市井艺人所作。《一千零一夜》中有1400多首诗歌，其中170首可查明作者。众多诗歌时而用以烘托气氛、点化主题，时而借以剖析内心、抒发情怀。《努伦丁和玛丽娅》中，二人逃脱危险后，诗歌吟咏道：“河谷上空飘浮着密层层的浮云，/保护我们不受酷热的狂风袭击。/我们在树荫下乘凉、歇息，/像婴儿在保姆怀中那样安逸。”把一对沉浸在幸福中的恋人所处环境和心境烘托得恰到好处。麦斯鲁尔和载玉妮·穆娃绥福二人始用诗歌传情说爱，继而则用以传递消息，互诉衷肠，缠绵悱恻，在这里，诗歌已经成为故事不可分割的组成部分。

(4)《一千零一夜》中还有一些艺术手法运用得颇为成功，如细节描写：米德尔获得宝鞍袋后，让母亲说出她想吃的食物，以便给她变出来。但母亲嗫嚅着只说出一些最普通的食物。几经儿子诱导，才说出几样较好的菜肴。这里，把一个贫穷老人此时的心态表现得非常真实。突发性场面的运用：戛梅禄和白都伦经过危难结为夫妻后，一天，二人正玩弄一粒宝石，突然宝石被一只大鸟叼走，戛梅禄前去追赶，引发出后来更为精彩曲折的情节。强烈的对比：国王哈里发和渔夫哈里发、富商辛巴达和脚夫辛巴达处境的强烈反差，使故事具有无穷韵味和独特旨趣。成功的心理刻画：《睡着的人和醒着的人》中艾博·哈桑在做“真假”哈里发期间“庄周蝴蝶梦”式的心理错位，给读者留下深刻印象。而穆娃绥福对好色法官和僧侣们的揶揄、奴隶白候图对主人的戏弄既夸张又富有喜剧色彩，令人忍俊不禁。理发匠兄弟的故事写尽了社会世态炎凉。生动的长篇独白，颇有近代小说风格，即使单独成篇也堪称佳作。

（七）综合阐述题

1. 试述与其他民族或国家的诗歌相比，日本古典诗歌独特性的体现。

（1）日本古典诗歌是小巧的、抒情的、非叙事的。古典诗歌的基本形式和歌、俳句都非常短小，不具备抒情叙事的功能，所以日本没有真正的叙事诗。这一点与中国古典诗歌有相似性，但较中国更甚。日本古典诗歌的抒情方式是日本独有的，其特点是感受性、情绪性、柔弱性、淡雅性。诗人们只是抒发对外界事物的感受，这种感受细腻轻柔，绝无阿拉伯诗歌的粗犷，也无中国诗歌的“风骨”。

（2）日本诗歌致力于表现感受，导致了诗歌本身的非说理性、无逻辑性和无思想性。日本古典诗歌无哲理诗、格言诗，诗人从不把说明、表达某种思想作为写诗的任务和目的。中国、波斯、印度的古典诗歌常常在诗歌中说理，而日本诗歌只是描写景致或表达感受，相当于中国诗歌中的“比”、“兴”部分。

（3）日本诗歌的无思想性又导致了日本古典诗歌具有很强的超现实性、消遣性和唯美倾向。日本诗人一直努力使诗与现实保持最大限度的距离。日本诗人甚至也不在诗歌中直接披露和反映自我，他们认为与现实贴得太近就会走向庸俗，削弱艺术价值。

（4）与这种无思想性、超现实性、消遣性和唯美倾向相联系的是题材的单纯性。日本诗歌的题材绝大多数无非四个季节、风花雪月、生死离别、恋爱应酬，其余题材皆不受重视。“贞门俳谐”企图扩大题材范围，想以日常生活入诗，结果反而导致庸俗化和非艺术化。题材单纯是由日本诗歌独特的审美特质决定的。

2. 与其他民族或国家的诗歌相比，阿拉伯古典诗歌的独特性体现

在哪些方面？

（1）阿拉伯古典诗歌充满阿拉伯人特有的强烈的个人主义、自由主义精神。诗歌是他们桀骜不驯、好斗、豪迈性格的反映，世界上少有像阿拉伯那样自我炫耀的矜夸诗。

（2）与其他民族相比，阿拉伯古典诗歌具有很强的即兴性、冲动性，往往是情绪化的，语言多于思想，情感多于理智，冲动多于克制。他们很少对事物和现象做全面的思考和观察，眼有所见、心有所想，便成为诗，因此他们的诗没有严密的逻辑结构和思想脉络。

（3）阿拉伯诗歌缺乏新鲜生动的比喻。他们的诗歌意象通常由他们最熟悉的几种东西构成，即沙漠、小草、骆驼、马等，主题、题材、风格也被一代代地重复。

（4）阿拉伯诗歌具有很强的实用性、功利性。蒙昧时代的诗歌兼用来记事，宣扬诗人自己、鼓励团结部落、讽刺打击敌人或用来谈情说爱与社会交往。帝国统一后的诗歌密切服务于政治和宗教。诗歌工具化的倾向妨碍了阿拉伯诗歌的进一步发展。

（八）作品分析题

1. 柿本人麻吕《别妻歌》分析。

石见海啊，津农岸，
人说这儿没海湾，
人说这儿没浅滩，
好吧，就算它没海湾，
好吧，就算它没浅滩，
行行来到津农岸。
早风推浪去，
晚风推浪还。
青青海藻波中摇，
波来波去乱石间。
妹子柔情浑似藻，
摇曳不离我身边。
我今独上路，

遗妹守孤单。
一路行来八十湾，
千遍万遍回头看。
山儿步步高，
路儿步步远。
妹子憔悴夏草枯，
呆呆伫立在门前。
青山啊，你苦苦遮我目，
快快倒下变平川。

这首诗的作者是柿本人麻吕。他在诗中写出了韵调悲壮、凄怆的别妻之情。身为专业宫廷诗人，柿本人麻吕从家乡的石见海进京，临行之际，他告别妻子，写下这首酷似民歌的作品，抒发了他的情感，自然质朴、真切动人。诗人驰骋于自己丰富的想象力，把家乡石见海的美丽风情和住在那儿的爱妻巧妙地融合在一起。大海一望无际，海浪轻轻地拍打着岸边，海藻荡漾在岩石缝间，一个轻柔，一个坚定，如同娇美的妻子依恋在强大的丈夫身旁。诗人用朝风夕浪吹打岸边海藻的美丽情景，来比喻、象征、表现他们夫妻间缠绵恩爱的深情，既形象又亲切动人。而海藻漂浮在海水之中那种上下起伏的情景，恰像告别娇妻独自上路时，夫妻二人的激动心情。旅途漫漫，道路弯弯，他思念妻子的深情促使他不时地回首远望，一步一回头，热泪盈眶。山路越行越高，越行越远，娇妻呆立门旁，她苦苦怀念的身影依稀可辨。有一瞬间，他仿佛觉得由于他的远行，妻子憔悴得如同夏天的枯草一般。最后诗人用浪漫抒情的笔调，把自己挥泪告别妻子的心理淋漓尽致地描述出来，他恨那障目的青山，使他不能再看看自己的家门，以致要让青山变为一马平川，好让自己再多看一眼妻子。这种夫妻间难舍难分的柔情，在诗人笔下展示得惟妙惟肖，令人神往。

2. 松尾芭蕉的俳句分析。

古池塘，青蛙入水发清响。
新叶滴翠，何当以拭尊师泪。
碧海狂涛，银汉横垂佐渡岛。

这三首俳句，在日本可谓人人皆知，作者松尾芭蕉被尊为“俳圣”，其俳句因意境幽远而广为流传，影响深广。

第一首俳句，表现一泓古潭、一片寂静，正处于孤寂氛围中的作者，忽然听到青蛙跳入水中的声响，为之所动，继而四周又慢慢恢复了万籁俱寂的情景。在长久的静中，偶然出现了动，然后又是长久的静。这是作者在特殊境界中的真切感受，它流露出以静和定为基调的一缕淡淡的禅味，似乎又让人领悟静中有动的哲理，颇能代表松尾芭蕉俳句的特点。第二首俳句前有如下序言："招提寺鉴真和尚来朝之时，船中经受七十余度艰险，盐风入目，终致失明。瞻仰遗像，赋此。"松尾芭蕉于1687年游历奈良唐招提寺，拜谒开山堂，瞻仰鉴真大师的干漆塑像，缅怀先哲为中日文化交流做出的非凡贡献，不禁心潮起伏。昏暗之中，他仿佛看见鉴真大师失明的双眼中浮漾着泪水，一股钦慕之情油然而生，于是想用春季的滴翠的嫩叶为大师拭干经历艰险的象征——泪水。这种感受和心理十分真挚。若无作者的揭示，读者很难想象其中内涵，这也是有些俳句令人费解的原因。在写作第三首俳句时，作者正在旅途中，遥望远处矗立在日本海州官佐渡岛，及上空的云翼，不禁追忆起昔日曾有不少仁人志士和所谓的罪人被流放到岛上，心中泛起怀古的幽情，仿佛从碧海狂涛中感受到不平之声。

3. 紫式部《源氏物语》节选分析。

且说三公主那天傍晚忽然腹痛起来，懂事的侍女知道要分娩了，大家都很慌张，连忙派人去通报源氏。源氏也很惊惶，立刻回来看视。但他心中想道："真可惜了！如果没有那种嫌疑，此事何等可庆，何等可喜啊！"然而他在人前绝不泄露心事，立刻召请高僧来举行安产祈祷。邸内本来天天有许多法师在做功德，就在僧众中选择道行高深之人，叫他们都来参与。三公主痛苦了一夜，第二天日出时分就临盆了。源氏闻知新生的是个男儿，心中想道："因有那件秘密事情，如果不巧，生下来相貌就都似那人，这才糟呢。倘是一个女儿，还可设法掩饰，并且看见的人也不会多，倒可安心。"既而又想："有这种嫌疑的孩子，是个男的，教养便当些，也是好的。不过事情真也奇怪：我一生犯了许多可怕的罪孽，这大约是报应吧。在现世就受了这意外的惩罚，到了后世，罪障可以减轻些了吧。"不知内情的人，都以为这位小公子出于高贵公主之腹，

> 又是晚年所得之子，源氏大人一定异常宝爱，因此特别用心服侍。产室中就举行非常隆重盛大的仪式。六条院诸夫人送来种种精美的产汤。连世俗例行的木片盒、叠层方木盘和高脚杯，也都各人别出心裁，比赛巧妙。

《源氏物语》里，有两件事非常引人注目，有人把它称为作品的“主眼”。一件是源氏与父亲的妃子——自己的继母藤壶私通，生下儿子，但名义上这孩子是桐壶天皇之子。这一乱伦罪过使源氏和藤壶的良心备受折磨：“想起那件隐事，但觉痛心。”它像幽灵般盘踞在二人心头，成为永远无法逃脱的“原罪”。另一件事情是源氏的年轻妻子三公主与柏木私通，生下一子，然而名义上儿子是源氏的。事发后，柏木“痛悔罪愆深”，郁郁而死。三公主也被犯罪感压得抬不起头来，终削发为尼。这两件事之间有内在联系：前者是源氏犯罪，后者是对源氏的惩罚。源氏说：“我一生犯了许多可怕的罪孽，这大约是报应吧。”

《源氏物语》的基本精神是“物哀”，即“对人生不如意的哀感”。总览全书，人生的坎坎坷坷、曲曲折折、喜怒哀乐、酸甜苦辣，贵族社会不同身份地位的男男女女的各种悲剧，都在他们的恋情中体现，而这一切无不包含着“物哀”——使人感叹、使人动情、使人悲凄。

先看源氏，他从追求第一个女人空蝉开始，每得到一个女人，就多一份悲哀愁苦，短暂的娱乐带来的是长久哀愁，他得到的女人越多，精神上的负担也就越重。他先是为情欲所煎熬，为女人的回避而苦恼，为女人的怨恨和嫉妒而不安，又为隐私被人发现而担惊受怕，更为乱伦的背德行为而受良心的谴责与折磨，最后为后代重蹈自己的覆辙而感到轮回报应的可怕、人生的可悲与虚幻，最终在万念俱灰中命丧中年。源氏爱过的女人，几乎没有一个有好下场：有的暴死荒郊，有的精神失常，有的削发为尼，有的独守空房。纵观这些在欲海中沉浮的男女，均以满足情欲开始，以沉沦、死亡或出家遁世告终——这的确是一部充满“物哀”的作品。由于选取日常男女私情而非政治斗争角度表现人物的命运，使得作品可从最细微处着手，详尽细腻地刻画人物性格，展现他们的可悲结局，“物哀”也恰恰在这种看上去十分琐碎的日常情感中得到体现。

三、作业设计及选题

1. 日本和歌的美学特征。

和歌体现了日本诗歌的美学特征，论述日本诗歌应以充分体现日本本土意识的和歌为代表。和歌的美学特征，可归纳为以下四个方面：

（1）和歌具有明显的非政治性、非社会性倾向，表现恋情是和歌的中心。和歌就是专门表现民间男女恋情的诗歌形式，由于它根植民间，有广泛的民众基础，在男女对歌、赛歌中，双方都尽力采取各种语言技巧来表现个人深切情感。因此，爱情就有了特定的表达形式和专门技巧，长久以来，和歌的内容和形式已难变更。

（2）追求表现瞬间的印象和感触。佛教引入日本后，佛教的“诸行无常”和“色即空、空即色”的观念，不仅印证且大大强化了“无常”意识。和歌所表现的世事无常、万物易逝，是对个体生命存在的切身体验，由此形成了“风的美学”。

（3）和歌形式短小、诗句精炼，意蕴含蓄悠远。从和歌传统看，重在抒情而不重叙事，抒情诗往往善于倾诉迸发的情感，或瞬间心理印象，形式上不像叙事诗那般绵长。

（4）追求表现禅的审美理想和美的境界。和歌短小的形式以及所受禅宗思想的深刻影响，决定了它不仅追求含蓄和意味悠远，还追求表现空灵自由的审美境界，表达禅的寂静、贫寂、枯淡及诙谐的乐趣。

参考文献：

杨烈译：《万叶集》，湖南人民出版社，1984 年。

彭恩华：《日本俳句史》，学林出版社，1983 年。

邱紫华：《东方美学史》，商务印书馆，2003 年。

安田武、多田道太郎编：《日本古典美学》，曹允迪译，中国人民大学出版社，1993 年。

叶渭渠、唐月梅：《物哀与幽玄——日本人的美意识》，广西师范大学出版社，2002 年。

叶渭渠：《日本古代文学思潮史》，中国社会科学出版社，1996 年。

2.《源氏物语》的“物哀”主题。

“物哀”实质上是日本文学的一种独特风格。它不像古希腊悲剧那样有重大的社会主题、宏大气魄、无限力度和剧烈矛盾冲突，也不像中国悲剧那样充满浪漫激情和深重的伦理意识，而是弥漫着一种均匀的、淡淡的哀愁，贯穿着缠绵悱恻的抒情基调，体现了人生中和日常生活中的悲剧性。由于平安王朝佛教盛行，紫式部本人也笃信佛教，就使得这种悲剧性建立在了佛教悲观主义、虚无主义的基础上。它努力表现“前生自业”、“前世因缘”、“因果报应”和“轮回”等佛教观念。

《源氏物语》的作者紫式部在书中反复强调“作者女流之辈，不敢侈谈天下大事”，专写宫中风花雪月、儿女情长的风流韵事。纵观《源氏物语》里这些在欲海沉浮的男女，均以满足情欲开始，以沉沦、死亡或出家遁世告终。这的确是一部充满“物哀”情调的作品。“物哀”表现的是主体对客体的敏锐感受，而这种感受是直观、情感化、非逻辑的。

性急的读者，无法在阅读中体味到“物哀”的妙处。要使得自己同作者，或同书中的人物一样敏感和善感，既以物喜，又以物悲，风花雪月，皆系心肠；儿女之情，皆牵魂魄；生死离别，皆撼胸臆。书中的一景一物，无不是情感的对象化，一人一事，无不是悲苦的体现者。虽有欢娱，却倏忽而逝、乐极生悲；虽有荣华，却好景不长、转福为祸。这样，读者就不能不为书中人物的命运而心动、感叹，由此便可抓住其中精髓，体味到“物哀”。

参考文献：

紫式部：《源氏物语》，丰子恺译，人民文学出版社，1980 年。

邱紫华：《东方美学史》，商务印书馆，2003 年。

安田武、多田道太郎编：《日本古典美学》，曹允迪译，中国人民大学出版社，1993 年。

叶渭渠、唐月梅：《物哀与幽玄——日本人的美意识》，广西师范大学出版社，2002 年。

叶渭渠：《日本古代文学思潮史》，中国社会科学出版社，1996 年。

3.《源氏物语》中的女性悲剧解读。

在《源氏物语》中，与主人公源氏有过密切关系的女子达数十位，其中主要的形象有紫姬、葵姬、藤壶皇后、明石姬、三公主、夕颜、空蝉、末摘花、花散里，等等。这些女性或贵为皇后，或为皇亲国戚，身份相对高贵、衣食无忧。她们大多容貌秀美且多才多艺。她们的生活本应美满，但作者却以深刻细腻的笔触，揭示了她们美满生活外表下的悲惨命运和悲剧的本质。源氏对她们也真心相爱，但她们却无一例外都走向悲惨的结局。

《源氏物语》中的女性命运只有三种选择，要么走入坟墓一了百了，要么落发为尼斩断尘缘，要么独守空闺虽生犹死。这些女性多灾多难的命运和源氏一生经历一样，反映了紫式部感物而哀的审美意识。

她们以悲剧落幕的人生，可归因于当时一夫多妻的社会婚姻制度、男尊女卑的思想观念、女性自我奴化的软弱性格等方面。

参考文献：

紫式部：《源氏物语》，丰子恺译，人民文学出版社，1980年。

陶力：《紫式部和她的〈源氏物语〉》，北京语言学院出版社，1994年。

牛水莲：《紫式部笔下的女性形象》，《郑州大学学报》（哲学社会科学版）1995年第3期。

冷绣锦：《从中日文化的历史渊源看日本女性道德观的形成》，《日本学论坛》2000年第4期。

4.《一千零一夜》对欧洲文学的影响。

《一千零一夜》于13世纪传到安达卢西亚，自1704年起先后被翻译成法文、英文等。

几百年来，欧洲共出版了400多个不同文种的版本，对西方各国东方学、民俗学、东西比较文学的研究以及欧洲作家的创作都产生了广泛影响。伏尔泰曾说，他是阅读《一千零一夜》14遍以后才开始创作小说的。歌德在读到这部书的时候，说他百读不厌、被它漂亮的结构吸引住。司汤达情愿忘却他所有的记忆，从头阅读《一千零一夜》以再一次享受阅读的惬意。毛姆为了阅读《一千零一夜》原文而学阿拉伯语。受《一千零一夜》影响的知名作家还有乔叟、杰克·伦敦、高尔基、里德亚尔德·卡伯伦和格林兄弟等。

参考文献：

纳训译：《一千零一夜》，人民文学出版社，1957年。

刘守华：《比较故事学论考》，黑龙江人民出版社，2003年。

郅溥浩：《神话与现实——〈一千零一夜〉论》，中国社会科学出版社，1997年。

第十五章　东方文学（三）：近现代文学

学到发光

一、提要

（一）学习要求

1. 了解亚非近现代文学的基本特征、发展状况及主要成就，把握近现代日本文学、印度文学、阿拉伯文学的主要作家作品及其艺术贡献。

2. 了解夏目漱石的生平及代表作《我是猫》的内容特色。

3. 了解泰戈尔的生平创作，领会泰戈尔深厚的民族主义感情和爱国热忱。

4. 了解川端康成的生平及艺术成就。

（二）课程内容

1. 近现代亚非文学中先后出现了启蒙主义、民族主义、浪漫主义、现实主义、社会主义、现代主义等文学思潮。其总体一致的基本特征是：在复调语境中高扬反帝反封建的主旋律；在潮起潮落中凸显现实主义文学的主流地位；以矛盾的心态寻求世界性与民族性的结合点。亚非近现代文学的基本特征、发展状况及主要成就。近现代日本文学、印度文学、阿拉伯文学的主要作家作品及其艺术贡献。

2. 夏目漱石的生平及代表作。“爱情三部曲”。后期创作。《我是猫》的批判性与艺术特点。苦沙弥和猫的典型意义。

3. 泰戈尔的生平创作、思想特点。诗歌、小说和戏剧创作成就。泰戈尔宗教抒情诗的思想内容和艺术特色。《戈拉》的艺术特色。《吉檀迦利》的内容及艺术特色。

4. 川端康成的生平及主要代表作品。新感觉派。川端康成创作的美学特征。《雪国》的艺术特色。岛村形象。驹子形象的意义。

（三）重点与难点

亚非近现代文学的基本特征及主要成就。夏目漱石代表作《我是猫》的内容及特色。泰戈尔宗教抒情诗的思想内容和艺术特色。《吉檀迦利》的内容及艺术特色。川端康成创作的美学特征。《雪国》的人物塑造及艺术特色。

（四）阅读书目

《我是猫》、《雪国》、《古都》、《千羽鹤》、《新月集》、《园丁集》、《飞鸟集》、《戈拉》、《戈丹》、《先知》、《宫间街》、《解释者》、《万延元年的足球队》。

二、题解

（一）填空题

1. 坪内逍遥创作的《__________》中的主张，对日本近代__________文学的产生具有重要的启蒙意义。

2. 二叶亭四迷创作的《浮云》为日本__________文学的发展开辟了道路，它的问世揭开了日本近代文学史的序幕。

3. 日本的__________是对以1924年创刊的《文艺时代》为中心的一批作家的通称。

4. __________的《没有太阳的街》和小林多喜二的《__________》被称为“日本无产阶级文学的双璧”。

5. __________的《______》被视为朝鲜社会主义现实主义的奠基作。

6. 近代印度文学是由____________、__________和乌尔都语、马拉提语、泰卢固语和泰米尔语言等多种语言创作的文学。

7. 早期的泰戈尔因对异族侵略和社会黑暗不满，长怀着孤独悲哀的情绪，被人们称为“______________”。

8. 《____________》是泰戈尔抒情诗中最有代表性的作品，它使诗人获得1913年度的诺贝尔文学奖。

9. 《新月集》中的“新月”是______的象征。

10. ______________在《戈丹》中，通过主人公______的形象反映了印度农民的不幸生活。

11. 在阿拉伯文学中，曾出现过两个具有代表性的文学流派__________文学和________________文学。

12. 现代阿拉伯文学中，旅美派领袖是__________，他的创作以散文诗影响最大，代表作为《______》。

13. 埃及现代派文学最杰出的作家是__________________，被誉为“阿拉伯文学的泰斗”，他的代表作是《______》。

附：填空题答案

1. 小说神髓；现实主义 2. 批判现实主义 3. 新感觉派 4. 德永直；蟹工船 5. 李箕永；故乡 6. 孟加拉语；印地语 7. 孟加拉的雪莱 8. 吉檀迦利 9. 童心 10. 普列姆昌德；何利 11. 旅美派；埃及现代派 12. 纪伯伦；先知 13. 塔哈·侯赛因；日子

（二）单项选择题

1. 近代亚非文学的主要内容是（　　）。

A. 反对帝国主义

B. 反对封建主义

C. 反对殖民主义

D. 反对帝国主义、封建主义、殖民主义

2. 日本近代文学中（　　）通过诗歌创作和文学评论展开了一场浪漫主义运动。

A. 森鸥外　　B. 樋口一叶

C. 坪内逍遥　　D. 北村透谷

3. 下列流派中（　　）不属于近代日本文学范围。

A. 自然主义　　B. 白桦派

C. 现代主义　　D. 唯美主义

4. 日本近代浪漫主义文学的开山之作是（　　）。

A. 《浮云》　　B. 《青梅竹马》

C. 《舞姬》　　D. 《小说神髓》

5. 日本自然主义的奠基作是（　　）。

A. 《破戒》　B. 《新生》　C. 《家》　D. 《棉被》

6. 日本自然主义的典范之作是（　　）。

A. 《乡村教师》　B. 《浮云》　C. 《破戒》　D. 《棉被》

7. 日本新思潮的代表作家是（　　）。

A. 二叶亭四迷　　B. 芥川龙之介

C. 山田花袋　　D. 岛崎藤村

8. 下面不属于《我是猫》中的人物的是（　　）。

A. 竹中石雄　B. 苦沙弥　C. 迷亭　D. 寒月

9. 下面不属于夏目漱石作品的是（　　）。

A. 《三四郎》　B. 《其后》　C. 《门》　D. 《棉被》

10. 夏目漱石的创作中被誉为“日本近代心理小说典范”的作品是（　　）。

A. 《虞美人草》　B. 《明暗》　C. 《心》　D. 《其后》

11. 夏目漱石代表作《我是猫》对当时的社会现实进行了广泛的揭露和批判，其采用的最主要方法是（　　）。

A. 以古代文学的题材表达作者现代的思想

B. 以沉重的笔调表现悲观主义思想

C. 以猫为叙述者，见人之所未见，言人之所不能言

D. 以作家独特的方言进行一语双关式的叙述

12. 川端康成的著名小说《雪国》描写了社会下层人物驹子的悲惨境遇。小说选取的主要角度是（　　）。

A. 从日常生活表现和对待命运态度两方面进行描绘

B. 从政治生活表现和对待命运态度两方面进行描绘

C. 从日常生活表现和对待爱情态度两方面进行描绘

D. 从政治生活表现和对待爱情态度两方面进行描绘

13. 东方第一个获诺贝尔文学奖的是（　　）。

A. 夏目漱石　　B. 普列姆昌德

C. 泰戈尔　　D. 川端康成

14. 下面作品不属于泰戈尔的是（　　）。

A.《吉檀迦利》　B.《园丁集》　C.《新月集》　D.《戈丹》

15. 泰戈尔早期故事诗（　　）赞扬了反抗莫卧儿侵略的锡克族英雄般达誓死斗争的爱国精神。

A.《婚礼》　　B.《法官》

C.《不屈服的人》　　D.《被俘的英雄》

16. 在长篇小说《戈丹》中，戈丹是（　　）。

A. 小说人物　B. 母牛　C. 仪式　D. 地名

17.《戈丹》是印度现代著名作家普列姆昌德的名作，主人公何利一生最大的愿望是（　　）。

A. 拥有一头奶牛　　B. 想要一个儿子

C. 还清高利贷　　D. 赎回被变相出卖的女儿

18. 近代阿拉伯文学接受欧洲文学的影响后出现了新的体裁（　　）。

A. 戏剧　　B. 杂文、小说

C. 诗歌　　D. 长短篇小说

19. 马哈福兹的创作经历了几个阶段，他由历史题材小说向现实主义小说发展的转折性作品是（　　）。

A.《命运的嘲弄》　　B.《梅达格胡同》

C.《新开罗》　　D.《我们街区的孩子》

20.《宫间街》、《思宫街》、《甘露街》“三部曲”是马哈福兹的代表作，主要描写的是（　　）。

A. 一个封建贵族家庭几代人的觉醒反抗

B. 一个中产阶级家庭三代人对理想的追求

C. 一个工人阶级家庭三代人与资本家的斗争

D. 一个贫苦农民家庭几代人受剥削压迫的血泪史

21. 南非白人作家戈迪默生动地描写南非种族制度对人性的摧残的

作品是（　　）。

A.《陌生世界的人》　　B.《大自然运动》

C.《已故的资产阶级世界》　　D.《伯格的女儿》

附：单项选择题答案

1. D　2. A　3. C　4. C　5. A　6. D　7. B　8. A　9. D　10. B
11. C　12. C　13. C　14. D　15. D　16. C　17. A　18. B　19. C
20. B　21. C

（三）多项选择题

1. 日本近代文学启蒙时期的主要成就有（　　）。

A. 政治文学　　B. 翻译文学　　C. 文学理论

D. 浪漫主义文学　　E. 批判现实主义文学

2. 下列流派属于近代日本文学的有（　　）。

A. 自然主义　　B. 白桦派　　C. 现代主义

D. 唯美主义　　E. 现实主义

3. 属于日本新思潮派的作家的是（　　）。

A. 二叶亭四迷　　B. 芥川龙之介　　C. 菊池宽

D. 田山花袋　　E. 夏目漱石

4. 下面属于夏目漱石的作品的有（　　）。

A.《三四郎》　　B.《其后》　　C.《门》

D.《棉被》　　E.《浮云》

5. 大江健三郎的代表作《万延元年的足球队》具有鲜明的特点，表现在（　　）。

A. 紧密结合现实的想象力

B. 取材于自身经历的自传色彩

C. 错综复杂的独特构思

D. 深刻鲜明的哲理性

E. 逻辑严密的推理性

6. 下列东方作家中，荣获过诺贝尔文学奖的有（　　）。

A. 川端康成　　B. 大江健三郎　　C. 索因卡

D. 戈迪默　　E. 三岛由纪夫

7. 查特吉在印度近现代文学史上地位仅次于泰戈尔，他的主要作品有（　　）。

A.《毒树》　B.《嫁不出去的女儿》

C.《道德败坏的人》　D.《两姐妹》

E.《乡村社会》

8. 塞内加尔诗人桑戈尔是非洲现代诗歌奠基者之一，他的诗作特点鲜明，表现在（　　）。

A. 充满爱国主义精神　B. 内容丰富，感情真挚

C. 浓郁的乡土气息　D. 现实主义风格

E. 浪漫主义色彩

9. 尼日利亚当代作家阿契贝的《人民公仆》的基本内容有（　　）。

A. 反映独立前的各种社会矛盾

B. 揭露社会政治腐败

C. 表现追求民族独立解放的强烈愿望

D. 歌颂为民族利益不惜牺牲自我的爱国者

E. 对社会和历史规律的深刻认识

10. 马哈福兹早期以历史小说创作登上文坛，他的历史题材小说主要有（　　）。

A.《米拉玛尔公寓》 B.《命运的嘲弄》 C.《拉杜贝丝》

D.《尼罗河絮语》 E.《底比斯之战》

附：多项选择题答案

1. AB　2. ABD　3. BC　4. ABC　5. ACD　6. ABCD　7. BCE
8. ABCE　9. BE　10. BCE

（四）名词解释题

1. 自然主义（日本）

日本近代文学的一个重要流派，指20世纪初在“自然主义文学运动”中出现的一群作家的创作，主要限于小说。日本自然主义文学是针对砚友社的庸俗写实主义而兴起的新文学。自然主义文学揭起了彻底反对旧道德、反对因袭观念的旗帜，主张一切按照事物原样进行写作；在艺术形式上，主张“排除技巧”，在语言上，成功完成了“言文一致”

的革新。作家有岛崎藤村、田山花袋等人。

2. 白桦派

日本现代文学中一个重要的流派，由以文艺刊物《白桦》为中心的作家组成。20世纪初在日本兴盛起来的自然主义文学已逐渐趋向末流，成为仅仅刻板地描写琐碎、丑恶日常生活的文学，贵族子弟学校学习院出身的一群年轻文学艺术工作者对此表示不满，他们举起理想主义旗子，标榜人道主义，宣扬人类爱，主张以个性发展改造社会，自创一派。参加这一派的作家主要有武者小路实笃、有岛武郎、志贺直哉等人。

3. 新思潮派

日本19世纪末、20世纪初兴起的一个文学流派，认为文学作品可以虚构，强调题材多样性，十分讲究写作技巧，注重艺术形式的完美。他们认真地审视人生、把握现实，在反映现实的同时，赋予笔下的一切以新的意义，并理智地加以诠释。在技巧上，他们一般采用传统的现实主义创作方法，更着重于人物心理的刻画。代表作家有芥川龙之介、菊池宽、久米正雄、丰岛与志雄和山本有三等人。

4. 新感觉派

日本20世纪20年代初出现的一个文学流派，以《文艺时代》为中心，因该杂志上一篇《新感觉派的诞生》而得名。主张追求新感觉和对事物新的感受方法，然后再给现实做精美加工。他们认为艺术家的任务是描写人的内心世界，而非表面现实；强调主观和直感的作用，认为文学的象征远比现实重要；否定一切旧的传统形式，主张进行所谓文体改革和技巧革新。新感觉派的代表是川端康成、横光利一等。

5. 战后派

日本二次大战后影响最大的文学流派。这个流派的作家大多是战后出现的青年作家，以1946年1月创刊的《近代文学》杂志为中心。他们反对法西斯和侵略战争，作品主要描写战争给人们肉体和心灵上造成的创伤，表现手法上多吸收欧洲现代派的技巧。代表作家有野间宏、椎名麟三、梅崎春生等。

6. 埃及现代派

埃及现代派于第一次世界大战时期在埃及形成，是20世纪20年代扩大到叙利亚、黎巴嫩和伊拉克等国的现实主义文学流派，30年代成为阿拉伯文学的主流。他们强调文学要结合现实，描写劳动人民的苦难和愿望，为反帝、反封建的革命任务服务。它是19世纪末、20世纪初埃及民族独立运动的产物，是埃及资产阶级改良主义运动和文化启蒙运动在文学上的表现。代表作家是塔哈·侯赛因。

7. 旅美派

旅美派又称“叙美派”，是20世纪20年代由旅居美国的黎巴嫩、叙利亚等阿拉伯作家和诗人所组成的文学流派。1920年这些作家和诗人在纽约成立“笔会”，后逐渐形成了新的文学风格，因而得名。该派作家抨击资本主义的罪恶，号召人民反对外国统治者，真实描写了阿拉伯人在美洲的奋斗以及追求个性解放的过程，抒发对祖国的思念、对故乡的热爱之情，表现了强烈的民族感情。该派代表作家有纪伯伦、艾敏·雷哈等。

（五）简答题

1. 结合具体文学形象论析东方近代文学的基本特征。

东方近代文学是在西方殖民统治和文化冲击的背景下发展的，其主要特征表现在下列几个方面：

（1）具有鲜明的政治倾向性。东方近代大多数作品的中心内容是表现东方各国人民同殖民主义、帝国主义和封建势力的矛盾，描写人民的苦难和不幸，揭露资本主义社会的虚伪和丑恶，表现人民群众的觉醒和斗争。如泰戈尔的长篇小说《戈拉》，塑造了一个在斗争实践中不断成长的爱国主义者形象。围绕着他的斗争和实践，泰戈尔对印度民族解决其社会政治问题做了思考。

（2）在发展过程中受到西方文学的深刻影响。东方各国的近代文学在由各自的古典文学向现代新文学转化的过程中都对西方文学进行了广泛的借鉴，西方近代文学的一些作家和思潮对东方近代文学产生很大的影响。近代东方向国内译介西方文学的，主要是一批留学西方的知识分子。这一点在日本表现得尤其明显，日本近代的现实主义、浪漫主义、自然主义、唯美主义和人道主义文学思想都有向西方文学学习的痕迹。

（3）作家队伍职业化、组织化和作品数量骤增。东方近代作家与古代作家相比，职业化和组织化程度加大，这一方面表明文学在社会生活中显示出重要地位，文学不是作为娱乐消遣的工作，而是作为启蒙社会、变革现实的手段之一；另一方面也表明作家具有独立的政治地位、经济地位，和精神世界。近代东方作家已出现一些自觉的社团和组织，如日本的文学界派、白桦派、唯美派等。正因为文学地位和作家地位的提高，东方近代各国的文学创作数量和质量都逐渐提高。

（4）由各民族古典形态的文学向新文学的转折。东方近代文学在西方文学的冲击和影响下发展，各国文学都出现根本性的变化，无论内容还是形式，都突破了东方古典文学的一些传统而有新的变化。在形式方面，最大的变化是语言方面的言文一致，其次是出现了新的文学形式，如，新诗、政治小说、散文诗等。内容方面的最大变化是由传统题材转向现代题材，由道德说教转向表现现实生活。

2. 结合具体文学作品分析日本自然主义文学的特点。

日本自然主义文学受到欧洲自然主义文学的影响，又有日本文学传统的因素，其特点可以从三个方面归纳：

（1）在理论上，主张“破理显实”。所谓“破理显实”就是排除一切理想，不带任何功利目的地按照事物原样去描写“真实”。日本自然主义文学反对虚构、反对幻想、反对矫饰、反对理想，强调如实表现自我、描写自然。田山花袋就认为“只要把从眼睛到头脑里的活生生的情景，原原本本再现出来就够了”，岛崎藤村认为作家就是人生战场的随军记者。凝视现实、再现生活，这就是日本自然主义文学的创作目的。因而哪怕是丑恶的现实，也要如实地再现。《棉被》、《新生》就表现了他们内心深处动物性的一面。

（2）在创作实践上，主张绝对客观主义的创作方法。日本自然主义作家冷静客观，力求不带任何倾向性地描写事物。田山花袋提出“露骨的描写”，就是要求对生活中的美、丑、善、恶都做客观的展示，对道德家眼中的美和善不偏袒，对美丑善恶一视同仁。因而日本自然主义文学对卑微、丑陋不加回避，如田山花袋小说中对情欲的描写，白鸟作品中对白痴、疯子、丑女的刻画。

（3）在方式上，要求作家自我忏悔和自我暴露。日本自然主义作家都偏重于写自己身边的生活题材，写最熟悉的事情。尤其突出展现在近代文化转型期间作家的心灵历程、自我的内心苦闷、动物本能的驱动等。岛崎藤村的《破戒》中，丑松为“破戒”而表现的徘徊与痛苦，正是作者本人在社会压抑下的痛苦感受。自然主义作家的真实追求使他们的心灵装不下种种重负，唯有真实地“暴露”才能获得内心的轻松。

3. 分析苦沙弥的形象及意义。

《我是猫》中的苦沙弥是20世纪初日本小资产阶级知识分子的典型形象。他是明治社会制造出来的“多余人”。

苦沙弥是个穷苦的中学英语教员，其貌不扬、平庸无奇、却为人正直、疾恶如仇。他憎恨权贵、伪君子和势利小人，本能地厌恶资本家及其走狗，从不肯趋炎附势。他重视自己的人格尊严，每当遭到损害和侮辱时，必欲一吐心中愤懑而后快。他常想有所行动，但又软弱无能。

苦沙弥既有反抗的一面，又有妥协的一面。他内心夹杂着不少封建的和资本主义的毒素，且心胸狭窄、目光短浅、得过且过。他虚荣，喜欢附庸风雅，沽名钓誉；其实并无真才实学，他教了几十年英语，写出的英语文章竟然错误百出。

苦沙弥是明治社会小资产阶级知识分子的真实写照。作者在揭露社会对知识分子的残害的同时，也深刻指出了这些知识分子本身的种种弱点。

4. 试析《我是猫》的艺术特色。

夏目漱石的成名作《我是猫》不仅以其对文化转型时期日本社会的深刻揭示而著称，艺术上也表现出独特鲜明的特色，具体表现在：

（1）灵活、自由的结构形式。全书以猫的见闻和感受为主线，以苦沙弥及周围的人物活动为中心，将一些平凡琐碎的日常生活片段连缀在一起，有些松散，但显得自由灵活。作者自称作品的结构“像海参一样”无头无尾，“随时随地都可以截断”。

（2）独特的叙述视角。小说以猫为叙述者，以猫眼看人世，从而产生一种“陌生化效果”，能见人之未见，言人之难言，随心所欲地表达作者对客观对象的认识态度，而且使一些人眼看似“习以为常”的东西有了特别“触目惊心”的效果，从而深化了主题。

（3）出色的幽默讽刺艺术。《我是猫》继承了日本诙谐文学的传统，又吸收了西方尤其是18世纪英国讽刺文学的手法，或通过人物间的插科打诨而逗趣，或穿插荒诞奇妙的逸闻，或借用猫态猫语而产生令人发笑的情趣。这些幽默讽刺手法不仅用于对文化转型时期日本社会的浅薄、浮泛的讽刺，在塑造人物形象方面也取得成功。

（4）丰富多彩的语言风格。作品语言既平白、通俗、有生活气息，又充分借鉴了日本古典文学的谐趣传统，还巧妙地使用汉语、雅语，展现出生动活泼、简洁凝练、含蓄幽默、饶有风趣的语言风格，幽默而不失严肃，滑稽而不落俗套。

5. 川端康成的创作在艺术上有什么特点？

其一，致力于探索与革新。他与横光利一共同发起新感觉派文学运动，通过借鉴西方现代派文学思潮与创作手法来革新日本文坛。引进詹姆斯·乔伊斯的意识流和弗洛伊德的精神分析学，以本国传统为基础，主动汲取西方文学的有益养分，其创作独具东西方文化交融的风貌。

其二，始终不懈地追求对美的表现。这种美以“物哀”、“风雅”、“幽玄”等日本古典审美传统为基础，具有浓郁的抒情色彩与唯美主义倾向。

其三，在创作手法上，他擅长运用意识流手法来展示人物的心理流动与情绪的波动，用象征手法来拓宽作品的思想内涵与意味，在虚实相生的审美意境中营造浓郁的抒情氛围，在汲取西方艺术手法的同时也彰显了日本的审美传统与文学精华。

6. 分析《雪国》中驹子的形象。

驹子是川端康成在《雪国》中极力刻画的一个形象。小说对她的刻画主要从日常生活的状态和对待爱情的态度两个方面来表现。

（1）日常生活方面。在这方面作家主要写了坚持记日记、喜欢读小说和苦练三弦等几个细节。驹子一直坚持记日记，尽管都是每天生活琐事的原样记录，但她自己看得很重，也记得很认真，一直没有间断；驹子喜欢小说，并坚持做笔记，记了十来本，可见她的求知欲望和毅力；她苦练三弦，不但练普通的琴书，而且钻研较高深的琴谱，三弦技艺比别的艺伎高出一筹。

（2）对待爱情方面。她表现出两面性：一方面她渴望真诚的爱。正因如此，她才爱上岛村。岛村对她比一般的游客对她更显忠诚，对她的美貌和人格有几分尊重，她被打动了。岛村的知识修养也使她敬佩，她的求知欲得到了满足。她爱岛村，不掺杂任何杂念，是纯粹的爱的奉献；另一方面，她毕竟是一个艺伎，受人玩弄和践踏，弄得心力交瘁，心理畸形。她明知岛村是个有家室的人，明知与岛村的爱难以维持长久，也知道岛村把她看作美的徒劳，却依然想入非非，与他过着放荡不羁的生活。

从上述两方面的描写，我们看到了驹子虽经历人间沧桑，却不甘忍受屈辱生活，更未淹没在纸醉金迷的世界里，是一个有着自己执着追求的艺伎，但从她畸形的生活也可看出她被扭曲的一面。

7. 分析《雪国》中叶子的形象特点。

叶子的形象在小说中具备双重意义。一方面，叶子的形象与驹子相生相映，是灵与肉的双重协奏，是驹子形象不可或缺的另一面。叶子形象所意味的美，寄寓了作者对空灵美的追求。另一方面，叶子的形象还具备结构上的意义。小说以叶子始，也以叶子终，两种具有高度象征意味的场景均围绕着叶子展开。她是进入雪国的开始，也是走出雪国的终结，她与雪国这一空间紧密结合，象征了一个超越世俗的独特世界。这就是雪国，是岛村借以逃避都市喧嚣的世外桃源。在熊熊燃烧的烈火中，叶子的死意味着恋情的结束与雪国的寂灭，美以死亡的方式得到升华，而驹子和岛村都将重返俗世。

8. 试析《雪国》的艺术特征。

在艺术创作上，《雪国》充分借鉴了西方的现代写作技法，大胆运用了意识流手法，将人物感觉与自由联想自然地糅合在一起，场景描写具有高度象征性，为日本小说创作注入了新的艺术元素。《雪国》的开头被视为日本文学中的经典，岛村通过火车上的玻璃窗观察着叶子的片段，有很强的画面感，且类似电影的蒙太奇镜头。通过岛村的视觉，多种事物与景象联系、交织在一起，组成了一个带着梦幻色彩的虚实交织的片断。川端康成擅长片段式写作，小说在情节进展的过程中，还插入了一个“雪中绩麻，雪中纺织，雪水漂洗，雪上晾晒”的片段，这是溢出于情节之外的片段，体现了作者对传统工艺的书写以及由此注入的对日本传统技艺的缅怀与致敬。小说中这一片段所呈现的格调与氛围，与小说的整体氛围是协调的，不显突兀，别具艺术韵味。

9.《吉檀迦利》有何重要的思想内涵。

《吉檀迦利》是印度诗人泰戈尔的一部诗集，也是最能代表其创作倾向和艺术特色的诗集。《吉檀迦利》充分体现了诗人泛神、泛爱的思想，二者在诗中紧密结合，泛爱思想是基础，是要达到的目的。正是这种结合所呈现的不同表现，构成了《吉檀迦利》诗歌的神秘主义特色。诗中通过神秘主义的描写，既反映了诗人对现实生活的希望——探求——失望这三者的不断反复、不断撞击的矛盾心情，又表现了诗人追求宁静、和谐、自由欢快的美好境界的爱心和愿望。

（1）诗中通过对神的礼赞，表达了诗人美好的生活理想。诗人所敬奉的神具有鲜明的爱憎，他们不是生活在虚无缥缈的仙界，而是生活在劳动人民中间。正由于诗人一直把追求“人神同一”作为自己的人生理想，所以，每当他所向往的与神相会的美好境界出现时，他都感到无比的欢喜和激动。

（2）《吉檀迦利》在表现诗人生活理想和高尚品德的同时，又反映了诗人为寻求出路而不得的矛盾、痛苦的心情。泰戈尔尽管在不少诗篇中都表现出对祖国命运的关注和对被压迫者的同情，但他为解决社会问题而寄托的“神”、“爱”却是脱离现实、不切实际的。这种欲救国救民而不能、欲前进又找不到明确方向的复杂心情，在《吉檀迦利》中都表现出来了。

总的来说，《吉檀迦利》既表现了诗人对“人神同一”理想境界的追求，又间接地反映了诗人一贯的人道主义和爱国主义精神。它是诗人思想探索和艺术探索的重要里程碑。

10.《吉檀迦利》的结构有什么特点？

整部诗集在结构上经过了精心的编排，遵循着“写作缘起：颂神——追求神时的思念——与神会面的欢乐——再次分离的痛苦——再次相会，对死亡的超越”这样一条内在逻辑线，103 首诗首尾相衔，一唱三叹，具有韵律之美，有力地烘托着人渴望与神结合的主题。第 1 篇至第 7 篇是序曲，唱出了诗人作歌的缘由，即听从神的命令，以“永新的旋律”、“优美的和声”唱出生命的献歌，从而实现与神合一的愿望。第 8 篇至第 35 篇是第一乐章，主题是对神的思念。诗人先写神就在普通劳动者中间，继而写自己对神的渴慕与求索，表明自己愿意抛弃一切世俗欲念，把爱无私地献给神，最后归结到让神唤醒自己的祖国，让她“进入那自由的天国”。第 36 篇至第 56 篇为第二乐章，主题是与神的会见。神接受了诗人的祈求，赐予他新的力量，于是“新的旋律从心底涌出”（第 37 篇）。诗人以更加炽烈的感情呼唤着神的降临，想象着神到来时的情景。结果，神来到诗人心中，来到诗人茅舍门前。神的爱与诗人的爱融会在一起，人与神圆满地合为一体。第 57 至第 85 篇是第三乐章，主题是欢乐颂。诗人先纵情歌唱神带给世界无限的欢乐和光明，接着凄然低吟人与神分离的痛苦。神创造人之后，两者自然分离。然而，正是神的这种“自我分离”才显出神存在的意义，并让人看到神的面貌。只有在人留下生命的果实返回神的殿堂之后，这种分离的痛苦才会结束。第 86 篇至第 100 篇是第四乐章，主题是死亡颂。诗人操着“生命之琴”，弹着“永恒的音符”，渴望着“死于不死之中”，亦即获得新的、永恒的生命，真正达到与神合一的境界。最后 3 篇是尾声，概括了诗集内容和意义，诗人表明自己一直在用歌寻找神。

11. 如何理解《吉檀迦利》中的“神”？

泰戈尔在《吉檀迦利》中先后用了多种不同的称谓来称呼神，比如“你”、“我的主人”、“我的主”、“我的诗人”、“我的国王”、“我的朋友”、“情人”、“我生命的生命”、“各界之主”、“我的最爱”、“万王之王”、“内心深处的那一个”等。这些称呼体现出来的与神的关系是丰富多样的，既有信徒与神之间的崇信，又有朋友般的平等，还有情人之间的亲密。神与人的关系并不是单向度的，人需要神，神同样也需要人。只有通过人，神的爱才得以实现。《吉檀迦利》中的“神”并不是一个具体的神，它是无处不在的，因此诗集中的诗篇在内容上涉及自然、爱情、爱国、儿童、苦难、死亡等多个方面。

12. 结合泰戈尔的宗教哲学思想谈谈对《吉檀迦利》主题思想的理解。

《吉檀迦利》是一部献给神的诗，是一部颂神诗，表现的是对神的理解以及如何与神合一的思想。泰戈尔的宗教哲学思想深受印度传统“吠檀多”不二论思想的影响，认为“梵我合一”，人生的目的就是要亲证神；此外，泰戈尔还受近现代印度“梵社”运动的影响，主张对神的崇拜不必局限于形式和仪式，而应注重内心的崇拜，在日常生活中也可以领悟到神。泰戈尔的宗教是“诗人的宗教”，是一个艺术家的宗教，因此他所信仰的“神”既不同于虔诚的印度教教徒的神，也不是神学家的神，他所崇拜的神是一位人格神，是一种精神性的存在。

13. 试论戈拉的人物形象特点。

戈拉是泰戈尔长篇小说代表作《戈拉》的主人公，他是一个具有爱国热情和积极从事民族解放斗争的知识分子形象。作为一个大学毕业刚走上社会的青年，他为人正直、善良、刚强、疾恶如仇，热爱祖国，同情灾难深重的人民，英勇地同英国殖民统治者及其走狗斗争，对祖国的自由解放充满必胜的信心。但是他虔诚信奉印度教，严守教规，先进的爱国思想与落后的宗教偏见在他内心形成尖锐矛盾。他在农村同劳苦人民接触等社会实践中认识到宗教和种姓制度的危害，终于冲破宗教偏见和种姓偏见的束缚，成为彻底的爱国主义者和民族主义者。

14. 分析《戈拉》的艺术特色。

（1）人物形象对比鲜明，小说成功塑造了反帝爱国主义英雄戈拉的形象，同时成功塑造了反面人物哈兰。把爱印度胜于爱自己的戈拉和对洋人唯命是从的哈兰进行对比，使美与丑、善与恶、进步与落后泾渭分明。小说将正面人物与反面人物对比的同时，在正面人物之间也展开了对比。如戈拉与毕诺叶同是爱国青年，但一个性情谦和，一个性格暴烈；苏查丽妲和罗丽妲两姐妹，一个温柔沉静，一个泼辣刚烈。这种对比使人物性格更为鲜明，使戈拉的性格得到多方面的映衬。

（2）强烈的论辩性。小说中议论成分占有很大的比重，人物间的论辩成为塑造人物的主要手段。小说以带有哲理的论辩和交谈，展示了当时社会上不同的宗教观念和政治见解，驳斥了向殖民主义者屈膝投降的论调，批判了新印度教和梵社的偏执与错误，充分肯定了热爱祖国、民族团结、民族独立和自由解放思想。

（3）浓厚的抒情色彩。作者善于把叙事、论辩和抒情融为一体，使小说自始至终带有浓厚的抒情色彩，激荡着感情的洪流，产生了诗一般的艺术感染力。

15. 分析《戈丹》的主要艺术特点。

《戈丹》是普列姆昌德的代表作，也是印度现实主义文学的典范之作。其艺术特点有：

（1）作家视野开阔。作品以农村为主、城市为辅，两条线索或平行或交错，把农村与城市联系起来，使小说有极大的容量，广泛触及了各类社会矛盾，揭示出殖民主义入侵、城市资本主义发展给农民带来的深重灾难，并形象地告诉人们：地主、资本家、殖民主义者是工人和农民的共同敌人，从而概括了殖民地社会的某些本质特征。

（2）人物性格丰满多样。如何利既善良纯朴又狭隘世故，既胆小软弱又精明有韧性。丹妮娅风风火火、大胆泼辣，出言锐利，她头脑清醒，心地温厚；地主莱易，谄上欺下、虚伪狡诈、口是心非，嘴脸十分丑恶。

（3）心理描写、对比手法用得十分出色。如何利由想从牧牛人手里骗取奶牛，到自愿放弃并赠送牛草的心理变化，丹妮娅由坚决反对送草到主张大量送草的内心转变，都写得惟妙惟肖。而且人物之间的对比、事件之间的对比、情绪消长的对比都十分鲜明。

（4）小说语言朴素优美。其民间的、民族的语言，富有艺术魅力。既有生动贴切的比喻，又有充满浓郁乡土气息的描写，还有抒情诗式的感情抒发，大大增强了作品的表现力。

16. 简述马哈福兹“三部曲”的艺术成就。

（1）细腻、写实、严谨的艺术风格。“三部曲”总体上没有集中描写气势宏大的历史事件，作品风格似显琐碎凝滞，而实际上有严整的结构安排。作者追求缜密的细节描写，着意于生动的人物形象塑造，传达出浓郁的生活气息，文笔精细、出神入化，从整体上显出凝重厚实的特点。

（2）灵活多样的艺术手法。小说基本上忠实于传统的现实主义的创作手法，人物多用白描，注重环境烘托，注重人物心理描写，经常采用对比的结构方法；同时，“三部曲”也积极地借鉴了其他文学流派的写作手法，如对亚辛的性欲冲动的几次描写都是跳跃而杂乱的意识流手法，对亚辛、玛丽娅等人的性格描写带有明显的自然主义色彩。

（3）“三部曲”把阿拉伯现实主义小说提高到空前的水平。这首先表现在广阔丰富的艺术场景的描述。从爆发反帝游行的沸腾大街到策划党派斗争的政治家沙龙，再到革命者聚会的场所，从家庭生活的小世界到推动历史进程的大场面，再到普通人丰富多彩的内心世界，从各个角度展现出纷繁复杂的社会风情画卷。再加上作者洞察社会的深邃目光，善于描摹人物心理世界的高超技艺，以及搜集、整理、编排素材的深厚功底，使“三部曲”的艺术成就代表了当时阿拉伯现实主义小说的最高水平。

17. 试析《先知》的思想性和艺术性。

《先知》是黎巴嫩作家纪伯伦的重要作品，在纪伯伦的所有散文诗集中，《先知》被誉为其“顶峰之作”。

《先知》虽不是小说，但作家为之安排了一个独特的故事情节。开头描述了一个东方智者要回归故乡，当地居民知道他要离开时，从四面八方赶来为他送行，人们要求智者在临行之前讲说真理，于是智者回答了送行人们提出的爱、婚姻、孩子、施予、饮食、工作、欢乐与哀愁、衣服、法律、自由、理性与热情、美、宗教等26个方面的问题。这些问题涉及人生和社会的各个方面，是一个饱经沧桑、历尽人间坎坷的过来人的经验之谈。作者用诗一般的优美语言，反复比喻的词句，讲了很多道理，值得仔细寻味。

《先知》反映了作家的散文作品“爱”与“美”的主题，并以此表现他对和谐完美的理想境界的向往和对现实社会丑恶现象的不满。他的散文诗想象丰富，感情深沉，格调清新，富于哲理，具有浓厚的东方色彩。由于作者忧国忧民心切，在他的这部作品中，也流露出一种淡淡的哀愁和神秘主义色彩。

（六）论述题

论述《雪国》的艺术特色。

《雪国》是川端康成最为杰出的作品，他把西方现代派的某些创作手法和日本固有的文学传统结合起来，无论是人物的形象塑造还是情节结构的安排，均能另辟蹊径，为日本文学和世界文学的发展做出了贡献。具体表现在：

（1）川端康成继承了日本古典文学重视人物心理刻画的传统，在细腻描写人物活动方面有其独到之处。他在《雪国》中巧妙运用了自由联想这种独特的心理描写手法，把叶子的形象放到岛村的脑海中去，让岛村在逻辑中强化和美化叶子的形象，从而也就细腻地反映了岛村本人的性格和品质。

（2）在结构上借鉴西方意识流的创作手法，突破时空的连贯性，主要以人物思想感情的发展或作者创作的需求为线索，展开叙述。《雪国》在总体上基本按照事物发展的时间顺序来写，在某些局部又通过岛村的自由联想展开故事和推动情节，从而适当地冲破了事物发展的时间顺序，形成内容上的跳跃性。这就使作品避免了平铺直叙、呆板的毛病，从而使作品波澜起伏。

（3）作品鲜明地体现了新感觉派所主张的以纯粹的个人官能作为出发点，依靠直觉来把握事物的特点。比如《雪国》结尾描写叶子在蚕房火灾中为救出孩子而献出生命的一段情节，依靠直觉写得既悲且美。在岛村眼里，火灾充满诗意：地上洁白的雪景，天上灿烂的银河，天地之间火花飞舞，而叶子美丽的身躯从楼上飘然落下……在岛村的心目中，也可以说是在作者心目中，叶子虽死犹生，她的死不过是“内在生命的变形以及那变迁的过程”。从艺术效果来看，这种倾向似乎使叶子这个非现实美的幻影在作者的直觉中得到最后完成。

（4）在文章风格上，既悲且美，抒情味浓。川端康成在文学精神上继承了日本传统文学的“物哀”、“幽玄”和“余情”，把美和悲联系在一起，认为悲即美，美必悲。《雪国》中驹子和叶子的美貌、雪国的自然之美都以浓墨重彩加以表现，但无论人物之美还是自然之美，都与人物的悲伤命运和结局交织在一起。叶子死于大火，火光映照着灿烂的星光就是最集中地体现悲美融合的场景。

（七）综合阐述题

1. 法国自然主义文学与日本自然主义文学比较。

法国自然主义文学滥觞于福楼拜，至19世纪70年代以后才形成高潮。法国莫泊桑等人集体发表的《梅塘之夜》是这一运动的宣言书。它产生于批判现实主义中的一个文学思潮和流派。其特征是：

（1）强调写真实，再现自然。自然主义把真实理解为自然，即客观存在，包括自然界和人类社会。所谓再现自然，就是真实地而不是典型化地描写日常生活。

（2）强调客观性。自然主义要求小说家完全消失在小说情节的后面，不要介入小说的叙述，让故事“自己来讲述自己”。

（3）突出科学性。自然主义把一切归之于自然法则，认为人的性格、欲望、行为都受制于生物规律，尤其是遗传规律，所以创作就是探索、印证这些规律对人的影响。另一方面还要求描写要达到一种科学式的精确。左拉后期甚至认为创作就是一种试验的过程，它遵循着假设—试验—结论的基本程序。

日本的自然主义文学是20世纪初出现的一个文学流派。从1901年到1906年，经过了一个译介法国自然主义作家的作品和论著的准备、孕育阶段，从1906年岛村抱月的理论著作《被囚禁的文艺》和岛崎藤村的长篇小说《破戒》问世之后，日本自然主义文学便进入了蓬勃发展的时期，出现了日本文学史上自然主义文学运动的高潮。其特点是：

（1）在理论上主张“破理显实”，即主张作家排除一切思想，不带任何功利目的地按照事物原样子去描写“真实”。

（2）在实践上主张遵循绝对客观主义的创作方法，要求作家冷静地、客观地、不带任何倾向地去描写事物。

（3）在方式上要求作家自我忏悔和自我暴露，要对个人丑恶的私生活进行忏悔，这一理论对自然主义后期“私小说”的形成产生了决定性影响。日本自然主义作家情况复杂，他们往往是从其他流派转变过来的，因此日本自然主义文学除了自身主要特点之外，还存在着各种流派交叉影响的特点。

2. 以《源氏物语》和川端康作品为例谈谈日本文学中的“物哀”美学。

“物哀”是整个日本文化和日本文学的精髓本质，亦是理解日本人民族气质的关键所在。叶渭渠在其所著的《日本文学思潮史》中，将“物哀”解释为“对所感之对象表现一种爱怜和同情混成的心绪，这个对象可以是人或物，也可扩大为社会世相”。简而言之，物哀是一种由情景交融而引起的深沉的哲理般的感触，它不像古希腊悲剧那样有重大的社会主题、宏大的气魄、无限的力度和激烈的矛盾冲突，它也不像中国悲剧那样充满浪漫的激情和沉重的伦理意识，而是弥漫着一种均匀的、淡淡的哀愁，贯穿着缠绵悱恻的抒情基调，从而体现了人生中和日常生活中的悲剧性。这一理念奠定了其在日本文学的主导地位，综观大多数日本文学作品，无不渗透着这样一个文学理念。从8世纪的《万叶集》到11世纪的《源氏物语》都充分体现了对“物哀”风格的追求，特别是《源氏物语》对后世日本文学的发展起到了不可估量的作用。

由紫式部创作的《源氏物语》问世于11世纪初，全书共五十四回，近百万字，人物形象之多，描写之细腻，堪称物语之典范。小说由人心理活动入手，行文间充满了纤细清雅而幽怨的情调。“虽然也描绘了很多宫廷权力斗争的场面，但是最着重的还是那一段段华丽而哀伤的爱情”。哀婉纯真的《万叶集》透出的传统日本式唯美，在《源氏物语》中被继承下来。

川端康成的审美情趣，更多地继承了日本传统艺术美的“物哀”精神。他经常强调，“平安朝的‘物哀’成为日本美的源流”，“悲哀这个词，同美是相通的”。可以说，“物哀”在他的审美意识中占有最重要的地位。他的小说，大多表现了悲哀与同情，朴素、深切而令人感动地表露了对渺小人物的赞赏、亲爱、同情、怜悯和哀伤的感情，而这种感情又是通过咏叹的方式表达出来的。他以描写对象的悲哀感与作家自我的同情哀感的统一，赋予他笔下众多善良的下层女性人物以悲剧的情调，而且把她们的悲哀同纯真、朴实联系在一起，表现了鲜明的柔和的女性美，创造了感人的美的艺术形象。川端康成的《伊豆的舞女》是从编织舞女熏子的境遇开始的。它透过熏子纤细的美，来反映她内在的悲伤和沉痛的哀愁；同时，作为男主人公中学生“我”又蕴含着深邃而郁结的情感。两者都表现出一种日本式的“物哀”的自然感情。

（八）作品分析题

1. 川端康成《雪国》节选分析。

“啊！”

驹子尖叫一声，用手掩住了两只眼睛。岛村的眼睛却一眨不眨地凝望着。

岛村什么时候才知道掉落下来的女人就是叶子呢？

实际上，人们“啊”的一声倒抽一口冷气和驹子“啊”的一声惊叫，都是在同一瞬间发生的。叶子的腿肚子在地上痉挛，似乎也是在这同一刹那。

驹子的惊叫声传遍了岛村全身。叶子的腿肚子在抽搐。与此同时，岛村的脚尖也冰凉得痉挛起来。一种无以名状的痛苦和悲哀向他袭来，使得他的心房激烈地跳动着。

叶子的痉挛轻微得几乎看不出来，而且很快就停止了。

在叶子痉挛之前，岛村首先看见的是她的脸和她的红色箭翎花纹布和服。叶子是仰脸掉落下来的。衣服的下摆掀到一只膝头上。落到地面时，只有腿肚子痉挛，整个人仍然处在昏迷状态。不知为什么，岛村总觉得叶子并没有死。她内在的生命在变形，变成另一种东西。

叶子落下来的二楼临时看台上，斜着掉下来两三根架子上的木头，打在叶子的脸上，燃烧起来。叶子紧闭着那双迷人的美丽眼睛，突出下巴颏儿，伸长了脖颈。火光在她那张惨白的脸上摇曳着。

岛村忽然想起了几年前自己到这个温泉浴场同驹子相会、在火车上山野的灯火映在叶子脸上时的情景，心房又扑扑地跳动起来。仿佛在这一瞬间，火光也照亮了他同驹子共同度过的岁月。这当中也充满一种说不出的苦痛和悲哀。

驹子从岛村身旁飞奔出来。这与她捂住眼睛惊叫差不多在同一瞬间。也正是人们“啊”的一声倒抽一口冷气的时候。

驹子拖着艺妓那长长的衣服下摆，在被水冲过的瓦砾堆上，踉踉跄跄地走过去，把叶子抱回来。叶子露出拼命挣扎的神情，耷拉着她那临终时呆滞的脸。驹子仿佛抱着自己的牺牲和罪孽一样。

人群的喧嚣声渐渐消失，他们蜂拥上来，包围住驹子她们两人。

“让开，请让开！”

岛村听见了驹子的喊声。

“这孩子疯了，她疯了！”

驹子发出疯狂的叫喊，岛村企图靠近她，不料被一群汉子连推带搡地撞到一边去。这些汉子是想从驹子手里接过叶子抱走。待岛村站稳了脚跟，抬头望去，银河好像哗啦一声，向他的心坎上倾泻了下来。

《雪国》讲述的是坐食祖产的东京舞评家岛村前后三次来到雪国，与艺妓驹子厮混，同时又为美得凄冷悲戚的叶子所吸引的故事。

本文选取的是整部小说的终章。小说以叶子镜中模糊虚幻的形象形成了一个朦胧迷离的开端，又以叶子在一场火灾中突如其来的丧生结束，为叶子找到一个绝好的归宿，对叶子的美做出了最佳解释，完整地展示了川端的虚无主义思想。岛村的虚无思想在这一刻找到一个最好的寄托点：银河。那人生徒劳的虚无主义与那明亮澄澈似乎要“哗”的一声倾泻下来的银河绝妙地契合到了一起。火灾本是悲惨的，而岛村却如同置身事外一般。驹子先赞叹银河的美，岛村也跟着叹了一声，“仿佛自己的身体悠然地飘上了银河”，岛村的主观感觉找到了发挥的空间。吸引岛村的是“银河那无底的深邃”，那恰恰代表了无尽的虚无。火苗又蹿起来了，岛村却觉得“眸子里映满了银河”，驹子的容颜也“仿佛映在银河上”。银河“澄澈明亮”，而驹子的脸却似“一副旧面具”，此刻，驹子与银河融合在了一起。银河是缥缈的，无垠的，而驹子是现实的，短暂的。银河在岛村头上仿佛要拥抱这个世界，而驹子却在岛村身边说着无奈的话，感受着苦楚的痛。在火势不断蔓延的当口，岛村渐渐疏离了驹子，而却越来越清晰地感受到了银河。两人都意识到了银河的明澈，而岛村则深深地沉浸在银河那无以言说的美中，他感受着，体会着，飘浮着，飞翔着，银河无尽地向下倾泻着，一点一点地将冷冽的虚无倾泻到岛村的心底。岛村被一种无名的力量托着，飘浮在银河中，已不在这实在的人间了。就在这时，一个女人掉落下来，掉落在火苗中间，是叶子。没有恐惧，没有哀伤，岛村的心中，“那是非现实世界的幻影”。生命由于失去而自由了，“生与死仿佛都停歇了”。岛村既置身火灾之外，又沉浸在火光之中，他在欣赏着这生与死的替转，在体味着生命的超脱，美丽的升华。“叶子并没有死，她内在的生命在变形”，有限的生命与无限的永恒结合在一处，叶子的美因死亡而被推向了顶峰，达到了极致。那亦悲亦美，既美且悲的情韵渗透在文尾的每一脉经络里，渗透进读者的每一个毛孔里。叶子由浊世中的俗体凡胎，羽化为仙界中不为人世哀伤所扰的天女。叶子来也神秘，去也神秘，她的神秘在那一刻得到了永远的定格。那映在叶子脸上的火光，令岛村忆起了初见叶子的情景，照彻了“他同驹子共同度过的岁月”。人生无常，美亦徒劳，毁灭即是永恒。火光中，岛村那东方式的虚无得到明确的验证。

这是一段将现实、感觉、幻觉完美地融合在一起的绝妙描写。所有的一切，几乎都是岛村的主观感受。文末将整篇小说中岛村的精神感觉推到了一个最高境界，即地上的大火，天上的银河，和火中坠身的美丽的叶子，如梦如幻，如诗如歌。其内容与形式的统一，达到了水乳交融的程度。正如陶力所说："虚无思想的那种朦胧、神秘、稍纵即逝的物质，在西方现代派创作手段与日本古典文学传统风格的有机结合中，在作家匠心独具的行文运笔中，得到了充分而形象的体现。"作者用雪的纯洁幽冷，火的扑朔迷离，银河的壮美明丽，构成了一个凄美无比的情境，也透射出了岛村眼中虚无即是解脱的真谛。叶子死去了，而岛村"抬头望去，银河好像哗啦一声，向他的心坎上倾泻了下来"。这正印证了岛村即川端的思想：死是美的最高表现。这也体现出日本文学那"哀而不怨"的传统。正如作者本人所说："这不等于西方所说的虚无主义，我觉得两者的根本精神是不同的。"《雪国》的虚无是受佛典影响的，禅宗的虚无。岛村带着旁观者的漠然观望着这惨淡人生，憧憬着超脱的东方式虚无主义，是川端虚无思想的代言人。

2. 泰戈尔诗歌《我一无所求》分析。

我一无所求，只站在林边树后。
倦意还逗留在黎明的眼上，露润在空气里。
湿草的懒味悬垂在地面的薄雾中。
在榕树下你用乳油般柔嫩的手挤着牛奶。
我沉静地站立着。

我没有说出一个字，那是藏起的鸟儿在密叶中歌唱。
杧果树在村径上撒着繁花，蜜蜂一只一只地嗡嗡飞来。
池塘边湿婆天的庙门开了，朝拜者开始诵经。
你把罐儿放在膝上挤着牛奶。
我提着空桶站立着。

我没有走近你。
天空和庙里的锣声一同醒起。

街尘在驱走的牛蹄下飞扬。

把汩汩发响的水瓶搂在腰上，女人们从河边走来。

你的钏镯丁当，乳沫溢出罐沿。

晨光渐逝而我没有步近你。

泰戈尔认为“神”无处不在，无所不包，存在于一切自然中，存在于最贫贱的人们之间。基于这样的泛爱观，即使最普通最平凡的生活，在他的诗中也被赋予了牧歌式的迷梦色彩。《我一无所求》就集中反映了他的这一创作思想。

诗人一开篇就吟出心曲——“我一无所求”。为何“我一无所求”呢？因为“我”已经拥有，拥有了最凡俗也是最宝贵的生活。高大的榕树，开满繁花的杧果树，曲折的村径，清澈的池塘，多么原始而又美丽的乡村风光！汩汩的流水声，女人钏镯的叮当声，蜜蜂的嗡嗡声，鸟儿的歌唱声，朝拜者的诵经声，庙里的锣声，构成了一曲最质朴最自然的天籁之音。挤奶，汲水，赶牛群，诵经文，多么勤劳的邻里乡亲！多么简单却悠闲自在的生活方式！

诗人选取了乡村早晨的特定时刻，由静而动，由近而远地绘出了一幅恬淡、宁静、原始而有生机的田园牧歌式的画卷。最有趣的是，诗人自己也身处这幅画卷中，而且是诗中一个最独特的意象。说其独特，是因为诗中的“我”始终站立着、静止着，这是外部形态上的意象特征，同时也是解读诗人内心世界的关键。这种静立可以理解为，诗人沉浸其中，享受这美好晨光，享受这田园生活，这是诗的表象，亦即浅层意境。但是，诗人的情感、思想却始终在奔涌着、流动着。

第一诗节中，在黎明时分，一切都还似醒未醒之时，诗人已和妻子来到林边榕树下，妻子在挤奶，而诗人“沉静地站立着”，这个沉静，绝不可能是诗人睡眼蒙眬，因为他的眼睛，正欣赏大自然此刻如美人般似睡似醒的姿容。同时，他也在欣赏着他的妻子——“用乳油般柔嫩的手挤着牛奶”的妻子，在一片倦懒的晨光中，这个勤劳的女人，显得如此美丽。第二诗节，诗人仍在静立着，这时的大自然已经醒来，展示出她的千姿百态和无限生机。人类也不甘示弱，一天的活动由诵经开始，这种朝拜者心灵的赞歌，与鸟儿的歌唱、蜜蜂的嗡嗡一样动听，也许在诗人的耳中，后一种更为动听吧。诗人的妻子，此时已经挤了很多的牛奶，要把罐儿放在膝上了。心灵的洗礼可以诉诸宗教信仰，也可以行诸劳动。劳动不仅能锻炼人的体格、意志，同时还能净化人的心灵。第三诗节，随着时间的推移，天亮了，早祷结束了，赶牛呀、汲水呀，这些琐碎日常的活动开始了。牛蹄扬起的街尘，占据了本属于薄雾的空间，女人们的钏镯声取代了鸟鸣，人类的活动在天地间凸显出来。而这一切，只不过是发生在短短的一瞬，就是挤一罐牛奶的功夫。诗人看到了妻子的奶罐儿已经挤满了，“乳沫溢出罐沿”，他却仍静立着，沉浸在眼前的景象和自己的心灵活动中。

他观赏、倾听、感悟。他观赏到大自然与人类的活动，它们是如此和谐；他倾听着天籁与人籁的合奏，它们是如此富有生机；他感悟了那古老的禅语：一切众生，皆有佛性。他立于自己描绘的画面中，心灵却在一定的距离之外，这个审美的距离是诗人有意拉开的，他在观照个人的生活，生活是如此和谐美满；同时也在观照大众的生活，生活是如此淳朴自然。他在赞美大自然，同时也在赞美人类。这种赞美出自心灵深处，无一丝雕琢的痕迹。

诗人虽然在形式上，用了“我”向“你”倾诉的对话样式，“我”“你”遍布全诗，但是，这绝不仅仅是在向亲密的爱人倾诉，同时也是在向大自然倾诉，向人民倾诉，向他心中最高的神祇倾诉。正因为如此，这首爱的牧歌才如此动听，如此撼动人心。

3. 纪伯伦《美之歌》分析。

我是爱情的向导，是精神的美酒，是心灵的佳肴。我是一朵玫瑰，迎着晨曦，敞开心扉，于是少女把我摘下枝头，吻着我，把我戴上了她的胸口。

我是幸福的家园，是欢乐的源泉，是舒适的开端。我是姑娘樱唇上的嫣然一笑，小伙子见到我，霎时把疲劳和苦恼都抛到九霄云外，而使自己的生活变成美好的梦想的舞台。

我给诗人以灵感，我为画家指南，我是音乐家的教员。

我是孩子回眸的笑眼，慈爱的母亲一见，不禁顶礼膜拜，赞美上帝，感谢苍天。

我借夏娃的躯体，显现在亚当面前，并使他变得好似我的奴仆一般，我在所罗门王面前，幻化成佳丽使之倾心，从而使他成了贤哲和诗人。

我向海伦莞尔一笑，于是特洛伊成了废墟一片；我给克娄巴特拉戴上王冠，于是尼罗河谷地变得处处是欢歌笑语，生机盎然。我是造化，人世沧桑由我安排；我是上帝，生死存亡归我主宰。我温柔时，胜过紫罗兰的馥郁；我粗暴时，赛过狂风骤雨。

人们啊！我是真理。我是真理啊，你们要把这一点牢记在心里。

“爱与美”曾被认为是纪伯伦散文诗的基本主题，纪伯伦也被看作是“爱与美的诗人”。其实这是不完全的。他还有金刚怒目的一面，他对腐败权力的揭露，对宗教偏见的鞭笞，对传统和民族性中消极面的挞伐，也是非常凌厉而深刻的，“爱与美”只是他诗歌创作中的一部分。

关于“美”，在纪伯伦的散文诗中有很多篇，如《先知》中的《美》、《泪与笑》中的《美之歌》和《在美神的宝座前》等。纪伯伦认为，“美是智者哲人登上真理宝座的阶梯”。他以激越的感情、丰富的想象、富有启发性的比喻以及新颖的意象和象征来表达对一个抽象事物的认识，为人们提供出认识社会、认识自身的新视角，并表达出他对和谐完美理想境界的向往。

《美之歌》选自1913年出版的散文诗集《泪与笑》。本集中有一组散文诗总题为《组歌》，如《浪之歌》、《雨之歌》、《幸福之歌》等，共5首，《美之歌》是其中的第4首。1911年，纪伯伦虽然已正式迁居纽约，并宣布“我生命中的一个时代已经结束——结束了赞颂、倾诉和哀恸哭泣”，但是他此时并没有完全由绚丽型转向力量型，由激情型转向哲理型，他还在积极寻找通向心灵和人性完美的道路，他仍然满怀激情地歌颂爱、歌颂美，认为爱与美是世间万物完美的象征，是理智的成果，是人世好的归宿和结局。因此，他将爱与美当作宗教来崇拜。

在《美之歌》里，诗人把美当成上帝、真理。她无所不包、无处不在，其力量也非常神奇，可以主宰生死存亡，可以令你获得爱情、灵感，可以使人变得聪明、美丽，净化人的心灵，使社会变得崇高起来。同时，她也可以“赛过狂风暴雨”，摧毁一切。诗人在这里不是在演绎哲理命题，而是用艺术的散文诗形式和优美语言，形象地阐述美的作用与意义。

在纪伯伦前期人生哲学观里，美有着较浓厚的神秘主义色彩，如他认为，“美是一种威严可怕的力量”，是一种“神力”，“只有在美中才有真理”，“只有在美中才有光明”，“美可以使你们的灵魂返璞归真至大自然——那儿本是你们生命的起源”等。在《美之歌》中，也具有这种神秘主义因素，如“我是造化，人世沧桑由我安排；我是上帝，生死存亡归我主宰”等。美成了超然之物，成了主宰生灵万物的神。

在纪伯伦后期人生哲学观里，美开始逐渐褪减神秘主义色彩，而强调人们自己对美的实践的重要性。如他说：“你们到处追求美，除了她自己做了你的道路，引导着你之外，你如何能找到她呢?”这里强调了要你自己去“找”。又说：“美是凝视自己镜中身影的永恒。但你们就是永恒，你们也是明镜。”“美在情人的心中，真在耕者的臂里。”“世上只有两个元素，美和真。”这就是说，美并不是一切，世上除了美之外，还有真。美不是虚无缥缈的，它是现实的、实践的、创造的，是掌握在人们自己手里的。不过《美之歌》的“美”，还没有进入到他后期这种境界。

《美之歌》这首散文诗的最大特色是，诗人以充沛的激情，运用众多生活化的比喻，并把许多经典典故通俗化、故事化，把抽象的理念（美）演绎得具体形象、令人神往，并引发人们对哲学的深沉思考。再加上新颖的意象和象征，以及一连串的排比句的运用，一气呵成，行文华丽、流畅而富有音乐性，表现出强烈的主观色彩。这不仅是《美之歌》这首散文诗的艺术特色，也是纪伯伦所有散文诗的艺术特色，被称为“纪伯伦风格”。

纪伯伦散文诗创作的数量多，内容丰富，体式多样，叙述型、抒情型、议论型、故事型、寓言型、戏剧型、单纯对话型、书信型、分行诗歌型，长篇、短篇，以及小诗、格言，等等，各种体式都有。他为世界散文诗宝库留下了一份十分珍贵的遗产。

三、作业设计及选题

1. 夏目漱石笔下的悲剧知识分子形象。

夏目漱石在他十几年的创作中，站在理性和时代的高度，通过对知识分子形象的塑造，揭露社会疾患，评估东西方文化的优劣得失，寻求实现人生的道路，全面反映了东西文化冲突中知识分子的苦闷、彷徨及进退维谷的悲剧心态。

在夏目漱石的作品中，可见一个个意识到旧道德已失去昔日神圣的光环，却又不能心安理得地认同新道德，因而无所适从、进退维谷的人；一个个意识到传统文化所造成的不适应时代的精神包袱和心理负担，又痛感不能自我更新的人；一个个千方百计在东西方文化夹缝中确立自我，又最终找不到合适位置的人。这就是东西方文化冲突中一批具有强烈文化意识的知识分子的悲剧宿命。

参考文献：

何少贤：《日本现代文学巨匠：夏目漱石》，中国文学出版社，1998年。

何乃英：《夏目漱石和他的小说》，北京出版社，1985年。

李国栋：《夏目漱石文学主脉研究》，北京大学出版社，1990年。

张伟：《“多余人”论纲——一种世界性文学现象探讨》，东方出版社，1998年。

2. 川端康成与大江健三郎创作比较论。

川端康成是亚洲继泰戈尔之后获得诺贝尔文学奖的作家，大江健三郎是继川端康成之后第二位获此殊荣的日本作家。川端康成的作品使世界认识了“美丽的日本”，大江健三郎则使世界认识了“暧昧的日本”。川端康成的作品以独特的民族特色和传统特色令世界刮目，大江健三郎的作品则以世界性和现代性震撼世界文坛。在生活经历中，“孤儿根性”和“畸婴体验”是两人最刻骨铭心的痛苦，也使两人的主要作品都打上了这种痛苦的印记。两人都生逢西方现代文艺思潮一浪高过一浪的时代，在继承传统哲学思想的基础上，又从西方的文学流派中各取所需。川端康成在日本佛家禅宗的地基上，吸收表现主义、达达主义和意识流的表现手法，成为新感觉派的理论旗手，大江健三郎则在儒家积极用世、追求人与自然和谐的基础上与萨特的存在主义结合形成了“东方存在主义”。川端康成深爱着美丽的伊豆、古都和雪国，用戚婉、哀伤、悲天悯人的笔触述说身世凄惨的少女薰子、千重子、苗子、驹子、叶子的故事，终于不堪忍受美成幻影、爱成徒劳，随着传统文化的失落感和创作能力的衰竭，川端康成于1972年精神崩溃而自杀了。与此相反，“东方存在主义”大江健三郎也深爱着“暧昧的广岛”，四国森林里的峡谷村庄，他却把荒诞的现实，鸟、蜜三郎、鹰四等扭曲的灵魂剥开给人看，为拯救不幸的灵魂仍在苦苦求索。

参考文献：

叶渭渠、千叶宣一等主编：《不灭之美——川端康成研究》，中国文联出版社，1999年。

叶渭渠译：《川端康成谈创作》，生活·读书·新知三联书店，1988年。

长谷川泉：《川端康成论》，孟庆枢译，时代文艺出版社，1993年。

南博：《日本人的心理》，刘延州译，文汇出版社，1991年。

肖四新：《川端康成与虚实理论》，《外国文学研究》1994年第1期。

庞希云：《东方存在主义：大江健三郎向世界说话的方式》，《广西大学学报》（哲学社会科学版）1998年第3期。

3. 泰戈尔诗歌艺术论。

泰戈尔诗歌有着强烈的个人特点和东方气韵，传达了东方精神的博大、浩瀚与优美，取得了多方面的成就，成为世界艺术史上精致的范本。可以从以下几个角度分析：

（1）博大、浩瀚与神秘色彩背景下的东方气韵。

泰戈尔的诗充分体现了东方艺术的优美与高雅，展现了人类灵魂的善与美，它处处体现着对生命的深切关怀，在宁静的沉思中表现出极深极切的情致，艺术的灵光同善与美一起闪现。

（2）以直观顿悟为特点的直觉思维方式。

泰戈尔的东方意蕴、宗教情思的传达，以别具韵味的东方式直觉思维为特点。西方文学重叙述，重表证；东方文学更重表现，重性灵。

（3）精炼传神的语言和简短的诗歌形式。

这是与我们前述诗人的直觉思维方式联系在一起的。泰戈尔的诗歌，语言形式丰富多彩、精炼传神，诗虽短，却有描写、有叙述、有对话。

（4）哲理与诗情的高度融合。

泰戈尔的诗歌，尤其是抒情诗，既有深沉的哲思，又以哲思为灵魂，加深了作品的内蕴，使诗变得丰富多义而有厚度。同时，他的诗又无不充满强烈的情感，有浓郁的抒情味。

（5）清新明丽而又朴实的诗歌风格。

泰戈尔的诗，让你感受到满眼的明亮的色彩，明丽的景物，明朗的心情，连死亡都明丽可爱，飘荡着春云夏雨，流动着碧水晨雾，生长着新叶朝花，他在流年的喧哗中，平静地观赏万象，聆听乐曲，并以一支五彩斑斓的笔，编织成带露五彩花环，奉献给世界。

（6）优美的诗歌韵律。

泰戈尔是一位少见的语言艺术大师，通晓多种语言，尤其是对自己的民族语言贡献极大，他的歌曲创作有两千多首，极重视诗歌的韵律美。

参考文献：

S. C. 圣笈多：《泰戈尔评传》，董红钧译，湖南人民出版社，1984 年。

唐仁虎等：《泰戈尔文学作品研究》，昆仑出版社，2003 年。

尹锡南：《发现泰戈尔：影响世界的东方诗哲》，台湾圆神出版社有限公司，2005 年。

欧东明：《泰戈尔〈吉檀迦利〉的宗教思想试析》，《南亚研究季刊》2001 年第 4 期。

郁龙余：《泰戈尔的自然观与自然诗》，《文史哲》2002 年第 4 期。

侯传文：《论泰戈尔的韵律诗学》，《外国文学评论》2004 年第 1 期。

杨晓莲：《泰戈尔的艺术理论初探》，《四川外语学院学报》2005 年第 4 期。

韦晴川：《宗教文化土壤上盛开的奇葩——重读〈吉檀迦利〉》，《广西大学学报》（哲学社会科学版）2002 年第 5 期。

附录一：硕士研究生入学考试试题选

学后福利

【说明】

1. 本附录收集了国内部分高校比较文学与世界文学专业硕士研究生入学考试外国文学史方面的试题，分类型（名词解释题、简述题、论述题）、依照时间先后列选。每个题目上的分数为该题所在原考卷上的分数，以供准备考研的同学参考。

2. 比较文学与世界文学专业硕士生入学考试科目，各招生单位不完全一致，但外国文学史是必须考的科目之一。其余的科目包括下列科目之一：中国文学（含古代文学与20世纪文学）、比较文学概论、综合考试（含中文专业的语言、文学类内容）、论文写作等，具体查阅各高校的招生专业目录。

3. 外国文学史考试的题型近几年各高校多以名词解释题、简答题、论述题为主，其余还有作品分析评述（提供作品文本）、归类题等，而本科外国文学史课程考试中常涉及的填空、选择等题型，渐渐退出了硕士生入学考试的题型范围，因为硕士入学考试是选拔性考试，着重对考生的理解分析能力进行测试，所以基础常识性的内容不再作为考试重点，尽管后者同样非常重要。

一、名词解释题

1. 解释（30分）：①命运悲剧；②巴洛克文学；③后期象征主义；

④心灵辩证法；⑤古典主义；⑥复调小说。(华东师范大学)

2. 解释（40分）：①荷马式比喻；②《约伯记》；③普罗旺斯诗歌；④玄学奇喻（metaphysical conceit）；⑤巴洛克风格；⑥拜伦式英雄；⑦后期象征主义；⑧新小说。(四川大学)

3. 解释（30分）：①荷马史诗；②“狂飙突进运动”；③“拜伦式英雄”；④“多余人”；⑤存在主义文学；⑥意识流小说。(华东师范大学)

4. 解释（30分）：①希腊神话；②《圣经》；③荒诞派戏剧；④福克纳；⑤流浪汉小说；⑥比较文学。(华东师范大学)

5. 解释（20分）：①阿喀琉斯的愤怒；②《新约》；③神瓶；④《克伦威尔·序言》；⑤再现人物；⑥路旁的老橡树；⑦死者葬仪；⑧葛利高里·麦列霍夫；⑨魔幻现实主义；⑩莫莉。(四川大学)

6. 解释（20分）：①后期象征主义诗歌；②《西西弗斯的神话》；③新小说派；④“为艺术而艺术”；⑤《传统与个人才能》；⑥《莫比·迪克》；⑦扁形人物；⑧《希腊古瓮颂》；⑨未来主义；⑩《白痴》。(华东师范大学)

7. 解释（10分）：①骑士文学；②狂飙突进运动；③散文体喜剧史诗；④社会问题剧；⑤表现主义。(四川大学)

8. 解释（20分）：①福斯塔夫式背景；②自然主义；③表现主义；④“复调小说”。(中国人民大学)

9. 解释（10分）：①七星诗社；②狂飙突进。(四川大学)

10. 解释（30分）：①“冰山”原则；②恶之花；③托尔斯泰主义；④狂飙突进；⑤“人为自然立法”；⑥过失说。(中国人民大学)

11. 解释（20分）：①“影子的影子”；②哲理小说；③多余人；④本我、自我、超我。(南京大学)

12. 解释或简答（40分）：①荒诞派戏剧；②德国“古典”主义；③“人物再现”法；④“迷惘的一代”；⑤《红字》；⑥《尤利西斯》中并没有尤利西斯这个人物，作品为何取此名？(南京师范大学)

13. 解释（40分）：①“大学才子”派；②《拉摩的侄儿》；③斯泰恩；④可比性；⑤《死在威尼斯》；⑥《尤利西斯》；⑦表现主义；⑧俄狄甫斯。(华东师范大学)

14. 解释（30分）：①感伤主义；②湖畔派；③纯诗；④垮掉的一

代；⑤黑色幽默；⑥复调小说。（四川大学）

15. 解释（20分）：①“潘多拉的盒子”；②骑士文学；③古典主义；④心理分析小说。（南京大学）

16. 解释（20分）：①《白轮船》；②托尔斯泰主义；③“间离效果”（或“陌生化效果”）；④新小说；⑤湖畔派诗人。（中国人民大学）

17. 解释（20分）：①意象派诗歌；②《第二十二条军规》；③魔幻现实主义；④《静静的顿河》。（中国人民大学）

18. 解释（25分）：①大学才子派；②哥特式小说；③拜伦式英雄；④意识流小说；⑤俄国文学的“白银时代”。（四川大学）

19. 解释（32分）：①往事书；②谣曲；③拜伦式英雄；④古典主义；⑤解冻文学；⑥魔幻现实主义；⑦流浪汉小说；⑧新喜剧。（北京师范大学）

20. 解释（32分）：①流浪汉小说；②多余人；③颓废文学；④渊源学。（四川大学）

21. 解释（40分）：①《双城记》；②狂飙突进运动；③自然派；④“迷惘的一代”；⑤“新小说”。（南京师范大学）

22. 解释（40分）：①“大学才子派”；②巴洛克文学；③“卡夫卡式”；④流浪汉小说；⑤“狂飙突进运动”；⑥古典主义；⑦“东方故事诗”；⑧托尔斯泰主义。（福建师范大学）

23. 解释（共50分）：①伊阿宋；③《五卷书》；④马卡梅；⑤十四行诗；⑥俳句；⑦湖畔派；⑧多余人；⑨陌生化效果（离间效果）。（山西大学）

24. 解释（20分）：①古今之争；②四七社；③狂飙突进运动；④易卜生社会问题剧。（吉林大学）

25. 解释（24分）：①骑士文学；②奥林匹斯神统；③“德廉美修道院”；④未来主义。（福建师范大学）

26. 解释（16分）：①荷马史诗；②骑士文学。（南京师范大学）

27. 解释（30分）：①黑色幽默；②感伤小说；③意识流小说；④湖畔派；⑤破晓歌；⑥威塞克斯小说。（福建师范大学）

28. 解释（30分）：①象征派诗歌；②《西西弗斯的神话》；③大学才子派。（南京师范大学）

二、简述题

1. 如何理解“古希腊文学是欧洲文学的源头之一”的评断？（10分）（福建师范大学）

2. 简析希腊神话中以人为本的基本精神。（10分）（中国人民大学）

3. 简述荷马史诗的艺术价值。（10分）（中国人民大学）

4. 简要说明荷马史诗是欧洲叙事文学的典范。（10分）（福建师范大学）

5. 《奥德赛》的基本内容。（8分）（复旦大学）

6. 简要说明荷马史诗的艺术成就。（10分）（中国人民大学）

7. 古希腊三大悲剧家的主要创作及其艺术风格。（四川大学）

8. 结合《俄狄浦斯王》谈谈希腊人的命运观。（南京师范大学）

9. 索福克勒斯《安提戈涅》的悲剧性。（10分）（四川大学）

10. 简述索福克勒斯的《俄狄浦斯王》的艺术特点。（8分）（南京师范大学）

11. 古希腊文学与罗马文学比较。（吉林大学）

12. 如何理解古罗马文学是古希腊文学与欧洲近代文学的中介？（12分）（福建师范大学）

13. 中世纪文学主要有哪几种类型，每种文学类型的基本特征是什么？（15分）（南开大学）

14. 中世纪骑士文学对后世欧洲文学的影响。（16分）（四川大学）

15. 简要说明《堂·吉诃德》对现代小说创作的影响。（10分）（福建师范大学）

16. 谈谈欧洲文学史上“流浪汉小说”的特点及其起源、发展、衰落的过程。（15分）（南开大学）

17. 流浪汉小说对后世欧洲长篇小说艺术结构的影响。（南京师范大学）

18. 我们为什么要研究莎士比亚？请用理论简要阐明理由。（8分）（复旦大学）

19. 试分析莎士比亚人生中三个时期的创作特色。（10分）（福建师

范大学）

20. 莎士比亚戏剧与古典主义戏剧在人物刻画和剧情安排方面有什么区别？（8 分）（复旦大学）

21. 简述莎士比亚传奇剧的特征。（12 分）（福建师范大学）

22. 《威尼斯商人》的主题。（四川大学）

23. 简述《威尼斯商人》中夏洛克形象的特点。（8 分）（南京师范大学）

24. 谈谈《威尼斯商人》的结构特色。（10 分）（华东师范大学）

25. 分析《哈姆莱特》的复仇主题。（10 分）（华东师范大学）

26. 莎士比亚《奥赛罗》中伊阿古的性格。（10 分）（四川大学）

27. 以《熙德》为例，简要说明古典主义戏剧的基本特征。（10 分）（福建师范大学）

28. 简要举例说明法国古典主义戏剧的特点。（10 分）（中国人民大学）

29. 17 世纪法国古典主义与魏玛古典主义有哪些异同？（8 分）（南京师范大学）

30. 简要举例说明启蒙文学的特点。（10 分）（中国人民大学）

31. 《鲁滨逊漂流记》在西方小说史上的地位和意义。（10 分）（四川大学）

32. 简述卢梭“返回自然”口号对浪漫主义文学的影响。（10 分）（中国人民大学）

33. 如何理解少年维特的烦恼？（12 分）（福建师范大学）

34. 试比较歌德《浮士德》中浮士德与靡菲斯特的辩证关系。（8 分）（南京师范大学）

35. 分析席勒《阴谋与爱情》中的平民爱情观。（10 分）（华东师范大学）

36. 简谈德国早期浪漫派的理论与创作。（10 分）（中国人民大学）

37. 以雨果的《悲惨世界》和巴尔扎克的《人间喜剧》（至少一篇）为例，分析浪漫主义与现实主义在创作方面的区别。（8 分）（复旦大学）

38. 简述雨果的《巴黎圣母院》的浪漫主义特点。（8 分）（南京师范大学）

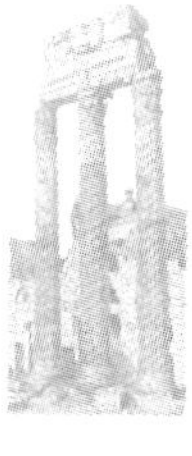

39. 雨果《克伦威尔·序言》中体现了他什么样的美学思想？试用他的作品举例说明。(8 分)(南京师范大学)

40. 简述华兹华斯对诗歌理论与诗歌创作的贡献。(10 分)(中国人民大学)

41. 《红与黑》的心理描写艺术。(10 分)(四川大学)

42. 分析包法利夫人的形象。(10 分)(华东师范大学)

43. 谈谈福楼拜对艺术的追求以及对后来法国文学的影响。(南京师范大学)

44. 简要说明巴尔扎克《人间喜剧》的思想内容。(10 分)(中国人民大学)

45. 简述《驴皮记》在巴尔扎克《人间喜剧》中的位置。(10 分)(华东师范大学)

46. 巴尔扎克《高老头》中的高里奥也像葛朗台一样是个大资产者，却又具有“无私”的父爱，是否真实合理？请简述你的看法。(16 分)(四川大学)

47. 狄更斯小说的艺术特色。(8 分)(四川大学)

48. 简评“奥勃洛摩夫性格”。(10 分)(中国人民大学)

49. 简析拉斯科尔尼科夫形象。(10 分)(华东师范大学)

50. 简述左拉与自然主义的关系。(15 分)(四川大学)

51. 俄国“白银时代”文学概貌。(10 分)(华东师范大学)

52. 哈代在他的作品《还乡》、《德伯家的苔丝》中体现了他什么创作思想，举例说明。(8 分)(南京师范大学)

53. 欧美文学中的现代主义和后现代主义的关系如何？各有什么重要的成就？(15 分)(山西大学)

54. 在欧洲文学中，现代主义与后现代主义有什么区别与联系？(14 分)(北京师范大学)

55. 《查泰莱夫人的情人》有何文化象征意义？(10 分)(华东师范大学)

56. 海明威《老人与海》塑造了一个什么样的英雄？(10 分)(华东师范大学)

57. 描述海明威的创作特色。(8 分)(南京师范大学)

58. 简述海明威在他的几部小说中所表现的对战争的态度的变化。（8 分）（南京师范大学）

59. 简述意识流小说及其代表作家。（10 分）（华东师范大学）

60. 简析《喧哗与骚动》的艺术特色。（10 分）（华东师范大学）

61. 试以一部作品为例，说明表现主义文学的特点。（10 分）（中国人民大学）

62. 表现主义文学的艺术特点。（8 分）（四川大学）

63. 如何理解卡夫卡笔下的“弱的英雄”？（12 分）（福建师范大学）

64. 卡夫卡的《变形记》的寓意。（15 分）（四川大学）

65. 试析卡夫卡《城堡》的荒诞意义。（10 分）（华东师范大学）

66. 解释“情境剧”（“处境剧”），并举出一部情境剧中的典型情境来作为例子。（8 分）（南京师范大学）

67. 如何理解马尔克斯小说《百年孤独》中“百年”与“孤独”两方面的意义。（10 分）（中国人民大学）

68. 《日瓦戈医生》的思想价值。（南京师范大学）

69. 印度古典文学中有没有悲剧？为什么？有人说中国古典文学中没有悲剧，你对这个问题怎么看？（14 分）（北京师范大学）

70. 就《一千零一夜》谈谈文化交流对文学的影响。（15 分）（山西大学）

71. 举例说明，何谓“汉俳”？（10 分）（华东师范大学）

72. 你细读过的外国文学作品有哪些？给你印象最深的是哪部作品？为什么？（15 分）（山西大学）

73. 简要谈谈你本人对下列作品最深的一点体会：（1）《十日谈》；（2）《呼啸山庄》；（3）《卡拉马佐夫兄弟》；（4）《万尼亚舅舅》。（20 分）（南京大学）

74. 通过文学形象，比较“圆形人物”和“扁形人物”。（10 分）（华东师范大学）

75. 简要谈谈你本人对下列作品最深的一点体会：（1）《俄狄浦斯王》；（2）《堂·吉诃德》；（3）《包法利夫人》；（4）《变形记》。（每小题 5 分，共 20 分）（南京大学）

三、论述题

1. 日本的《平家物语》在“物语文学”中占有什么样的地位?(20分)(清华大学)

2. 试比较希伯来神话与希腊神话的不同并阐释两者不同的原因。(30分)(南开大学)

3. 试比较古希腊三大悲剧诗人的创作特点。(30分)(中国人民大学)

4. 比较索福克勒斯的《俄狄浦斯王》和莎士比亚的《麦克白》中所表现出的命运观念。(18分)(四川大学)

5. 以索福克勒斯的《俄狄浦斯王》为例,说明希腊悲剧的艺术魅力。(20分)(中国人民大学)

6. “流浪汉小说”在欧洲文学史上曾经相当兴盛,请追溯其源起及其影响,结合代表性作品从内容、形式两方面说明其特征,并尝试分析其作为一种小说结构的利弊。(20分)(南京大学)

7. 试析莎士比亚的悲剧《哈姆莱特》中的悲剧人物哈姆莱特王子的形象,并探讨其悲剧结局的根源。(30分)(四川大学)

8. 试论“说不尽的莎士比亚”。(30分)(中国人民大学)

9. 比较哈姆莱特和堂·吉诃德的思想性格。(25分)(四川大学)

10. 结合弥尔顿《失乐园》对《圣经》素材的借鉴谈其主题意义及结构特点。(30分)(南开大学)

11. 以高乃依的《熙德》为例,说明法国古典主义戏剧的成就与古典主义原则的局限性。(20分)(中国人民大学)

12. 从《罗密欧与朱丽叶》和《熙德》主题的不同,分析文艺复兴文学与古典主义文学的不同。(20分)(福建师范大学)

13. 莎士比亚的《麦克白》是怎样将主人公的内在心理感受和精神状态“外化”为舞台形象的?表现主义文学(如尤金·奥尼尔的《琼斯皇》)又是如何系统地运用这类“外化”手法的?(20分)(武汉大学)

14. 试论从《十日谈》到《巨人传》文艺复兴作品中的人文主义思想的发展。(20分)(福建师范大学)

15. 试述德国的“狂飙突进运动”。(20分)(清华大学)

16. 卢梭“回到自然”的思想对欧洲浪漫主义文学的影响。(25 分)(四川大学)

17. 比较撒旦和靡菲斯特两个魔鬼形象。(25 分)(南京大学)

18. 歌德笔下的浮士德博士曾以灵肉的分离说明自己的二重人格，一个沉溺在爱欲中，一个追求崇高的灵的境界。从诗剧《浮士德》来看，作品的描写是否符合主人公的这一表白？刻画这样的自我分裂的个性有什么意义？(20 分)(华东师范大学)

19. 歌德笔下的浮士德说：“有两个灵魂居住在我心胸，一个要和另一个分离。”对此你如何理解？(20 分)(华东师范大学)

20. 试论歌德笔下的浮士德一生五个阶段的追求及这一形象的意义。(20 分)(南京师范大学)

21. 试论“浮士德精神”对中国现当代文学的影响。(北京大学)

22. 分析《浮士德》中的浮士德和靡菲斯特两个形象，并论述这两个形象反映了近代西方社会怎样的思想精神和价值观念。中国文学中有没有类似的作品和人物？(最少用两部作品分析)作家表达的价值判断是否与西方相同？(25 分)(复旦大学)

23. 卢梭对封建文明的批判，“返归自然”的思想对后世文学的影响？(南京师范大学)

24. 试论 18 世纪英国现实主义小说在西方小说发展中的地位。(30 分)(中国人民大学)

25. 试论 18 世纪欧洲文学对 19 世纪浪漫主义和现实主义两大文学思潮的影响。(15 分)(南京师范大学)

26. 简述欧洲近代主要文学思潮的特征及其演变。(25 分)(华东师范大学)

27. 试论雨果创作中的人道主义思想。(15 分)(华东师范大学)

28. 浪漫主义为何会成为一种世界性的文艺思潮？(20 分)(北京师范大学)

29. 怎样评价西欧浪漫主义文学？(20 分)(华东师范大学)

30. 以英国文学为例，说明浪漫主义文学中的异国情调。(25 分)(福建师范大学)

31. 法国小说家巴尔扎克的作品《高老头》中描写了一个外省青年

拉斯蒂涅的形象，与巴尔扎克同时代的法国小说家司汤达在其小说中也塑造了一个外省青年于连·索黑尔的形象，试比较这两个人物形象，并分析他们的异同和意义。(30分)(四川大学)

32. 分析司汤达创作的基本主题思想，并举出三个以上的例子说明。(20分)(南京师范大学)

33. 以拉斯蒂涅为例，说明典型环境与典型人物的关系。(20分)(福建师范大学)

34. 巴尔扎克说，拿破仑用剑没有做到的，他要用笔来实现。从《人间喜剧》的成就来看，你认为他是否实现了自己的诺言？为什么？(20分)(华东师范大学)

35. 举例说明19世纪俄国文学的分期及其依据，并请你谈谈对这样分期的看法。(20分)(华东师范大学)))

36. 普希金被尊为“俄罗斯文学之父”，请在“奠基”、“开创”的意义上谈他对俄国文学的贡献。(20分)(南京大学)

37. 试分析叶浦盖尼·奥涅金这一艺术形象。(15分)(南京师范大学)

38. 比较俄国文学中描写“多余人”的作品(任选一部)和加缪的《局外人》。(24分)(四川大学)

39. 多余人形象系列。(25分)(四川大学)

40. 试论俄国19世纪现实主义文学的发展历史。(15分)(南京师范大学)

41. 论述19世纪俄国文学发展的基本概况。(20分)(福建师范大学)

42. 试比较分析19世纪英国与俄国小说中的“小人物”形象。(20分)(福建师范大学)

43. 以列文(《安娜·卡列尼娜》)或聂赫留道夫(《复活》)为例，谈谈托尔斯泰的思想特点。(25分)(南京大学)

44. 试分析《安娜·卡列尼娜》中安娜的悲剧原因。(20分)(南京师范大学)

45. 结合作品谈谈陀思妥耶夫斯基创作的主要特色。(15分)(华东师范大学)

46. 试分析《包法利夫人》中爱玛的形象。(15分)(南京师范大学)

47. 如何理解福楼拜说：“我就是包法利夫人。”（北京大学）

48. 试比较包法利夫人和安娜·卡列尼娜。（20 分）（华东师范大学）

49. 谈谈福楼拜小说创作的艺术特点及其对后来文学的影响。（15 分）（南京师范大学）

50. 请就“我们都出自《外套》”（陀思妥耶夫斯基语）这句话谈谈俄国文学史上的“小人物”主题。（30 分）（南开大学）

51. 比较托尔斯泰与陀思妥耶夫斯基小说的艺术风格。（15 分）（华东师范大学）

52. 试论陀思妥耶夫斯基小说创作中的现代主义倾向。（30 分）（中国人民大学）

53. 俄罗斯伟大的文学家列夫·托尔斯泰的重要作品（《战争与和平》、《安娜·卡列尼娜》、《复活》等）中有一些著名的描写自然风景的段落，试举几例并加以分析。（30 分）（四川大学）

54. 试论列夫·托尔斯泰对人类心灵探索的意义。（吉林大学）

55. 比较分析圣普乐、于连、拉斯蒂涅、杜洛阿这几个文学人物。（20 分）（华东师范大学）

56. 试述契诃夫在戏剧创作上的探索。（30 分）（清华大学）

57. 莫泊桑、契诃夫均为短篇小说大师，试分析二人创作上的不同特点，简述二人对西方短篇小说艺术发展的贡献。（20 分）（南京大学）

58. 哈代小说创作的基本主题是什么？试以他的三四部小说为例来进行论述。（15 分）（南京师范大学）

59. 试评论英国小说家吉卜林和福斯特关于印度题材小说的作品。（30 分）（清华大学）

60. 试谈西方现代派文学与传统文学的关系，请举例说明。（20 分）（华东师范大学）

61. 在 20 世纪现代主义文学出现以前，欧美文学中是否已经存在现代主义因素和现代主义表现手法？请结合具体作家作品进行分析。（20 分）（南京师范大学）

62. 举例说明现代主义和现实主义文学在语言审美观念上的差异。（20 分）（华东师范大学）

63. 西方现代文学“反英雄”形象与传统文学形象的比较。（25 分）

（四川大学）

64. 内心独白、心理分析、意识流均属心理描写的范畴，试结合西方文学中的典范作品，辨析三者各自的特点（20 分）（南京大学）

65. 试分析有哪些现代主义的流派中有象征手法的运用，并举例说明。（28 分）（南京师范大学）

66. 以《变形记》为例，说明 20 世纪西方小说的基本特征。（25 分）（福建师范大学）

67. 结合具体作家作品，谈谈法国新小说的特点。（30 分）（清华大学）

68. 试析加缪的《局外人》。（15 分）（华东师范大学）

69. 结合具体作品谈谈海明威的艺术风格。（南京师范大学）

70. “一个人并不是生来要给打败的，你尽可把他消灭，可就是打不败他。”结合这句话，谈谈对海明威笔下硬汉性格的理解。（20 分）（福建师范大学）

71. 海明威小说的艺术风格之我见。（15 分）（华东师范大学）

72. 比较意识流小说的心理描写与传统小说的心理描写的异同。（四川大学）

73. 意识流小说的思想内容和艺术价值。（南京师范大学）

74. 结合作品谈谈你对意识流文学的理解。（30 分）（南开大学）

75. 以弗吉尼亚·伍尔夫或福克纳的作品为例，说明意识流小说的特征。（20 分）（华东师范大学）

76. 分析《喧哗与骚动》叙述方式中视点的运用。（18 分）（四川大学）

77. 谈谈福克纳的《喧哗与骚动》中的艺术特色。（20 分）（南京师范大学）

78. 分析《尤利西斯》对《奥德赛》神话模式的运用及其主题的关系。（30 分）（四川大学）

79. 乔伊斯在《一个青年艺术家的肖像》卷首引用了奥维德的诗句：“他用他出众的才思开拓出新的艺术领域”，显然这也是他的自许。请结合乔伊斯的小说创作论证这一点。（20 分）（华东师范大学）

80. 概述《荒原》一诗各章的思想内容与全诗的主题。（15 分）（南

京师范大学）

81. 试论 T.S. 艾略特《荒原》的象征意义。（30 分）（中国人民大学）

82. 试论《百年孤独》的魔幻现实主义特征。（20 分）（南京师范大学）

83. 在西方文学史上，“乌托邦”文学形成了一个传统，请列举可归入该传统的重要作品（包括“反面乌托邦”作品），简要描述此类作品的特征。（20 分）（南京大学）

84. 以《鸟》、《巨人传》、《乌托邦》等作品为例，说明欧洲古典文学中的理想国主题。（25 分）（福建师范大学）

85. 试分析西方现代小说与传统小说在情节、人物、作家地位与作用等三方面有何不同。（30 分）（四川大学）

86. 以《百年孤独》为例，试分析魔幻现实主义文学的特点。（15 分）（南京师范大学）

87. 举例从内容与形式两方面说明现代主义文学与后现代主义文学的区别。（20 分）（中国人民大学）

88. 试述基督教文化对西方作家的影响。（20 分）（华东师范大学）

89. 《圣经》与基督教思想对欧洲文学的影响。（四川大学）

90. 试举一例谈谈外国文学在 20 世纪中国的影响。（15 分）（华东师范大学）

91. 举一二例子说明外国诗歌对中国新诗的影响。（15 分）（华东师范大学）

92. 在英国文学中你最喜欢哪一位作家？为什么？试以作品为例加以说明。（15 分）（华东师范大学）

93. 谈谈您对“五四”以来的中外文学关系的认识。（15 分）（华东师范大学）

94. 西方文学对中国现当代文学的发展有巨大的影响，请选择一位你认为对中国作家的写作影响深远的西方作家，就其“影响”做一简要描述。（20 分）（南京大学）

95. 试谈中外文学的互动关系。（20 分）（华东师范大学）

96. 在当今的文学批评中，“现代”、“后现代”二词频频出现，请结合西方文学作品简要谈谈你对这两个概念的理解。（20 分）（南京大学）

97. 概要介绍以下 5 位作家的艺术成就：①歌德；②易卜生；③卡

夫卡；④马尔克斯；⑤川端康成。（25 分）（华东师范大学）

98. 请举出英、法、俄、美、日、印等国古典文学中的爱情悲剧主人公，并从社会学、历史学、美学的角度分析人物的民族特征。（20 分）（北京师范大学）

99. 以你熟悉的世界文学作品为例，谈谈你对用喜剧性情节表达悲剧性内涵这一艺术手法的见解。（说明：不限于戏剧，也可以举小说等为例。）（20 分）（武汉大学）

100. 在你所涉猎的世界文学作品中，你对哪一部印象最深？描述你阅读它时的初始感受，然后从理论上做些分析。（20 分）（武汉大学）

附录二：外国文学课外阅读书目举隅（论著类）

杨周翰编选：《莎士比亚评论汇编》（上册），中国社会科学出版社，1979 年。

杨周翰编选：《莎士比亚评论汇编》（下册），中国社会科学出版社，1981 年。

《新旧约全书》，中国基督教三自爱国运动委员会印，1981 年上海。

陈小川、郭振铎等编著：《文艺复兴史纲》，中国人民大学出版社，1983 年。

韦勒克、沃伦：《文学理论》，刘象愚等译，生活·读书·新知三联书店，1984 年版。

曾小逸主编：《走向世界文学：中国现代作家与外国文学》，湖南人民出版社，1985 年。

智量编选：《外国文学名家论名家》，华东师范大学出版社，1985 年。

李万钧、陈雷：《欧美名剧探魅》，海峡文艺出版社，1987 年。

周一良主编：《中外文化交流史》，河南人民出版社，1987 年。

谢和耐：《中国文化与基督教的冲撞》，于硕等译，辽宁人民出版社，1989 年。

庄锡昌：《世界文化史通论》，浙江人民出版社，1989 年。

M. H. 艾布拉姆斯：《欧美文学术语辞典》，朱金鹏等译，北京大学出版社，1990 年。

余匡复：《德国文学史》，上海外语教育出版社，1991 年。

朱龙华：《罗马文化与古典传统》，浙江人民出版社，1993 年。

盛宁：《二十世纪美国文论》，北京大学出版社，1994 年。

王佐良、周珏良主编：《英国二十世纪文学史》，外语教学与研究出版社，1994年。

王锦厚：《五四新文学与外国文学》，四川大学出版社，1996年。

王佐良、何其莘：《英国文艺复兴时期文学史》，外语教学与研究出版社，1996年。

史志康主编：《美国文学背景概观》，上海外语教育出版社，1998年。

朱学勤、王丽娜：《中国与欧洲文化交流志》，上海人民出版社，1998年。

周发祥、李岫主编：《中外文学交流史》，湖南教育出版社，1999年。

张首映：《西方二十世纪文论史》，北京大学出版社，1999年。

吴景荣、刘意青：《英国十八世纪文学史》，外语教学与研究出版社，2000年。

梁工主编：《圣经与欧美作家作品》，宗教文化出版社，2000年。

陆扬：《欧洲中世纪诗学》，上海社会科学院出版社，2000年。

杨慧林、黄晋凯：《欧洲中世纪文学史》，译林出版社，2001年。

李岫、秦林芳主编：《二十世纪中外文学交流史》（上、下卷），河北教育出版社，2001年。

张大明编著：《西方文学思潮在现代中国的传播史》，四川教育出版社，2001年。

葛兆光：《中国思想史》（1—3卷），复旦大学出版社，2001年。

葛桂录：《雾外的远音——英国作家与中国文化》，宁夏人民出版社，2002年。

王晓平：《梅红樱粉——日本作家与中国文化》，宁夏人民出版社，2002年。

汪介之、陈建华：《悠远的回响——俄罗斯作家与中国文化》，宁夏人民出版社，2002年。

卫茂平、马佳欣、郑霞：《异域的召唤——德国作家与中国文化》，宁夏人民出版社，2002年。

张弘等：《跨越太平洋的雨虹——美国作家与中国文化》，宁夏人民出版社，2002年。

孟昭毅：《丝路驿花——阿拉伯波斯作家与中国文化》，宁夏人民出版社，2002年。

杨慧林：《基督教的底色与文化延伸》，黑龙江人民出版社，2002年。

徐葆耕：《西方文学：心灵的历史》，清华大学出版社，2002年。

阿伦·布洛克：《西方人文主义传统》，董乐山译，生活·读书·新知三联书店，2003年。

孙景尧：《简明比较文学——“自我”和“他者”的认知之道》，中国青年出版社，2003年。

唐纳德·R·凯利：《多面的历史》，陈恒、宋立宏译，生活·读书·新知三联书店，2003年。

郁龙余：《梵典与华章——印度作家与中国文化》，宁夏人民出版社，2004年。

钱林森：《光自东方来——法国作家与中国文化》，宁夏人民出版社，2004年。

刘顺利：《半岛唐风——朝韩作家与中国文化》，宁夏人民出版社，2004年。

吴岳添：《法国文学简史》，上海外语教育出版社，2005年。

依迪丝·汉密尔顿：《希腊精神：西方文明的源泉》，葛海滨译，辽宁教育出版社，2005。

龚翰熊：《西方文学研究》，福建人民出版社，2005年。

王宁、葛桂录等：《神奇的想象——南北欧作家与中国文化》，宁夏人民出版社，2005年。

王守仁、何宁：《20世纪英国文学史》，北京大学出版社，2006年。

郑体武：《俄罗斯文学简史》，上海外语教育出版社，2006年。

陈众议、王留栓：《西班牙文学简史》，上海外语教育出版社，2006年。

王守仁、方杰：《英国文学简史》，上海外语教育出版社，2006年。

王家湘：《20世纪美国黑人小说史》，译林出版社，2006年。

朱谦之：《中国哲学对欧洲的影响》，河北人民出版社，2006年。

大卫·邓比：《伟大的书——西方经典的当代阅读》，苇杭译，国际文化出版公司，2006年。

柳鸣九主编：《法国文学史（修订本）》（全三卷），人民文学出版社，2007年。

韦苇：《外国儿童文学发展史》，少年儿童出版社，2007年。

曹靖华：《俄国文学史（上卷）修订版》，北京大学出版社，2007年。

王岚、陈红薇：《当代英国戏剧史》，北京大学出版社，2007年。

查明建、谢天振：《中国20世纪外国文学翻译史》，湖北教育出版社，2007年。

董衡巽等：《美国文学简史》，中国社会科学出版社，2007年。

许明龙：《欧洲十八世纪“中国热”》，外语教学与研究出版社，2007年。

范伯群、朱栋霖主编：《1898—1949中外文学比较史》（上、下卷），江苏教育出版社，2007年。

陈衡哲：《西洋史》，东方出版社，2007年。

弗里德里希·希尔：《欧洲思想史》，赵复三译，广西师范大学出版社，2007年。

冯友兰：《中国哲学简史》（上、下卷），赵复三译，天津社会科学院出版社，2007年。

杨仁敬、杨凌雁：《美国文学简史》，上海外语教育出版社，2008年。

雷纳·韦勒克：《近代文学批评史》（八卷），杨自伍译，上海译文出版社，2009年。

梁坤主编：《新编外国文学史——外国文学名著批评经典》，中国人民大学出版社，2009年。

陈乐民：《启蒙札记》，生活·读书·新知三联书店，2009年。

陈乐民、史傅德：《对话欧洲：公民社会与启蒙精神》，生活·读书·新知三联书店，2009年。

李永彩：《南非文学史》，上海外语教育出版社，2009年。

傅俊、严志军、严又萍：《加拿大文学简史》，上海外语教育出版社，2010年。

任子峰：《俄国小说史》，北京大学出版社，2010年。

雅各布·布克哈特：《意大利文艺复兴时期的文化》，何新译，商务印书馆，2010年。

柯林武德：《历史的观念》，何兆武、张文杰译，北京大学出版社，

2010 年。

汤因比：《历史研究》（上、下册），郭小凌等译，上海人民出版社，2010 年版。

陈众议：《塞万提斯学术史研究》，译林出版社，2011 年。

哈罗德·布鲁姆：《西方正典——伟大作家和不朽作品》，江宁康译，译林出版社，2011 年。

李赋宁总主编：《欧洲文学史》（三卷本），商务印书馆，2011 年。

王佐良：《英国散文的流变》，商务印书馆，2011 年。

朱光潜：《西方美学史》（全两卷），商务印书馆，2011 年。

刘小枫：《拯救与逍遥》，华东师范大学出版社，2011 年。

约翰·郝斯特：《极简欧洲史：为什么欧洲对现代文明的影响这么深》，席玉苹译，广西师范大学出版社，2011 年。

朱维之主编：《希伯来文化》，上海社会科学院出版社，2012 年。

彼得·李伯庚：《欧洲文化史（第二版）》（上、下），赵复三译，江苏人民出版社，2012 年。

罗兰·斯特龙伯格：《西方现代思想史》，刘北成、赵国新译，金城出版社，2012 年。

吴笛：《外国文学作品与史料选》，浙江大学出版社，2012 年。

沈定平：《明清之际中西文化交流史》，商务印书馆，2012 年。

张铁夫：《普希金学术史研究》，译林出版社，2013 年。

罗国祥：《雨果学术史研究》，译林出版社，2013 年。

叶隽：《歌德学术史研究》，译林出版社，2013 年。

吴元迈：《20 世纪外国文学简史》，译林出版社，2013 年。

张世华：《意大利文学史（第 3 版）》，上海外语教育出版社，2013 年。

冯植生：《匈牙利文学史》，上海外语教育出版社，2013 年。

陈建华：《外国文学史新编》，高等教育出版社，2013 年。

余匡复：《德国文学史（修订增补版）》（上、下卷），上海外语教育出版社，2013 年。

王向远：《东方文学史通论（增订版）》，高等教育出版社，2013 年。

阮炜、徐文博、曹亚军：《20 世纪英国文学史》，青岛出版社，2014 年。

叶渭渠、唐月梅：《20世纪日本文学史》，青岛出版社，2014年。

杨仁敬：《20世纪美国文学史》，青岛出版社，2014年。

张泽乾、周家树、车槿山：《20世纪法国文学史》，青岛出版社，2014年。

高中甫、宁瑛：《20世纪德国文学史》，青岛出版社，2014年。

李辉凡、张捷：《20世纪俄罗斯文学史》，青岛出版社，2014年。

陈乐民：《欧洲文明的进程》，生活·读书·新知三联书店，2014年。

李辉凡、张捷：《20世纪俄罗斯文学史》，青岛出版社，2014年。

杨仁敬：《20世纪美国文学史》，青岛出版社，2014年版。

张泽乾等：《20世纪法国文学史》，青岛出版社，2014年。

安田朴：《中国文化西传欧洲史》，耿昇译，商务印书馆，2014年。

刘亚丁、荣洁、李志强：《肖洛霍夫学术史研究》，译林出版社，2014年。

宁一中：《康拉德学术史研究》，译林出版社，2014年。

乔国强：《贝娄学术史研究》，译林出版社，2014年。

赵炎秋、刘白、蔡熙：《狄更斯学术史研究》，译林出版社，2014年。

邱雅芬：《芥川龙之介学术史研究》，译林出版社，2014年。

聂珍钊、刘富丽等：《哈代学术史研究》，译林出版社，2014年。

陈寿朋、邱运华等：《高尔基学术史研究》，译林出版社，2014年。

吴岳添：《左拉学术史研究》，译林出版社，2014年。

黄源深：《澳大利亚文学史（修订版）》，上海外语教育出版社，2014年。

何辉斌、蔡海燕：《20世纪外国文学研究史论》，浙江大学出版社，2014年。

埃里希·奥尔巴赫：《摹仿论——西方文学中现实的再现》，吴麟绶等译，商务印书馆，2014年。

任光宣：《俄罗斯文学简史》，北京大学出版社，2015年。

钱林森：《中外文学交流史　中国—法国卷》，山东教育出版社，2015年。

葛桂录：《中外文学交流史　中国—英国卷》，山东教育出版社，2015年。

卫茂平、陈虹嫣等：《中外文学交流史　中国—德国卷》，山东教育出版社，2015 年。

周宁等：《中外文学交流史　中国—美国卷》，山东教育出版社，2015 年。

李明滨、查晓燕：《中外文学交流史　中国—俄苏卷》，山东教育出版社，2015 年。

张西平、马西尼主编：《中外文学交流史　中国—意大利卷》，山东教育出版社，2015 年。

赵振江、滕威：《中外文学交流史　中国—西班牙语国家卷》，山东教育出版社，2015 年。

姚风：《中外文学交流史　中国—葡萄牙卷》，山东教育出版社，2015 年。

叶隽：《中外文学交流史　中国—北欧卷》，山东教育出版社，2015 年。

丁超、宋炳辉：《中外文学交流史　中国—中东欧卷》，山东教育出版社，2015 年。

齐宏伟、杜心源、杨巧：《中外文学交流史　中国—希腊、希伯来卷》，山东教育出版社，2015 年。

梁丽芳、马佳主编：《中外文学交流史　中国—加拿大卷》，山东教育出版社，2015 年。

郅溥浩、丁淑红、宗笑飞：《中外文学交流史　中国—阿拉伯卷》，山东教育出版社，2015 年。

王晓平：《中外文学交流史　中国—日本卷》，山东教育出版社，2015 年。

郁龙余、刘朝华：《中外文学交流史　中国—印度卷》，山东教育出版社，2015 年。

刘顺利：《中外文学交流史　中国—朝韩卷》，山东教育出版社，2015 年。

郭惠芬：《中外文学交流史　中国—东南亚卷》，山东教育出版社，2015 年。

申丹、王邦维总主编：《新中国 60 年外国文学研究》（6 卷本），北京大学出版社，2015 年。

郁龙余、孟昭毅 ：《东方文学史（第二版）》，北京大学出版社，2015 年。

唐月梅：《日本诗歌史》，北京大学出版社，2015年。

虞建华：《新西兰文学史（修订版）》，上海外语教育出版社，2015年。

蒋洪新、郑燕虹：《庞德学术史研究》，译林出版社，2015年。

严绍璗：《中日古代文学交流史稿》，福建教育出版社，2016年版。

陈建华总主编：《中国外国文学研究的学术历程》（12卷本），重庆出版社，2016年。

徐葆耕：《西方文学十五讲（修订版）》，北京大学出版社，2016年。

罗素：《西方哲学史及其与从古代到现代的政治、社会情况的联系》（上、下卷），何兆武、李约瑟等译，商务印书馆，2017年。

库尔提乌斯：《欧洲文学与拉丁中世纪》，林振华译，浙江大学出版社，2017年。

葛桂录主编：《外国文学经典导读》，高等教育出版社，2017年。

蒋承勇：《西方文学名著导引（第二版）》，高等教育出版社，2017年。

陈众议、宗笑飞：《西班牙文学：中古时期》，译林出版社，2017年。

房龙：《宽容》，胡允桓译，生活·读书·新知三联书店，2017年。

杨武能、莫光华：《歌德与中国》，四川人民出版社，2017年。

特里·伊格尔顿：《二十世纪西方文学理论》，伍晓明译，北京大学出版社，2018年。

蒋承勇：《西方文学"人"的母题研究》，华东师范大学出版社，2018年。

张子清：《20世纪美国诗歌史》（全三卷），南开大学出版社，2018年。

郑克鲁：《现代法国小说史》，商务印书馆，2018年。

郑克鲁：《法国文学史》，商务印书馆，2018年。

郑克鲁：《法国诗歌史》，商务印书馆，2018年。

申丹、韩加明、王丽亚：《英美小说叙事理论研究》，北京大学出版社，2018年。

房龙：《人类的故事》，胡允桓译，生活·读书·新知三联书店，2018年。

勃兰兑斯：《十九世纪文学主流》（1—6册），张道真等译，人民文学出版社，2018年。

王佐良：《英国浪漫主义诗歌史》，生活·读书·新知三联书店，2018年。

后　记

自 1987 年大学毕业以来，我就在高校讲授外国文学史课程。其间除了在山东大学、南京大学分别读硕士、博士的几年，外国文学课程的讲授未曾中断过。长期讲授外国文学课，内容当然越来越熟悉，记得 1990 年考研，我的外国文学史那一科考试仅扣了 2 分；同样体会也越来越深刻，我的学术随笔集《思想的苇草》（海峡书局 2017 年）中的许多篇什，就是多年阅读外国文学类著作积累而成的思想文化评论札记。

在评阅硕士研究生入学考试外国文学史方向试题，以及各类本科生外国文学课程考试卷的过程中，我发现不少考生答题不得要领，对题目要求的答题点缺乏了解，模棱两可，或答非所问。这一方面固然与外国文学知识的吸收多少有关，同时也与他们对外国文学相关问题，特别是涉及面较广的综合题缺少理解与分析的切入点有关。

当年我读大学时，外国文学史这门课有三个学期授课时间，每周四课时。如今根据中文专业培养计划，这门课讲授两个学期，每周三课时，课时及讲授时间均有压缩。当然，同学们对文学史知识的汲取不限于课堂。但是，大多数同学如果不通过课堂教学跟着老师学习外国文学的发展脉络，则很难自觉获取系统全面的文学史知识及其文明思想发展脉络。

为有助于大家学习与备考外国文学史课程，20 多年前我曾与其他高校同行合作编过一本《外国文学试题库与答案》，印行的几千本很快脱销。后来编著《外国文学学习指南》也对读者颇有帮助，网络嘉评多多，实体及网上书店早已脱销。《外国文学学习指南》编成于2006年，随着外国文学课程教学改革的推进与考核方式的拓展，其中的相关内容急需补充更新。我们希望修订完善的这本《外国文学学习指导》更有助于读者理解外国文学史的发展脉络与核心内容，掌握选题设计与科研论文写作的方法路径，把握外国文学各类考核的思路与要点，进而成为大家学习外国文学这门课程的良师益友。

当然，外国文学课程的学习，在掌握基本知识以外，尚需认真地阅读与体悟外国文学大师的经典作品。我曾主编过全国高校重点规划通识课程教材《外国文学经典导读》（高等教育出版社2017年），选择了东西方文学发展历程中极有代表性和持久影响力的24部经典名著，涵盖了外国文学主要思潮流派及重大文学现象，希望借此让大家学习外国文学经典，知晓外国文化精神，拓展心智境界，汇通古今中外，以提升文化品位与审美修养。

在长期教学过程中，我对因何学及怎样学好外国文学也颇有心得，相关思考在近几届的中国外国文学教学研究会年会上均有所报告。比如，在新疆石河子大学召开的2012年外国文学教学研究会年会，我就在大会主题发言《三不原则，两个目标，一种胸襟——外国文学课教学心得》中提出，外国文学课教学对培养学生踏实进取、反思开放的人文素质，有独特的效果。外国文学经典在中国的传播，作为一个参照系，对我国民族文化建设有不可低估的推动作用。在具体的外国文学本科课堂中，如何凸显这些效果或作用，我的做法是尝试遵循三不原则（不重复教材、不重复自己、不用多媒体课件），希求达到两个目标（养成比较文学视野、培育公民意识），养成一种胸襟（指宽容过往、执着今朝、相信未来的博雅格局）。经过多年的教学实践，也已取得比较明显的效果。让学生多视角看问题，具有独立思考精神，培养选择和批评的眼界和能力，进而引发对真理和高尚情操的自觉追求，这就是如剧作家乔治·萨维尔所说“教育就是把学到的知识全部忘掉后剩下的东西”。通过外国文学经典教学，希望能够启发我们思想与创造的能力。因为人之高贵及所有的尊严都来自于思想的力量。思想就是人的理性，来自对知识的追求与灵性的呈示。我们的读书不但要从书中发现作家、思想家、学问家的伟大，也要能够发现自我的优长，那些属于我们的潜能、理想与反思的能力。

感谢福建人民出版社责编郑翠云女士的辛勤工作，她的才情与智慧使拙著生辉。感谢在我问学研习之路上的诸多前辈学者与时贤同仁，他们的丰硕著述与精神人格让我受益匪浅。

最后我想说：一个人的精神成长离不开中外文学、文化经典的滋养。因此，学好外国文学课程，吸收外国文学思想的精髓，感知外国文学巨匠的多彩人生，理解外国文学经典的博大精深，把握外国文学思潮流派的独特内蕴，应该成为一个现代人的理性要求之一。

如此看来，外国文学课程的教学，任重而道远；外国文学课程的学习，自由而自助。

2020 年 4 月 23 日　世界读书日

葛桂录于福建师范大学外语楼

学习卡号:2528V7NP4C